महिला पत्रकारिता

माखनलाल चतुर्वेदी राष्ट्रीय पत्रकारिता एवं संचार विश्वविद्यालय की शोध परियोजना के अंतर्गत प्रकाशित

आ नो भद्राः क्रतवो यन्तु विश्वतो

महिला पत्रकारिता

सुधा शुक्ला

प्रभात प्रकाशन, दिल्ली
ISO 9001:2008 प्रकाशक

प्रकाशक • **प्रभात प्रकाशन**
४/१९ आसफ अली रोड,
नई दिल्ली-११०००२

संस्करण • प्रथम, २०१२

मूल्य • तीन सौ रुपए

मुद्रक • भानु प्रिंटर्स, दिल्ली

MAHILA PATRAKARITA (Women Journalism)

by Sudha Shukla Rs. 300.00

Published by Prabhat Prakashan, 4/19 Asaf Ali Road, New Delhi-2

e-mail: prabhatbooks@gmail.com ISBN 978-93-5048-118-9

मेरी बात

हिंदी पत्रकारिता के प्रारंभ में आनेवाली महिलाएँ मूलत: किसी-न-किसी आंदोलन से जुड़ी थीं। आंदोलन को प्रचार-प्रसार और गति देने के लिए ही वे पत्रकारिता के क्षेत्र में आई थीं। उत्तर भारत के हिंदी क्षेत्र की पत्रकारिता में महिलाओं का आगमन देर से हुआ, जबकि अन्य प्रदेशों में वे हिंदी पत्रकारिता के प्रारंभ से ही जुड़ गई थीं। विदेशों में मादाम भीकाजी कामा ने पत्रकारिता के क्षेत्र में अपना नाम दर्ज कराया। सन् १९०९ में पेरिस से 'वंदे मातरम्' नामक पत्र निकालकर वे भारत की पहली महिला पत्रकार बनीं। शहीद मदनलाल ढींगरा की स्मृति में बर्लिन से उन्होंने 'मदन तलवार' नामक पत्रिका निकाली। सन् १९१३ में एनी बेसेंट ने 'कॉमन बिल' अखबार निकाला और कुछ दिनों बाद ही 'मद्रास स्टैंडर्ड' दैनिक पत्र खरीदकर उसका संचालन किया, जिसे कुछ दिनों बाद ही 'न्यू इंडिया' नाम दिया गया। बंगाल में स्वर्ण कुमारी देवी ने 'भारती' नामक पत्रिका का संपादन किया। कमला देवी चट्टोपाध्याय ने 'इंडियन वुमेन एसोसिएशन' एवं 'अखिल भारतीय महिला सम्मेलन' की स्थापना कर संस्था से 'स्त्री धर्म' और 'रोशनी' नामक दो पत्रिकाएँ निकालीं, जिनकी संपादक वे स्वयं ही थीं। लाहौर से श्रीमती हरदेवी ने 'भारत भगिनी' एवं उर्मिला देवी शास्त्री ने 'जन्मभूमि' नामक पत्र निकाले। सुभद्रा जोशी व अरुणा आसफ अली, उषा मेहता जैसी अनेक स्वनामधन्य महिलाएँ इस क्षेत्र में आईं। स्वतंत्रता संग्राम की भाँति आज भी महिला मुद्दों और महिला समस्याओं पर लिखनेवाली अधिकांश महिलाएँ किसी-न-किसी राजनैतिक विचारधारा या आंदोलन से जुड़ी हैं और अपनी विचारधारा के प्रचार-प्रसार के लिए ही अधिकांश लेखन कर रही हैं। पत्रकारिता उनका मूल उद्देश्य नहीं है, बल्कि उनके आंदोलन का हथियार है। ऐसी महिलाओं में सुभाषिनी अली सहगल, मधु किश्वर, मणिमाला आदि पत्रकार हैं, जबकि मृणाल पांडे

(संपादक हिंदुस्तान) जैसी पत्रकार केवल पत्रकारिता के उद्देश्य से पत्रकारिता कर रही हैं और उन सभी समसामयिक विषयों पर अपनी कलम चला रही हैं, जिन्हें पत्रकारिता के माध्यम से उठाया जाना चाहिए। इसके अलावा एक लंबी पंक्ति उन महिला पत्रकारों की है, जो केवल नौकरी के नाते पत्रकारिता के क्षेत्र में बनी हुई हैं और लाइफ स्टाइल, फैशन, सेक्स जैसी अनेक ग्लैमरस विधाओं को अपनाकर पत्र-पत्रिकाओं को रंगीन, चमकदार और आकर्षक बना रही हैं। उनके लिए पत्रकारिता कोई मिशन न होकर मात्र एक व्यवसाय है, जिसे वे पूरी लगन और निष्ठा के साथ कर रही हैं।

'स्वातंत्र्योत्तर हिंदी पत्रकारिता शोध परियोजना' के अंतर्गत जब मुझे 'स्वातंत्र्योत्तर हिंदी पत्रकारिता में स्त्री सहभागिता' विषय पर शोधवृत्ति प्रदान की गई, तब पहले विचार बना कि शायद सन् सैंतालीस के बाद की पत्र-पत्रिकाओं की चर्चा करके बात समाप्त हो जाएगी। लेकिन बात इतनी सीधी नहीं थी, जब हम स्त्री की बात करते हैं तो भारतीय संस्कृति में स्त्री की बात करते हैं, स्त्री की सहभागिता की बात करते हैं या स्त्री लेखन की, तो हमें वेदों की परंपरा तक जाना अनिवार्य हो जाता है। इतिहास लेखन कोई कथा-कहानी नहीं है कि एकदम कोरे पृष्ठ से बात आरंभ हो सके। इतिहास लेखन चाहे दस वर्ष का हो या पचास वर्ष का, उसके तार इसके पूर्व के इतिहास से जुड़ते हैं, तभी अगले पृष्ठ खुल सकते हैं। अपने इसी विचार को लेकर मैंने अपना शोध कार्य किया है। आशा है, विद्वज्जन की कसौटी पर मेरा शोधकार्य खरा उतर सकेगा, यही कामना है। मेरे शोध कार्य का आरंभ भारतीय संस्कृति में स्त्री के गौरवशाली स्थान की चर्चा के साथ स्त्री की सहभागिता की चर्चा से हुआ है। इसके पश्चात् भारतीय संस्कृति में स्त्री लेखन का पक्ष आता है, जिसमें भारतीय विद्वान् स्त्रियों की चर्चा की गई है, जो 'ऋषिकाएँ' कहलाती थीं। तीसरा अध्याय बौद्धकालीन स्त्री लेखन से आरंभ होता है, जिसमें स्त्रियों ने स्वच्छंद रूप से काव्य रचनाएँ की हैं। तत्पश्चात् परवर्ती काल में संस्कृत में स्त्री लेखन तथा प्रारंभिक स्त्री लेखन की चर्चा संक्षेप में की गई है।

चौथा अध्याय हिंदी पत्रकारिता के इतिहास का है, जिसमें स्वतंत्रता के पूर्व एवं पश्चात् के पत्रों की जानकारी दी गई है। पाँचवें अध्याय में स्वतंत्रता संग्राम में हिंदी पत्रकारिता की भूमिका दी गई है। आर्य समाज से प्रेरित पत्रों की चर्चा भी संक्षेप में है।

भारतेंदु युग की पत्रकारिता की चर्चा किए बिना हिंदी पत्रकारिता का कोई विषय पूर्ण नहीं हो सकता। हिंदी की पत्र-पत्रिकाएँ : एक विकास-यात्रा, स्वतंत्रता पूर्व की पत्र-पत्रिकाएँ, हिंदी की विशिष्ट पत्र-पत्रिकाओं में उन पत्रों को लेने का प्रयास किया गया है,

जिन्हें स्त्रियों के लिए प्रकाशित किया गया या फिर जिनमें स्त्री संबंधी विषयों पर चर्चा की जाती थी। कुछ पत्रिकाओं के महिला विशेषांक शोध-यात्रा को समापन की ओर ले जाना आरंभ करते हैं। स्त्री व नवजागरण काल, महिलाएँ और स्वराज, प्रभा और राष्ट्रीय जागरण के अंतर्गत पूर्ववर्ती पत्रों में स्त्रियों की शिक्षा, स्त्री जागरण और उनकी समस्याओं के विषय में लिखे गए समाचारों को जानने का प्रयास किया गया है। शोध का सबसे महत्त्वपूर्ण अध्याय अंतरराष्ट्रीय महिला दशक के नेपथ्य में हिंदी पत्रकारिता है, जो पूरे विषय की दशा-दिशा की चर्चा करता है। वर्तमान महिला पत्रिकाओं तथा महिलाओं द्वारा प्रकाशित की जा रही पत्र-पत्रिकाओं पर एक दृष्टि वर्तमान महिला पत्रकारिता के रूप-रंग को दरशाती है। महत्त्वपूर्ण पत्रकारों से साक्षात्कार एवं महिला पत्रकारों के बारे में सूचना देने का प्रयास किया गया है। प्रथम महिला छायाकार पत्रकार नलिनी भारती, ग्राफिक कलाकार मीता राय जैसी साथियों के बारे में लिखकर सुखद अनुभूति हुई।

शोधपत्र आपके सम्मुख है। आशा है, त्रुटियों को क्षमा करेंगे। यह सच है कि जितना कार्य इस शोधकार्य के दौरान किया गया है, यदि स्वास्थ्य एवं पारिवारिक समस्याओं के कारण विलंब और विघ्न नहीं पड़ा होता तो इससे बेहतर किया जा सकता था। अभी भी आगे संभावनाएँ हैं, जिन्हें खोजा जा सकता है। शोधकार्य के दौरान डॉ. सूर्य प्रसाद दीक्षित, डॉ. रमेश त्रिपाठी विभागाध्यक्ष पत्रकारिता, पत्रकारिता विभाग, लखनऊ विश्वविद्यालय, डॉ. साधना चतुर्वेदी, पुस्तकालय अध्यक्ष, हिंदी साहित्य सम्मेलन इलाहाबाद, सूचना एवं जनसंपर्क विभाग का संदर्भ पुस्तकालय तथा लखनऊ विश्वविद्यालय के टैगोर पुस्तकालय, लखनऊ दूरदर्शन के पुस्तकालय के अधिकारियों द्वारा दिए गए सहयोग के बिना संभवत: यह कार्य संपूर्ण नहीं हो पाता।

तुलसीदास ने कहा है कि सबसे पहले उन दुष्ट लोगों को नमन करना चाहिए, जिनके कारण कार्य में बाधाएँ आती हैं। इसी को प्रमाण मानकर मैं सबसे पहले उन सभी व्यक्तियों को धन्यवाद देना चाहूँगी, जिन्होंने शोधकार्य में बाधाएँ उत्पन्न कीं और विलंब के कारण बने। शोध परियोजना के निदेशक डॉ. विजयदत्त श्रीधर को भी धन्यवाद देना चाहूँगी, जिनका इस शोधकार्य में सबसे अधिक सहयोग रहा। उन्होंने मेरी विवशताओं को समझकर बार-बार यथासंभव सहयोग दिया। अपने बड़े भाई श्री विजय तिवारी को भी धन्यवाद देना चाहूँगी, जिनके बिना यह शोधकार्य मिलना संभव नहीं होता। माखनलाल चतुर्वेदी पत्रकारिता विश्वविद्यालय, भोपाल के महानिदेशक श्री अच्युतानंद मिश्र को सर्वाधिक धन्यवाद देना चाहती हूँ, जिन्होंने समय-समय पर आनेवाली बाधाओं का

निवारण करने के साथ-साथ शोधकार्य के दौरान मेरा साहस बढ़ाया। अपने पति आलोक शुक्ल को भी धन्यवाद देना चाहूँगी, जिन्होंने बार-बार शोधकार्य में गलतियाँ निकालकर मेरे शोधकार्य को सही दिशा देने का प्रयास किया। बेटी स्मिता को भी धन्यवाद देना चाहूँगी, जो पूरे घर में फैलाई गई मेरी शोध सामग्री को बटोरकर आवश्यकतानुसार उपलब्ध कराती रहती थी। सबसे अधिक आभार रितेश पंत का है, जिसके सहयोग के बिना शोधकार्य अपने रूप-रंग के साथ कागज पर ही टंकित नहीं हो सकता था। सबसे अंत में सर्वाधिक सहयोग देने के लिए अपने पुत्रों अभिनव एवं अनुभव को धन्यवाद देना चाहूँगी, जिन्होंने मेरे शोधकार्य की आवश्यकता को देखते हुए मुझे संगणक एवं चौपहिया वाहन उपहार में दिए, जिसके कारण मैं यह कार्य सहज रूप में कर सकी।

शोधकार्य के दौरान आनेवाली समस्याओं के बारे में लिखना इसलिए आवश्यक है, जिससे भविष्य में कार्य करनेवाले शोधकर्ताओं को कार्य करने में कठिनाइयाँ न आएँ। प्रदेश के लगभग सभी पुस्तकालय दीन-दशा में हैं, जहाँ हिंदी पत्र-पत्रिकाओं की देखरेख नहीं की जाती है। यहाँ तक कि उत्तर प्रदेश के सूचना केंद्र में भी पाँच वर्ष पूर्व तक के समाचार-पत्र एवं पत्रिकाएँ उपलब्ध नहीं हैं। हिंदी साहित्य सम्मेलन इलाहाबाद, जो संदर्भ सामग्री का कोषागार माना जाता है, उसकी दुर्दशा अवर्णनीय है। पुरानी पत्र-पत्रिकाओं की देख-रेख दयनीय है, शोधकर्ताओं को स्वयं सामग्री खोजने की अनुमति नहीं है, कर्मचारी बारह बजे से चार बजे के बीच में ही कार्य करते हैं, जिससे शोधकर्ताओं को आवश्यक सामग्री जुटाने में अत्यंत कठिनाई आती है। समाचार-पत्रों की दशा तो उससे भी बदतर है। पाँच वर्ष पूर्व के सभी पत्र तीसरी मंजिल के गोदाम में पड़े हुए हैं। वहाँ जाने के लिए विशेष अनुमति की आवश्यकता होती है और सहायता करनेवाला कोई नहीं होता है। कंप्यूटर की सहजता का उपयोग किसी भी पुस्तकालय में नहीं किया जा रहा है। केवल कैटलॉग में संदर्भ सामग्री ढूँढ़ने में ही कई-कई दिन व्यर्थ हो जाते हैं। आशा है, विश्वविद्यालय इस संदर्भ में कोई कदम उठाएगा और पत्रकारिता के इतिहास से जुड़ी महत्त्वपूर्ण सामग्री को सँजोए रखने में अपना योगदान देने का प्रयास करेगा।

दुःख का एक कारण और भी है कि जो पत्र महिलाओं द्वारा निकाले जाने की सूचना देते हैं, उनमें जिन महिलाओं का नाम दिया जाता है, उनका पत्र-पत्रिका से कोई लेना-देना नहीं होता है; उनके पति, पिता, भाई या मित्र ही पत्र-पत्रिका के कर्ता-धर्ता होते हैं, उनके केवल नाम का उपयोग किया जाता है, ऐसी अधिकांश महिलाएँ पत्र-पत्रिकाओं के बारे में जानकारी देने या साक्षात्कार देने को तैयार नहीं हैं। 'अशरफ' नामक पत्र, जो

स्वतंत्रता के पहले से हिंदी–उर्दू में सुलतानपुर से प्रकाशित होता आया है, उसकी संपादिका के रूप में खैबुन्निशा का नाम प्रकाशित होता रहा है, जिन्होंने पत्र के चालीस साल के जीवन में चार लाइन भी पत्र में नहीं लिखीं, उनके पिता और पति ही समाचार–पत्र की देखभाल करते रहे। ऐसी ही अनेक पत्र–पत्रिकाएँ पूरे प्रदेश से निकल रही हैं, जो महिला पत्रकारों और महिला पत्रकारिता, दोनों की छवि को विकृत करती हैं।

—सुधा शुक्ला

अनुक्रमणिका

उत्तर प्रदेश की हिंदी पत्रकारिता में स्त्री सहभागिता

भारतीय संस्कृति व स्त्री लेखन

यस्यां भूतं समभवत यस्यां शिवमिदं जगत्।
तामद्य गाथा गास्यामि स्त्रीणा यदुतं यशः॥

भूत और भविष्य समस्त जगत् के जन्म का कारण नारी है, आओ! आज उसी के उत्तम यश की गाथा का गुणगान करें।[१]

गौरीर्मिमाय सलिलानि तक्षत्येक पदी द्विपदी सा चतुष्पदी।[२]
अष्टापदी नवपदी वभुवुषी सहस्त्राक्षरा परमे व्योमन॥[३]

अर्थात् जो स्त्रियाँ समस्त वेदों का सांगोपांग मनन कर पढ़ती हैं, वे सब मनुष्यों की उन्नति का कारण बनती हैं। ऋग्वेद के प्रथम मंडल के इसी सूत्र को ग्रहण कर महात्मा गांधी ने कहा था कि जब एक पुरुष शिक्षित होता है तो एक व्यक्ति शिक्षित होता है, और जब एक स्त्री शिक्षित होती हो तो एक पूरा परिवार सुशिक्षित होता है।

भारतीय संस्कृति, वेद और मनुस्मृति के आलोचकों का ध्यान इस ओर आकर्षित करने की महती आवश्यकता है। जिस ऋग्वेद के प्रथम मंडल में ही स्त्री शिक्षा और स्त्री उन्नति का गान किया गया हो, फिर कब, कहाँ और क्या गलत हुआ, जो ऋषिकाओं, ब्रह्मवादिनियों, त्रिकाल सत्यप्रदर्शिका, संवाद सूक्तों में समान रूप से प्रवक्ता के रूप में समाज में अपनी स्थिति को प्रतिष्ठित करनेवाली नारी को ढोल, गँवार, शूद्र, पशु, नारी!

---

१. पारस्कर गृह्यसूत्र, १-७-२

२. बृहत्-जावा लोपोनिषद् ब्राह्मण दो, कुमुद विद्यालेकर, कल्याण, नवंबर १९६९ से साभार, महिला पत्रकार और पत्रिकाएँ, लेखक प्रेमनाथ चतुर्वेदी, साहित्य संगम, इलाहाबाद

३. ऋग्वेद मंडल १, सूक्त १६४, मंत्र ४१

सकल ताड़ना के अधिकारी॥[१] (रामचरित मानस) और 'नारी सब दुःख खानि' कहकर समाज की मुख्यधारा से हटाकर उसे केवल जननी, गृहिणी के रूप में घर की चारदीवारी में कैद कर दिया गया। शोध का विषय है कि यह कोई बड़ा षड्यंत्र था या बड़े भय के कारण ऐसा प्रचलन शुरू हुआ या फिर समाज में प्रतिष्ठित स्त्रियों के आचरण या दृष्टि में ही दोष आ गया था।

वेद मंत्रों के अर्थ का दर्शन करनेवाले और तदनुसार आचरण करनेवाले ऋषि कहलाते थे। पुरुषों के समान वेद मंत्रों का साक्षात्कार करनेवाली स्त्रियाँ ऋषिकाएँ कहलाती थीं। वेद मंत्रों के साक्षात्कार करनेवाले कुल पाँच सौ पच्चीस (५२५) ऋषि हैं, जिनमें ऋषिकाओं की संख्या मात्र उनतीस (२९) है। ऋषिकाओं की संख्या कम होने के बावजूद उनके द्वारा दृष्ट मंत्रों का ज्ञान महत्त्वपूर्ण माना जाता है। सुविधा की दृष्टि से इन ऋषिकाओं को चार श्रेणियों में विभाजित किया जा सकता है—

१. काम (सृष्टि) विज्ञान विदुषी

२. ब्रह्मवादिनी (अध्यात्मोपदर्शिका)

३. त्रिकाल सत्यप्रदर्शिका

४. संवाद सूत्र में समान रूप से प्रवक्ता।

अदिति ऋषिका ऋग्वेद के चौथे मंडल के १८वें सूक्त के सातवें मंत्र की दृष्टा हैं। अन्य मंत्र वामदेव ऋषि के हैं, इस मंत्र के देवता इंद्र और अदिति हैं।

इस मंत्र में ऋषिका अदिति ने महत्त्वपूर्ण संकेत देते हुए कहा है—'विशेष कार्य की सिद्धि के लिए नए मार्ग की भी खोज करनी चाहिए।'

ब्रह्मजाया जुहू ग्रंथ १०-१०९ की ऋषिका हैं। विश्वदेवा इस सूक्त के देवता हैं। इस सूक्त के सात मंत्र हैं। ब्रह्म की जाया यानी पुत्री वेदवाणी का उपदेश करनेवाली है।[२] अर्वाचीन साहित्य में जुहू को बृहस्पति की पत्नी कल्पित किया गया है। ब्रह्मवादिनी जुहू आधुनिक समाज के नवीनतम विचारों की घोषिका मानी जानी चाहिए, जो कहती हैं—

१. समान गुण, कर्म और स्वभाववालों का ही आपस में विवाह होना चाहिए।

२. विवाह से पूर्व वर-कन्या, दोनों एक-दूसरे की स्वयं देख-परख कर लें।

३. विवाह के बाद पत्नी को छोड़ना या दुःख देना अनैतिक है। पत्नी के रोग या दुष्कर्मों को दूर करने का दायित्व पति का है। इन मंत्रों में यज्ञ विज्ञान का वर्णन है। जुहू ने इस विज्ञान का रहस्य अपने पति बृहस्पति को समझाया है। ध्यान देने योग्य बात है कि बृहस्पति देवताओं के गुरु माने जाते हैं, जिन्हें यज्ञ विज्ञान के रहस्य का ज्ञान अपनी

---

१. तुलसीदास रचित रामचरित मानस, सुंदरकांड

२. कल्याण नारी अंक

पत्नी द्वारा दिया गया, जो अपने आप में स्त्रियों की उन्नति एवं शिक्षा का द्योतक है।

ऋषिकाओं ने जाति-कुल बंधन को तोड़कर अपनी प्रतिष्ठा की स्थापना की है। अगस्त्य ऋषि की पत्नी लोपामुद्रा विदर्भ नरेश राजसिंह की पुत्री थीं, जिन्होंने स्वेच्छा से अगस्त्य ऋषि से विवाह किया था। लोपामुद्रा श्री विद्या के हादि-संप्रदाय की प्रवर्तिका मानी जाती हैं। पौराणिक आख्यान के अनुसार दशराज्ञ युद्ध में वसिष्ठ और अगस्त्य दोनों भाई आर्य श्रेष्ठता के पक्षधर थे, जबकि लोपामुद्रा समस्त प्राणिमात्र को एक ही ईश्वर की संतान मानती थी, अपने इन्हीं नवीन विचारों के कारण युद्ध में घायल असुरों की शुश्रूषा करने के कारण आर्य शुद्धता के पक्षधरों का विरोध उन्हें सहना पड़ा। कहा जाता है कि इसी विरोध के कारण अगस्त्य ऋषि वसिष्ठ का साथ छोड़कर विंध्य पर्वत के पार चले गए थे। लोपामुद्रा को पति-पत्नी की समानता का प्रतिपादन करनेवाली माना जाता है।[१]

सूक्त १७९ के संयुक्त मंत्रदृष्टा लोपामुद्रा और अगस्त्य को माना है। इस सूक्त में छह मंत्र हैं, जिनमें विदुषी स्त्री विद्वान् पुरुषों के गुणों का एवं पति-पत्नी के सहधर्मिता का वर्णन किया गया है।

अंभृण ऋषि की पुत्री वाक् ऋग्वेद के १०/१२०वें सूक्त[२] की ऋषिका है। इस ऋषिका ने उक्त सूक्त में शक्ति साधना के मूलमंत्र—देवीसूक्त की रचना की है। दुर्गा सप्तशती में संकलित इस देवीसूक्त की रचनाकार वाक् को पिता के नाम से संयुक्त कर वागम्भृणी भी कहा जाता है। ऋक. के मंडल १० के १२५वें सूक्त की दृष्टावाक् आठ मंत्रों में स्त्री के देवत्व की स्थापना करते हुए कहती है—

१. वेदमाता ही परमेश्वरी जगन्माता है।

(क) मैं ही देवताओं और दिव्यभावों को धारण किए हुए हूँ।

(ख) मैं ही उद्भव, स्थिति और संहार का उपक्रम करती हूँ।

(ग) मैं ही समाज, राष्ट्र, ब्रह्मांड तथा प्राणिमात्र का पोषण करती हूँ।

(घ) जगत् के रूप में मैं ही दर्शनीय हूँ।

(ङ) सृष्टि के पूर्व और प्रलय के बाद भी मैं ही रहती हूँ।

अथर्ववेद के ४-३० सूक्त की भी यही ऋषिका है।

वे जीवन में सरलता के साथ-साथ शारीरिक एवं मानसिक बलों की वृद्धि की भी बात करती है।

दूसरा दृष्टांत ऋग्वेद ९-१०४ सूक्त[३] की युग्म ऋषिकाओं का है। ''काश्यपौ

---

१. के.एम. मुंशी के 'लोपामुद्रा' नामक नाटक में परशुराम पौराणिक उपन्यास में ऋग्वेद के मंडल।

२. वाक् ऋग्वेद के १०/१२०वें सूक्त।

३. ऋग्वेद ९-१०४ सूक्त कल्याण के नारी अंक से उद्धृत।

शिखंडियौप्सर सौ। काश्यपी निम्न कुल में उत्पन्न होने के बावजूद अपने विचार और सुकर्मों से शिखर तक पहुँचनेवाली शिखंडियौ ऋषिकाएँ हैं। ये ऋषिकाएँ जमीन से उठकर लोक के शिखर तक पहुँचने का निर्देश करती हैं। इन साहसी उद्देश्य के लिए ऋक. संहिता में छत्तीस मंत्र ऋषिकाओं के नाम आते हैं। शौनक ने वृहदनुक्रमणी में एक ही स्थान पर उन सभी का उल्लेख किया है। ''घोषा गोधा विश्ववारा अपालोपमिषत्रिष्पत। ब्रह्म जाया जुहूर्नामि अगस्तस्य स्वसादिति रात्री सूर्या च: सावित्री ब्रहवादिन्य ईरिता: ।।''

'श्री दुर्गा सप्तशती' में देवगणों ने यह स्वीकार किया है कि इस जगत् में जितनी विद्याएँ और कलाएँ हैं, वे सब दुर्गा के ही भेद हैं तथा सभी श्रेष्ठ नारियाँ उन्हीं का अंश हैं। 'विद्या समस्तास्तव देवि भेदा स्त्रियाँ समस्ता सकला जगत्सु'। ''ऋषि सदा चेतन होता है और समाज की उन्नति तथा हित-चिंतन करनेवाला होता है, जबकि देवता निराकार, साकार होकर भी जड़ हो सकता है। कुल ५२५ ऋषियों में ऋषिकाएँ केवल २९ ही हैं, जबकि देवताओं की संख्या ७१ है। इनमें प्रमुख ऋषि कुक्षीवान की पुत्री ब्रह्मवादिनी घोषा है। ऋग्वेद के दशम् मंडल का ८५वाँ सूक्त सूर्य द्वारा साक्षात्कार किया गया है, जिसमें कुल ४७ मंत्र हैं। ऋग्वेद के दशम् मंडल के १०२वें सूक्त में १२ मंत्रों का साक्षात्कार मुदगल ऋषि की पत्नी इंद्रसेना ने किया, जिसमें उसके पराक्रम का वर्णन किया गया है।

ऋग्वेद के दसवें मंडल के १०८वें सूक्त में ९१ मंत्रों में सरमा के साहस का वर्णन है। ऋक् के दसवें मंडल के १५ और १५९वें सूक्त इंद्राणी तथा शची द्वारा दृष्ट हैं। दोनों सूक्तों में ६-६ मंत्र हैं, जिनमें एक पत्नीव्रता की प्रशंसा की गई है। ऋक् के दसवें मंडल के १३८वें सूक्त के ६-६ मंत्रों की दृष्या गोधा है।

इसी मंडल के १५४वें सूक्त के पाँच मंत्रों की दृष्या यमी है, जबकि इसी मंडल के १८९वें सूक्त मात्र तीन मंत्रों की दृष्या सार्पराज्ञी है।

ऋग्वेद के ८वें मंडल के प्रथम सूक्त में कुल ३४ मंत्र हैं, अंतिम मंत्र की दृष्या शश्वती है। ऋग्वेद के छठे अष्टक में ब्रह्मवादिनी अत्रि कन्या अपाला की गाथा वर्णित है। ऋग्वेद के १/१२६ सूक्त के सातवें मंत्र की दृष्या रोमशा ऋषिका है। ऋग्वेद के १०/१२०वें सूक्त की ऋषिका वाक् है। ऋग्वेद के मंडल १ सूक्त १७९ के मंत्रदृष्या लोपामुद्रा और अगस्त्य को संयुक्त रूप में माना गया है।

उषा शर्मा और बी.एम.शर्मा द्वारा संपादित पुस्तक 'वुमेन ऐंड प्रोफेशन'[१] में भारतीय स्त्रियों की समाज धर्म और कर्म की सहभागिता की चर्चा करते हुए 'वुमेन राइटर्स' नामक अध्याय में स्त्रियों की प्रतिभा-योग्यता को प्रमाणित करते हुए लिखा है कि

१. उषा शर्मा और बी.एम. शर्मा द्वारा संपादित पुस्तक 'वुमेन ऐंड प्रोफेशन', पृ. ३३७-३३९।

ब्रह्मवादिनी ऋषिकाओं की दीर्घ शृंखला की प्रथम ऋषिका वाक् श्री अम्भृण ऋषि की पुत्री होने के कारण उसे वागम्भृणी भी कहा जाता है।

जिसने दृष्ट ऋग्वेद के दशम् मंडल के २५वें सूक्त का साक्षात्कार करते हुए स्त्रीत्व की महत्ता को स्थापित किया है, जिसका उल्लेख हम पहले कर चुके हैं, जिसमें ऋषिका वाक् कहती है—'मैं पृथ्वी और आकाश दोनों से परे हूँ और अपनी महिमा से ही मैं ऐसी हुई।'

वाक् ऋषिका के उक्त वचन को पुष्ट करते हुए नारायण ऋषि 'प्राधानिक रहस्यम्'[१] में कहते हैं कि परमेश्वरी महालक्ष्मी ही सबका आदि कारण है। वे ही दृश्य और अदृश्य रूप से संपूर्ण विश्व को व्याप्त करके स्थित है। जो महाकाली, महालक्ष्मी, महासरस्वती का रूप धारण करके अपने-अपने गुणों के योग्य स्त्री-पुरुषों के जोड़े उत्पन्न करती हैं। विडंबना की बात है कि जो 'दुर्गा सप्तशती' स्त्री शक्ति पूजन की पुस्तक है, उसमें कहीं भी स्त्री द्वारा पूजन करने के उपक्रम की चर्चा नहीं की गई है। 'श्री दुर्गाष्टोतर शतनाम स्तोत्रम्' के १६वें स्तोत्र में शिव कहते हैं कि जो शतनाम स्तोत्र का नित्य पाठ करता है, उसके लिए तीनों लोकों में कुछ भी असाध्य नहीं रहता है और वह धन, धान्य, पुत्र, स्त्री, घोड़ा, हाथी आदि चारों पुरुषार्थों के साथ-साथ अंत में मुक्ति भी प्राप्त करता है।[२] मानो स्त्री या पत्नी की महत्ता घोड़े, हाथी के समान क्रय की जा सकने वाली वस्तुओं के समान है! यही विचारधारा स्त्री की महत्ता को कम करके आँकने की प्रवृत्ति को बढ़ावा देती दिखाई देती है।

'दुर्गा सप्तशती' में साधक संसार के सब ऐश्वर्य की कामना करने के पश्चात् 'मनोरमा' पत्नी की कामना करने के साथ ही मन की इच्छा से चलनेवाली मनोहर पत्नी देने का आग्रह करता है, जो संसार सागर से तारनेवाली तथा उत्तम कुल में उत्पन्न हुई हो।

पाठ विधि में अमुक गोत्र उत्पन्न अमुक शर्मा के नाम से संकल्प करने की विधि का निर्देशन है, जबकि भारतीय संस्कृति में स्त्रियाँ जिस गोत्र में उत्पन्न होती हैं, वह उनका गोत्र नहीं होता है, उनको पति के कुल-गोत्र को ही अपनाना होता है। जिस समाज में ब्रह्मवादिनी ऋषिकाओं की दीर्घशृंखला रही हो, जिनके द्वारा दृष्टव्य सूक्तों और मंत्रों को ऋग्वेद, अथर्ववेद और पुराणों में संकलित किया गया हो, उसी समाज में निकट अतीत तक स्त्रियों को वेद-पुराणों को छूना, पढ़ना-सुनना तक वर्जित था। प्राचीन भारतीय संस्कृति में स्त्रियों के सुशिक्षित एवं विदुषी होने के प्रमाण प्रायः मिलते हैं। कई अर्थों में स्त्रियों की जिज्ञासा के चलते निरंतर प्रश्न करने की कला और सामर्थ्य के कारण ही

---

१. दुर्गासप्तशती के प्राधानिक रहस्य।

२. दुर्गासप्तशती के शतनाम स्तोत्र।

अनेक गुप्त रहस्यों की गोपनीयता ज्ञात हुई, ऐसी ही विदुषी स्त्रियों में मैत्रेयी, गार्गी और मंडन मिश्र की पत्नी उभय भारती की चर्चा आती है, जिन्होंने अपनी विद्वत्ता और जिज्ञासा के चलते विद्वानों को निरुत्तर होने पर विवश कर दिया।

कथा है कि मिथिला के राजा सीरध्वज की धर्मसभा में सोने से मढ़े सींगोंवाली एक हजार गायों को जब ऋषि याज्ञवल्क्य ले जाने लगे तो किसी भी ऋषि या विद्वान् ने उन्हें रोकने की चेष्टा नहीं की। उसी समय गर्ग ऋषि की पुत्री गार्गी ने याज्ञवल्क्य को शास्त्रार्थ का आमंत्रण दिया और उन्हें गुह्यतम गुह्य ज्ञान के प्रश्नों से आक्रांत कर दिया। तब ऋषि याज्ञवल्क्य को गार्गी को चुप कराते हुए कहना पड़ा कि हे गार्गी अब इसके आगे प्रश्न करने पर तुम्हारे सिर के दो टुकड़े होकर भूमि पर गिर जाएँगे।[१]

प्राचीन काल की इस घटना की पुनरावृत्ति आठवीं सदी में तब हुई जब सनातन धर्म के रक्षक शंकराचार्य और आचार्य मंडन मिश्र के मध्य शास्त्रार्थ के समय निर्णायक की भूमिका के लिए मंडन मिश्र की पत्नी उभय भारती को चुना गया। मंडन मिश्र के निरुत्तरित हो जाने पर उभय भारती ने निर्णायक का पद छोड़कर अपने पति की अर्धांगिनी होने के नाते शंकराचार्य को शास्त्रार्थ के लिए चुनौती दी और कामशास्त्र के प्रश्नों के उत्तर देने के लिए ब्रह्मचारी संन्यासी शंकराचार्य को उनसे समय की याचना करने पर विवश कर दिया। विशिष्ट बात यह है कि कामशास्त्र की शिक्षा लेने के लिए शंकराचार्य ने परकाया गमन द्वारा एक विदुषी स्त्री से ही कामशास्त्र की शिक्षा ग्रहण की--ऐसी किंवदंती है।

ऋषिका श्रद्धा 'कामायनी' ग्रंथ के दशम् मंडल के १५१वें सूक्त की दृष्टा है। उक्त सूक्त के पाँच मंत्रों की देवता को भी श्रद्धा कहते हैं। श्रद्धा अपनी कामनाओं का मार्ग अन्यत्र ढूँढ़ने के कारण कामायनी श्रद्धा कहलाने लगी। ऋषिका श्रद्धा का कथन है कि सफल जीवन के लिए श्रद्धा अनिवार्य है। श्रद्धा से संकल्प दृढ़ होता है। श्रद्धा के बल पर नए मार्ग, धन तथा लोकप्रियता प्राप्त होती है। ऋषिका, देवतामय, इंद्रमातर इंद्रियों के राजा मन को इंद्र बनानेवाली है। ऋग्वेद के दशम् मंडल के १५३वें सूक्त के पाँच मंत्रों की दृष्टा देवतामय का मानना है कि शारीरिक बल, सहनशक्ति और आत्मिक ओज के प्रभाव से ही मनुष्य काम, क्रोधादि वृत्रासुरों का नाश कर सकता है। माता के प्रयत्न के बिना पुत्र देव या इंद्र नहीं बन सकता है।

ऋषिका शची पोलोमी ग्रंथ मंडल के दसवें सूक्त १५९वें के छह सूक्तों[२] की दृष्टा है। शची पोलोमी का यह सूक्त आत्मविश्वास, उत्साह और सामर्थ्य को जाग्रत् करनेवाला आत्म-स्तुतिपरक है। प्रज्ञा, वाणी और कर्म इन तीनों गुणों का जीवन में समन्वय करनेवाली

---

१. श्रीदुर्गासप्तशती ऋग्वेदोक्त देवी सूक्तम्, पृष्ठ १८६ से १८८ तक।

२. कल्याण नारी अंक, वाचक्नवी गार्गी से उद्धृत।

शची कहलाती है। आत्मसम्मान की रक्षा करनेवाले प्रलोम की पुत्री प्रलोमजा गृहस्थ जीवन में शची बनकर विख्यात हुई।[१]

ऋषिका सर्पराज्ञी ऋग्वेद मंडल १०, सूक्त १८९ की मंत्र दृष्टा है। इस सूक्त के तीन मंत्र बड़े महत्त्वपूर्ण माने गए हैं। चारों वेदों में इन सूक्तों को स्थान दिया गया है। इस सूक्त का देवता सूर्य और छंद गायत्री है।

सूर्य और पृथ्वी के विषय में सूक्त में प्रगट भौगोलिक मान्यताएँ वैज्ञानिक तथा विविधतापूर्ण हैं। संक्षेप में ये मान्यताएँ निम्नलिखित हैं—

(क) परमात्मा और उसका प्रतिनिधि सूर्य जन्म से लेकर मृत्युपर्यंत प्राणी में जीवन, प्रकाश तथा सुख का संचार करते हैं।

(ख) पृथ्वीलोक अपने जल सहित सूर्य की परिक्रमा करता रहता है।

(ग) जीवात्मा जब तक शरीर में आश्रय लिये रहता है, तब तक वाक् आदि इंद्रियाँ दिन के बीस मुहूर्तों में विराजमान रहकर अपना कार्य करती रहती हैं।

जीवन-मृत्यु और पृथ्वी के जिन भौगोलिक सत्यों को मनुष्य जाति ने सदियों बाद खोजा और चर्चा कर सिद्धांतों का प्रतिपादन किया, उस शाश्वत सत्य को सदियों पूर्व एक स्त्री विद्वान् ने पौराणिक काल में ही न केवल विचार कर लिया, बल्कि उसका प्रतिपादन भी किया। यही स्त्री को अंत:दृष्टि और विद्वत्ता-ज्ञान का द्योतक, जिससे भयभीत होकर या फिर किसी षड्यंत्र के तहत उसकी अंत:दृष्टि सूक्ष्म विवेचन शक्ति को रोकने, दबाने तथा पुरुषों के पीछे रहने को न केवल विवश किया गया, बल्कि उसे सभी प्रकार की बौद्धिक चेतनापूर्ण विवेचनाओं से दूर रखने का सार्थक प्रयास भी किया गया।

पश्चिम के प्रसिद्ध विद्वान् क्रोजर ने भारतीय संस्कृति के विषय में आर्य महिलाओं में आध्यात्मिकता की चर्चा करते हुए कहा है—

'If there is any country on earth which can justify claim the honour of having been the cradle of the human race or atleast the scene of primitive civilization the successive development of which is the second life of man that country is assuredly India."[2]

यदि पृथ्वी पर कोई ऐसा देश है, जो सत्य का गौरव रखता हो तो वह मानव जाति का आदिस्थान, प्रथम सुधार और सभ्यता का आदिस्थान नि:संशय भारतवर्ष ही है। इसी संदर्भ में विद्वान् स्माइल्स की पंक्तियाँ भी उद्धृत करने योग्य हैं—

"It is of momentous importance that a nation should have a great

---

१. प्रेमनाथ चतुर्वेदी, महिला पत्रकार एवं पत्रिकाएँ।

२. लेखक दुर्गाशंकरजी नागर, कल्याण नारी अंक से।

past look upon."

अपने राष्ट्र जीवन और दृष्टि को विशाल बनाने के लिए प्रभावशाली भूतकाल का गौरवपूर्ण होना अति आवश्यक है, तभी हम कठिन से कठिन अवस्था में भी निर्भय होकर सिर ऊँचा रख सकते हैं।

सहभागिता

भारतीय संस्कृति का आधार स्त्री-पुरुष, पुरुष-पुरुष, स्त्री-स्त्री की समानता का भी है। ऋग्वेद में पति-पत्नी की पारस्परिक सहधर्मिता की चर्चा करते हुए ऋषि कहते हैं—

"ॐ सहनाभवतु सहनो भुनक्तु सहवीर्यम् करवावहे।
तेजस्विना व धीतमस्तु मा विद्विषामहे॥"

ॐ हम सब साथ-साथ रहें, साथ-साथ भोजन करें, साथ-साथ वीरता करते हुए तेजस्विता के साथ बिना द्वेष के साथ-साथ जिएँ।

'भविष्य पुराण' के सातवें अध्याय में आया है—'पुमानर्द्धपुमास्तावद्या वद्रार्या न विन्दति' यानी पुरुष का कलेवर तब तक पूर्णता को धारण नहीं करता जब तक कि उसके आधे को आकर नारी भर नहीं देती है। वहीं पर एक अन्य श्लोक भी आता है, जो स्त्री-पुरुष की सहधर्मिता की चर्चा करता है—

एक चक्रो रथो यद्वदेकपक्षो यथा खगः।
अभार्योऽपि नरस्तद्वदयोग्यः सर्वकर्मसु॥

अर्थात् जिस तरह एक चक्के का रथ लुढ़ककर कुछ दूर जाएगा और एक पाँख से चिड़िया फड़फड़ाकर ही रह जाएगी, थोड़ी दूर भी नहीं उड़ सकेगी, उसी तरह अकेला पुरुष कोई कार्य नहीं कर सकता, वह पुरुषों के सामर्थ्य के बाहर की बात है। इसी बात को कविकुलगुरु कालिदास ने भी लिखा है—"गृहिणी सचिव सखी मित्र प्रिय शिष्या ललिते कला विधो।" अर्थात् मानव जीवन तभी सुखमय होता है, जबकि वह थोड़ी देर के लिए भी अपना भार किसी पर सौंपकर सुस्ता ले, गुप्त वस्तुओं के भार से थका हुआ दाहिना हाथ बाएँ हाथ को गठरी देकर जिस शांति का अनुभव करता है, वह अन्यत्र दुर्लभ है। मात्र पति-पत्नी के सहज संबंध में ही इसकी संभावना बनती है।

'महाभारत' के 'अनुशासन पर्व' के १४६वें अध्याय में आया है—

देववत् सतत साध्वी भर्तार मनुपश्यति।
दाम्पत्योरेष वे धर्मः सहधर्मकृतः शुभः॥

अर्थात् पत्नी अगर पति को देवता रूप में देखती है तो पति भी उसे उसी भाव से देखता है, क्योंकि दांपत्य जीवन का आधार सहचारिता ही है।

'विष्णु पुराण' प्रथमांश के चौथे अध्याय में लिखा है—अर्धनारी नरः वपु

प्रचण्डोद्वतिशरीरवान् विभजात्मानामित्युक्तवा तं ब्रह्मांतर्दध ततः। अर्थात् सृष्टि के प्रारंभ में रुद्र आधे शरीर से पुरुष और आधे शरीर से स्त्री हुए, जिसे देखकर ब्रह्मा संतुष्ट हुए और उन्होंने बताया, अब इसका विभाजन कर सृष्टि आरंभ की जाए। ऐसी स्थिति में एक ही शरीर को दो टुकड़ों में बाँटने पर उनका मूलाधार एक ही रहेगा और उनकी सहभागिता ही सृष्टि को सुचारु रूप से चला सकती है। जिन कार्यों को पुरुष कर सकते हैं, उन्हें स्त्रियाँ भी कर लेती हैं और आदि काल से करती आई हैं। पढ़ना-लिखना हो, वीरतापूर्ण कार्य हो या बुद्धिमत्ता पूर्ण कार्य, अवसर मिलने पर उन्होंने अपनी योग्यता व क्षमता को सदा प्रमाणित किया है। जहाँ ऋग्वेद में रोमशा, घोषा, विश्रावारा तथा इंद्राणी ऋषिकाएँ[१] थीं और उन्होंने मंत्रों की रचना की है, वहीं मुद्गल पुत्री इंद्रसेना ने बड़ी चतुराई के साथ रथ संचालन कर इंद्र के शत्रुओं का विनाश कर सहस्रों गौ चोरों को वीरतापूर्वक भगा दिया। अस्त्र संचालन कला के अलावा अन्य कलाओं में भी स्त्रियाँ पारंगत थीं।[२] दूतकर्म भी स्त्रियों के द्वारा किया गया, जिसका सर्वश्रेष्ठ उदाहरण इंद्र की ओर से दूती बनकर गई सरमा ऋषिका थी।

पणिक और सरमा संवाद पढ़कर तत्कालीन स्त्रियों की बुद्धि की प्रखरता का सहज ही अनुमान किया जा सकता है—

पत्नी मूलं गृहे पुंसा यदिच्छन्दानुवर्तिनी।
तथा धर्मार्थ कामानां त्रिवर्ग फलमश्णुते॥

अर्थात् पुरुष तभी गृहस्थ कहला सकता है, जबकि अनुकूल पत्नीवान् हो; उसी पत्नी के सहारे वह त्रिवर्ग का फल भोग करता है; दक्ष प्रजापति ने कहा है—अर्थात् जिस तरह माली बीजू आम में कलम बाँधकर दोनों को एकाव्यय कर देता है, उसी तरह हिंदू धर्मशास्त्र वैवाहिक सूत्र में बाँधकर नर-नारी को एक कर देता है। इसी कारण से पत्नी को अर्द्धांगिनी कहा जाता है।

इसी सूत्र में आगे कहा गया है—

धर्मअर्थ तथा कामं लभन्ते स्थानमेव च।
निः सपन्नं च भतरिं नार्यः सद्वृत्तमाश्रिताः॥

अर्थात् जो नारी सदाचारी होने के साथ ही धर्म-अर्थ-काम के साथ-साथ निष्कंटक रूप से पति का उपभोग करती है और पति के हृदय में उच्च स्थान के साथ-साथ नर के अधीष्ठ को धारण करती है।[३]

---

१. प्रेमनाथ चतुर्वेदी महिला पत्र एवं पत्रकार।

२. ऋग्वेद १०/१०८, दक्षस्मृति का वचन।

३. कल्याण नारी अंक, पृष्ठ १५९ से १६१ तक, लेखक साहित्याचार्य भाव 'नारी नर की अर्द्धांगिनी' लेख से।

लेखक साहित्याचार्य भाव 'नारी नर की अर्द्धांगिनी' लेख में लिखा गृहं गृहमित्याहुः गृहिणी गृहमुज्यते'—ईंट-गारे के मकान को घर नहीं कहते, बल्कि गृहिणी ही गृह कहलाती है। यानी गृहस्थाश्रम का संपूर्ण दारोमदार स्त्री शक्ति, स्त्री कामना और उसके द्वारा व्यक्त भावना पर ही आधारित है।

हमारे शास्त्रकारों ने नारी को रक्षणीय भले ही कहा हो, उपेक्षणीय कभी भी नहीं कहा है। भारतीय संस्कृति के अनुसार—

सर्वे भवन्तु सुखिनः सर्वे सन्तु निरामयाः।
सर्वे भद्राणि पश्यन्तु मा कश्चिद भाग्भवेत्॥

सब लोग सुखी हों, सब लोग निरोगी हो, सब लोग अच्छा देखें और किसी को कोई दुःख न हो। सारे जगत् की मंगलकामना करनेवाले इस मंत्र में ही भारतीय संस्कृति की मूल आत्मा निहित है। सभी प्राणियों के सुखी, संतुष्ट और निरोगी होने की कामना करने के साथ-साथ सभी एक-दूसरे का अच्छा देखें-सुनें, यह सार्वभौमिक कल्याण की भावना केवल भारतीय संस्कृति में ही संभव है। सार्वभौमिक कल्याण की इन्हीं भावनाओं को अलग-अलग ग्रंथों में अलग-अलग तरह से, अलग-अलग समय में भारतीय ऋषि और विद्वान् व्यक्त करते रहे हैं। कभी यह कल्याण की भावना 'जीवेम शरदः शतम् पश्येम शरदः शतम्' की कामना में प्रकट होती है तो कभी समस्त चराचर जगत् को एक परिवार बताते हुए 'वसुधैव कुटुंबकम्' की धारणा के रूप में परिलक्षित होती है। भारतीय संस्कृति की सदियों पूर्व की जानेवाली यह कामना आज के आधुनिक युग में भूमंडलीकरण के रूप में साकार हो चुकी है। आज पूरी दुनिया एक 'ग्लोबल विलेज' के रूप में देखी जाती है।

वैचारिक रूप से इतनी महान् संपूर्ण भारतीय संस्कृति में जब सब के कल्याण की कामना की जाती रही है, तब स्त्री जाति की उपेक्षा की गई हो, ऐसा संभव नहीं लगता है। वहीं सदियों से समाज में घरों में कैद दिल-दिमागवाली स्त्रियों को देखकर सोचना आवश्यक हो जाता है कि वास्तविकता क्या है या क्या रही होगी? इसलिए हमें वैदिक युग की पड़ताल करनी होगी, जहाँ से आर्य संस्कृति, भारतीय संस्कृति की परंपरा का हमें ज्ञान होता है।

भारतीय संस्कृति में ऋग्वेद के दशम मंडल के प्रथम सूक्त की ऋषिका वाक् है, जो सूक्त में कहती है—मैं पुरुष को जनती हूँ, मैं ईश्वर पर श्रद्धा करती हूँ, और ईश्वर से प्रार्थना करती हूँ कि वह उसे संत, ऋषि या ब्राह्मण बनाए। स्त्रीत्व की इतनी बड़ी अभ्यर्थना अन्य किसी रूप में संभव ही नहीं है, स्त्री की इसी शक्ति को विभिन्न रूपों में विभिन्न प्रकार से बारंबार विभिन्न विद्वानों द्वारा प्रमाणित करने का प्रयास किया गया है।

भारतीय ऋषिकाएँ व उनका योगदान

वेदों से अनुप्राणित भारतीय संस्कृति में नारी का स्थान पुरुषों से ऊपर है। मनु ने माना है—

यत्र नार्यस्तु पूजयन्ते रमन्ते तत्र देवता:।
यत्रैतास्तु न पूज्यन्ते, सर्वास्तत्राफला: क्रिया: ॥

जहाँ स्त्रियों का सम्मान होता है, वहाँ देवता निवास करते हैं। जहाँ ऐसा नहीं होता, वहाँ सारे प्रयत्न निष्फल हो जाते हैं।

नारियों की पूजा की बात न कहकर अगर हम आगे के विश्लेषण पर ध्यान दें तो कहा जाना चाहिए, जहाँ स्त्रियाँ इतनी विद्वान् हैं कि वे ईश्वर अर्चन में सक्षम हैं, वहीं देवताओं का निवास होता है—अर्थात् जहाँ स्त्रियाँ विद्याध्ययन करती हैं, वह स्थल देव निवास तुल्य हो जाता है। वेद मंत्रों में अर्थ का दर्शन करने और तदनुसार आचरण करनेवाले ऋषि कहलाते थे। स्त्रियाँ भी ऋषियों के समान आचरण करने पर ऋषिकाएँ कहलाती थीं। वेद मंत्रों के दृष्टा कुल ऋषि ५२५ हैं, इनमें मात्र २९ ही ऋषिकाएँ हैं। ऋषिकाओं की संख्या कम होते हुए भी उनके द्वारा दृष्ट मंत्रों का ज्ञान महत्त्वपूर्ण है, बल्कि देखा जाए तो आरंभिक मंत्रों की दृष्टा ऋषिकाओं की संख्या ही अधिक है। ऊषा, वाक्, यमी, रात्रि, जुहू, संध्या, पूषा आदि प्रारंभिक मंत्रों की दृष्टा ऋषिकाएँ हैं तथा उनके द्वारा दृष्टव्य मंत्रों में जीवनोपयोगी क्रियाकलापों की चर्चा की गई है, जिनकी उपयोगिता जीवन और समाज को सहज रूप से चलाने के लिए आवश्यक है। यानी कि स्त्रियों द्वारा संचित ज्ञान कहीं अधिक व्यावहारिक रहा है। ऋषियों द्वारा संचित ज्ञान में अधिकांशत: ऐसी बातों की चर्चा की गई है, जिनमें लोकोत्तर या अध्यात्म की बातें अधिक हैं।

इंद्रसेना—ऋग्वेद के दसवें मंडल के सूक्त १०२ में १२ मंत्र हैं, इन मंत्रों में मुद्गल ऋषि की पत्नी इंद्रसेना के पराक्रम का वर्णन है। इंद्रसेना ने रथ पर चढ़कर हजारों गौ चोरों को भगा दिया था और गायों को मुक्त करा लिया था।

सरमा—ऋग्वेद के दसवें मंडल के १०८वें सूक्त में ११ मंत्र हैं। इन मंत्रों में इंद्रसेना के समान ही सरमा के साहस का वर्णन है। वह गायों को चुरानेवालों का विरोध स्वयं को संकट में डालकर करती है। शत्रुओं के प्रलोभनों को नकारकर लोक कल्याणार्थ गौओं को छुड़ा लाती है।[1]

गोधा—ऋग्वेद के दसवें मंडल के १३८वें सूक्त में छह मंत्र हैं। इन मंत्रों की दृष्टा गोधा है। गोधा महान् साधक है। वह आराधना, जप, होम आदि में लगी रहती है। वह आलस्य को अपन पास फटकने भी नहीं देती है।[2]

---

१. कल्याण नारी अंक, पृ. ३९८

२. प्रेमनाथ चतुर्वेदी, महिला पत्र एवं पत्रकार।

जुहू—वाणी की अव्यक्त अवस्था को 'ब्रह्मजाया' कहते हैं। व्यक्त अवस्था में उसे 'जुहू' कहते हैं। ग्रंथ के १०९वें सूक्त के सात ७ मंत्रों में यज्ञ विज्ञान का वर्णन है। बृहस्पति की पत्नी जुहू ने यज्ञ विज्ञान का रहस्य पति को समझाया था। यही बृहस्पति देवताओं के गुरु हुए।[१]

यमी—ऋग्वेद के दशवें मंडल के १५८वें सूक्त के पाँच मंत्रों की दृष्टा यमी है। इन मंत्रों में पुनर्जन्म में इस जन्म के गुणों, वोरता और विद्याओं के प्राप्त करने की कामना है। पहले ही मंत्र में कहा गया है कि आप अगले जन्म में साम, यजु और अथर्ववेद का ज्ञान पाने का प्रयास करें।[२]

सार्पराज्ञी—ऋग्वेद के १०वें मंडल के १८९वें सूक्त के तीन मंत्रों की दृष्टा सार्पराज्ञी है। इन मंत्रों में पृथ्वी और सूर्य के व्यवहार का वर्णन है। सूर्य के प्रकाश से प्राप्त होनेवाले लाभ का भी वर्णन मिलता है, जो आधुनिक विज्ञान में सूर्य ऊर्जा पर होनेवाले शोधों की निरंतरता और ऊर्जा की प्रबलता के रूप में साक्षात् द्रष्टव्य है।[३]

ब्रह्मवादिनी शश्वृती (शश्वती)—अंगिरा ऋषि की पुत्री शश्वती अर्म नामक राजा की पत्नी थी। ऋग्वेद के अष्टम मंडल में चौंतीस आख्यान हैं कि शश्वती का पति प्लायोग का पुत्र अमं ऋषि शापवश नपुंसक हो गया था। ऋषि मेधातिथि के निर्देशानुसार शश्वती के तप से अमं को पुनः पौरुष प्राप्त हुआ। उक्त मंत्र से ऐसा संकेत मिलता है कि ऋषि मेधातिथि द्वारा निर्देशित किसी औषधि या क्रिया द्वारा अमं रोग-मुक्त हुए थे।[४]

ब्रह्मवादिनी ममता—ममता दीर्घतमा ऋषि की माता थीं। वे बड़ी विदुषी एवं ब्रह्मज्ञान संपन्न थीं, अग्नि के उद्देश्य से अग्नि के स्तुति पाठ के रूप में द्रष्टव्य मंत्रों की दृष्टा भी। ऋग्वेद संहिता के प्रथम मंडल के दशम सूक्त की ऋचा में जिसका वर्णन है, जिसे अग्नि प्रज्वलित करने के उद्देश्य से इस स्तोत्र को पवित्र घृत के रूप में अर्पण करते हैं। ममता के ही दूसरे पुत्र दीर्घश्रवा ऋषि के रूप में प्रसिद्ध हुए।[५]

ब्रह्मवादिनी उशिज—ब्रह्मवादिनी ममता के पुत्र दीर्घतमा ऋषि की पत्नी का नाम उशिज था, जो प्रसिद्ध ऋषि कुक्षीवान् की माता थी। ऋग्वेद के प्रथम मंडल के ११६ से लेकर १२१ तक पाँचों मंत्रों की दृष्टा ब्रह्मवादिनी उशिज मानी जाती है। इन्हीं के पुत्र उशिज की पुत्री घोषा प्रसिद्ध ऋषिकाओं की पंक्ति को सुशोभित करती है।[६]

ब्रह्मवादिनी घोषा—ऋषि कुक्षीवान की पुत्री घोषा ने परिवार की स्त्रियों की ब्रह्मवादिनी परंपरा को पोषित किया। इनको कोढ़ का रोग हो गया था। ब्रह्मवादिनी घोषा

१-४. प्रेमनाथ चतुर्वेदी महिला पत्र एवं पत्रकार

५. कल्याण नारी अंक पृष्ठ ३९९

६. कल्याण नारी अंक पृष्ठ ३९२

ऋग्वेद के दशम् मंडल के ३९वें तथा ४०वें दोनों सूक्तों की रचनाकार हैं। उन्होंने अश्विनी कुमारों को प्रसन्न कर अपने शरीर को कोढ़ रोग से मुक्ति दिलाई थी।[१]

ब्रह्मवादिनी विश्रवारा—अत्रि महर्षि के वंश में उत्पन्न विश्रवारा ऋग्वेद के पाँचवें मंडल के द्वितीय अनुवांक के अट्ठाईसवें सूत्र की दृष्टा है। इन ऋचाओं में अग्नि का आह्वान किया गया और इनसे सतत प्रज्वलित रहने की कामना भी की गई है।[२]

ब्रह्मवादिनी अपाला—ये भी अत्रि मुनि के वंश में ही उत्पन्न हुई थीं। किंवदंती है कि अपाला को कुष्ठ रोग हो गया था, जिसके कारण पति ने उन्हें छोड़ दिया था। ऋग्वेद के अष्टम् मंडल के ९७वें सूक्त की २९वीं ऋचाओं की दृष्टा अपाला ऋषिका ही है।

इन ऋचाओं में इंद्र की अभ्यर्थना की गई है। कहा जाता है इन ऋचाओं की दृष्टा होने के पश्चात् अपाला का कोढ़ दूर हो गया तथा उनके पिता के उड़े हुए केश फिर से उग आए और उनके खेत भी हरे-भरे हो गए।

ब्रह्मवादिनी वाक्—वाक् ऋषि अम्भृण की पुत्री थी, जिस कारण से इन्हें 'वागम्भृणी' भी कहते हैं। 'ऋग्वेद संहिता' के दशम् मंडल के १२५वें सूक्त में ऋग्वेदोक्त 'देवीसूक्त' नाम से जो आठ मंत्र हैं, वे इन्हीं के द्वारा रचे गए हैं। अद्वैतवाद का प्रतिपादन करके वाक् ने इन मंत्रों का साक्षात्कार कर भगवती देवी के साथ सायुज्य प्राप्त किया। 'दुर्गा सप्तशती' या चंडीपाठ में उक्त 'देवीसूक्त' पाठ का बहुत माहात्म्य है। इन मंत्रों में ब्रह्मवादिनी वाक् ने स्वयं को संपूर्ण जगत् की अधीश्वरी, परब्रह्म को अपने से अभिन्न रूप में जाननेवाली तथा पूजनीय देवताओं में प्रधान बताया है। वे कहती हैं कि मैं स्वयं ही देवताओं, मनुष्यों के द्वारा संचित इस दुर्लभ तत्त्व का वर्णन करती हूँ। मैं जिस-जिस पुरुष की रक्षा करना चाहती हूँ, उस-उसको सबकी अपेक्षा अधिक शक्तिशाली बना देती हूँ। उसी को सृष्टिकर्ता ब्रह्मा, परोक्ष रूप से ज्ञान संपन्न ऋषि एवं उत्तम मेधाशक्ति से युक्त ब्राह्मण बनाते है।[३]

ब्रह्मवादिनी सूर्या—ऋग्वेद के दशम् मंडल के ८५वें सूक्त की ४७ ऋचाओं की दृष्टा ब्रह्मवादिनी सूर्या है।[४] यह सूक्त विवाह संबंधी है। आरंभ की ऋचाओं में चंद्रमा के साथ सूर्या के विवाह का वर्णन है। वेद की ऋचाओं के तीन अर्थ हैं, परंतु वे केवल आध्यात्मिक अर्थ रूप ही हैं, इतिहास नहीं है। चंद्रमा के साथ सूर्य के विवाह का आध्यात्मिक अर्थ और ऐतिहासिक तथ्य भी है, जहाँ चंद्र और सूर्य को नक्षत्र रूप में ग्रहण किया गया है। इन ऋचाओं में सुखी दांपत्य जीवन की कामना के साथ वधू को

---

१. वही, पृ. ३९३

२. कल्याण नारी अंक, पृ. ३९२,

३. वही, पृ. ३९३

४. वही

पति-गृह की साम्राज्ञी होने के आशीर्वाद भी देती है। जिसमें वर वधू से कहता है—सौभाग्य के लिए मैं तेरा पाणिग्रहण करता हूँ। पति रूप में मेरे साथ ही तू बूढ़ी होना।

ब्रह्मवादिनी रोमशा—रोमशा देवगुरु बृहस्पति की पुत्री तथा भावभव्य की पत्नी थी। शरीर में रोमावली की अधिकता के कारण पति स्नेह से वंचित रोमशा ऋग्वेद संहिता के प्रथम मंडल के १२६ वें सूक्त की सात ऋचाओं की दृष्टा है। यह अकेली ब्रह्मवादिनी है, जो स्त्रियों की बुद्धि-विवेक के विकास की कामना करती है। वेद शास्त्रों की अनेक शाखाएँ इनके शरीर के रोम माने जाते हैं। रोमशा ने स्त्री के बाह्य सौंदर्य के स्थान पर उसकी बुद्धि, विवेक और गुण का प्रचार किया।[१]

वाचक्वनवी गार्गी—वैदिक साहित्य के ब्रह्मवादिनी विदुषी गार्गी का नाम बहुत प्रसिद्ध है।[२] इनका असली नाम क्या था, यह तो किसी को नहीं पता है, लेकिन इनके पिता का नाम वचक्नु था। उनकी पुत्री होने के कारण ही इन्हें 'वाचक्वनवी गार्गी' कहते हैं। गर्ग गोत्र में उत्पन्न होने के कारण ही ये 'गार्गी' कहलाईं। 'वृहदारण्यकोपनिषद्' में एक शास्त्रार्थ का प्रसंग का वर्णन है, जिसमें विदेह देश के राजा जनक ने गोशाला में एक हजार गऊएँ बँधवा रखी थीं। उनमें प्रत्येक के सींगों में दस-दस पाध स्वर्ण बँधा हुआ था, जो सबसे बड़े ब्रह्मवेत्ता के लिए था। राजा की घोषणा सुनकर किसी भी ब्राह्मण में साहस नहीं था कि वह उनको ले जाए। तब सबको मौन देखकर ऋषि याज्ञवल्क्य ने अपने शिष्य सौम्य को गायें हाँकने का आदेश दिया। तब ऋषि अश्वल ने याज्ञवल्क्य से पूछा—क्या तुम्हीं सबसे बढ़कर ब्रह्मवेत्ता हो? तो उन्होंने कहा—नहीं, हमें केवल गौओं की आवश्यकता है, इसलिए ले जा रहे हैं। इसके साथ ही शास्त्रार्थ प्रारंभ हो गया। जब एक-एक करके सभी ऋषि मौन हो गए, तब गार्गी ने प्रश्न आरंभ किए। वायु, आकाश, अंतरिक्ष के संबंध में प्रश्नोत्तर के पश्चात् जब गार्गी ने ब्रह्मलोक के विषय में प्रश्न किया, तब याज्ञवल्क्य ने उन्हें चेतावनी देते हुए कहा कि यह उत्तर की सीमा है, अगर इसके आगे प्रश्न करेगी तो तेरा मस्तक गिर जाएगा।

ब्रह्मवादिनी राक्षसी कर्कटी–

हिमालयस्योत्तरे देशे कर्कटी नाम राक्षसी।
तस्याः स्मरण मात्रेण दुःस्वप्न समिति प्रजेत॥

कहा जाता है कि इस श्लोक को पढ़कर सोने से बुरे स्वप्न नहीं दिखलाई पड़ते हैं। 'योग वसिष्ठ' के 'उत्पत्ति खंड' में यह कथा है। राक्षसी कर्कटी ने ब्रह्मा की तपस्या कर

---

१. कल्याण नारी अंक, पृ. ३९२,
२. वही, पृ. ३९३

सूचिका होने का वर माँगा और किरात राज्य तथा महामंत्री से अनेक ज्ञानपूर्ण प्रश्नोत्तर किए और प्रसन्न होकर किरात राज्य को विषूचिका से रक्षित करनेवाले मंत्र का ज्ञान दिया।[1]

भारत में स्त्री लेखन

बौद्धकालीन स्त्री लेखन

भारतीय सभ्यता प्राचीन सभ्यता है, जिसके तंतु हड़प्पा और मोहनजोदड़ो कालीन सभ्यता से जुड़ते हैं। दक्षिण में मातृसत्तावाली सभ्यता के अस्तित्व के बावजूद छठी शती तक महिलाओं के लेखन का कोई भी उदाहरण नहीं मिलता है। भारत में सर्वप्रथम महिला का लेखन बौद्धमत के स्थायित्व के साथ ही द्रष्टव्य होता है। बौद्धमत द्वारा प्राप्त स्वतंत्रता और समानता के आधार पर स्त्रियों को सर्वप्रथम कलम हाथ में लेकर अपने विचारों के अंकन करने की छूट मिली। जिसने स्त्रियों के सदियों से बंद दिमागों को कल्पना के खुले आकाश में उड़ान भरने के लिए उकसाया। भारत में प्राप्त होनेवाला महिला साहित्य सर्वप्रथम छठी शती में प्राप्त होता है, जो आमतौर पर बुद्ध की समकालीन कवयित्रियों द्वारा रचा गया है और जो बौद्ध भिक्षुणियों द्वारा रचे गए भावगीत के रूप में है।[2]

मुट्टा नामक एक कवयित्री के लेखन को पाली से अनुवादित किया गया है, जिसमें मुट्टा कहती है कि तत्कालीन समाज में घर-परिवार से कुंठित महिलाओं के लिए धार्मिक पलायन ही एक मात्र मार्ग था।

कालांतर में इसमें स्त्रीत्व के गौरव और यौनिकता का भी संचार हुआ। १०० बी.सी.-२५० ए.ओ. के बीच के समय में संगम कवियों की रचनाओं का प्राधान्य था, जो अधिकांशत: स्त्रीत्व और स्त्री-देह की चर्चा से भरी हुई थीं। थारू और ललिता द्वारा संदर्भित कविताओं के भाव इतने सशक्त रूप में यौनिक स्वातंत्र्य और यौनिक सुख की चर्चा करते हैं, जो उस समय के लिए बिलकुल अनपेक्षित था। एस.एस. कल्पना कहती हैं कि इन कविताओं के साथ उपलब्ध सामग्री द्वारा ज्ञात होता है कि युवतियाँ इन गीतों को बीज बोते, पानी भरते या धान कूटते समय निर्बाध रूप से गाती थीं। अधिकांश भावगीतों की रचना खेतों में पकते धान की रखवाली करते समय की गई है।

ए.के. रामानुजम ने संगम काल की अधिकांश कविताओं का अनुवाद किया है। उनका कहना है कि इन गीतों में लैंगिक भेद का बोध पूरे तौर पर उभरकर आया है। स्त्रियों द्वारा लिखे गए गीतों में युद्धों, तलवार और सेना को निस्सारता, मूर्खता

---

१. कल्याण नारी अंक, पृ. ६०१

२. 'वुमेन एजूकेशन इन एंसिएंट ऐंड मिडीवियल इंडिया' में 'लिटरेरी अचीवमेंट ऑफ इंडियन वुमेन', लेखिका हंसा मेहता, पृ. १०१

बताते हुए शारीरिक प्रेम और देह-सुख की आवश्यकता पर बार-बार चर्चा की गई है।

वासिष्ठी लिखित भावगीत में उसने अपने जीवन की पीड़ा का वर्णन करते हुए लिखा है कि वर्षों से अपने मृत बेटे के दुःख में इधर-उधर भटकती फिर रही थी। अंत में मिथिला नगर को सौभाग्यशाली बनानेवाले बुद्ध को मैंने देखा। उन्होंने मुझे जो शिक्षा दी, उससे मुझे अपने दुःख का कारण समझ में आया। वहीं सुमना कहती है कि जीवन स्रोत को समाप्त कर जीवन-मरण, दुःख के पार उस रास्ते पर चले, जहाँ अनंत शांति सुख है। संघा अपने जीवन का स्मरण करते हुए कहती हैं कि मैंने अपनी दुनिया, अपना घर-बार, बच्चा और इच्छाओं को छोड़ दिया है। अज्ञान से दूर आकर दुःख और दुःख के कारण, दोनों से दूर होकर अब मै शांत होकर निर्वाण की शांति का अनुभव कर रही हूँ।

मेटिका कहती है कि मैं बीमार, अशक्त बूढ़ी हो चुकी हूँ, फिर भी मैं अपने दंड के सहारे पर्वतों पर चढ़ती गई, मेरे वस्त्र फट गए, मेरा भोजन पात्र गिर गया, लेकिन इस पर्वत की चट्टान पर खड़ी होकर मैं अपनी आत्मा में जिस स्वतंत्रता का अनुभव कर रही हूँ, वह अवर्चनीय है। आखिरकार मैं जीत गई और बुद्धत्व की कामना साकार हो उठी है।

संगम काल की आठ कविताएँ और दस भावगीत सर्वाधिक चर्चित हैं। भारतीय साहित्य में 'सर्वधर्म समभाव' की चर्चा करनेवाले साहित्य के प्रारंभिक रूप में इन्हीं कविताओं को स्थान दिया जा सकता है। एस.एस. कल्पना का विचार है कि इन गीतों में पौराणिक आख्यानों और संस्कृत शब्दों की अनुपस्थिति से दो निष्कर्ष निकाले जा सकते हैं कि इन गीतों का रचनाकाल उत्तरी क्षेत्र में आर्य सभ्यता की स्थापना के पूर्व का है; क्योंकि यह वही समय है जिस समय नालंदा विश्वविद्यालय की स्थापना की गई थी। जहाँ स्त्री-पुरुषों को समान रूप से शिक्षा दी जाती थी। हालाँकि विश्वविद्यालय से संबंधित सभी तथ्य नष्ट हो चुके हैं। फिर भी इससे इनकार नहीं किया जा सकता है कि उस समय भारतीय साहित्य के संबंध में स्त्रियों की महती भूमिका रही होगी।

१२वीं शती में कन्नड़ की अक्का महादेवी नामक कवयित्री ने अपने काव्य और दिनचर्या से पितृसत्तात्मक समाज को चुनौती दी। बौद्ध मत के प्रसार के पश्चात् इसलाम के तेजी से बढ़ी स्वीकार्यता ने वर्ण व्यवस्था पर एक नई सोच की आवश्यकता पर बल दिया। आध्यात्मिकता के इस नए दौर में भक्ति आंदोलन का जन्म हुआ, जिसमें स्त्री और पुरुषों ने समान रूप से भागीदारी की। समकालीन संवेदनात्मक स्तर पर झिझोड़नेवाली कविताओं की रचना भक्तिकाल में अनेक स्त्रियों ने की, जिनकी सामाजिक प्रतिष्ठा न होते हुए भी संवेदना के स्तर पर उनकी प्रशंसा किए बिना नहीं रहा जाता है। भक्तिकाल में काव्य रचना करनेवाली स्त्रियों में जहाँ दरबारी गायिकाएँ, नर्तकियाँ और वेश्याएँ भी

शामिल थीं तो वहीं राजघराने की महिलाएँ भी थीं। इसके बाद भी महिला लेखन को धर्म और भगवान् के नाम पर भेदभाव कर उसका दमन किया गया। महाराष्ट्र के वरकारी संप्रदाय की संत जनाबाई थीं। उन्होंने अपनी रचनाओं में भगवान् को भी अपने वर्ण का मानकर सखाभाव से काव्य की रचना की। भारतीय इतिहास का यही समय ईरानी साम्राज्य की स्थापना का होने का भी था, जिसके कारण अनेक मुसलिम स्त्रियों ने भी साहित्य रचना की; क्योंकि इसलाम में कुरान पढ़ना स्त्री-पुरुष दोनों के लिए आवश्यक होने के कारण स्त्रियों की शिक्षा आवश्यक थी। धर्म के इसी प्रावधान का लाभ उठाकर मुसलिम स्त्रियों ने अपने अनुभवों और अपने बारे में लिखा। सन् १५८७ में शहजादी गुलबदन द्वारा लिखित 'हुमायूँनामा' प्राप्त होता है, जो भारत के शक्तिशाली सम्राट् के जीवन की घटनाओं के बारे में लिखा गया है। १८९८ में एनेटे ब्रेवरिसे ने जब 'हुमायूँनामा' का अंग्रेजी अनुवाद किया तो उसे किसी 'भारतीय महिला द्वारा लिखी गई प्रथम औपन्यासिक आत्मकथा' कहा गया। सन् १७३० में तंजौर के नायक साम्राज्य में मधुपालिनी नामक राजनर्तकी थी। साहित्य-कला में रुचि रखनेवाले नायक सम्राट् के द्वारा अनेक कलाविदों-कवियों को संरक्षण प्रदान किया जाता था, जिसमें से एक रामभद्रंबा भी थी, जो आठ भाषाओं में काव्य रचना करती थी। मधुपालिनी द्वारा रचित 'राधिका संथावनम' नामक काव्य में पाँच सौ चौरासी कविताएँ संगृहीत हैं, जो तेलुगु साहित्य की अमूल्य निधि हैं।

तत्कालीन समाज में सामान्यत: राजदरबार की नर्तकियों और गायिकाओं को ही कला साहित्य का ज्ञान होता था। संभ्रांत समाज में उनका स्थान प्रतिष्ठापूर्ण होता था। राजकीय संरक्षण के कारण वे अपनी धन-संपदा के बल पर, जहाँ उन्हें कला साहित्य का ज्ञान अर्जन करने की स्वतंत्रता होती थी, वहीं मित्र और सखा चुनने के लिए भी वे स्वतंत्र होती थीं। एक अन्य राजनर्तकी का नाम साहित्य रचना के क्षेत्र में लिया जाता है, जिसने अपने ज्ञान के बल पर राजदरबारी कवयित्री एवं गीत रचनाकार का पद प्राप्त कर रखा था। आसफजाही सल्तनत की महालका-बाई-चंदा की कविताएँ उसके निधन के पश्चात् १८२४ में 'गुलजार-ए-महालका' नाम से प्रकाशित की गईं।[१]

सरोजनी नायडू (१८७९-१९४९)—उत्तर प्रदेश की प्रथम राज्यपाल सरोजनी नायडू स्वतंत्रता आंदोलन से जुड़ी प्रमुख नेत्रियों में से एक थीं।[२] मैट्रीकुलेशन के बाद इंग्लैंड चली गईं। १८९८ में भारत लौटकर वे एक राष्ट्रवादी नेता होने के साथ स्त्री अधिकारों की प्रमुख वक्ता बनीं। मुसलिम लीग, कांग्रेस के साथ-साथ इंडियन सोशल कॉन्फ्रेंस में

---

१. हंसा मेहता

२. हिंदी पत्रकारिता और राष्ट्रीय जागरण, सुजाता राय
Great women in sanskrit classics by Shiv Prasad Bhattacharya, in women education in ancient and medieval India.

कार्य करते समय अनेक सामाजिक सुधार आंदोलनों से जुड़ीं।

स्त्री शिक्षा, स्त्री उत्पीड़न और विधवा पुनर्विवाह के मुद्दों पर जमकर कार्य किया। सन् १९१४ में महात्मा गांधी के संपर्क में आईं और उनके आंदोलन से जुड़ीं। स्त्री अधिकारों के बारे में चर्चा करने के लिए सरोजनी नायडू १९१७ में मांटेग्यू से मिलने के लिए डेलीगेशन लेकर गईं। १९१८ में स्त्री-मताधिकार के लिए कांग्रेस सेशन में रिजोल्यूशन पास करवाने में सफल रहीं। होम रूल लीग के डेपुटेशन में सदस्य के रूप में इंग्लैंड भी गईं। १९१९ में महिला आंदोलन की संयोजिका बनकर उन्होंने पूरे भारत की यात्रा की और रौलट ऐक्ट का विरोध करने के लिए महिलाओं को उकसाया। १९२५ में नायडू भारतीय राष्ट्रीय कांग्रेस की अध्यक्ष चुनी गईं। १९२८ में वे अमेरिका गईं और कैथरीन मेयो द्वारा लिखित 'मदर इंडिया' से प्रचारित भ्रामक तथ्यों के खिलाफ अंग्रेजी में सुंदर कविताएँ लिखने के कारण उन्हें 'भारत कोकिला' कहकर पुकारा जाता था।

परवर्ती काल संस्कृत में स्त्रीलेखन

संस्कृत के प्रख्यात विद्वान् एवं शोधकर्ता डॉ. अभिराजराजेंद्र मिश्र ने उत्तर प्रदेश संस्कृत संस्थान द्वारा आयोजित संस्कृत एवं महिला लेखन विषय पर आयोजित एक संगोष्ठी में जो परचा पढ़ा, उसमें उन्होंने बताया कि वैदिक सूत्रों की रचयिताओं में ऋषिकाओं के अलावा उर्वशी और इंद्राणी जैसी स्त्रियों की भी चर्चा आती है, जिनमें उनके कार्यों का वर्णन किया गया है।

स्त्रियों की चर्चा करते समय अनेक अमूर्त चरित्रों की चर्चा भी वेदों में आती है, जैसे नदी (शतद्रू, विपाशा) उषा, सरस्वती, पूषा आदि। इनकी चर्चा वैदिक सूक्तों की रचनाकार की ऋषिकाओं के रूप में आती है या फिर उनकी अभ्यर्थना में रची प्रार्थनाओं के संदर्भ में आती है। हालाँकि श्रीमद्भागवत पुराण में रुक्मिणी द्वारा काव्य रचना की चर्चा आती है। श्रीकृष्ण को लिखे गए पत्र में अपनी व्यथा की चर्चा के लिए रुक्मिणी काव्य का सहारा लिया था, जिसे संसार में किसी राजकुमारी द्वारा लिखे गए प्रथम प्रेमपत्र की संज्ञा दी जा सकती है, जिसमें राजकन्या ने अपने घनीभूत प्रेम का वर्णन मनोहर काव्य द्वारा किया था। कालिदास रचित अभिज्ञानशाकुंतलम में शकुंतला द्वारा दुष्यंत को प्रेमपत्र भेजने का वर्णन आता है, जिसमें शकुंतला ने अपने विरह वर्णन काव्य के माध्यम से किया था। इसी से मिलते-जुलते कई अन्य उदाहरण पौराणिक आख्यानों में प्राप्त होते हैं।[१]

सही मायने में संस्कृत कवयित्रियों की परंपरा आठवीं शती से प्राप्त होती है।

---

१. अभिराजराजेंद्र मिश्र द्वारा लिखित परचा संदर्भ सामग्री के साथ संलग्न। संस्कृत साहित्य का इतिहास डॉ. शिवबालक द्विवेदी एवं सुशीला पांडे द्वारा लिखित।

वज्जिका या विस्जिका नाम की कवयित्री ने संस्कृत के प्रसिद्ध व्याकरणाचार्य का उल्लेख अपने काव्य में किया है, जिससे समझा जाता है कि वे निश्चित रूप से परवर्ती काल की कवयित्री हैं। विश्वस्त ऐतिहासिक स्रोत्रों के अनुसार यह पुलकेशिन द्वितीय दक्षिण के चालुक्य वंश के शासक की पुत्रवधू थीं। इनका विवाह ज्येष्ठपुत्र चंद्रादित्य से हुआ था।

इनकी काव्य श्रेष्ठता की प्रशंसा राजशेखर ने भी की थी। विज्जिका के काव्य की प्रशंसा व्यंजनार्थ संदर्भ में बार-बार की जाती है। शांर्ङ्गधर पद्धति में संकलित १००३ श्लोक को चंपक अन्योक्ति के लिए उद्‌धृत किया जाता है। एक अन्य कवयित्री शीला भट्टारिका का उल्लेख महाराजा भोज द्वारा रचित 'सरस्वती कांताभरणम्' में मिलता है, जिसमें उनकी पांचाली शैली में रचित संस्कृत काव्य की प्रशंसा की गई है। इनका रचना काल नवीं शती के आस-पास माना जाता है। यह भी किसी राजवंश से संबंधित मानी जाती है, जोकि इनके नाम के साथ जुड़े भट्टारिका शब्द से परिलक्षित होता है। आचार्य मम्मट ने अपने ग्रंथ 'काव्य प्रकाश' में शीला भट्टारिका के काव्य का उल्लेख किया है। शांर्ङ्गधर पद्धति में इनके रचे काव्य का उल्लेख स्फुटालंडारविरह, अर्थचाल के संदर्भ में किया है।

एक अन्य कवयित्री 'विकट नितंबा' का उल्लेख मिलता है, जोकि उपनाम लगता है, लेकिन इस कवयित्री का सही नाम अज्ञात है। अप्पया दीक्षित ने प्रस्तुत अलंकार के उदाहरण के लिए विकट नितंबा के बहुप्रचलित श्लोक का उल्लेख किया है। शांर्ङ्गधर पद्धति में गोविंद स्वामी और विकट नितंबा द्वारा संयुक्त रूप से रचित 'अभिसारिका' और 'नववधू संगम' के संबंध में उल्लेख मिलता है। अन्य कवयित्रियों में लक्ष्मी, मेटिका, सुभद्रा, इंदुलिखा, मरुत, फल्गुहस्तिनी, देवकुमारिका की रचनाएँ इधर-उधर स्फुट रूप में मिलती हैं। कवयित्री सुभद्रा राजशेखर की समकालीन रही हैं, जिसका उल्लेख राजशेखर ने किया है। देव कुमारिका उदयपुर के राजवंश की सदस्य थीं, जो राणा जयसिंह की पुत्रवधू, राना अमरसिंह की पत्नी और राना संग्राम सिंह की माता थीं। जिन्होंने वैद्यनाथ प्रसाद स्तुति की रचना १४२ छंदों में की थी।

गंगादेवी एकमात्र संस्कृत कवयित्री हैं, जिन्होंने अपने काव्य 'मधुरा विजयम्' एवं 'वीरक्रमपरया चरितम्' में काव्य लालित्य के साथ-साथ ऐतिहासिक प्रामाणिकता का भी योग किया है। विजयनगरम् राज्य के महान् देशभक्त बुक्का भूपति का ज्येष्ठ पुत्र कंबन था। वीरक्रम परया की पत्नी गंगादेवी द्वारा रचित दोनों ही काव्य रचनाएँ आलंकारिक संस्कृत काव्य का अद्वितीय उदाहरण हैं। किसी साम्राज्ञी द्वारा रचित यह प्रथम काव्य है। भूपा राजा की दरबारी कवयित्री थीं। सत्रहवीं शती की इस कवयित्री ने 'आंध्र रामायण' की रचना संस्कृत में की थी। पंद्रह सौ छंदों में रचित इस रचना को कुल चौहद सर्गों

में विभाजित किया गया है। रंभाद्रंबा मधुरावानी की समकालीन कवयित्री हुई है, जिन्होंने अपने सम्राट् के निर्देशानुसार 'रघुनाथ दयदानम' नामक ऐतिहासिक काव्य की रचना की। इन कवयित्रियों के अलावा कई अन्य प्रसिद्ध कवयित्रियों के नाम यत्र-तत्र मिलते हैं, जिनमें तिरूमंबा नागम्मा, सरस्वतीकुतुंबा दुहिता, मदालसा, पद्मश्री की ऐतिहासिकता भी निस्संदेह प्रामाणिक मानी जाती है, जो चौदहवीं शती में रची गई। मधुरवानी रघुनाथ प्रभुदेवी मुख्य रूप से उल्लेखनीय है।

ब्रिटिशकाल में भी संस्कृत कवयित्रियों की शृंखला बनी रही और बंगाल में स्वतंत्रता के पूर्व स्वतंत्रता संग्राम सेनानी सरोजा मोहिनी देवी ने ब्रिटिश शासन के खिलाफ महिला शक्ति का आह्वान किया। उसी काल की सर्वाधिक प्रख्यात संस्कृत कवयित्री पंडिता क्षमाराव रहीं, जिन्होंने महात्मा गांधी के सत्याग्रह को लेकर 'सत्याग्रह गीता' के साथ-साथ अनेक पौराणिक चरित्रों को लेकर काव्यों की रचना की। श्रीमती नीलाराव दयालु ने अपनी माता द्वारा रचित लगभग सभी पौराणिक काव्य रचनाओं का नाट्यरूपांतर किया। स्वतंत्रता के पश्चात् भी स्त्रियों द्वारा संस्कृत काव्य रचना की समृद्ध परंपरा बनी रही। जिनमें डॉ. नलिनी शुक्ला (कानपुर), डॉ. मिथिलेश कुमारी, डॉ. प्रवेशा के नाम उल्लेखनीय हैं।

हिंदी साहित्य और प्रारंभिक स्त्री लेखन

जौनपुर जनपद की साहित्यिक परंपरा में आलम शेख का नाम आता है, जिनके द्वारा सूफी पद्धति के प्रेमाख्यानक काव्य 'माधवानल काम कंदला' लिखा गया है। इस कवि का लेखनकाल अकबर के शासनकाल का माना जाता है। कहा जाता है कि इनके अधिकतर कवित्त जो हैं, उनकी अर्धाली आलम द्वारा लिखित है और दूसरी अर्धाली उनकी प्रेमिका शेख नामक रँगरेजिन द्वारा लिखित है, जिसका उल्लेख 'आलमकेलि' नामक काव्य में मिलता है।[१] भारतेंदु काल में माधवी, मल्लिका और हुश्ना नागरी नामक कवत्रियों की चर्चा मिलती है। मल्लिका एक बंगाली विधवा थी, जो चंद्रिका नाम से बँगला तथा हिंदी में कविताएँ लिखती थी। 'प्रेमतरंग' नामक एक संकलन में उनकी कुछ कविताएँ तथा उनके द्वारा अनुवादित तीन बँगला उपन्यास भी संकलित हैं। माधवी और हुश्ना दोनों पेशे से वेश्याएँ थीं और भारतेंदु के संपर्क में आकर कविताएँ लिखने लगी थीं, जिसकी सूचना 'काशी कथा साहित्य शीर्षक' पुस्तक में मिलती है। रामनरेश त्रिपाठी द्वारा लिखित 'राजमाता दियरा जीवन चरित्र' में रानी गुणवती द्वारा लिखित तीन

---

१. प्रथम विश्व भोजपुरी सम्मेलन देवरिया के अवसर पर प्रकाशित स्मारिका सेतु के पृष्ठ ४०, ४१, भारतेंदु काल, पृ. ५९

पुस्तकों की चर्चा आती है, 'सूपशास्त्र', 'वनिता बुधि विलास' व 'भगिनी मिलन'। 'भगिनी मिलन' सन् १९०९ में लिखी गई है, 'वनिता बुधि विलास' सन् १९१३ में लिखी जाने की सूचना है तथा 'सूपशास्त्र' विभिन्न व्यंजन बनाने की पत्रिका है, जो इसके बाद की है। त्रिपाठीजी की पुस्तक में एक जिक्र आता है कि ११ जून, १९२२ को रानी गुणवती ने कस्तूरबा गांधी को एक पत्र में यह छंद लिखकर भेजा था—'सिंधु तीर एक टिटहरी, तेहिको पहुचीं पीर सो प्रन ठानी अगम अति, विचलत न मन धीर, तेहि प्रन राखन के लिए अड़ गए मुनि बीर परम पिता को सुमिरि कै सोखेउ जलधि गंभीर।' इस छंद से रानी गुणवती के काव्य कौशल के साथ-साथ उनकी राजनैतिक सोच और पकड़ भी परिलक्षित होती है।

कमला चौधरी आजादी की लड़ाई में निरंतर सक्रिय रहीं। राष्ट्रसेवा के साथ ही वे अपने अनुभवों को कहानियों का आकार दे रही थीं। 'आँखें खुली' नाम से उन्होंने कई कहानियों में माता-पिता द्वारा बेटे-बेटी में किए जाने वाले भेदभाव को उजागर किया है। सुरिया स्वपना रूप और साधना के उन्माद में उन्होंने विधवा प्रेम की कामना करनेवाली पत्नी की व्यथा को दरशाया है। महिलाओं के अंतर्द्वंद्व को उभारने का प्रयास करनेवाली कहानियाँ उनके संग्रह 'उन्माद' (१९३४), 'पिकनिक' (१९३६), 'यात्रा' (१९४७) और 'बेलपत्र' में संग्रहीत हैं। मेरठ की होमवती देवी परंपरावादी परिवार से जुड़ी हुई थीं। पति की अचानक मृत्यु के पश्चात् बिना किसी प्रकार की औपचारिक शिक्षा के उन्होंने लेखन में रुचि ली। सन् १९५१ तक उनके द्वारा लिखी गई चार कहानियाँ प्राप्त होती हैं।

□

ऐनी बेसेंट

अठारहवीं शती में ईस्ट इंडिया कंपनी के भारत आगमन के साथ ही स्त्रियों की शिक्षा के मार्ग बंद हो गए। राजदरबार में संरक्षण प्राप्त विद्वान् साहित्यकार, गायिकाएँ और नर्तकियाँ राजसंरक्षण के अभाव में सामान्य वेश्याओं की श्रेणी में शामिल कर ली गईं। शिक्षित स्त्रियों को बुरी स्त्रियों की संज्ञा मिलने के कारण समाज में स्त्री शिक्षा बाधित हो गई, साथ ही स्त्रियों द्वारा साहित्य रचना में भी व्यवधान आया। उन्नीसवीं शती के उत्तरार्ध में नवजागरण काल में अंग्रेजों के विरुद्ध आंदोलनों ने स्त्री सहभागिता को बढ़ावा दिया। नई शती में स्त्रियों ने पितृसत्तामक प्रचलन को चुनौती दी। महाराष्ट्र की पहली स्त्री शिक्षिका सावित्री बाई फुले ने अस्पृश्यता एवं समाज सुधार के अपने उद्देश्यों को पूर्णरूपेण अपनी रचनाओं में स्थान दिया। तत्पश्चात् महिला लेखिकाओं की पंक्ति में प्रथम नाम पंडिता रमाबाई का आता है।

संस्कृत और अंग्रेजी में समान रूप से शिक्षा प्राप्त रमाबाई ने अपनी रचना 'द हाईकास्ट हिंदू वुमेन' में पितृसत्तात्मक शिक्षाओं और विद्वान् ब्राह्मणों को अपने प्रश्नों के कठघरे में खड़ा कर स्त्रियों के शोषण-दमन का उत्तर माँगा। उन्नीसवीं सदी के मध्यकाल में बहुत सारी स्त्रियों ने अंग्रेजी में लिखना आरंभ किया। रुकैया सखावत हुसैन ने स्त्रीवादी आंदोलन को नई सोच देने वाली विचारधारा की पुष्टि की। उनकी पुस्तक 'सुल्ताना का सपना' (सुलताना ड्रीम्ज) में स्त्रियों की एक ऐसी दुनिया की कल्पना की, जिसमें पुरुषों को उन्हीं बंधनों में जकड़कर रखा जाता था, जैसे जनानखाने में स्त्रियों को रखा जाता है। उस दुनिया में सबके लिए स्नेह और सबको उन्नति का मार्ग था। जहाँ युद्ध के लिए कोई स्थान नहीं था। भारतेंदु काल में माधवी, मल्लिका और हुश्ना नागरी नामक कवयित्रियों की चर्चा मिलती है।

हिंदी पत्रकारिता का इतिहास

हिंदी पत्रकारिता के इतिहास के बारे में समय-समय पर अनेक विद्वानों ने शोध कार्य द्वारा निष्कर्ष निकाले और उनका प्रतिपादन करने का प्रयास भी किया। अकबर के शासन काल में समाचारों का प्रसार एक स्थान से दूसरे स्थान तक होता था। इसके प्रमाण मुहम्मद तुगलक के शासन काल से निरंतर उपलब्ध होते हैं। अकबर के शासन काल में भी डाक व्यवस्था पर बहुत ध्यान दिया गया। स्लीमैन ने अपनी प्रसिद्ध पुस्तक 'जर्नी थ्रू दी किंगडम ऑफ अवध' में लिखा है कि अवध नरेश की सेवा में ६६० संवाद लेखक नियोजित थे।[१]

इन संवाद लेखकों को प्रतिमाह वेतन के तौर पर चार से पाँच रुपए मिलते थे। ईस्ट इंडिया कंपनी ने शुरू में दरबार की गोपनीय बातें जानने के लिए ही इन संवाद लेखकों की नियुक्ति की थी। 'जर्नल ऑफ रॉयल एशियाटिक सोसाइटी'-१९०, पृ. ११२१ पर दर्ज है कि—सन् १८२८ में कर्नल जेम्स टॉड ने लंदन की 'रॉयल एशियाटिक सोसाइटी' को मुगल दरबार के सैकड़ों हस्तलिखित 'समाचार-पत्र' भेजे थे। एच. बेवैरिज के अनुसार, इन समाचार-पत्रों का आकार ८-४ होता था, ये विभिन्न हस्तलेखों में होते थे, इनमें बादशाह की धार्मिक, शिकार कथाएँ, पदोन्नतियाँ, इनाम-इकराम बाँटने के वर्णन होते थे। ये हस्तलिखित दैनिक परचे राजकीय प्रयोजन के लिए निकाले जाते थे; हालाँकि बाद में इनकी सामग्री सार्वजनिक रूप से ज्ञापित कर दी जाती थी। बाबू कार्तिक प्रसाद तथा बाबू श्यामसुंदर दास की सहायता से राधाकृष्ण दास लिखित 'हिंदी भाषा के सामाजिक पत्रों का इतिहास' नामक पुस्तक में जोगेंद्र नाथ घोष के १८७० में लिखे गए एक लेख का हवाला दिया गया है, जिसमें बनारस के एक मेजर के द्वारा खुदाई में एक प्रेस मिला है। उस प्रेस में कंपोज किया हुआ टाइप मुद्रण के लिए तैयार रखा गया है। अनुमान किया जाता है कि पाया गया प्रेस कम-से-कम एक हजार वर्ष पूर्व गढ़ा गया था—

Found a pair of printing presses setup in a vahet and moveable types placed as if ready for printing every evquiry was set on foot to assertain the probable period at which such an instrument could have been placed there, for it was evidently not of modern origin and from all the major could collect it appeare probable that the press had remained there in the state in which it was found for at least one thousand years.

हिंदी पत्रकारिता की प्रथम किरण बंगाल में प्रस्फुटित हुई। हिंदी का प्रथम पत्र ३०

---

१. मनोहर प्रभाकर, राजस्थान में हिंदी पत्रकारिता, पृ. ६-७ पर; गंगा प्रसाद स्मारक वाचनालय पुस्तकालय, लखनऊ।

मई, १८२६ को कोलकाता से निकला, जिसका नाम 'उदंत मार्तंड' था। यह साप्ताहिक था। इसके संपादक पंडित युगल किशोर शुक्ल कानपुर के निवासी थे। डॉक्टर संजीव भानावत ने लिखा है कि भारतीय पत्रकारिता कल आज कल डॉ. जे.एच. आनंद ने लंदन में अपने शोध कार्य के दौरान एक हिंदी पत्रिका 'गास्पल मैगजीन' खोज निकाली, जिसका प्रकाशन वर्ष १८२० है। यह पत्रिका भी कलकत्ता से प्रकाशित होती थी। १८२६ में कलकत्ता से प्रकाशित पत्र 'उदंत मार्तंड' देश में हिंदी का सबसे पुराना माना जाता है, लेकिन डॉ. संजीव भानावत ने हिंदी के सबसे पहले अखबार अजमेर से प्रकाशित 'जैन गजट' को माना है। उत्तर प्रदेश से प्रकाशित पत्रों में 'बनारस अखबार' पहला हिंदी पत्र (साप्ताहिक) था। यह जनवरी १८४५ में काशी (वाराणसी) से प्रकाशित हुआ। यह हिंदी भाषी प्रांतों का प्रथम हिंदी पत्र था। इसे राजा शिवप्रसाद 'सितारे हिंद' ने उर्दू में प्रकाशित कराया था। इसके संपादक थे—श्री गोविंद रघुनाथ थत्ते। राजा शिवप्रसाद 'सितारेहिंद' उर्दू के हिमायती थे। इसी कारण हिंदी का पत्र होने पर भी 'बनारस अखबार' की भाषा हिंदी न होकर उर्दू थी। 'बनारस अखबार' के बाद काशी (वाराणसी) से ही १८५० ई. में श्री तारामोहन मित्र द्वारा 'सुधाकर' (साप्ताहिक) का प्रकाशन हुआ। यह साप्ताहिक पत्र बँगला तथा हिंदी दोनों भाषाओं में प्रकाशित होता था। तीन वर्ष बाद यह केवल हिंदी में प्रकाशित होने लगा।

आगरा से 'बुद्धिप्रकाश' का प्रकाशन पत्रकारिता की दृष्टि से ही नहीं, भाषा एवं शैली के विकास के विचार से भी विशेष महत्त्व रखता है। इसका प्रकाशन वर्ष १८५२ है। इसके संपादक थे—मुंशी सदासुखलाल। आगरा से 'सर्वहितकारक' नामक साप्ताहिक का प्रकाशन १८५५ में हुआ, इसके संपादक थे—शिवनारायण। इसमें हिंदी और उर्दू दोनों भाषाएँ रहती थीं, पर हिंदी ही इसकी मुख्य भाषा थी। भारतीय स्वतंत्रता आंदोलन के नेता अजीमुल्ला खाँ ने ८ फरवरी, १८५७ को दिल्ली से 'पयामे आजादी' का प्रकाशन किया। पहले यह पत्र हिंदी और उर्दू में निकलता था, शीघ्र ही केवल हिंदी में निकलने लगा। अजीमुल्ला खाँ का यह अखबार ऐसा शोला था, जिसने आजादी की लड़ाई को भड़काए रखा।

सन् १८५७ के स्वतंत्रता संग्राम के बाद लखनऊ से सन् १८५८ में 'अवध अखबार' निकला, जिसके मालिक और संपादक मुंशी नवल किशोर थे। सन् १८६१ में उत्तर प्रदेश से कई पत्र निकले, इनमें 'सूरज प्रकाश' आगरा से प्रकाशित हुआ। इसके संपादक थे गनेशीलाल। इस पत्र के उर्दू भाग का नाम था—'आफताबे आलमताब'। इटावा से 'प्रजाहित' का प्रकाशन हुआ यह पाक्षिक था। संपादक थे—हकीम जवाहरलाल। 'लोकमित्र' का प्रकाशन १ जनवरी, १८६३ को आगरा से हुआ। यह ईसाइयों का मासिक पत्र था। इसका प्रकाशन शुद्ध हिंदी में होता था। १८६४ में आगरा से 'भारतखंडामृत' नाम का पत्र

निकला। इसके हिंदी अंश का नाम 'भारतखंडामृत' और उर्दू का नाम 'आबेहयात' हुआ। संपादक थे पंडित वंशीधर वाजपेयी। १८६५ में बरेली से 'तत्त्वबोधिनी पत्रिका' का प्रकाशन हुआ। यह गुलाब शंकर के संपादकत्व में निकली। यह शुद्ध हिंदी पत्रिका थी। पत्रिका ब्रह्म समाज के सिद्धांतों का प्रचार करती थी। सन् १८६७ में आगरा से 'सर्वजनोपकारक' का प्रकाशन हुआ। पंडित पूर्णचंद्र इसके संपादक थे। इसी वर्ष आगरा से एक और पत्र 'धर्मप्रकाश' निकला। ज्वाला प्रसाद इसके संपादक थे। भारतेंदु हरिश्चंद्र ने स्त्रियों के लिए 'बाला बोधिनी पत्रिका' का प्रकाशन १ जून, १८७४ को वाराणसी से किया। 'नाटक प्रकाश' २६ जून, १८७४ में प्रयाग से निकला। 'ब्राह्मण' का प्रथम अंक १५ मार्च, १८८३ में निकला, संपादक पं. प्रताप नारायण मिश्र थे। शिक्षा के प्रचार-प्रसार के फलस्वरूप हिंदी पत्रकारिता का विकास भारतीय स्वतंत्रता संग्राम (१८५७) तक उतनी तेजी से नहीं हुआ, जितनी की अपेक्षा थी। इसी समय १३ जून, १८५७ को प्रेस संबंधी एक कानून, जिसे 'गैंगिग ऐक्ट'[१] कहते हैं, लागू किया गया। १८५७ की क्रांति की विफलता के परिणामस्वरूप भारतीयों की मन:स्थिति अवसादमय हो गई थी।

जिसका प्रभाव उत्तर प्रदेश की सामाजिक, राजनीतिक स्थिति के साथ-ही-साथ हिंदी पत्रकारिता के विकास पर भी पड़ा। दमनकारी प्रेस संबंधी कानून की अवधि समाप्त होने एवं राजनीतिक भूकंप के शांत होने पर उत्तर प्रदेश की हिंदी पत्रकारिता में नई जागृति उत्पन्न हुई। १९२० के बाद 'मंडल समाचार' (फतेहपुर) से निकला 'महिला सुधार' (कानपुर), 'महिला सर्वस्व' (अलीगढ़), 'मनोरमा' (इलाहाबाद) का प्रकाशन आरंभ हुआ। भारतेंदु युग में भारतेंदु हरिश्चंद्र ने अपने सहधर्मियों का एक मंडल बनाया, जिसे 'भारतेंदु मंडल' कहा गया। तभी से हिंदी पत्रकारिता के विकास को नई गतिशीलता प्राप्त हुई। १५ अगस्त, १८६७ को भारतेंदु ने काशी से 'कविवचन सुधा' मासिक पत्र का प्रकाशन आरंभ किया। इसके प्रकाशन के साथ ही हिंदी पत्रकारिता के नए युग का सूत्रपात हुआ। यह पत्रिका कुछ ही दिनों के बाद मासिक से पाक्षिक हो गई। पाक्षिक 'कविवचन सुधा' में आधुनिक विषयों तथा समाज नीति, राजनीति पर लेख एवं समाचार भी प्रकाशित होते थे। १८७५ में यह साप्ताहिक हो गई। १८६८ में प्रयाग से विविध विषय भूषित 'वृत्तांत दर्पण' नामक पत्र सदासुखलाल के संपादकत्व में निकला। यह मासिक था। दो वर्ष बाद ही यह कानून का पत्र बना दिया गया। १८६९ में 'मंगल समाचार' मेरठ से प्रकाशित हुआ। संपादक थे ठाकुर गिरिप्रसाद सिंह। यह हिंदी-उर्दू का पत्र था। इसके संपादक कृष्णचंद्र थे। इसका अपना लीथो प्रेस था। 'जगतप्रकाश' मुरादाबाद से निकला। पाक्षिक 'विद्यादर्श' और 'समय विनोद' भी इसी वर्ष निकले।

---

१. डॉ. रमेश त्रिपाठी, पत्रकारिता के सिद्धांत

'विद्यादर्श' मेरठ से प्रकाशित होता था। इसका उर्दू संस्करण भी था। इसमें विद्या की चर्चा रहती थी। 'आगरा एजूकेशनल गजट' का प्रकाशन भी १८६९ में हुआ। इसके उर्दू संस्करण के संपादक यूसुफ अली और हिंदी संस्करण के संपादक अमीरउद्दीन थे। उर्दू की १५० और हिंदी की ५० प्रतियाँ छपती थीं। 'ब्रह्मज्ञान प्रकाश' ब्रह्मसमाजी विचारों का पत्र बरेली से निकला था। संपादक थे—केशवचंद्र सेन। 'आगरा अखबार' और 'आर्य दर्पण' का प्रकाशन आगरा तथा शाहजहाँपुर से हुआ।

'आर्य दर्पण' के संपादक थे—मुंशी बख्तावर सिंह। यह मासिक पत्र था। आर्य समाज आंदोलन को गति देने के लिए इसका प्रकाशन किया गया। इन दोनों पत्रों का प्रकाशन वर्ष १८७० था। १८७१ में प्रकाशित होनेवाले पत्र थे—'हिंदू प्रकाश' (कानपुर), 'प्रयाग दूत' (प्रयाग), 'बुंदेलखंड अखबार' (ललितपुर), 'म्यूर गजट' (मेरठ) और 'सॉण्डर्स गजट (सहारनपुर)। 'प्रेमपत्र' का प्रकाशन १८७२ में आगरा से हुआ। यह पाक्षिक था। इसके संपादक पंडित रुद्रदत्त शर्मा थे। 'प्रेमपत्र' ही वह प्रथम पत्र है, जिससे पंडित रुद्रदत्त का संपादकीय जीवन आरंभ हुआ। 'हरिश्चंद्र मैगजीन', 'हरिश्चंद्रिका', 'भारत-पत्रिका' और 'मर्यादा परिपाटी समाचार' पत्रिकाओं का प्रकाशन वर्ष १८७३ है। इनमें 'हरिश्चंद्र मैगजीन' हिंदी भाषा और साहित्य की प्रमुख पत्रिका थी। यह मासिक थी। १५ अक्तूबर, १८७३ को इसका प्रथम अंक निकला। इसमें पुरातत्त्व, उपन्यास, कविता, आलोचना, ऐतिहासिक, राजनैतिक, साहित्यिक तथा दार्शनिक लेख, कहानियाँ एवं व्यंग्य आदि का प्रकाशन होता था। इसका प्रकाशन स्थल काशी ही था। 'हरिश्चंद्रिका' साप्ताहिक हिंदी पत्रिका थी। इसके अतिरिक्त पत्रिका में राजनीतिक लेख और समाचार भी छपते थे। इसके संपादक जयराम थे। 'भारत पत्रिका' का प्रकाशन लखनऊ से हुआ। यह उर्दू-हिंदी में निकलता था। पत्र का प्रकाशन अवध के ताल्लुकेदारों की संस्था—'ब्रिटिश इंडियन एसोसिएशन' ने किया था। 'मर्यादा परिपाटी समाचार' नामक मासिक पत्र का प्रकाशन आगरा से हुआ। यह हिंदी और संस्कृत में निकलता था। संपादक थे पंडित दुर्गाप्रसाद शुक्ल। यह सनातनी पत्र पुरानी मर्यादा की रक्षा हेतु प्रकाशित किया गया।

'हरिश्चंद्र चंद्रिका', 'बालाबोधिनी', 'नाटक प्रकाश', 'नागरी प्रकाश' और 'भारत बंधु' का प्रकाशन स्थल क्रमशः काशी, प्रयाग, मेरठ और अलीगढ़ है। इसके अलावा 'सुदर्शन समाचार', 'प्रयाग धर्मपत्रिका' का प्रकाशन इलाहाबाद से हुआ। इन पत्रों का प्रकाशन वर्ष १८७४ है। इनमें 'हरिश्चंद्र चंद्रिका', 'हरिश्चंद मैगजीन' का संशोधित नाम है। यह पत्रिका भी अत्यधिक लोकप्रिय हुई। पत्रिका ने साहित्य और पत्रकारिता के माध्यम से राष्ट्रीय सम्मान की भावना जगाने, साहित्यिक रुचि फैलाने, हिंदी साहित्य के विविध भागों को समृद्ध करने और हिंदी भाषा को देश के सामाजिक जीवन में उचित

स्थान दिलाने के लिए संघर्ष किया। सरकार इसकी सौ प्रतियाँ खरीदती थी। 'बालाबोधिनी' पत्रिका का प्रकाशन १ जून, १८७४ को हुआ। यह स्त्रीजनों की प्यारी मासिक पत्रिका स्त्री शिक्षा के प्रचारार्थ प्रकाशित की गई थी।

'नाटक प्रकाश' २६ जून, १८७४ को प्रयाग से निकला था। यह नाटकों का मासिक पत्र था। इसके संपादक प्रयाग हाईकोर्ट के वकील रतनचंद्र थे। 'नागरी प्रकाश' का प्रकाशन मेरठ से हुआ। यह मासिक पत्र था। इसका उद्‌देश्य नागरी या हिंदी अक्षरों का विकास करना था। 'भारतबंधु' साप्ताहिक के संपादक तोताराम वर्मा थे। यह मोटे और भद्‌दे टाइप में छपता था। पत्र का स्वर राजनीतिक अधिक और साहित्यिक कम था। 'धर्म प्रकाश' (प्रयाग), 'आनंद लहरी' (बनारस), 'सुदर्शन समाचार' (प्रयाग), 'आर्य पत्रिका' (मिर्जापुर), 'मंगल समाचार' (अलीगढ़), 'काशी पत्रिका' (वाराणसी) का प्रकाशन वर्ष १८७५ था। 'आनंद लहरी' और 'काशी पत्रिका' साहित्यिक थी। 'काशी पत्रिका' का प्रकाशन भारतेंदु की ही प्रेरणा से हुआ था। इसमें 'सत्य हरिश्चंद्र', 'कर्पूर मंजरी' आदि कई नाटक 'हरिश्चंद्र' में छपे। यह साप्ताहिक थी। संपादक थे—बालेश्वर प्रसाद। 'प्रयाग धर्म प्रकाश' (इलाहाबाद) और 'आर्यभूषण' (शाहजहाँपुर) का प्रकाशन १८७६ ई. में हुआ।

'अजाब' (शाहजहाँपुर), 'हिंदी प्रदीप' (प्रयाग) से दोनों पत्र १८७७ में निकले। 'हिंदी प्रदीप' मासिक पत्रिका का प्रकाशन भारतेंदु मंडल के वरिष्ठ सदस्य पंडित बालकृष्ण भट्ट ने किया। यह साहित्यिक पत्रिका थी। पत्रकारिता की दृष्टि से 'हिंदी' का जन्म हिंदी साहित्य के इतिहास में क्रांतिकारी घटना है। इसने पत्रकारिता को नई दिशा प्रदान की।

'कायस्थ समाचार' (प्रयाग), 'ज्ञानचंद्र' (प्रयाग), 'आर्यमित्र' (काशी), 'दिनकर प्रकाश' (लखनऊ) और शुभचिंतक (कानपुर) का प्रकाशन १८७८ ई. में हुआ। १८७९ में 'सज्जनकीर्ति सुधाकर' (आगरा) और 'भारत सुदशा प्रवर्तक' फर्रुखाबाद से निकले। प्रवर्तक के संपादक थे—पंडित गणेश प्रसाद शर्मा। इसमें वैदिक धर्म प्रचार, सामाजिक कुरीतियों का निवारण, दलितोद्धार, स्त्री-शिक्षा और मादक द्रव्य निवारण आदि विषयों पर लेख छपते थे। १८८१ ई. में 'भारती विलास' (आगरा), 'भारतदीपिका' (लखनऊ) और 'आनंद कादंबिनी' के संपादक थे—पंडित बदरी नारायण चौधरी 'प्रेमघन', 'आनंदकादंबिनी' के स्तंभ बड़े आकर्षक और साहित्यिक हुआ करते थे। यथा—संपादकीय, 'सम्मति समीर', 'साहित्य सौदामिनी', 'वृत्तांत बलाकावली' और 'प्राप्ति स्वीकार' अथवा 'समालोचना सीकर' आदि। पत्रिका के प्रकाशन का मूल उद्‌देश्य था—साहित्य, समाज, धर्म, राजनीति आदि में परिवर्तन लाना। १८८२ में 'प्रयाग समाचार' (प्रयाग), 'बालदर्पण' (प्रयाग), 'देवनागरी प्रचारक' (मेरठ), 'भारतेंदु' (वृंदावन) आदि पत्र निकले।

'काशी समाचार' (काशी), 'सत्य प्रकाश' (बरेली), 'दिनकर प्रकाश' (लखनऊ)

और 'ब्राह्मण' (कानपुर) का प्रकाशन १८८३ में हुआ। 'ब्राह्मण' का प्रथम अंक होली के दिन (१५ मार्च, १८८३) निकला। इसमें सामाजिक, धार्मिक और राजनीतिक विषयों पर बड़े उत्कृष्ट लेख होते थे। यह अपने समय का निर्भीक पत्र था। इसने देशोन्नति में बाधक विचारों और कार्यों की कटु आलोचना करने का व्रत ले रखा था। पत्रिका के संपादक थे— प्रसिद्ध निबंधकार पंडित प्रतापनारायण मिश्र। सन् १८८५ से १८९५ के बीच प्रकाशित होनेवाले महत्त्वपूर्ण पत्र-पत्रिकाओं में 'हिंदोस्थान' (कालाकाँकर), 'नागरी नीरद' (मिर्जापुर), 'भारतप्रकाश' (मुरादाबाद), 'भारतोदय' (कानपुर), 'रसिक पंच' एवं 'प्रयाग मित्र' (इलाहाबाद), 'विचार पत्र' (इटावा), 'भारत भानु' (बनारस), 'बुद्धिप्रकाश' (लखनऊ), 'हिंदी मंच' (अलीगढ़), 'देवनागरी गजट' (मेरठ), 'खिचड़ी समाचार' (मिर्जापुर), 'भारतहितैषी' (फर्रुखाबाद), 'ब्रजवासी' (मथुरा), 'भारत प्रताप' (मुरादाबाद), 'रसिक पत्रिका' एवं 'रसिक पंच' (कानपुर), 'भारतभूषण' (बनारस), 'बुंदेलखंड पंच' एवं 'संसार दर्पण' (झाँसी) तथा 'स्वतंत्र' (लखनऊ), 'सनादयोपकारस' (आगरा), 'माहेश्वरी' (हापुड़), 'वनिता हितैषी' (कानपुर), 'नाटकपत्र' (प्रयाग), 'सर्वहितैषी' (मुरादाबाद), 'वेश्याहितकारी' (मेरठ), 'जैन गजट' (सहारनपुर), 'जैन समाचार' (लखनऊ), 'ब्राह्मण समाचार' (हरदोई), 'दीनबंधु' (फर्रुखाबाद), 'प्रश्नोत्तर' और 'कुसुमांजलि' (काशी), 'एलोपैथिक डॉक्टर' (प्रयाग), 'विश्वकर्मा' (मथुरा), 'चतुर्वेदी' (आगरा) आदि पत्र प्रकाशित हुए। इन पत्रों में दैनिक 'हिंदुस्तान' और 'नागरी नीरद' दोनों ने अपनी महत्ता के लिए पत्रकारिता के इतिहास में अक्षुण्ण भूमिका अदा की। पत्र का वार्षिक मूल्य रुपए दस था। दैनिक 'हिंदुस्तान' के माध्यम से महामना मालवीयजी ने हिंदी पत्रकारिता को मूल्यवान बना दिया। हिंदी भाषा तथा देवनागरी लिपि का सबल समर्थन इस पत्र द्वारा निरंतर होता रहा।

इसी वर्ष 'नागरी-नीरद' नामक साप्ताहिक पत्र 'प्रेमधनजी' ने मिर्जापुर से निकाला। पत्रिका के स्तंभों के नाम साहित्य, वर्षा और ऋतु संबंधित हुआ करते थे। यथा 'संपादकीय समिति समीर', 'हास्य हरितांकुर', 'काव्यामृतवर्षा', 'विज्ञापन बीरबहूटियाँ', 'नियम निर्घोष', 'सौदामिनी संदेश', 'अनुवादांबुप्रवाह', 'संग्रहसुरेंद्रायुध' आदि। पत्र में राजनीति, सामाजिक, साहित्यिक, शैक्षणिक आदि विषय चर्चित होते थे। हास-परिहास के लिए प्रहसन, चुटकुले तथा प्रश्नोत्तर होते थे। नागरी का प्रचार इस पत्र का मुख्य उद्‌देश्य था। 'गौड़ हितकारक' (मुरादाबाद), 'सनातन धर्मपताका' (मुरादाबाद), 'कवि और समालोचक' (बलिया), 'चंद्रिका' (लखनऊ), 'त्रिवेणी तरंग' (प्रयाग) का प्रकाशन वर्ष १८८६ है। १८९७ में 'नागरी प्रचारिणी पत्रिका' का प्रकाशन हुआ। यह शोध पत्रिका थी। इसने हिंदी पत्रकारिता और साहित्य को नया जीवन प्रदान किया। यह त्रैमासिक थी। १८९८ में 'आर्यमित्र' (मुरादाबाद) और 'कान्यकुब्ज हितकारी' (कानपुर) का प्रकाशन हुआ। १८९९ में 'मथुरा-

वैश्य सुखदायक' (मथुरा) और 'देशहितकारी' (मेरठ) पत्र निकले। निष्कर्षतः यह कहा जा सकता है कि इस युग की पत्रकारिता ने युग चेतना का पर्याय बनकर नए युग का प्रवर्तन किया। हिंदी भाषा के उत्थान-विकास और भारतीय समाज के आर्थिक, राजनीतिक, सामाजिक, धार्मिक अर्थात् समग्र चेतना के विकास में इस युग की पत्रकारिता का योगदान स्तुत्य है। हिंदी साहित्य का द्विवेदी युग (महावीर प्रसाद द्विवेदी) अपनी साहित्यिक आदर्शवादिता के लिए प्रसिद्ध हुआ। इस युग का हिंदी पत्रकारिता का मूल स्वर साहित्यिक होते हुए भी राष्ट्रीयता के उन्नयन की दृष्टि से ब्रिटिश सरकार के प्रति प्रहारात्मक और राष्ट्रभक्ति से परिपूर्ण था। इस युग की साहित्यिक पत्रिका 'सरस्वती' का प्रकाशन पत्रकारिता के क्षेत्र में एक ऐतिहासिक घटना है। तीसरे वर्ष में इसके संपादन का अधिभार पंडित महावीर प्रसाद द्विवेदी ने उठा लिया। द्विवेदीजी ने इस पत्रिका का संपादन लगभग पंद्रह वर्षों तक किया। उनके संपादनकाल में 'सरस्वती' का सर्वांगीण विकास हुआ। यह वही अवधि है, जिसको बाद में द्विवेदी युग की संज्ञा दी गई। 'सरस्वती' का प्रकाशन लगभग ८० वर्षों तक होता रहा। इसके अन्य संपादकों में—पदुमलाल पुन्नालाल बख्शी, पंडित देवीदत्त शुक्ल और पंडित श्रीनारायण चतुर्वेदी प्रमुख हैं। 'सरस्वती' ने हिंदी पत्रकारिता के क्षेत्र में एक नया मानक स्थापित किया। इसने लेखकों को लिखने की कला का प्रशिक्षण दिया और संपादन तकनीक से लोगों को अवगत कराया। साहित्य, समाज और राजनीति से संबंधित समस्त विषयों के लेखों का प्रकाशन किया। इस वर्ष के अन्य प्रकाशित पत्रों के नाम हैं—'काव्यकलानिधि' (मिर्जापुर), 'सुदर्शन' (काशी), 'अवध समाचार' (लखनऊ), 'कर्तव्यसुधानिधि' (प्रयाग), 'नूतन व्यापारी' (मेरठ), 'मित्र' (बनारस), 'जाट हितकारी' (आगरा), 'भारतहितोपदोशक मित्र' (बाराबंकी) और 'गोपाल पत्रिका' (लखनऊ) आदि। 'वसुंधरा' का प्रकाशन वाराणसी से १९०२ से हुआ। संपादक थे रामदास वर्मा। सन् १९०३ में 'कायस्थ कुल भास्कर' (इटावा), 'धर्मोपदेशक' (बरेली), 'वाणिज्य सुखदायक' (काशी), 'रसिक लहरी' (कानपुर), 'सिपाही' (कानपुर), 'अबला हितकारक' (मुरादाबाद), 'स्त्री दर्पण' (प्रयाग), 'कवींद्र वाटिका' (प्रयाग), 'धर्मपंच ' (मेरठ), 'ब्राह्मण सर्वस्व' (इटावा) आदि पत्र निकले। सन् १९०६ में 'कनवजिया' (कानपुर), 'कलवार गजट' (मिर्जापुर), 'रसिक रहस्य' (जौनपुर), 'विनोद वाटिका' (काशी), 'छात्रहितैषी' (अलीगढ़), 'बालप्रभाकर' (बनारस), 'संसार मित्र' और 'वैदिक सर्वस्व' (प्रयाग) से प्रकाशित हुए।

सन् १९०७ में इलाहाबाद से मदनमोहन मालवीय के संपादकत्व में 'अभ्युदय' साप्ताहिक का प्रकाशन हुआ। 'अभ्युदय' प्रदेश में उदार विचारों का प्रमुख पत्र बन गया था। कालांतर में यह स्वतंत्रता आंदोलन के प्रवाह में प्रवाहित होकर क्रांतिकारियों का पक्षधर बन गया। इस पत्र के संपादकों में मालवीयजी के अलावा पुरुषोत्तम दास टंडन,

सत्यानंद जोशी, कृष्णकांत मालवीय, वेंकटेशनारायण तिवारी, पद्मकांत मालवीय और पंडित बनारसीदास चतुर्वेदी इसके संपादक रहे। 'अभ्युदय' ने अनेक राष्ट्रभक्त पत्रकारों को प्रशिक्षण प्रदान किया। इसी वर्ष 'अभ्युदय' के अतिरिक्त साप्ताहिक 'आनंद' का प्रकाशन लखनऊ से हुआ। संपादक थे—पंडित शिवनाथ शर्मा। ये बड़े आनंदी व्यक्ति थे। हँसी-दिल्लगी का लेख लिखने वाला उनके समान कोई नहीं हुआ। १९१७ में यह दैनिक हो गया था। इस वर्ष अन्य प्रकाशित पत्रों में 'दयानंद पत्रिका' (मेरठ), 'नागरी प्रचारक' (लखनऊ), 'सदुपकारी' (बरेली) और 'भारतभूमि' (मुरादाबाद) आदि प्रमुख पत्र हैं।

'सम्राट' (कालाकाँकर), 'कलवार मित्र' (प्रयाग), 'खत्री हितकारी' (काशी), 'क्षत्रिय' (मेरठ) तथा 'व्यापारी व कारीगर' (काशी) पत्र सन् १९०८ में निकले। सन् १९०९ में 'कर्मयोगी' (इलाहाबाद), 'देहाती' (आगरा), 'जहावी' (चुनार), 'कवि' (गोरखपुर), 'स्त्रीधर्मशिक्षक' (प्रयाग) और 'इंदु' (वाराणसी) का प्रकाशन हुआ। उत्तर प्रदेश की हिंदी पत्रकारिता को उग्र स्वर प्रदान करनेवाले पंडित सुंदरलाल हैं। इन्हीं के संपादकत्व में 'कर्मयोगी' निकला। इनमें ऐसी रचनाएँ छपती थीं, जिसमें भूतकाल की भारत की महानता और उसकी वर्तमान स्थिति को दरशाया गया हो। 'इंदु' मासिक का प्रथम अंक १९०९ में निकला। यह उच्च कोटि का साहित्यिक पत्र था। संपादक थे—प्रसादजी के भानजे श्री अंबिका प्रसाद गुप्त। 'इंदु' पत्रिका को हिंदी साहित्यिक-संसार में लाने का श्रेय 'प्रसादजी' को है, क्योंकि यह उन्हीं की प्रेरणा का फल था। प्रसाद का अधिकांश प्रारंभिक साहित्य इसी पत्रिका के माध्यम से सामने आया। इसमें उनकी कविताएँ, लेख, कहानी, नाटक आदि प्रकाशित हुए। यहीं से उनके स्वच्छंदतावादी जीवन-दर्शन एवं काव्यांदोलन का निर्माण होता है। प्रसाद की काव्य साधना के विकास में 'इंदु' का अविस्मरणीय योगदान है। इसने हिंदी कविता की नई धारा के पथ को प्रशस्त किया।

'प्रताप' (कानपुर), 'कुलश्रेष्ठ' (अलीगढ़), 'नवजीवन' (काशी), 'प्रजाबंध' (मथुरा), 'सुधांश' (आगरा) का प्रकाशन सन् १९१० में हुआ। इसमें 'प्रताप' एक तेजस्वी पत्र था। इसके संपादक बाबू गणेश शंकर विद्यार्थी नवयुवक थे। उन्होंने कुछ साथियों की सहायता से इसे निकाला था। थोड़े ही समय में 'प्रताप' ने हिंदी पत्रकारिता में अपना स्थान बना लिया था। 'प्रताप' का ऑफिस क्रांतिकारियों का अड्डा था। अपने नीति-विषयक आदर्शों एवं उद्देश्यों से प्रतिबद्ध 'प्रताप' ने आगे चलकर ब्रिटिश शासन को कदम-कदम पर चुनौती दी और इसके लिए दंड भी भोगा। 'श्री सरयूपारीण' (प्रयाग), 'वैष्णव सर्वस्व' (वृंदावन), 'जमीनदार' (काशी), 'स्त्रीचिकित्सक' (प्रयाग), 'भास्कर' (मेरठ), 'जीवन' (कानपुर), 'मर्यादा' (इलाहाबाद) का प्रकाशन वर्ष सन् १९११ है।

'मर्यादा' का प्रकाशन पंडित मदन मोहन मालवीय के पुत्र कृष्णकांत मालवीय ने किया था। कृष्णकांत ही 'मर्यादा' के प्रथम संपादक थे। यह पत्रिका अपने नाम के गुणानुसार सामाजिक मर्यादा और राष्ट्रीय समस्याओं को अभिव्यक्त करते हुए विज्ञान विषयक सामग्री का भी प्रकाशन करती थी। 'आकाश दर्शन' स्तंभ में ज्योतिष के आधार पर ग्रह-नक्षत्रों की गणना मासिक रूप में की जाती थी। पत्रिका को नया स्वरूप प्रदान किया था बाबू संपूर्णानंद ने। इनके द्वारा लिखे गए राजनीतिक लेख उस समय बहुत चर्चित हुए। इन्होंने छद्म नाम से भी लिखा। 'मर्यादा' में छपनेवाले विशिष्ट नाम हैं—अयोध्या सिंह उपाध्याय 'हरिऔध', प्रेमचंद, महावीर प्रसाद श्रीवास्तव, रामदास गौड़ और कृष्णबिहारी मिश्र। जब संपूर्णानंद जेल गए तो इसके संपादन का दायित्व प्रेमचंद ने उठाया। प्रेमचंद ने अपनी राजनीतिक एवं सामाजिक दृष्टि से 'मर्यादा' के कलेवर को सँवारा। पत्रिका का प्रकाशन सन् १९२३ में बंद हो गया। सन् १९१२ में 'प्रेम' (वृंदावन), 'साहित्य समालोचक' (गोरखपुर) और 'वैश्य' (कानपुर) का प्रकाशन हुआ। 'कानपुर गजट' (कानपुर), 'यादवमित्र' (शिकोहाबाद), 'भारत महिला' (मेरठ), 'भारत नारी हितकारी' (मैनपुरी), 'स्त्री शिक्षा' (कानपुर), 'कन्या मनोरंजन' (प्रयाग), 'कन्या सर्वस्व' (प्रयाग), 'आरोग्य सिंधु' (अलीगढ़), 'वनौषधि प्रकाश' (मेरठ), 'सम्मेलन पत्रिका' (इलाहाबाद), 'देहाती' (उरई), 'प्रियंवदा' (मिर्जापुर) और 'हिंदी साहित्य' (काशी) का प्रकाशन सन् १९१३ में हुआ। इन पत्रिकाओं में 'सम्मेलन पत्रिका' और 'प्रभा' का योगदान अविस्मरणीय है। यह हिंदी साहित्य सम्मेलन प्रयाग से पंडित रामनरेश त्रिपाठी के संपादकत्व में प्रकाशित हुई। पत्रिका की सबसे बड़ी उपलब्धि यह है कि इसका प्रकाशन आज भी अबाध गति से हो रहा है। यह शोध पत्रिका है। इसका 'लोक संस्कृति विशेषांक' बहुत ही चर्चित हुआ। इसके विशेषांकों में 'कला विशेषांक', 'गांधी-टंडन स्मृति विशेषांक', 'श्रद्धांजलि विशेषांक', 'साहित्य-संस्कृति भाषा विशेषांक', 'जन्मशती विशेषांक' प्रमुख हैं। पंडित जगन्नाथ प्रसाद चतुर्वेदी, पंडित कामता प्रसाद गुरु और पंडित पद्मसिंह शर्मा आदि साहित्य की अमूल्य निधि हैं।

'प्रह्लाद' (काशी), 'ब्रह्मभट्ट हितैषी' (कानपुर), 'हलवाई वैश्य संरक्षण' (काशी), 'पालीवाल ब्रह्मोनोदय' (आगरा), 'चतुर्वेदी' (आगरा), 'विज्ञान' (प्रयाग), 'डॉक्टर' (मथुरा), 'सत्य समाचार' (वृंदावन), 'तरंगिणी' (काशी), 'व्यापारी' (कानपुर) और 'बालबोध' (बनारस) का प्रकाशन १९१५ में हुआ। 'विज्ञान' सार्वजनिक हित का एक अच्छा मासिक पत्र था। इसके संपादक थे—कवि पंडित श्रीधर पाठक। इस पत्रिका के अन्य संपादकों में—गोपाल प्रसाद भार्गव, ब्रजराज, रामदास गौड़, सत्यप्रकाश युधिष्ठिर भार्गव और गोरखनाथ के नाम हैं। इसका प्रकाशन प्रयाग की 'विज्ञान परिषद्' करती थी। हिंदी भाषावालों को विज्ञान का ज्ञान कराने में इस पत्रिका का महत्त्वपूर्ण योगदान है।

सन् १९१६ में 'मथुरा समाचार' (मथुरा), 'वैद्य सम्मेलन पत्रिका' (प्रयाग), 'माथुर वैश्य हितकारी' (आगरा) और 'जैन मार्तंड' (हाथरस) पत्र निकले। 'आनंद' दैनिक (लखनऊ), 'निर्बल सेवक' (बिजनौर), 'भारतबंधु' (हाथरस), 'बालसखा' (प्रयाग), 'समाज' (प्रयाग), 'स्कूल मास्टर' (अलीगढ़) और 'चिकित्सक' (कानपुर) पत्रों का प्रकाशन वर्ष सन् १९१७ है। सन् १९१८ में प्रकाशित होनेवाले पत्रों के नाम हैं—'सूर्य' (काशी), 'आनंद प्रचारक' (मथुरा), 'कानपुर समाचार' (कानपुर), 'ब्रह्मऋषि' (मेरठ), 'उत्साह' (जालौन), 'मथुरा गजट' (मथुरा), 'सत्यसेतु' (शाहजहाँपुर), 'कालिंदी' (रामनगर, बनारस), 'भारतीय' (लखनऊ), 'ललिता' (मेरठ), 'विश्वविद्या प्रचारक' (लखनऊ), 'ब्रह्मशक्ति' (बनारस), 'आर्य महिला' (बनारस), 'सत्यवादी' (आगरा), 'अहीर समाचार' (शिकोहाबाद), 'जैनपथ प्रदर्शक' (आगरा), 'जैसवाल जैन' (आगरा), 'कायस्थ महिला हितैषी' (फैजाबाद) आदि। 'भविष्य' (प्रयाग), 'गौड़ समाचार' (मैनपुरी), 'संन्यासी' (प्रयाग), 'व्यापार' (लखनऊ), 'अग्रवाल बंधु' (आगरा), 'बरनवाल चंद्रिका' (मुरादाबाद), 'त्यागी ब्राह्मण' (मेरठ), 'धर्माभ्युदय' (आगरा), 'बिजली' (इटावा), 'सेवा' (प्रयाग), 'संसार' (कानपुर), 'किसान' (फतेहपुर), 'प्रह्लाद' (काशी), 'औदुंबर' (काशी), 'स्वदेश' (गोरखपुर) आदि पत्र १९१९ में निकले। इसी वर्ष के उल्लेखनीय मासिकों में—काशी से 'स्वार्थ' और कानपुर के 'हिंदी मनोरंजन' का हिंदी पत्रकारिता में विशिष्ट स्थान है।

राष्ट्रीय आंदोलन को वाणी देनेवाला पत्र 'स्वदेश' का प्रकाशन ६ अप्रैल, १९१९ को गोरखपुर से हुआ। उग्र विचारों एवं स्वतंत्रता के प्रति समर्पण की भावना के कारण 'स्वदेश' को जन्म से मृत्यु तक सरकारी कोप-दृष्टि का शिकार होना पड़ा। प्रकाशन के पूर्व ही इससे ५०० रुपए की जमानत माँगी गई थी। इस प्रकार द्विवेदी युगीन हिंदी पत्रकारिता का इतिहास स्वतंत्रता आंदोलन के इतिहास से अधिक निकट है। आंदोलन के विभिन्न स्वरूपों, यथा—समाचारों, नेताओं के संदेशों, दमन और अत्याचारों और स्वयंसेवकों की गिरफ्तारियों के विवरण के प्रकाशन के साथ ही हिंदी पत्र-पत्रिकाओं में उत्प्रेरित करनेवाले लेखों, कविताओं, कहानियों और संपादकीय टिप्पणियों, अग्रलेखों के माध्यम से लोक भावना को उत्तेजित कर उसे स्वतंत्रता संग्राम से जोड़ने का श्रेय प्राप्त किया। इस युग की हिंदी पत्रकारिता ने साहित्य के क्षेत्र में भी नए-नए प्रयोग किए।

सन् १९२० में प्रकाशित होनेवाले पत्रों के नाम हैं—'आज' (वाराणसी), 'वर्तमान' (कानपुर), 'सुधाकर' (आगरा), 'हिंदुस्तानी अखबार' (प्रयाग), 'स्वराज्य' अर्द्धसाप्ताहिक (बिजनौर), 'जुझोतिया प्रभा' (झाँसी), 'वैश्यबंधु' (काशी), 'अग्रवाल लोहिया हितैषी' (आगरा), 'स्वार्थ' (काशी), 'प्रेमबंधु' (कानपुर), 'विश्वभूषण' (अयोध्या), 'किसान' (उन्नाव), 'आर्यदर्श' (बस्ती), 'अहिंसा समाचार' (काशी) और 'अवध प्रकाश' या

'स्वदेशेंदु' (अयोध्या), 'भविष्य दैनिक' (इलाहाबाद) आदि।

उत्तर प्रदेश की हिंदी पत्रकारिता को उन्नत और विकसित करने, उसके आदर्श स्वरूप की प्राप्ति करने तथा स्वतंत्रता संग्राम के महायज्ञ में पूर्ण आहुति देने हेतु काशी से हिंदी दैनिक 'आज' का प्रकाशन ५ सितंबर, १९२० को जन्माष्टमी के दिन हुआ था। इसके जन्मदाता श्री शिवप्रसाद गुप्त थे। गुप्तजी 'आज' को लंदन के 'टाइम्स' जैसा बनाना चाहते थे। पत्र के प्रथम संपादक थे श्री प्रकाशजी। उन्होंने दो वर्षों तक इसका संपादन किया। इसके बाद बाबूराव विष्णु पराड़कर ने १९२३ से १९५५ की जनवरी तक इसका संपादन कार्य सँभाला। तत्पश्चात् पत्र के संपादकों में थे—पंडित कमलापति त्रिपाठी, श्रीकांत ठाकुर, रामकृष्ण, रघुनाथ खाडिलकर, विद्याभास्कर, सत्येंद्र कुमार गुप्त और शार्दूल विक्रम गुप्त। दैनिक 'आज' राष्ट्रीय स्वतंत्रता संग्राम का प्रमुख पत्र था। सन् १९२० से १९४७ तक के बीच यह स्वतंत्रता आंदोलन का एक दस्तावेज है। 'आज' हिंदी भाषा और वर्तनी में एकता लाने हेतु सतत प्रयत्नशील था। पत्रकारिता में समाचार लिखने की समस्त तकनीक का जीता जागता उदाहरण है 'आज'। केवल काशी से निकलनेवाला 'स्वार्थ' भी अद्वितीय पत्र था। पत्र का विषय अर्थशास्त्र से संबंधित हुआ करता था। इससे पूर्व इस विषय पर कोई स्वतंत्र पत्र नहीं था। इसके संपादक थे पंडित जीवन शंकर याज्ञिक।

'वर्तमान' दैनिक के संपादक पंडित रमाशंकर अवस्थी थे। सरकारी सूत्र के अनुसार 'वर्तमान' का प्रकाशन २२ अक्तूबर, १९२० को असहयोग आंदोलन को व्यापक समर्थन प्रदान करने हेतु हुआ था। सरकार ने इस पत्र को उग्रवादी पत्रों की सूची में रखा था। यह उग्रवादी प्रकाशनों के लिए विख्यात था। राजनीतिक जागृति के परिणामस्वरूप जहाँ पत्रों के प्रकाशन में तेजी आई, वहीं उनकी प्रसार संख्या में भी वृद्धि हुई। १९२० में 'आज' और 'भविष्य' की दो-दो हजार तथा 'प्रताप' और 'वर्तमान' की तीन-तीन हजार प्रसार संख्या हो गई थी। फलस्वरूप जन-जीवन में राजनीतिक जागरूकता की वृद्धि हुई। 'कर्तव्य' (इटावा), 'किसान' (इलाहाबाद), 'महिला समाचार' (फतेहपुर), 'नाई मित्र' (झाँसी), 'राष्ट्रीय अध्यापक' (कानपुर), 'नाई ब्राह्मण' (कानपुर), 'तिलक' (आगरा) और 'शिल्प समाचार' (कन्नौज) पत्र सन् १९२१ में निकले। इनमें ऐसा कोई पत्र नहीं था जिसकी दृष्टि का विस्तार विस्तीर्ण हो। सन् १९२२ में 'अध्यापक' (मुरादाबाद), 'ब्रजवासी' (मथुरा), 'हिंदुस्तान' (अलीगढ़), 'जैन केसरी' (हाथरस), 'जीवन' (मथुरा), 'क्षत्रिय-वीर' (पौड़ी), 'लोकमान्य' (बाँदा), 'लोकमत' (उरई), 'मातृभूमि' (कानपुर), 'सत्यवादी' (अलीगढ़), 'विक्रम' (कानपुर), 'कवि' (गोरखपुर), 'निर्भय' (मैनपुरी), 'परिवर्तन' (कानपुर), 'नवयुग' (इलाहाबाद), 'हिंदू गजट' (सहारनपुर), 'देवेंद्र' (लखनऊ), 'हिंदी आउटलुक' (लखनऊ), 'स्वाधीन' (झाँसी), 'देवदर्शन'

(प्रयाग), 'महान लोधी राजपूत धर्मपताका' (आगरा), 'झाँसी समाचार' (झाँसी), 'मिर्जापुर समाचार' (मिर्जापुर), 'भारत धर्मनेता' (काशी), 'रजकबंधु' (प्रयाग), 'मस्ताना जोगी' (कानपुर), 'कपटसखा' (कानपुर), 'छात्र हितैषी' (अलीगढ़), 'उद्यम' (झाँसी), 'मार्तंड' (कानपुर), 'मुनि' (झाँसी), 'माधुरी' (लखनऊ) और 'चाँद मासिक' (इलाहाबाद) का प्रकाशन हुआ था।

स्वदेशी और 'असहयोग आंदोलन' के समर्थन में हुआ था 'ब्रजवासी' का प्रकाशन। पत्र की नीति उदारवादी होते हुए भी कभी-कभी उग्रता का तेवर ले लेती थी। 'कवि' मासिक एक साहित्यिक पत्रिका थी। 'लोकमान्य' राजनीति प्रधान पत्र था। संपादक थे नंदकिशोर वर्मा। उन्हें 'असहयोग आंदोलन' के प्रसंग में एक वर्ष के कारावास का दंड मिला था। इसी वर्ष जुलाई १९२२ से मासिक पत्रिका 'माधुरी' का प्रकाशन लखनऊ से हुआ। नवलकिशोर प्रेस के मालिक विष्णुनारायण भार्गव की प्रेरणा से यह पत्रिका निकली। पत्रिका पूर्णरूपेण साहित्यिक थी। इसका उद्‌देश्य था—उच्च कोटि के स्थायी साहित्य को उत्पन्न करना। पत्रिका के मुखपृष्ठ पर 'विविध विषय-विभूषित, साहित्य-संबंधी सचित्र मासिक' लिखा जाता था। साप्ताहिक 'चाँद' इसी वर्ष नवंबर से मासिक हो गया था। मासिक 'चाँद' के प्रथम संपादक श्री रामरख सिंह सहगल थे और संचालिका थीं—श्रीमती विद्यावती सहगल। यह प्रयाग से निकलता था। पत्र के प्रकाशन का मुख्य उद्‌देश्य समाज सुधार था।

पत्र के संपादकों के नाम हैं—सर्व श्री नंद किशोर तिवारी, शुकदेवराय, चंडीप्रसाद 'हृद्येश', मुंशी नवजोतिलाल श्रीवास्तव और महादेवी वर्मा। चाँद ने प्रथम बार विशेषांकों की धूम मचा दी थी। सन् १९२३ में प्रकाशित होनेवाले पत्र हैं-'वंदे मातरम्' (फतेहपुर), 'लक्ष्मण' (लखनऊ), 'उत्साह' (झाँसी), 'बुंदेलखंड केसरी' (बाँदा), 'स्वच्छंद' (अलीगढ़), 'स्वाधीन' (फर्रुखाबाद), 'सुखमार्ग' (अलीगढ़), 'अरुणोदय' (मिर्जापुर), 'राष्ट्र' (लखनऊ), 'पुरुषार्थ' (बाराबंकी), 'नैया' (झाँसी), 'नवयुग' (आगरा), 'महिला सुधार' (कानपुर), 'कृषक राजबंधु' (सीतापुर), 'भारतवर्ष' (गोरखपुर), 'झाँसी समाचार' (झाँसी), 'ग्रामवासी' (इलाहाबाद), 'हमदर्द' (कानपुर), 'देशभक्त' (आगरा), 'देहाती' (उरई), 'दीपक' (फैजाबाद), 'मातृभूमि' (मेरठ), 'भारत धर्म' (काशी) आदि। 'प्रेत' (लखनऊ), 'मजदूर' (कानपुर), 'किसान' (कानपुर), 'वीर' (बिजनौर), 'साहस' (झाँसी), 'ब्राह्मण हितैषी' (मैनपुरी), 'देशदूत' (काशी), 'कैलाश' (मुरादाबाद), 'बृजवासी' (मथुरा), 'भविष्य' (कानपुर), 'महावीर' (सहारनपुर), 'लोकमान्य' (बाँदा), 'वीरेंद्र' (जालौन), 'हलधर' (इटावा), 'स्वाधीन' (झाँसी), 'नवयुग' (कानपुर), 'स्वास्थ्य', 'आरोग्य' (कानपुर), 'सिविल सर्जन' (सहारनपुर), 'अध्यापक' (बाराबंकी), 'भूगोल' (प्रयाग), 'कवींद्र' और 'सहारनपुर' (कानपुर), 'हिंदी पुष्कर' (बरेली), 'रंगमंच'

(बरेली), 'मनोरमा' (प्रयाग), 'साम्यवादी' (कानपुर), 'महिलासर्वस्व' (अलीगढ़), 'उत्साह' (काशी), 'योग प्रचारक' (काशी), 'साहित्य ' (कानपुर), 'कृषक राज बंधु' (लखनऊ), 'मजदूर' (कानपुर), 'शैतान' (लखनऊ) आदि पत्र सन् १९२४ में प्रकाशित हुए।

इन पत्रों में 'मनोरमा' साहित्यिक पत्रिका थी। इसके संपादक थे श्री ज्योतिप्रसाद मिश्र 'निर्मल'। सन् १९२५ में प्रकाशित होनेवाले पत्रों के नाम हैं—'आर्यमित्र' (आगरा), 'नवयुग' (कानपुर), 'जाटवीर' (आगरा), 'प्राणरक्षा' (मथुरा), 'जीवन' (मथुरा), 'सैनिक' (आगरा), 'यादव' (गोरखपुर), 'अध्यापक' (मुरादाबाद), 'ग्राम सुधार' (मैनपुरी), 'मिर्जापुर गजट' (मिर्जापुर), 'भारतपुत्र' (हाथरस), 'हरदोई डिस्ट्रिक्ट गजट' (हरदोई), 'कुर्मी क्षत्रिय दिवाकर' (काशी), 'मौर्य भाष्कर' (लखनऊ), 'माथुर पत्रिका', 'माथुर क्षत्रिय' (आगरा), 'विश्वकर्मा' (कानपुर), 'वैश्य हितकारी' (मेरठ), 'आयुर्वेद केसरी' (कानपुर), 'आयुर्वेद समाचार' (मेरठ), 'धन्वंतरि' (अलीगढ़), 'वैद्यकल्पद्रुम' (हमीरपुर), 'आधुनिक धनावंतरि' (कानपुर), 'राजवैद्य' (प्रयाग), 'डॉक्टर' (बरेली), 'कला कौशल' (कानपुर), 'मातृभूमि' (झाँसी), 'खद्दर' (कानपुर), 'व्यापारिक संसार' (हाथरस) आदि। इन पत्रों में 'सैनिक' का निकलना हिंदी पत्रकारिता के लिए गौरव की बात है। 'सैनिक' का प्रकाशन आगरा से श्री कृष्णदत्त पालीवाल ने जून, १९२५ को आरंभ किया था। इस विचारधारा के पोषक अन्य पत्र थे—'नवयुग', 'भारतपुत्र', 'मातृभूमि' और 'खद्दर' आदि। सन् १९२७ में निकलने वाले प्रमुख पत्रों के नाम हैं—'सुधा', 'विवेक', 'भारतवर्ष', 'समय'। 'सुधा' का प्रथम अंक अगस्त, १९२७ में प्रकाशित हुआ था। यह मासिक पत्रिका थी। संपादक थे—पंडित रूपनारायण पांडेय और दुलारेलाल भार्गव। राष्ट्रीय भावधारा का प्रबल समर्थक साप्ताहिक 'समय' का प्रकाशन जौनपुर से बाबू रामेश्वर प्रसाद सिंह के संपादकत्व में २५ अक्तूबर १९२७ को हुआ था। 'समय' एक प्रगतिशील राजनीतिक विचारों का संवाहक पत्र था। सन् १९२८ में पत्रकारिता के प्रकाशन में एक नया निखार आया, जिसके नाते प्रदेश के विभिन्न अंचल से अनेक उत्कृष्ट पत्र-पत्रिकाओं का प्रकाशन हुआ। इसी वर्ष लीडर प्रेस इलाहाबाद से 'भारत' (साप्ताहिक), बलिया से 'बलिया गजट', उरई से 'लोकमत', इटावा से 'सुधाकर', मिर्जापुर से 'माधव' और झाँसी से धार्मिक पत्र 'अहिंसा' का प्रकाशन हुआ था। काव्य पत्रिका 'सुकवि' का प्रकाशन भी इसी वर्ष अप्रैल १९२८ में शुरू हुआ। साप्ताहिक 'मजदूर' का प्रकाशन वर्ष १९२८ ही है। संपादक थे—गणेश शंकर विद्यार्थी। इसी वर्ष झाँसी से 'क्रांतिकारी' का प्रकाशन हुआ। संपादक कृष्ण गोपाल शर्मा थे। हिंदी पत्रकारिता के विकास की दृष्टि से सन् १९२९ का वर्ष और भी अनुकूल माना गया। इस वर्ष प्रकाशित होनेवाले पत्र हैं—'कांग्रेस समाचार' (इलाहाबाद), 'खिचड़ी समाचार' एवं 'लहरी' (काशी), मासिक 'माया' (इलाहाबाद), 'मतवाला' (मिर्जापुर),

'समय ' (जौनपुर), 'संसार' (बलिया), 'सुदर्शन' (एटा) और 'श्रीकृष्ण संदेश' (काशी) आदि। सन् १९३० में 'हंस' (काशी), 'सत्याग्रह समाचार' (इलाहाबाद), 'भविष्य' (इलाहाबाद) और साइक्लोस्टाइल क्रांतिकारी पत्रों में 'रणभेरी' (बनारस), 'रणचंडी', 'बहिष्कार', 'चंडिका', 'ज्वालामुखी', 'चिंगारी', 'तूफान', 'शंखनाद' आदि का प्रकाशन हुआ। 'हंस' का संपादन मार्च, १९३० में बनारस से लोकमानस को परखने वाले कथाकार प्रेमचंद के संपादकत्व में हुआ। इसके संपादकों में श्रीमती शिवरानी देवी, जैनेंद्र कुमार और श्रीपत राय प्रमुख थे। 'सत्याग्रह समाचार' का प्रकाशन मार्च-अप्रैल १९३० से इलाहाबाद से हुआ था। 'सत्याग्रह कमेटी', प्रयाग का यह दैनिक पत्र था। संपादक श्री बैजनाथ कपूर थे। इसी वर्ष साप्ताहिक 'भविष्य' का प्रकाशन इलाहाबाद से श्री रामरख सिंह सहगल के संपादकत्व में हुआ। सन् १९३० में ही प्रेस ऑर्डिनेंस के परिणामस्वरूप सभी हिंदी पत्र-पत्रिकाओं का प्रकाशन स्थगित हो गया था। उस समय प्रदेश के विभिन्न अंचलों से जनता को देश-दशा से अवगत रखने एवं प्रेरणा देने के लिए भूमिगत पत्रकारिता प्रारंभ की गई। १९३० में जमानत माँगे जाने के फलस्वरूप 'आज' और 'सत्याग्रह समाचार' नाम से निकले तो, पर ये साइक्लोस्टाइल रूप में थे। प्रांतीय सरकार ने साइक्लोस्टाइल 'सत्याग्रह समाचार' से भी ९ जून, १९३० को २,००० रुपए की जमानत माँगी। बाद में इस तरह के साइक्लोस्टाइल पत्रों से भी संबंधित एक और प्रेस अध्यादेश की घोषणा की गई। बनारस से ही 'रणडंका' का भी प्रकाशन हुआ था। इसका संपादक 'एक सैनिक' था।

स्वतंत्रता आंदोलन में साइक्लोस्टाइल पत्रों का योगदान अविस्मरणीय है। स्वतंत्रता-प्राप्ति की अदम्य लालसा ने उत्तर प्रदेश के हिंदी पत्रों को कष्ट सहन करने की अद्भुत शक्ति और साहस प्रदान कर दिया था, जिसके नाते सन् १९३२ में उत्तर प्रदेश से ११ पत्रों का प्रकाशन हुआ। 'आदर्श' (खीरी), 'आदेश' (आगरा), 'जागरण' (बनारस), 'जागृति' (गोरखपुर), 'कुमार' (कालाकाँकर), 'अवध' (प्रतापगढ़), 'प्रताप दैनिक' (कानपुर), 'संदेश' (मेरठ), 'त्रिशूल' (कानपुर), 'वीरभूमि' (झाँसी) और 'वोटर' (कानपुर) आदि। इसमें पाक्षिक एवं साप्ताहिक 'जागरण' का विशेष महत्त्व है। पाक्षिक 'जागरण' का प्रकाशन ११ फरवरी, १९३२ को हुआ। संपादक थे—आचार्य शिवपूजन सहाय। इसके मुखपृष्ठ पर 'साहित्यिक-पाक्षिक पत्र' लिखा होता था। पाक्षिक 'जागरण' एक वर्ष निकलने के बाद साप्ताहिक रूप में प्रेमचंद के संपादकत्व में निकला। पत्र का प्रकाशन स्थल काशी था। इस वर्ष हिंदी के २४ पत्रों का प्रकाशन हमेशा के लिए बंद हो गया। 'जागरण' साप्ताहिक भी अधिक दिनों तक नहीं चल सका और २१ मई, १९३४ को वह हमेशा के लिए बंद हो गया। 'जागरण' अपने दोनों रूपों में शुद्ध साहित्यिक पत्र था।

सन् १९३३ में उत्तर प्रदेश से ३१ नई पत्र-पत्रिकाओं का प्रकाशन हुआ, जिनमें प्रमुख हैं—'अभिनव' (कानपुर), 'अधिकार' (लखनऊ), 'आशा' (अलीगढ़), 'विशनोई

समाचार' (बिजनौर), 'बुंदेलखंड केशरी', 'दलितोदय' (कानपुर), 'हिंदू' (कानपुर), 'जन्मभूमि' (इटावा), 'क्षत्रिय सेवक' (आगरा), 'क्षत्रिय वीर' (आगरा), 'मदारी' (इलाहाबाद), 'मातृभूमि' (झाँसी), 'मिलन' (बुलंदशहर), 'निर्भीक' (हरदोई), 'निष्काम' (मेरठ), 'पालीवाल एवं प्रभात' (अलीगढ़), 'प्रभात' (बलिया), 'राजपूत' (आगरा), 'स्वदेशी' (इलाहाबाद), 'तपोभूमि' (मेरठ), 'विकास' (सहारनपुर), 'विश्वबंधु' (सहारनपुर), 'विश्ववाणी' (शाहजहाँपुर) आदि। हिंदी पत्रकारिता के विकास की दृष्टि से अत्यधिक महत्त्वपूर्ण वर्ष १९३६-३७ है। इस वर्ष ४१ पत्रों का प्रकाशन हुआ, जिनमें प्रमुख हैं—'आजकल' (इलाहाबाद), 'आलोक' (सहारनपुर), 'बिगुल' (लखनऊ), 'चंद' (सहारनपुर), 'दिग्विजय ' (इटावा), 'दूत' (इलाहाबाद), 'ग्रामसेवक' (खीरी), 'हिंदी मिलाप' (बाराबंकी), 'जीवन' (आगरा), 'कर्मधर्म' (झाँसी), 'किसान बंधु' (गोरखपुर), 'नई दुनिया' (आगरा), 'अवधवासी' (बाराबंकी), 'प्रभाकर' (आगरा), 'प्रभात' (मेरठ), 'प्रेमसुधा' (आगरा), 'पंच' (इलाहाबाद), 'रोटी' (बिजनौर), 'सत्यवक्ता' (झाँसी), 'शंकर' (गोरखपुर), 'स्वतंत्र' (इलाहाबाद), 'उदय ' (कानपुर), 'उत्थान' (इलाहाबाद), 'वसुंधरा' (बनारस), 'विजय ' (लखनऊ) आदि महत्त्वपूर्ण पत्र-पत्रिकाएँ हैं। सन १९३७ ई, में उत्तर प्रदेश से हिंदी के अनेक पत्रों का प्रकाशन हुआ, जिनमें 'दरबार' (इलाहाबाद), 'दर्शक' (उरई), 'ग्राम संदेश' (रायबरेली), 'संग्राम' (उन्नाव), 'संघर्ष' (लखनऊ), 'शंखनाद' (कानपुर), 'विश्वबंधु' (सुलतानपुर) एवं 'विश्वास' (सहारनपुर) आदि पत्र-पत्रिकाएँ उल्लेखनीय हैं। ये सभी पत्र कांग्रेस नीति के समर्थक थे। १९३८ में उत्तर प्रदेश के विभिन्न अंचलों से अत्यधिक महत्त्वपूर्ण पत्र-पत्रिकाओं का प्रकाशन हुआ। इस वर्ष दैनिक 'आज' का साप्ताहिक रूप १८ जुलाई, १९३८ से श्री मुकुंदीलाल श्रीवास्तव के संपादकत्व में निकला। साप्ताहिक 'आज' उस समय का सर्वश्रेष्ठ साप्ताहिक पत्र था, इस वर्ष का दूसरा साप्ताहिक पत्र 'देशभक्त' प्रयाग से श्रीनाथ सिंह के संपादकत्व में निकला। इलाहाबाद से इसी वर्ष प्रकाशित होनेवाले अन्य पत्र हैं—'पंच', 'विजय', 'न्याय'। इस वर्ष 'अधिकार' साप्ताहिक का प्रकाशन फतेहगढ़ से हुआ। इसके मुखपृष्ठ पर तिलक का उद्घोष 'स्वतंत्रता हमारा जन्मसिद्ध अधिकार है' मुद्रित होता था। यह किसानों और मजदूरों की पत्रिका थी, जिसमें क्रांतिकारी के चित्र तथा उनपर विशेष सामग्री का प्रकाशन होता था। 'विप्लव' का प्रकाशन भी इसी वर्ष हुआ। यह लखनऊ से प्रसिद्ध क्रांतिकारी यशपाल के संपादकत्व में निकली। यह अति उग्र विचारों की राजनीतिक पत्रिका थी।

सन् १९३९ में 'कर्मयोगी' का प्रकाशन इलाहाबाद से रामरख सहगल के संपादकत्व में हुआ। यह मासिक पत्र था। साप्ताहिक 'वीरभारत' का प्रकाशन बस्ती से हुआ। इसमें राष्ट्रीय विचारों के लेख एवं कविताएँ प्रकाशित होती हैं। मुखपृष्ठ पर 'आवो प्यारो आवो, मातृभूमि पर बलि-बलि जावो' शीर्षक पंक्तियाँ पत्र की राष्ट्रीय भावना की परिचायक हैं।

इस वर्ष के अन्य पत्रों में—'कमला', 'अग्रगामी', 'मेरठ टाइम्स' (मेरठ), 'नवसंदेश' (आगरा), 'चकल्लस' (लखनऊ), 'हलचल' (गोंडा), 'प्रकाश' (लखनऊ), 'ताजा तार' (आगरा), 'सत्यप्रकाश' (काशी) आदि महत्त्वपूर्ण हैं। सन् १९४० में अनेक हिंदी पत्र-पत्रिकाएँ प्रकाशित हुईं। इन पत्रिकाओं में प्रमुख हैं—'सिद्धांत' (काशी), 'अग्रगामी' (सीतापुर), 'चातक' (प्रतापगढ़), 'स्वदेश' (अलीगढ़), 'जीवन' (सहारनपुर), 'सूत्रधार' (सीतापुर), 'आनंद' (उरई), 'अखंड ज्योति' (आगरा), 'मेल' (काशी) और 'विप्लवी ट्रैक्ट' (लखनऊ) आदि। 'सूत्रधार' साप्ताहिक राष्ट्रीय विचारों का पत्र था। 'मेले' दैनिक पत्र १४ मई, १९४० को काशी से निकला। इसके संपादक महावीर प्रसाद गहमरी थे। इसका प्रकाशन केवल एक माह हुआ था। 'काशी समाचार' (काशी), 'अमृत' (लखनऊ), 'नवीन भारत' (एटा) और 'संदेश' (आगरा) का प्रकाशन सन् १९४१ में हुआ।

उत्तर प्रदेश में साहित्य तथा पत्रकारिता का आधार भी धर्म और अध्यात्म रहे हैं। प्रदेश की पत्र-पत्रिकाओं के प्रकाशन का उद्देश्य राष्ट्रीय चेतना को जाग्रत् करना था। यह चेतना केवल धर्म के शाश्वत् तत्त्वों के आधार पर ही संभव थी। इस क्षेत्र में 'कल्याण' तथा 'अखंड ज्योति' का प्रकाशन धार्मिक साहित्य तथा पत्रकारिता के क्षेत्र में बेजोड़ घटना है। 'कल्याण' का प्रथम अंक अगस्त १९२६ में बंबई (मुंबई) से प्रकाशित हुआ था।

उत्तर प्रदेश में सन् १९३१ में झाँसी, 'साहस' आगरा के 'सैनिक' इलाहाबाद के 'रंगेश्वर' और 'स्वदेशी', कानपुर के 'भयंकर' और 'अछूत सेवक' 'वर्तमान', 'चित्रकूट', 'युवक', 'लाल झंडा', 'वनस्पति विज्ञान', 'मजदूर', लखनऊ से 'मजदूर संसार', 'लेबर हेरल्ड', 'तूफान' इटावा के 'नायक' भी जमानत न देने के कारण १९३१-३४ में बंद हो गए।

'प्रेस अध्यादेश' के अंतर्गत बहुत से समाचार-पत्रों से जमानत माँगी गई। बलिया से इसी समय साप्ताहिक 'संसार' निकला और तीन चार वर्ष तक चलने के बाद बंद हो गया। इसके बाद 'बलिया गजट' के साथ मिलाकर नया पत्र निकाला गया। १९३१ में आरंभ हुआ 'देशमित्र' भी जमानत की पाबंदी के चलते आखिरकार बंद हो गया। इस युग में हिंदी पत्रकारिता के विकास की भूमिका बड़ी ही संघर्षपूर्ण थी। सरकार द्वारा पथ-पथ पर रोड़े अटकाए जाते थे।

बलिया के 'प्रभात' के २७ दिसंबर, १९३५ के अंक में प्रकाशित लेख 'गत् पचास वर्ष और भविष्य' तथा १० जनवरी, १९३६ के अंक में 'शहीदों के प्रति' पर सरकार ने चेतावनी दी और बाद में इन अंकों को जब्त कर लिया। अगस्त १९३६ में साहित्यिक पत्रिका 'हंस' में सेठ गोविंददास का नाटकीय 'स्वातंत्र्य सिद्धांत' छपा। सरकार ने आपत्ति की और १००० रुपए की जमानत माँगी। प्रेमचंद ने अपने 'हंस' को 'भारतीय साहित्य परिषद्' को सौंप दिया। परिषद् ने जमानत न देने का निर्णय लिया और पत्रिका बंद करने

की घोषणा की। बस्ती से 'विजय' पाक्षिक २६ जनवरी, १९३८ को निकला, जिसने टिप्पणी की 'आज ही के दिन देश ने पूर्ण स्वतंत्रता का व्रत लिया था, तभी से हम हर साल इस प्रतिज्ञा को दुहराते हैं।' आगरा से 'सैनिक' तथा लखनऊ से 'संघर्ष' काशी से 'अग्रगामी' इलाहाबाद से 'भारत' का प्रकाशन आरंभ हुआ। आजमगढ़ से कई क्रांतिकारी पत्र निकले। दूसरे विश्वयुद्ध की समाप्ति पर जब ब्रिटेन की लेबर पार्टी ने चर्चिल सरकार से सत्ता सँभाली तो देश के भाषाई समाचार-पत्रों ने कांग्रेस की नीतियों का पूर्ण समर्थन किया। माउंटबेटन की वाइसराय पद पर नियुक्ति और राजनीतिक क्षेत्र में जो तेजी दिखाई दी, उसमें हिंदी समाचार-पत्रों की भूमिका महत्त्वपूर्ण रही। देश के प्रस्तावित विभाजन पर विभिन्न मत प्रकट किए गए। परंतु सांप्रदायिक मामलों में संतुलन और गांधीजी को पूरा समर्थन मिला। उस समय तक हिंदी दैनिकों की संख्या कुल चार-पाँच ही थी—'दैनिक विश्वमित्र', 'आर्यावर्त', 'हिंदुस्तान' और 'आज', इनमें भी 'आज' का विशेष स्थान था।

इसके संपादक बाबूराव विष्णु पराड़कर थे। सन् १९४५ के १५ अगस्त का अग्रलेख हिंदी जगत् ही नहीं सारे देशवासियों की भावनाओं को प्रतिबिंबित करता है—'स्वतंत्र भारत में ऐसी कोई बाधा नहीं, रहेगी जिसके कारण भारत का सर्वांगीण उन्नति न हो सके। भारतीय जनता ने अपने त्याग और बलिदान के बल पर स्वतंत्रता प्राप्त की है। इसी का परिणाम है कि आज सारी शक्ति जनता के हाथ में है। इतना बड़ा लोकतंत्र विश्व में अन्य कहाँ है? हमारा पक्का विश्वास है कि अब वह दिन दूर नहीं जब भारत सभी दिशाओं में उन्नति करता हुआ विश्व का महानतम् लोकतंत्र बन जाएगा।

□

स्वतंत्रता के पश्चात् के पत्र

स्वतंत्रता के बाद प्रकाशित **धार्मिक पत्र** हैं 'भक्त भारत' (वृंदावन), 'भैरवी' (काशी), 'श्री अमर भारती' (आगरा), 'श्रीकृष्ण संदेश' (मथुरा-१९६५), 'अध्यात्म ज्योति' (कानपुर-१९६६), 'भागवत पत्रिका' (मथुरा), 'भगवत दर्शन' (वृंदावन), 'धर्मदूत' (पिलखुवा-१९८२), 'आचार्य' (बरेली), 'श्री शंकराचार्य संदेश' (प्रयाग), 'मानस हंस' (हाथरस) आदि। 'अखंड ज्योति' का प्रकाशन शांति कुंज, मथुरा से होता रहा है।

मानव के लिए सबसे आवश्यक है—**स्वास्थ्य**। इस क्षेत्र में दिन-प्रतिदिन नए-नए अनुसंधान हो रहे हैं। इसकी जानकारी हेतु अनेक पत्र-पत्रिकाओं का प्रकाशन हो रहा है। उत्तर प्रदेश से निकलने वाले प्रमुख पत्र हैं—'आरोग्य' (गोरखपुर-१९५७), 'आयुर्वेद संदेश' (लखनऊ-१९६७), 'आपका स्वास्थ्य' (वाराणसी-१९८७), 'प्राकृतिक जीवन' (लखनऊ-१९९१) और 'धन्वंतरि' (अलीगढ-१९८८) आदि। **उद्योगों** में नित नए-नए उद्योग-धंधों का आविष्कार हो रहा है, पर उत्तर प्रदेश में उसके प्रचार-प्रसार हेतु ठोस इंतजाम नहीं है। हिंदी भाषा के माध्यम से कुछ पत्रिकाएँ निकल रहीं हैं—'अलीगढ़ उद्योग समाचार' (अलीगढ), 'व्यापार संदेश' और 'उद्योग विकास' (गाजियाबाद-१९९३) आदि। 'अमर उजाला समूह' ने हिंदी का सर्वप्रथम वृहद् रूप में आर्थिक दैनिक अखबार 'अमर उजाला कारोबार' निकाला। इन दिनों समूह ने इनके प्रकाशन को स्थगित कर रखा है। समय को देखते हुए इस क्षेत्र में अनेक पत्र-पत्रिकाओं का प्रकाशन किया जा सकता है। '**बाल पत्रकारिता**' के इतिहास में सबसे महत्त्वपूर्ण योगदान उत्तर प्रदेश का ही है, क्योंकि सर्वप्रथम बाल पत्र सन् १८८२ में इलाहाबाद से प्रकाशित 'बाल दर्पण' मासिक था। भारतेंदु युग का पत्र बच्चों के लिए एक नवीन प्रयोग था। १८९१ में लखनऊ से 'बाल हितकारक' मासिक निकला था। इलाहाबाद से ही फिर १९०२ में 'आर्य बाल हितैषी' पत्र प्रकाशित हुआ। स्वतंत्रता के बाद उत्तर प्रदेश से अनेक बाल पत्रिकाओं का प्रकाशन हुआ है, जिनमें प्रमुख हैं—'लल्ला' (इलाहाबाद-१९४८), 'जीवन शिक्षा' (वाराणसी-१९५७), 'राजा बेटा' (वाराणसी-

१९५८), 'बेसिक शिक्षा' (सहारनपुर-१९५९), 'विज्ञान लोक' (आगरा-१९६०), 'ज्ञान भारती' (लखनऊ-१९६२), 'शिशु बंधुर' (लखनऊ-१९६६), 'मनमोहन' (इलाहाबाद-१९६७), 'बच्चों की पुकार' (लखीमपुर खीरी-१९६८), 'चमाचम' (लखनऊ-१९७२), 'बालरुचि' (लखनऊ-१९७५), 'बालदर्शन' (कानपुर-१९७५), 'चिल्ड्रन टाइम्स' (लखनऊ-१९८१), 'नन्हीं मुस्कान' (कानपुर-१९८१), 'बालनगर' (इलाहाबाद-१९८२), 'लल्लू जगधर' (लखनऊ-१९८२), 'अच्छे भइया' (इलाहाबाद) आदि।

कृषि और ग्रामीण पत्रकारिता के क्षेत्र में अभी भी कोई संतोषजनक कार्य नहीं हुआ है। स्वतंत्रता के बाद प्रकाशित कृषि पत्रों में प्रमुख हैं—'कृषि सेतु' (सुल्तानपुर-१९७८), 'खेती किसानी' (फैजाबाद-१९७२), 'किसानोत्थान' (लखनऊ-१९७२), 'गाँव की बात' (कानपुर-१९९१), 'देहाती' (आजमगढ़-१९३३) और कृषक क्रांति (मेरठ-१९९४) आदि। सन् १९४७ के बाद राजनीति के विषय को लेकर बहुत सारी पत्रिकाओं का प्रकाशन हुआ। उत्तर प्रदेश से निकलनेवाले **राजनीतिक पत्र** हैं—'माया' (इलाहाबाद), 'विकास' (सहारनपुर), 'नया जीवन' (सहारनपुर), 'पाञ्चजन्य ' (लखनऊ), 'अवकाश' (वाराणसी), 'जन' (फैजाबाद), 'दायित्वबोध' (लखनऊ) आदि। 'सांस्कृतिक पत्रकारिता' द्वारा संस्कृति की रक्षा एवं उसका प्रचार-प्रसार किया जाता है। उ.प्र. की संस्कृति और उसकी पत्रकारिता दोनों ही अपने आप में बेजोड़ है। इन पत्रिकाओं में प्रमुख हैं—'नीहारिका' (आगरा-१९६२), 'साथी' (मुरादाबाद-१९६०), 'गीत-संगीत' (इलाहाबाद-१९८७), 'पुराकल्प' (वाराणसी-१९९२), 'मालिनी' (प्रयाग-१९९५), 'संस्कृति' (लखनऊ-१९९५) 'समकालीन जनमत' (इलाहाबाद-२००२), 'कला दीर्घा' (लखनऊ-२०००) और 'कला वसुधा' (लखनऊ) आदि। साहित्यिक पत्रकारिता के अंतर्गत इस पत्रकारिता का भी समावेश हो सकता है, पर साहित्य के अंतर्गत इसने एक विधा के रूप में अपना अस्तित्व बना रखा है, इसलिए ऐसे पत्रों का एक संक्षिप्त परिचय दिया जा रहा है—'गुरु जासूस' (इलाहाबाद), 'घीसूलाल' (झाँसी), 'घुटाला' (झाँसी), 'घोटाला' (आगरा), 'उखाड़-पछाड़' (मथुरा), 'अँगड़ाई' (आगरा), 'क्या कहाँ ' (अलीगढ़), 'काक दृष्टि' (कानपुर), 'खुल्लमखुल्ला' (गाजीपुर), 'चर्चिका' (हरदोई), 'जीजी' (जालौन), 'जागो और जगाओ' (बुलंदशहर), 'झकझक' (मेरठ), 'झुनझुना' (आगरा), 'टहलमहल' (कानपुर), 'डरो मत' (हाथरस), 'फक्कड़' (कानपुर), 'बम बम' (कानपुर), 'भड़ते' (मथुरा), 'लतियाव' (रामपुर), 'लाल बुझक्कड़' (बलिया), 'भ्रष्टभूत' (हरदोई), 'आफतमेला' (अलीगढ़) आदि पत्रों ने स्थानीय नागरिकों का मनोरंजन किया। इस प्रकार यह कहा जा सकता है कि उ.प्र. की हास्य-व्यंग्य पत्रकारिता अपने ढंग की निराली है।

स्वतंत्रता प्राप्ति के बाद पत्रिकाओं की संख्या में निरंतर अभिवृद्धि होती गई। **लघु पत्रकारिता** आंदोलन भी इसी समय आया। साहित्य की विधि-विधाओं को मंडित करने

में 'कथा' (मार्कंडेय, इलाहाबाद), 'कथानक' (सुनील, कानपुर), 'कथा दशक' (सतीश जमाली, इलाहाबाद), 'जन संस्कृति' (अवधेश प्रधान, वाराणसी), 'कहानीकार' (कमल गुप्त, वाराणसी), 'नई रचना' (मदन मोहन, गोरखपुर), 'प्रयोजन' (वीरेंद्र यादव, लखनऊ), 'वर्तमान साहित्य' (विभूतिनारायण राय, गाजियाबाद), 'दस्तावेज' (डॉ. विश्वनाथ प्रसाद तिवारी, गोरखपुर), 'जनपक्ष' (शैलेंद्र मटियानी, इलाहाबाद), 'संपर्क' (रामस्वरूप द्विवेदी, इलाहाबाद), 'प्रतिज्ञा प्रतीक' (डॉ. सावित्री मिश्र, इलाहाबाद), 'तेजस्वी' (बालकृष्ण पांडेय, इलाहाबाद), 'अतएव' (हिंदी संस्थान, लखनऊ), 'तद्‌भव' (अखिलेश, लखनऊ), 'कथ्यरूप' (अनिल श्रीवास्तव, इलाहाबाद), 'निष्कर्ष' (गिरीश चंद्र श्रीवास्तव, गोरखपुर), 'समकालीन दस्तावेज' (प्रशांत कुमार, लखनऊ), 'साखी' (केदारनाथ सिंह, गोरखपुर), 'कुंदनशील' (सतीश राज पुष्करणा, मेरठ), 'समकालीन एकलव्य ' (लखनऊ), 'समकालीन सोच' (गाजीपुर), 'संदर्श' (शाहजहाँपुर), 'शोभानाथ शुक्ल कथासमवेत' (सरवर हसन, गाजियाबाद), 'अंतर्दृष्टि' (विनोददास), 'प्रिय संपादक' (उग्रनाथ नागरिक, लखनऊ), 'नागरिक उत्तर प्रदेश' (लखनऊ), 'सामधेनी' (राज बहादुर विकल, शाहजहाँपुर), 'रचना संवाद' (पंकज मिश्र, शाहजहाँपुर), 'पत्रकार सदन' (अफजाल अंसारी, लखनऊ), 'विश्व पत्रकार सदन' (आबिद हुसैन, मुख्य संपादक—योगींद्र द्विवेदी, लखनऊ), 'दलित एशिया', 'डूडे' (सुरेश पंजक, लखनऊ), 'अकार' (गिरिराज किशोर, कानपुर), 'परिवेश' (मूलचंद गौतम, मुरादाबाद), 'भारतीय लेखक' (भीमसेन त्यागी, नोएडा), 'अभिनव कदम' (जयप्रकाश धूमकेतु, मऊनाथ भंजन), 'परख' (कृष्ण मोहन, प्रतापगढ़), 'उन्नयन' (श्री प्रकाश मिश्र, इलाहाबाद), 'आशय ' (बी.के. सोनकिया, लखनऊ), 'थाती' (यतींद्र मिश्र, अयोध्या), 'कल के लिए ' (डॉ. जयनारायण, बहराइच), 'नया मानदंड' (वाराणसी), 'संगीत' (हाथरस), 'उज्ज्वल ध्रुवतारा' (जी.पी. मिश्र, कानपुर) आदि पत्रिकाओं का प्रकाशन हो रहा है। इन पत्रिकाओं के अतिरिक्त कुछ और साहित्यिक पत्रिकाएँ भी प्रकाशित हुई हैं या हो रही हैं, जिनकी सूची न दे पाना स्थान की सीमा है। उत्तर प्रदेश में विभिन्न रुचि, योग्यता, उद्‌देश्य आदि से प्रेरित होकर प्रज्ञा क्षेत्र के विभिन्न व्यक्ति अपनी पत्र-पत्रिकाओं के प्रकाशन से हिंदी पत्रकारिता के विविध आयाम प्रस्तुत कर रहे हैं। इनके अतिरिक्त सैकड़ों दैनिक व साप्ताहिक पत्र अपने जिलावार व क्षेत्रवार विभिन्न संस्करण प्रकाशित कर उत्तर प्रदेश की हिंदी पत्रकारिता को कस्बाई, स्थानीय व राष्ट्रीय स्वरूप प्रदान कर रहे हैं। पत्रकारिता से संबद्ध दैनिकों, साप्ताहिकों के विविध प्रयोग व समय-समय पर बढ़ते संस्करण इस बात की ओर इशारा करते हैं कि पत्रकारिता के क्षेत्र में धन का काफी लाभ है तथा सरकार और जनता (पाठक वर्ग) दोनों ही इस लाभ में सकारात्मक भूमिका का निर्वाह करते हैं।

उत्तर प्रदेश में १८४५ में बनारस से प्रकाशित 'बनारस अखबार' को हिंदी प्रदेश से निकलनेवाले प्रथम हिंदी पत्र का गौरव दिया जाता है। इस पत्र के संपादक मराठी भाषी

पं. गोविंद रघुनाथ भट्ट थे तथा संचालक शिवप्रसाद 'सितारेहिंद' थे। सन् १८५० में 'सुधाकर' नामक पत्र का प्रकाशन बनारस से ही हुआ। इस पत्र के संपादक तारा मोहन मित्र थे, जो बँगलाभाषी थे। प्रारंभ में अखबार बँगला और हिंदी दोनों में ही प्रकाशित होता था। १८५३ से यह हिंदी में ही प्रकाशित होने लगा। भाषा और संपादन की दृष्टि से यह पत्र उस युग का उल्लेखनीय पत्र था, जिसने आनेवाले युग के पत्र-पत्रकारों के लिए मार्ग प्रस्तुत किया।

हिंदी बँगला भाषा में प्रकाशित 'समाचार सुधा वर्षण' पत्र देश के हिंदी के प्रथम दैनिक समाचार-पत्र के रूप में मान्यता दी जाती है। कलकत्ता से सन् १८५४ में प्रकाशित इस पत्र के संपादक श्याम सुंदर सेन थे। बँगला भाषी होने के बावजूद हिंदी पत्रकारिता में उनका महान् योगदान था। व्यावसायिक उद्देश्यों से दूर त्याग-तपस्या, बलिदान की भावना से निकाले गए पत्रों में संस्कृति पर छाए कुहासे को दूर कर समाज को नई दिशा देना मुख्य ध्येय था।

भारतीय स्वतंत्रता आंदोलन के नेता अजीमुल्ला खाँ ने ८ फरवरी, १८५७ को दिल्ली से 'पयामे आजादी' का प्रकाशन किया। पहले यह पत्र हिंदी और उर्दू में निकलता था, शीघ्र ही केवल हिंदी में निकलने लगा। अजीमुल्ला खाँ का यह अखबार ऐसा शोला था, जिसमें आजादी की लड़ाई को भड़काए रखा।

कालाकाँकर से सन् १८८५ में हिंदी दैनिक 'हिंदोस्थान' का प्रकाशन राजा रामपाल सिंह ने किया; हिंदी क्षेत्र के प्रकाशित होनेवाले प्रथम हिंदी दैनिक का गौरव इसी पत्र को प्राप्त है। क्योंकि 'समाचार सुधा वर्षण' द्विभाषी पत्र था। अमृत लाल चक्रवर्ती तथा बाबू शशिभूषण चटर्जी जैसे पत्रकारों ने पत्र के द्वारा पत्रकारिता के नए प्रतिमान स्थापित किए। बँगलाभाषी पं. अमृतलाल चक्रवर्ती ने 'हिंदी बंगवासी' का प्रारंभ सन् १८९० में किया। हिंदी पत्रकारिता की संघर्ष गाथा में इस पत्र का महत्त्वपूर्ण स्थान है। पं. अंबिका प्रसाद वाजपेयी के शब्दों में, यह पत्रकारों का प्राथमिक विद्यालय था। चक्रवर्ती 'भारत मित्र', 'वेंकटेश्वर समाचार' आदि प्रमुख पत्रों के संपादन कार्य से भी जुड़े थे। मराठी भाषी होते हुए भी बाल गंगाधर तिलक का हिंदी पत्रकारिता में स्तुत्य योगदान है। माधवराव सप्रेजी की प्रेरणा से पं. माखनलाल चतुर्वेदी ने 'कर्मवीर' का संपादन किया। मराठीभाषी लक्ष्मण नारायण गर्दे का पत्रकारिता का जीवन बंबई के 'वेंकटेश्वर समाचार' से प्रारंभ हुआ। गर्देजी तिलक की विचारधारा से काफी प्रभावित थे, अतः उन्होंने 'केसरी' में भी कार्य किया। 'वेंकटेश्वर समाचार' के बाद गर्देजी 'हिंदी बंगवासी' के सहकारी संपादक हो गए। इसके बाद 'भारत मित्र' में आधुनिक हिंदी पत्रकारिता की वृहद्त्रयी में पं. अंबिका प्रसाद वाजपेयी, बाबूराव विष्णु पराड़कर और गर्देजी का नाम आदर से लिया जाता है।

५ सितंबर, १९२० में 'आज' समाचार-पत्र का प्रकाशन हिंदी पत्रकारिता में एक ऐतिहासिक घटना मानी जाती है। बाबू शिवप्रसाद गुप्त की प्रेरणा से प्रकाशित इस पत्र के प्रथम संपादक बाबू श्रीप्रकाश थे। बाबू श्रीप्रकाश के आज से अलग होने पर पराड़करजी

ने इसका दायित्व सँभाला। सन् १९२० में महात्मा गांधी ने भारतीय पत्रकारिता में स्वतंत्र लेखन के माध्यम से प्रवेश किया। ४ जून, १९०३ को चार भाषाओं में 'इंडियन ओपिनियन' नामक साप्ताहिक पत्र का प्रकाशन शुरू किया, जिसके एक ही अंक में हिंदी, अंग्रेजी, गुजराती और तमिल भाषा में छह कॉलम प्रकाशित होते थे। ७ अप्रैल, १९१९ को उन्होनें बंबई से 'सत्याग्रह' नामक एक पृष्ठ का बुलेटिन निकालना आरंभ किया, जो हिंदी, अंग्रेजी दोनों में था। शंकरलाल बैंकर, महादेव भाई तथा जे.पी. कुमारप्पा जैसे व्यक्तियों के सहयोग से 'हिंदी नवजीवन' का प्रकाशन आरंभ हुआ। कालांतर में 'यंग इंडिया', 'नवजीवन' और 'हिंदी नवजीवन' का नाम बदलकर 'हरिजन', 'हरिजन बंधु' तथा 'हरिजन सेवक' रख दिए। गांधी की प्रेरणा से अनेक अन्य पत्र भी प्रकाश में आए, जिनमें काशी विद्यापीठ की त्रैमासिक पत्रिका 'विद्यापीठ', 'समाज', 'मर्यादा', 'संसार', 'अर्जुन' आदि प्रमुख हैं। डॉ. संपूर्णानंद इन पत्रिकाओं से जुड़े थे। १९२९ में क्षितींद्र मोहन मित्र ने 'माया' का प्रकाशन आरंभ किया। बाद में 'मित्र प्रकाशन' ने 'मनोहर कहानियाँ', 'मनोरमा' आदि अनेक पत्रिकाओं का प्रकाशन किया। १९२५ में पं. लक्ष्मण नारायण गर्दे ने 'श्रीकृष्ण संदेश' का संपादन किया। वे 'कल्याण' मासिक के अनेक महत्त्वपूर्ण विशेषाकों से भी जुड़े रहे, बाद में उन्होंने 'नवनीत' का भी संपादन किया।

भारतीय स्वतंत्रता संग्राम में हिंदी पत्रकारिता की भूमिका

स्वतंत्रता आंदोलन में हिंदी प्रेस की भूमिका[1] पर चर्चा करते समय इस बात का ध्यान रखना बहुत आवश्यक है कि हिंदी प्रेस की चर्चा में मात्र दैनिक समाचार-पत्रों को ही शामिल नहीं किया जा सकता है।

इसमें सभी प्रकार के समाचार-पत्रों को समाहित करना होगा, जैसा कि रजिस्ट्रार ऑफ न्यूज पेपर्स फॉर इंडिया ने अपनी वार्षिक रिपोर्ट में समाचार-पत्रों की जिस प्रकार व्याख्या की है, कोई भी छपा हुआ पत्र, जिसमें साइक्लोस्टाइल्ड पीरियाडिकल—जिसमें जनता से संबंधित सूचनाएँ या जनता संबंधी सूचनाओं पर टिप्पणी की गई हो, उसे समाचार-पत्र की श्रेणी में समाहित किया जाता है। स्वाधीनता संग्राम का अर्थ हिंदी समाचार-पत्रों के संदर्भ में मात्र एकांगी राजनैतिक स्वाधीनता ही न होकर, संपूर्ण रूप में भारतीय समाज की सामाजिक, आर्थिक, धार्मिक और राजनैतिक चेतना की संपूर्णता में ही माना जाना चाहिए।

जिसमें स्त्री-पुरुष सभी प्रकार की रूढ़ियों, पूर्वग्रहों और सामाजिक कुरीतियों से स्वतंत्र होकर, उन्मुक्त मानसिकता के साथ स्वतंत्रता का उपयोग समाज के उन्नयन के

1. Freedom movement & the role of Hindi News papers, writer Madan Gopal Criterion Publication, New Delhi

लिए कर सकें। इस कार्य में सबसे बड़ी सहायक शस्त्र हिंदी भाषा होगी, जिसकी समृद्धि और मानकीकरण है। पिछली सदी में हिंदी भाषा के विभिन्न रूप क्षेत्रीय स्तर पर देखने को मिलते रहे हैं, यथा—ब्रज, अवधी, मैथिली, भोजपुरी सभी अपने आप में एक समृद्ध भाषा है, लेकिन इन सबका अधिकांशतः प्रयोग काव्य सृजन में ही हुआ है, जिनकी ग्राह्यता उतनी सहज सरल नहीं है जितनी पिछली सदी में भारतेंदु बाबू द्वारा प्रचारित एवं प्रचलित 'खड़ी बोली' रही है, जिसका प्रयोग भारतेंदु और उनके मित्रों ने एक आंदोलन के रूप में आरंभ किया। प्रथमतः खड़ी बोली का प्रयोग मात्र गद्य के लिए ही किया, जो कालांतर में पद्य में भी स्वीकृत पाने लगी। इस आंदोलन का सबसे सशक्त पक्ष भारतीय भाषाओं के लिए देवनागरी लिपि का प्रयोग रहा, जिसे तत्कालीन बौद्धिक समाज का भरपूर सहयोग मिला, जिसमें कलकत्ता के न्यायाधीश जस्टिस शारदा चरन मित्रा और उनकी पत्रिका 'देवनागर' भी शामिल रहे। यह स्मरण रखने वाली बात है कि इस काल में पत्रकारिता बहुत कठिनाइयों से भरा मार्ग था। उस समय पत्रकारिता के लिए सुविधाएँ तो नगण्य थीं; हाँ, परेशानियों की लंबी सूची हुआ करती थी। यहाँ तक कि पत्रकारों को सही तथ्यों की सूचना और सही आँकड़े की उपलब्धि लेखकों और विचारकों की पहुँच से बाहर थी। तत्कालीन भाषा आधुनिक विचारधाराओं को व्याख्यायित करने में सक्षम नहीं थी, शब्दकोश और इन्साइक्लोपीडिया जनसाधारण के लिए अनुपलब्ध थे। साक्षरता की दर उस समय तक न्यूनतम स्तर पर ही थी। पढ़े-लिखे लोग हिंदी पत्र-पत्रिकाओं को पढ़ने में रुचि नहीं दिखाते थे; क्योंकि हिंदी पत्रकारिता मूलतः अंग्रेजी पत्रकारिता पर आधारित हुआ करती थी।

सही मायनों में जिसे पूर्ण समाचार-पत्र माना जा सकता है, वह भारतेंदु बाबू द्वारा निकाला 'कविवचन सुधा' रहा, जो प्रेस रजिस्ट्रेशन एवं पुस्तक अधिनियम के पारित होने के अगले ही वर्ष १८६७ में आरंभ हो गया। जिसके कारण भारतेंदु बाबू को 'आधुनिक हिंदी भाषा या खड़ी बोली का जनक' कहा जाता है। जिन्हें प्रेस कमीशन द्वारा 'हिंदी के राजा राम मोहन राय' की संज्ञा भी दी जाती है। भारतेंदु बाबू द्वारा कालांतर में निकाली जानेवाली 'हरिश्चंद्र' पत्रिका, जिसे बाद में 'हरिश्चंद्र चंद्रिका' नाम दिया गया। इस पत्रिका ने आधुनिक हिंदी को गढ़ने तथा स्थापित करने में महत्त्वपूर्ण योगदान रहा। भारतेंदु बाबू द्वारा निकाली जानेवाली पत्रिकाओं से प्रेरित होकर अनेक लेखकों ने समाचार-पत्र और पत्रिकाएँ निकालीं। 'हरिश्चंद्र मैगजीन' भारत का पहला पत्र था, जिसमें शोषण और गरीबी के खिलाफ आवाज उठाकर स्वदेशी को स्वीकार करने का महामंत्र फूँका। जिस समय बंगाल में ब्राह्मसमाज का वर्चस्व बढ़ रहा था, जिसे केशव चंद्र सेन जैसे शक्तिशाली व्यक्ति की छत्रच्छाया प्राप्त थी, उनके द्वारा निकाले जाने वाले परचों-पत्रिकाओं ने ही गुजराती मूल के दयानंद स्वामी को पत्रिकाओं और पुस्तकों द्वारा आर्य समाज के प्रचार करने की प्रेरणा दी।

आर्य समाज से प्रेरित समाचार पत्र-पत्रिकाएँ

आर्य समाज के उन्नायक स्वामी दयानंद ही वे प्रथम व्यक्ति थे, जिन्होंने संपूर्ण भारत को एक राष्ट्र और एक सूत्र में बाँधने का सपना देखा था। १८७६ में स्वामी दयानंद ने हिंदी प्रचार के संदर्भ में लिखा था कि मेरी आँखें उस दिन तक प्यासी रहेंगी, जब तक भारत में कन्याकुमारी से कश्मीर तक एक ही भाषा बोली और समझी जाएगी। हिंदी को 'आर्य भाषा' कहकर स्थापित करने का महत् प्रयास स्वामी दयानंद के द्वारा किया गया। यही कारण है कि आर्य समाज के प्रभाव बढ़ने के साथ-साथ जहाँ समाज सुधार और स्वदेशी की विचारधारा को बल मिला, वहीं आर्य समाज की स्थापना के साथ-साथ पूरे देश में विभिन्न स्थानों से पत्र-पत्रिकाओं का प्रकाशन एकाएक बढ़ गया। विशेष रूप से हिंदी क्षेत्र में तो हिंदी पत्रों की बाढ़ सी आ गई।

साप्ताहिक 'आर्य दर्पण' शाहजहाँनाबाद से निकला, तो १८७५ में मेरठ से 'आर्य भूषण' साप्ताहिक तथा 'आर्य समाचार' विलोपित फर्रुखाबाद से प्रकाशित हुआ। १८८१ में अजमेर से मासिक पत्र 'देश हितैषी' का प्रकाशन आरंभ हुआ।

लाहौर से मासिक 'धर्मपदेश' १८८२ में तथा काशी से 'तिमिर नाशक' पत्र का प्रकाशन हुआ। स्वामी दयानंद की मृत्यु के पश्चात् भी हिंदी पत्रों के प्रकाशन की शृंखला रुकी नहीं; विभिन्न स्थानों से आर्यसमाज के प्रचारकों ने पत्रों का प्रकाशन किया। कलकत्ता से 'आर्यावर्त' १८८७ में, कानपुर से साप्ताहिक 'वेद प्रकाश', मुरादाबाद से १८८८ में 'आर्य मित्र' निकला, जिसका प्रकाशन बाद में लखनऊ और आगरा से भी हुआ। १८९० में इटावा से 'आर्य सिद्धांत' तथा जालंधर से 'सतधर्म प्रचारक' १८९०, 'आर्य मार्तंड' अजमेर से, १८९५ में बरेली से मासिक 'आर्य पत्र' का प्रकाशन आरंभ हुआ। १९०० में 'आर्य सेवक' पाक्षिक पत्र प्रकाशित होना आरंभ हुआ। इन सभी समाचार-पत्रों ने हिंदी के उन्नयन में भरपूर सहयोग दिया। उस समय बोली जानेवाली हिंदी भाषा में गिने-चुने पत्र ही प्रकाशित होते थे, जिनमें आर्य समाज की विचारधारा का प्रचार किया जाता था, वरना अधिकांशत: पत्रों की लिपि फारसी हुआ करती थी।

भले ही हिंदी पत्रकारिता में आर्य समाज से प्रेरित होकर प्रकाशित होनेवाले समाचार पत्रों को उनका यथायोग्य स्थान न मिल पाया हो, लेकिन इस बात से इनकार नहीं किया जा सकता कि आर्य समाज के पत्र तत्कालीन अग्रगण्य पत्रकारों के प्रशिक्षण स्थल प्रमाणित हुए। रुद्र दत्त शर्मा, लक्ष्मण नारायण गर्दे तथा बाबू राव विष्णुपराड़कर ने जीवन के आरंभिक दिनों में इन्ही पत्रों में प्रशिक्षण प्राप्त कर अपनी लेखनी की धार तीव्र की।

कलकत्ता चूँकि ब्रिटिश राज की राजधानी हुआ करता था, यही कारण है कि हिंदी के समाचार-पत्रों का आरंभिक काल बंगाल से आरंभ होता है। बंगाल में प्रकाशित होनेवाले हिंदी समाचार-पत्रों का सर्कुलेशन हिंदी क्षेत्रों तक होता था, जिसके कारण

हिंदी क्षेत्र के विभिन्न स्थानों से हिंदी साहित्य-सेवियों को बंगाल ने आकर्षित किया और हिंदी के प्रारंभिक काल के पत्रकारों की प्रशिक्षण स्थली बनाया। मध्य प्रदेश में जनमे अमृतलाल चक्रवर्ती प्रारंभ में कालाकाँकर राजघराने द्वारा प्रकाशित 'हिंदोस्तान' नामक पत्र से जुड़े और कालांतर में कलकत्ता से हिंदी 'बंगवासी' नामक पत्र का प्रकाशन आरंभ किया। लक्ष्मण नारायण गर्दे और पराड़कर की भाँति वे भी 'वेंकटेश्वर समाचार-पत्र' से जुड़े, जो बंबई से निकलता था और देश के सबसे पुराने अखबारों में से एक है और आज तक निरंतर रूप से प्रकाशित हो रहा है।

भारतेंदु युग और पत्र-पत्रिकाएँ

स्त्री स्वर

भारतेंदु युगीन पत्र-पत्रिकाओं ने समाज सुधार का स्वर बुलंद करते हुए लोकतांत्रिक चेतना को पल्लवित और पोषित किया। सन् १९०० में 'सरस्वती' के माध्यम से हरिश्चंद्रजी ने भारतीय समाज में व्याप्त बुराइयों पर प्रहार करना आरंभ कर दिया था। उन्होंने सत्यपरक लेख लिखे और प्रकाशित किए। चाटुकारों, राजभक्तों, महंतों की उन्होंने तनिक भी परवाह नहीं की। भारतीय नारियों की स्थिति सुधारने के लिए 'बालाबोधिनी'[१] का प्रकाशन १८७४ से प्रारंभ किया—

"जोई हरित सोई राधिका जो शिव सोई शक्ति
नारी, जो सोई पुरुष यामे कुछ न विभक्ति
सीता अनुसूया सती अरुंधती अनुवारि
शील लाज विधाति गुणलहाँ सकल जग नारि
पतु पति सुनकर ललकमल ललित ललरा लोग
पढ़ै गुने सीखे सुने नासे सब जग शोग
वीर प्रसविनी बुध बधु होई हीनता शोध
नारी नर अरधाम की साँचो ही स्वामिनी होय।"

राष्ट्रीय आंदोलन के दौरान समाज सुधार आंदोलन भी बराबर चलता रहा और हर पत्र-पत्रिका समसामयिक लेखों में तथा अग्रलेखों में सामाजिक विषयों पर लेख प्रकाशित करती रही।

आर्य समाज के संस्थापक स्वामी दयानंद सरस्वती की प्रेरणा से १८७९ में उदयपुर से सज्जन कीर्ति सुधाकर के बाद सन् १८८२ में अजमेर से 'देश-हितैषी' का प्रकाशन आर्य समाजी परंपरा के पत्रों में प्रमुख था। सन् १८८५ में कालाकाँकर से प्रकाशित 'हिंदोस्थान' ने राष्ट्रीय आंदोलन को गतिशील बनाने के साथ-साथ सामाजिक सुधारों की भी अलख

१. बालाबोधिनी की प्रति, हिंदी साहित्य सम्मेलन पुस्तकालय, इलाहाबाद

जगाई। 'प्रभा' में प्रकाशित कुछ चुने हुए सामाजिक लेखों के शीर्षक 'सामाजिक पवित्रता', 'समाज के पुराने बंधनों पर एक दृष्टि', 'समाज शास्त्र' में परिवर्तन की आवश्यकता 'सामाजिक बहिष्कार'[१], 'भारत की विधवाएँ', 'विधवा विवाह और महात्मा गांधी', 'वेश्यावृति', 'स्त्री शिक्षा', 'संसार में स्त्री का स्थान', 'वर्ण व्यवस्था', 'अछूत जातियों का प्रश्न', 'हिंदू जाति की शारीरिक हीनता', 'बाल विवाह' और 'दीर्घ जीवन' पत्र-पत्रिकाओं ने सामाजिक सुधारक आंदोलन को गति दी। हिंदी पत्रकारिता में समाज की लगभग सभी बुराइयों और विसंगतियों पर प्रहार किया है। श्रीमती सरोजनी नायडू के भाषण ३ जनवरी, १९२६ को 'नवीन राजस्थान' में पृष्ठ के मध्य में प्रमुखता से प्रकाशित किया था। 'हिंदुओं के अंदर जब तक एकता नहीं होगी तब तक स्वराज्य-प्राप्ति असंभव है। सुधार आंदोलन से ही होना चाहिए, अछूतोद्धार और स्त्री शिक्षा के बिना हिंदू समाज की रक्षा नहीं हो सकती है। हिंदू जाति की मुक्ति भारतीय नारीत्व के द्वारा ही होगी।' स्त्री विरोधी अनेकानेक प्रथाओं को दूर करने की जब-जब घोषणा हुई, हिंदी पत्र-पत्रिका ने उचित स्थान दिया। 'त्याग भूमि' में हरिभाऊ उपाध्याय कुप्रथाओं पर प्रहार की जानकारी पाठकों को 'शुभ संवाद' नाम से दिया करते थे—

बिहार-उड़ीसा की कौंसिल में स्त्रियों के मताधिकार का प्रस्ताव १४ के विरुद्ध बहुमत से पास हो गया, अब वहाँ की स्त्रियाँ कौंसिल की सदस्य हो सकेंगी। उधर मध्य प्रांत की कौंसिल ने बाल-विवाह के विरुद्ध एक प्रस्ताव पास किया है और मद्रास कौंसिल ने बाल विवाह के विरुद्ध एक प्रस्ताव पास किया है और मद्रास कौंसिल ने श्रीमती डॉ. मुत्थुलक्ष्मी रेड्डी के सतत प्रयत्नों के फलस्वरूप देवदासी प्रथा रोकने के संबंध में जो बिल पास हुआ था, वह अब कानून बन गया है, बधाई।

(त्याग भूमि फाल्गुन सं. १९८५) श्री राजेंद्र प्रसाद ने अपने लेख 'हमारा स्त्री समाज' 'त्याग भूमि' बैसाखी सं. १९८६ में स्त्री शिक्षा पर जोर देते हुए लिखा **''शिक्षा एक ऐसी चीज है कि बुरी-से-बुरी प्रकृति को बदलकर विशिष्ट बना दे सकती है। अतः अपने कार्यक्षेत्र में स्त्रियों के साथ हाथ बढ़ाकर शीघ्र ही सफलता प्राप्त करने के लिए हमें चाहिए कि उन्हें यथोचित शिक्षा से भूषित करें। स्त्री शिक्षा का प्रश्न आजकल हम लोगों के लिए बहुत महत्त्व का हो गया है, क्योंकि इसका अभाव बहुत ही अनिष्टकर हो रहा है।''**[२]

संवत् १९८६ में हरिभाऊ उपाध्याय ने अमित्र बाला बंद्योपाध्याय के स्पष्ट प्रखर और निर्भीक विचार 'त्याग भूमि' प्रकाशित किए। **जो सर्वदा स्त्रियों को परवश और स्वातंत्र्यहीन देखते रहे हैं, उन्हें अपनी सुविधा बनी रहने के लिए सामाजिक प्रतिविधान**

---

१. हिंदी पत्रकारिता और राष्ट्रीय जागरण, सुजाता राय, सामाजिक चेतना का विकास, पृ. १०९-१२८

२. हिंदी पत्रकारिता और राष्ट्रीय जागरण, सुजाता राय, पृ. ६४

'बंधन' के अतिरिक्त और कोई बात अच्छी ही नहीं लगती है। पर हम समाज के पीछे बंधन लेने की इच्छा से क्यों चले? अपनी क्षत देह लेकर, भिखारी बनकर सामाजिकों के द्वार पर क्यों पड़ी रहे? हमें स्वाधीनता चाहिए, घर में भी तथा बाहर भी। आज नारी जाति का अपमान करने वाला अनुशासन, प्रत्यक्षतः हमें दुःख दे रहा है। पति के साथ विद्रोह करने से भी स्त्रियों का जीवन सार्थक हो सकता है। यदि पिता का कन्या दायित्व विवाह के तेज के साथ अस्वीकार करके, कुमारी बनकर रह सके।

'सौरभ' नवंबर १९२० के अंक में 'स्त्री की महिमा' को दरशाने वाला एक सारगर्भित लेख प्रकाशित हुआ। 'ब्रह्मा की अंतिम कृति' नामक सुदीर्घ लेख के अंतर्गत 'समाज के लिए स्त्रियों की उपयोगिता' का अंश यह किसी से छुपा नहीं है—

समाज का जैसा पुरुष मूल्यवान् अंग है, वैसा ही नहीं प्रत्युत इससे अधिक मूल्यवान् अंग स्त्री भी है। पुरुषों के द्वारा मनुष्य समाज को जो लाभ पहुँचा सकते हैं, उनमें स्त्रियों की ओर से कोई रुकावट उत्पन्न नहीं की गई, परंतु पुरुषों ने अपने अज्ञान के कारण स्त्रियों को उचित शिक्षा न देकर उनके द्वारा होने वाले उपकारों से समाज को अवश्य वंचित रखा। यदि स्त्रियाँ भी इनके अवगुणों की स्पर्धा करतीं तो आज मनुष्य समाज को इस दिशा में दिखाई ही नहीं देता।

सौरभ के मई–अगस्त, १९२१ के अंक में दीनानाथ के लेख 'मानसिक रोग' की कुछ पंक्तियाँ देखने योग्य हैं, जिनमें पाश्चात्य विद्वानों के हवाले से बाल विवाह और वृद्ध विवाह के दुष्परिणामों पर प्रकाश डाला गया है—

> "डॉ. मैथ्यूज डंकन ने अपनी खोज से यह परिणाम निकाला कि वृद्ध विवाह और बाल विवाह का मूढ़ता पर पर्याप्त प्रभाव पड़ता है।" 'नोट्स ऑन वन थाउजेंड केसेज ऑफ इंडियोसी' के लेखक लैगडन डॉक्टर का मत था कि २३ फीसदी मूढ़ पुरुषों की इस अवस्था का कारण यही आयु विषमता ही थी। इसी कारण से ही हमारी प्राचीन स्मृतियों में भी बाल-विवाह का निषेध करते हुए साधारण पुरुष और स्त्रियों के लिए क्रमशः २५ और १६ वर्ष की आयु ही निश्चित की गई है।

हमारे देश में 'डाकन' नामक अनिष्टकारी प्रथा रही है, किसी भी स्त्री को अकारण डाकन मान लेना और उसके साथ दुर्व्यवहार कर मार डालना आम बात है। 'तरुण राजस्थान' के १५ अप्रैल, १९२८ के समाचार में **राजपुर की एक सुंदर स्त्री को किसी ने डाकन समझकर मार डाला। लेकिन इस कृत्य को वहाँ के ठाकुरों ने आत्महत्या का नाम देकर मामले को दबाना चाहा। इस पर लखाया भील तथा मृत स्त्री के रिश्तेदारों ने शिकायत की, किंतु ठाकुर साहब ने उलटा उन्हें ही जेल में डाल दिया**

और सच बात को दबा रहे हैं। कहते हैं अपराधियों से ५०१ रुपए वसूल कर मुक्त कर दिया है, कहिए, है न प्रथम श्रेणी का अन्याय!

आजादी से पूर्व पत्र-पत्रकार अति उग्र और मुखर थे। इनको समाज में आदर के साथ देखा जाता था। आजादी के बाद उनका तेज और प्रभाव घटता जा रहा है। स्वतंत्रता के उपरांत पत्रकारिता में स्वतंत्रता का तत्त्व तीव्र गति से कम होता गया है।[१] श्री क्षेमचंद्र सुमन ने हिंदी पत्रकारिता के बदलते स्वरूप पर चर्चा करते लिखा—यदि कभी हिंदी पत्रकारिता का इतिहास लिखा गया तो उसमें उन सभी पत्रों और पत्रकारों का स्वर्णाक्षरों में उल्लेख किया जाएगा, जिसके कारण देश की तत्कालीन नई पीढ़ी में स्वाधीनता संग्राम में कुछ कर गुजरने और मर-मिटने की अभूतपूर्व प्रेरणा मिलने के साथ-साथ अपनी साहित्यिक विरासत को सुरक्षित रखने की भी अद्‌भुत आकांक्षा थी। उन्होंने गहन से गहन अर्थसंकट उठाकर भी पत्रकारिता को कभी व्यवसाय नहीं बनने दिया। प्रत्युत उसे एक 'मिशन' समझकर ही वे उसकी अभिवृद्धि में सर्वात्मना संलग्न रहे।

आज की हिंदी पत्रकारिता एवं स्वतंत्रता आंदोलन के समय की पत्रकारिता के समान अपने उद्‌देश्यों के प्रति प्रतिबद्ध नहीं है। लेकिन ऐसा भी नहीं है कि आजकल के पत्र-पत्रिकाओं को हमारे पावन आदेशों से और उद्‌देश्यों से कोई सरोकार नहीं है।

आजादी के बाद हिंदी पत्र-पत्रिकाओं की संख्या बढ़ी है, उनके प्रसार में विस्तार हुआ है। भारत के समाचार-पत्रों के रजिस्ट्रार के २८वें प्रतिवेदन १९८४ के अनुसार हिंदी समाचार-पत्रों ने अन्य भाषाओं के समाचार-पत्रों की तुलना में अपनी बढ़त बनाए रखी है। वर्ष १९८३ में हिंदी में ५९३६ समाचार-पत्र थे, जो भारतीय समाचार-पत्रों की कुल संख्या का २८.६ प्रतिशत है। अंग्रेजी समाचार-पत्रों की संख्या ३८४० थी, जो समाचार पत्रों की कुल संख्या का १८.५ प्रतिशत रखते हुए दूसरे स्थान पर थे। बँगला पत्रों का स्थान तृतीय कुल-पत्र १५८२ एवं ७.६ प्रतिशत उर्दू चतुर्थ (कुल १३७८ एवं ६.६ प्रतिशत) था। अन्य सभी भाषाओं में एक हजार से कम समाचार-पत्र थे। हिंदी में आज सौ से अधिक दैनिक समाचार-पत्र हैं। वर्ष १९८३ के आँकड़ों के अनुसार हिंदी पत्रों की प्रसार-संख्या १५,४५८,००० प्रतियाँ रही। इस तरह से हिंदी समाचार-पत्रों ने संख्या एवं प्रसार संख्या दोनों में ही सर्वोच्च स्थान रखते हुए उत्तरोत्तर विकास किया है।

सन्‌ १९८३ के आँकड़ों के अनुसार अवधि के अनुसार हिंदी में दैनिक पत्रों की संख्या ४७०, त्रिमासिक/द्वि साप्ताहिक २७, साप्ताहिक २७०९ एवं पाक्षिक पत्रों की संख्या ७८ थी।

---

१. हिंदी पत्रकारिता आज के दौर में, लेखक हरदान हर्ष, पृ. ९०-९१

हिंदी पत्रकारिता आज के दौर में लेखक हरदान हर्ष पृष्ठ ९२ उपलब्ध आँकड़ों के अनुसार हिंदी के ४७ बड़े, ११३ मझोले और १९०० छोटे समाचार-पत्र थे। १४७ बड़े समाचार-पत्रों में से २३ की प्रसार संख्या एक-एक लाख प्रतियों से अधिक थी। आज हिंदी के साप्ताहिक कश्मीर से कन्याकुमारी तक, गुजरात से आसाम तक, सूरीनाम से बर्मा तक फैले हुए हैं। 'धर्मयुग' (१९५०), 'ब्लिट्ज' (१९६२), 'दिनमान' (१९६५), 'रविवार' (१९७७) आदि का उल्लेख करना आवश्यक है। धर्मवीर भारती, बाँके बिहारी भटनागर, राजेंद्र अवस्थी के अलावा 'दिनमान' ने सतीश झा, 'रविवार' ने उदयन शर्मा और 'ब्लिट्ज' ने आर.के. करंजिया के संपादकत्व में जो लोकपियता प्राप्त की, वह उल्लेखनीय है।

'कविवचन', 'सुधा', 'सरस्वती', 'इंदु', 'माधुरी', 'चाँद', 'हंस', 'वीणा' आदि मासिक एवं त्रैमासिक पत्रिकाओं ने जो भव्य परंपरा कायम की थी, उनको आजादी के बाद 'कल्पना', 'नया प्रतीक', 'सचेतना जन', 'आजकल', 'बिंदु', 'अजंता माध्यम', 'त्रिपथगा लहर', 'नवनीत', 'कादम्बिनी', 'निष्कर्ष', 'राष्ट्रवाणी', 'ज्ञानोदय', 'सारिका', 'हंस रसवंति', 'कथा भारती', 'क ख ग', 'निकेतन पूर्वग्रह', 'अंकन', 'युग प्रभात', 'वागर्थ' आदि सैकड़ों पत्रिकाओं ने नया रूप दिया। आज हिंदी की १७ पत्रिकाओं—'सरिता' (नई दिल्ली), 'अरण्यक' (लखनऊ), 'गृहशोभा' (दिल्ली), 'मायापुरी' (दिल्ली), 'नंदन' (दिल्ली), 'माया' (इलाहाबाद), 'फिल्मी दुनिया' (दिल्ली), 'मनोरमा' (इलाहाबाद) 'अखंड ज्योति', 'फिल्मी कलियाँ' (दिल्ली), 'चंदामामा' (मद्रास), 'कादम्बिनी' (दिल्ली) एवं पराग (दिल्ली) की प्रसार संख्या एक लाख से ऊपर है।

हिंदी की पत्र-पत्रिकाएँ—एक विकास-यात्रा

स्वतंत्रता-पूर्व की पत्र-पत्रिकाएँ—डॉ. वासुदेव सिंह ने लिखा है कि मुगलकाल में सूचनाएँ फरमान के रूप में जारी होती थीं। औरंगजेब के आदेश 'पैगामे हिंद' के रूप में निकलते थे।[१] इसे समाचार-पत्र का एक रूप माना जा सकता है। ये हस्तलिखित होते थे और इसके लिखनेवाले 'वाकया नवीस' कहे जाते थे। बहादुरशाह के समय 'सिराजउल अखबार' निकालने का पता चला है, लेकिन इसका प्रकाशन नियमित नहीं था। भारत में प्रेस की स्थापना ईसाई मिशनरियों द्वारा हुई। पहला प्रेस गोवा में सन् १५५० में स्थापित हुआ। इसके बाद मद्रास मलाबार, तंजौर, कलकत्ता आदि स्थानों

---

१. पराड़कर और हिंदी पत्रकारिता की चुनौतियाँ, अच्चुतानंद मिश्र, बच्चन सिंह, विश्वविद्यालय प्रकाशन वाराणसी, १९८९, पृ. ११९-१२६, हिंदी की पत्र-पत्रिकाएँ : एक विकास-यात्रा।

में प्रेसों की स्थापना की गई। भारत में पहला समाचार-पत्र जनवरी १७८० में अंग्रेजी में निकला। इसका नाम 'बंगाल गजट' था। इसके बाद 'इंडिया गजेट', 'कलकत्ता गजेट', 'बंगाल जर्नल', 'मद्रास क्रॉनिकल', 'बंबई हेरल्ड' आदि समाचार-पत्र अगले दस वर्षों के भीतर प्रकाशित होने लगे।

ईसाई मिशनरियों ने अंग्रेजी के साथ-साथ देशी भाषाओं में भी समाचार-पत्रों के प्रकाशन की व्यवस्था की। पहले बँगला भाषा में इनका प्रकाशन आरंभ हुआ, क्योंकि उस समय बंगाल ही अंग्रेजों की राजनीति का मुख्य केंद्र था। सन १८१७ में 'दिग्दर्शन' नामक पहला मासिक पत्र छपा।

इसके बाद कलकत्ता से 'बंगाल गजट' और श्रीरामपुर से 'समाचार दर्पण' नामक पत्र बँगला भाषा में ही निकले। राजा राममोहन राय ने अपने समाज-सुधार संबंधी विचारों के प्रचार के लिए 'संवाद कौमुदी' अंग्रेजी में 'ब्राह्मेनिकल मैगजीन' और फारसी में 'मीरातउल अखबार' निकाला और इनके माध्यम से अपने विचारों का प्रचार किया। हिंदी में १८२६ में पहला समाचार-पत्र 'उदंत मार्तंड' पं. युगल किशोर शुक्ल ने प्रकाशित किया। राजा राममोहन राय की प्रेरणा से बँगला, हिंदी और फारसी में सम्मिलित रूप से 'बंगदूत' का प्रकाशन आरंभ हुआ।

उत्तर प्रदेश से प्रकाशित होने वाला 'बनारस अखबार' पहला साप्ताहिक हिंदी पत्र था, जो १८४५ में काशी से प्रकाशित हुआ। इसे राजा शिवप्रसाद 'सितारेहिंद' ने प्रकाशित किया। इसके संपादक श्री गोविंदनाथ थे, जो मराठी भाषा-भाषी थे और हिंदी अच्छी तरह नहीं जानते थे। यद्यपि यह हिंदी लिपि में होता था; परंतु इसमें उर्दू भाषा का प्रयोग होता था। क्योंकि राजा शिवप्रसाद उर्दू समर्थक थे। यह लीथो या शिलापट्ट पर मुद्रित होता था। इसमें अधिकतर अरबी-फारसी के शब्दों की भरमार होती थी। वे 'हिंदुस्तानी' नाम की दूसरी भाषा चलाने के पक्षपाती थे।

'बनारस अखबार' के प्रकाशन के बाद काशी से सन् १८५० में 'सुधाकर' का प्रकाशन तारामोहन मैत्रेय नामक बंगाली सज्जन ने किया। यह बँगला एवं हिंदी भाषाओं में प्रकाशित होता था। कहीं-कहीं तारामोहन मित्र नाम भी पाया जाता है। परंतु वास्तव में वह मित्र नहीं मैत्रेय थे। भाषा की दृष्टि से इस पत्र को उत्तर प्रदेश का पहला हिंदी पत्र कहना चाहिए। इसके मुद्रक पं. रत्नेश्वर तिवारी थे। इसकी प्रसार संख्या चौहत्तर थी। इसके ५० हिंदू, २२ यूरोपियन तथा २ मुसलमान ग्राहक थे। इनसे ७४ रुपए महीना की आय होती थी, जबकि पत्र के प्रकाशन का व्यय ५० रुपए मासिक था। इस पत्र में ज्ञान और मनोरंजन की पर्याप्त पाठ्य सामग्री होती थी।

राजा लक्ष्मणसिंह का नाम हिंदी साहित्य में प्रसिद्ध है। उन्होंने महाकवि कालिदास के 'शकुंतला' एवं 'मेघदूत' आदि नाटकों का हिंदी में अनुवाद किया। वे १८६१ तक

इटावा में डिप्टी-कलेक्टर थे। उनके किसी भी लेख से यह स्पष्ट नहीं होता कि उन्होंने किसी समाचार पत्र को निकाला था, परंतु तासी के अनुसार वे 'प्रजा-हितैषी' नामक पत्र के जन्मदाता थे, जो सन् १८६१ में पुन: निकला हो। इसी कारण कुछ लोग 'प्रजा-हितैषी' का जन्म सन् १८६१ ही मानते हैं।

सन् १८५२ में आगरे से 'बुद्धि प्रकाश' का प्रकाशन पत्रकारिता की दृष्टि से ही नहीं, भाषा एवं शैली के विकास के विचार से भी विशेष महत्त्व रखता है। यह लाला सदासुखलाल के संपादकत्व में प्रकाशित होता था। वे 'नूरुल-अखबार' नामक एक उर्दू के पत्र का भी संपादन किया करते थे। इन दोनों पत्रों की दो-दो सौ प्रतियाँ प्रतिदिन सरकार खरीदती थी। सरकार जो दो-दो सौ प्रतियाँ खरीदती थी, उसका वितरण विशेषत: तहसीलों और जिलों के विद्यालयों में किया जाता था। 'बुद्धि प्रकाश' में विविध विषयों, जैसे इतिहास, भूगोल, शिक्षा तथा गणित आदि पर सुंदर लेख प्रकाशित होते थे। इसकी भाषा की प्रशंसा आचार्य रामचंद्र शुक्ल ने भी की है।

भारत में सबसे पहले समाचार-पत्र उन अंगेजों ने शुरू किया, जिन्हें ईस्ट इंडिया कंपनी से शिकायत थी। १७७६ में विलियम वोल्टास ने कलकत्ता में प्रथमत: समाचार-पत्र प्रकाशन उपक्रम किया।[१] १७८० में जेमन आगवईज हिके ने अपने को अभिनव मुद्रक कहते हुए 'बंगाल गजट' या कैलकटा जर्नल एडवरटाइजर' निकाला। १७८५ में 'मद्रास कैरियर' फिर 'मद्रास गजट' और इंडियन हेराल्ड' का प्रकाशन किया गया। बॉम्बे से 'बॉम्बे गजट' निकला, इन अखबारों के संपादक अंग्रेज थे। 'दरबार रोजनामचा' बूँदी-राजस्थान[२] से सन् १८१८-२० में निकला। कुछ विद्वानों का मत है कि यही हिंदी का प्रथम पत्र है। हिंदी पत्रकारिता विविध आयाम में इसका जिक्र आता है।[३]

भारतीय संदर्भ में आधुनिक पत्रकारिता का शुभारंभ अठारहवीं शती के अंतिम चरण अर्थात् १७८० में कलकत्ता से अंग्रेजी भाषा में प्रकाशित 'बंगाल गजट' से हुआ।[४] भारत में हिंदी पत्रकारिता का आरंभ ३० मई, १८२६ को कलकत्ता में 'उदंत मार्तंड' के प्रकाशन के साथ हुआ, जिसका उद्देश्य 'हिंदुस्तानियों के हित हेतु' था। यही मंत्र कालांतर में हिंदी पत्रकारिता का उद्देश्य सिद्ध हुआ।

उत्तर प्रदेश में हिंदी पत्रकारिता के नए युग का आरंभ भारतेंदु युग से हुआ,

---

१. पराड़कर समाचार पत्र राज्य का चतुर्थ अवयव लेखक, नागार्जुन, पृ. १७०-१७१

२. पत्रकारिता विविध आयाम, पृ. ७८ पर इसका जिक्र आता है। शीतल प्रिंटर्स, जयपुर, १९८९

३. भारत में हिंदी पत्रकारिता, संपादक रमेश जैन, लेखक डॉ. ब्रह्मानंद, पृ. १२६

४. नटराजन एस. : ए हिस्ट्री ऑफ दि प्रेस इन इंडिया, पृ. १४, बंबई, १९६२

जिसका नेतृत्व भारतेंदु बाबू हरिश्चंद्र और उनके सहधर्मियों प्रताप नारायण मिश्र, बालकृष्ण भट्ट आदि के हाथ में था।[१] जिन्होंने हिंदी पत्रकारिता के माध्यम से राष्ट्रीयता, स्वतंत्रता और स्वदेशी की भावना को जनजीवन तक पहुँचाने का अद्‌भुत प्रयास किया। १८६७ में भारतेंदु द्वारा मासिक 'कविवचन सुधा' का प्रकाशन किया। उन्होंने स्वदेशी आंदोलन का सूत्रपात कर दिया था। २३ मार्च, १८७४ में 'कविवचन सुधा' में स्वदेशी के व्यवहार हेतु भारतेंदुजी द्वारा प्रकाशित 'प्रतिज्ञा-पत्र' वास्तव में स्वदेशी आंदोलन की आधारशिला थी, जिसमें उन्होंने स्वदेशी के व्यवहार एवं विदेशी वस्त्रों के बहिष्कार हेतु जनता का आह्वान किया था।

भारतेंदु हरिश्चंद्र की 'हरिश्चंद्रिका' (काशी-१८७४) बद्रीदत्त पांडेय संपादित अल्मोड़ा अखबार (अल्मोड़ा १८७४) बालकृष्ण भटट् द्वारा संपादित 'ब्राह्मण' (कानपुर १८८३) आदि महत्त्वपूर्ण हैं, जिनमें समकालीन राजनीति राष्ट्रीयता स्वतंत्रता का दर्शन होता है। इस युग की पत्रकारिता में साहित्य और राजनीति संबंधित गंभीर लेख प्रकाशित होते थे। इस काल की विशेषता थी कि राजभक्ति की आड़ में विदेशी शासन और मानसिकता की विवेकहीनता पर गहरी चोट की जाती थी, जिसके परिणामस्वरूप पत्र-पत्रिकाओं को सरकार का कोपभाजन भी बनना पड़ता था।

'कविवचन सुधा' में देशभक्तिपूर्ण लेख छपने के कारण जहाँ सरकार ने इसे खरीदना बंद कर दिया वहीं बालकृष्ण भट्ट को 'हिंदी प्रदीप' में 'बम क्या है?' शीर्षक कविता के प्रकाशन के कारण सरकार ने इसके प्रकाशन पर रोक लगा दी। भट्टजी ने इसे पुनः प्रकाशित किया, परंतु फरवरी १९१० में सरकारी कोपदृष्टि के कारण इसे बंद कर देना पड़ा।[२] १९०० में सरस्वती के प्रकाशन के साथ ही हिंदी पत्रकारिता का उन्नयन आरंभ हुआ। डॉ. रामरतन भटनागर के अनुसार उच्च स्तर की आधुनिक हिंदी पत्रकारिता का उन्नयन 'सरस्वती' के द्वारा ही हुआ।

इस काल की राजनीति उग्र राष्ट्रीयता से प्रभावित थी, जिसकी अभिव्यक्ति का माध्यम 'केसरी', 'मराठा', 'संध्या', 'नवशांति' तथा 'वंदेमातरम्' आदि भारतीय भाषाओं की पत्र-पत्रिकाएँ थीं। जहाँ एक ओर यहाँ भी क्रांतिकारी गतिविधि सक्रिय हुई, वहीं 'कालिदास' (काशी, १९०६), 'कर्मयोगी' (इलाहाबाद, १९०९) और 'स्वराज' (इलाहाबाद) जैसे क्रांति को उद्वेलित करनेवाले पत्रों का प्रकाशन हुआ। इसी शृंखला

---

१. शर्मा रामविलास : भारतेंदु हरिश्चंद्र, दिल्ली, १९६६, भारतेंदु युगीन उ.प्र. की हिंदी की अन्य पत्र-पत्रिकाओं में, पृ. ३३

२. व्यास लक्ष्मीशंकर, उत्तर प्रदेश की हिंदी पत्रकारिता दृष्टव्य : वैदिक वेदप्रताप संपादित हिंदी पत्रकारिता के विविध आयाम, पृ. १२०-१२२

में 'अभ्युदय' (प्रयाग, १९०७), 'प्रताप' (कानपुर, १९१३), 'हिंदी केसरी' (बनारस, १९१४) और 'शक्ति' (अल्मोड़ा, १९१८) आदि पत्र-पत्रिकाएँ प्रकाशित हुईं। पुलिस रिपोर्ट के अनुसार 'कालिदास' का प्रकाशन उत्तर प्रदेश में राजद्रोह का प्रथम चिह्न था।[1]

यह पत्र अधिक दिनों तक नहीं चल सका, क्योंकि इसके संपादक और उसके पुत्र को राजद्रोह के अपराध में धारा १०८ के अंतर्गत आठ हजार रुपए की धनराशि जमानत में जमा करने के लिए बाध्य किया।[2]

कर्मयोगी (पं. सुंदरलाल) अति उग्र विचारों का पत्र था जो 'स्वराज्य', 'बम या बहिष्कार', 'निर्दयी', 'अत्याचारी' जैसे लेखों के कारण शीघ्र ही ब्रिटिश सरकार का कोपभाजन बन गया। स्वराज्य के अतिरिक्त संभवत: संसार के इतिहास में शायद ही कोई दूसरा अखबार होगा, जिसके आठ संपादकों को कुल मिलाकर १२५ वर्ष की सजाएँ दी गई हों। 'अभ्युदय' पं. मदन मोहन मालवीय के संपादकत्व में स्वतंत्रता का शंखनाद करता था तो 'प्रताप' गणेश शंकर विद्यार्थी के निर्देशन में कदम-कदम पर ब्रिटिश सरकार को चुनौती दे रहा था और विभिन्न दंड भी भोग रहा था।

उत्तर प्रदेश की हिंदी पत्रकारिता के विकास का प्रारंभिक काल त्रासदी, अभावों और संघर्ष का काल था। एक ओर जहाँ उन्हें आर्थिक अभावों से संघर्ष करना पड़ा, वहीं दूसरी ओर ब्रिटिश अत्याचारों से भी जूझना पड़ा। आरंभ से ही उ.प्र. हिंदी पत्रकारिता का इतिहास स्वतंत्रता आंदोलन के इतिहास से गहराई से जुड़ा हुआ है।

जलियाँवाला बाग कांड के प्रति प्रदेश की ही पत्रकारिता अत्यधिक संवेदनशील थी। प्रेस ऐक्ट कठोरता से लागू किया गया। १९१९ में देश के बारह समाचार-पत्रों के प्रसार पर रोक लगाई गई, जिसमें उ.प्र. का 'स्वदेश' भी शामिल था।

'स्वदेश' को सरकारी चेतावनियाँ भी दी गईं। भविष्य की जमानत भी जब्त कर ली गई तथा उससे ५,००० रु. की नई जमानत माँगी गई। अन्य पत्रों में 'प्रताप', 'निर्बल सेवक', 'भारतबंधु', 'अवधवासी', 'उत्साह' आदि को सरकारी चेतावनी दी गईं।[3]

१९२०-२२ के असहयोग आंदोलन की पूर्व भूमिका में उ.प्र. से हिंदी के दैनिक पत्रों में आज (काशी १९२०), प्रताप (१९२१ कानपुर), वर्तमान (१९२१ कानपुर) एवं भविष्य (१९२१ इलाहाबाद), प्रभा (कानपुर), आर्दश (इटावा), कर्तव्य (कानपुर), युगांतर (गोरखपुर) तथा तिलक आदि पत्र-पत्रिकाएँ स्वतंत्रता के प्रति पूर्णत: समर्पित थीं। 'गांधीवाद आंदोलन' के दूसरे चरण में उ.प्र. के विभिन्न क्षेत्रों से राष्ट्रवादी हिंदी

---

१. भटनागर, रामरतन राइज एंड ग्रोथ ऑफ हिंदी जर्नलिज्म, पृ. १४५, इलाहाबाद १९४७

२. जेम्स कैंपवेल, पोलिटिकल ट्रबुल्स इन इंडिया १९०७-१७, पृ. ५२, द्वितीय संस्करण, नई दिल्ली

३. डॉ. ब्रह्मानंद भारतीय स्वतंत्रता आंदोलन और उ.प्र. की हिंदी पत्रकारिता, नई दिल्ली १९८६

पत्र-पत्रिकाओं का प्रकाशन हुआ। ऐसे महत्त्वपूर्ण पत्र-पत्रिकाओं में भारत (इलाहाबाद १९२८), समय (जौनपुर १९२७), सैनिक (आगरा १९२५), सुधा (लखनऊ १९२७), बलिया गजट (बलिया १९२८), कांग्रेस समाचार (इलाहाबाद १९२९), संसार (बलिया १९२८), श्रीकृष्ण संदेश (काशी १९२९), वीर भारत (कानपुर १९२९), आसण (गोरखपुर, देवरिया), क्षत्रिय (लखनऊ १९२९) प्रमुख हैं। सविनय अवज्ञा के द्वितीय चरण १९३२ में जागरण (काशी), जागृति (गोरखपुर), त्रिशूल (कानपुर), वीरभूमि संदेश (मेरठ), प्रताप दैनिक (कानपुर), अवध (प्रतापगढ़) तथा १९३३ में अधिकार (लखनऊ) बुंदेलखंड केसरी (झाँसी), हिंदू (कानपुर), जन्मभूमि (इटावा), क्षत्रिय वीर (आगरा), मातृभूमि (झाँसी), निर्भीक (हरदोई), प्रभात (अलीगढ़ एवं बलिया), स्वदेशी (इलाहाबाद) जैसी पत्र-पत्रिकाएँ थीं।

१. होम पुलिस-ए, का २१५/१९१९ पृष्ठ ३६८-६९ (उ.प्र. रा.अ.लखनऊ) होम पुलिस २७४/१९१९ पृष्ठ ३६८-६९७९/१९२० पृष्ठ ७ उ.प्र. राज्य) फा ७४०/१९२१ पृष्ठ १३ (उ.प्र.रा.अ.)

अनेक पत्र-पत्रिकाओं का प्रकाशन स्वातंत्र्य आंदोलन में आहुति देने के लिए हुआ।[1]

देश की स्वतंत्रता प्राप्ति के 'त्रिशूल' का स्मरण कराते हुए 'आज' ने लिखा था—"सविनय अवज्ञा, विदेशी वस्त्र बहिष्कार और मद्यपान निषेध हमारे युद्ध के ये ही तीन शस्त्र हैं अथवा यों कहिए कि यही हमारा पवित्र त्रिशूल है।"[2]

प्रेस कानून और सरकारी दमन का विरोध करने का अद्‌भुत तरीका उत्तर प्रदेश की हिंदी पत्र-पत्रिकाओं ने ही अपनाया था। प्रारंभ में उन्होंने संपादकीय, अग्रलेख, टिप्पणियाँ आदि लिखना बंद कर दिया और उनके स्थान पर काला हाशिया छोड़कर या रिक्त स्थान छोड़कर अपना विरोध प्रकट किया। ऐसे हिंदी पत्रों में अभ्युदय 'स्वधीम' (झाँसी), 'सुधारक' (कानपुर), 'वर्तमान' (कानपुर), 'परिवर्तन' (कानपुर), 'आनंद' (लखनऊ), 'क्षत्रिय युवक' (लखनऊ), 'देशमित्र' (बलिया), 'शक्ति' (अलमोड़ा), 'स्वदेश' (गोरखपुर) और 'अवध अखबार' (लखनऊ) ने संपादकीय अग्रलेखों को प्रकाशित करना स्थगित कर दिया। पुलिस फा. १०१२/१९३०, पृष्ठ ४ (सीतारामैया पट्टाभि, कांग्रेस का इतिहास, खंड-१ पृष्ठ ३१७-१८ हिंदी संस्करण, नई दिल्ली १९४८)।

प्रेस १९३० ऐक्ट जुलाई से अक्तूबर तक जमानत माँगे जानेवाले छापाखानों की

१. डॉ. ब्रह्मानंद भारतीय स्वतंत्रता आंदोलन और उ.प्र. की हिंदी पत्रकारिता, नई दिल्ली, ३० अप्रैल, १९३०, पृ. २३६-३७

२. द्रष्टव्य राष्ट्रभारती, जुलाई १९५९; सरस्वती, जनवरी १९६०; साप्ताहिक हिंदुस्तान, जुलाई १९७६; धर्मयुग, ३० मई-५ जून १९७६, पृ. १७१

संख्या ३२ थी, जबकि समाचार-पत्रों की संख्या १५ थी।

२३ दिसंबर, १९३० को सरकार की ओर से प्रेस संबंधी एक और अध्यादेश की घोषणा की गई, जिसकी अवधि २२ जून, १९३१ तक रही। ९ अक्तूबर, १९३१ से भारतीय पत्रकारिता के सीने पर एक और प्रेस अध्यादेश (दि इंडियन, झाँसी) लाद दिया गया (होम पोल फा. २२/४७/१९३०, पृष्ठ १७-१८, रा.अ., नई दिल्ली)।

सविनय अवज्ञा आंदोलन के द्वितीय चरण से सरकारी दमन पुनः आरंभ हुआ। आज, भविष्य, प्रताप, सैनिक, हंस से जहाँ बड़ी जमानतें माँगी गईं। प्रेस अधिनियम की अवधि ८ अक्तूबर, १९३२ से पुनः एक वर्ष के लिए बढ़ा दी गई। फलस्वरूप १९३२ में २४ पत्रों का प्रकाशन बंद हो गया। १९३३-३४ में वर्तमान 'प्रताप हिंद', 'राजस्थान' (झाँसी) पत्रों के अंक भी जब्त किए गए। नवंबर १९३१ से दिसंबर १९३४ तक की अवधि में उ.प्र. के ३० छापाखानों और ३९ समाचार-पत्रों से जमानतें माँगी गईं।

१९३०-३२ तथा १९४२ में पत्रकारिता का संघर्ष भूमिगत पत्रकारिता के रूप में उभरकर आया। उ.प्र. के अनेक स्थानों से बड़ी संख्या में मुद्रित, हस्तलिखित व साइक्लोस्टाइल पत्र निकाले गए। ऐसे प्रकाशनों से निपटने के लिए सरकार ने एक और प्रेस कानून 'इंडियन प्रेस अनअथॉराइज्ड न्यूजशीट ऐंड न्यूज पेपर्स ऐक्ट १९३०' लागू किया गया। १९४२ के अगस्त क्रांति से लेकर सेंसर हटाने के १९४५ में द्वितीय विश्वयुद्ध की समाप्ति के पश्चात् स्वतंत्रता आंदोलन की जगह पृथकतावादी राजनीति ने ले ली थी। हिंदी पत्रकारिता में भारत-विभाजन का घोर विरोध किया।

हिंदी की विशिष्ट पत्र-पत्रिकाएँ

दिग्दर्शन—विलियम कूरी एवं दिल्ली के स्थान कुछ पंडित श्री रामपुर बैपटिस्ट मिशनरी केंद्र, हुगली १८१८ हिंदी का प्रथम पत्र उद्देश्य मिशनरी धर्म प्रचार और शिक्षा प्रसार, प्रायः शिक्षाप्रद लेख, मनोरंजन सामग्री, ऐतिहासिक अनुसंधान प्राप्त प्रमाणों के अनुसार इसके प्रथम ३ अंक बँगला के साथ हिंदी देवनागरी-लिपि में भी प्रकाशित।[१]

बनारस अखबार—समाचार साप्ताहिक, स्वामी राजा शिवप्रसाद सितारे हिंद, गोविंद रघुनाथ थत्ते, राजेश्वर प्रसाद, बनारस अखबार प्रेस काशी जनवरी १८४५ हिंदी प्रदेशक पहला अखबार। मुख्यतः हिंदुस्तानी-भाषा नीति व उर्दू शैली का पोषक, मिशनरियों का विरोधी, कूटनीति के अनुसार शुद्ध हिंदी का प्रतिवाद। सूक्ति 'सुबनारस' अखबार यह शिवप्रसाद आधार। बुध विवेक जन निपुन को चितहित बारंबार गिरिजापति

१. वृहत् हिंदी पत्रकारिता कोश, डॉ. प्रताप नारायण टंडन, पृ. २८

नगरी जहाँ गंगे अमल जलधार। नेत सुभासुम मुकुट को लखौ विचार-विचार। पं. अंबिका प्रसाद वाजपेयी के मतानुसार इसने 'सितारेहिंद' के षड्यंत्र को व्याकरणिक त्रुटियों द्वारा सप्रयास हिंदी भाषा बिगाड़ी (२१.४.३-१०७) फारसीदाँ उर्दू का पोषक पत्र लीथो प्रिंट (साधारण कागज पर मुद्रित लगभग ४४) मासिक आय हिंदी पत्रकारिता के इतिहास में इसका विशिष्ट महत्त्व है।

वाजपेयीजी के अनुसार यह हिंदी का प्रथम पत्र था। इसके मुख्य विषय-स्थानीय समाचार रहते थे। अन्य पत्रों में प्रकाशित सामग्री का उद्धरण, संस्कृत ,अनुवाद, न्याय एवं विधि विषयक ग्रंथों के उल्लेख के कारण जनप्रिय।[1]

अवध—समाचार साप्ताहिक, राजेश्वर सहाय गीतार्थीजी, विश्वंभरनाथ, पशुपति नाथ, उदित नारायण शुक्ल, रामप्रताप सिंह, श्याम सुंदर शुक्ल, रामप्रताप सिंह, श्याम सुंदर शुक्ल, शिवनाथ सिंह, अवध प्रेस बाबागंज, प्रतापगढ़-१९३२, ६ रुपए वार्षिक, प्रसिद्ध प्राचीन पत्र।

अल्मोड़ा अखबार—(अल्मोड़ा अखबार, समाचार) साप्ताहिक, पाक्षिक, द्विमासिक, पं. बुद्धिबल्लभ पंत, इम्तियाज अली, लीलानंद जोशी, सदानंद सान्याल (सनवाल), पं विष्णुदत्त जोशी, पं बद्रीदत्त पांडेय, गढ़वाल अप्रैल १८८१-१९०६ तक ६ रु. वार्षिक शुल्क ६.७५ तक, लीथो में मुद्रित पर्वतीय अंचल का प्रथम व अत्यंत महत्त्वपूर्ण पत्र, मुख्य विषय जैसे आंचलिक समस्याएँ—बेगार, कुली उतार, वन-व्यवस्था, बाल-शिक्षा, मद्यनिषेध, नारी स्वातंत्र्य आदि। पर्वतीय साहित्यिक प्रतिभाओं को प्रोत्साहन। अंग्रेजी शासन के प्रतिबंध के कारण प्रकाशन समाप्त; आरंभिक अंकों में सुमित्रानंदन पंतजी की कई कविताएँ प्रकाशित।

बुद्धि प्रकाश—समाचार साप्ताहिक (प्रति बुधवार) मुंशी सदासुखलाल मुहतमिम नरूल बाजार छापाखाना मोती कटरा, आगरा। १८५२ महीना, सालाना पेशगी और छमाही ४११। पेशगी नगरों के वर्गीकृत समाचार रजिस्टर के आकार का, दो कॉलमवाला पत्र। इसकी भाषा आचार्य रामचंद्र शुक्ल एवं अंबिका प्रसाद वाजपेयी द्वारा प्रशंसित, लीथो में मुद्रण। किशोरीलाल गोस्वामी के अनुसार यह प्रथम हिंदी पत्र (संस्करण-४४) सरकार द्वारा इसकी २०० प्रतियाँ खरीदी जाती थीं। प्रसार संख्या १७१, स्कूलों में सूचनाएँ प्रसारित करने का मुख्य ध्येय, इतिहास, भूगोल, गणित पर लेख। 'बुद्धि प्रकाश' लखनऊ से भी सन् १८८८ में पाक्षिक रूप में कालांतर में, मासिक रूप से प्रकाशित; प्रकाशक चंद्रशेखर गौड़।

ब्राह्मण—समाचार साप्ताहिक एवं विविध विषयक मासिक संपादक पं. प्रताप

---

१. वही, पृष्ठ २८

नारायण मिश्र, मंगलदत्त मिश्र (१९०३) संचालक रामदीन सिंह (१८८७) हरवंश मोहान कानपुर। प्रथमांक नामी प्रेस, कानपुर (लीथो में) कालांतर में हरिप्रकाश यंत्रालय बनारस, खड्ग विलास प्रेस, बाँकीपुर पटना आदि द्वारा १५ मार्च, १८८३-९४ पुनः १९५५-६३ प्रति अंक दो आना वार्षिक पश्चात् २ डाक व्यय किसी से न लिया जएगा, नमूने के वास्ते हमें एक आना भेजना चाहिए और ग्राहक होने से फिर १३ आना मात्र देना होगा।' 'विज्ञापन छपाई प्रति पंक्ति एक आना सूक्तियाँ 'प्रेम एवं परोधर्म' शत्रोरपि गुणावाज्या दोषावाज्या गुरोरपि', 'निन्दन्ति नीति निपुणा यदि वा स्तवन्तु (भतृहरि)', 'निंदा कोटि करो दुर्जन छिन ही छिन' अपने युग का प्रतिनिधि पत्र आभिजात्यहीन बेतकल्लुफ बातचीत से युक्त जनसामान्य का पत्र। बोलचाल की भाषा जैसे 'पड़े पत्थर समझ पर' मुहावरेदानी की अति हिंदी गद्य के विकास में विशिष्ट योग। भाषा समस्या पर लेख 'हिम्मत राखौ एक दिन नागरी का प्रचार होगा ही।' फुदकती शैली जैसे 'फूटी सहै आँजी न सहै', मरै को मारै' मुहावरेदार अवधी का प्रभाव। आकार रायल अठपेजी, १२ पृष्ठ। इसके स्तंभों में कानपुर समाचार, विविध समाचार, पुस्तक आलोचना, प्रहसन, संवाद लेख, कविताएँ, टिप्पणियाँ आदि। मुख्य लेखक प्रतापनारायण मिश्र (स्वयं) श्रीधर पाठक, हरिश्चंद्र, हरिऔध, बालकृष्ण भट्ट, रायकृष्ण दास अर्थ संकटवश आल्हाछंद एवं लोकगीत शैली में ग्राहकों से बारंबार आग्रह किया जाता था—'चार महीने हो चुके ब्राह्माण की सुध लेब। गंगा माई जै करै हमे दक्षिणा देब'। (खंड ३, अंक ५) शुल्क न मिलने पर क्षोभवश लिखा—'खुशी रहौ जजमान नैन ये दोनों फूटे। राह चलत गिरि पड़ो दाँत बत्तीसौ टूटे।' गपशप स्तंभ अत्यंत लोकप्रिय। सामाजिक संचेतना और राजनीतिक जागरूकता की दृष्टि से अग्रणी पत्र। सरकार से कोई पूछे 'बेगार' जैसे लेख इसके प्रमाण आर्थिक दुर्व्यवस्था के कारण पत्र बंद। 'अपनी बात' में संपादक ने लिखा—'यह पत्र हमने रुपया जोड़ने को न चलाया था। संपादक लक्षाधीस नहीं है। अब 'ब्राह्मण' की दशा बहुत बुरी है। पत्र को बंद करते हुए मिश्रजी ने लिखा है 'ब्राह्मण को बंद करते हुए परमेश्वर साक्षी है कि हमें पुत्र शोक से कम शोक नहीं होगा, पर हत्यारे नाद हिंदी ने हमे लाचार कर दिया है।' (खंड ४ संख्या ११) अंतिम संभाषण में लिखा—'खुश रहो अहले वतन हम तो सफर करते हैं। यहाँ के हिंदी समुदाय में अपनी भाषा और भाव का ममत्व विधाता को रुचा ही नहीं, अतः छाती पर पत्थर रख के विदा होते हैं। चलते-चलते कहे जाते हैं 'चहहु जो सांचहु निज कल्यान तो सब मिल भारत संतान। जपो निरंतर एक जबान हिंदी-हिंदू-हिंदुस्तान।"[1]

भारत (दैनिक)—समाचार सामाजिक अर्द्धसाप्ताहिक म.दै. संस्था सी.वाई.

---

१. वृहत् हिंदी पत्रकारिता कोश, डॉ. प्रताप नारायण टंडन, पृ., २३८

चिंतामणि नंददुलारे वाजपेयी, डॉ. मुकुंददेव शास्त्री, शांतिप्रिय द्विवेदी, बलभद्र प्रसाद मिश्र, राधेश्याम शर्मा, एम. डी. शर्मा, राजबल्लभ ओझा, केशवदेव विशंभर नाथ किसना, ज्योति 'निर्मल', इलाचंद्र जोशी लीडर प्रेस इलीपुर रोड, इलाहाबाद १९३१-३३ अपने समय का श्रेष्ठ पत्र। विशेष—टंडन अभिनंदन ग्रंथ (१९६०)[१]

प्रताप-समाचार (साप्ताहिक)—१९१३, २३ नवंबर नवंबर, १९२० से दैनिक गणेश शंकर विद्यार्थी, अमृतलाल चक्रवर्ती, कृष्णदत्त पालीवाल, प्रकाश नारायण, शिरोमणि, बालकृष्ण शर्मा, नवीन (१९२३), दशरथ द्विवेदी, परमेश्वर सिंह, राजाराम, माखनलाल चतुर्वेदी (अक्तूबर १९२३-२४) सुरेश चंद्र भट्टाचार्य, रामदुलारे त्रिवेदी, हरिशंकर विद्यार्थी ९ नवंबर, १९१३ (देवोत्थामी), १९५९ दो शहर में २,५० बाह्य १६/२९ आकार १३ गुणा १० पृष्ठ १६ से ४० तक) के संपादकीय डायरशाही और ओडायरशाही पर विद्यार्थीजी को १०००/-रु. दंड और ६ महीने की कैद। इनमें मुंशीगंज गोलीकांड रायबरेली की भर्त्सना की गई थी। इस पत्र पर वीरपाल सिंह द्वारा मुकदमा। 'प्रताप' मात्र पत्र न होकर क्रांतिकारियों का अड्डा सिद्ध हुआ। इसकी प्रेरणा सरस्वती, भविष्य (सुंदरलाल) अभ्युदय मालवीय से प्राप्त।

वही पृष्ठ २५७ पं. माखनलाल चतुर्वेदी और पराड़कर से विशेष सहयोग, नई पीढ़ी का बहुश:, मार्गदर्शन अत्यंत निर्भीक राष्ट्रीय पत्र। इसके पोषित उद्देश्य राष्ट्रीय एकता सुव्यवस्थित सार्वजनिक सर्वांगपूर्ण शिक्षा का प्रचार प्रजा का हित। 'किसी की प्रसन्नता या अप्रसन्नता किसी को घुड़की या धमकी हमे अपने सुमार्ग से विचलित न कर सकेगी'। 'प्रथम अंक', 'प्रताप' अपने युग का प्रचलित पत्र, अत: अर्थ संकट काल में 'प्रताप सहायता कोश' की स्थापना, इसके संपादकों को कई बार जेल-यात्रा। हजारों की जमानत। स्वतंत्रता संग्राम में आद्यंत सक्रिय। अंक मिलने पर प्राय: सामुदायिक पाठ। विद्यार्थीजी के शहीद होने पर उनकी स्मृति में 'प्रताप' का पुन: प्रकाशन। दैनिक संस्करण का संपादन सुरेश चंद्र और साप्ताहिक संस्करण रामदुलारे त्रिवेदी द्वारा।[२]

पाञ्चजन्य—पाञ्चजन्य का प्रकाशन १९४८ में लखनऊ से आरंभ हुआ। यह विचार प्रधान पत्र है और राष्ट्रीय स्वयंसेवक संघ की नीति का पोषक है। चौदह जनवरी, मकर संक्रांति के दिन आरंभ होनेवाले इस अखबार के पहले संपादक अटल बिहारी वाजपेयी हुए। मात्र सात दिन बाद ही महात्मा गांधी की हत्या हो जाने के कारण समाचार पत्र पर प्रतिबंध लगा दिया गया। इसके बाद सन् १९४९ में एक बार फिर से पत्र आरंभ तो हुआ, लेकिन नए नाम से इस बार पत्र का नाम 'दैनिक स्वदेश' था। संपादक पुन वाजपेयी ही हुए। सन् १९६७

१. वही पृष्ठ-२५७
२. वृहत् हिंदी पत्रकारिता कोश, डॉ. प्रताप नारायण टंडन, पृ. २०८

से पुनः 'पाञ्चजन्य' नाम से दिल्ली से प्रकाशित हो रहा है।

सन्मार्ग—सन्मार्ग का प्रकाशन १८ अप्रैल, १९४८ को सनातन धर्म के प्रसिद्ध संत स्वामी करपात्री के आशीर्वाद से वाराणसी से प्रारंभ हुआ। अनंत मिश्र, चंद्रशेखर शास्त्री इस पत्र के संपादक रहे। इस पत्र का उद्देश्य सनातन धर्म के स्वरूप की रक्षा करना तथा हिंदू धर्म के प्रति लोगों में आकर्षण जागृति की भावना पैदा करना रहा है। हिंदू कोड बिल, गौवध निषेध का समर्थन करने में 'सन्मार्ग' के संपादकों एवं संचालकों ने उठकर सरकारी नीतियों का विरोध किया। 'अखिल भारतीय धर्म संघ' इसका संचालन करता है।

दैनिक हिंदुस्तान—दि हिंदुस्तान टाइम्स लि. का प्रकाशन है। 'हिंदुस्तान' १२ अप्रैल, १९३६ से प्रारंभ हुआ। कांग्रेस के लखनऊ अधिवेशन के अवसर पर इसका प्रथम अंक निकला। इसके प्रथम संपादक सत्यमेव विद्यालंकर थे। उनके बाद मुकुट बिहारी वर्मा इसके संपादक बने। १९३६ से १९६३ तक वे हिंदुस्तान के संपादक रहे। मुकुट बिहारी के अवकाश प्राप्त करने पर कुछ समय तक हरिकृष्ण त्रिवेदी 'हिंदुस्तान' के स्थानापन्न संपादक रहे, फिर १९६३ में रतनलाल जोशी इसके संपादक बने। १९६७ में उनके बाद चंदूलाल चंद्राकर ने संपादन का कार्य भार सँभाला। जनवरी १९८० से विनोद मिश्र इसके बाद संपादक बने। उनके बाद हरिनारायण निगम। वर्तमान में मृणाल पांडे इसकी प्रधान संपादक का कार्यभार सँभाल रही हैं। १९४२ में 'भारत छोड़ो आंदोलन' के समय 'हिंदुस्तान' छह महीने के लिए बंद रहा था। एक अग्रलेख पर छह हजार की जमानत माँगी गई थी। गांधी, सुभाष पत्र-व्यवहार को 'हिंदुस्तान' ने निरंतर छापा था। देवदास गांधी के मार्गदर्शन में इस पत्र ने उच्च आदर्शों को अपने समक्ष रखा और पत्रकारिता की स्वस्थ परंपराएँ स्थापित कीं। इस समय 'हिंदुस्तान' नई दिल्ली, बंबई, भोपाल, लखनऊ, पटना, राँची आदि कई जगहों से निकल रहा है।

आज—'आज' का प्रकाशन हिंदी पत्रकारिता के लिए उल्लेखनीय घटना है। काशी के बाबू शिवप्रसाद गुप्त हिंदी में ऐसे दैनिक की कल्पना लेकर विदेश से लौटे थे १९१९ ई. में, जो 'लंदन टाइम्स' जैसा प्रभावशाली हो। गुप्तजी ने ज्ञानमंडल की स्थापना की और ५ सितंबर, १९२० को 'आज' का प्रकाशन हुआ, प्रकाशजी इसके प्रथम संपादक बने। पं. बाबू राव पराड़कर जैसे यशस्वी विद्वान् 'आज' के प्रधान संपादक बने। १९२४ से लेकर १३ अगस्त, १९४२ तक पराड़कर 'आज' के प्रधान संपादक रहे। तीन दशकों तक 'आज' और पराड़करजी ने हिंदी पत्रकारिता कला को नया स्वरूप, नई गति और नई दिशा प्रदान की। दिल्ली से काशी तक अपना हिंदी मुद्रण यंत्र लगानेवाला यह पहला पत्र था। लोकमान्य तिलक की प्रेरणा से उपजा 'आज' महात्मा गांधी के आंदोलन में अग्रदूत बना। 'आज' ने हिंदी को अनेक नए शब्द दिए,

जिनमें सर्वश्री, श्री, राष्ट्रपति, मुद्रास्फीति, लोकतंत्र, स्वराज्य, वातावरण, कार्यवाही, अंतरराष्ट्रीय और चालू आदि हैं। ब्रिटिश शासन काल में जब 'आज' का प्रकाशन रुका, तब साइक्लोस्टाइल में 'रणभेरी' का प्रकाशन कर पराड़करजी ने राष्ट्रीय जागरण की गति को मंद नहीं पड़ने दिया।

'आज' के अग्रलेखों और टिप्पणियों ने आज के महत्त्व को बढ़ाया। 'आज' के अग्रलेखों के लेखकों में सर्वश्री संपूर्णानंद, आचार्य नरेंद्र देव और श्री प्रकाश भी थे। १९३० के बाद पं. कमलापति भी संपादकीय लेखकों में शामिल हो गए। 'आज' में 'खुदा की राह पर' शीर्षक से नियमित व्यंग्य का स्तंभ रहता था, जिसके लेखकों में सूर्यनाथ तकरन और बेढ़ब बनारसी प्रमुख थे। 'आज' से बेचन शर्मा 'उग्र' का साहित्यिक जीवन प्रारंभ हुआ। 'उग्र' उस में व्यंग्य लिखते थे। प्रेमचंद, जयशंकर प्रसाद, डॉ. भगवान दास जैसे मनीषी भी इसमें लिखते थे। राष्ट्रीय आंदोलन और समाज सुधार का यह प्रबल समर्थक रहा है। 'आज' के संपादकों में सर्वश्री प्रकाश, बाबूराव विष्णुराव पराड़कर, कमलापति त्रिपाठी, विद्याभास्कर, श्रीकांत ठाकुर, रामकृष्ण, रघुनाथ खांडिलकार, वर्तमान में शार्दूल विक्रम गुप्त इस पत्र के संपादक हैं। इस समय 'आज' वाराणसी के साथ-साथ कानपुर, गोरखपुर, पटना, इलाहाबाद, आगरा तथा राँची से प्रकाशित हो रहा है। स्तंभ लेखक प्रेमचंद, लक्ष्मण नारायण गर्दे पांडेय बेचन शर्मा उग्र, यूरोप स्थित विशेष संपादक विनय कुमार सरकार, विशेष सहयोगी राजा महेंद्र प्रताप, तारक नाथ दास; विज्ञापन-व्यवस्था श्याम दास, संचालन विश्वनाथ प्रसाद भु.व.प्र. ओमप्रकाश कपूर। प्रकाशन आरंभ ५ सितंबर, १९२० हिंदी का सर्वप्रथम राष्ट्रीय पत्र सरकारी आदेश से पहले १९३० फिर १९४२ में प्रकाशन बंद। देश का पहला पत्र, जिसने देश-विदेश के समाचार के लिए टेलीप्रिंटर लगवाया। सन् १९२१ से अर्धसाप्ताहिक संस्करण, १९२२ में साप्ताहिक अंग्रेजी सप्लीमेंट, १९३१ में 'आज' का अंग्रेजी संस्करण 'टुडे' नाम से। १९३८ से साप्ताहिक संस्करण। १९४४ से समाचार संस्करण तथा नियमित रूप से वार्षिक साहित्य, समीक्षा, विशेषांक प्रकाशित, सन् १९४२ शहीद अंक आदि। १९४७ में स्वाधीनता विशेषांक बाद में सोमवार विशेषांक के रूप में प्रकाशित, वार्षिक साहित्य समीक्षा विशेषांक, पराड़कर अंक स्मृति अंक, निराला श्रद्धांजलि, मोतीलाल शती विशेषांक, प्रकाशन ज्ञानमंडल कबीर चौरा, वाराणसी। दैनिक 'आज' का अंग्रेजी सप्लीमेंट प्रकाशन १९२२ ज्ञानमंडल द्वारा किया गया।

आज साप्ताहिक—पू. संपादक मुकुंदीलाल श्रीवास्तव, राज बल्लभ सहायक प्रकाशन १८ जुलाई, १९३८ उ.प्र. कांग्रेस स्वर्णजयंती अंक, शिक्षा अंक, शिवप्रसाद अंक, स्मृति अंक, होली विशेषांक, ज्ञानमंडल, कबीर चौरा वाराणसी से बाद में 'समाज' शीर्षक से प्रकाशित। आज-संपादक बलदेव प्रसाद मिश्र, पं. लक्ष्मी शंकर व्यास, मोहन

लाल गुप्त, 'सोमवार विशेषांक', 'आज' के साप्ताहिक विशेषांक के रूप में प्रकाशित पं. ज्ञानमंडल कबीर चौरा।

नारी—आत्मानंद प्रसाद सिंह इसके संपादक थे। 'नारी विकास कमच्छा' काशी से इस पत्रिका के निकलने की सूचना मिलती है। आत्मा प्रसाद सिंह, भूतपूर्व संपादक आर्य महिला ग्राम रामेश्वर, वाराणसी।

आनंद—देवी मेहता संपादक केशवचंद्र, रामचंद्र शुक्ल, प्रकाशन अवधि १९५० बनारस। एक अन्य पत्र 'आनंद' नाम से सन् १९०५ में लखनऊ से निकलने की सूचना भी इतिहास में मिलती है।

आनंद कादंबिनी—मासिक संपादक बदरी नारायण चौधरी प्रेमधन, प्रकाशन ३१ जुलाई, १८८१, प्रकाशन स्थल-मिर्जापुर-१, भारतेंदु युग में प्रकाशित। हिंदी पत्रकारिता के क्षेत्र में ऐतिहासिक उपलब्धि प्राप्त की।

सन्मार्ग—समाचार धार्मिक दैनिक १९५६, साप्ताहिक १९४७, मासिक १९३९ विजयानंद त्रिपाठी, दुर्गादत्त त्रिपाठी, लक्ष्मणनारायण गर्दे, गंगा सागर मिश्र, गोविंद नरहरि, पारसनाथ सिंह टाउनहॉल काशी १९३९ से १९६४ तक धर्मसंघ का मुखपत्र। पृष्ठ ३६४ पत्र का प्रकाशन १८ अप्रैल, १९४८ को सनातन धर्म के प्रसिद्ध संत स्वामी करपात्री के आशीर्वाद से वाराणसी से प्रारंभ हुआ। अनंत मिश्र, चंद्रशेखर शास्त्री इस पत्र के उद्‌देश्य संपादक रहे। इस पत्र का सनातन धर्म के स्वरूप की रक्षा करना तथा हिंदू धर्म के प्रति लोगों में आकर्षण व जागृति की भावना पैदा करना रहा है। हिंदू कोड बिल, गौवध निषेध का समर्थन करने में 'सन्मार्ग' के संपादक एवं संचालकों ने उठकर सरकारी नीतियों का विरोध किया। अखिल भारतीय धर्म संघ इसका संचालन करता है।

संसार—समाचार साप्ताहिक (१९४२), पाक्षिक, दैनिक। संस्थापक बाबूराव पराड़कर (१९४३-१९४७), संपादक कमलापति त्रिपाठी, गंगा प्रसाद सिंह, काशीनाथ भ्रमर, मोहनलाल गुप्त, मुकुंदीलाल श्रीवास्तव, अशोकजी, प्रबंधक बलदेव दास; संसार प्रेस वाराणसी १९४२-४३ विशेष—क्रांति अंक, जेल अंक, हैदराबाद अंक।[१]

सज्जन विनोद—धार्मिक पाक्षिक पं. कृष्णलाल शर्मा, आगरा १८६७-१.५० रु. वार्षिक अग्रिम, सालवार २ रुपए राजा-महाराजाओं से ५ रुपए वार्षिक। संपूर्ण धर्म संबंधी सनातन शास्त्रोक्त उपदेश, राजनीति, ज्ञान, विचार, स्त्री शिक्षा, बालोपदेश, मातृभूमि की उन्नति, विविध समाचार आश्चर्य वार्त्ता सर्वोपकारी विज्ञापन से युक्त, लिथो प्रिंट, सूक्ति-सज्जन मनसुविनोद कर उदय भयो यह पत्र, दुर्जन मान निदान हर छाय रहौ जिमि छत्र।

नवजीवन—अक्तूबर १९४७ लखनऊ से दैनिक 'नवजीवन' का आरंभ नेशनल

---

१. वृहत् हिंदी पत्रकारिता कोश, डॉ. प्रताप नारायण टंडन, पृ. ३६६

हेरल्ड (अंग्रेजी) तथा 'कौमी अखबार' (उर्दू) का प्रकाशन संस्था एसोसिएशन जर्नल्स लिमिटेड ने किया था। इसके प्रथम संपादक थे सत्यदेव शर्मा, लक्ष्मण नारायण गर्दे, रा.र. खांडिलकर, भगवती चरण वर्मा, कृष्ण कुमार मिश्र एसोसिएटेड प्रेस, कैसरबाग, लखनऊ (प्रचलित), उत्तर भारत का लोकप्रिय दैनिक।

नवजीवन—मासिक, पाक्षिक, साप्ताहिक संपादक पं. केशवदेव शास्त्री, चंद्रशेखर वाजपेयी, आर्यकुमार परिषद काशी १९१० से जून १९१४/१९ कालांतर में इंदौर १९१५ समाचार मासिक, दैनिक १९३९ द्वारकाप्रसाद 'सेवक' पुरुषोत्तम विजय सरस्वती सदन इंदौर, मार्च १९१५-१७, १९३-४१ मध्य प्रदेश का प्रथम दैनिक पत्र-आर्थिक कष्ट से बंद। इसी पत्र से प्रेरित होकर गांधीजी ने अपने पत्र का नाम 'नवजीवन' रखा।

जागरण—सामाजिक पाक्षिक (१९३२), साप्ताहिक (६ माह बाद) संपादक शिवपूजन सहाय (१९३२), प्रेमचंद (२२-८-३२ से २९५-३४) डॉ. संपूर्णानंद विनोदशंकर व्यास (संस्थापक) सर्वोदयनगर सरस्वती प्रेस पुस्तक मंदिर काशी। ११ फरवरी (१९३२-३५) वार्षिक रुपए ३ मूल्य छायावाद का पक्षधर पत्र। इसमें शिवपूजनजी ने द्विवेदी अभिनंदन का प्रस्ताव प्रकाशित किया था। शुद्ध साहित्यिक समालोचना प्रधान पत्र। नामकरण 'प्रसाद' द्वारा। अपनी कोटि का विशिष्ट पत्र, किंतु आर्थिक दृष्टि से असफल। इसका क्षोभ संपादकीय में व्यक्त 'जिति नूतन पट पहिरि कै नर परिहरै पराग'; मुख्य स्तंभ-साहित्य समीक्षा (ग्रंथ समीक्षा), क्षणभर (हास्य व्यंग्य) मधुसंचय (पत्र-पत्रिकाओं से चुनी हुई सामग्री), साहित्य संसार समाचार संकलन, रंगमंच आदि। इसके प्रकाशन में प्रेमचंद के छद्मनाम—विजयानंद, तीसमार खाँ, अनगढ़ अजीमावादी, भूतनाथ, परखू आदि।

दैनिक जागरण—पूर्णचंद गुप्ता ने १९४७ में कानपुर से 'जागरण' का प्रकाशन आरंभ किया। इसकी साज-सज्जा और मुद्रण सुंदर है। इधर निर्भीक संपादकीय टिप्पणियों के कारण इसकी प्रतिष्ठा बढ़ी है। भाई साहब, कला, संस्कृति, अर्थ कौटिल्य, विज्ञान, स्वास्थ्य, देश चर्चा, महिला व्यापार जगत्, सिनेमा, खेलकूद समाचार, मौसम तथा दूरदर्शन इसके स्थायी सतंभ हैं। 'दैनिक जागरण' आज लगभग सभी बड़े शहरों से प्रकाशित हो रहा है। कानपुर, लखनऊ, गोरखपुर, इलाहाबाद, वाराणसी, झाँसी, आगरा, बरेली, मुरादाबाद व मेरठ। भारत के हिंदी पत्रों में 'जागरण' ही एकमात्र ऐसा दैनिक पत्र हैं, जो नियमित रूप से १२ पन्नों तथा कुछ समय पश्चात् १६ पन्नों का प्रकाशित होने लगा है।

नरेंद्र मोहन लंबे समय तक 'जागरण' के प्रधान संपादक रहे। लखनऊ संस्करण के संपादक विनोद शुक्ल हैं। 'जागरण समूह' पिछले दशक से महिलाओं के लिए 'जागरण सखी' नामक महिला पत्रिका गाजियाबाद से निकाल रहा है।

अमर उजाला—सन् १९४८ डोरीलाल अग्रवाल तथा मुरारीलाल माहेश्वरी ने आगरा से 'अमर उजाला' का प्रकाशन आरंभ किया। १९६७ में इसका बरेली संस्करण शुरू हुआ। पश्चिमी उत्तर प्रदेश के आगरा, बुलंदशहर, अलीगढ़, मथुरा, बरेली, कानपुर, लखनऊ के बाद इसके संस्करण जालंधर, जम्मू, चंडीगढ़ तक से निकल रहे हैं। बृहस्पतिवार-आईना-इशा देयोल का साक्षात्कार-मैं हर तरह की भूमिकाएँ कर सकती हूँ-इंटरनेट पर निर्वस्त्र तसवीर पर बवाल। २ जनवरी शुक्रवार-घर-परिवार-रोग को लंबा खींचना खतरे से खाली नहीं, वैद्यराज रमेश कुमार माहेश्वरी। इलाज भी करती है मूली—डॉ. प्रीती सिंह करण। माता-पिता से खुलकर बात करें—नीलिमा पांडे, क्लीनिकल साइक्लोजिस्ट। जरूरत है खुशियाँ तलाशने की—विनय श्री। आईना—फिल्मी दुनिया की खबरें। शनिवार—उमंग पन्ना, ३ जनवरी आईना में भारतीय महिलाओं को विश्व मंच पर लाएगी। खोज-खबर—कम उम्र में माँ बनने से हड्डियाँ कमजोर। हॉलीवुड में बरकरार है किडमैन का जादू। मैंने अमिताभ बच्चन से हिंदी सीखी—जिंदल। रंगायन—रविवारीय पृष्ठ मल्लिका शेरावत। चिंतन-मोदी की कल कहेंगे मेरे दस बच्चे हैं। लड़ाई जारी है—मनोज वाजपेयी-हरिमृदुल। सीरियलों में दूसरी शादी गुड्डे-गुड़ियों का खेल—अमित शाह। ड्रीम रोल निभा रही हैं—कामिया पंजाबी-वींरेंद्र मिश्र। अपनी बात-सोनाली कुलकर्णी-लाइम लाइट मैं तो हूँ-असीम चक्रवर्ती। फिल्मी गपशप—अंतरा की फरमाइश मुंबई ब्यूरो। सोमवार स्पोर्ट्स-आईना। मंगलवार-श्रद्रर-अनिरुद्ध शर्मा। अमीर खुसरो-अल्लाह का प्यारा जग। उजियारा-चल खुसरो घर आपने। इसीलिए जरूरी है हरिनाम-बीवी विष्णु भाई गुरुदास-खजान सिंह। बुधवार ७ जनवरी। सूर्यकांत द्विवेदी-विघ्न विनाशक गणेशजी। २४ दिसंबर, २००५ के 'अमर उजाला' की हेड लाइन—स्त्री-हिंसा की शृंखला में एक और कड़ी जोड़ गई वहशियाना : दो लड़कियों के चेहरे पर तेजाब डाला; घर से पैदल कोचिंग जा रही दो छात्राओं-साधना पाल (१४) और लक्ष्मी पांडेय (१५) पर उनके पड़ोसी नरेंद्र सिंह ने तेजाब फेंक दिया। रिपोर्टर ने पूर्व में तेजाब फेंकने की अन्य घटनाओं का हवाला दिया है। ७ अप्रैल, २००४ को मुजफ्फर नगर के शामली कस्बे में छह लड़कों ने यास्मीन और अस्मा नामक दो बहनों और उनके परिवार पर सोते समय तेजाब डाल दिया, जिसमें परिवार के छह लोग घायल हो गए। २६ जुलाई, २००४ को बिजनौर के नगीना क्षेत्र में एक व्यक्ति ने अपनी तलाकशुदा पत्नी पर तेजाब फेंका।

३ अगस्त, २००४ बिजनौर में एक युवक ने शादी से मना करने पर प्रेमिका के चेहरे पर तेजाब फेंका। २४ फरवरी, २००५ बिजनौर में अवैध संबंध बनाने पर विकलांग ने प्रेमिका पर तेजाब फेंका। १५ जून, २००६ लखनऊ के हजरतगंज इलाके में २ बाइक सवारों ने २४ साल की लड़की पर तेजाब फेंककर पूरा चेहरा झुलसा दिया। २९ जून, २००५ मेरठ में शादी से मना करने पर दो सगी बहनों पर एक विकलांग वृद्ध ने तेजाब फेंका।

स्वतंत्र भारत—१५ अगस्त, १९४७ से इसका प्रकाशन अशोकजी के संपादन में हुआ। 'जयपुरिया समूह' द्वारा प्रकाशित पत्र कालांतर में था, पर समूह के हाथ में चला गया। वर्तमान में पत्र का स्वामित्व के.के. श्रीवास्तव के पास है। पत्र में प्रारंभ से ही अवध संस्कृति व लोक जीवन इतिहास पर बहुत ध्यान दिया। दैनिक व्यंग्य-विनोद का स्तंभ 'काँव-काँव' इसकी विशेषता थी। अशोकजी, बलदेव प्रसाद मिश्र इस स्तंभ के मुख्य लेखक रहे। सन १९५३ में अशोकजी के केंद्रीय सूचना विभाग में जाने पर उनके सहकर्मी योगेंद्रपति त्रिपाठी ने इसका संपादन सँभाला और ३१ अगस्त, १९७१ तक चलाया। तत्पश्चात् राजनाथ सिंह, वीरेंद्र सिंह, घनश्याम पंकज, ज्ञानेंद्र शर्मा, माधवकांत मिश्र, नवीन जोशी, प्रमोद जोशी, अनूप श्रीवास्तव आदि इसके संपादक रहे। 'जयपुरिया ग्रुप' के पश्चात् इसका स्वामित्व 'थापर ग्रुप' के हाथ में गया। यह समय इसका स्वर्णिम काल था, जिसमें कानपुर के साथ-साथ मुरादाबाद, बनारस, दिल्ली तक से संस्करण निकाले गए। लेखक-लेखिकाओं की लंबी श्रृंखला स्वतंत्र भारत से जुड़ी हुई थी। अखिलेश मिश्र, गौरा पंत शिवानी, के.पी. सक्सेना, योगेश प्रवीन, चंद्र किरण सोनरिक्सा, नरेंद्र कोहली, मुद्राराक्षस आदि अनेक नाम इससे जुड़े रहे। अस्सी के दशक में 'स्वतंत्र भारत' की मैगजीन सप्लीमेंट 'उपहार' बहुत प्रसिद्ध हुआ था। शिवानी के अनेक उपन्यास भी धारावाहिक क्रम में छापे गए।

स्वतंत्र भारत सांध्य दैनिक—'स्वतंत्र भारत' प्रकाशन द्वारा सन् १९९९ से निकल रहा है। चार पृष्ठों के सांध्य दैनिक का मूल्य एक रुपए है। इस सांध्य दैनिक में सामाजिक, सामयिक, फिल्मी आदि हर तरह की सूचनाएँ रहती हैं। पत्र की विशेषता 'स्वतंत्र भारत' में दशकों तक चला व्यंग्य स्तंभ 'काँव-काँव' तथा संपादकीय पृष्ठ पर हनुमान सिंह सुधाकर द्वारा लिखित 'खटराग' है।

विश्वमित्र दैनिक—इस का प्रकाशन बाबू मूलचंद्र अग्रवाल ने सन् १९१६ में कलकत्ता से प्रारंभ किया। प्रथम अंक पर इस पत्र का नाम 'विश्वमित्र' छपा था। बाद में इसे दिल्ली से भी प्रकाशित कर दिया गया। १९४१ में ये अखबार मुंबई, दिल्ली से भी प्रकाशित होने लगा, बाद में १९४८ से कानपुर से भी निकलने लगा। 'विश्वमित्र' हिंदी का पहला दैनिक पत्र था, जो एक साथ पाँच महानगरों से प्रकाशित हो रहा था। (१९३२) में साप्ताहिक मासिक संपादक मूलचंद्र अग्रवाल (१९१५), हेमचंद्र जोशी (१९३२), के. सी. अग्रवाल, मातासेवक पाठक, परमेश्वर सिंह, जगन्नाथ प्रसाद मिश्र (१९३६), शिवदेव सतीश अक्तूबर (१९३८), बाबूराम मिश्र (अप्रैल १९४१), सभाशीष सिंह (दिसंबर १९४३), देवदत्त मिश्र (१९४७), प्रदीप, आदित्य मिश्र कुमार, चटर्जी स्ट्रीट, १२ डलहौजी स्क्वायर, ७४ धर्मतल्ला स्ट्रीट कलकत्ता-१, अप्रैल १९१५ अक्तूबर में १९३२ पंद्रह पैसे प्रति समाचार-पत्र।

हिंदोस्थान—समाचार त्रैमासिक (बहुभाषी, हिंदी, उर्दू, अंग्रेजी-१८८३-८३) साप्ताहिकी (१८८५), दैनिक (जुलाई-१८८७) संचालक राजा रामपाल सिंह, प्रधान संपादक मदनमोहन मालवीय (१८८५-८९), बालमुकुंद गुप्त, प्रतापनारायण मिश्र, गोपालराम गहमरी, अमृतलाल चक्रवर्ती। लंदन (१८८३-८५), त्रैमासिक कालाकाँकर प्रतापगढ़, उ.प्र.। साप्ताहिक दैनिक १८८३-१९०९, १० रु. मासिक, आकार रॉयल शीट २ पृष्ठ। अत्यंत प्राचीन लगभग पचास हजार की क्षति उठाकर हैंडप्रेस के सहारे २२ वर्षों तक चलाया। कालाकाँकर में 'सम्राट' नामक पाक्षिक पत्र में रूपांतरित और फिर समाप्त। आरंभ में प्रति संस्करण इसकी ५०० प्रतियाँ प्रकाशित (द्रष्टव्य सरस्वती १९०४), धर्मयुग २६ सितंबर, १९६५ पृष्ठ १९ इस पत्र की प्रशंसा में—हिंदी भाषा में यद्यपि प्रचलित पत्र अनेक पाक्षिक है हिंदुस्तान दैनिक एक। भारतीय राष्ट्रीय कांग्रेस का समर्थक।

हिंदुस्तान—हिंदी का प्रतिनिधि दैनिक समाचार पत्र, दैनिक समाचार, दैनिक सत्यदेव विद्यालंकार, मुकुटबिहारी वर्मा, हरिकृष्ण त्रिवेदी, ब्रज किशोर नारायण, रत्नलाल जोशी (१९६३), चंदूलाल चंद्राकर (१९७६) हिंदुस्तान टाइम्स प्रेस कनॉट १९४२ के आंदोलन में ६ माह बंद। पुनः प्रारंभ हिंदी का प्रतिनिधि समाचार-पत्र। १९७२ में १६१०८८ दैनिक प्रतियाँ। राष्ट्रनायकों के निर्देशानुसार प्रेरित श्री बिड़ला द्वारा संचालित 'हिंदुस्तान टाइम्स' की राष्ट्रवादी नीति से निर्धारित बी.जी. वर्गीज के संपादन काल में इसकी दृष्टि परिवर्तित। संप्रति साहू जैन के अधीन। मुख्य स्तंभ गोपाल प्रसाद व्यास, लिखित हास्य-व्यंग्य 'नारदजी खबर लाए हैं', 'यत्र-तत्र-सर्वत्र' आदि। रविवारीय संस्करण विशेष आकर्षक।

नवजीवन—१ नवंबर, १९४७ से हिंदी दैनिक 'नवजीवन' का प्रकाशन आरंभ हुआ। इस पत्र का प्रकाशन एसोसिएटेड लिमिटेड, विशेश्वर नाथ रोड, लखनऊ द्वारा किया गया। यह संस्था का तीसरा पत्र था। इसके पूर्व संस्थान अंग्रेजी दैनिक 'नेशनल हैरल्ड' और उर्दू दैनिक 'कौमी आवाज' का प्रकाशन कर रहा था। मोनो टाइप में कंपोज होकर रोटरी पर छपने वाला यह नगर का पहला दैनिक पत्र था। पत्र का मूल्य एक आना तथा पृष्ठ संख्या चार थी। पत्र के पहले प्रधान संपादक बाबू भगवती चरण वर्मा थे। कालांतर में ज्ञान चंद्र जैन, कृष्ण कुमार मिश्र आदि इसके संपादक रहे। जिस प्रकार जवाहरलाल नेहरू को 'नेशनल हैरल्ड' का जन्मदाता कहा जाता है, उसी प्रकार 'नवजीवन' को जन्म देने का श्रेय श्री फिरोज गांधी को दिया जा सकता है।

तरुण भारत—'तरुण भारत' दैनिक का प्रकाशन लखनऊ से १९७४ में हुआ। यह पत्र 'राष्ट्रधर्म प्रकाशन लिमिटेड', स्वदेश प्रेस से मुद्रित व प्रकाशित होता था। वचनेश त्रिपाठी, अटल बिहारी वाजपेयी, अच्युतानंद मिश्र इसके संपादक मंडल से जुड़े

रहे हैं। पत्र के प्रबंधक बजरंग शरण तिवारी के अनुसार सन् १९६० में प्रकाशन आरंभ होने के समय इसके संपादक लल्लन प्रसाद व्यास थे। उनके पश्चात् वचनेश त्रिपाठी एवं भानु प्रताप शुक्ल हुए, आपातकाल में पत्र पर प्रतिबंध लग गया। सन् ७७ में एक बार फिर से समाचार-पत्र आरंभ हुआ, लेकिन इस बार इसका स्वदेश प्रकाशन से कोई संबंध नहीं था। उस समय पत्र के संपादक श्यामा प्रसाद प्रदीप, तत्पश्चात् नरेंद्र भदोरिया हुए। सन् ७९ में पत्र का प्रकाशन फिर से बंद हो गया।

कुबेर टाइम्स—सन् १९९७ जून माह की १९ तारीख से लखनऊ से 'कुबेर टाइम्स' नामक दैनिक समाचार-पत्र का प्रकाशन आरंभ हुआ। पत्र के संस्थापक व अध्यक्ष प्रद्युमन कुमार शर्मा तथा संपादक घनश्याम पंकज थे। बीस पन्ने के समाचार-पत्र का दाम २ रुपए प्रति रखा गया था। कालांतर में पत्र के दाम घटाकर डेढ़ रुपया कर दिया गया। आरंभ से ही स्थानीय ब्यूरो में मुकुल मिश्र तथा सुधा शुक्ला कार्य कर रही थीं। डेस्क पर सीमा गुप्ता, भावना श्रीवास्तव, प्रतिमा गुप्ता कार्य कर रही थीं। बाद में अनुजा शुक्ला आदि अन्य कई लड़कियाँ भी शामिल हो गईं। सन् २००० में आर्थिक तंगी के चलते साल के अंत में प्रबंधन पाठक-समूह के पास चला गया और अनियमित होते-होते बंद हो गया। बाद में कुछ दिन सांध्य दैनिक के रूप में भी निकलता रहा।

राष्ट्रीय सहारा—सन् १९९२ में 'सहारा कंपनी' के द्वारा हिंदी, अंग्रेजी और उर्दू तीनों भाषाओं में एक साथ समाचार-पत्र निकालकर 'एसोसिएटेड प्रेस' की याद ताजा कर दी। वातानुकूलित कार्यालय बहुखंडी इमारत हर कर्मचारी के लिए अलग केबिन, हिंदी के लिए ही नहीं, अंग्रेजी के अखबारों के लिए भी नया अनुभव था। 'सहारा मास कम्युनिकेशन' के लिए पत्र का प्रकाशन 'स्वतंत्र मिश्रा' द्वारा किया जाता था। पत्र के प्रबंधक जयव्रत राय हैं, प्रधान संपादक सुशांतो राय और कार्यकारी संपादक रणविजय सिंह हैं।

जनसत्ता एक्सप्रेस—८ जुलाई, २००१ को लखनऊ से दो समाचार-पत्रों का प्रकाशन आरंभ हुआ। हिंदी में 'जनसत्ता एक्सप्रेस' और 'इंडियन एक्सप्रेस' का लखनऊसंस्करण। 'जनसत्ता एक्सप्रेस' के प्रधान संपादक घनश्याम पंकज तथा प्रबंधक सांसद अखिलेख दास। प्रकाशक और मुद्रक विराज प्रकाशन है। लगभग दो वर्षों तक प्रधान संपादक के रूप में कार्य करने के पश्चात् घनश्याम पंकज ने समाचार-पत्र छोड़ दिया, उनके पश्चात् पंकज वर्मा स्थानीय संपादक हुए। पत्र में लखनऊ के अनेक वरिष्ठ पत्रकार काम कर रहें हैं, जिनमें से अधिकांश 'कुबेर टाइम्स' व 'राष्ट्रीय सहारा' से आए हैं।

समता लहर—'समता लहर' साप्ताहिक समाचार-पत्र १९९६ के दिसंबर माह से आरंभ हुआ। साप्ताहिक के संपादक राम सागर सिंह थे। 'के.डी.टी. मास कम्युनिकेशन' के लिए साप्ताहिक का मुद्रण-प्रकाशन साप्ताहिक के प्रबंध संपादक अरुण कुमार मिश्र

द्वारा स्वतंत्र भारत प्रेस १ जापलिंग रोड, लखनऊ से प्रकाशित किया गया। साप्ताहिक का चौथा अंक चार जनवरी, १९९७ का लेखिका के पास सुरक्षित है, जिसके मुखपृष्ठ पर बॉटम खबर शैलेंद्र सिंह की है, जिसका शीर्षक है—'बीहड़ में लौटने को विवश है फूलन।' इस लेख में दस्यु सुंदरी फूलन देवी के बारे में लिखा गया था कि किस प्रकार प्रशासन की लापरवाही उन्हें बीहड़ों में लौटने का मन बनाने को विवश कर रही है। तीसरे पृष्ठ पर प्रमुख संवाददाता के हवाले से एक समाचार प्रकाशित किया गया है—एस.एस.पी. के आदेश पर देह धंधे का भंडाफोड़, वरना देह व्यापार तो जारी है। चौथे पृष्ठ पर संवाददाता के हवाले से फतेहपुर जनपद का समाचार प्रकाशित है कि पुलिस की निष्क्रियता से लड़कियाँ का अपहरण करनेवाला गैंग सक्रिय। वहीं कानपुर के संवाददाता का लिखित समाचार जारी है धनी व अकेली महिलाओं की हत्या का सिलसिला। उन्नाव के संवाददाता ने जनपद में बालिका विद्यालय की कमी का समाचार रोचक अंदाज में प्रस्तुत किया है—अभिभावकों के लिए सिरदर्द बन गया है एक साथ ग्यारह का आँकड़ा। पृष्ठ छह पर वाराणसी का समाचार बॉक्स में छापा गया है—बी.एच.यू. में दुर्व्यवहार से आहत हैं छात्राएँ। पृष्ठ तीन पर लखनऊ दूरदर्शन के नए वर्ष की तैयारी का समाचार छपा है, शीर्षक है—स्वागत नव वर्ष यानी लीक पीटने की तैयारी; लिखनेवाली का नाम सुधा दिया गया है।

उत्कर्ष—साहित्यिक मासिक देवी प्रसाद दीक्षित, सूर्य प्रसाद दीक्षित, गोपाल उपाध्याय, घनानंद उपाध्याय आदि २६, स्टेशन रोड १०२/३६, तालाब, गगनी सुकुल, लखनऊ, (१९६०-७१) नवलेखन का लघुपत्र द्रष्टव्य कहानी ३ विशेषांक (१९६६) जवाहर स्मृति (१९६५) उपन्यास अंक, आचार्य नरेंद्र देव स्मृति अंक, आधुनिक असमिया साहित्य विशेषांक, कविता विशेषांक, समीक्षा विशेषांक, बँगलादेश विशेषांक (१९७१) आदि।

सनीचर—साहित्यिक मासिक, सा्ताहिक—चेलापति राव, अमृतलाल नागर, भगवतीचरण वर्मा, लखनऊ सन् १९४९, पृष्ठ ३७९

सरिता—सामाजिक मासिक बलदेव प्रसाद मिश्र, रुद्र बलदेव, राम गुलशन, उपवन, सीताराम चतुर्वेदी, करुणापति त्रिपाठी, रामचंद्र वर्मा, कमलाप्रसाद अवस्थी, काशी (अगस्त-१९४१-५१) ५ रु. वार्षिक कई विशेषांक।[1]

साहित्यिक समालोचन—साहित्यिक द्विमासिक, त्रैमासिक, पाक्षिक पं. कृष्ण बिहारी मिश्र, विपिन बिहारी मिश्र, नवल बिहारी मिश्र सिधौली, सीतापुर (अवध) (१९२२-२५-२८)महत्त्वपूर्ण स्तंभ साहित्यिक, मनोरंजन, खोज, समालोचना, सूक्तिसुधा

---

१. वृहत् हिंदी पत्रकारिता कोश, डॉ. प्रताप नारायण टंडन, पृ. ३८५

जिज्ञासा, निकुंज, शंका-समाधान संकलन आदि। अपूरणीय आर्थिक क्षति के कारण ४ वर्षों बाद बंद।

सुकवि—साहित्य मासिक बद्रीनाथ भट्ट, कामता प्रसाद, गुरु गयाप्रसाद शुक्ल 'सनेही', बजरंगलाल सुलतानिया (१९३९-४०), मोहन प्यारे शुक्ल (१९४५), फीलखाना लाठी मोहाल कानपुर अगस्त १९२७-२८ फरवरी, १९४५-५१, ३ रु. वार्षिक। छंदोबद्ध समस्यापूर्ति पूरक ब्रजभाषा काव्य की प्रतिनिधि पत्रिका प्रतिवर्ष; विशेषांक। विशेष द्रष्टव्य स्मृति अंक (१९३२), चित्रांक नववर्ष (१९४१), सूक्ति-सुकविता यधास्ति राज्येनिकर्म, 'प्राय: समस्यापूर्ति पर पुरस्कार दिए जाते थे।

ज्ञान शिक्षा—सामाजिक, त्रैमासिक आचार्य नरेंद्र देव, डॉ. ब्रजमोहन शर्मा, डॉ. बलजीत, डॉ. रामधर मिश्र, डॉ. मुरारीशंकर, मांगलिक, प्रो. अय्यर, डॉ. नंदलता चटर्जी, डॉ. दीनदयाल गुप्त, पं. हरिकृष्ण अवस्थी, हिंदी विभाग, लखनऊ विश्वविद्यालय।

मनोहर कहानियाँ—मित्र प्रकाशन प्रा.लि. इलाहाबाद ने १९३९ में 'मनोहर कहानियाँ' (मासिक) का प्रकाशन किया। इस पत्रिका के संस्थापक क्षितींद्र मोहन मित्र हैं। आलोक मित्र 'मनोहर कहानियाँ' के संपादक हैं। सनसनीखेज विचारोत्तेजक अंतर्द्वंद्व प्रधान तथा दुष्परिणाम की दुखांत कथाएँ आदि मुख्य रूप से प्रकाशित होती हैं।

स्वतंत्र चेतना—पिछले एक दशक से लखनऊ से निकल रहा है। पत्र के संपादक आर.सी. गुप्ता हैं। 'चेतना प्रकाशन' से प्रकाशित होनेवाले पत्र के मुद्रक-प्रकाशक भी यही हैं। १५ ए.पी. सेन रोड से प्रकाशित। वर्तमान में लखनऊ के अलावा गोरखपुर तथा इलाहाबाद से भी प्रकाशित।

अपना अखबार—प्रधान संपादक हफीज नोमानी, संपादक डॉ. के.एस.यू.न. सरस्वती प्रिंटर्स वाटर वर्क्स रोड, लखनऊ से प्रकाशित।

पंजाब केसरी—हिंद समाचार लिमिटेड, पक्का बाग जालंधर, मुद्रक-प्रकाशक-संपादक, विजय कुमार। विगत कई वर्षों से दिल्ली के साथ लखनऊ से भी निकल रहा है।

समाचार-पत्र—जनसत्ता एक्सप्रेस, राष्ट्रीय सहारा, आज, अमर उजाला, दैनिक जागरण-स्वतंत्र भारत के चित्र हैं कुल पाँच।

कुछ पत्रिकाओं के महिला विशेषांक

चतुर्वेदी—मासिक 'चतुर्वेदी' का महिला अंक अप्रैल-मई, १९३० का संयुक्त अंक है। चैत्र, वैशाख, संवत् १९८७। इसकी पृष्ठ संख्या है ११८। इस अंक के संपादक हैं—विश्वेश्वर दयालु चतुर्वेदी विशारद और लक्ष्मी निधि चतुर्वेदी, विशारद हिंदी प्रभाकर। लेख-कविता की संख्या ५९ है। नारी वर्ग की रचनाएँ ३१ हैं। मुख पृष्ठ पर कुरुक्षेत्र

के युद्धस्थल पर कृष्ण-अर्जुन संवाद का चित्र है। रथ के झंडे पर हनुमान विराजमान हैं। अंतर प्रथम पृष्ठ पर बहुरंगा चित्र महारानी लक्ष्मी बाई का है। छह चित्र और हैं। सामाजिक कुप्रथाओं पर कार्टूनों की संख्या आठ है। अनेक चित्र मासिक 'चाँद' से प्राप्त किए गए हैं। प्रथम कविता कुमारी रमाबाई की रचना का शीर्षक है—'वीर रमणी की कामना'। महामहोपाध्याय गिरिधर शर्मा चतुर्वेदी ने अपने संदेश में कहा है—हिंदू सभ्यता के अनुसार स्त्री को अपने पति की अनुगामिनी होना ही चाहिए, किंतु जहाँ धर्म का व जातीय सभ्यता का प्रश्न है, वहाँ स्त्री अपनी विचार-स्वतंत्रता अवश्य रखें। अधार्मिक कार्यों में पति की इच्छा के अनुकूल चलना स्त्री का कर्तव्य नहीं है। वहाँ तो अपनी चतुराई से पति को भी धार्मिक मार्ग पर लावै, इसी में स्त्री की महत्ता है। राधेलाल चतुर्वेदी के लेख का शीर्षक है—'हमारा उद्धार कैसे हो'?

इस अंक का संपादकीय 'यत्र कार्यस्तु पूज्यन्ते रमन्ते तत्र देवता' से आरंभ होकर अंत के कुछ-कुछ वाक्य निम्नलिखित हैं—'बहनो, उठो! अपने उद्धार करने की शक्ति आप में है। अपनी शिक्षा और अपनी लड़कियों की शिक्षा के लिए घर-घर आंदोलन मचा दो। आर्यजगत् को फिर से गौरव गिरि पर चढ़ाने की क्षमता तुम में है। क्या तुम अपना कर्तव्य पूरा करोगी? अपनी जाति के साथ, अपने देश के साथ और आनेवाली उन संतानों के साथ जो हमारा-तुम्हारा नाम जीवित रखने को यहाँ बाद में निवास करेंगे? राधेलाल चतुर्वेदी (प्रयाग) ने महिलांक का अधिकांश आर्थिक भार वहन किया है। 'चतुर्वेदी' पत्रिका का प्रकाशन १९८६ और 'चतुर्वेदी' का १९१५ में हुआ। दोनों पत्रिकाएँ आगरा से ही प्रकाशित हुईं। पहला व्यक्तिगत प्रयास था, दूसरा माथुर चतुर्वेदी महासभा का।

अर्जुन—साप्ताहिक 'अर्जुन' का महिला अंक ७ अक्तूबर, १९३५ को प्रकाशित हुआ। लंबे आकार के १०० पृष्ठों के पत्र के मुख पर घोड़े पर सवार झाँसी की रानी का बहुरंगा चित्र है। भीतर का प्रथम चित्र कमला नेहरू का भी रंगीन चित्र है। पूरे प्रथम पृष्ठ पर तोरण देवी शुक्ल 'लली' की कविता का शीर्षक है 'नारी ही सबला है।' दूसरे पृष्ठ पर राष्ट्रपति बाबू राजेंद्र प्रसाद के लेख का शीर्षक है 'स्त्री का चरम विकास'। स्त्री-पुरुषों के लगभग ४५ लेख हैं। छोटी-बड़ी लगभग एक दर्जन कविताएँ हैं। लेखिकाओं में रामेश्वरी नेहरू, विजयलक्ष्मी पंडित, राधाबाई बालकृष्ण, मारग्रेट कजिंस, दमयंती प्रभाकर, यमुना देवी शास्त्री, लेखवती जैन, अतिया बेगम, उमा नेहरू, ज्योतिर्मयी ठाकुर और अरुणा आसफ अली हैं। पुरुषों के भी अनेक लेख हैं। उन लेखकों में प्रमुख हैं—वल्लभभाई पटेल, काका कलेलकर, जैनेंद्र कुमार, सुभाषचंद्र बोस, सत्यदेव परिव्राजक, ख्वाजा हसन निजामी, सी.एफ. एंड्रूज, भगवती चरण वर्मा, प्रेमचंद और हरिभाऊ उपाध्याय आदि।

सादे चित्रों की संख्या काफी है। एक पृष्ठ पर उन छह नेताओं के चित्र हैं, जिन्होंने कानूनी तौर पर भारतीय नारियों के जीवन में सुधार की सफल कोशिश की। इन व्यक्तियों के नाम हैं—राजा राममोहन राय, ईश्वर चंद्र विद्यासागर, डॉ. भगवानदास और विट्ठल भाई पटेल। चिकने दो पृष्ठों पर दोनों तरफ देश-विदेश की महिला आंदोलन की नेत्रियों के चित्र हैं। 'नारी जागृति' में दो युग प्रवर्तक नेता के रूप में ऋषि दयानंद और महात्मा गांधी के चित्र हैं। उसकी दूसरी तरफ मुसलिम महिलाओं में युग परिवर्तनकारी नेताओं के रूप में अमीर अमानुल्ला व उनकी सुरैया बेगम, कमाल पाशा, रजा खाँ पहलवी, लेनिन और स्टालिन के चित्र हैं।

संपादकीय के कुछ अंश—'भारतीय नारी कुछ ही वर्षों में कहाँ से कहाँ पहुँच गई है, वह आज कल्पना की वस्तु नहीं रही। बीसवीं सदी के पिछले दो दशकों में तो उसमें क्रांतिकारी परिवर्तन हो गया है। स्त्री समस्या अपने पूर्ण विकट रूप में इस समय देश के सामने उपस्थित है। इसी समस्या के महत्त्व को और इस पर विचार करने की आवश्यकता को अनुभव करते हुए ही हमने यह महिलांक प्रकाशित किया है।'

'अर्जुन' के संस्थापक स्वामी श्रद्धानंद, व्यवस्थापक इंद्र विद्यावाचस्पति, संपादक कृष्णचंद्र विद्यालंकार। वार्षिक मूल्य तीन रुपए आठ आना, एक प्रति का छह आना। मुद्रक-प्रकाशक रामगोपाल विद्यालंकार, अर्जुन प्रेस, श्रद्धानंद बाजार, देहली।

विदुषी अंक—'चाँद' मासिक का 'विदुषी अंक' नवंबर १९३५ को प्रकाशित हुआ। संपादिका महादेवी वर्मा, एम.ए.। दो सौ पृष्ठों का यह विशेषांक काफी संख्या में चित्रों से सुसज्जित है। मुख पृष्ठ पर कलापूर्ण चित्र हैं। नारी दीपक को ऊँचा उठाकर चाँद की आरती कर रही है।

लेख और कविताओं की संख्या ५७१, सभी कृतियाँ नारी वर्ग की हैं। प्रथम पृष्ठ पर स्वर्गीया 'चकोरी' की कविता है। सबसे अंत में महादेवी वर्मा की कविता दी गई है। प्रथम कविता के बाद संपादकीय विचारों में—साहित्य और उसमें स्त्रियों का स्थान, वर्तमान महिला साहित्य की विविध धाराएँ और 'विदुषियों का उत्तरदायित्व' के शीर्षक हैं। लेखों के कुछ शीर्षक निम्नलिखित हैं—एशिया का नारी जागरण, नारी आंदोलन का अंतिम लक्ष्य, विधवा की समाज में स्थिति, विवाह समस्या, तलाक, स्त्रीजात तथा सहशिक्षा, विदुषी महिलाओं का कर्तव्य और अंतर्जातीय विवाह। अपनी बात में कहा गया था कि यह अंक वर्तमान नारी जगत के विभिन्न दृष्टिकोण, विचारधारा तथा क्षमता का परिणाम जानने की तुला बन सकेगा। यही आशा हमारे संकोच की मात्रा को कुछ कम रही है।

विशाल भारत—मासिक 'विशाल भारत' का 'महिला अंक' सितंबर १९३६ में प्रकाशित हुआ। इस विशेषांक में लेख, कविता और चित्रों की सामग्री दो सौ पृष्ठों

में है। मुखपृष्ठ का तिरंगा चित्र बहुत ही आकर्षक है। अंदर का तिरंगा चित्र नृत्य मुद्रा का है। महिलाओं के लगभग सौ चित्र हैं। देश-विदेश की उन नारियों के चित्र हैं, जिन्होंने नारी वर्ग की उन्नति के लिए कार्य किया। एक चित्र में आदर्श माता के १२ स्वरूपों का दिग्दर्शन कराया गया है। एक चित्र में इंग्लैंड में महिलाओं के समान अधिकार आंदोलन की जन्मदात्री स्व. एमेलिन पेकहर्टस्ज की गिरफ्तारी का चित्र है। उसी पृष्ठ पर लेनिन और उनकी पत्नी क्रप्सकाया रोमारोला (फ्रांस) की माता और लेडी गुणवंती महाराज सिंह के चित्र हैं। एनी बेसेंट और सरोजनी नायडू आदि के भी चित्र हैं। लेख, कविताओं और कहानियों की कुल संख्या ४८ है। महादेवी वर्मा, कमला बाई किर्वे, सत्यवती मलिक, मेरियम बेनेड, विजय लक्ष्मी पंडित और लेडी अबला बोस आदि २५ विदुषी के लेख, कविता और कहानी हैं। इस अंक के संपादकीय में पुरुषों की मानसिकता की ओर विचार प्रकट करते हुए कहा गया है—जीवन के साधारण क्षेत्रों को छोड़कर स्त्री जब साहित्य या अन्य महत्त्वपूर्ण क्षेत्रों में प्रवेश करती है तो पुरुष समाज का कौतूहल उसका स्वागत करने आता है। नारी की विद्या बुद्धि विषयक क्षमता के संबंध में पुरुष का ऐसा भाव संभव है कि सदा से रहा हो, अन्यथा उसके संस्कार इतने गहरे न होते। इसमें संदेह नहीं की आज कि लेखिकाओं को जिन भ्रांतियों और असुविधा के बीच साहित्य की आराधना करनी पड़ती है, वे किसी भी कर्मठ साहित्यिक को विचलित करने के लिए पर्याप्त है। 'विशाल भारत' के संपादक, प्रकाशक, मुद्रक बनारसीदास चतुर्वेदी थे और यह पत्र 'प्रवासी प्रेस' कलकत्ता से प्रकाशित होता था।

कल्याण—'कल्याण' मासिक का नारी अंक जनवरी १९४८ के प्रथम अंक के रूप में प्रकाशित हुआ था, जिसकी पृष्ठ संख्या ८०४ थी। रंगीन चित्र ९, सादे चित्र ४४ और १९८ रेखाचित्र थे। मुख पृष्ठ पर सिंहवाहिनी दुर्गा का रेखाचित्र बना हुआ है, उसके नीचे ब्रह्मा, विष्णु, महेश नमस्कार की मुद्रा में खड़े हैं। बीच में 'नारी अंक' लिखा हुआ है। सबसे नीचे बड़े अक्षरों में 'कल्याण लिखा हुआ है। नारी विशेषांक में ३२ कविताएँ, ४७ लेख और लगभग ३२५ विदुषियों के परिचय प्रकाशित किए गए थे। जिनमें डॉ. एनी बेसेंट, कमला संथानम, आचार्य शारदा वेदालंकार, राजकुमारी अमृत कौर जैसी समाज की अग्रणी महिलाएँ भी शामिल थीं। प्रथम पृष्ठ पर 'स्तवन' नामक कविता है। 'कल्याण' के इस 'नारी अंक' की विशेषता यह रही कि प्रकाशन वर्ष विक्रमी संवत २००४ से विक्रमी संवत् २०५१ तक पाँच संस्करणों में इस अंक की एक लाख तीस हजार प्रतियाँ प्रकाशित हो चुकी थीं। कल्याण के संपादक हनुमान प्रसाद पोद्दार और चिम्मनलाल गोस्वामी तथा मुद्रक और प्रकाशक केशोराम अग्रवाल थे, जो 'गीता प्रेस' गोरखपुर से प्रकाशित होता था।

लोक शिक्षक—'लोक शिक्षक' पाक्षिक का राष्ट्रीय महिला विशेषांक ३० मई,

१९८५ को प्रकाशित हुआ। बड़े आकार के तीस पृष्ठों का यह अंक प्रियंका चतुर्वेदी की ग्यारहवीं पुण्यतिथि पर प्रकाशित हुआ। इस अंक में स्वतंत्रता संग्राम में भाग लेनेवाली २८ महिलाओं के विषय में जानकारी दी गई थी, जिनमें कित्तूर की रानी चेन्नमा, रानी लक्ष्मी बाई, बेगम हजरत महल, कस्तूरबा गांधी, सुंदरम्मा, इंदुमति गोयनका, जाहिरा बेगम, दमयंती चतुर्वेदी, जानकी देवी बजाज आदि के नाम उल्लेखनीय हैं। चिकने कागज के अनेक पृष्ठों पर अनेक नेत्रियों के चित्र भी लिये गए हैं। 'लोक शिक्षक' का 'महिला साहित्यकार विशेषांक' का प्रकाशन ३० मई, १९८६ को हुआ। इस विशेषांक की प्रकाशक डॉ. गायत्री वैश्य थीं। २४ पृष्ठों के इस अंक में कुल २५ विदुषियों के बारे में जानकारी दी गई है। 'लोक शिक्षक' के संपादक युगलकिशोर चतुर्वेदी, कार्यालय का पता—प्रियंवदा सदन, अशोक मार्ग, सी. स्कीम, जयपुर।

जागृति—'जागृति' मासिक के तीसरे वर्ष का प्रथम अंक महिला अंक के रूप में प्रकाशित किया गया था, जिसकी सूचना प्रेमनाथ चतुर्वेदी की पुस्तक 'महिला पत्रकार और पत्रिकाएँ' में दी गई है। पत्रिका के प्रकाशक मोहन स्वरूप चतुर्वेदी, मुद्रक पुरुषोत्तम दास, मुरलीधर शर्मा, हरिहर इलेक्ट्रिक प्रेस, मथुरा से किया जाता था।

स्त्री और नवजागरण काल

लेखिका सुजाता राय ने अपनी पुस्तक 'हिंदी पत्रकारिता और राष्ट्रीय जागरण' में मासिक पत्रिका 'प्रभा' में प्रकाशित १९१५ में कुछ सामाजिक लेखों के शीर्षकों की चर्चा की है, जिसमें भारत की विधवाएँ, विधवा विवाह और महात्मा गांधी, वेश्यावृत्ति, स्त्री शिक्षा, संसार में स्त्री का स्थान, स्त्रियों के राजनैतिक अधिकार, बाल विवाह और दीर्घ जीवन की चर्चा की गई है।[१]

नारी मुक्ति आंदोलन

संपादकीय की चर्चा में विधवाओं की समस्या पर टिप्पणी की चर्चा—सब अपनी तान में मस्त है, इन हमारी कई लाख बहिनों की क्या दुर्दशा होगी, इसका किसी को ध्यान नहीं।[२] जब वे यौवन दशा में दुराचरण द्वारा हमारी कीर्ति पताका फहराए, तब सारा संसार तालियाँ पीटेगा, पर हम तो सच्चे आस्तिक ठहरे, ऐसे गंदे विषय पर कैसे ध्यान दे सकते हैं? सन् १९२४ में प्रकाशित 'स्त्रियों के राजनैतिक अधिकार' नाम के आलेख का उल्लेख करना आवश्यक है। इसकी लेखिका श्रीमती चमेली देवी जसौरिया हैं।

---

१. हिंदी पत्रकारिता और राष्ट्रीय जागरण, सुजाता राय, पृ. ११०

२. वही, पृ. ११२

स्त्रियों को राजनैतिक अधिकार के विरोधियों में दिए गए तर्कों का जवाब देते हुए कांग्रेस के कार्यकर्ताओं का ध्यान इस ओर आकर्षित करते हुए कहा है—"मैं यहाँ देश की भविष्य पार्लियामेंट भारतीय कांग्रेस के कार्यकर्ताओं का ध्यान इस ओर दिलाना चाहती हूँ कि वे एक प्रस्ताव द्वारा इस प्रस्ताव की घोषणा कर दें कि स्वतंत्र भारत में पुरुषों के समान स्त्रियों को भी अधिकार प्राप्त होंगे।[१]

भारतीय महिलाओं को वोट देने के विरोध में जो लेख प्रकाशित हुए हैं, उनमें श्रीमती विद्यावती सेठ का 'भारतीय महिलाएँ और वोट देने का अधिकार' सर्वाधिक महत्त्वपूर्ण है। जिसमें भारतीय स्त्रियों के कार्यों, कर्तव्यों की दुहाई देते हुए जो चित्र थे, वे तर्कहीन और भ्रामक हैं। उनका कहना है कि जब पुरुषों को ही पूर्णरूप से वोट देने का अधिकार प्राप्त नहीं है तब स्त्रियों के अधिकार की क्या चर्चा? ऐसी अवस्था में राजनैतिक आंदोलन करते समय इस क्षेत्र में भी पाश्चात्य देशों की नकल करना अनुचित ही नहीं, हानिकारक भी है।

यहाँ यह बात विशेष रूप से समझने की है कि भारत में नारी-मुक्ति और देश की गुलामी से मुक्ति, ये दो बातें कभी पृथक् नहीं रहीं। इसी अर्थ में भारत का 'नारी-मुक्ति आंदोलन' पश्चिम के 'वूमेन लिव' से सर्वथा भिन्न है। वहाँ स्त्रियों को लंबी अवधि तक पुरुषों के खिलाफ मोरचा बाँधकर लड़ना पड़ा था और इस लड़ाई में बहुत कष्ट व अपमान भी सहना पड़ा था। भारत में नारी-जागृति और प्रगति के लिए प्रारंभिक कदम इस सुधार-युग में भारतीय मनीषियों और सुधारकों (पुरुषों) द्वारा ही आरंभ किए गए थे।

उन्होंने ही स्त्रियों को आगे किया। नेताओं के आह्वान से ही देश की आजादी में भारतीय स्त्री-पुरुष कंधे से कंधा मिलाकर लड़े। समाज-सुधार और देश की आजादी के संयुक्त लक्ष्य में कहीं भी स्त्री-पुरुष भेदभाव आड़े नहीं आया। दोनों परस्पर सहयोगी और पूरक भूमिका निभाते रहे। आगे चलकर महात्मा गांधी के आह्वान पर तो हजारों की संख्या में अमीर-गरीब, पढ़ी-बेपढ़ी स्त्रियाँ देश के काम के लिए घरों से बाहर निकल आईं। उनकी भागीदारी ही नहीं, नेतृत्व-कुशलता भी प्रखरता से सामने आई। भीकाजी कामा, एनी बेसेंट पूर्वार्द्ध-काल के, सरोजिनी नायडू, राजकुमारी अमृत कौर, विजयलक्ष्मी पंडित, दुर्गाबाई देशमुख, कमला देवी चट्टोपाध्याय आदि मध्य-काल के, और अरुणा आसफ अली, सुचेता कृपलानी, कैप्टन लक्ष्मी जैसे नाम उत्तरार्द्ध-काल के अग्रणी नाम हैं, जिनके नेतृत्व व निर्देशन में न जाने कितनी उत्साही युवतियाँ आगे आईं और जिनसे प्रेरणा लेकर आज भी न जाने कितनी स्त्रियाँ विभिन्न क्षेत्रों में कार्यरत हैं।

---

१. हिंदी पत्रकारिता और राष्ट्रीय जागरण, लेखिका सुजाता राय, पृ. १२१

नवजागरण की लहर

बंगाल में नवजागरण की यह लहर राजा राममोहन राय के समय से फैली। महर्षि देवेंद्रनाथ ठाकुर और केशवचंद्र सेन की भी अखंड भारत की राष्ट्रीय चेतना जगाने में महत्त्वपूर्ण भूमिका रही। बंगाल के समाचार पत्र-पत्रिकाओं की भूमिका से भी इनकार नहीं किया जा सकता। अनेक क्रांतिकारी पुस्तकें और संस्थाएँ भी सामने आईं, जिनसे राष्ट्रीय चेतना को बल मिला और उसका प्रसार हुआ। पर इस काल की एक प्रमुख घटना है—विदेशी शिक्षा के प्रभाव से पढ़े-लिखे भारतीयों के एक नए बौद्धिक वर्ग का निर्माण, जिसने यूरोपियन दर्शन, राजनीति, फ्रांस की क्रांति और रूसो, वाल्टेयर, मैजिनी का अध्ययन कर अपने भीतर उदार जनतंत्रीय विचारों को आत्मसात् किया (आगे चलकर देश का सामाजिक व राजनैतिक नेतृत्व इसी वर्ग ने किया)। लंबी अवधि से राजभक्ति और व्यक्ति-पूजा के अभ्यस्त भारतीयों ने लेखन-भाषण की आजादी और मानवीय अधिकारों पर सोचा-विचारा। देश की आजादी का स्वप्न पूरे देश के संदर्भ में देखा जाने लगा। गुलामी को प्रगति में बाधक जानकर राष्ट्रीयता के विचार की भारत में पुनर्स्थापना हुई, जिसने नई प्रेरणा जगाई।

राजनीति व धर्म का समन्वय हमारी पुरानी राष्ट्रीय परंपरा थी। नवजागरण काल में भी इन दोनों धाराओं को अलग करके देखना कठिन है। राजनैतिक आजादी पहले या समाज-सुधार पहले-इस पर कुछ मतभेद के बावजूद दोनों लक्ष्य मिला लिये गए और दोनों दिशाओं में साथ-साथ काम होने लगा। इसी संदर्भ में हिंदू समाज में सुधार व कुरीतियों के निवारण पर भी सोचा गया तो ब्राह्म समाज, आर्य समाज, थियोसोफिकल सोसाइटी, नामधारी संप्रदाय जैसी संस्थाएँ सामने आईं, जिनमें समाज-सुधार द्वारा जन-जागृति और स्वतंत्रता के लिए तैयारी, दोनों बातों पर समान ध्यान दिया गया।

'ब्राह्म समाज' की स्थापना १८२८ में राजा राममोहन राय ने कलकत्ता में की थी। इसकी स्थानीय शाखाओं में प्रारंभ से ही महिलाओं की भागीदारी रही, पर प्रेरणा पुरुषों की ही थी। कार्यक्रम मुख्यतः पूजा-प्रार्थना ही होता था, लेकिन सभाओं का मुख्य उद्देश्य-सामाजिक सुधार और राष्ट्रीय चेतना था। 'ब्राह्म समाज' पहली संस्था थी, जिसने महिलाओं के पृथक् अस्तित्व को मान्यता दी। उन्हें घरों से बाहर कार्य के लिए अवसर व प्रोत्साहन दिया। महिलाएँ 'ब्राह्म समाज' की सभाओं में नियमित भाग लेती थीं। महिला-शिक्षा, समाज-सेवा, स्वतंत्रता की भावना पर साथ-साथ जोर था।

राजा राममोहन राय समाज-सुधारों के क्षेत्र में अग्रणी माने जाते हैं। हिंदू समाज की कुरीतियों के निवारण में उनका योगदान अविस्मरणीय है। इसके साथ ही उन्होंने अधिकार-प्राप्ति के लिए अंग्रेजी शिक्षा और भारतीय समाचार-पत्रों की स्वतंत्रता पर भी जोर दिया। पर यह एक कड़वा सच है कि सबसे पहले भारतीयों ने ही (जिनमें

राजा राममोहन राय प्रमुख थे) न कि कंपनी सरकार ने, भारत में अंग्रेजी शिक्षा के प्रचार के लिए बल दिया। भारतीयों द्वारा प्रबल विरोध के डर से अंग्रेज तो इस प्रस्ताव को कुछ वर्षों तक टालते रहे थे, पर ऊँचे पदों पर पहुँचने के लिए भारतीय नेताओं द्वारा अंग्रेजी का ज्ञान जरूरी समझा गया।

इस प्रक्रिया के अच्छे-बुरे दुहरे परिणाम हुए, एक ओर यह महत्त्वाकांक्षा भारत में अंग्रेजी राज की जड़ें जमाने का प्रबल साधन बनी। दूसरी ओर विदेशी शिक्षा के प्रभाव ने भारत में फिर से प्रजातांत्रिक पद्धति से सोचनेवालों का निर्माण किया। उच्च वर्ग के भारतीयों की अंग्रेजी शिक्षा आंशिक रूप में ही सही, उच्च पदों पर भारतीयों की नियुक्ति से लेकर बाद में कौंसिलों के भी आंशिक भारतीयकरण में सहायक हुई। इसीलिए राजा राममोहन राय को भारत में सामाजिक सुधारों का ही नहीं, राजनैतिक आंदोलन का भी अग्रदूत माना जाता है।

दूसरा बड़ा सुधारक आंदोलन शुरू करनेवाले 'आर्य समाज' की स्थापना १९वीं सदी के उत्तरार्द्ध में स्वामी दयानंद ने की थी। स्वामी दयानंद ने भी स्त्री-शिक्षा का समर्थन किया और हिंदू समाज की बुराइयों का अंत कर, स्त्री-पुरुष के लिए समान उच्च मानवीय बौद्धिक गुणों का समर्थन किया। इससे भी स्त्रियों के लिए सामाजिक और राजनैतिक जीवन का मार्ग खुला।

इसके बाद रामकृष्ण मिशन, वेद समाज, प्रार्थना समाज आदि अस्तित्व में आए। इन संस्थाओं ने भी भारतीय अध्यात्म-दर्शन पर प्रकाश डालने के साथ राष्ट्रीय नवजागरण तथा स्त्री-जागरण में अपना पर्याप्त योग दिया। 'थियोसॉफिकल सोसाइटी' की स्थापना मैडम ब्लावत्सकी और कर्नल आलकाट ने १८७५ में अमेरिका में की थी। १८७६ में मैडम ब्लावत्सकी भारत आ गईं और उन्होंने १८७९ में अड्यार (तमिलनाडु) में मुख्यालय बनाकर भारत के प्रमुख नगरों में इस संस्था की शाखाएँ स्थापित कीं। मूलतः यह संस्था सभी धर्मों के मौलिक सिद्धांतों में विश्वास करती थी। अतः इसका उद्‍देश्य विश्वव्यापी मानव समाज में भ्रातृभाव उत्पन्न करना था। इससे भी स्त्री-स्वातंत्र्य और स्त्री-नेतृत्व को बल मिला। एनी बेसेंट ने इस संस्था के निमंत्रण पर भारत आकर १८९३ से इस संस्था का संचालन किया।

'नामधारी संप्रदाय' बहुत व्यापक व प्रभावी नहीं रहा, पर महिलाओं की सामाजिक स्थिति में सुधार लाने और कुरीतियों के निवारण में इस संप्रदाय की भागीदारी भी महत्त्वपूर्ण रही। पंजाब में हिंदू-सिख एकता को बढ़ावा देनेवाले इस संप्रदाय का नाम 'कूका-विद्रोह' के साथ भी जुड़ा है। १८७२ में मलेरकोटला के शस्त्रागार पर हमला करके १०० कूकाओं द्वारा शस्त्र लूट लिये गए थे। मुठभेड़ में आठ पुलिसमैन व सात कूका मारे गए थे। शेष गिरफ्तार हुए, जिनमें से ४९ कूकाओं को एक दिन में मशीनगन

से उड़ा दिया गया था। 'कूका-विद्रोह' के एक कृषक नेता रतन सिंह की लड़की हुक्मी गिरफ्तार की गई, जिसने आगे चलकर पंजाब में 'स्वदेशी आंदोलन' का भी नेतृत्व किया। गाँव इंडीयाया, संगरूर की इंद्र कौर नामक कूका स्त्री को पकड़कर मार दिया गया था। इसके अलावा दो अन्य कूका स्त्रियों को पकड़कर सेना के हवाले कर देने का विवरण मिला है, जिनके नाम अज्ञात हैं। उनका क्या हुआ, यह भी ज्ञात नहीं।

इस तरह इस नवजागरण-काल में इन संस्थाओं ने और प्रसिद्ध समाज-सुधारकों ने सामाजिक सुधार और राष्ट्रीय चेतना के विकास का जो संयुक्त आंदोलन चलाया, उसमें महिलाओं की प्रारंभिक भूमिका अधिकतर राजा राममोहन राय, स्वामी दयानंद, विवेकानंद, महात्मा फुले, महर्षि कर्वे, मालाबारी भंडारकर आदि पुरुषों की प्रेरणा से स्थानीय शाखाओं में ही भागीदारी तक सीमित नहीं रही थी, अपितु उसने स्थानीय, प्रादेशिक और राष्ट्रीय स्तरों पर अगले नेतृत्व को भी राह दी।

□

प्रमुख नेत्रियाँ

उपरोक्त विवरण से स्पष्ट है कि नवजागरण काल में भारतीय स्त्री-नेतृत्व के सामाजिक, राजनैतिक, यहाँ तक कि उसके धार्मिक स्वरूप को भी अलग-अलग करके नहीं देखा जा सकता। कुछ अपवाद छोड़कर, प्राय: सभी नेत्रियों ने इन सभी दिशाओं में साथ-साथ काम किया। वातावरण-निर्माण में स्त्री-संस्थाओं और स्त्री-पत्रिकाओं की भी प्राय: यही शैक्षणिक भूमिका रही, जिसने आगे चलकर राजनीति, समाज-सुधार तथा शिक्षा के क्षेत्रों में अनेक नेत्रियाँ प्रदान कीं।

इस अवधि में उभरी प्रमुख नेत्रियों के नाम हैं--माँ शारदा देवी, पंडिता रमाबाई, रमाबाई रानाडे और भगिनी निवेदिता के अलावा फ्रांसिना सोराबजी, लेडी हरनाम सिंह, अवंतिकाबाई गोखले, गोदावरीबाई, यशोदाबाई आगरकर, ऐसूबाई सावरकर, यमुनाबाई सावरकर, सावित्रीबाई फुले, शांता तिलक, सत्यभामा तिलक, बाया कर्वे, लेडी सदाशिव अय्यर, श्रीमती गुरुस्वामी चेट्टी, श्रीमती ए.एल. हैडकूपर, सरला नायक, श्री रंगम्मा, धनवंती रामाराव, माधवी अय्यर, जानकीबाई आप्टे, शारदा मेहता, एनी बेसेंट, सरोजिनी नायडू, राधाबाई सुबायन, बेगम शाहनवाज, विद्या बहन नीलकांत, स्वर्ण कुमारी देवी, बेगम माँ भोपाल, चारुलता मुखर्जी, सरला देवी चौधरी, सरला रे, लेडी अबला बोस, हीराबाई टाटा, श्रीमती कुमारप्पा कुप्पु स्वामी, जानकीबाई भट्ट, रानी चिमनबाई गायकवाड, नारी सेतू पार्वतीबाई, रानी लक्ष्मीबाई राजवाड़े, बेगम हसरत मुहानी, हिला रुस्तम फेड्रंन, श्रीमती मानिक लाल प्रेमचंद्र, डॉ. मालिनी सुखीलकर, लेडी अब्दुल कादिर, मारग्रेट कजिंस आदि। इनमें से कुछ केवल समाज-सुधार का कार्य कर रही थीं, कुछ केवल शैक्षणिक जागृति जाने में लगी थीं, कुछ समाज-सुधार व राजनीति दोनों क्षेत्रों में एक साथ सक्रिय थीं, तो बाई अमन, एनी बेसेंट, मारग्रेट कजिंस, सरोजनी नायडू, अवंतिकाबाई गोखले, शांता तिलक, ऐसूबाई सावरकर, सरला देवी चौधरी जैसे कुछ नाम सामाजिक क्षेत्र से उठकर राजनीति में भी चमक रहे थे।

महिलाएँ और स्वराज

पत्रकारिता और शिक्षा का चोली-दामन का साथ है। यदि शिक्षितों की संख्या नहीं बढ़ती तो पत्रकारिता का उद्‌भव एवं विकास संभव नहीं था। उन्नीसवीं शताब्दी के पूर्वार्द्ध में भारतीय कला तथा उद्योग-धंधों को ईस्ट इंडिया कंपनी ने कुचल दिया था। फलतः समस्त भारत में शनैः-शनैः निर्धनता का साम्राज्य बढ़ रहा था। प्राचीन भारतीय शिक्षा-पद्धति को समाप्त कर दिया गया, परंतु कुछ बुद्धिमान एवं उदार अंग्रेजी शासकों तथा ईसाई मिशनरियों ने भारत में शिक्षा के महत्त्व और उपयोगिता का अनुभव किया। यद्यपि कुछ यूरोपियन शिक्षा का विरोध कर रहे थे। इसी प्रकार का विरोध पत्र कोर्ट ऑफ डायरेक्टर्स' ने गवर्नर-जनरल को ५ सितंबर, १८२७ को दिया।

परंतु १८वीं शताब्दी के उत्तरार्द्ध में कंपनी के प्रशासकों को प्रशासन के लिए शिक्षित आदमी नहीं मिल रहे थे। इसकी पूर्ति के लिए कुछ कॉलेजों की स्थापना की गई। लॉर्ड मैकाले ही एक ऐसा व्यक्ति था, जिसने वर्तमान शिक्षा प्रणाली को जन्म दिया और अपने उद्‌देश्य की परिभाषा निम्न प्रकार दी—"हमें ऐसे वर्ग को बनाने के लिए भरसक प्रयत्न करना चाहिए जो हमारे और लाखों के मध्य एक कड़ी बने, यह वर्ग रक्त तथा रंग में भारतीय हो और स्वाद, विचार, शब्दों एवं बुद्धि में अंग्रेज हो।" इस कार्य हेतु अंग्रेजी शिक्षा का प्रसार किया गया। हिंदी के विकास में अंग्रेजी ने नई बाधा खड़ी कर दी, जबकि इसके विकास से ही पर्शियन एवं उर्दू रुकावट बनी हुई थी। अतः हिंदी भाषा का विकास न होने से हिंदी पत्रकारिता के विकास में रुकावट आई हुई थी। इन कठिनाइयों के होते हुए भी हिंदी के प्रबुद्ध वर्ग ने इस ओर प्रयास किया। कानपुर निवासी पं. जुगल किशोर शुक्ल ने, जो कलकत्ता के न्यायालय में क्लर्क हुआ करते थे, प्रथम हिंदी पत्र 'उदंत-मार्तंड' नामक पत्र ३० मई, १८२६ में प्रकाशित किया।[१] यह पत्र उन्होंने भारतीयों के हित-हेतु निकाला था। परंतु बंगाल में हिंदी का प्रचलन न होना और आर्थिक कठिनाइयों के कारण यह पत्र अधिक दिन न चल सका।

४ दिसंबर, १८२७ को यह हमेशा के लिए अस्त हो गया। इस प्रकार यह कहा जा सकता है कि हिंदी पत्रकारिता के अंकुर सर्वप्रथम बंगाल में प्रस्फुटित हुए और उत्तर प्रदेश हिंदी प्रांत में इसका अंकुरण कुछ विलंब से हुआ।

भारतीय पत्रकारिता की कहानी भारतीय राष्ट्रीयता के विकास की कहानी है। दोनों का विकास एक-दूसरे का पूरक रहा है। प्रथम स्वतंत्रता संग्राम (१८५७) से पूर्व कुछ पत्रों ने आंदोलन को खूब भड़काया और इसका समर्थन किया। परंतु गोरी सरकार ने सभी को कुचल दिया। चूँकि सरकार उनसे आतंकित थी। प्रथम स्वतंत्रता संग्राम (१८५७)

---

१. हिंदी पत्रकारिता—संक्षिप्त उद्‌भव एवं विकास, डॉ रमेश चंद्र त्रिपाठी

की असफलता के कारण राष्ट्रीय उत्साह कुछ समय के लिए ठंडा पड़ गया और भारतीय अवसाद और उदासी से दब गए थे।

बाल विवाह

बाल विवाह प्रथा को रोकने के लिए पत्र-पत्रिकाओं ने प्रबल आंदोलन चलाया। 'आर्य दर्पण' ने शिकायत की—'हिंदू धन लालच में अपनी अल्पायुवाली लड़की का विवाह अधिक आयुवाले पुरुषों से कर देते हैं। अतः इस प्रकार की प्रथा को रोकने के लिए कदम उठाने चाहिए।'

'हिंदुस्तान' ने मालाबारी की मथुरा मीटिंग को प्रकाशित करते हुए लिखा—'इस कुप्रथा को समाप्त करने के लिए वहाँ पर एक कमेटी गठित की गई जो मालाबारी का प्रयास आवश्यक करने में सरकारी हस्तक्षेप का विरोध कर रही थी।' 'सज्जन विनोद' और 'प्रयाग समाचार' और 'भारत बंधु' ने इसका कड़ा विरोध किया। दूसरी तरफ सुधारवादी और उदारवादी पत्र-पत्रिकाओं 'हिंदुस्तान' और 'अल्मोड़ा अखबार' ने बाल-विवाह का खुले रूप में विरोध किया। 'हिंदी प्रदीप' ने इसके बारे में लिखा कि 'कन्या की आयु १२ या १४ वर्ष और लड़के की आयु १८ या २० वर्ष होनी चाहिए। उन्हीं पत्र-पत्रिकाओं के प्रयास से १८९१ में एक कानून बनाया गया, पर यह प्रथा अभी भी पूर्णरूपेण समाप्त नहीं हुई है।

विधवापन

बाल विवाह प्रथा ही विधवापन को बढ़ावा दे रही थी। अनेक कन्याएँ अपने यौवन के प्राप्ति से पूर्व ही विधवा हो जाती थीं। विधवा स्त्री का जीवन इतना कष्टमय व्यतीत होता था कि उसको व्याख्यायित करना आसान नहीं है। इसके विरोध में अनेक सामाजिक संगठन और पत्र-पत्रिकाओं ने भी समूल नाश का बीड़ा उठाया है। 'कविवचन सुधा' के एक लेख के अनुसार—'गर्भ विरोध के सभी सुरक्षात्मक कदम उठाने के पश्चात् भी यदि कोई महिला गर्भवती हो जाती तो वह गर्भपात कराने का प्रयास करती। यदि गर्भपात में असफल हो जाती तो वह उस असंवैधानिक शिशु को भूखा रखकर मारने का प्रयास करती। यद्यपि भारतीय भी पुनर्विवाह की आवश्यकता को अनुभव कर रहे थे, परंतु किसी में भी यह साहस नहीं हो पा रहा था कि इस कुप्रथा के विरुद्ध आवाज उठाएँ। अतः इसे समाप्त करने के लिए सरकार को आगे आकर विशेष कानून बनाना चाहिए।'

'अल्मोड़ा अखबार' ने कहा—'प्रत्येक बुद्धिमान व्यक्ति कानून की आवश्यकता को अनुभव करता है, परंतु अधिकतर लोग इस प्रकार के कानून को अपने धर्म में हस्तक्षेप समझते हैं और सरकार का हस्तक्षेप सारे देश में असंतोष उत्पन्न करेगा।' पत्र-

पत्रिकाओं ने इसके विरुद्ध वातावरण बनाने हेतु उन जातीय संस्थाओं के प्रस्तावों को प्रकाशित किया, जो इस कुप्रथा के विरुद्ध थे।

'आर्य-दर्पण' ने लिखा—'विधवाओं ने अपनी दयनीय दशा को अनुभव किया है और उन्होंने शिकायत की कि विधुर कितनी ही बार विवाह कर सकता है, जबकि विधवा को यह अनुमति नही।' इस प्रकार पत्र-पत्रिकाओं ने ही इस कुप्रथा को भी समूल उखाड़ फेंका।

दहेज प्रथा

सामाजिक सुधार आंदोलनों ने १९वीं शदी में विवाह के फिजूलखर्ची को कम करने के प्रश्न को लेकर एक आंदोलन चलाया। इन संगठनों ने भी आंदोलन को तेज करने के लिए पत्रकारिता का सहारा लिया। हिंदी पत्रकारिता ने इसमें मुख्य रूप से भाग लिया। विवाह में अधिक व्यय से गरीबी और अनैतिकता समाज में फैल रही थी। पत्र-पत्रिकाओं ने समाज और सरकार का ध्यान इस अव्यावहारिक प्रथा की ओर खींचा। 'कविवचन सुधा' ने सरकार का ध्यान आकर्षित करते हुए कान्यकुब्ज बाह्मणों में व्याप्त इस कुप्रथा के विषय में लिखा—'ब्राह्मणों के इस वर्ग में लड़की का विवाह तब तक नहीं होता जब तक लड़की का बाप वर के बाप को दान के रूप में अच्छी धनराशि न दे। इस प्रकार जिन लड़कियों के माँ-बाप निर्धन थे, वे बुढ़ापे तक अविवाहित बैठी रहती हैं। उनका जीवन वास्तव में कष्टमय और दयनीय होता है।'

अस्पृश्यता

छुआछूत भारत का प्राचीन रोग है। अछूत उच्च जातियों द्वारा उपेक्षित रहा है। महात्माजी ने ठीक ही कहा है—"अस्पृश्यता को मैं धर्म का सबसे बड़ा कलंक मानता हूँ।" इस प्रथा को भी समाप्त करने के लिए पत्रकारिता ने प्रशंसनीय कार्य किया। 'हिंदी-प्रदीप' के अनुसार—"यह प्रथा पूर्णरूप से अनुचित और अन्यायपूर्ण थी, क्योंकि यह धार्मिक भावनाओं में बाधक थी।" 'आर्य समाज' में लाला लाजपतराय लिखते हैं—"ईश्वर सर्वशक्तिमान है, सब मनुष्य भाई-भाई हैं, स्त्री-पुरुष समान हैं, न्याय सबके लिए है, कर्म तथा योग्यता के आधार पर सभी को कार्य करने का अवसर मिलना चाहिए, प्रेम और श्रद्धा सभी को समान रूप से मिलनी चाहिए।" इस प्रकार समाज में परिव्याप्त तमाम बुराइयों को नष्ट करने के लिए पत्रकारिता का आश्रय लिया गया। इसके माध्यम से कुप्रथाओं के विरुद्ध अभियान चलाकर उन्हें समाप्त किया जा सकता है।

विदेशी सरकार तेजस्वी पत्रों को जमानत की मोटी रकमें जमा करने का हुक्म देकर बंद करा देती थी। तेजस्वी पत्रकारों के लिए जेल का दरवाजा प्रायः खुला रहता था।

इसलिए जिन लोगों में उज्ज्वल देशभक्ति होती, या जिनके हृदय में रूमानियत के लिए कसमसाहट होती वे ही पत्रकारिता के पेशे की ओर बढ़ते। प्रसिद्ध पत्रकार पं. लक्ष्मण नारायण गर्दे ने लिखा है—"अनेक कठिनाइयों में भी हमें आगे बढ़ने के लिए प्रेरित करनेवाली एक ही चीज थी—वह थी हमारी स्पिरिट। हमारे समय के अधिकांश हिंदी पत्रकार इस क्षेत्र में केवल इसलिए आए कि वे देश की कुछ सेवा करना चाहते थे।" कोई अच्छी जीविका मिल नहीं रही है तो चलो पत्रकारिता ही सही। आज यह भावना जो शिक्षित युवकों में प्राय: पाई जाती है, उन दिनों ऐसी भावना का अभाव था, या कहिए इसके लिए कोई गुजांइश ही नहीं थी। आज पत्रकारिता के क्षेत्र में पैसों पर विचार-विक्रय करने का रोग घुस रहा है। इसी अर्थलिप्सा की ओर संकेत करते हुए प्रखर पत्रकार बनारसी दास चतुर्वेदी ने सचेत किया है—

"दोनों अभिलाषाओं की पूर्ति साथ-साथ नहीं हो सकती—बैंक में हमारे नाम मोटी रकम भी जमा हो जाए और हमारा कंठावरोध भी न हो।" इन्हीं आदर्शों और मान्यताओं के आधार पर जिन पत्रकारों ने पत्रकारिता को अपना जीवन अर्पित किया है, उनमें कुछ प्रमुख पत्रकारों की यशो-गाथा प्रस्तुत है।

राजनीति में स्त्रियों का सहयोग— भारतीय राष्ट्रीय जागरण की सामाजिक पृष्ठभूमि को स्पष्ट करते हुए इस काल में राजनीति में स्त्रियों के सहयोग के विषय में प्रसिद्ध समाजशास्त्री ए.आर. देसाई ने लिखा है—"राजनीति में स्त्रियों का तीव्र प्रवेश, विशेष रूप से १९१९ के बाद भारतीय इतिहास की अत्यंत आश्चर्यजनक घटना है। ब्रिटिश पूर्व भारत में सुलताना रजिया बेगम, चाँदबीबी, नूरजहाँ, अहिल्याबाई होल्कर, झाँसी की रानी जैसी कुछ अभिजात वर्गीय स्त्रियों के अतिरिक्त अन्य स्त्रियों ने राजनीति में भाग नहीं लिया था। सीमित ही सही, उसका उन्होंने जोश-खरोश के साथ इस्तेमाल किया।"[१]

साथ ही उन्होंने भारतीय राष्ट्रीय कांग्रेस द्वारा चलाए गए जन-आंदोलनों में भी भाग लिया। (ए.आर. देसाई, भारतीय राष्ट्रवाद की सामाजिक पृष्ठभूमि)।

सन् १९२० में अमेरिका की स्त्रियों को वोट देने का अधिकार मिल जाने के बाद धीरे-धीरे अधिकांश पाश्चात्य देशों (ब्रिटेन, हंगरी, ऑस्ट्रिया, जर्मनी) की स्त्रियों को भी वोट देने का अधिकार मिल गया था। इसका प्रभाव भारतीय राजनीति पर भी पड़ा। ए.आर. देसाई के कथानुसार सन् १९१९ में भारतीय स्त्रियों ने राजनीति में सक्रिय रूप से भाग लेना आरंभ कर दिया था। इसके फलस्वरूप भारतीय स्त्रियों को राजनीतिक अधिकार मिलने चाहिए या नहीं, यह एक विचारणीय मुद्‌दा बन गया था। उस समय के विभिन्न पत्र-पत्रिकाओं में इन विषयों पर विभिन्न लोगों के मत प्रकाशित हो रहे थे,

---

१. प्रभा और राष्ट्रीय जागरण, सुजाता राय, पृ. ११९

जिन्हें लिखनेवालों में भारतीय, विदेशी, स्त्री-पुरुष सभी शामिल थे। इस दौरान की प्रमुख पत्रिका 'प्रभा' में राजनीति और स्त्रियाँ, भारतीय महिलाएँ और वोट देने का अधिकार, युवक युवती संघ, स्त्रियों के राजनैतिक अधिकार जैसे कुछ महत्त्वपूर्ण लेखों का उल्लेख विशेष रूप से किया जा सकता है।

सन् १९२० को 'प्रभा' में प्रकाशित 'राजनीति और स्त्रियाँ' नामक टिप्पणी उस समय प्रकाशित हुई जब अमेरिका के कुछ प्रांतों की स्त्रियों को वोट देने का अधिकार कुछ प्रतिबंधों के साथ दिया गया था। 'मन्सीज मैगजीन' से विलियम एस ब्रिजमैन के लेख का उद्धरण प्रकाशित किया था। लेखक का कहना था—"महिलाओं के पिछले कार्यों से अनुमान होता है कि वे उन कार्यों पर अधिक ध्यान देंगी, जो स्त्री जीवन से संबंध रखते हैं, घर का प्रबंध, घर का स्वास्थ्य, बाल-बच्चे और शिक्षा प्रणाली से घर का संबंध।" लेखक का कहना है कि स्त्रियों के राजनीतिक अधिकार मिलने पर स्त्रियों की समस्याओं, बाल श्रमिकों की दुर्दशा पर ध्यान खींचा, जिन पर समाज के अन्य लोगों का ध्यान भी नहीं जाता था। परंतु ऐसा भी नहीं था, समाज के सभी वर्ग के लोग राजनीति में महिलाओं के प्रवेश को लेकर आश्वस्त थे। विरोध के स्वर लगातार उग्र बने हुए थे, जिसके कारण बड़े-बड़े समाज सुधारक और महिला नवजागरण के नेतृत्व करनेवाले अधिकांश उदारवादी नेता भी असमंजस में थे; क्योंकि वे उन्हीं प्रथाओं, परंपराओंवाले समाज से ही आए थे और समाज का दबाव उनपर लगातार बना हुआ था। वे केवल स्त्री अधिकारों की वकालत कर भारत की स्वतंत्रता, अस्पृश्यता, शिक्षा जैसे बड़े सुधारों को पिछड़ने नहीं दे सकते थे।

भारतीय महिलाओं के वोट का अधिकार देने के विरोध में श्रीमती विद्यावती सेठ का 'भारतीय महिलाएँ और वोट देने का अधिकार' लेख सर्वाधिक महत्त्वपूर्ण कहे जा सकते हैं, जिसमें लेखिका ने कहा है—"भारतीय महिलाओं का आंदोलन पश्चिम की नकल है और हमारी परंपरा से मेल नहीं खाता है।" लेखिका के अनुसार यहाँ न तो स्त्रियों की संख्या अधिक है, न बड़ी-बड़ी मशीनें ही हैं, न ही यहाँ अविवाहिता स्त्रियाँ ही हैं, न वह पाश्चात्य राक्षसी सभ्यता ही है, न ही स्त्री-पुरुषों की प्रतिस्पर्धा ही। यहाँ की स्त्रियों के लिए धनोपार्जन की आवश्यकता ही नहीं, क्योंकि यहाँ तो स्त्रियों के लिए बच्चों का पालन-पोषण कर उनको श्रेष्ठ बनाना ही बड़ा भारी कार्य है।"

श्री जे.के. मेहता, श्रीमती सरोजनी नायडू के नेतृत्व में भारतीय महिलाओं के डेपुटेशन को भारतीय स्त्रियों का संपूर्ण प्रतिनिधित्व नहीं मानते हैं। उनका मानना था कि युद्ध के कारण पश्चिमी देश स्त्रियों को वोट का अधिकार देने के पक्ष में पहले की अपेक्षा अधिक सहमत हो गए हैं, लेकिन हमें उनका अंधानुकरण नहीं करना चाहिए। मांटेग्यू चेम्सफोर्ड शासन सुधार में यद्यपि स्त्रियों को वोट देने का अधिकार नहीं दिया

था, लेकिन सरोजिनी नायडू के नेतृत्व में गए भारतीय महिलाओं के डेपुटेशन के प्रयत्न से यह व्यवस्था हो गई थी कि जिन प्रांतों की कौसिलें यह निर्णय करें कि महिलाओं को वोट देने का अधिकार मिलना चाहिए, उन प्रांतों की स्त्रियों को वोट देने का अधिकार दिया जा सकता है।

इसके बाद ही बंबई की व्यवस्थापिका सभा के कुछ सदस्य स्त्रियों को वोट देने के अधिकार का विरोध कर रहे थे, लेकिन आखिर स्त्रियों को यह अधिकार मिल ही गया था। जब भी समाज में कोई नया परिवर्तन होता है तो कुछ लोग उसका विरोध भी करते हैं। इतिहास में परिवर्तन का भी और यथास्थितिवादी शक्तियों के बीच का टकराव कोई नई बात नहीं है, लेकिन परिवर्तन की गति को कोई नहीं रोक सकता है, वह धीरे-धीरे अपनी दिशा में बढ़ता रहता है और समय के साथ अधिकाशत: अवरोध भी समाप्त हो जाते हैं।

इसी संदर्भ में १९२४ ई. की 'प्रभा' में प्रकाशित 'स्त्रियों के राजनैतिक अधिकार' नामक लेख का उल्लेख करना आवश्यक है। इसकी लेखिका श्रीमती चमेली देवी जसौरिया हैं। स्त्रियों को राजनैतिक अधिकार देने के विरोध में लिखे गए अन्य लेखिकाओं के तर्कों का जवाब देते हुए कांग्रेस कार्यकर्ताओं का ध्यान अपनी ओर आकर्षित करते हुए कहा था—"मैं यहाँ देश का भविष्य पार्लियामेंट, भारतीय कांग्रेस के कार्यकर्ताओं का ध्यान इस ओर दिला देना चाहती हूँ कि वे एक प्रस्ताव द्वारा इस बात की घोषणा कर दें कि स्वतंत्र भारत में पुरुषों के समान स्त्रियों को भी अधिकार प्राप्त होंगे।" स्त्रियों के अधिकारों की वकालत करते हुए लेखिका का कहना है—"जहाँ भी स्त्रियों को राजनीतिक अधिकार दिए गए हैं, वहाँ वे सर्वथा उसके योग्य प्रमाणित हुई हैं।" लेखिका ने पाश्चात्य देशों का उदाहरण देते हुए लिखा था कि युद्ध के दौरान स्त्रियों ने वे सब मोरचे सँभाले, जिन्हें पुरुष ही सँभालते थे; उन्होंने गोला-बारूद कारखानों, पोस्ट ऑफिसों, शिक्षा संस्थाओं आदि में काम करके प्रमाणित कर दिया कि साहस, बुद्धि, योग्यता और स्वदेश प्रेम में स्त्रियाँ पुरुषों से कहीं भी कम नहीं हैं। साथ ही श्रीमती सरोजनी नायडू, श्रीमती कस्तूरबा गांधी, अली भाइयों की माता तथा पार्वती देवी, मादाम भीकाजी कामा आदि भारतीय स्त्रियों द्वारा किए गए काम किसी मायने में पुरुषों से कम नहीं हैं। स्त्रियों के सहयोग के बिना राष्ट्र स्वतंत्र करवाने की उम्मीद नहीं रखनी चाहिए। लेखिका ने समाज को प्रश्न के घेरे में लेते हुए लिखा था—"क्या पुरुषगण स्त्रियों के उचित सहयोग के बिना राष्ट्र स्वतंत्र कराने की आशा करते हैं?"

लेखिका का मानना है कि समाज सुधार की जितनी इच्छा स्त्रियों की रहती है उतनी पुरुषों की नहीं। भारतवर्ष में असावधानी और साधनों की कमी से जितने बालकों की मृत्यु होती है उतने किसी देश में नहीं। भारतीय सरकार ने अब तक इस ओर जो कुछ भी किया है वह बहुत असंतोषप्रद है। प्रथम तो स्त्री शिक्षा में बहुत ही कम धन व्यय

किया जाता है, और जो किया भी जाता है वह बड़ी अनुपयुक्त रीति से।

भारतवर्ष में लूला, लँगड़ा, पागल, नपुंसक—कोई भी मनुष्य विवाह करके एक निर्बोध बालिका का जीवन नष्ट कर सकता है। मानसिक, शारीरिक अथवा आर्थिक कोई भी अयोग्यता उसके विवाह संबंध में बाधक नहीं होती। इन बातों में स्त्रियाँ कौंसिलों में पहुँचकर अथवा अपने अनुकूल सदस्य भेजकर सुधार करा सकती हैं।

स्त्रियों से संबंधित अन्य प्रकार के लेख भी उस समय लगातार प्रकाशित हो रहे थे। स्त्रियों की उन्नति की सूचना समाज में उसकी नई भूमिका 'संसार में स्त्री का स्थान', 'स्त्रियों और पुरुषों की मस्तिष्क शक्ति' क्या बराबर है। 'संसार समस्याओं में स्त्रियों का भाग', 'जर्मन में स्त्रियों की उन्नति', 'संसार भर में स्त्रियों की उन्नति' आदि लेख स्त्रियों की जागरूकता और समाज में उनकी बढ़ती सहभागिता के परिचायक हैं।

अंतरराष्ट्रीय महिला दशक के नेपथ्य में हिंदी पत्रकारिता

हिंदी पत्रकारिता और स्त्री एक-दूसरे के लिए कभी अनजाने नहीं रहे हैं। हिंदी पत्रकारिता के आरंभिक काल से ही स्त्रियाँ हिंदी पत्रकारिता से जुड़ी रही हैं। भले ही पत्रकार के रूप में सघन पत्रकारिता में उनका प्रवेश न हुआ हो, लेकिन भारतीय स्वतंत्रता आंदोलन के चलते स्त्रियों में शिक्षा और जागरूकता की जो हवा चलाई थी, उससे हिंदी पत्रकारिता के विभिन्न क्षेत्रों में उनकी प्रतिभागिता दर्ज होती रही। मुट्ठी भर पढ़ी-लिखी आभिजात्य वर्ग की महिलाओं का हिंदी पत्रकारिता में आगमन का उद्देश्य भले ही कुछ भी रहा हो, लेकिन उससे पत्रकारिता के क्षेत्र में उनके हस्ताक्षरों को धूमिल नहीं किया जा सकता है। हमारे देश में नारी-मुक्ति आंदोलन का इतिहास रहा है और तत्कालीन हिंदी पत्रकारिता उसकी साक्षी बनी है। अत: यह नहीं कहा जा सकता है कि अंतरराष्ट्रीय महिला दशक ने जब नारी आंदोलन के स्वरों को फिर से मुखरित करना आरंभ किया, तो हिंदी पत्रकारिता में भी उसका प्रभाव दिखाई देने लगा और स्त्री की धनात्मक छवि को लेकर हिंदी पत्रकारिता पुन: अग्रसर हुई। इस बार नारी नए संदर्भों और नए सरोकारों के साथ समाज के सम्मुख थी। स्त्री की जिंदगी के हर पहलू का निरीक्षण गंभीरता से किया जाने लगा। पाठ्यपुस्तकों में से भी स्त्री या बालिकाओं की पारंपरिक छवि को हटाकर उसकी पहचान एक व्यक्ति रूप में लाए जाने पर जोर दिया जाने लगा। सबसे महत्त्वपूर्ण बात यह थी कि हमारे देश की नारी मुक्ति आंदोलन में न तो कभी पुरुष विरोधी दौर आया, न ही वह कभी पाश्चात्य उग्र नारीवाद के पद-चिह्नों पर चला। प्रारंभ में स्त्री मुद्दे और सरोकार को उठानेवाले अधिकांशत: पुरुष ही रहे। हिंदी पत्रकारिता में अंतरराष्ट्रीय महिला वर्ष या दशक आरंभ में भले ही समग्र रूप से उभरकर न आया हो, लेकिन सन् उन्नीस सौ पच्चासी के नैरोबी सम्मेलन तक आते-आते स्थितियाँ बदलने

लगीं। रविवार और 'दिनमान' जैसी विचारप्रधान पत्रिकाओं ने काफी निष्पक्ष होकर इन विषयों पर लेख प्रकाशित किए।[१]

अधिकतर पत्र-पत्रिकाओं ने इस दौरान आयोजित महिला सम्मेलनों व अन्य गतिविधियों पर अपना स्पष्ट मत प्रकट किया। लेकिन जो कुछ भी किया गया, वह आवश्यकता से बहुत कम था। लेकिन सबसे अच्छा सकारात्मक पक्ष यह था कि आजादी के पश्चात् स्त्री-सौंदर्य के संदर्भ में सवाल पूछे जाने लगे, उनकी स्थिति, अस्मिता और पहचान की खोज होने लगी।

'साप्ताहिक हिंदुस्तान' ने सन् १९७५ में 'अंतरराष्ट्रीय महिला वर्ष' के उपलक्ष्य में एक 'महिला विशेषांक' को प्रकाशित किया। जिसमें सरोज वशिष्ठ के लेख 'हर महिला को यह लड़ाई लड़नी है' शीर्षक के अंतर्गत तीन प्रमुख नेताओं से बात, नारी-मुक्ति आंदोलन से संबंधित विचार जानने का प्रयास किया। इसी में उपशीर्षक 'खोखली आजादी नहीं चाहिए' के अंतर्गत वरिष्ठ समाज सेविका लीलावती मुंशी के विचार प्रस्तुत किए गए, जिसमें उन्होंने कहा था—"अगर नारी-पुरुष का भेदभाव मिट जाता है, शिक्षा-

रोजगार क्षेत्र की कठिनाइयाँ हट जाती हैं, घर में रहनेवाली माताओं की स्थिति में सुधार आता है तो ठीक है, पर अगर इस वर्ष की गतिविधियों के कारण विवाह टूटेंगे तो स्त्रियाँ और भी असुरक्षित हो जाएँगी।" यानी कि नए के समाज लिए समाज की पारंपरिक बनावट के ताने-बाने में बँधी लीक पर चमक और उजास तक तो ठीक है, लेकिन नए ताना-बाना की चाह के लिए स्थान नहीं था। यह वही सोच थी, जो हिंदी पत्रकारिता के प्रारंभ से ही स्त्रियों की शिक्षा-दीक्षा और जागरूकता की केवल उतनी पक्षधर थी, जितने से सुगृहिणी, विदुषी पत्नी और माता

१. अंतरराष्ट्रीय महिला दशक और हिंदी पत्रकारिता, लेखिका मीरा कांत, पृ. २९७

के नाते परिवार के उत्तरदायित्व वहन करती रहे, व्यक्ति के रूप में उसकी सोच, संवेदना या इच्छा का उसके लिए कोई भी स्थान नहीं था।

इसी पत्रिका में अंतरराष्ट्रीय महिला वर्ष में मैक्सिको में हुए सम्मेलन में भारत का प्रतिनिधित्व करके लौटी श्रीमती पार्वती कृष्णन ने जहाँ संयुक्त राष्ट्र संघ द्वारा आयोजित सम्मेलन को महत्त्वपूर्ण कदम बताया, वहीं सम्मेलन की उपलब्धि के प्रश्न पर दिया गया उनका जवाब स्मरण रखने योग्य है कि 'सतहत्तर विकासशील देशों के प्रतिनिधियों ने 'मैक्सिको घोषणा-पत्र' का मसौदा तैयार किया था, जिसमें भारत ने सक्रिय रूप से भाग लिया था। इसमें रूस ने हमारा साथ दिया और अमेरिका ने काफी विरोध किया। इस सूचना से अमेरिका के दोहरे चरित्र का पर्दाफाश हो जाता है।'

'साप्ताहिक हिंदुस्तान' के पच्चीस जनवरी सन् १९७६ के अंक में मनुहरि पाठक द्वारा युवा कांग्रेस की नेता श्रीमती अंबिका सोनी का साक्षात्कार प्रकाशित किया गया था, जिसमें श्रीमती सोनी ने संयुक्त राष्ट्र संघ द्वारा 'अंतरराष्ट्रीय महिला वर्ष' के आयोजन को महिलाओं में जान डाल देनेवाला बताया। साथ ही उनका कहना था, "महिला वर्ष को जिस रूप में लिया जाना चाहिए था, पुरुषों ने उसे उस रूप में नहीं लिया।" उनका कहना था—"पहले वे ताने देते रहे, फिर मजाक शुरू किया और जब उनकी समझ में आया कि मसाला खासा है, तब उसे संजीदगी से लेने लगे।" 'साप्ताहिक हिंदुस्तान' में प्रकाशित एक परिचर्चा में पत्रकार रामी बड़े परिवार में स्त्री की हीन स्थिति पर चर्चा करते हुए कहती हैं कि उसे अपने जीवन के निर्णय लेने का अधिकार होना चाहिए, वह कोई वस्तु नहीं व्यक्ति है। वे कहती हैं—"स्त्री एक मशीन नहीं कि बच्चे पैदा करती जाए पति या सास की मरजी के अनुसार। वह बच्चा चाहती है या नहीं, नौकरी करना चाहती है या नहीं—ऐसे अनेक प्रश्नों का समाधान उसके हाथ में होना चाहिए।"

'साप्ताहिक हिंदुस्तान' के 'महिला अंक' के आवरण कथा में शुभा वर्मा 'भारतीय नारी', 'रोटी से रोजी तक' शीर्षक आलेख में लिखती है कामकाजी स्त्रियों के बारे में जानकारी दी है। 'कभी धूप कभी छाँह' नामक धारावाहिक की कहानी जो पाठकों के सुझाव से आगे बढ़ रही है। इसके अलावा इसी अंक में अन्य कहानियाँ सुधा शेष की कहानी 'डेटिंग', कंचन वर्मा की 'काश' तथा सीमा मिश्रा की कहानी 'कहाँ से कहाँ तक' भी शामिल हैं। सन् १९८५ से २४ नवंबर के 'साप्ताहिक हिंदुस्तान' में आवरण कथा 'मेहर की मेहरबानी कब तक, 'शुरुआत एक आंदोलन की' में नासिरा शर्मा ने लिखा है कि शाहबानो मामले ने 'इसलाम की बोसीदा पड़ती दीवार' को हिलाकर रख दिया है। लेख के अनुसार, शाहबानो का यह फैसला उन सारे देशों को खुली चुनौती है, जो धर्म की आड़ लेकर औरतों पर कयामत तोड़ते रहे हैं और उनका अधिकार हज्म करते रहे हैं। यह क्रांतिकारी कदम उन लोगों के विरोध में है, जो आज तक औरत को उसके

सही अधिकारों से वंचित करते रहे हैं। ५ अक्तूबर, १९८० के 'साप्ताहिक हिंदुस्तान' में शोभना जैन के लेख 'समस्या घरेलू कामकाज की' में लेखिका समाज की विडंबना पर प्रकाश डालती है कि पुरुष चाहते हुए भी घरेलू काम में मदद नहीं करते हैं; क्योंकि ऐसा करने पर वे उपहास के पात्र बन जाते हैं।

'साप्ताहिक हिंदुस्तान' के सन् १९७८ के तीन दिसंबर के अंक में एक परिचर्चा 'महिला अधिकारी : मर्दाने तेवर : कितना तालमेल' शीर्षक से की गई। इस परिचर्चा में एक उपविकास आयुक्त कहती हैं कि महिला अधिकार को हज्म करने का माद्दा अपने यहाँ बहुत कम है। एक अन्य प्रतिभागी, जो सरकारी विभाग में संयुक्त निदेशक के पद पर थीं, उनका कहना था कि शुरू-शुरू में उन्हें लोग ऐसे देखते थे, जैसे 'कोई तगड़ा अजूबा हो, चपरासी कहता था मैं 'औरत का चपरासी नहीं बनता'।[१]

कामकाजी महिलाओं की स्थिति और उनके प्रति समाज में व्याप्त दृष्टिकोण को लेकर प्रसिद्ध लेखिका ममता कालिया का लेख 'आजादी के बाद मध्यमवर्गीय नारी' इसका सटीक उदाहरण है। ३० अगस्त, १९८१ के अंक में लेखिका कहती हैं—"हमारे देश में स्त्रियों और हरिजनों की स्थिति में खास अंतर नहीं है, दोनों के प्रति समाज का दृष्टिकोण धूर्तता का है। जिस तरह देश में विभिन्न पदों पर इक्का-दुक्का हरिजन इसलिए बैठा दिए गए हैं ताकि महात्मा गांधी को तकलीफ नहीं हो, उसी तरह हमारे यहाँ कुछ एक स्त्रियों को सर्वोच्च से लेकर निम्न पद पर स्थान दिया गया है, ताकि स्त्री वर्ग में खलबली न मचे और समाज ज्यों-का-त्यों बना रहे।" स्त्रियों के प्रति समाज का रवैया उनसे संबंधित खबरों की संवेदना प्रकाशन से भी दृष्टिगत होती है। 'साप्ताहिक हिंदुस्तान' पत्रिका एक तरफ तो स्त्रियों के प्रति संवेदना का झंडा उठाए हुए दिखाई पड़ती है, वहीं शी.ही. के लेख 'कामकाजी महिलाएँ समान वेतन के बावजूद कितना सम्मान' को पत्रिका ने अपने 'गपशप' स्तंभ में स्थान दिया था।

'मनोरमा' पत्रिका ने अगस्त सन् १९७५ में 'अंतरराष्ट्रीय महिला वर्ष विशेषांक' प्रकाशित किया, जिसमें लेखिका शकुंतला वोहरा ने अपने लेख 'अंतरराष्ट्रीय महिला वर्ष क्यों?' में विचार व्यक्त करते हुए लिखा था कि महिला वर्ष की घोषणा का उद्देश्य देश व समाज के नव-निर्माण में महिलाओं की अधिकाधिक भागीदारी निश्चित करना, सामाजिक अन्याय समाप्त करना, महिलाओं के वैधानिक समान दरजे को सामाजिक दरजे में बदलना है। इसी अंक में शांता त्रिवेदी का लेख 'अंतरराष्ट्रीय महिला वर्ष और भारतीय नारी' भी प्रकाशित हुआ, जिसमें लेखिका ने संकल्पबद्ध हो ईमानदारी से महिला पुनरुत्थान का आह्वान किया था। इसी विशेषांक में 'भारतीय महिलाएँ आगे बढ़ें' शीर्षक

---

१. साप्ताहिक हिंदुस्तान, ३ अक्तूबर, १९८२, पृ. २३

लेख में जहाँ भारतीय महिलाओं के दरजे के पुनरीक्षण के लिए गठित आयोग की अध्यक्षा श्रीमती फूलरेणु गुहा महिलाओं की स्थिति में बदलाव के लिए शासकीय, सामाजिक व शैक्षणिक स्तर पर कदम उठाना अनिवार्य मानती हैं, वहीं विधि राज्यमंत्री डॉ. सरोजनी रोष प्रकट करते हुए कहती हैं कि वित्तीय कठिनाइयों के सवाल पर सबसे पहले महिला कल्याण के कार्यक्रम शासन से काट दिए जाते हैं। 'भारतीय बाल कल्याण परिषद्' की तारा अली बेग स्त्रियों के समान अधिकार अर्जन को आवश्यक बताती हैं। समाजवादी नेता श्रीमती अरुणा आसफ अली महिलाओं में राजनैतिक समझदारी की बात उठाती हैं। समाजसेवी विजयराजे सिंधिया का मानना है कि नेतृत्व करनेवाली महिलाओं को आम नारी को ध्यान में रखना होगा, तभी महिला वर्ष सार्थक होगा।

वामा—नारीवादी पत्रिका 'वामा' में राजेंद्र गुप्त का अप्रैल १९८५ विचारोत्तेजक लेख देखने योग्य रहा है, जिसमें भारतीय उत्तराधिकार कानून की खामियों का खुलासा किया है। 'हम स्त्रियों की राय क्यों नहीं ली जाती है?' शीर्षक लेख में उन्होंने कहा है कि कानून बनानेवालों को इस बात का ध्यान रखना चाहिए कि परिवार में संपत्ति केवल पुरुष की वजह से नहीं जुड़ती, स्त्रियों का उसमें प्रत्यक्ष या परोक्ष योगदान होता है।

'वामा' में ही प्रकाशित एक अन्य लेख 'माँ के अधिकार धर्म और कानून' में नंदिता हक्सर ने एक मामले व उसके संदर्भ में सर्वोच्च न्यायालय के फैसले का हवाला देकर बताया है, देश में बच्चे पर माँ का हक उसके संप्रदाय के निजी कानून के तहत जाँचा जाता है। हिंदू, मुसलिम, ईसाई और पारसी माँओं के लिए भिन्न-भिन्न कानून हैं। इन सब में जो समानता है, वह है स्त्री का पुरुष की तुलना में दोयम दरजे का होना। लेखिका के अनुसार, ''इन कानून के पीछे मुख्य भावना बच्चे के कल्याण की उतनी नहीं है, जितनी कि पैतृक संपत्ति को माँ के हाथों में जाने से बचाने की है। इस बात की पुष्टि इससे हो जाती है कि नाजायज बेटे या बेटी की संरक्षक माँ को ही माना गया है।'' दिसंबर सन् १९८५ के जून में 'वामा' के अंक में नंदिता हक्सर का लेख 'क्या सच्चरित्रता का ठेका सिर्फ औरतों ने लिया है?' में लेखिका भारतीय दंड संहिता में वैवाहिक अपराधों की चर्चा करते हुए धारा-४९७ का हवाला देते हुए कहती हैं कि ''ऐसा लगता है मानो जार कर्म का अपराध पुरुष द्वारा पुरुष के विरुद्ध किया जाता है, स्त्री की इस अपराध में कोई भागीदारी नहीं होती है, चाहे वह उसकी सहमति से ही हुआ हो।''

धारा ४९८ के संदर्भ में वे पी.वी. गजेंद्रगड़कर के इस फैसले को उद्धृत करती हैं—'धारा-४९७ की भाँति धारा-४९८ के तहत जिन अधिकारों की रक्षा होती है, वे पति के हैं, स्त्री के नहीं। यदि पत्नी ने अपने पति के इस नियंत्रण को तोड़ने के लिए उसे स्वीकृति भी दी हो तो उससे कोई फर्क नहीं पड़ता, क्योंकि मूल मामला पति के अधिकारों के हनन का ही बनता है। लेखिका प्रश्न उठाते हुए कहती है कि यह संहिता जो अधिकार

पति को देती है, वही पत्नी को क्यों नहीं देती है? लेखिका की खीझ कुछ यूँ बयान होती है—

'स्वतंत्र भारत का संविधान स्त्री-पुरुष की बराबरी की गारंटी भले ही देता हो, लेकिन उसके मूल में महाराज की धारणाएँ बसी हुई है कि स्त्री पुरुष की संपत्ति है—चाहे वह पुरुष पिता हो या पुत्र। बलात्कार संबंधी कानून विषय पर क्षितींद्र मोहन श्रीवास्तव का लेख सन् १९८४ के मार्च अंक में प्रकाशित हुआ था, जिसमें बलात्कार के मुकदमे को बंद अदालतों में चलाने का स्वागत करते हुए लिखा है कि यह सबसे बड़ा भय था कि स्त्री को खुली अदालत में वो सब बयान न करना पड़े जो कुछ उस पर गुजरा है। सांसदों द्वारा इस परिवर्तन को प्रेस की आजादी पर अंकुश मानने का विरोध करते हुए वे लिखते हैं कि शायद पत्रकार जगत् भी बलात्कारियों को बचाने से ज्यादा उन्हें सजा दिलाना उचित समझेगा।

'वामा' में ही सन् १९८५ के जुलाई अंक में श्रीनिवास गुप्त के लेख 'रेप' में भी लेखक ने पिछले लेखक के रवैए से सहमति जताई है।

सन् १९८४ के मई अंक की 'वामा' के संपादकीय में संपादक मृणाल पांडे ने देश में रोजगार क्षेत्र में महिलाओं की स्थिति व उनके प्रति दृष्टिकोण पर खेद प्रकट करते हुए लिखा था कि तीस लाख कामगार स्त्रियों के होते हुए भी कामकाजी स्त्री की उपस्थिति को समाज व सरकार उस गंभीरता व आदर से ग्रहण नहीं करते हैं जैसा कि पुरुष कामगारों के संदर्भ में। वे लिखती हैं कि पारंपरिक दस्तकारियों स्त्रियों की निपुणता को देखते हुए स्पष्ट है कि रोजगार क्षेत्र में स्त्री की हीन स्थिति उसकी अकर्मण्यता या मानसिक पिछड़ेपन से नहीं जुड़ी है। इसका मूल कारण घर के बाहर काम-काज के क्षेत्र में उसका पुरुष पर निर्भर होना है। ध्यान देने की बात है कि निर्भरता कुदरतन नहीं उपजी है, बल्कि एक सामंती समाज के उस उत्पादन ढाँचे से निकली है, जहाँ मरदाना उत्तराधिकार के नियम लागू होते हैं।

सन् १९८५ के जुलाई अंक के 'वामा' में सीमा बर्मन द्वारा प्रस्तुत परिचर्चा 'रात की पाली और कामकाजी लड़कियाँ' में टेलीफोन ऑपरेटर और आकाशवाणी में कार्यरत महिलाओं से बातचीत पर आधारित है। एक लड़की बताती है कि रात में काम करना खतरनाक है, लड़के कहते हैं कि बाहर आ जाओ तो दो सौ रुपए देंगे। दूसरी की शिकायत है कि रात की पाली में नौकरी करनेवाली लड़कियों से कोई शादी को राजी नहीं होता है, हर कोई यह कहकर चला जाता है कि पता नहीं रात को वहाँ क्या-क्या होता होगा! जबकि पुलिस में कार्यरत महिला रात की पाली में काम से खुश रहती हैं कि 'बच्चा खुश रहता है, पति भी खुश रहते हैं, बस मुझे ही आराम नहीं मिलता है।'

'वामा' के सन् १९८४ के अप्रैल अंक में विभिन्न क्षेत्रों में कार्यरत महिलाओं के

साक्षात्कार व उनकी जीवनशैली पर कुछ उत्कृष्ट लेख छापे जैसे कि प्रथम महिला आई.पी.एस. किरण बेदी पर 'एक प्राप्ति से दूसरी तक पहुँचने की बेचैनी', 'पाँच सितारा होटलों की प्रथम प्रधान महिला रसोइया से मुलाकात', 'रुहेना जयाल का साम्राज्य' प्रकाशन व्यवसाय में संलग्न श्रीमती शीला संधू से बातचीत पर प्रकाशित 'स्त्री होने का मुझे लाभ भी है।'

सन् १९८५ के दिसंबर माह की 'वामा' के संपादकीय में संपादक मृणाल पांडेय महिलाओं की शिक्षा के संदर्भ में टिप्पणी करती हैं कि स्त्री को अनपढ़, धनहीन रखकर शूद्रों की तरह उसकी स्थिति भी समाज ने जबरन कमजोर बनाई है। अब जब स्त्री भी पढ़-लिखकर न्याय-अन्याय में फर्क करने की स्थिति में पहुँच गई है तो लोगों को वह खतरनाक लगने लगी है। इस संदर्भ में वे प्रश्न करती हैं कि जिस शिक्षा ने पुरुषों का अहित नहीं किया तो स्त्री का ही अहित क्यों करेगी?

सन् १९८४ के मार्च अंक के संपादकीय में वे कहती हैं कि समाज में व्याप्त गड़बड़ी का कारण अकसर स्त्रियों को मिली शैक्षिक व आर्थिक आजादी में खोजना अपने जीवन में असफल लोगों का एक सार्वजनिक शगल बनता जा रहा है। पढ़ी-लिखी स्त्री की बातचीत में खुलेपन को अभद्रता और व्यवहार मे तर्कसंगत रवैए को तुरंत बदतमीजी करार दिया जाता है। वे लिखती हैं—''स्त्री की शिक्षा के प्रति इस संदेहात्मक रवैये के पीछे डर छुपा है, वह डर है नकार का, प्रश्नोत्तर के खुले सिलसिले में स्त्री के बीच निकल जाने का।''

'वामा' के ही एक अन्य अंक में प्रकाशित लेख 'शिक्षा कहाँ-कैसे?' के अंतर्गत भारतीय शिक्षा पद्धति से संबद्ध शिक्षाविदों से बातचीत की गई। विश्वविद्यालय अनुदान आयोग की अध्यक्षा माधुरी शाह से बातचीत में उन्होंने कहा कि पुरुष और स्त्री दोनों को ही अपनी-अपनी योग्यताओं के अनुसार विकास के भिन्न अवसर मिलने चाहिए। दिल्ली की सरदार पटेल विद्यालय की प्रधानाचार्य विभा पार्थसारथी ने सह शिक्षा पर बल देते हुए कहा कि समाज स्त्री और पुरुष दोनों से बना है। संस्कार सिर्फ लड़कियों के लिए ही नहीं, लड़कों के लिए भी जरूरी होते हैं।

सन् १९८४ के मार्च के 'वामा' में श्रीश ने अपने लेख 'महिला खिलाड़ियों को ग्रहण क्यों लगता है?' की पड़ताल कर इसका कारण सामाजिक स्थिति में खोजा, जिसमें लिंग आधारित प्रशिक्षण और अवसरों में भेदभाव ही इसका कारण है। वहीं सन् १९८५ के अप्रैल अंक की 'वामा' में सुधा दत्त का लेख शिखर चुंबी महिलाएँ तथा अशोक कुमार सूद का लेख 'भारत और यूबेरका', 'उन्हीं का कैंपस', 'खेलकूद एक अर्द्धसत्य' तथा 'भारतीय महिला हॉकी, कितने कदम आगे' आदि खेलों में महिलाओं की स्थिति का वर्णन किया है। प्रयाग शुक्ल 'वामा' में अपने लेख में 'स्त्री-पुरुष :

जरूरी हैं एक संवाद' में लिखते हैं कि स्त्री को एकदम देवी बना देना या उसे बराबरी का दरजा न देना, दोनों एक जैसी चीजें हैं। दोनों स्थितियों में संवाद की पहल पुरुष को नहीं करनी है, देवी तो देवी ही है, वह सबकुछ समझ जाएगी। दूसरी ओर जो हमसे निचली सीढ़ी पर है, उससे संवाद भला हो ही कैसे सकता है?

रविवार—सन् १९८० के १४ सितंबर के रविवार अंक में अनिल शुक्ल का लेख 'वृंदावन में नरक भोगती बंगाली विधवाएँ' भारतीय समाज में विधवा होने की विडंबना को प्रस्तुत करता है—

'जिस वर्ष अंतरराष्ट्रीय महिला वर्ष की डुगडुगी बजी थी, उसी वर्ष ३०० से अधिक विधवा बाइयों की मृत्यु हुई थी। इनके मौत के कारण समान थे—भूख और गंभीर रोग। लेकिन इस बात की खबर नहीं की गई, न सरकारी स्तर पर और न गैर-सरकारी स्तर पर। लेखक के अनुसार, वृंदावन के भजनाश्रम में ये महिलाएँ भजन करके अपनी जीविका चलाती हैं, साथ ही इनसे जबरन वेश्यावृत्ति भी कराई जाती है। यह चर्चा भी खूब चटखारे लेकर की जाती है कि भजनाश्रम में मरजी के मुताबिक लड़की बेहद सस्ते दामों में मिल जाएगी।

'रविवार' १ सितंबर, १९८५ अंक के 'मुलाकात' स्तंभ में वीरेंद्र सक्सेना द्वारा प्रमुख समाजशास्त्री डॉ. प्रमिला कपूर से लिया गया साक्षात्कार प्रकाशित किया गया था, जिसमें सुश्री कपूर 'महिला वर्ष' की उपलब्धि की चर्चा करते हुए कहती हैं कि भले ही स्त्रियों की सामाजिक स्थिति में बदलाव न आया हो, लेकिन समाज में इस स्थिति के प्रति एक जागरूकता तो आई ही है।

'रविवार' सन् १९८३, १७ अप्रैल के अंक में प्रमुख स्त्रीवादी पत्रकार मणिमाला का लेख 'खरीदा हुआ जीवनसाथी अब हमको स्वीकार नहीं' इस लेख के अनुसार—'पूरी कानूनी व्यवस्था पुरुष मानसिकता से प्रभावित होती है। उन कानूनों का इस्तेमाल पुरुषों के हित में होता है, जो महिला के हित को ध्यान में रखकर बानाए जाते हैं।'

'रविवार' सन् १९८५ के २४ नवंबर के 'सहेली' स्तंभ में अलका सक्सेना का लेख 'संशोधित दहेज कानून में भी छेद है' प्रकाशित किया गया। इस लेख में लेखिका कानून के दोमुँहे चरित्र को उजागर करते हुए कहती है कि इस संशोधित कानून में चरखे काते सूत जितनी भी मजबूती नहीं है। कोई नौसिखिया वकील भी बता सकता है कि इसे कैसे तोड़ा जा सकता है।

'रविवार' सन् १९८५ के ३० जून के अंक में अलका सक्सेना ने 'सहेली' स्तंभ के अंतर्गत 'धर्म के सहारे महिलाओं का शोषण क्यों' लिखा। शाहबानो मामले पर सर्वोच्च न्यायालय के फैसले को लेकर अलका लिखती हैं कि सभी जागरूक महिलाओं ने इसका स्वागत किया है।

'मानुषी' पत्रिका की संपादक मधु किश्वर अलका सक्सेना के प्रश्न के उत्तर में कहती हैं—"चोरी और बलात्कार के लिए इसलाम में सबसे संगीन दंड है, पर तब पुरुष मुसलिम पर्सनल लॉ की दुहाई नहीं देता है। धर्म का उपयोग दरअसल पुरुष ने हमेशा औरतों के शोषण के लिए किया है।"

इसी स्तंभ के अंतर्गत अगले अंक में अलका सक्सेना का लेख 'बवाल बन गया है मुसलिम व्यक्तिगत कानून' शाहबानो फैसले और देश के बदले माहौल को रेखांकित करता है। वे तलाकशुदा बीवी से पुरुष के पुनः शादी करने के नियम की चर्चा करते हुए बताती हैं कि अपने ही पति से पुनः विवाह करने के लिए पत्नी को दूसरे पुरुष से शादी करनी होगी, शादी का मतलब यहाँ शारीरिक संबंध से है, न कि धार्मिक विधि-विधान से। इस कानून की चर्चा करते हुए अलका कहती हैं कि इसलाम की यह सजा मरद के लिए है या औरत के लिए, यह बात समझ से बाहर है। शौहर को अगर एक मानसिक यातना से गुजरना होगा, वहीं बीवी को शारीरिक मानसिक-यातना की एक पूरी प्रक्रिया से गुजरना पड़ता है और उसके बाद भी अनिश्चय का दौर बना रहता है। उसे कितने तलाकों और कितनी इद्दतों से गुजरना होगा। सबसे बड़ी बात यह है कि इस फैसले पर खुद उसका अख्तियार नहीं है।

'रविवार' ३० मार्च, १९८० के अंक में बलात्कार संबंधी कानून को लेकर एक लेख में सौमित्र बनर्जी का प्रकाशित हुआ। उसमें लेखक 'कानूनी स्थिति क्या है?' के अंतर्गत दंड संहिता १८६० की धारा ३७५ का उल्लेख करते हुए कहते हैं कि इसमें इतने छिद्र हैं, जिनका लाभ बलात्कारी को ही मिलेगा।

'रविवार' सन् १९८५ के १४ अप्रैल के अंक में प्रकाशित विशेष आलेख 'देह व्यापार—सामाजिक ढाँचे से जनमा नासूर' में लेखक डॉ. एस.पी. पुनालेकर का भी यही मत है कि यह कानून वेश्या के खिलाफ तो है, लेकिन उन लोगों के खिलाफ कोई कानून नहीं, जिनके दम पर वेश्यावृत्ति चलती है।

'रविवार' सन् १९८२ के पाँच दिसंबर के अंक में 'उत्तर प्रदेश' परिशिष्ट प्रकाशित किया गया था, जिसमें 'महिलाओं के लिए' नामक लेख में वंदना लिखती हैं—आज यहाँ महिलाएँ घर की चाहरदीवारी का पर्याय नहीं हैं। आर्थिक विषमता ने उन्हें आँगन की कैद से मुक्ति दिलाई है।

'रविवार' सन् १९८५ के ६ अक्तूबर के अंक में 'सहेली' स्तंभ में अलका सक्सेना का लेख 'पब्लिक स्कूलों में शोषण बदस्तूर जारी है', इस आर्थिक शोषण का कारण है कि शिक्षिकाएँ अपने अधिकारों की समझ नहीं रखती हैं, साथ ही लड़कियाँ व महिलाओं की आय को घरों में पूरक आय माना जाता है। इसके लिए थोड़े में ही संतोष करने को स्वाभावगत विशेषता और शिक्षा कार्य को लड़कियों के लिए एकमात्र सुरक्षित

नौकरी समझने की हमारी मनोवृत्ति जिम्मेदार है।

रविवार के 'सहेली' स्तंभ में भी अलका सक्सेना ने रात की पाली में काम करनेवाली महिलाओं के बारे में 'रात में काम करनेवाली महिलाओं को सुरक्षा चाहिए।' लेख में बताया गया कि १९७० में 'दिल्ली नाइट ड्यूटी वुमेन ऑर्गेनाइजेशन' बनी, किंतु सरकार ने इसे मान्यता नहीं दी। सन् १९८३ में पुनः 'दिल्ली रात्रि पाली महिला संगठन' स्थापित किया है, जिसकी मान्यता के लिए निरंतर संघर्ष जारी है।[१]

रविवार के 'सहेली' स्तंभ में अलका सक्सेना का लेख 'लड़कियों की शिक्षा! दिल्ली अभी दूर है' में वे बताती हैं कि आजादी के ३८ वर्ष बाद भी देश में ७० प्रतिशत लड़कियों को शिक्षा से दूर तक वास्ता नहीं है। लेखिका बताती हैं कि विश्व बैंक की एक रिपोर्ट के अनुसार सन् २००० तक दुनिया के कुल निरक्षर लोगों में ५४ प्रतिशत भारत के हिस्से में होगा, जिसका तीन-चौथाई हिस्सा महिलाएँ होंगी। भारतीय शिक्षा व्यवस्था लड़कियों की साक्षरता को लेकर पूरी तरह विफल रही है।

रविवार के 'सहेली' स्तंभ में प्रकाशित रजनी बख्शी का लेख 'राजनैतिक दलों में भी महिलाएँ' उपेक्षित हैं। भारतीय राजनीति में महिलाओं की भूमिका विडंबनापूर्ण है। क्यों? महिलाओं की यहाँ बराबरी की भागीदारी नहीं है। पहली लोकसभा में महिलाओं की भागीदारी का प्रतिशत ४.४ प्रतिशत था, जो आठवीं तक मात्र ८.८ प्रतिशत तक ही पहुँच पा कहती हैं कि आजादी के बाद महिलाओं को राजनीति में भाग लेने के लिए प्रोत्साहन नहीं मिला, क्योंकि पुरुषों का इस विषय में अभी तक दृष्टिकोण नहीं बदला है। वहीं एक पार्टी कार्यकर्ता बताती है कि लोकसभा और विधान सभा में मात्र दस प्रतिशत टिकट ही महिलाओं को दिए जाते हैं और वे भी उन महिलाओं को, जो किसी बड़े नेता की संबंधी या मित्र हों।[२] लोकसभा सदस्य प्रमिला दंडवते कहती हैं कि आजादी के बाद महिलाओं को राजनीति में भाग लेने के लिए प्रोत्साहन नहीं मिला, क्योंकि पुरुषों का इस विषय में अभी तक दृष्टिकोण नहीं बदला है।

दिनमान—अंतरराष्ट्रीय महिला दशक में कुछ पत्रिकाओं व पत्रकारों ने लगातार विचारोत्तेजक लेख लिखकर समाज को झिंझोड़ने का काम किया। उनमें 'दिनमान' की शुक्ला रुद्र प्रमुख थीं। जिन्होंने अपने संपादक सुरेंद्र प्रताप सिंह की इस सोच को साकार करने में पूरा सहयोग दिया।

महिलाओं के बारे में लिखने के लिए अलग पत्रिका या अलग स्तंभों की आवश्यकता नहीं होती है। 'दिनमान' में 'गिल्ड ऑफ सर्विस' नाम की संस्था द्वारा आयोजित एक गोष्ठी

---

१. 'रविवार' २९, दिसंबर, १९८५ तथा ४ जनवरी, १९८६ के अंक में

२. 'रविवार' १५ सितंबर, १९८५

की रपट प्रस्तुत करते हुए शुक्ला रुद्र लिखती हैं कि सांसद सुशीला रोहतगी ने इस अवसर पर कहा कि महिलाएँ पुरुषों से संघर्ष चाहती हैं, न कि उन्हें अपने पीछे-पीछे चलाने को इच्छुक हैं। वे तो सिर्फ इनसानी हक चाहती हैं। मैक्सिको और नैरोबी सम्मेलनों से लौटी पत्रकार रामी छाबड़ा ने कहा कि इस दशक के दौरान दुनिया स्त्रियों की खास समस्याओं के बारे में सचेत हुई है। इस दौरान स्त्रियाँ संगठित हुई हैं, यह एक शुभ लक्षण है।

नैरोबी सम्मेलन से पूर्व 'दिनमान' में शुक्ला रुद्र का एक लेख 'दोयम दरजे की इन नागरिकों की बेहतरी में असली दिलचस्पी किसकी है।' प्रकाशित हुआ, जिसमें लेखिका का कहना था कि विकासशील ही नहीं प्रगतिशील देशों में भी स्त्री आज भी उसी चौराहे पर खड़ी है, जहाँ वह दस वर्ष पूर्व खड़ी थी। उनके अनुसार पचास से अधिक स्त्रियाँ इस दशक की कृपा से देश-विदेश घूम आईं। संवाददाता अश्विनी सरीन द्वारा कमला नाम की स्त्री की खरीद पर टिप्पणी करते हुए वे कहती हैं—'औरतों की बेबसी को भुनाकर पत्रकारों को रातोरात हीरो बनते हुए देखा गया।"[१]

'दिनमान' में ही शुक्ला रुद्र ने नैरोबी महिला सम्मेलन पर एक आवरण कथा प्रस्तुत की थी। इस सम्मेलन का विश्व का सबसे बड़ा सम्मेलन करार देते हुए वे कहती हैं—"इस सम्मेलन में बड़े पैमाने में स्त्रियों ने यही माना कि स्वतंत्र देश में रहने के बावजूद नारी परतंत्र है।" 'क्या पता जन्नत में भी मरदों का राज हो' शीर्षक से प्रकाशित लेख में वे यह भी बताती हैं कि स्त्रियों को पुरुषों के बराबर अधिकार दिए जाने की हकीकत अभी कोसों दूर है।

इसी संदर्भ में वे मिस्त्र की एक प्रतिभागी के कथन का उल्लेख करती हैं—"स्वर्ग में भी पुरुषों को हम से ज्यादा अधिकार होंगे और हमें वहाँ भी जाकर अपनी लड़ाई लड़नी पड़ेगी।" वे नैरोबी सम्मेलन के प्रति भारतीय प्रेस के बरताव पर टिप्पणी करती हुई कहती हैं—"भारतीय स्त्री की हताशा तो समझ में आती है, मगर भारतीय प्रेस की नैरोबी सम्मेलन के प्रति उपेक्षा और हीन भावना समझ से परे है।"

५ अगस्त, १९८३ के 'दिनमान' के अंक में शुक्ला रुद्र का लेख 'अब दहेज के बावजूद लड़की असुरक्षित है।' सर्वोच्च न्यायालय की अधिवक्ता चंद्रमणि चोपड़ा के अनुसार १९६१ का दहेज निवारक कानून बेपेंदी का था, जिसे बेमन से बनाया गया था। इसी लेख में महिला संगठन 'कार्मिका' की अध्यक्षा सुभद्रा बुटालिया के विचार भी समाहित किए। वे दहेज निवारक संशोधित अधिनियम को एक राजनैतिक हथकंडा बताते हुए निराशा व्यक्त करती हैं। विधेयक के पूर्व संगठनों से लिये गए संशोधनों पर ध्यान न दिए जाने की मुखालफत करते हुए कहती हैं—"समझ में नहीं आता, संसद्

१. 'दिनमान' १२ मई, १९८५, पृ. २५, ३१-३३

सदस्यों ने इस पर आपत्ति क्यों नहीं उठाई? २३ अप्रैल, सन् १९८५ के दिन सर्वोच्च न्यायालय ने शाहबानो केस में एक ऐतिहासिक फैसला सुनाया। 'दिनमान' ने 'जलते प्रश्न' स्तंभ में आयोजित एक प्रेस कॉन्फ्रेंस की लंबी रपट प्रकाशित की। 'दिनमान' ने छह महीने बाद शाहबानो मामले से संबंधित एक अन्य लेख 'शरीयत और शाहबानो—क्या इसलाम हिंदुस्तान में सचमुच खतरे में है?' फिर छापा। इसी सिलसिले में जवाहर लाल कौर का आरिफ मोहम्मद खाँ से साक्षात्कार 'का कहत रहे आरिफ भइया' और रामसेवक श्रीवास्तव की विशेष रपट 'शाहबानो और शरीयत' धारा १२५ और धर्म की राजनीति मुख्य रहे।[१]

'दिनमान' के ११ दिसंबर, १९८३ के अंक में प्रकाशित आवरण कथा 'बलात्कार-कानून, औरतों की आबरू बचाने की नई पहल' में रामसेवक श्रीवास्तव मथुरा और माया त्यागी की घटनाओं को समाज को झकझोरनेवाली बताते हुए कहते हैं कि देश के हर हिस्से से बलात्कार की घटनाएँ घटती रही हैं और मुकदमे खारिज होते रहे हैं। यह भी कि ज्यादातर मामलों में अपराधी छूट जाते हैं। संशोधित कानून में भी वे और अधिक संशोधन और लचीलेपन का सुझाव देते हैं।

इसी प्रकार 'देवदासी प्रथा मुक्ति की कोशिश' नामक लेख भी दिनमान में प्रकाशित किया गया था। जिसमें जानकारी दी गई थी कि इस सामाजिक कलंक को मिटाने के प्रयास लगभग सत्तर वर्षों से कानून बनाकर होते रहे हैं। कई कानून भी बने, परंतु यह कलंक ज्यों का त्यों है।[२]

२३ सितंबर, १९८४ के 'दिनमान' के 'नारी जगत्' स्तंभ में प्रकाशित मृणाल पांडे का लेख 'उत्पादकों की उत्पादक स्त्री और उसकी मुरझाती खेती' में देश में कामकाजी स्त्रियों की वस्तुस्थिति से अवगत कराते हुए वे बताती हैं कि अधिकतर स्त्रियाँ खेती के धंधों में लगी हैं। लेखिका के अनुसार, प्राप्त आँकड़े भ्रामक हैं, क्योंकि संख्या भूमिहीन मजदूरिनों की बढ़ी है, जबकि जमीन पर स्वामित्व रखनेवाली स्त्रियों की तादाद घटी है। शहरों में भी अधिकतर काम करनेवाली स्त्रियाँ अनियोजित क्षेत्र में हैं। जहाँ उनके हकों और कानूनी संरक्षण का सवाल ही नहीं है। उच्च पदस्थ स्त्रियों की संख्या अभी भी बहुत कम है।

'दिनमान' के सन् १९७९ के ३ जून के अंक में प्रकाशित एक लेख में 'औरतें काम चाहती हैं' से बेरोजगारी पर प्रकाशित एक पुस्तक की चर्चा की गई है। इस पुस्तक में महिलाओं की बेरोजगारी से संबद्ध कई भ्रमों को दूर किया गया है। इस पुस्तक ने

---

१. दिनमान २५ जून १९८३
२. सरिता अप्रैल, १९८३

औरतों की बेरोजगारी के बारे में जो बेहूदेपन की हद तक चालाक और अश्लीलता की हद तक पुरुष प्रधान भ्रामक प्रचार सरकारी माध्यमों और आजकल की लोकप्रिय पत्रिकाओं द्वारा होता रहता है, उसका भी पर्दाफाश किया है।

'दिनमान' के ही एक अन्य अंक में प्रकाशित शुक्ला रुद्र का लेख 'कामकाजी महिलाओं के होस्टल' में असुरक्षित होस्टलों की चर्चा है। 'दिनमान' ५ मई, १९८५ के अंक में अंतरराष्ट्रीय महिला दशक के अवसर पर विशेष रूप से प्रकाशित शुक्ला रुद्र का लेख 'दोयम दरजे की इन नागरिकों की बेहतरी में असली दिलचस्पी किसकी है?' के अनुसार विद्यालय जानेवाली दस लड़कियों में से केवल एक ही आठवीं जमात की देहरी लाँघ सकती है और तीन प्रतिशत लड़कियाँ विद्यालय की पढ़ाई पूरी कर पाती हैं।

सच्चाई यह है कि अभी तक तो ७५ प्रतिशत भारतीय महिलाओं के लिए काला अक्षर भैंस बराबर होता है।

सरिता—'सरिता' में प्रकाशित अपने लेख 'अंतरराष्ट्रीय महिला वर्ष और भारतीय नारी' में लेखक ओमप्रकाश का कहना था कि 'अंतरराष्ट्रीय महिला वर्ष' सिमोन द बुवा जैसे विमेनलिव की प्रणेताओं के हो-हल्ले की बदौलत ही ईजाद हुआ और यह हो-हल्ला विकासशील देशों के संदर्भ में सार्थक नहीं है।

'सरिता' के सन् १९७५ के फरवरी (प्रथम) अंक में देवेंद्र प्रताप लाहोटी का व्यंग्य 'अंतरराष्ट्रीय महिला वर्ष' के लिए दुर्गति के लिए काफी था। हमें क्या बना दिया का 'ब्लर्ब' में लेखक के विचार—अंतरराष्ट्रीय वर्ष क्या शुरू हुआ कि श्रीमतीजी का पारा ही सातवें आसमान पर चढ़ गया। उसके बाद खुद देख लीजिए मुझ पर क्या-क्या गुजरी? 'सरिता' जैसी पारिवारिक और स्त्रियों की प्रिय पत्रिका में छपे ऐसे लेखों के कारण ही समाज में महिला के विषम वास्तविक स्थिति के मुद्दों को पीछे ढकेल दिया जाता है।

'सरिता' के सन् १९८५ के अप्रैल (प्रथम) अंक में प्रकाशित शफीक अहमद का लेख 'शहनाज शेख की मुसलिम कानून से लड़ाई' पढ़ी-लिखी, निडर मुसलिम महिला शहनाज शेख के मुकदमे पर आधारित था, जिसमें शहनाज शेख द्वारा अपने पति के मौखिक तलाक के विरुद्ध सर्वोच्च न्यायालय में मुसलिम शरीयत कानून में संशोधन के लिए याचिका दायर करने के कदम को 'अन्याय के विरुद्ध जोरदार आवाज' बताया गया था। इसके साथ शहनाज शेख का साक्षात्कार भी प्रकाशित किया गया। इसी पत्रिका के अक्तूबर अंक में अब्दुल मजीद का लेख 'मुसलिम स्त्रियों की त्रासदी' में भी मुसलिम व्यक्तिगत कानून में संशोधन को आवश्यक बताया गया था। सरिता के ही सन् १९८० के अक्तूबर अंक में विवेक सक्सेना का लेख 'प्रस्तावित बलात्कार कानून' भी इसी संदर्भ में खुली अदालतों में कार्यवाही के पक्ष में लिखा गया लेख है, जिसमें खुली अदालतों

में कार्यवाही से अपराधी के मनोबल गिरने की बात उठाई गई थी। श्री निवास गुप्त का लेख 'रेप' भी बताता है कि सरकारी कर्मचारियों को बलात्कार का दोषी पाने पर कड़ी सजा के प्रावधान के दुरुपयोग किए जाने की शंका को निर्मूल करते हुए लेखक लिखता है कि कोई भी भारतीय नारी इस तरह का झूठा आरोप लगाने के पहले कई बार सोचेगी।

'सरिता' को कामकाजी महिला के प्रति सकारात्मक रुख अपनाते हुए एक अच्छा लेख छापा 'कहीं आप कामकाजी पत्नी के लिए तनाव तो पैदा नहीं कर रहे हैं?' इस लेख में कामकाजी स्त्रियों के पतियों का घरेलू कामकाज में हाथ बँटाने की बात कही गई थी।

सरिता में ही कामकाजी स्त्रियों पर व्यंग्य करता मोहनदास का लेख 'शादी के बाद महिलाओं का नौकरी करना कितना उचित, कितना अनुचित?' में लेखक ने महिलाओं को सलाह देते हुए कहा कि शादी के बाद उनका काम घर-गृहस्थी, चौका-चूल्हा और बच्चों की परवरिश करना है। यदि आर्थिक सहायता चाहिए तो घर में ही काम-धंधा करना चाहिए, जैसे स्वेटर बुनने की मशीने लगाना, पार्लर खोलना या पाकशाला खोलना।

इन्ही विचारों को सहमति प्रदान करता भीमसेन का लेख 'अफवाहों के घेरे में कामकाजी महिलाएँ' शीर्षक से इस लेख में यह सिद्ध करने का प्रयास किया गया था कि हर कामकाजी महिला अफवाहों से घिरी हुई है, इसीलिए लेखक ने युवतियों को अपने व्यवहार में सतर्कता बरतते हुए अफवाहों से बचने के तरीके सुझाए हैं।

सन् १९७८ के फरवरी माह प्रथम अंक में मंगला रामचंद्रन का लेख 'समानता का एक ब्लर्ब' हैं लिखा है कि पुरुषों से बराबरी की दौड़ ने औरतों को कहाँ लाकर पटक दिया है?

'सरिता' में प्रकाशित शांति शुक्ला का लेख 'नौकरी-पेशा महिलाएँ बनाम सुखी दांपत्य जीवन' के अनुसार, नौकरी-पेशा महिलाएँ अपने दांपत्य जीवन के प्रति नीरस हो जाती हैं और स्त्रियों की अधिकांश कमाई स्वयं उस पर खर्च हो जाती है। (सरिता, फरवरी द्वितीय १९८१)

सन् १९७५ जनवरी माह की 'सरिता' में सुभद्रा का लेख 'नौकरी! बाबा न करो' महिलाओं को हिदायत देता है कि नौकरी करने से उनपर दोहरा बोझ आ पड़ता है। छुट्टी के दिन सारे काम निपटाने पड़ते हैं। पति के साथ घूमने का समय भी नहीं मिलता है, अत: नौकरी न करो।

सन् १९८२ मार्च द्वितीय की 'सरिता' में एक लेख 'लड़कियों की शिक्षा किस काम आ रही है?' में कहा गया था कि माँ-बाप, अभिभावक सभी इन दिनों लड़कियों को सफल पत्नी नहीं, डिग्रीधारी बनाने पर तुले हुए हैं। ऐसे लेख ही हैं, जो महिलाओं की प्रगति को एक कदम आगे तथा दो कदम पीछे करते हैं।

सन् १९८० सितंबर प्रथम अंक में नरिंदर आहलूवालिया के लेख 'नवयुवतियों के लिए घर का काम सीखना अनिवार्य' में इस बात पर जोर दिया गया था कि हर लड़की को शिक्षित होना चाहिए। वहीं एक अन्य अंक में कृष्णा गर्ग का लेख 'क्या करूँ इन डिग्रियों का?' तो घरेलू कामकाज युवतियों के लिए अनिवार्य बताने से भी आगे निकलकर बताता है कि लड़कियों की जब तक शादी नहीं होती, तब तक समय का कुछ उपयोग हो सके, इसलिए लेखिका का कहना है कि इन्हें शिक्षा दी ही नहीं जानी चाहिए। साक्षरता के लिहाज से इन्हें माध्यमिक तक ही पढ़ाया जाना काफी है।

'सरिता' के १९८५ के सितंबर माह के प्रथम अंक में प्रकाशित बाल विवाह पर रत्ना आचार्य का लेख 'कब खत्म होगी यह कुप्रथा?' भले ही दुधमुँहे वर-वधू को विवाह-बंधन में बाँधने का विरोध करता है, किंतु साथ में विभिन्न जातियों में फैली बाल-विवाह की कुप्रथा का रोचक वर्णन उनकी मानसिकता को परिलक्षित करता है और लेख के मूल विचार को बाधित कर देता है।

सन् १९८३ के फरवरी 'सरिता' के प्रथम अंक में प्रकाशित अंशु का लेख 'कन्या भ्रूण की हत्या आखिर बुराई क्या है' शीर्षक लेख में भ्रूण हत्या पर रोक का विरोध करते लिखा गया है, 'वुमेन लिबर्टी (महिला स्वातंत्र्य) की समर्थक महिला रक्षक जितना चाहे विरोध करें, परंतु कोई भुक्तभोगी नारी ही दूसरी या तीसरी पुत्री के जन्म की शारीरिक-मानसिक यंत्रणा समझ सकती है।

'सरिता' के सन् १९८५ के सितंबर माह के प्रथम अंक में बाल विवाह पर प्रकाशित रत्ना आचार्य का लेख 'कब खत्म होगी यह कुप्रथा' का आमुख यह प्रश्न तो उठाता है कि जिन्हें विवाह का अर्थ नहीं मालूम, ऐसे दुधमुँहे बच्चों को विवाह के कठोर बंधन में जकड़ देना क्या मानवीयता के प्रति अपराध नहीं है?

'सरिता' के सन् १९७८ के अगस्त के प्रथम अंक में राजकिशोर का लेख 'मनु का स्त्री विद्वेष' शीर्षक लेख में लेखक कहता है कि 'मनुस्मृति' में स्त्री विद्वेष एक विषाक्त धारा के रूप में व्यक्त हुआ है। विवाह और पाकशाला को ही मनु स्त्री के जीवन का चरम लक्ष्य बता गए हैं।

'सरिता' १९७५ के मई अंक अज्ञातशत्रु के लेख 'औरत' में लेखक बताता है कि औरत के बारे में जब भी विचार किया जाता है तो उसे व्यक्ति मानकर नहीं, संपूर्ण जाति मानकर निष्कर्ष निकाल लिये जाते हैं। स्त्री के बारे में हम भूल जाते हैं कि वह एक स्वतंत्र व्यक्तित्व भी है। पुरुष की भाँति उसकी रुचियाँ, शौक, स्वभाव व जीवन-दृष्टि भी अलग-अलग हो सकती है।

धर्मयुग—११ नवंबर, १९७९ में प्रकाशित सरोजपाल का लेख 'बलात्कार-दोषी कौन है?' में लेखिका बताती है कि महत्त्वपूर्ण रपट चिकित्सकों की होती है, किंतु

चिकित्सक अकसर विपरीत रपट देकर मामले को कमजोर कर देते हैं। महिला चिकित्सक भी अकसर गोलमोल रपट ही पेश करती हैं, क्योंकि वे अदालत में वकीलों की जिरहबाजी में किए गए उलटे-सीधे सवालों के उत्तर देने से कतराती हैं।

बलात्कार से संबंधित कानून में संशोधन पर २६ मई, १९८५ के अंक में निशीथ राय का लेख 'बलात्कार और पत्रकार' में लिखते हैं कि अब बलात्कार कानून संशोधित किया जाने वाला है और महिला के बयान पर बिना कुछ प्रश्न किए अभियुक्त को दंडित करने का प्रतिधान बनाया जा रहा है, लेकिन यदि सतर्कता नहीं बरती गई तो इसके दुरुपयोग से निर्दोष लोगों का अपमान करना भी आसान हो जाएगा, यानी कि लेखक की चिंता में बलात्कार से पीड़ित स्त्री को मिलनेवाले न्याय से ज्यादा अपराधियों और तथाकथित निर्दोषों की चिंता अधिक झलकती है।

९ नवंबर, १९८० के अंक के 'धर्मयुग' में छपे लेख 'नारी जज की कुरसी पर' बताता है कि आमतौर पर पुरुषों के कार्यक्षेत्र समझे जाने वाले क्षेत्रों में भी महिलाएँ सेंध लगा रही हैं। 'अपनी बपौती' माननेवाले पुरुषों में इससे बेचैनी हैं, लेकिन समय के साथ हालात बदल रहे हैं। १९८५ के फरवरी के 'धर्मयुग' में महिला खिलाड़ियों से लिंग के आधार पर किए जा रहे भेदभाव से संबंधित एक लेख 'महिला खिलाड़ियों के लिए सेक्स-परीक्षण अनिवार्य क्यों?' प्रकाशित किया गया।

स्त्री शिक्षा के प्रति विरोधात्मक विचारधारा भी काफी प्रबल रही है, जिसे धर्मयुग सरीखी पत्रिकाओं में भी अपनी पैठ बनाने का प्रयास किया। एक परिचर्चा 'रमणी भ्रमणी' के अनुसार, लोगों की यही राय है कि आज की शिक्षित पत्नी रमणी और भ्रमणी अधिक है गृहिणी कम। लोग चिंतित हैं कि यदि गृहिणी के रूप में शिक्षित पत्नी की उपयोगिता इसी प्रकार घटती रही तो परिवार रूपी संस्था का स्थायित्व खतरे में पड़ जाएगा, मानो परिवार का सारा दारोमदार पत्नी पर ही है, पुरुष की किसी भी प्रकार की अयोग्यता का परिवार पर प्रभाव नहीं पड़ता!

'धर्मयुग' में डॉ. क्षमा गोस्वामी के लेख 'राजलक्ष्मी बनाम गृहलक्ष्मी' राजनीति और घर-गृहस्थी के अंतर्गत राजनीति के क्षेत्र में सक्रिय महिलाओं से साक्षात्कार किया गया था। राजनीति में आनेवाली महिलाओं के कदम को भले ही साहसिक कदम बताया गया लेकिन परिचर्चा में राजनीतिज्ञ महिलाओं से केवल राजनीति और परिवार में संतुलन बैठाने वाले पक्ष पर ही जोर दिया गया था। तारकेश्वरी सिन्हा डॉ. नजमा हेपतुल्ला, अंबिका सोनी, विभा घोष गोस्वामी, प्रमिला दंडवते सरीखी वरिष्ठ राजनीतिज्ञों से उनके कार्यक्षेत्र के बारे में बात न कर उनसे यही जानने की कोशिश की गई कि कहीं राजनीति के कारण उनका परिवार उपेक्षित तो नहीं होता।

'धर्मयुग' में ही प्रकाशित एक अन्य लेख 'होना कुँआरी! रहना' दिल्ली के अंतर्गत

मृणाल पांडे अविवाहित महिलाओं के प्रति समाज में व्याप्त पूर्वग्रह युक्त दृष्टिकोण पर प्रकाश डालती हैं—कुंवारी महिला के वजूद को लेकर औसत हिंदुस्तानी दिमाग में अभी भी पर्याप्त घपला है (अपनी सारी पढ़ाई-लिखाई और कई जगह आर्थिक समृद्धता) के बावजूद हर कुँवारी महिला निर्मल वर्मा के प्रवासी भारतीय की तरह 'सबकी आँखों में संदिग्ध है, सबसे अधिक खुद अपनी।' एक अपूर्ण सामाजिक गलग्रह है, एक प्रच्छन्न खता है और आगे क्या-क्या?

निरंतर चलनेवाली ये अनेक शंकाएँ हर कुँवारी महिला के सामाजिक जीवन पर एक भारी नियामक तत्त्व का काम तो करती हैं, साथ ही एक गुप्त किस्म के सामाजिक दबाव को भी जन्म देती हैं, जिसकी अवहेलना करना किसी भी सजग और संवेदनशील महिला के लिए संभव नहीं है।

गृहशोभा—जून १९७८ के प्रथम अंक में प्रकाशित डॉ. मोती बाबू का लेख वधुओं को पीड़ित होने से बचाने के लिए कानून में सुधार के इस संशोधन की विस्तार से चर्चा की गई है। लेखक के अनुसार, अब तक इस विषय में कानून बेअसर रहा है, पर यदि संशोधन के बाद शुरू से ही सावधानी बरती गई तो कानून को प्रभावी बनाया जा सकता है।

'गृहशोभा' के प्रवेशांक में प्रकाशित संपादकीय में लिखा गया कि स्त्री शिक्षा के साथ-साथ स्त्रियों की मनोवैज्ञानिक समस्याएँ भी बढ़ने लगीं। संपादक का मानना है कि पच्चीस साल पहले महिलाएँ सुखी नहीं तो संतोषी अवश्य थीं। बच्चों की परवरिश, गृहस्थी का सुख, पति के प्रति पूर्ण निष्ठा ही स्त्री जीवन का लक्ष्य है। अगर महिला पत्रिका का संपादकीय इतना भ्रामक और प्रतिगामी है तो समाज का दृष्टिकोण बदलने का प्रयास आकाश से झरनेवाले आकाशवाणी और फूल ही कर सकते हैं। 'गृहशोभा' महिलाओं की पत्रिका होने के कारण महिलाओं के लिए विशेष सामग्री लेकर आती है। इसमें अकसर महिलाओं के स्वास्थ्य से संबंधित कई लेख भी रहता था, जैसे मासिक धर्म के कष्ट व निवारण, नारी बेचारी हिस्टीरिया से हारी, स्तन का कैंसर, प्लास्टिक सर्जरी : एक सौंदर्य आदि। भले ही लेखों का मूल स्वास्थ्य रहता हो, लेकिन उसका उद्देश्य सदा सौंदर्य ही रहता आया है। अधिकतर स्वास्थ्य लेख गर्भवती माताओं को लेकर ही लिखे जाते रहे हैं। वस्तुत: लेखक एवं संपादकीय स्वास्थ्य और सौंदर्य में भेद ही नहीं कर पाए हैं। उनकी रुचि तो वक्षस्थल, कमर, पीठ, हाथ-पैर, गरदन, बाँहों को कैसे आकर्षक बनाएँ, में ही दिखाई पड़ती है। नारीत्व के प्रतीक वक्षस्थल को सुडौल बनाए रखने के लिए विशेष जानकारी जैसे लेखों का उद्देश्य महिलाओं को सौंदय की पुतलियाँ बनाकर घरों में कैद करने के अलावा कुछ भी नहीं है।

तत्कालीन साहित्यिक पत्रिका 'नवनीत' ने भी 'अंतरराष्ट्रीय महिला दशक' के

अंतर्गत कुछ लेख इसी संदर्भ में प्रकाशित किए, जिनमें प्रसिद्ध नारीवादी जर्मेन ग्रियर का एक चर्चित लेख 'धिक्कार महिला वर्ष' भी है, जिसमें लेखिका ने संयुक्त राष्ट्र संघ की 'अंतरराष्ट्रीय महिला वर्ष' मानने की घोषणा को उनके 'असमंजस और दृष्टिहीनता' का एक उदाहरण बताते हुए लिखा है कि घोषणा करनेवाले संयुक्त राष्ट्र संघ के सचिवालय में ही महिलाओं की नौकरियों का प्रतिशत बहुत कम है, जो संघ की लिंग आधारित भेदभावपूर्ण दृष्टि का द्योतक है। उनका मानना है कि इस वर्ष की घोषणा केवल पश्चिमी देशों के दबाव में की गई है। इसलिए इस आयोजन को ढोंग बताते हुए वे कहती हैं कि इसका नतीजा सिर्फ इतना निकला कि मुट्ठी भर फैशनपरस्त और उच्चवर्गीय महिलाओं को शादियाँ, व्यवसाय जैसे विषयों पर गोष्ठियाँ आयोजित कर घंटों बहस करने का मौका मिल गया। पशुओं की तरह जुतनेवाली अफ्रीका और एशिया की अधिसंख्य महिलाओं के जीवनस्तर पर इसका कोई प्रभाव नहीं पड़नेवाला है। महिलाएँ तो बस महिला वर्ष की खुशी में दो क्षण काम रोककर, सिगरेट पीकर मरदों की बराबरी का संतोष भर कर सकती हैं। साथ ही वे बताती हैं कि संसार की कुल १३८ सरकारों में से केवल १६ सरकारों ने महिला वर्ष मनाने के लिए धन देने का वादा किया और उनमें से भी केवल १३ सरकारों ने ही भुगतान किया। उनके अनुसार कटु सत्य यह है कि दुनिया भर में महिलाओं के लिए होनेवाले आयोजनों के बावजूद स्त्रियों के साथ दुर्व्यवहार, हत्या, वेश्यावृत्ति और अन्य सभी प्रकार के जुल्म भी जारी रहेगे।

इन सब बातों से बेफ्रिक राष्ट्र संघ महिला समानता विकास और शांति पर घंटों बकबक करता रहेगा। सुश्री ग्रियर के अनुसार—''पागल बना देने वाली बात यह है कि महिलाएँ अपने को राष्ट्र संघ के इस प्रपंच से दूर भी नहीं रख सकती हैं। वैसा करने से महिलाओं के हित-लाभ के नाम पर उनके हितों का गला न घोंट दिया जाए।''

मानुषी—अंतरराष्ट्रीय महिला दशक के कुछ आशावान परिवर्तनों में एक था 'मानुषी' जैसी पत्रिका का आरंभ होना। मधु किश्वर की इस पत्रिका की नारीवादी सोच अपनी पूरी ताकत से महिलाओं से जुड़े विभिन्न संदर्भों को लगातार उजागर करती रही; वहीं अन्याय असमानता और अत्याचार के खिलाफ लगातार अपनी जंग जारी रखे रही। 'मानुषी' में प्रकाशित एक लेख 'एक कदम आगे, दो कदम पीछे' में बताया गया कि भारतीय महिलाओं के दरजे पर संबंधित-समिति १९७५ ने भी अपने प्रतिवेदन में यह कहा है कि 'हिंदू उत्तराधिकार अधिनियम' में जान-बूझकर बहुत सारे बचाव के रास्ते रखे गए थे, जिनके कारण कानून औरतों को उनके अधिकार दिलाने में विफल रहा।

रूथ वनिता का 'मानुषी' में प्रकाशित लेख दहेज संशोधित नियम की कमियों का जिक्र करता है। इस अधिनियम के अंतर्गत दी गई दहेज की संशोधित अधिनियम के अंतर्गत विवाह में दी गई वस्तुओं को ही दहेज माना जाएगा, जो कि भारतीय संदर्भों में

अपर्याप्त है; क्योंकि विवाह के दो-तीन वर्ष बाद की जानेवाली वर पक्ष की माँगें इसके अंतर्गत नहीं आती हैं। संशोधन में निर्देशित किया गया है कि उपहार प्रथात्मक होने चाहिए, इसमें बचाव के अनेक रास्ते हैं। इसके अंतर्गत व्यक्तिगत पक्षपात और अंतर्विरोधी निर्णयों के लिए मैदान सजा है, क्योंकि हर न्यायाधीश अपने व्यक्तिगत मानदंडों से प्रथा की व्याख्या करेगा।

'मानुषी' में बलात्कार संदर्भित एक विचारोत्तेजक लेख 'बलात्कार! हम ही शिकार, हम ही दोषी' में मथुरा केस की विस्तार से चर्चा करते हुए कानून के दोषों को उद्घाटित किया गया है। वास्तव में कानून का इस्तेमाल औरत को दबाए रखने के लिए होता है।

'मानुषी' ने सर्वोच्च न्यायालय के फैसले को लेकर लिखा है—'लगता है कि दलित औरतें असंख्य बार अपने घरों में अपने असहाय भाई, पिता व पति की आँखों के सामने उच्च वर्ग के जमींदारों और पुलिसवालों की निर्दयी भोग-वासना का शिकार बनी हैं। क्या हमें सुप्रीम कोर्ट को बेलंछी, पंतनगर, मराठवाड़ा की याद दिलानी होगी।'

रोजगार के क्षेत्र में महिलाओं की दुरवस्था की चर्चा भी 'मानुषी' का विषय बना, जब पत्रिका ने कलकत्ता के सूत उद्योग के बारे में लगातार छँटाई में लिखा—'जीवन के सभी पक्षों में और विशेषत: आर्थिक पक्ष में स्त्री-पक्षपात और अन्याय की मुख्य शिकार है।'

सन् १९८१ के 'मानुषी' के सातवें अंक के एक लेख 'हमारा शरीर हमारा अस्तित्व' में बताया गया है कि अपने स्वास्थ्य को कम महत्त्वपूर्ण समझना नारी का धर्म बताया जाता है। कई बार तो आकर्षक औरत के कृत्रिम ढाँचे में अपने को ढालने के लिए भी औरतें दुबली-पतली रहना पसंद करती हैं। औरतों के दिमाग में अपने शरीर के बारे में बचपन से ही 'अज्ञान भर दिया जाता है।' यहाँ तक कि माँ बनकर भी स्त्रियाँ अपनी बेटियों को भी वही निरुपाय, भय, अज्ञान, ग्लानि तथा शर्म का भाव सौंप देती हैं, जिसे सदियों से स्त्री के कंधे पर लादा जाता रहा है। लड़कियों के बड़े होने यानी ज्ञान व नियंत्रण पाने की गति को रोकने के लिए परिवार, शिक्षा प्रणाली और धर्म सब एकजुट रहते हैं। अपने शरीर के बारे में हमें एक बचपने अज्ञान में डुबोकर रखा जाता है। इसलिए शारीरिक गतिविधियों का अनुभव कई बार हमारे लिए एक भयंकर यातना बन जाता है। स्त्री होने के प्राकृतिक तथ्य (माहवारी) से यह सोचने पर मजबूर किया जाता है। इस शोषण व अन्याय को 'प्रकृति की देन' का नाम दिया जाता है।

'मानुषी' के अगले अंक के संपादकीय में 'अकाल-ईश्वर की देन' या मानव की विनाशलीला अंग्रेजी समाचार-पत्रों का हवाला देकर इस बात की पुष्टि करता है कि कुपोषण, भुखमरी और मौत की शिकार महिलाएँ अपेक्षाकृत अधिक होती हैं और उनकी जनसंख्या भी कम होती जा रही है।

'इस पुरुष प्रधान समाज की परंपराएँ औरतों को अपनी जान को कम मूल्यवान समझने और आत्म बलिदान को अच्छाई' का लक्षण समझने पर मजबूर करती हैं।

सन् १९८१ के आठवें अंक में 'मानुषी' में नारीवादी शोध कार्यों पर आधारित टोबे लेविन का लेख 'यौनांग विच्छेद मौन से ढ़का अत्याचार' की चर्चा की गई है, जिसे अफ्रीका में 'सुन्नत' कहते हैं। संपादकीय टिप्पणी इस विषय में है कि 'यह क्रिया हमें भयंकर प्रतीत होती है; है भी भयंकर, परंतु हम सब औरतों को अपनी यौनिकता के प्रति जिस अज्ञान में रखा गया है, वह भी कोई कम भयंकर नहीं है।'

लकड़ी के धुएँ का महिलाओं की सेहत पर पड़नेवाले दुष्प्रभाव को लेकर अनिल अग्रवाल का लेख 'घरेलू वायु प्रदूषण' को लेकर 'मानुषी' का अगला अंक आया। जिसमें लेखक बताता है कि दिल्ली के एक अस्पताल में दिल के रोगियों पर किए गए सर्वेक्षण के आधार पर लकड़ी के धुएँ के प्रभाव से महिलाओं में काफी छोटी उम्र से दिल पर प्रभाव पड़ने लगता है और उन्हें कोर थलमोनेल का प्रकोप हो जाता है।

सातवीं लोकसभा के चुनावों और राजनीति में महिलाओं की भूमिका पर 'मानुषी' में एक संपादकीय प्रकाशित हुआ, जिसका शीर्षक 'यह खामोश क्यों' में संपादकीय कहता है कि एक ओर आज सामाजिक, आर्थिक व राजनैतिक अधिकारों के संवैधानिक वायदे दिए जा रहे हैं तो दूसरी ओर संख्या वर्ग परिस्थिति तथा राजनैतिक बल की असमानता के मानदंडों से देखा जाए तो देश की महिलाएँ एक अल्पसंख्यक समुदाय का रूप ग्रहण कर रही हैं।

'सन् १९८४ के चुनाव में स्त्रियों की भागीदारी' शीर्षक लेख 'मानुषी' में प्रकाशित हुआ, जिसमें सामाजिक कार्यकत्री मधु किश्वर और रूथ वनिता ने लोकसभा में महिलाओं के आठ प्रतिशत प्रतिनिधित्व पर असंतोष व्यक्त करते हुए लिखा है कि संसद् की राजनीति करनेवाली महिलाएँ हो या ग्राम पंचायत की टिकट उन्हीं को मिलता है, जिनके परिवार के पुरुष राजनैतिक प्रभाव रखते हों। इनमें से अधिकांश को औरतों से जुड़े मुद्दों की बहुत कम जानकारी होती है। कुछ महिलाओं को 'राजनैतिक शो पीस' के रूप में इस्तेमाल करने के लिए भी टिकट दिए जाते हैं। सन् १९८४ 'मानुषी' के बाईसवें अंक में मणिमाला के लेख 'क्योंकि वे औरतें थीं' में बिहार में 'डायनों' की हत्या की घटनाओं पर अपने विचार व्यक्त करती हैं कि यह घटना केवल एकाध गाँव में नहीं घटती, बल्कि हिंदुस्तान के कई गाँवों में लगातार घटती रही हैं।

इस संदर्भ में एक बच्चे से बात कर लेखिका लिखती हैं—'बच्चा बताता है कि डायन औरतें होती हैं, डायनें मारती हैं और ओझा जिलाते हैं।'

'मतलब कि अनिष्ट के लिए औरतें जिम्मेदार हैं और अच्छाई के लिए आदमी।' उनका कहना है कि आमतौर पर समाज के सत्ता प्राप्त तबकों के प्रचलित अंधविश्वासों

व धार्मिक विश्वासों का फायदा मिलता है, जबकि कमजोर तबकों को इन विश्वासों का भार ढोना पड़ता है।

महिलाओं के आत्मनिर्भर होने तथा कॅरियर को लेकर पत्र-पत्रिकाओं में लगातार एक दूसरा स्वर मनुवादी विचारों को पोषण करता दिखाई पड़ता रहा है। पुरुषों के ऐसे विचारों को तो उनके दंभ के हनन और स्वार्थपूर्ति को दिया जाता है, लेकिन स्त्रियों के ऐसे विचारों को पारंपरिक रूढ़िवादिता की गुलाम या मानसिक दासता ही कहा जा सकता है। समय-समय पर पत्रिकाओं में ऐसे प्रतिरोधी विचाराधारा के लेखों को भी जगह मिलती रही है। 'सर्वोत्तम' सुखी गृहिणी में जोयस कीलोनी को अपने आर्थिक परतंत्रता से कोई शिकायत नहीं है; बल्कि उनका मानना है कि उनकी नानी-दादी ने आर्थिक परतंत्रता के बावजूद 'सुखी' जीवन बिताया। उन्हें खुशी है कि वे किसी रोजगार से संबद्ध नहीं हैं; क्योंकि तब वे शायद उन पखुंड़ियों से झरकर आती सूर्य किरणों को न देख पातीं! खेद है कि 'गृहिणी नाम की जाति' धीरे-धीरे समाप्त हो रही है।

इसी विचार को एरिका एबीला का लेख 'कामकाजी स्त्रियों की समस्या' उनके पति में नौकरी के कारण से स्त्रियों और पुरुषों के बीच आए 'तनाव' को दूर करने के 'सहज उपाय' बताते हुए वे लिखती हैं—'पुरुष महिलाओं में आई 'आत्मनिर्भरता' की लहर से परेशान हैं। मनोवैज्ञानिक राबर्ट ब्रेनन को उद्धृत किया गया कि पुरुष की आय और सामाजिक स्थिति ही उसे पुरुषत्व का प्रतीक बनाए है।' अंक में लेखिका स्त्रियों को सदभाव, स्वीकृति और वचनबद्धता से संबंध अंत तक बनाए रखने की हिदायत देती है।

पारिवारिक महिला पत्रिकाओं के अलावा आज समाचार-पत्रों ने भी 'अंतरराष्ट्रीय महिला दशक' में महिलाओं से जुड़े मुद्दों को लगातार उठाए रखकर उनकी ज्वलंतता को बनाए रखा और इसमें उनकी उपलब्धियाँ भी पत्रिकाओं से इस मायने में यूँ अधिक रही हैं। समाचार-पत्रों की पाठक संख्या हमेशा पत्रिकाओं के मुकाबले अधिक रहती है। समाचार-पत्रों की पहुँच पुरुष वर्ग में स्त्रियों के बजाय कहीं अधिक होती है।

आज—इसी संदर्भ में हिंदी के प्रतिष्ठित समाचार-पत्र ने भी अपनी भूमिका बराबर निभाई है। जनवरी १९७७ को 'अंतरराष्ट्रीय महिला परिषद्' के क्षेत्रीय सम्मेलन की रपट में मात्र समाचार में ही तत्कालीन प्रधानमंत्री श्रीमती गांधी के उस भाषण का संपूर्ण पाठ प्रकाशित किया गया था, जो उन्होंने नई दिल्ली में दिया था—

'अभी तक हमने देखा कि कानून हो या और कोई चीज हो, वे पुरुषों की जरूरतों को ध्यान में रखकर ही बनाए जाते हैं।'

'आज' समाचार-पत्र में १९ फरवरी, १९७६ के अंक में 'सामाजिक क्रांति और महिलाएँ' में इसी बात पर चिंता प्रकट की गई है कि 'आर्थिक तथा सामाजिक स्वतंत्रता में स्त्री परिवार के प्रति अपनी महत्त्वपूर्ण भूमिका की कहीं उपेक्षा न करे।'[११]

'आज' १ अक्तूबर, १९७८ के अंक में प्रकाशित योगेशचंद्र शर्मा का लेख 'नारी जागरण में महात्मा गांधी का योगदान' महिला शिक्षा के संदर्भ में गांधीजी के विचारों को प्रतिष्ठित करता है कि शिक्षित होकर महिलाएँ अपनी स्थिति की हीनता का अंदाजा कर सकती हैं और तभी उसे सुधारने के लिए प्रयत्न भी कर सकती हैं। यह भी एक लड़की को शिक्षा देने का तात्पर्य एक संपूर्ण परिवार को शिक्षित करना है।

'आज' के १९ जून, १९८२ के अंक में मधुमिता मजमूदार का लेख 'स्त्रियाँ-परिवर्तन के लिए प्रयत्नशील', 'अंतरराष्ट्रीय महिला वर्ष' और फिर 'महिला दशक' और कोपनहेगेन में आयोजित सम्मेलनों के संदर्भ में चर्चा करती हुई कहती हैं—इस सम्मेलन में नीति। निर्माताओं ने बहुत शिद्दत से महसूस किया कि स्त्रियों की उत्पादक और प्रजनक दोनों भूमिकाएँ महत्त्वपूर्ण हैं। एक प्रमुख विकासशील देश होने के नाते औरत के इस पहलू को नजरअंदाज नहीं कर सकता। अब तक विकासात्मक प्रयासों में कमोबेश स्त्रियों की अवहेलना की गई है।'

१५ अक्तूबर, १९८० के 'आज' के अंक में प्रकाशित एक रपट 'भारत का सबसे पिछड़ा वर्ग स्त्रियाँ' बताती है कि समाज के निम्न वर्ग की कामकाजी महिलाएँ पोषणाहार के अभाव से त्रस्त रहती हैं और अकसर रक्तक्षीणता का शिकार होती हैं; उनमें गर्भवती और स्तनपान करानेवाली महिलाओं की स्थिति और भी असुरक्षित होती है। ६ जनवरी, १९७८ के 'आज' के अंक में प्रकाशित संपादकीय 'स्त्री के अधिकार का प्रश्न' में संपादक अमेरिका, इंग्लैंड के शीर्ष स्थानों पर स्त्रियों के न होने के लिए वहाँ के रूढ़िवादी मूल्यों को जिम्मेदार ठहराते हैं, लेकिन दूसरी ही पंक्ति में उसकी चिंता भारत के टूटते परिवारों से है। वे लिखते हैं—'भारत में स्त्री-पुरुष के कर्तव्य बाँट दिए गए हैं। गृहिणी परिवार का पालन-पोषण करती है, ऐसे में अधिकारी अनधिकारी का सवाल ही नहीं उठता है।'

स्वतंत्र भारत—शुक्रवार १२ मई, १९५० के अंक के मुखपृष्ठ वाशिंगटन हवाई अड्डे पर पाकिस्तानी प्रधानमंत्री के स्वागत के समय लिया गया चित्र है, जिसमें बेगम लियाकत अली श्रीमती ट्रूमैन तथा अमेरिका स्थित पाकिस्तानी राजदूत की बेगम इस्फ़हानी खड़ी हुई हैं। ८ जून, १९५० के अंक में बँटवारे के समय अपहृत महिलाओं की वापसी को लेकर समाचार प्रकाशित हैं। समाचार का शीर्षक 'अपहृत महिलाओं की वापसी के लिए जोरदार आंदोलन की आवश्यकता', दोनों देशों के प्रतिनिधियों का संयुक्त बोर्ड बने, 'लाहौर में भारतीय प्रतिनिधि भीमसेन सच्चर का सुझाव' शीर्षक से दो कॉलम की

---

१. अंतरराष्ट्रीय महिला दशक और हिंदी पत्रकारिता, मीराकांत के लेख 'अंतरराष्ट्रीय महिला दशक के परिप्रेक्ष्य में हिंदी पत्रकारिता नारी मुक्ति आंदोलन', पृ. २९६ से ३९४

बड़ी खबर प्रकाशित है। १३ जुलाई, १९८५ के अंक में घरेलू हिंसा का पहला समाचार देखने को मिलता है। बाँदा डेटलाइन से 'मामूली सी बात पर इतना मारा कि वह मर गई।' शीर्षक समाचार में बताया गया था कि बेबी नामक महिला प्रेम विवाह कर ससुराल में रह रही थी, जिसे उसके पति, सास, ससुर, देवर सबने पीट-पीटकर मार डाला। नवें पन्ने पर ये समाचार दो कॉलम का बॉटम समाचार था। इसी समाचार के साथ बाँदा डेटलाइन से दूसरा समाचार 'स्वास्थ्य सेविका के साथ कुकृत्य' शीर्षक समाचार के अंतर्गत बताया गया था कि मुख्य चिकित्सा अधिकारी के कार्यालय के लिपिक और ड्राइवर ने शराब में अफीम मिलाकर स्वास्थ्य सेविका को जबरन पिलाया, फिर उससे दुराचार करके मारने की कोशिश की। ३१ अगस्त, १९८५ के मुखपृष्ठ पर कार्यालय संवाददाता के हवाले से समाचार—'सवा लाख महिलाओं को रोजगार चाहिए' शीर्षक दो कॉलम का बड़ा समाचार प्रकाशित है। इसी दिन पृष्ठ तीन पर 'खेत में युवती का अर्धनग्न शव मिला, हत्या का संदेह' शीर्षक समाचार प्रकाशित है। सन १९८५ के ३ सितंबर के अंक के पृष्ठ चार पर आपके विचार में पाठकों की राय के स्तंभ में सुल्तानपुर के जमाल अख्तर के विचार लड़कियों को शिक्षा दें।' इसी साल के ६ सितंबर के पृष्ठ १० पर 'महिला परिशिष्ट' में ५ महिलाओं से जुड़े आलेख प्रश्न महिलाओं पर बढ़ते अत्याचार, श्रीमती पुष्पा पांडेय का 'पत्रकारिता में महिलाओं का योगदान' में महिलाओं को पत्रकारिता क्षेत्र में जाने की सलाह दी गई थी। धर्मवीर जयनर का लेख 'काश यह सब रुक सकता' शीर्षक के लेख में उन्होंने दहेज उत्पीड़न के संदर्भ में 'भारतीय महिला कल्याण समिति' की अध्यक्षा सत्या चौधरी से बातचीत की है। सबसे महत्त्वपूर्ण आलेख 'महिलाओं के रोजगार छीन रहा है पुरुष वर्ग' 'वर्ल्ड फीचर्स' समाचार से प्राप्त लेख में बताया गया था कि विश्व की संपूर्ण श्रमिक शक्ति का अष्टमांश महिलाओं का योगदान है। विश्व महिला प्रतिवेदन के हवाले से बताया गया है कि पुरुष उन क्षेत्रों में भी अधिकार करता जा रहा है, जो अभी तक केवल महिलाओं के लिए सुरक्षित थे। इसी वर्ष १५ सितंबर के 'रविवारीय परिशिष्ट' में महिला जगत् में गायत्री तिवारी का आलेख 'चुड़ैल प्याजा और गेरू की थापें', उषा सक्सेना की कहानी 'एक और अग्निपरीक्षा', चरित्र निर्माता पूर्णिमा रेविल, कुमुद सिंह का लेख 'क्या बच्चों के लिए ट्यूटर जरूरी है?' इंदु अग्रवाल का पति-पत्नी संबंध पर विचारोत्तेजक लेख 'पति-पत्नी अलगाव और न्याय' प्रकाशित हैं।

सन् १९७४ के २ अक्तूबर के पृष्ठ छह पर गौरा पंत शिवानी का साप्ताहिक स्तंभ 'वातायन' में तस्करी के मूल कारणों की चर्चा करते हुए वे लिखती हैं कि भारतीयों का विदेशी वस्तुओं के प्रति मिथ्यामोह स्वयं तस्करी को प्रश्रय देता है। इसी साल के १३ अक्तूबर के अंक के 'वातायन' स्तंभ में शिवानी प्रतिदिन होनेवाले बंद-धरने-प्रदर्शन के

कारण पर चर्चा करते हुए इन सबका कारण राजनीति की दुर्नीति को बताते हुए लिखती हैं कि एक वेश्या की भाँति राजनीति सत्य भी बोलती है, असत्य भी, परुष भी बोलती है मधुर भी, मारकाट करने पर भी क्षम्य है दयालुता भी है, नित्य व्यथा और नित्य प्ररुष धनोगमा भी है। प्राचीन काल की गणिकाओं की गरिमा को भी एक गौरवमयी परंपरा थी। उसी का अस्तित्व कभी-कभी उसके जीवन के कलुष को धो-पोंछ देता था। शनैः पर्वत लंघन की भाँति दुर्नीति के पूर्व भी शनैः लगाना होगा। 'स्वतंत्र भारत' उत्तर प्रदेश का वह समाचार-पत्र है, जिसने पत्रकारिता की दो पीढ़ियाँ भी गढ़ी हैं। लखनऊ से निकलनेवाले इस समाचार पत्र को हिंदी प्रदेश की पहली महिला पत्रकार पीढ़ी को संरक्षण देने का गौरव प्राप्त है। आजादी के समय साहित्यकार और पत्रकारों के बीच अलगाव करनेवाली रेखा नहीं हुआ करती थी, तभी से 'स्वतंत्र भारत' में महिला लेखकों को आश्रय देकर उनकी आवाज को सँजोया, वहीं महिला मुद्दों को भी लगातार उठाता रहा। यों तो सन् सैंतालीस, पंद्रह अगस्त को आरंभ हुए अखबार के प्रारंभ काल से ही महिला लेखिकाएँ इससे जुड़ी रहीं, लेकिन अस्सी के दशक में महिला पत्रकारों की एक पूरी पंक्ति ही खड़ी हो गई। यों तो स्व. डॉ. सुमित्रा कुमारी सिन्हा, डॉ. कंचनलता सब्बरवाल, उषा सक्सेना, शकुंतला वर्मा आदि अनेक नाम पत्र के साप्ताहिक परिशिष्टों में छपते रहे, लेकिन समाचार-पत्र कार्यालय में नौकरी करनेवाली महिला पत्रकारों में पहला नाम इंदु अग्रवाल का है। सबसे बड़ी ध्यान देने योग्य बात यह है कि उन्होंने परिवार, समाज और महिलाओं के मुद्दे के बजाय विज्ञान विषय पर लिखना आरंभ किया। रविवार ६ मई सन १९८४ का परिशिष्ट 'प्रलय की तैयारी' छपा तो २० मार्च, १९८८ के 'रविवारीय परिशिष्ट' में उनके द्वारा जोसेफ एलेन का अनुवादित लेख 'अंतरिक्ष उड़ान के अद्‌भुत अनुभव' इंदुराय नाम से छपा है।

२७ जुलाई, १९८६ के 'रविवारीय परिशिष्ट' में इंदु अग्रवाल आवरण लेख छपा, जिसका शीर्षक 'दिमाग के ताने-बाने की कलमें लगेगी' था। २३ अगस्त, १९८७ को परिशिष्ट में उनका एक अन्य लेख छपा 'अबोध शिशुओं में विलक्षण बोध'। 'स्वतंत्र भारत' के 'रविवारीय परिशिष्ट' में ९ जून, १९८५ के महिला जगत् में हरजीत कौर की कार्यशील महिलाओं से भेंटवार्त्ता प्रकाशित की गई। शीर्षक 'महिलाओं के लिए व्यवसाय चयन का सवाल में प्रोफेसर मृदुला सिन्हा की राय 'महिला समकक्ष नहीं, आगे हैं। 'महिला उद्यमी शोभा चुटानी का कहना है कि जैव संरचना क्षेत्र-चयन में बाधक नहीं। वहीं जगदीश टाइटलर का विचार है कि दोहरी जिम्मेदारियाँ नारी को महान् बनाती हैं। इसी आलेख के साथ शीतल पेय बनाने और गरमियों की वेशभूषा के बारे में चर्चा छपी थी। २३ अप्रैल, १९८७ के साप्ताहिक परिशिष्ट में डॉ. सुरेश चंद्र श्रीवास्तव का लेख 'दुल्हन ही दहेज है' छपा था, जिसमें इस नारे की वास्तविकता की चर्चा करते हुए

दहेज-मृत्यु की चर्चा की गई है, जिसमें दहेज के पसरते पाँवों की चर्चा करते हुए लेखक बताता है कि अब दहेज-मृत्यु केवल उत्तर प्रदेश, बिहार, मध्य प्रदेश ही नहीं, आंध्र प्रदेश, तमिलनाडु, केरल तक पहुँच चुकी है। १२ जुलाई, १९८७ को परिशिष्ट में 'दृष्टिकोण' स्तंभ में उषा सक्सेना का आलेख 'नारी क्या तुम केवल अबला हो?' में वैदिक काल से आधुनिक काल तक नारी की उपमाओं की चर्चा करती हुई लेखिका कहती हैं—'नारी केवल मांस पिंड की संज्ञा नहीं है। आदिम काल से आज तक विकास पथ पर पुरुष का साथ देकर उसकी यात्रा को सफल बनाकर, उसके अभिशापों को स्वयं झेलकर मानवी ने जिस व्यक्तित्व चेतना और हृदय का विकास किया है, उसी का पर्याय नारी है।'

१६ जून, १९८५ के परिशिष्ट में अलका कुलश्रेष्ठ की 'युवक-युवतियों की मित्रता कितनी उचित कितनी अनुचित' परिचर्चा का प्रकाशन किया गया था। समाचार-पत्रों में पत्रिकाओं की भाँति महिला मुद्दे को लक्ष्य बनाकर लगातार आलेख भले ही प्रकाशित किए गए, लेकिन एक तरफ दैनंदिन की जीवनचर्या में महिलाओं के बदलते खेल को लेकर चर्चा की जाती रही, वहीं महिला पत्रकारों को समाज के सभी क्षेत्रों में लेखन की छूट देकर उन्हें पुरुषों के समान स्तर पर स्थापित होने का अवसर भी दिया गया।

१२ मई, १९८५ के परिशिष्ट में अर्चना उर्वशी का आलेख 'औरत अब मुहावरे बदल सकती है' में लेखिका ने पुरुष प्रधान समाज में स्त्री के दोयम दरजे की भर्त्सना करते हुए आशा प्रकट की है कि अब एक नया मुहावरा गढ़ने को बाध्य होना पड़ेगा कि 'समय और औरत किसी का इंतजार नहीं करती।' १२ जनवरी, १९८६ के 'रविवारीय परिशिष्ट' में चावल के व्यंजन और जाड़े की फ्रॉक के साथ 'क्या होता है शादी के सात साल बाद?' शीर्षक में सुमन जैन का लेख प्रकाशित हुआ है, जिसमें अंग्रेजी की कहावत 'सेवन ईयर्स इच' की चर्चा की गई है।

प्रतिगामी विचारधारा के लेख भी साथ-साथ छपते रहे हैं। ११ अक्तूबर, १९८७ को बरसानेलाल चतुर्वेदी का व्यंग्य लेख 'तरह-तरह के डिजाइनों की पत्नियाँ' छपा तो २२ सितंबर, १९८५ को मदन गोपाल अरोड़ा का लेख 'क्या-क्या लक्षण सुलक्षणा नारी के?' छपा था। वहीं ७ सितंबर, १९८६ के परिशिष्ट के महिला जगत् में ममता भाटिया का आलेख 'नारी और नौकरी या मजदूरी' में स्त्रियों के आर्थिक कारणों से ही नौकरी की सलाह दी गई थी, अन्यथा उन्हें घर और बच्चों पर ध्यान लगाने की सलाह लेखिका ने दी थी। वहीं डॉ. सूर्यबाला का लेख 'कामकाजी महिलाएँ : क्या खोया क्या पाया?' में लिखती हैं कि स्त्री परिवार, पति, बच्चों की इस जानलेवा दुहरी जिम्मेदारी में क्यों है? सिर्फ ज्यादा शिक्षित, ज्यादा समझदार और ज्यादा योग्य होने की वजह से उसे अपनी योग्यता का, अपनी शिक्षा का खासा महँगा मोल चुकाना पड़ रहा है उसे। २६ जनवरी, १९८६ के अंक में 'नारी-गांधी की नजर में' शीर्षक लेख में लेखिका गायत्री तिवारी

शर्मा ने गांधीजी के विचारों को दोहराया है। सन् १९८७ के 'स्वतंत्रता दिवस विशेषांक' में निर्मला का लेख 'ये जाबाँज महिलाएँ' प्रकाशित किया गया है, जिसमें मैडम भीकाजी कामा, कल्पना जोशी, प्रीति पोद्दार, कनकलता बरुआ, नेनी बाला देवी, सुशीला देवी, लक्ष्मी सहगल तथा लीला राय नाग आदि स्वतंत्रता संग्राम सेनानियों की चर्चा की गई थी। लोकेश कुमार गुप्त का लेख 'महारानी चेन्नम्मा' इसी पृष्ठ पर प्रकाशित किया गया है। अगले सालों में महिलाओं से जुड़े मुद्दे बदलने लगे। १९९० के रविवार २४ जून के अंक में डॉ. प्रतिमा भाटिया का लेख 'आत्महत्या क्यों कर रही हैं लड़कियाँ?'। इस लेख के पार्श्व में परिपूर्णनंद वर्मा का लेख 'क्यों बढ़ रही है भारत में आत्महत्या?' प्रकाशित हुआ। रविवार १९ जनवरी, १९८६ के साप्ताहिक परिशिष्ट में मुकुल का लेख 'क्यों जलती हैं बहुएँ?' के संदर्भ में आए पाठकों की शंकाएँ और लेखक की सफाई प्रकाशित की गई है।

१ जनवरी, १९९१ को पंडवानी गायिका तीजनबाई का सुधा द्वारा लिया गया साक्षात्कार छपा है, जिसका शीर्षक है 'औरत को अपना संघर्ष खुद ही करना पड़ेगा', जिसमें तीजनबाई का कहना है कि महाभारत काल में जो दुःख और परेशानी स्त्रियों को उठानी पड़ी थीं, आज उससे भी ज्यादा दुःख और परेशानी स्त्रियों को उठानी पड़ती हैं। भले ही कुछ औरतें हवाई जहाज चलाने लगी हों या नौकरी करने लगी हों, अभी भी अधिकतर औरतें विशेषकर गाँवों की औरतें घूँघट में कैद हजारों वर्षों से चले आ रहे दुःख और ताड़ना का सामना कर रही हैं। ११ दिसंबर के 'स्वतंत्र भारत' परिशिष्ट 'उपहार' में ब्रजेश्वर मदान का लेख 'अभिव्यक्ति को छटपटाती औरत' प्रकाशित हुआ है, जिसमें हिंदी सिनेमा में औरत की अभिव्यक्ति की परंपरा को खंगालने का प्रयास लेखक ने किया है। इसमें लेखक कहता है कि नारीत्व की जो अवधारणा भारतीय समाज में है, वह अन्यत्र किसी समाज में मुश्किल से ही मिलती है। इसके बारे में वास्तविकता यह है कि हमारे यहाँ नारी के जिन रूपों को ग्लोरीफाई किया जाता है, वे रूप ही उसके शोषण के कारण हैं।

नब्बे के दशक आते-आते उत्तर प्रदेश में महिला पत्रकारों की एक पूरी पीढ़ी तैयारी हो चुकी थी, जो फील्ड रिपोर्टिंग, राजनीति, खेल, सांस्कृतिक, सामाजिक, साहित्यिक सभी क्षेत्रों में लिख रही थीं। सही मायने में इस दशक की महिला पत्रकारों को अपनाना शुरू कर दिया गया था। एक तरफ सांस्कृतिक और स्त्री मुद्दों से हटकर अन्य क्षेत्रों में अपनी पैठ बनाने लगी थीं, वहीं वे पत्रकारिता के नए आयाम भी खोल रही थीं। इसमें प्रबंधन का भी बड़ा सहयोग रहा, जो अंग्रेजी समाचार-पत्रों के तर्ज पर रंगीन पूलआउट निकालने लगे थे। 'स्वतंत्र भारत' प्रतिदिन ए-फोर साइज का एक परिशिष्ट 'उपहार' नाम से निकालने लगा था। जिसमें हर दिन पूरी चार पन्नों की सामग्री चाहिए थी।

सिनेमा, टी.वी., रंगमंच, साहित्य के अलावा लाइफ स्टाइल लेखों की शुरुआत भी इसी दौर में आरंभ हुई। साप्ताहिक परिशिष्ट विजयवीर सहाय से रवि वर्मा, विनोद श्रीवास्तव के हाथों से होती हुई स्वनामधन्य पत्रकार योगेश कुमार लल्ला के हाथ में जा चुका था। हर पन्ने के लिए विशेष व्यक्ति नियुक्त थे और नए-नए विषयों पर लेख लिखे जाने आरंभ हुए। कुछ पुराने मिथक भी तोड़े गए। सेक्स, दांपत्य जैसे अनछुए विषयों पर लेख लिखे जाने लगे। इसी संदर्भ में ११ दिसंबर, १९९४ के 'उपहार' में भारत में पहली बार एक लेख छपा, जिसमें समलैंगिकों की संस्था 'सखी' और समलैंगिकों के शोषण की चर्चा की गई थी। चर्चा चर्चित छायाचित्र 'बेसिक इंस्टिक्ट' के परिप्रेक्ष्य में थी। लेखिका लिखती हैं—शोभा डे बेसिक इंस्टिक्ट और मार्टिना नवरातिलोवा कितने भी लोकप्रिय क्यों न हों, समलैंगिकता आज भी एक प्रतिबंधित विषय है। समलैंगिकता अभी भी एक ऐसा अपराध है, जिसे केवल हमारे शत्रुपक्ष के लोग ही कर सकते हैं।

'स्वतंत्र भारत' के ५ मई, १९९६ स्त्री स्तंभ में संस्कृति विभाग की सह निदेशक इंदु सिन्हा का प्रतिभा कटियार द्वारा लिया गया साक्षात्कार छपा है, जिसका शीर्षक है 'भारतीय नारी का रूप ही मोहक'। उसके पार्श्व शीला भटनागर का लेख 'अब दीवारों से बातें करती हूँ' स्त्री एकाकीपन सिर्फ बुढ़ापे का मर्ज नहीं है, यह जेनेटिक सिंड्रोम जीन पर नहीं मन पर निर्भर है, मन की बगिया में पर मन में कैक्टस होकर उपजता है। 'स्वतंत्र भारत' के २० मार्च, १९९६ के अंक में शीला भटनागर का विधवा व तलाकशुदा का दूसरा विवाह पर 'जमी हुई झील की दूसरी तरफ से' शीर्षक लेख प्रकाशित हुआ है, जिसमें लेखिका दूसरे विवाह की विडंबना की चर्चा करते हुए लिखती हैं कि विवाह तो वैसे भी एक जुआ है, पासे ठीक पड़े तो जीत गए, नहीं तो हारना ही नियति है। स्त्री ही समायोजन करती है, जिंदगी का दूसरा नाम ही कंप्रोमाइज (समझौता) है।

नब्बे के दशक तक आते-आते महिला पत्रकारों ने महिला सरोकार को सीधे-सीधे न उठाकर सीधी-साधी खबरों में ही अपनी संवेदना को अभिव्यक्ति देना आरंभ कर दिया था। साथ ही अनेक ऐसे विषय, जो कभी अखबारों के पन्ने तक नहीं पहुँचे थे, वे भी तीन-तीन कॉलम की खबरों में समायोजित होने लगे। १८ जनवरी, १९९० को प्रकाशित 'इन ब्लैक एड व्हाइट' नाम से प्रस्तुत कुल ४२ छायाकारों के चित्रों की प्रदर्शनी जोहरा सहगल के चित्र से आरंभ होनेवाली प्रदर्शनी की रपट में सांस्कृतिक संवाददाता लिखती हैं—'माँ की कोख से ही आरंभ होनेवाले अत्याचारों की शृंखला के साथ जन्म भर समाज की प्रताड़ना और अत्याचार को भोगती नारी की छवि को संवेदनात्मक रूप से उकेरते ये चित्र नहीं, संपूर्ण व्यथा हैं। नारी जीवन की यंत्रणा की कथा कहता अपने आप में पूरे समाचार हैं। और अंत में संवाददाता लिखती हैं—पूरी प्रदर्शनी देखकर यह वाक्य मन में उभरता है 'आई जस्ट वांट टु बी वुमेन, आई डोंट वांट टू बी समवन्स वुमैन' (मैं केवल

औरत होना चाहती हूँ, मैं किसी और की औरत बनना नहीं चाहती)। 'स्वतंत्र भारत' के ७ मार्च, १९९५ के अंक में सरिता सिंह लिखित समाचार छपा है, जिसका शीर्षक है 'उत्तर प्रदेश में महिलाओं पर जोर-जुल्म में इजाफा'। इसमें उन्होंने लिखा है कि उत्तर प्रदेश में सन् ९४ का वर्ष महिलाओं के साथ अनाचार का रहा। इस वर्ष ९३ के मुकाबले ३०५ (तीन सौ पाँच) बलात्कार अधिक हुए। शीलभंग की चार सौ घटनाएँ और दहेज हत्या की लगभग २०० घटनाएँ अधिक हुईं। कुल मिलाकर महिला उत्पीड़न की वारदातें सन् ९३ के मुकाबले सात सौ तिरासी अधिक रहीं। सत्ता पक्ष या सरकार के क्रियाकलापों की गंभीरता को दो उदाहरणों से समझा जा सकता है—वोट बटोरने के लिए राजधानी की एक सड़क का नाम बदलकर नादिरा बब्बर रोड हो जाता है और हमीरपुर में बलात्कार की शिकार एक ग्रामीण युवती को न्याय दिलाने का प्रयास करनेवाली जिलाधिकारी उमा वर्मा को सरकार के सबसे बेकार समझे जानेवाले पद 'गजेटियर' के संपादक पद पर स्थानांतरित कर दिया जाता है। जहाँ एक तरफ महिला पत्रकार महिला मुद्दों पर्यावरण, राजनीति और अपराध पर अपनी बेबाक टिप्पणी देती हैं, वहीं वे रामलला मंदिर यज्ञ का आँखों देखा हाल पूरी मुस्तैदी से लिखती हैं, भले ही उसमें कितने खतरों का सामना करना पड़े। २७ अक्तूबर की रात लखनऊ से रामजन्म भूमि तक पहुँचने तक के क्षण-क्षण की खबर तक वे 'अति हरि कृपा जाहि पर होई पाँव देह यही मारग सोई' शीर्षक समाचार में देती हैं। राजीव गांधी की मृत्यु पर 'सरिता' का भावभीना समाचार 'सोनिया के साथ अमेठी भी विधवा हो गई' दिल हिला देने वाला था, अमेठी में आज का सूरज उगा तो उसका चेहरा भी फक था। उसकी दमक तो तेज आँधी की गर्द में दब गई थी।

१० अप्रैल, १९९६ के अंक में अतिरिक्त संवाददाता के हवाले से एक समाचार छपा है 'शहर के अधिकांश प्रेक्षागृहों में लेडीज टॉयलेटों की दशा अवर्णनीय है, पुरुष तो कैसे भी निपट लेते हैं, महिलाएँ कहाँ जाएँ?' में संवाददाता ने इस ज्वलंत मुद्दे को उठाया। भारतीय समाज में अभी भी पुरुषों के लिए यह बड़ी समस्या नहीं है, लेकिन स्त्रियों के लिए विकट समस्या है। कार्य के आठ घंटे को जोड़कर अमूमन दस घंटे बाहर गुजरते हैं। इतनी लंबी अवधि तक शौचालय की आवश्यकता नितांत आवश्यक है। इसी समाचार के नीचे एक दूसरा समाचार अतिरिक्त संवाददाता के हवाले से छपा है 'इधर एक नजर भी नहीं, लखटकिया सम्मान उनका'। लखनऊ की मिट्टी में पली-बसी कलाकार प्रमोदबाला की दीन-दशा पर सरकार और संस्कृति विभाग की उपेक्षा पर प्रश्न उठाए गए थे। 'बीवी नातियोंवाली' की नानी वरिष्ठ कलाकार की दुर्दशा को समाचार में जाहिर करने का प्रयास किया गया था। १३ दिसंबर, १९९४ के 'उपहार' के पाँचवें पृष्ठ पर कमलेश कुमार मिश्र का लेख 'विज्ञापनों में कितनी उभर पाई नारी प्रगतिशीलता?' में लेखक लिखता है कि १९वीं सदी के अंतिम चरण में शुरू हुई नारी प्रगतिशीलता की प्रवृत्ति को अपनी मंजिल

मिल गई है। इतना तो स्पष्ट है कि इसने समाज में अपनी जगह बना ली है।

आज कमसिन बालाओं के बगैर विज्ञापन अधूरा है और इस विधा में कपड़े से परहेज बरतना जरूरी हो गया है। आधे-अधूरे कटे-फटे परिधानों में क्या ये मॉडल नारियाँ पुरुष नजर को यह आमंत्रण नहीं देतीं कि वे उनकी देहयष्टि पर केंद्रित रहें? (हिंदुस्तान)

सोमवार २० नवंबर, १९९५ के 'उपहार' के आवरण कथा स्कूलों में बरते जा रहे कठोर छात्र दंड की विवेचना करता है। सुधा का आलेख अनुशासन या मनोग्रंथि में लेखिका लिखती हैं कि दीपा पांडे एक नाम पिछले कुछ दिनों से लखनऊ के समाचार-पत्रों की सुर्खियों में बार-बार उभर रहा है। यह नाम न किसी नेत्री का है, न किसी अभिनेत्री का, न ही किसी विश्व सुंदरी का, बल्कि यह नाम है उस दुर्भाग्यशाली बालिका का, जो अकारण ही काल का ग्रास बन गई, अपनी अध्यापिका के क्रूर अनुशासन का। बालिका दीपा के बार-बार किए जानेवाले आग्रह को ठुकरा कर प्रधानाचार्य ने आखिर उसे मौत के आगोश में पहुँचा दिया। भारतीय संविधान के राज्य के नीति-निदेशक सिद्धांतों के अनुच्छेद ३९ में सुकुमार उम्र के बच्चों के स्वास्थ्य और शक्ति के साथ दुर्व्यवहार की स्पष्ट मनाही है। लेकिन ये सारी बातें बाल दिवस के अवसर पर किसी सेमिनार या सभा के अलावा ही किसी दुर्घटना के अवसर पर जोर-शोर से उभरती हैं और साबुन के झाग की तरह समय बीतते ही बैठ जाती हैं। भविष्य के निर्माताओं को हम कितनी और कैसी सुरक्षा, शिक्षा और स्नेह दे रहे हैं, क्या यह प्रश्न विचारणीय नहीं है?

'स्वतंत्र भारत' के साप्ताहिक संपादकीय पृष्ठ पर अनुजा का आलेख ज्वलंत प्रश्न के अंतर्गत प्रकाशित हुआ 'अपने मत की रक्षा का द्वंद्व'। हमारे देश में बारहवीं लोकसभा के चुनाव आयोजित थे, तो भी जनता से फैसला माँगा गया था और उसने निर्णय सुना दिया। इस पूरे दौर में राजनीतिक दलों से लेकर चुनाव आयोग तक 'स्वैच्छिक संस्थाओं से लेकर बड़ी कंपनियों तक ने अपना वोट अवश्य दें का अद्‌भुत प्रचार किया। 'वोट हमारा मंत्र है' का नारा गूँजा। वोट दें और आप वोट देते हैं। हर चुनाव में एक बड़ी तादाद उन लोगों की है, जिनका विवेक कहता है कि वोट के काबिल कोई नहीं है तो भी लोग वोट देते हैं, क्योंकि लोकतंत्र में वोट डालना हमारा परम कर्तव्य है। ऐसे नकारात्मक वोट से लोग जीतते रहे हैं। साठ प्रतिशत मतदान हमारे देश में बहुत माना जाता है, चालीस प्रतिशत को कोई नहीं पूछता कि उसने वोट क्यों नहीं डाला। जान-बूझकर वोट न देनेवालों की संख्या कम नहीं है। मतदान का बहिष्कार भी जनता करती है। एक तर्क है कि मतपत्र में कोई योग्य नहीं का भी खाना होना चाहिए। अपने प्रत्याशी को वापस बुलाने का अधिकार भी समय-समय पर चर्चा का विषय बना है, पर चारा क्या है?

'स्वतंत्र भारत' के ९ जनवरी, १९९५ के प्रतिदिनी परिशिष्ट 'उपहार' में आवरण कथा 'कॅरियर भी चाहिए घर भी' लेख सुधा व गजल द्वारा लिया गया है। यह लेख

कामकाजी महिलाओं की मन:स्थिति को भलीभाँति परिलक्षित करता है। लेख में लेखिका ने प्रदेश के कुछ वरिष्ठ महिला प्रशासनिक अधिकारियों से चर्चा की। बदलते सामाजिक परिवेश में औरत दो स्तरों पर अपनी पहचान बनाने का प्रयास कर रही है—एक तरफ उसे अपने कॅरियर से मोह है तो दूसरी तरफ घरेलू अस्तित्व को बचाने की चिंता भी उसे है। अपनी पहचान और परिवार, दोनों के बीच संतुलन बानाए रखने के लिए वह लगातार संघर्षरत है। विश्व की सभी औरतों में एक खूबी होती है कि वे सभी ममतामयी और संवेदनशील होती हैं। भारतीय नारी की छवि सबसे अलग और बेहतर मानी जाती रही है। पवित्रता और त्याग के विशेष गुणों से संलिप्त यह असूर्यपश्या अपने परंपरागत रूप को साथ लिये हुए दुनिया के नए रूप में अपनी पहचान बनाना चाहती है। एक तरफ उसकी निगाह आसमान की ऊँचाइयों पर है तो दूसरी ओर उसका मन आँगन में महकते तुलसी के बिरवे से कहीं-न-कहीं बँधा हुआ है। वह आसमान की ऊँचाइयों को अपने पैरों से नापना तो चाहती है, लेकिन परिवार का बंधन भी उसे प्रिय है। उन सभी महिलाओं के साक्षात्कार में एक समान बात उभरकर आई है कि सभी महिलाओं के विचार में जहाँ कॅरियरिस्ट होना महिला के आत्मसम्मान, आत्मगौरव और आर्थिक स्वतंत्रता के लिए आवश्यक है, वहीं परिवार का स्नेह, परिवार का बंधन उनके दिल और मन को बाँधने के लिए जरूरी है। समाज के प्रति अपने उत्तरदायित्व को निभाने के लिए जहाँ ये महिलाएँ पहचानी जाती हैं, वहीं इन महिला अधिकारियों की स्थिति दो नावों में पैर पसारनेवाले मुसाफिर सी अवश्य है, जो बाजीगरों की सी फुरती से दोनों नावों को संतुलित करने के प्रयास में जुटी हुई हैं। सबसे अच्छी बात यह है कि वे न तो किसी नाव को छोड़ना चाहती हैं, न ही हार मानना! यही स्त्री-जिजीविषा की जीत है तो यही उसकी पारंपरिक संस्कारों की जकड़न भी। ३१ अगस्त, १९९७ को 'स्वतंत्र भारत' के साप्ताहिक परिशिष्ट उपहार में अनुजा का लेख 'दफ्तर में छेड़छाड़, सुप्रीम कोर्ट के नए दिशा-निर्देशों की रोशनी में' लेखिका गैर-सरकारी संस्था 'साक्षी' के द्वारा कामकाजी महिलाओं और छात्राओं पर किए गए सर्वेक्षण का हवाला देकर बताती हैं कि ३३ प्रतिशत महिलाओं ने कुछ घटनाओं के बाद नौकरी छोड़ दी, क्योंकि प्रबंधक दोषी के साथ संबंध बिगाड़ने के पक्ष में नहीं थे। ५० प्रतिशत विश्वविद्यालयी छात्राओं ने यौन उत्पीड़न की बात स्वीकार की, जिसमें ३० प्रतिशत घटनाओं में विभागीय सदस्यों को व ५७ प्रतिशत में छात्रों को दोषी बताया।

हिंदुस्तान—उत्तर प्रदेश में बिरला ग्रुप का 'हिंदुस्तान' दैनिक समाचार पत्र नब्बे के दशक के आखिरी सालों में लखनऊ से निकलने लगा। यों तो प्रतिदिन निकलनेवाले परिशिष्ट समाज और जीवन के विभिन्न पक्षों पर आधारित रहते हैं, लेकिन स्त्री मुद्दे और स्त्री संवेदना का स्वर लगातार मुखरित होता रहा है। वरिष्ठ पत्रकार नवीन जोशी के

संपादक होने के साथ ही पत्रिका का रूप और भी निखर आया है और चार पृष्ठों की रंगीन पत्रिका लगातार अपनी पकड़ बनाए हुए है। २३ नवंबर, २००५ के अंक में 'अंगना' स्तंभ में 'कोख से कब्र तक कहाँ सुरक्षित है स्त्री?' शीर्षक लेख प्रकाशित है, जिसमें लेखक लेखिका का नाम गायब है। लेख में लेखक लिखता है—सदियों पूर्व की इस स्त्री को कहाँ छुपाया जाए कि इसे सुरक्षा मिल सके, सुरक्षा तो माँ की कोख तक में नहीं है। पत्रिका का लेआउट बनानेवालों की सोच क्या कही जाए, जिन्होंने इतने विचारोत्तेजक लेख के पार्श्व में 'खिला रहे रूप' शीर्षक से होनेवाली दुल्हन को सुंदर दिखने की टिप्स दी गई है। लेख के नीचे पूनम बेदी का लेख 'स्वस्थ संबंधों के लिए जरूरी है आपसी समझदारी' में बहुओं और सासों के रिश्ते में सामंजस्य बनाने के मनोवैज्ञानिक सुझाव दिए हैं। 'लड़की को धान के पौधे' की भी उपमा दी गई है, जिसका जन्म एक स्थान पर होता है, लेकिन उसे परिपक्वता किसी दूसरे स्थान पर मिलती है। अन्य पृष्ठों पर पान-सुपारी से होता रिश्ता पक्का खुद को ही न भुला दे तथा गर्भवती महिलाओं में दंत रोग आदि लेख हैं।

मई २००५ में स्त्री सरोकारों पर विशेष ध्यान रहा। अरुणिमा सोनी का 'स्त्री शक्ति' स्तंभ में जुग्गौर और पिपरामऊ की महिलाओं के संगठन पर लेख 'जीता जहाँ' औरतों की सफलता की कहानी बताता है। वहीं डॉ. अनुजा भट्ट का लेख 'टूटती वर्जनाएँ' में लेखिका 'यौन असंतुष्टि की बुनियाद पर टूटती हैं शादियों' पर चर्चा करती हैं। वहीं १४ फरवरी के अँगना में सुमन वाजपेयी का लेख 'सौंदर्य नहीं है सफलता का पैमाना', फैक्ट फाइल के अंतर्गत शिखा श्रीवास्तव का लेख 'डिफरेंट चाहत डिफरेंट काम' है। वहीं 'हिंदुस्तान' के पाँच वर्ष पूरे होने पर विशेषांक संवाददाता रचना सरन का लेख 'आधा मन अधूरी शक्ति' कैसे हो महिला सशक्तीकरण' में सरकारी कार्यक्रमों की पड़ताल की गई थी। अँगना में ही कविता अरोडा का आलेख 'विवाह और युवाओं का बदलता नजरिया' है।

१० फरवरी के 'आदाब' लखनऊ स्तंभ में अनीता तिवारी के लेख 'कौन करेगा सुनवाई' में मुसलिम महिलाओं को तलाक और निकाह के बीच बराबरी का दरजा और संपत्ति के विवाद में औरत के हक, निकाह की असलियत से नावाकिफ तलाक का खौफ, हिदायतों को प्रगतिशील व्याख्या न होना, गैर-मुसलिमों में सही संदेश न होना जैसे मुद्दे उठाए गए हैं।

१९ दिसंबर, २००५ के 'सिटी' स्तंभ में दीक्षा गुप्ता का आलेख 'सिर्फ इनसाफ' में विभिन्न देशों के शीर्ष न्यायिक पदों पर आसीन न्यायाधीशों से बातचीत पर आधारित है। 'रिपब्लिक ऑफ घाना' के जस्टिस जी.के. एक्वाह कहना था 'न्याय से बढ़कर कुछ नहीं है।'

२० जून के 'आदाब' लखनऊ स्तंभ में अनीता तिवारी का 'निशाने पर स्त्री' लेख में लेखिका चिंता व्यक्त करती है कि महिलाओं के खिलाफ हो रही हिंसा और उत्पीड़न के मामले शहर में अचानक बढ़ गए हैं। उत्पीड़न सड़कों पर, उत्पीड़न घर की चारदीवारी के भीतर, उत्पीड़न कार्यस्थल पर। मामले हर जगह बढ़े हैं। इनकी शकल और तासीर भले ही अलग-अलग हो लेकिन खौफ और अनिश्चितता का डर घटने के बजाय बढ़ा है। घरेलू हिंसा पर प्रस्तावित बिल से कुछ उम्मीदें बँधी हैं, लेकिन वह भी घर की चौहद्दी में कुछ राहत की बात करते हैं।

'आदाब' लखनऊ में दीक्षा गुप्ता का 'गर्भपात पर किसकी चाल' विषय पर विचारोत्तेजक लेख छपा है। 'फोकस' के अंतर्गत छपे इस लेख में लेखिका समाजसेवी, धर्माचार्यों से चर्चा कर इस विषय पर माता-पिता के हक की बात करती हैं। लेख का मूल उद्‌देश्य यह जताना है कि गर्भपात पर माँ की चले या पिता की भी मानी जाए? गर्भपात संबंधी कानून को चुनौती देने समाजसेवी जसोधरा का मत है कि अनचाहे बच्चे को जन्म देना स्त्री की विडंबना है। शादी के बाद एक लड़की का उसके जीवन के किसी भी पहलू पर कोई वश नहीं रहता।

शनिवार २१ जून, १९९७ के 'सोपान' में सुधा का लेख 'प्रवासी पंछी' छपा है, जिसमें बेटी का भाई-भाभी के रिश्ते की चर्चा करते हुए लेखिका नई पीढ़ी की बहनों को तो अपने कर्तव्य के बारे में सोचना चाहिए। चार दिन के आराम और कुछ गहनों-कपड़ों के लिए अपने भाई-भाभी की प्रेम भरी छाँह जीवन भर के लिए खो रही है, जो आसानी से सुलभ नहीं है।

१४ दिसंबर, २००५ के 'अँगना' में नजरिया के अंतर्गत कविता अरोड़ा का लेख 'विवाह और युवाओं का बदलता नजरिया' में वे लिखती हैं—यूँ तो भारतीय समाज विवाह पर विश्वास करनेवाला समाज है, लेकिन अब लोगों की विवाह के बारे में सोच बदल रही है। विवाह नामक संस्था आज जितनी खतरे में दिखाई दे रही है, उतनी पहले

कभी नहीं रही। वास्तव विवाह उन लोगों के लिए एक प्रतिबद्धता है, जो उम्र भर एक-दूसरे के साथ रहना चाहते हैं और जो एक-दूसरे के साथ रहने के लिए निरंतर प्रयास भी करते हैं, केवल तभी विवाह नामक संस्था बची रह सकती है। इसी पृष्ठ पर लेख के पार्श्व में विशाल ठाकुर का लेख 'वजूद' शीर्षक के अंतर्गत प्रकाशित है, जिसमें 'कामकाजी महिलाएँ कैसे निकालें समय' प्रकाशित है।

शुक्रवार १६ दिसंबर, २००५ के 'हिंदुस्तान' के संपादकीय पृष्ठ पर क्षमा शर्मा का आलेख 'पनाह माँगती ये हव्वा की बेटियाँ' में लेखिका 'देह व्यापार (निरोधक) अधिनियम' पर चर्चा करती हुई कहती है—सरकार और वेश्याओं की राय में चाहे जितना मत वैभिन्न्य हो, मगर यह तो जरूर सोचा जाना चाहिए कि आखिर कोई लड़की वेश्या क्यों बनती है। गरीबी, अशिक्षा, प्राकृतिक आपदाएँ, माता-पिता का न रहना तो बड़े कारण हैं ही, लड़कियों में फैली बेरोजगारी भी इसका कारण है। जैसे-तैसे इन लड़कियों को इस धंधे से मुक्त भी कर दिया जाए तो परिवार के लोग इन्हें स्वीकार करने को तैयार नहीं होते। यह खतरा इन महिलाओं के सामने सचमुच ही है कि यदि उनके पास ग्राहक नहीं आएगा तो वे भूखी मर जाएँगी। ऐसे ज्वलंत विषयों, जिनपर चर्चा करना भी कभी शर्मनाक माना जाता था, उन विषयों पर सामान्य महिलाएँ अगर चिंता कर रही हैं तो मान लेना चाहिए कि 'अंतरराष्ट्रीय महिला दशक' ने स्त्रियों से संबंधित उन विषयों पर चर्चा के भी रास्ते खोले, जिनपर स्त्रियाँ आसानी से मुँह नहीं खोल पाती थीं। आज महिलाएँ उन विषयों पर चिंता और चर्चा कर रही हैं, जिन पर समाज का बड़ा वर्ग अभी भी बात करने पर कतराता है।

बुधवार ९ नवंबर, २००५ के संपादकीय पृष्ठ पर नरजिस हुसैन का लेख 'ताकत दिखाती महिलाएँ' में पंचायतों और नगर पालिकाओं में ३३ प्रतिशत महिला आरक्षण की चर्चा करती हुए कहती हैं—'आज जरूरत है कि अन्य राज्यों को विकासशील महिला पंचायतों से प्रेरणा ले, देश की अन्य महिला पंचायतें भी अपनी क्षमताओं को साबित कर दिखाएँ।

'हिंदुस्तान' संपादकीय पृष्ठ पर अनुजा शुक्ला का 'प्राकृतिक संसाधनों की लूट से विकास' शीर्षक लेख में ग्लोबलाएजेशन और वर्ल्ड बैंक की दादागीरी का खुलासा किया गया ज्ञातव्य है कि अप्रैल २००२ के बाद से अब तक उत्खनन।

राष्ट्रीय सहारा—२ मार्च, १९९२ के मुखपृष्ठ पर एक कॉलम का समाचार इलाहाबाद डेट लाइन से प्रकाशित किया गया है। 'मंत्री की पत्नी के खिलाफ विपक्ष का धरना' शीर्षक समाचार में मंत्री नरेंद्र कुमार सिंह गौर की पत्नी द्वारा एक महिला सितारा देवी के मकान पर कब्जे के खिलाफ विपक्षी दलों द्वारा दिए गए संयुक्त धरने की सूचना दी गई थी। इसी दिन के पृष्ठ दो पर 'अंतरराष्ट्रीय बालिका दिवस' पर कार्यशाला की

सूचना महिला कल्याण कार्यक्रमों पर 'मंत्री का जोर' शीर्षक से दो कॉलम का समाचार प्रकाशित किया गया।

४ मार्च, १९९२ के राष्ट्रीय सहारा के अंक में आठवाँ पन्ना, जोकि 'खुला पन्ना' शीर्षक से प्रकाशित होता था, जिसमें सामयिक विषयों पर विमर्श संबंधी लेख प्रकाशित किए जाते थे। इसी पृष्ठ पर संतोष मंगल का लेख 'स्त्री गर्भपात में कितनी सहमति' शीर्षक से प्रकाशित किया गया था, जिसमें लेखक लिखता है कि दुनिया में अलग-अलग देशों में गर्भपात संबंधी अलग-अलग कानून और मान्यताएँ हैं। भारत में भी गर्भपात को कानूनी मान्यता प्रदान की गई है, पर प्रश्न यह उठता है कि गर्भपात में स्त्री की कितनी सहमति है। इसी अंक के उमंग में आँखें से ही नहीं देह से भी रिश्ता है रंगों का रंग श्रृंगार ही नहीं उपचार भी करते हैं—डॉ. के.के. सैनी का लेख था। साथ ही आँगन शीर्षक पृष्ठ पर तो मनीषा की प्रस्तुति तो आपकी भी कमर में दर्द है तथा कहीं आप भी तो न हीं करती बेटी-बेटे में फर्क—यही सच है मैडम, इन लेखों के अलावा मसाले घर पर पीसे, वीणा गुप्ता और मीना का इन्हें भी आजमाइए के अंतर्गत घरेलू टिप्स दिए गए थे।

इसी समाचार-पत्र के २४ मार्च, १९९२ के अंक के अँगना शीर्षक पृष्ठ पर प्रकाशित लेखों की एक बानगी वासुदेव लिखित कहानी 'रामसरूप नहीं जागा' चार कॉलम में नीरू जैन द्वारा लिखित नए मौसम के नए स्वाद मूँगफली, गाजर रेल, पत्तागोभी, बोंडा और चमन मेथी बनाने के तरीके बताए गए थे।

१६ मार्च के अँगना पृष्ठ पर मात्र दो कहानियाँ प्रकाशित थीं। वीना शर्मा की 'उजली चाँदनी' और योगेश्वर शर्मा की 'कपूत'। २१ मार्च के अंक में अँगना पृष्ठ पर शीला शलूजा का लेख अकेलापन समस्यात्मक नहीं और अजामिल का लेख रंग बदलती दुनिया आभूषणों की तथा कुमार विश्वास की कविता 'बुद्धत्व और तुम' प्रकाशित थी।

राष्ट्रीय सहारा के जून २००५ के अंक में काफी परिवर्तन किए गए, अब परिशिष्ट चार के बजाय दो पृष्ठों का होने लगा। २२ जून के 'उमंग' परिशिष्ट में अर्चना सौगानी ब्यूटीटिप्स में खुले अंगों का आकर्षण शीर्षक लेख में वे बताती हैं कि खुले अंगों का सौंदर्य व्यक्तित्व के आकर्षण में चार चाँद लगाता है। दो जून २००५ के अंक में 'उमंग' परिशिष्ट में पहला लेख अंग प्रदर्शन कब तक कामयाबी का मंत्र, फैक्ट फाइल हॉट-शॉट स्तंभों के अलावा शरद की कृति प्रदीप का कैमरा परिणीता तथा गरमियों में बालों में खूबसूरती बनाए रखने के लिए जावेद हबीब के सुझाव 'ये रेश्मी जुल्फें' शीर्षक लेख में दिए गए थे। ५ जून के अंक में महिलाओं के लिए विशिष्ट लेखों की श्रृंखला में वामा स्तंभ में डॉ. गिरिजा व्यास के विचार कुरीतियों का कहर महिलाओं पर ही शीर्षक लेख में 'सती प्रथा पर चर्चा करते हुए वह कहती हैं कि सती प्रथा का महिमामंडन करनेवाले

लोगों के मन में कानून का कड़ाई से पालन भी जरूरी है। १८ साल पहले सती प्रथा निवारण कानून बन चुका है, लेकिन उस पर कड़ाई से अमल नहीं किया गया।

बुधवार ८ जून के उमंग परिशिष्ट में मेघना नायडू पर लेख 'सेक्सी दिखना बुरा तो नहीं' छपा। १२ जून के 'राष्ट्रीय सहारा' के 'वामा' स्तंभ में उमा चक्रवर्ती के लेख 'फिर औरत होना' में लेखिका कहती है कि इस पितृसत्तात्मक समाज में यह भावना प्रबल है कि कोई स्त्री बच्चा पैदा करने से कैसे मना कर सकती है। उसके सामने यह सवाल खड़ा किया जाता है कि फिर उसके औरत होने का मतलब क्या है? 'वामा' स्तंभ से 'राष्ट्रीय सहारा' के स्वर में काफी परिवर्तन दिखाई देने लगा, जिसमें सौंदर्य, रसोई, बच्चे परिवार से अलग भी औरत नामक व्यक्ति के बारे में चर्चा होने लगी। २० जून, २००५ के संपादकीय पृष्ठ पर आधी दुनिया स्तंभ में मनीषा वर्मा का लेख 'फिर आरक्षण की आशा' छपा था, जिसमें मनीषा लिखती हैं कि दहेज जैसी कुप्रथा पर रोक लगाने और पितृसत्तात्मक समाज यानी लिंग आधारित व्यवस्था में कई क्रांतिकारी परिवर्तन लाने से संपत्ति में मिलनेवाला अधिकार सार्थक सिद्ध हो सकता है। ३० अक्तूबर के अंक के वामा स्तंभ में नीरा शास्त्री अपने लेख निर्णायक भूमिका बिना बेहतरी की बात बेमानी में लिखती हैं—जब तक हम महिलाओं को आर्थिक रूप से मजबूत नहीं करेंगे तब तक समाज में उनकी स्थिति मजबूत नहीं हो सकती। समाज, राष्ट्र और अंतरराष्ट्रीय स्तर पर उनकी पहचान इसलिए नहीं बन पा रही है, क्योंकि अधिकांश महिलाएँ सिर्फ घरेलू औरत के रूप में खप जाती हैं। दलितों का पक्ष रखने के लिए दलित आगे आ रहे हैं, पिछड़ों का पक्ष रखने के लिए पिछड़े आगे आ रहे हैं, परंतु महिला का पक्ष रखने के लिए कोई आगे नहीं आ रहा है। इसी दिन के अंक के दसवें पृष्ठ पर एक बॉक्स खबर वाशिंगटन के हवाले से छपी है, जिसका शीर्षक है 'रिकार्डतोड़ माँ बनीं अविवाहित महिलाएँ'। वहीं इसी अंक के समाचार पत्र के ग्यारहवें पृष्ठ पर एक खबर दर्शनीय रही 'ऑपरेशन ड्राई में पाँच महिलाएँ और छह पुरुष गिरफ्तार'। छह अक्तूबर, २००५ के अंक के मुखपृष्ठ पर दो समाचार प्रकाशित किए गए—सुप्रीम कोर्ट के आदेश पर नीरा यादव हटाई गई, दूसरी खबर यदि समझदारी आ गई है तो शादी अवैध नहीं। जिसमें दिल्ली हाईकोर्ट के संदर्भ से खबर दी गई थी कि यदि समझदारी आ गई है तो १५ की उमर में शादी अवैध नहीं है। इसी दिन के मुखपृष्ठ पर कोच्ची डेटलाइन से केरल उच्च न्यायालय के हवाले से एक खबर दी गई थी कि तीन बार तलाक कहना विवाह विच्छेद के लिए काफी नहीं, जिसमें आर. भास्करन तथा न्यायमूर्ति के.पी. बालचंद्रन ने ऐतिहासिक निर्णय दिया था कि तीन बार तलाक कहना विवाह विच्छेद के लिए काफी नहीं होगा। ७ अक्तूबर के संपादकीय पृष्ठ पर मुद्दा स्तंभ में 'दिल्ली महिला आयोग' की अध्यक्ष प्रो. किरण वालिया से इंद्रजीत की चर्चा प्रकाशित की गई है, जिसका शीर्षक है '१५ में शादी यानी

बरबादी', जिसमें प्रो. वालिया कहती हैं कि यह मानना गलत है कि इस कच्ची उम्र में कोई लड़की अपने जीवन का फैसला करने लायक हो जाती है। सच तो यह है कि इस उम्र में न तो लड़की मानसिक रूप से परिपक्व होती है और न तो शारीरिक रूप से। १० अक्तूबर के अंक में मुखपृष्ठ पर कानपुर की खबर प्रकाशित की गई थी 'महिला को मारा-पीटा व निर्वस्त्र कर घुमाया'। इस समाचार में उन्नाव संजीखेड़ा गाँव की अंधविश्वास में जकड़ी महिलाओं ने ही घटना को अंजाम दिया था। इसी दिन के 'रविवारीय परिशिष्ट' के 'वामा' स्तंभ में क्षमा शर्मा का लेख 'पुरुषों को नहीं भाती प्रतिस्पर्धा करती स्त्री' में वे कहती हैं कि महिलाओं के विरुद्ध अपराध और बलात्कार के मामलों का लगातार बढना उन्हें सुरक्षा देने में पुलिस प्रशासन की अक्षमता को दरशाता है। १६ अक्तूबर के वामा स्तंभ में कुमुद एन. दास के लेख 'सहिष्णुता को कमजोरी न समझें' में लेखिका का कहना है कि भारत में घरेलू हिंसा की शिकार बन चुकी शादीशुदा औरतों में ७० फीसदी उत्पीड़न को मूक स्वीकृति देती हैं, यह घरेलू हिंसा की हामी नहीं स्वयं के उत्पीड़न को नियति मान लेने की अभिव्यक्ति है, वह कहती हैं कि समाज के नजरिए में कोई बदलाव आए, उससे पहले परिवार के स्तर पर बदलाव आवश्यक है। इस तथ्य को पहचानकर अपने हालात बदलने के लिए खुद को आगे आना होगा। २० अक्तूबर के अंक में 'सुजीवन स्तंभ' में 'जानें जानलेवा जनानी बीमारियों को' डॉ. भावना बर्नी मेमोग्राफी के बारे में बताती हैं—रविवार २३ अक्तूबर के 'वामा' स्तंभ में अरुणा राय का लेख 'दिखाने भर की बराबरी नहीं चाहिए' में लेखिका कहती हैं कि महिलाओं के लिए तीन चीजें जरूरी हैं—कानूनों पर अमल होता दिखना चाहिए, बराबरी का व्यवहार होना चाहिए और समाज में महिलाओं के प्रति संवेदनशीलता आनी चाहिए। २५ अक्तूबर के अंक में पृष्ठ ९ पर खबर थी 'बदचलनी की तोहमत लगाकर गर्भवती पत्नी को जलाया।' २७ अक्तूबर के चौथे पृष्ठ पर समाचार है—'दो महिलाओं समेत छह जहरखुरान धरे गए।' २८ अक्तूबर के अंक के पृष्ठ नौ पर एक खबर हैरत में डालनेवाली थी, जिसमें वाराणसी डेटलाइन से प्रशासन हैरत में करे तो क्या? 'फिर कोठे पर जाना चाहती हैं नाबालिग लड़कियाँ' शीर्षक समाचार में संवाददाता लिखता है कि रेड लाइट एरिया कांड में बरामद नाबालिग वेश्याओं के बारे में प्रशासन सोच रहा है, लेकिन अधिकतर लड़कियों ने कोठे पर दोबारा भेजने का आग्रह कर प्रशासन को हैरत में डाल दिया। २९ अक्तूबर के अंक के पृष्ठ १३ पर नई दिल्ली डेटलाइन से समाचार छपा है—'लता व सानिया को मिली एन.सी.आर.टी. की किताबों में जगह।'

'राष्ट्रीय सहारा' के शनिवार २२ जून, २००२ के अंक के नवें पृष्ठ पर आधी दुनिया के अंतर्गत साक्षी स्तंभ में अनामिका का लेख 'बूँद-बूँद रिसती महिलाएँ : एक वर्ग पहेली' में वे एक पतिव्रता के जीवन को कविता में व्यक्त करती हैं। वहीं ममता कालिया

की डायरी से 'बराबरी की दावेदारी' में वे कैप्टन लक्ष्मी सहगल को राष्ट्रपति पद के दावेदारी की चर्चा करते हुए कहती हैं कि पार्टी की प्रतिबद्ध सिपाही की तहत वे इस मुकाबले में हैं, पर वे विजय की प्रच्छन्न परिभाषा और निहितार्थ समझती हैं। इसलिए हारकर हरिनाम नहीं, स्टेस्थोस्कोप वापस थाम लेंगी। उनके साहस से यह भलीभाँति सिद्ध हो जाएगा, वे केवल नई टीचर, क्लर्क, ग्रामसेविका और गृहिणी होने के लिए नहीं बनीं, राष्ट्र के सर्वोच्च पद पर भी उसकी बराबर की दावेदारी है।

तीसरा लेख लता शर्मा का है 'खट्टे खारी खुरहरे' ये लड़की' में वे लड़कियों की उपलब्धियों के बहाने लड़कियों की जिंदगी में झाँकती आँकती हैं। 'अच्छे परिणाम और मुसकान लड़कियों के नाम' में लड़की की सुबह शुरू होती है चीख-पुकार से, अपने आप तैयार हो जाओ, जो है खा पी लो, बस्ता उठाओ और स्कूल जाओ, भैया का ध्यान रखना। इसी पृष्ठ पर सुधा शुक्ला की छोटी सी कविता 'क्या चाहिए' सनद रहे के अंतर्गत छपी है, जिसमें कवयित्री ने गर्भवती माँ से बेटी का संवाद व्यक्त किया है, 'बहन के अपमान पर राज्य, वंश और प्राण लुटा देनेवाला रावण जैसा भाई ही तो हर लड़की को चाहिए आज' बेटी की इस इच्छा से कवयित्री जहाँ वर्तमान में लड़कियों के जीवन और कठिनाई को व्यक्त करती है, वहीं एक नया विचार भी समाज के सामने रखती है।

'राष्ट्रीय सहारा' के शनिवार १८ फरवरी, २००६ के आजकल में मुखपृष्ठ पर उपमा सिंह का मुख्य लेख 'थीम की घूम' में थीम पार्टियों की चर्चा करती है। नीरू प्रसाद का शिवरात्रि पर विशेष 'सजने लगे शिवाले'। अंकिता निगम की सलाह 'क्या खाएँ किशोर' तथा पूनम नेगी का लेख गायत्री परिवार के साहित्य पर लेख 'जन-जन को जगाने की पहल' दूसरे पृष्ठ पर प्रकाशित है।

तीसरे पृष्ठ का आकर्षण उपमा सिंह का विचारोत्तेजक लेख 'अब मुददा नहीं है वर्जिनिटी' में नई पीढ़ी साफ करती है कि कौमार्य की चिंता करना बेमानी है। रूमा सिन्हा का 'शहर के मुहल्लों के नाम पर कैसे पड़े मुहल्ले के नाम' है। चौथे पृष्ठ पर रेखा सिन्हा का लेख 'एक और अकबर दी ग्रेट' में लखनऊ चाइल्ड मॉडल अकबर रजा की चर्चा करती है। 'बागबानी' स्तंभ में रूमा सिन्हा का ज्ञानवर्द्धक लेख 'गरमी की रौनक' में गरमी के मौसम में लगाए जानेवाले पौधों की जानकारी देती है।

दैनिक जागरण—१९७८ से लखनऊ से प्रकाशन आरंभ होने पर भी 'जागरण' के स्वरूप में बहुत ज्यादा अंतर नहीं आया। दैनिक जागरण का साप्ताहिक परिशिष्ट में महिलाओं के लिए स्तंभ जैसा विशेष रूप से कुछ नहीं होता है। संपादकीय पृष्ठ पर सप्ताह के किसी एक दिन महिला शीर्षक से आधे पृष्ठ की सामग्री प्रकाशित होती है, जिसमें एक से अधिक लेख रहते हैं। दस सितंबर १९७८ के महिला स्तंभ में 'महँगाई गृहिणियों की नजर में' परिचर्चा का आयोजन किया गया था।

१३ सितंबर, १९७८ के खेलकूद समाचार में अखिल भारतीय आयुवर्ग तैराकी में दो बालिकाओं नलिनी एवं शालिनी भारती का चित्र छापा गया था, जिसमें नलिनी को उत्तर प्रदेश के इतिहास में चतुर्थ बालिका वर्ग में स्वर्ण पदक मिला था। तेरह सितंबर के महिला स्तंभ में कानपुर विश्वविद्यालय की कुलपति डॉ. हेमलता स्वरूप से साक्षात्कार दिया गया था। २० सितंबर, १९७८ के महिला स्तंभ में प्रतिभा गोयल का लेख 'स्वयं को आकर्षक बनाएँ' के साथ मजहर अब्बास जागी का शोधपरक लेख 'दवा उद्योग में महिलाओं का शोषण'।

२० अक्तूबर, १९७८ के अंक में संपादकीय पृष्ठ पर एस.एन. शुक्ल द्वारा दीवापली के अवसर आयोजित परिचर्चा प्रकाशित—'दीपावली तो अब बस रस्म अदायगी भर है', जिसमें महरी का काम करनेवाली सुमित्रा, स्वदेशी कॉटनमिल के मजदूर की पत्नी फूलवती और लइया खील की फुटपाथ दुकानदार शांती तथा प्राइमरी स्कूल की अध्यापिका रूपमती से चर्चा में दीवाली मनाने की मजबूरी और महँगाई की चर्चा की गई थी। इसके साथ ही सुनंदा का लेख 'कामकाजी महिलाएँ : सौंदर्य की देखभाल जरूरी है' भी प्रकाशित किया गया है।

'दीपावली विशेषांक' में कुल दो रचनाएँ महिलाओं द्वारा लिखी गई हैं, जिनमें एन. विमला देवी द्वारा लिखे लेख का प्रभाती द्वारा किया गया अनुवाद 'पटाखों की नगरी' तथा विभा रश्मि की कहानी 'उनका आना' रही, जो मनपसंद अंतरजातीय विवाह से उपजी दुविधा और कष्ट की चर्चा करती है। २७ अक्तूबर, १९७८ के 'महिला स्तंभ' में तीन आलेख हैं—पहला वेदव्रत गुप्त सरदी आ गई त्वचा की देखभाल कीजिए, महिलाएँ आर्थिक परतंत्रता की विवशता, विपिन तथा निर्मला का लेख शरीर को स्थूल होने से बचाएँ, यानी महिला मुद्दे या महिला अस्तित्व की कही कोई बात नहीं। २ नवंबर, १९७८ के अंक में महिला सतंभ में 'श्रृंगार कामकाजी महिलाओं के लिए' परवेश हांडा का लेख। शहनाज का लेख 'पत्नियाँ ऐसी भी होती हैं' व रेखा सक्सेना का लेख 'मधुर आवाज : आपके व्यक्तित्व का आकर्षण है'।

३ नवंबर, १९७८ के अंक के अंतिम पृष्ठ पर 'लखनऊ समाचार' के अंतर्गत सांसद तारकेश्वरी सिन्हा का वक्तव्य प्रकाशित किया गया है—'सत्ता के लिए श्रीमती गांधी देश की इज्जत भी बेच सकती हैं'। दो कॉलम की यह खबर छायाचित्र के साथ छापी गई है। ७ नवंबर, १९७८ की 'खेलकूद समाचार' के अंतर्गत प्रेमनाथ वाजपेयी का लेख 'राज्य महिला खेल : एक महँगा तमाशा' शीर्षक से छपा है, जिसमें आयोजन की गड़बड़ियों के साथ ही आयोजन की सार्थकता पर भी प्रश्नचिह्न लगाया गया है।

२ जुलाई, १९७९ को हरदोई से दो खबर 'दहेज की बलिवेदी पर एक और शहीद' शीर्षक खबर में मोहल्ला आलू थोक निवासी आलू कहार ने मिट्‍टी तेल डालकर पत्नी

कुसुमा को जिंदा जला दिया। इसी दिन के समाचार-पत्र के अंतिम पृष्ठ पर व्यभिचार और तलाक संबंधी मामलों के लिए महिला जजों की नियुक्ति हेतु राज्यों की सिफारिश। नई दिल्ली की डेटलाइन से कानून मंत्री पी. शिवशंकर ने भीखू राम जैन के प्रश्न के लिखित उत्तर में संविधान की धारा २३४ व २३३ के अनुसार राज्यपाल विभिन्न संगठनों और राज्य सरकारों से परामर्श देते हैं। शीर्षक में दी गई सूचना समाचार में कहीं नहीं थी। ३ जुलाई के मुखपृष्ठ का मुख्य समाचार बागपत कांड पर संसद् के दोनों सदनों में हंगामा, न्यायिक जांच के आदेश दिए गए। गृह मंत्री जैन सिंह के वक्तव्य पर दोनों सदनों में हंगामा, श्रीमती माया त्यागी के साथ व्यभिचारी और साथ ही उद्दंडता को उजागर करनेवाली पहली घटना थी, जिसने पूरे देश को हिला दिया। ५ जुलाई के पृष्ठ चार पर 'महिला परिशिष्ट' में मनोरमा दीवान का विचारोत्तेजक लेख 'महिलाओं पर अत्याचार, भाषणों की नहीं निर्णय की जरूरत है' प्रकाशित किया गया।

११ नवंबर, १९७९ के 'दैनिक जागरण' के साप्ताहिक परिशिष्ट में अंगिरस द्वारा संगीन अपराधों की ओर महिला अपराधी क्यों और कैसे? मंदिरों पर अंकित ये रति-प्रसंग पर तारादत्त निर्विरोध तथा प्रशांत का लेख है, अपनी तरह की अकेली महिला तानाशाह के बारे में पाँच कॉलम का लेख। १२ नवंबर, १९७९ के दैनिक जागरण के मुखपृष्ठ का समाचार इंदिरा गांधी पर हमला, जगन्नाथ मिश्र, केदार पांडे घायल (यू.एन.आई.) के हवाले से छपा है। इसी समाचार के साथ इंदिरा गांधी का वक्तव्य—'ढाई वर्षों में सिर्फ जिंदगी और इज्जत सस्ती हुई' भी प्रकाशित किया गया है।

समय के साथ 'दैनिक जागरण' के स्वरूप से ज्यादा सामग्री में परिवर्तन आना आरंभ हुआ, कारण कुछ भी रहा हो। विरोधी समाचार-पत्रों की प्रतिस्पर्धा और बाजार में सक्षम साबित होने की विवशता १७ नवंबर, १९७९ के 'महिला स्तंभ' में प्रकाश त्रिपाठी का आलेख 'भारतीय राजनीति कहाँ है नारी समानधिकार' में लोक समाज में महिला प्रतिनिधित्व प्रतिशत पर सवाल उठाते इस आलेख के साथ शंभूनाथ का लेख गर्भपात उचित है या नहीं? वहीं २४ नवंबर, १९७९ के 'महिला स्तंभ' में बलदेव का लेख 'ढीली ब्रा पहनिए' अचंभित करनेवाला रहा तो रेखा गुप्ता का पारंपरिक किस्म का लेख खाद्य पदार्थों का घरेलू संरक्षण रहा, यानी महिला मुद्दे प्रगतिशीलता और खुलेपन का आचार-विचार भी पुरुषों की नजरों और संवेदना के हवाले रहा।

१ दिसंबर, १९७९ के महिला स्तंभ में पाँच में से तीन लेख महिलाओं द्वारा लिखे गए 'सलीबों से मुक्ति' ऋचा शुक्ला, 'अगर आप घूमने जा रही हैं' ज्योति मिश्र के अलावा 'ताश से बिगड़ते घर' आशा प्राण। २ दिसंबर के साप्ताहिक परिशिष्ट में साहनी मलीहाबादी का लेख ताजियादारी और महिलाएँ पारंपरिकता के परिवेश में महिला प्रगति को दरशाना पड़ेगा। १५ दिसंबर, १९७९ के महिला स्तंभ में परवेश हांडा का लेख

अवांछित रोगों से बचें तथा आशा प्राण का लेख 'मेनोपाज—एक स्वाभाविक प्रक्रिया' तथा शोभा का 'फिल्मी औरतें' रहा तो २२ दिसंबर, १९७९ को शंभूनाथ का लेख अपने ही घर में शोषित महिलाएँ, समस्याएँ गर्भवती महिलाओं की तथा कमला का लेख विश्व में महिला मताधिकार की स्थिति की पड़ताल करनेवाला लेख रखा।

१९८० के जनवरी १९ तारीख को दो परिचर्चाओं को प्रकाशित किया गया, जो समाज में स्त्रियों की उपस्थिति और समाचारों के बदलते स्वर को प्रदर्शित करते हैं। पहली परिचर्चा 'संयुक्त परिवार में संबंध' पति-पत्नी के आयोजक दिनेश रस्तोगी रहे तो दहेज अभिशाप तो है पर विरोध का आयोजन सुरेश अवस्थी ने किया।

वहीं २६ जनवरी, १९८० के महिला स्तंभ में इंदिरा गांधी का वक्तव्य 'बच्चों के प्रति कर्तव्य को पहचानें' तथा ज्योति मिश्र का आलेख 'बच्चों के लिए बोझ तो नहीं है आपकी महत्त्वाकांक्षाएँ' महत्त्वपूर्ण रहा।

२६ मार्च, २००२ को 'दैनिक जागरण' के 'राजधानी' शीर्षक के समाचारों में शिल्पी के द्वारा लिखित 'समय आ गया है कि द्रौपदी कृष्ण का इंतजार न करे' अखिल भारतीय जनवादी महिला समिति के रजत जयंती समारोह के दौरान समिति की राष्ट्रीय उपाध्यक्ष और सांसद वृंदा कारत का कहना है—'इंफ्रास्ट्रक्चर में मजबूती की आवश्यकता है। महिलाओं को और मजबूत बनाना है। आज वह समय नहीं कि द्रौपदी कृष्ण का इंतजार करे, उसे खुद ही अपनी मदद करनी है।'

१९ मई की स्थानीय खबरों में शिल्पी द्वारा 'विकलांग कल्याण विभाग' को भूतल पर नहीं मिल पा रहा दफ्तर के लिए कमरा—'छह साल से जारी है कमरे की तलाश'। सात जून के दैनिक जागरण के स्थानीय खबरों में 'प्रदेश की पारिवारिक अदालतों का बुरा हाल, महिला जज नहीं' शीर्षक से समाचार में शिल्पी लिखती है—सूबे की बारह पारिवारिक अदालतों में से लखनऊ में १२ हजार, आगरा में ४०००, इलाहाबाद में ४६००, आजमगढ़ में ४०००, बरेली में ३२००, फैजाबाद में २०००, बनारस में १०००० और गोरखपुर में ७५०० मामले लंबित हैं। इसमें बड़ी संख्या में मामले ऐसे हैं, जो दस साल या उससे अधिक समय से लंबित हैं।

२५ जून के 'दैनिक जागरण' के राजधानी/आसपास की खबरें में 'महिला नीति की बाबत हुक्मरान का रवैया चलताऊ' शिल्पी लिखती है—एक ही छत के नीचे महिलाओं की महिला हेल्प लाइन, महिला थाना, वकील, स्त्री रोग विशेषज्ञ, मनोवैज्ञानिक, समाजसेवी संस्था, कंप्यूटराइज्ड सूचना केंद्र, अल्पावास गृह समेत सारी सुविधाएँ मिलेंगी। कुछ खास मामलों में उनसे अदालत शुल्क नहीं लिया जाएगा, न बाल विवाह हो सकेंगे और न ही कन्या-भ्रूण हत्या होगी। गृहिणियों के तो घरेलू कार्यों का भी आर्थिक मूल्यांकन किया जाएगा। ऐसी ही कितनी बड़ी बातें लिखी है महिला नीति के शासन द्वारा तैयार

मसौदे में। लेकिन यह सब तब होगा जब महिला नीति को मंजूरी मिलेगी, किंतु घालमेल में पड़ी महिला नीति के लिए अब तो मजाक आम हो चला है कि जो स्थिति महिलाओं की है, वही प्रगति महिला नीति की है।

शिल्पी के अन्य चर्चित समाचारों में बेटियाँ ब्याहकर हमेशा के लिए—संरक्षण गृहों की संवासिनियों के विवाह के बाद उनकी खोज-खबर करने पर अधिकतर पते फर्जी निकले, जो सही निकले वहाँ शादी करके पहुँची बेटिया नहीं मिलीं। दूसरा समाचार कन्या भ्रूणहत्या के खिलाफ कानूनों की पड़ताल कर शिल्पी लिखती हैं—भ्रूण हत्या करनेवाले डॉक्टरों के खिलाफ जाँच और गिरफ्तारी में सबसे बड़ी बाधा इस धंधे का मौखिक संचालन है। फ्रायडे को आना, मिठाई नहीं लाई, अगली बार आना तो नमकीन लाना, ये वाक्य सूबे में चल रहे दो हजार से अधिक अल्ट्रासाउंड क्लीनिकों के कोड वर्ड हैं। 'मीठा' मतलब 'लड़का' और 'नमकीन' मतलब 'लड़की'।

संपादक राजकिशोर द्वारा संपादित 'समकालीन पत्रकारिता मूल्यांकन और मुद्दे' (वाणी प्रकाशन, नई दिल्ली, प्रथम १९९४) में वरिष्ठ लेखिका ममता कालिया का लेख 'स्त्री के साथ सुलूक' में वे लिखती हैं कि समाज की महत्त्वपूर्ण इकाई परिवार के केंद्र-बिंदु पुरुष की साथी, अन्य स्त्रियों की सहयोगी समय की तसवीर और दृष्टिकोण के सफर की शुरू आज की शक्ल में स्त्री के महत्त्व को कम करके नहीं देखा जा सकता। लेकिन उसके महत्त्व को स्वीकारने में जिन दो शक्तियों ने सबसे सार्थक योगदान दिया है, वे हैं साहित्यकार और पत्रकार। अभी कुछ वर्ष पूर्व तक भारतीय स्त्री का जीवन एक बंद किताब की तरह था। अपने अंतर्वाहन के सशक्त, अशक्त और विषाक्त सवालों के प्रति जितनी वह स्वयं अचेत थी, उतना ही समाज का हर महकमा। रोजाना स्त्री की प्रताड़ना की खबरें समाज में सरोकार हैं की जगह सनसनी चिंता की जगह चटपटापन और जागरूकता की जगह जुगुप्सा पैदा कर रही हैं। कुछ अंशों में पत्रकार ने आज औरत के साथ वैसा ही सुलूक किया है जैसा समाज के अन्य तबकों ने। उसने उसे एक जिंस भी बनाया है—बिकाऊ जिस्म! आज पत्रकारिता में सबसे ज्यादा चटाखेदार विवरण जो देखने में मारू तसवीरें, गरम खबर वही बिक्री और लोकप्रियता का मानदंड बन जाता है। यही कारण है जब माया त्यागी कांड घटित हुआ तो धड़ाधड़ सभी पत्रिकाओं ने बलात्कार विरोधी विशेषांक प्रकाशित किए। फर्क सिर्फ यह था कि उन सब पत्रिकाओं के मुखपृष्ठ पर 'बलात्कार' शब्द प्रमुखता से लिखा था बड़े-बड़े अक्षरों में और विरोध बारीक छोटे अक्षरों में। इन पत्रिकाओं का उद्देश्य माया त्यागी की पीड़ा बताना कम, अपनी बिक्री बढ़ाना ज्यादा था। इन प्रयोगों से पत्रिका की बिक्री के आँकड़े बढ़ते हैं, मानवीय या सामाजिक सरोकार धुँधला पड़ता जाता है। दरअसल पत्रकार भी वही हैं जो समाज के अन्य लोग हैं। हमारा पत्रकार हमारे ही समय की पैदावार है। जीवन चाहे

कितना भी आधुनिक हो जाए, घर की औरत आज भी आपकी महराजिन, महरी, आया, धोबन, भंगिन, नर्स, चपरासी और दासी है। ये सब चतुर्थ श्रेणी की भूमिका हैं और इन्हें अदा करते-करते और स्वयं अपना तेज धूमिल कर बैठती हैं। ऐसे में जड़ता एक बड़ी ही सुविधाजनक, सहज और स्वाभाविक प्रवृत्ति की तरह पनप सकती है। इस जड़ता को बड़े मोहक और रंगीन तरीके से 'ग्लोरिफाई' किया है महिला पत्रिकाओं ने।

'केंद्रीय समाज कल्याण बोर्ड' एवं 'वुमेन नेटवर्क्स लिमिटेड' द्वारा सन् २००२ के मार्च माह में आयोजित महिला पत्रकारों के राष्ट्रीय सम्मेलन की रपट 'महिलाएँ एवं मीडिया' में उत्तर प्रदेश की प्रतिनिधि सुधा शुक्ला का लेख—'महिलाओं को योग्यता के अनुरूप नाम और दाम नहीं मिलता' में वे लिखती हैं कि क्षेत्रीय पत्रकारिता ही पत्रकारिता का वह क्षेत्र है, जिसने पत्रकारिता जीवन और समाज की प्राणवायु को अभी तक संचित किया हुआ है। क्षेत्रीय पत्रकारिता में महिलाओं की वही स्थिति है जो उस क्षेत्र की अन्य कार्यशील महिलाओं की है। हाँ, समाज की नजर मीडिया में काम करनेवाली स्त्रियों के बारे में सोच कहीं अधिक दूषित है। मीडिया की कार्यशैली की आवश्यकता में साथी पत्रकार साथी होता है, स्त्री या पुरुष नहीं। उच्च वर्ग की विलासिता से उपजी मात्र पाउडर-लिपस्टिक और सत्ता केंद्र में बने रहने की आकांक्षावाली साथी पत्रकारों के साथ-साथ अपने व्यवसाय की निष्ठा, नैतिकता और सम्मान के लिए परिश्रम से जूझने वाली साथी पत्रकारों की भी कमी नहीं है, लेकिन इस बात से आँखें नहीं मूँदी जा सकती हैं। आज भी बेहतर डिग्री, प्रतिभा, क्षमता और लगन के बावजूद महिला पत्रकारों को कॅरियर की शुरुआत, संस्कृति और उपभोक्ता लेखों से ही करनी पड़ती है। इन रंगीन पन्नों और बड़े-बड़े एक्सपोजर मिलने से कॅरियर के आरंभ में ही महिला पत्रकारों का नाम भले ही हो जाता हो, लेकिन पत्रकारिता क्षेत्र में उनकी पहचान और सोच नहीं बनने पाती है। मैं इसे अखबारी प्रबंधन और संपादकीय के पुरुष अधिकारियों की साजिश कहूँगी, जो महिला कर्मियों को कार्यस्थल और अखबार में गुलदस्ते की तरह सजाकर रखना चाहते हैं।

'जिन्होंने स्त्री सरोकार के एकदम तंग पैमाने खींच लिये हैं'—कमरे की सजावट, कमोड की सफाई, बाबा का मोजा, पति को रिझाने वाले व्यंजन, शॉपिंग, गॉसिप और

ज्यादा-से-ज्यादा गार्डेनिंग। सभी महिला पत्रिकाएँ महिलाओं के घरेलू कारावास को विश्वसनीय और रोमांटिक बनाने का जोरदार अभियान चलाए रखती हैं। देखने में ये सभी पत्रिकाएँ इतनी सुंदर और चिकनी होती हैं कि इनसे हुए नुकसान की तरफ किसी का ध्यान ही नहीं जाता। इस तरह सामाजिक सोच का दायरा तंग होता जाता है और समानता का कोई भी जीवन दर्शन जन्म नहीं लेने पाता है। लेकिन पत्रकार पर स्त्री संबंधी सुलूक की बेहतरी की पूरी जिम्मेदारी नहीं डाल सकते हैं। पत्रकार आखिर अपने रोजगार से जुड़ा हुआ जीव है और उसकी सीमाएँ हैं। वह चाहे भी तो बहुत देर तक मसीहा नहीं बना रह सकता है। स्त्री को स्वयं अपनी तेजस्विता की अभिव्यक्ति देनी होगी, इधर-उधर की सतही माँगों में न पड़कर सबसे पहले समाज में उसे माँगनी होगी समानता, फिर शुरू होगी उसमें और पुरुष में श्रेष्ठता की प्रतियोगिता सिर्फ एक औरत के प्रधानमंत्री या मुख्यमंत्री या फिर गवर्नर बन जाने से समूची स्त्री जाति के प्रति न्याय नहीं हो जाता, स्त्री को समय की मुख्यधारा से जुड़ना होगा, उसे अपनी व्यक्तित्व संपन्नता प्राप्त करनी होगी तभी साहित्यकार और पत्रकार उसका सही प्रतिनिधित्व कर सकेंगे।

भारत की महिला लेखिकाओं के अनुसार भारतीय महिलाओं ने जिस क्षेत्र में ख्याति अर्जित कर अपना स्थान बनाया है, वह लेखन का ही क्षेत्र है। पेंगुइन और हॉरपर कॉलिंस जैसे विदेशी प्रकाशकों ने जब भारत में अपने कार्यालय खोले तो उन्होंने कुछ गिनी-चुनी महिला लेखिकाओं के अनुभवों को विश्व साहित्य में शामिल करने का प्रयास किया। आरंभ में वे महिला लेखिकाएँ विश्व साहित्य जगत् में अपना स्थान बनाने में मुट्ठी भर कामयाब रहीं। धीरे-धीरे लगभग हर मास साहित्य जगत् में एक नया नाम अपनी उपस्थिति दर्ज कराने लगा है। अरुंधती राय, मंजुला पद्मनायक और झुम्पा लाहिरी ने बुकर और ओनासिस इंटरनेशनल कंप्टीशन जैसे विश्व प्रतिष्ठित साहित्य पुरस्कार जीत कर भारतीय महिलाओं ने लेखन प्रतिभा का लोहा पूरे विश्व में स्थापित किया है। पूर्व में महिला लेखिकाओं के विषय मध्यम वर्ग के दैनंदिन के अनुभवों पर आधारित होते हैं।

लेकिन अब उनकी कल्पना को विस्तार मिल रहा है और वे घर से बाहर निकलकर उन विषयों पर भी लेखन करने लगी हैं, जो पहले महिलाओं के लिए अछूते समझे जाते थे। यौनिकता, हिंसा जैसे विषयों पर लेखन करते समय उनकी भाषा भी विशेष होती है, जो मिलावटी नकली अंग्रेजी या उससे अनुप्रमाणित न होकर सीधी सहज और स्थानीय भाषा के निकट होती है, जिसमें क्षेत्रीयता और स्थानीय शब्दों के प्रयोग के कारण आधिकारिकता दिखाई पड़ती है, वहीं स्थानीय शब्दों के प्रयोग से माटी की सुगंध साहित्य को कहीं ज्यादा भारतीयता के निकट पाते हैं।

'वेदों में बार-बार जोर से कहा गया', पुराणों ने चीख-चीखकर बताया उपयोगिता और शुभत्व एक स्त्री के रूप में संभव नहीं हैं।' जिस स्त्री देह के साथ मेरा जन्म हुआ

है, उससे जुड़े ऐसे भ्रामक तथ्य को कैसे स्वीकारूँ। वे मूर्ख, वासनामयी, धोखेबाज होती हैं, उनके साथ किसी प्रकार संयोग केवल विपत्तिकारक हो सकता है। कवयित्री बहिना कहती है कि अगर स्त्री देह इतनी क्षतिकारक है तो मैं संसार के सत्य तक कैसे पहुँचूँगी। (बहिनाबाई, १६८२-१७००)

विश्व साहित्य में दो शताब्दियों तक महिला लेखिकाओं का प्रवेश वर्जित करके रखा गया। इस वर्जना के विरोध से जनमे आक्रोश ने ही विश्व साहित्य में महिला लेखिकाओं को मुख्यधारा में शामिल होने का अवसर उपलब्ध कराया; लेकिन अभी भी अधिकांश महिला लेखन अश्वेत देशों की महिलाओं द्वारा किया जा रहा है। भारतीय संस्कृति में स्त्री की महानता या सार्थकता उसके अपने संदर्भ में कभी नहीं किया गया, बल्कि आरंभिक आलोचकों ने काव्यशास्त्र की आलोचना करते समय स्वयं ही स्त्रियों की महानता के लिए कुछ दृष्टांत देकर नियम गढ़ दिए थे। इसमें सर्वप्रथम कालिदास द्वारा लिखित 'रघुवंशम्' में दशरथ की माता एवं राजा अज की पत्नी इंदुमती का चरित्र चित्रण करते समय महाकवि ने उसके गृहिणी सचिव मित्र सखी एवं प्रिय शिष्य ललित कलाविधि रूप की चर्चा की है और स्त्रियों के लिए इन्हीं गुणों की अपेक्षा की जाने लगी। ऋषि वात्स्यायन के 'कामशास्त्र' ने भारतवासियों में वैराग्य और निर्वाण के अति दुराग्रह को जीवन के भरपूर उपभोग की तरफ मोड़ने का प्रयास किया। वहीं धर्मशास्त्रों ने उसे गृहदीप्ति मानकर उसे परिवार के मान-सम्मान से जोड़ दिया। इस विचार की पुष्टि वैदिक काल से लेकर ब्राह्मण काल तक की जाती रही, जिसमें स्त्री के महत्त्व और कार्य को केवल परिवार के लिए उपयोगी बनाए रखने पर ही जोर दिया, जबकि अर्थशास्त्र ने स्त्रियों के शोषण को बढ़ावा दिया, साथ ही क्षुद्र राजनैतिक स्वार्थों के लिए उनका दुरुपयोग करने पर बल दिया। इस काल तक आते-आते देवी जननी के स्तर से गिर कर स्त्री का रूप भोग्या में परिवर्तित होने लगा था।

'महाभारत' में भी स्त्री को बिना किसी संरक्षक के असहाय कहा गया है। यही कारण था कि 'हर्षचरित' के काल तक आते-आते सती प्रथा का प्रचलन आरंभ हो गया था। यहाँ तक कि भरत के नाट्य शास्त्र में नायिका भेद उद्यता का वर्णन करते समय धीरा, ललिता नायिकाओं का वर्णन किया गया है। जिसमें ललिता और उद्यता नायिकाओं के आस-पास प्रेम-प्रसंगों का ताना-बाना बुना जाता रहा, क्योंकि नायिका के यह दोनों भेद पारिवारिक या गृहिणी न होकर अधिकांशतः स्त्री चरित्र की उदात्त के गुणगान से भरा हुआ है। धरती की तरह सहनशक्तिवाली, दासी की भाँति सेवा करनेवाली, सचिव की भाँति सलाह देनेवाली और रति के समय वेश्या की भाँति पति को रिझानेवाली भारतीय नारी ही गुणगान योग्य रही। किसी भी कवि या लेखक ऐसी स्त्रियों को अपने काव्य की नायिका नहीं बनाने का प्रयास किया, जिनका अपना कोई अलग विचार या

अस्तित्व रहा हो, यहाँ तक कि दुष्ट से दुष्ट खलनायकों की पत्नियाँ भी सती बनकर पूरे कालचक्र की मूकदर्शक बनी रहीं, चाहे वह रावण की माँ निकषा रही हो या उसकी पत्नी मंदोदरी और बहिन सूपर्नखा। यही हाल धृतराष्ट्र की पत्नी गांधारी और दुर्योधन पत्नी भानुमती का रहा। उनका वर्णन काव्य में केवल कुछ पंक्तियों से अधिक नहीं रहा। यहाँ तक कि दशरथ पत्नी कैकेयी के चरित्र को उदात्त और पवित्र दिखाने के लिए अनेक काव्यों में 'सरस्वती' द्वारा कैकेयी या मंथरा की बुद्धि भ्रष्ट कर देना या दशरथ को पुत्र शोक से बचाने का प्रयास करनेवाले बताने का प्रयास भी हुआ है।

हंसा मेहता ने अपने आलेख भारतीय महिलाओं की साहित्य में उपलब्धियों[1] को स्थापित करने का प्रयास किया है। पौराणिक ग्रंथ छद्म नामों से लिखे गए, जिसका उल्लेख कुमार स्वामी ने अपने आलेख 'शिव का नृत्य' (Dance of Shiva) में किया है।

परवर्ती लेखकों द्वारा पूर्ववर्ती महत्त्वपूर्ण लेखकों के नाम से अपनी रचनाओं को जोड़ने की परंपरा की चर्चा लगातार की जाती रही। यही कारण रहा कि वेद और श्रुतियों की परंपरा वाचिक और श्रवण की बनी रही, जिससे इस परंपरा को बढ़ावा मिलता रहा है। किसी भी चित्र-मूर्ति पर कलाकार का नाम नहीं है। वेद हो पौराणिक आख्यान वे केवल एक व्यक्ति या लेखक द्वारा लिखे न होकर परंपरा में लिखे गए इतिहास के रूप में ही मिलते हैं। हिंदू मनोविज्ञान स्वयं को प्रचार से दूर रखने का रहा है, यही कारण भारतीय वाङ्मय इतिहास लेखन की राह का सबसे बड़ा रोड़ा सिद्ध हुआ है। यही कारण है कि भारत के स्वर्ण काल के साहित्य के इतिहास में भी स्त्रियों के गिने-चुने नाम ही उजागर हो सके हैं। जबकि समाज और साहित्य में उनकी बड़ी भागीदारी रहने की सूचनाएँ मिलती हैं। यहाँ तक कि विद्या-बुद्धि की देवी सरस्वती को माना गया, जिन्हें प्रकाश, विद्या-बुद्धि, विवेक की अधिष्ठात्री कहा जाता रहा है।

भारतीय वाङ्मय के प्रारंभिक काव्य वेद में प्रथमतः मात्र दो स्त्रियों के नाम द्रष्टव्य हैं—विश्रवारा एवं घोषा। प्राचीन भारतीय काल का सबसे उज्ज्वल पक्ष स्त्रियों की सामाजिक स्थिति थी। वैदिक काल में स्त्रियों को अपने वर चुनने तथा लगभग सभी धार्मिक अनुष्ठानों में सहभागिता का अधिकार था। वेद अध्ययन के पूर्व किए जाने वाला उपनयन संस्कार बालक, बालिकाओं दोनों को समान रूप से किया जाता था। वैदिक काल में स्त्रियों को पवित्र ग्रंथों का अध्ययन करने तथा विभिन्न ज्ञान की शाखाओं में प्रवीणता प्राप्त करने का अधिकार था। तभी तो वैदिक ऋचाओं का साक्षात्कार अनेक ऋषिकाओं तथा ब्रह्मवादिनियों द्वारा किया गया। सामाजिक, आर्थिक और राजनैतिक परिवर्तन के

---

1. Literary achievement of Indian women from women education in Ancient and Medieval India

कारण कालांतर में स्त्रियों की सामाजिक स्थिति में परिवर्तन आया और भारतीय स्त्री को अनेक बंधनों में जकड़ दिया गया। सामाजिक नियमों के कारण स्त्री से संपत्ति का अधिकार छिन गया। कम उम्र में बालिकाओं का विवाह, अनमेल विवाह तथा सती प्रथा का प्रचलन आरंभ हो गया। अठारहवीं शती आते-आते भारतीय समाज की औरत घर की चारदीवारी में कैद होकर रह गई। हालाँकि स्त्रियों पर पाबंदियाँ लगाने का प्रचलन पूर्व में ही आरंभ हो गया था, किंतु मुसलिम आक्रमणों और मुसलिम शासन के दौरान यह प्रतिबंध और अधिकता से कड़े हो गए। परदा और घर की चारदीवारों में कैद होने की परंपरा का बहुत बड़ा कारण मुसलिम शासन रहा। हालाँकि समय-समय पर अनेक स्त्रियों ने हर क्षेत्र में अपनी पहचान बनाकर सम्मान प्राप्त किया, लेकिन उससे स्त्रियों की सामान्य सामाजिक स्थिति में कोई परिवर्तन नहीं आया। रजिया बेगम, चाँदबीबी, अहिल्याबाई, लक्ष्मीबाई, बेगम हजरत महल, मीराबाई, सहजोबाई आदि ने अपनी पहचान भले ही बनाई, लेकिन वे स्त्री के सामाजिक स्थिति में परिवर्तन नहीं कर सकी।

भारतीय वेद विश्व साहित्य की अमूल्य धरोहर में उच्चतम स्थान पर प्रतिष्ठापित हैं। जिनके द्वारा मानव को मानव जाति के प्रारंभिक काल, जिसे सतयुग कहते हैं, की जानकारी मिलती है (उस समय मानव जीवनयापन कर रहा था। विज्ञान, तर्क, स्वार्थ ने प्रकृति के सौंदर्य को कलुषित नहीं किया था। प्रकृति प्रदत्त ऊर्जा, प्रकाश के प्रस्फुटन से मानव शिशु निर्बाध काव्य-धाराओं में अपने को व्यक्त करने लगा था। सुंदर प्रभात काल में कभी वह उषा की प्रशंसा में गीत रचता तो कभी ऊर्जा देनेवाले सूर्य की शक्ति की अभ्यर्थना करता तो कभी नदियों और तूफानों से घबराकर रुद्र, मरुत, सोम की स्तुति करने लगता था। वैदिक काल के पश्चात् ब्राह्मण स्मृति रचना काल तक मानक मन वैश्विक उपस्थिति के कारणों के प्रति प्रश्न उठाने लगा था, सामाजिक परिस्थितियाँ परिवर्तित हो रही थीं। समाज जातियों के नियमों में जकड़ा जा रहा था। ऐसे काल में उपनिषदों की रचना की गई।

आरंभिक काल में श्रुतियों की परंपरा में जिन स्त्रियों के नाम प्रमुखता से लिये गए हैं, वे गार्गी, मैत्रेयी एवं सुलभा के हैं। जिन्होंने उस समय के शास्त्रार्थों में सक्रिय रूप से भागीदारी की थी। बौद्ध मत के प्रचार के साथ भारतीय इतिहास में एक नया मोड़ आया, क्योंकि बौद्धमत का प्रचार तथाकथित ब्राह्मण धर्म के विरोध में हुआ था। तत्कालीन समय में ब्राह्मणों का वर्चस्व था, उन्होंने विद्या, भक्ति पर एकाधिकार कर रखा था। राज्य की नीतियाँ और शक्ति उनके वर्चस्व के कारण समाज के बड़े भाग (क्षत्रिय, वैश्य, शूद्रों) का मानसिक, शारीरिक, सामाजिक शोषण कर रही थीं। ब्राह्मणों का सबसे बड़ा अस्त्र संस्कृत ज्ञान एवं विद्याध्ययन तत्कालीन संस्कृति और धर्म का मूल माना जाता था। बुद्ध ने बौद्धमत का प्रचार कर ब्राह्मणों की दोनों शक्तियों पर

प्रहार किया था। एक तरफ समाज को दिशा ज्ञान देने का कार्य एक क्षत्रिय राजकुमार द्वारा किया जाए, दूसरी ओर प्रवचन के लिए जनभाषा प्राकृत का उपयोग हो, चूलें हिला देने के लिए काफी थी। बौद्धमत के व्यापक प्रचार का कारण प्राकृत भाषा का प्रयोग बना, क्योंकि तत्कालीन समाज में स्त्रियों, शूद्रों और पिछड़े लोगों की भाषा प्राकृत थी। संस्कृत केवल विद्वान् वर्ग द्वारा प्रयुक्त की जाती थी। बुद्ध के विचारों का व्यापक प्रचार होने के साथ-ही-साथ समाज में निर्वाण या गृहस्थाश्रम त्याग कर जो नया सिद्धांत प्रचारित हुआ, उसमें कला साहित्य के क्षेत्र की कल्पना को व्यापक उड़ान प्रदान की। यदि कहा जाए कि बौद्ध धर्म के प्रचार के साथ ही भारत में स्त्रियों के अस्तित्व पर नए ढंग से विचार किया गया, जो आधुनिक नारी की इयत्ता और अस्मिता का कारण बना तो अतिशयोक्ति न होगी।

बौद्ध काल में 'थेरोगाथा' या 'धर्मगीतों' की रचना स्त्रियों द्वारा की गई, जिनमें उन्होंने अपने अस्तित्व को मानव की संपूर्णता में स्वच्छंद रूप से व्यक्त किया। बौद्धधर्म की अनुयायियों में वाशिष्ठी, उब्बीरी, सुमना पटाचरा, समा, संघा, मुक्ता, सुमंगल की माता एवं मिक्तिका द्वारा लिखे गए यह भाव गीत स्त्रियों द्वारा प्राप्त नई स्वतंत्रता के आनंद से विभोर हुए क्षणों को ज्ञापित करते हैं तो कभी अपनी निरर्थक जीवन की स्मृति के साथ वर्तमान स्वच्छदता का चित्रण करते हैं।

भारतीय संस्कृति तथा कला का सार्वभौमिक विकास बौद्ध काल में ही हुआ। कनिष्क, समुद्रगुप्त, विक्रमादित्य एवं हर्ष जैसे सम्राटों के राज्य में कला और साहित्य का सर्वांगीण विकास होने के उद्धरण मिलते हैं। आठवीं शती में शंकराचार्य द्वारा हिंदूमत यानी सनातन धर्म की पुनःस्थापना करने के पूर्व ही संस्कृत साहित्य में उल्लेखनीय वृद्धि हो चुकी थी। संस्कृत साहित्य में नाटकों का प्रादुर्भाव हुआ और संस्कृत के प्रथम प्रेम उपन्यास की रचना हर्षवर्धन के राज्य में बाणभट्ट (कादंबरी) द्वारा की गई।

स्त्रियों में फैले अज्ञान और अशिक्षा उन्नीसवीं शती के पूर्वार्द्ध में किए कुछ सर्वेक्षणों द्वारा पुष्ट होते हैं। मद्रास में मुनरो ने १८२२ में १ लाख ७८ हजार ६३० लड़कों के मुकाबले ५ हजार ४८० लड़कियों के प्राइमरी स्कूल में शिक्षा लेने की बात कही। वहीं १८२४-२९ के बीच मुंबई के किसी भी प्राइमरी स्कूल में कोई लड़की शिक्षा के लिए भरती नहीं हुई। बंगाल में लड़कियों की शिक्षा की सूचना देते हुए एडम ने सूचित किया था कि १८३५ तक बंगाल के माता-पिताओं के मस्तिष्क में लड़कियों को शिक्षा देने की बात भी नहीं आती थी, बल्कि इसका महिलाओं में फैला बहुत बड़ा अंधविश्वास था, जिसके अनुसार पढ़ना-लिखना सीखनेवाली लड़कियाँ शादी के बाद जल्द ही विधवा हो जाती हैं। सबसे उत्साहवर्धक सर्वेक्षण पंजाब राज्य का रहा, जहाँ सभी तीनों जातियाँ हिंदू, मुसलिम और सिखों में बालिका शिक्षा प्रचलन बहुतायत में था, बल्कि अनेक

जगह तो स्कूलों में कई महिला शिक्षिकाएँ भी कार्य कर रही थीं। भले उनकी संख्या बहुत अधिक नहीं थी।[१]

संसार की प्रथम स्त्री पत्रकार

संयुक्त राज्य अमेरिका की निवासी ऐनी न्यूपोर्ट रॉयल को विश्व की प्रथम महिला पत्रकार होने का गौरव प्राप्त है। सन् १८३१ में एनी ने बासठ वर्ष की आयु में 'प्राल पाई' नामक साप्ताहिक पत्र निकाला था। इस साप्ताहिक पत्र में आस-पास के क्षेत्रों की गपशप सूचनाएँ प्रकाशित की जाती थीं। रोचक समाचारों से भरपूर इस साप्ताहिक की संपादकीय टिप्पणियाँ काफी तेज-तर्रार हुआ करती थीं।

यह साप्ताहिक पत्र ३ दिसंबर, १८३१ से चालू होकर १९ नवंबर, १८३६ को बंद हो गया।

अपने साप्ताहिक पत्र के बंद हो जाने के बावजूद इस साहसी वृद्धा ने हिम्मत नहीं हारी और 'हंट्रेस' (शिकारिनी) नामक पत्र का प्रकाशन आरंभ कर दिया। नया पत्र अपने नाम को सार्थक करता था। यथा नाम तथा गुण वाले इस पत्र की आयु कुछ अधिक रही और २ जुलाई, १८५४ तक प्रकाशित होता रहा। 'हंट्रेस' पत्र के प्रकाशन बंद होने के तीसरे महीने सितंबर १८५४ में इस महान् महिला की मृत्यु हो गई।

राजनीतिज्ञों, मंत्रियों, पादरियों के विरोधी पत्र की संपादिका ऐनी रॉयल छोटे कद की जुझारू महिला थी, जो अपने अखबार में लेखन, प्रकाशित करने के साथ-साथ बेचने का कार्य भी स्वयं करती थी। घोटालों का परदाफाश करने और साहसी टिप्पणियों के लिए प्रसिद्ध ऐसी जिस बात का विरोध करती थी, उसे पूरी उग्रता से व्यक्त करती थी। पत्र खरीदने का उसका दुराग्रह टालना लोगों के वश में नहीं था, इसलिए चाहे-अनचाहे उसके पत्र के खरीददार बने ही रहते थे। उसकी उग्र संपादकीय टिप्पणियों और साहसी परदाफाश खबरों के कारण जहाँ सामान्य जनता में उसके अनेक समर्थक थे, वहीं उनके विरोधियों की संख्या भी कम नहीं थी। अमरीका के द्वितीय राष्ट्रपति जान क्यून्सी एडम्स १७३५-१८२६ भी ऐनी के अच्छे मित्र और सहायक थे। एक बार तीखी टिप्पणियों से चिढ़कर ऐनी के विरोधी ने उसको सीढ़ियों से धक्का दे दिया, जिससे उसकी टाँग टूट गई, लेकिन ऐनी ने अपनी स्पष्टवादिता नहीं छोड़ी।

---

१. मास-मीडिया १९८९, प्रकाशन विभाग, भारत सरकार

भारत की पहली महिला पत्रकार

भारत की प्रथम महिला स्वतंत्रता संग्राम सेनानी तथा तिरंगे झंडे को भारतीय ध्वज के रूप में सम्मान दिलानेवाली मादाम भीकाजी कामा हैं, जिन्होंने विदेश में पत्र निकालनेवाली पहली भारतीय महिला होने का गौरव प्राप्त किया है। ब्रिटेन से फ्रांस जाकर उन्होंने १९०९ में पेरिस से 'वंदे मातरम्' पत्र का प्रकाशन आरंभ किया। शहीद मदनलाल धींगरा की याद में उन्होंने बर्लिन से 'मदन तलवार' नामक पत्रिका निकाली। जेनेवा से 'वंदे मातरम्' के प्रकाशन की खबर अंग्रेजों पर जाहिर हो जाने के बाद उसका प्रकाशन हॉलैंड से किया जाने लगा।

भारत की पहली संपादक

स्वतंत्रता आंदोलन ने महिलाओं को घर की चाहरदीवारी से बाहर निकलने का रास्ता प्रशस्त किया, जिससे उन्हें अपनी योग्यता एवं प्रतिभा को प्रमाणित करने का अवसर मिला। इस अवसर का लाभ महिलाओं ने पूरी तरह से उठाया और अपनी प्रतिभा के बलबूते ही समाज के विभिन्न क्षेत्रों में उल्लेखनीय कार्य कर सकीं। राजनीति, समाज सुधार के साथ ही समाज का दर्पण कहे जानेवाले साहित्य व हिंदी पत्रकारिता के क्षेत्र में भी आगे आईं व समाज को दिशा देने का काम किया। हिंदी पत्रकारिता का आविर्भाव होते ही बंगाल में सक्रिय स्वर्णकुमारी देवी 'भारती' नामक पत्रिका का संपादन-प्रकाशन कर अपना नाम हिंदी पत्रकारिता के आकाश में दर्ज करा दिया। स्वर्णकुमारी देवी को हिंदुस्तान की पहली महिला संपादक होने का गौरव प्राप्त है। ये गुरुदेव रवींद्रनाथ टैगोर की बड़ी बहन तथा देवेंद्रनाथ ठाकुर की छोटी पुत्री थीं। जो स्वतंत्रता संग्राम सेनानी, कवयित्री, उपन्यासकार एवं सामाजिक कार्यकर्ता भी थीं।

महिला पत्रों का इतिहास

'बालबोधिनी' पत्रिका का प्रकाशन १ जून, १८७४ को हुआ। 'नाटक प्रकाश' २६ जून, १८७४ में प्रयाग से निकला। ब्राह्मण का प्रथम अंक १५ मार्च, १८८३ में निकला। संपादक पं. प्रताप नारायण मिश्र। १९२० के बाद 'मंडल समाचार' फतेहपुर से निकला। 'महिला सुधार' (कानपुर), 'महिला सर्वस्व' (अलीगढ़), 'मनोरमा' संपादक ज्योति प्रसाद मिश्र 'निर्मल', उत्तर प्रदेश २००४, सन् १८८५ के बाद १८९५ के मध्य महिला पत्र 'वनिता हितैषी' का प्रकाशन कानपुर से हुआ। इसी के साथ अलग-अलग स्थानों से कई महिला पत्रों का प्रकाशन शुरू हुआ। वर्ष १९०३ के लगभग मुरादाबाद से 'अबला हितकारक', प्रयाग से १९०९ 'स्त्रीधर्म शिक्षक' तथा १९१० में 'स्त्री चिकित्सक'

पत्रिका का प्रकाशन आरंभ हुआ। वर्ष १९२० में फतेहपुर से 'महिला समाचार' नामक महिला पत्रिका निकलने का उल्लेख मिलता है। लाहौर के बैरिस्टर-रोशनलाल की पत्नी हरदेवी बहिष्कार आंदोलन के समय 'भारत भगिनी' पत्रिका का संपादन कर रही थीं। वर्ष १९१४ में ऐनी बेसेंट के 'कॉमन बिल' नामक साप्ताहिक पत्र निकालने का उल्लेख मिलता है। इसके कुछ दिनों बाद ही दैनिक पत्र 'मद्रास स्टैंडर्ड' खरीदकर एनी बेसेंट ने उसका नाम 'न्यू इंडिया' रख दिया। वर्ष १९१२ में मेरठ से 'भारत महिला', मैनपुरी से 'भारत नारी हितकारी', कानपुर से 'स्त्री शिक्षा', प्रयाग से 'कन्या मनोरंजन' और 'कन्या सर्वस्व' का प्रकाशन शुरू हुआ। वर्ष १९१६ में बनारस से 'आर्य महिला', फैजाबाद से 'कायस्थ महिला हितैषी', अलीगढ़ से 'महिला सर्वस्व' का प्रकाशन आरंभ हुआ। इसके बाद वर्ष १९२३ में मित्र प्रकाशन की 'मनोरमा' नामक पत्रिका निकली, जिसे हिंदी की एकमात्र संपूर्ण महिला पत्रिका होने का गौरव प्राप्त रहा है। 'मनोरमा' प्रकाशन बंद होने तक भी महिलाओं की लोकप्रिय पत्रिका रही है। इसी के आसपास कानपुर से महिला सुधार नामक पत्रिका के प्रकाशन का भी उल्लेख मिलता है। हालाँकि इसके प्रकाशन का सही वर्ष का उल्लेख नहीं मिला। 'भारती' नामक पत्रिका का संपादन करनेवाली स्वर्णकुमारी देवी को हिंदुस्तान की पहली संपादिका होने का गौरव प्राप्त है। जो गुरुदेव रवींद्रनाथ टैगोर की बड़ी बहन तथा देवेंद्रनाथ ठाकुर की छोटी पुत्री थीं, जो स्वतंत्रता संग्राम सेनानी, कवयित्री, उपन्यासकार एवं सामाजिक कार्यकर्ता भी थीं। मद्रास में वर्ष १९२६ में श्रीमती कमला देवी चट्टोपाध्याय मद्रास विधानसभा के लिए चुनाव में खड़ी हुईं। वे भारत की प्रथम महिला उम्मीदवार मानी जाती हैं। श्रीमती चट्टोपाध्याय सन् १९२३ में मद्रास चिंगलपट्ट में ऑनरेरी मजिस्ट्रेट का पद ग्रहण करने के साथ ही वह भारत की पहली महिला मजिस्ट्रेट भी बनीं।

अखिल भारतीय महिला सम्मेलन तथा 'इंडियन वुमेंस एसोसिएशन' की संस्थापिका मार्गरेट कजिंस थीं, जिन्होंने संस्था की अध्यक्ष होने के साथ-साथ संस्था की पत्रिका 'स्त्रीधर्म' और 'रोशनी' का संपादन भी किया। पत्रिका 'रोशनी' के द्वारा उन्होंने भारतीय स्त्रियों के नेतृत्व प्रशिक्षण के लिए जीवनपर्यंत संघर्ष किया। 'असहयोग आंदोलन' के दौरान श्याम कुमारी नेहरू जब्त किए गए समाचार पत्र 'स्वराज' की हस्तलिखित प्रतियाँ तैयार करके गुप्त रूप से उनका वितरण करती रहीं। सन् १९२२ के पूर्व देशबंधु चित्तरंजन दास की पत्नी वासंती देवी 'बंगालेर कथा' का संपादन कर रही थीं। प्रोफेसर धमेंद्र देव शास्त्री की पत्नी उर्मिला देवी शास्त्री ने लाहौर से 'जन्मभूमि' नामक दैनिक पत्र निकालना आरंभ किया। पत्र में छपी उनके संपादकीय के कारण उन्हें वर्ष १९३० एवं १९४२ में जेल भी गईं। १९३० में 'हंस' के संपादकों में शिवरानी देवी का भी नाम आता है, जो प्रेमचंद की पत्नी थीं। सक्रिय पत्रकारिता में सरला देवी चौधरी का नाम प्रमुखता से लिया

जाता है। बंगाल की स्वतंत्रता संग्राम से जुड़ी 'भारती' पत्रिका में उनके जोशीले लेख छपते थे। उनके लेखों ने बंगाल में धूम मचा रखी थी। वे महात्मा गांधी के विचारों को बांग्ला में अनूदित कर 'भारती' द्वारा पाठकों तक पहुँचा रही थीं। सन् १९२० में कांग्रेस के बनारस अधिवेशन में पहली बार 'वंदे मातरम्' गानेवाली सरला देवी ही थीं। गोपाल कृष्ण गोखले के आग्रह पर इस गीत की दो पंक्तियों की धुन गुरुदेव रवींद्रनाथ टैगोर ने बनाई थी और बाकी की सरला देवी ने। 'भारती' के संपादन के अतिरिक्त सरला देवी ने 'बंगेर वीर' पुस्तक लिखी तथा अनेक अनुवाद भी किए।

बालाबोधिनी—युगपुरुष भारतेंदु हरिश्चंद्र के बिना हिंदी और हिंदी साहित्य का इतिहास अधूरा रह जाता है। खड़ी बोली का विकास, हिंदी गद्य की रचना, पत्रकारिता, स्त्री के समाज-सुधार, देशभक्ति और स्त्री उत्थान हर क्षेत्र में उनका योगदान अद्वितीय है। १५ सितंबर, १८६७ को 'कविवचन सुधा' नामक मासिक पत्र का प्रकाशन आरंभ करने के पश्चात् कालांतर में उन्होने 'हरिश्चंद्र मैगजीन' ने 'हरिश्चंद्र चंद्रिका' के प्रकाशन के साथ-साथ भारत की प्रथम महिला पत्रिका 'बालाबोधिनी' नामक मासिक पत्रिका के संपादक-प्रकाशक-मुद्रक भारतेंदु हरिश्चंद्र थे। यह सन् अठारह सौ चौहत्तर में आरंभ की गई। 'बालाबोधिनी' महिला मासिक भारतेंदु हरिश्चंद् (श्री हरिश्चंद्र संपादित) काशी। १ जनवरी, १८७४-७८ (पौष बृहस्पतिवार सं. १९३/आकार डिमाई आठ पृष्ठ स्त्रीजनों की प्यारी हिंदी भाषा मे सुधारी सूक्ति—सीता अनुसूया सती अरूंधती अनुहारि। शील लाज विद्यादि गुण लहौ सकल जगनारी। प्रथम महिला पत्र। आरंभ में सरकार द्वारा इसकी १०० प्रतियाँ बनीं। इसी पत्र में 'मुद्राराक्षस' नाटक का प्रकाशन, शासन के असहयोग के कारण ४ वर्षों बाद बंद। इस पत्रिका का मूल्य एक प्रति ढाई आना था।

वास्तव में पत्रिका का नाम 'बालबोधिनी' था, जो कालांतर में 'बालाबोधिनी' नाम से जानी गई। इस भ्रम का कारण संभवत: इसका स्त्रियों की पत्रिका का होना रहा होगा। इस मासिक पत्रिका के प्रथम अंक के प्रथम पृष्ठ पर यह निवेदन प्रकाशित हुआ था—'मेरी प्यारी बहनो। मैं एक तुम्हारी नई बहन 'बाल-बोधिनी' आज तुम लोगों से मिलने आई हूँ और मेरी इच्छा है कि तुम लोगों से अवस्था में कितनी छोटी हूँ, क्योंकि तुम सब बड़ी हो चुकी हो और मैं अभी जनमी हूँ और इस नाते से मैं तुम सबकी छोटी बहन हूँ, पर मैं तुम लोगों से हिलमिलकर सहेलियों और संगिनों की भाँति रहना चाहती हूँ। इससे मैं तुम लोगों से हाथ जोड़कर और आँचल खोलकर यही माँगती हूँ कि मैं जो कभी कोई भली-बुरी, कड़ी-नरम, कहनी-अनकहनी कहूँ उसे मुझे अपना समझकर क्षमा करना, क्योंकि मैं जो कुछ कहूँगी, सो तुम्हारे हित की कहूँगी।' इस पत्रिका का ऐतिहासिक महत्त्व नारी चेतना का आह्वान करने की दृष्टि से है। भारतीय नारियों की स्थिति सुधारने के लिए भारतेंदु का स्वर लोकतांत्रिक चेतना को पल्लवित पोषित करने का था, जिसके

लिए उन्होंने सत्यपरक लेख लिखे और प्रकाशित किए।

'जोई हरि सोई राधिका जो शिव सोई शक्ति नारी जो सोई पुरुष यामें कुछ न विभक्ति सीता अनसूया सती अरुंधती अनुवारि शील लाज विधादि गुण लहाँ सकल जग नारी पतु पति सुनकर लल कमल ललित ललरा लोग पढ़ै गुने सीखे सुने नासे जब-जब शोग वीर प्रसविनी बुध बधु होई हीनता नारी नर अरधाम की साँचो ही स्वामिनी होय। इसी स्वर के साथ 'बालाबोधिनी' की यात्रा चलती रही। पत्रिका से प्रेरित होकर कुछ महिलाओं ने लेखन आरंभ किया। बंग महिला जिनमें प्रथम मानी जाती हैं, अन्य स्त्रियों में माधवी मल्लिका और हुश्ना नागरी नामक तीन कवयित्रियों की चर्चा भारतेंदु काल में मिलती है।

सुगृहिणी—हिंदी की अगली स्त्री पत्रिका 'सुगृहिणी' थी, जिसकी संपादिका श्रीमती हेमंतकुमारी देवी थी। जिनका उल्लेख हिंदी साहित्य के इतिहास में हेमंत कुमारी चौधरानी नाम से मिलता है। 'सुगृहिणी' का ध्येय पत्रिका के नाम से ही परिलक्षित होता है। इसके प्रथम अंक में स्त्री जाति को संबोधित करते हुए कहा गया था—'हे प्यारी बहनो! द्वार खोल देखो, तुम्हारे वहाँ कौन आई? तुम लोग क्या इसे पहचानती हो? यह भी तुम्हारी एक भगिनी है। इसका नाम सुगृहिणी है। तुम्हारे दुखों को देखकर तुम्हें अज्ञानता और पराधीनता में बंद देखकर तुम्हारी बहन तुम्हारे द्वार पर आई है।'

इस पत्रिका के संपादक होने के नाते श्रीमती हेमंत कुमारी देवी को भारत की प्रथम हिंदी पत्रकार एवं संपादक होने का गौरव प्राप्त है। साथ ही अहिंदी भाषी होने के कारण प्रथम अहिंदी भाषी स्त्री पत्रकार भी वही हैं। प्रेमनाथ चतुर्वेदी की पुस्तक 'महिला पत्रकार और पत्रिकाएँ' में कुमारी विमला रानी ने अपने लेख में 'सुगृहिणी' की प्रकाशन तिथि को लेकर चल रहे विवाद की चर्चा करते हुए स्थापित किया है कि हिंदी की पहली महिला संपादक पत्रकार हेमंत कुमारी चौधरानी ही हैं, क्योंकि लाहौर से हरदेवी बहन द्वारा निकाली गई 'भारत-भगिनी' 'सुगृहिणी' के प्रकाशन के पश्चात् प्रकाशित हुई। 'सुगृहिणी' का प्रकाशन वर्ष १८८८ माना जाता है। इसकी पुष्टि करते हुए उन्होंने 'सुगृहिणी' में सन् १८८९ के सितंबर मास के अंक में 'समालोचना' शीर्षक के अंतर्गत भारत-भगिनी पत्र के प्रकाशन की सूचना दी है। भारत-भगिनी के संदर्भ में दी गई इस सूचना में लिखा गया है—'भारत-भगिनी इस पत्रिका की संपादिका हमारी परम मान्या श्रीमती हरदेवीजी है। इस साल पहली जून से इस अवलोचित मनोरंजिनी पत्रिका का प्रकाशन लाहौर नगर से आरंभ हुआ है।'

गार्सा दा तासी, डॉ. रामरतन भटनागर, पंडित अंबिका प्रसाद वाजपेयी आदि हिंदी पत्रों के इतिहास लेखकों ने 'सुगृहिणी' का प्रकाशन वर्ष १८८९ निश्चित किया है और 'भारत-भगिनी' का सन् १८८८ माना है, जो भ्रामक है और इस भ्रम का निवारण इस

समालोचना से हो जाता है। साथ ही 'सुगृहिणी' का प्रकाशन १८८८ में आरंभ होने का दूसरा प्रमाण सन् १८८८ के जुलाई अंक में 'सुगृहिणी' में श्रीमती हरदेवी के लंदन से लौटने का समाचार छपा है। 'सुगृहिणी' के प्रकाशन आरंभ होने के समय मैं लंदन-प्रवास में थी। लंदन से लौटकर ही श्रीमती हरदेवी ने 'भारत-भगिनी' पत्रिका प्रकाशित की, जिससे पूर्ववर्ती विद्वानों द्वारा निश्चित किया प्रमाण सटीक प्रतीत नहीं होता है और कुमारी विमला कुमारी के प्रमाण की पुष्टि इन सूचनाओं से सटीक प्रतीत होती है, जिसके कारण 'सुगृहिणी' को ही किसी महिला द्वारा निकाली गई प्रथम पत्रिका माना जाना चाहिए और श्रीमती हेमंत कुमारी देवी की हिंदी की पहली महिला संपादक और महिला पत्रकार माना जाना चाहिए। 'बालाबोधनी' में काम के तरीकों को कविता तथा सूत्र रूप में पिरोया जाता था, जिससे उन्हें छोटी उम्र के बच्चे आसानी से उन्हें कंठस्थ कर सकें। इन सूत्रों की रचना भारतेंदु के समकालीन बनारस के ही कवि हनुमान किशोर ने बनाया था। भारतेंदु स्त्री शिक्षा के पक्षपाती तो थे ही, साथ ही वे स्त्रियों को समान अधिकार देने के पक्ष में भी थे। उनकी मान्यता थी—भाषा की उन्नति में सबकी उन्नति है—

निज भाषा उन्नति अहै, सब उन्नति को मूल।

नारि-नर सम होए

नामवर सिंह ने 'भारतेंदु' पर अपनी वार्त्ता के दौरान (आकाशवाणी जून १९९४) कहा था कि भारतेंदु पूरे समाज के विकास के लिए स्त्रियों की शिक्षा और समानता का दावा करते थे। भारतेंदु की इसी चिंतनधारा का परिणाम 'बालाबोधिनी' मासिक का प्रकाशन थी। उनकी इस विचारधारा का स्पष्ट उल्लेख इस पत्र के मुखपृष्ठ पर प्रतिमास प्रकाशित होनेवाली पंक्तियों से प्राप्त होता है। चार वर्ष तक प्रकाशित होने के पश्चात् 'बालाबोधिनी' का प्रकाशन अवरुद्ध हो गया। गवर्नमेंट के खिलाफ लिखी जानेवाली टिप्पणियों से ब्रिटिश प्रशासन के क्रोधित होने के कारण सरकारी सहायता बंद हो गई। 'हरिश्चंद्र चंद्रिका' 'कविवचन सुधा' के साथ ही 'बालाबोधिनी' को मिलनेवाली सहायता बंद हो जाने के कारण भारतेंदु को इसका प्रकाशन स्थगित करना पड़ा। सरकार के अलावा मिलने वाली सहायता नाममात्र की ही थी। 'बालाबोधिनी' की सौ प्रतियाँ सरकार द्वारा खरीदी जाती थीं।

सरकारी सहायता बंद होने का राधाकृष्ण दास ने अपने लेख में उल्लेख करते हुए बताया है कि शिक्षा विभाग के डायरेक्टर किन्ही कैंपसन।

भारत-भगिनी—इस मासिक महिलापयोगी पत्रिका का संपादन-प्रकाशन सन् १८८८ में प्रयाग से श्रीमती हरदेवी द्वारा किया गया। यह पत्रिका भीमसेन शर्मा के सरस्वती प्रेस से मुद्रित होती थी। कालांतर में यह पत्रिका लाहौर से प्रकाशित होने लगी

और कुछ समय बाद मासिक पत्रिका का प्रकाशन पाक्षिक रूप में होने लगा। सन् १९०६ में इसके स्थगित होने की सूचना मिलती है। हेमंत कुमारी चौधरानी द्वारा 'भारत-भगिनी' के सन् १८८९ में लाहौर से प्रकाशित होने की सूचना मिलती है, लेकिन यदि 'भारत-भगिनी' पत्रिका सन् १८८८ में प्रयाग से प्रकाशित होनी आरंभ हुई है तो निश्चित रूप से 'सुगृहिणी' और 'भारत-भगिनी' में से कौन सी पत्रिका भारत की पहली महिला पत्रिका हैं, जिसका संपादन किसी महिला पत्रकार द्वारा किया गया। वहीं 'सुगृहिणी' की संपादक हेमंत कुमारी चौधरानी और 'भारत-भगिनी' की संपादक श्रीमती हरदेवी में से कौन हिंदी की प्रथम महिला पत्रकार और संपादक हैं, इसका निर्णय करना विवाद का विषय बन जाता है।

भारतीय गृहदेवी—उक्त मासिक पत्रिका की स्थापना स्व. ओमप्रकाश शर्मा ने की थी। पत्रिका के प्रधान संपादक रघुनंदन शर्मा एवं संपादक अनीता शर्मा थीं। इस पत्रिका का प्रकाशन अप्रैल १९९३ से आरंभ हुआ। प्रत्येक प्रति का मूल्य बारह रुपए था तथा वार्षिक शुल्क एक सौ पाँच रुपए था। चौदह परिशिष्ट वाली इस महिला मासिक पत्रिका में महिला संबंधी विभिन्न प्रकार की सामग्री के साथ-साथ रंगीन चित्रों से सुसज्जित होती थी। अनेक स्थायी स्तंभों में आपने लिखा, दृष्टिकोण सौंदर्य श्रीवृद्धि, कैसा हो मेरा दूल्हा कैसी हो मेरी दुल्हन, व्यंजन, विविधा, पति से शिकायत, मन की बात, फिल्म जगत् और खास खबर। प्राथमिक उपचार संबंधी सामग्री डॉ. ए.सी. सेलग्न, एम.डी. द्वारा लिखित सचित्र परिशिष्ट पत्रिका के प्रत्येक अंक में जुड़ा रहता है।

महिला सुधार—सन् १९२४ में कानपुर से सीता देवी ने 'महिला सुधार' नामक साप्ताहिक पत्र का प्रकाशन किया। उनका पत्र नौकरशाही के लिए बड़ी परेशानियाँ लेकर आता था। स्वतंत्रता संग्राम के दौरान वे १९३० में जेल गईं, वहाँ से निकलने के पश्चात् उन्होंने पुनः पत्र निकालना आरंभ किया। वे नारी स्वाधीनता की प्रबल पक्षधर थीं। स्वतंत्रता आंदोलन के कारण उनके पत्रकारिता में अड़चन पड़ने के कारण वे आंदोलन से अलग हो गईं। जिसके लिए वे कानपुर छोड़कर पहले बंबई गईं, तत्पश्चात कलकत्ता, जहाँ से उन्होंने पुनः महिला पत्रिका का प्रकाशन आरंभ किया। कलकत्ता के 'मुसाफिर' मासिक पत्र ने महिला के बारे में लिखा था—'स्त्री हित का प्रतिनिधित्व करनेवाली स्त्रियों में शिक्षा सुधार तथा स्त्री जगत् की रूपरेखा के निर्माण में सहायता पहुँचानेवाली इस समय बहन 'महिला' ही दिखाई पड़ती है।' सन् १९४१ की जुलाई में सीता देवी का देहांत हो गया। महिला का जून-जुलाई-अगस्त का अंक सयुंक्तांक सीता देवी स्मृति अंक के रूप में प्रकाशित हुआ। जिसका संपादन जवाहर लाल चतुर्वेदी ने १९४० के 'महिला' के अंक में श्रीमती होमवती द्वारा लिखा नया अंक श्रीमती पार्वती देवी बर्मन द्वारा पाकशास्त्र, श्रीमती कमल त्रिवेणी शंकर द्वारा लिखित नारी का समझौता, कु. किरण

मिश्र द्वारा लिखित प्राणों का संगीत तथा तारा देवी पांडेय द्वारा लिखित एक गीत शामिल है, जिसकी सूचना प्रेमनाथ चतुर्वेदी द्वारा लिखित 'महिला पत्रकार एवं पत्रिकाएँ' के पृष्ठ ६५,६६,६७ में दी हुई है।

सहेली—महिला मासिक; संपादन रूपकुमारी वाँचू, विजय वर्मा, रामेश्वरी देवी संचालन-सहेली संघ, बहादुर गंज प्रयाग, स्ट्रीट लॉ प्रेस इलाहाबाद अप्रैल १९३०-३५ मध्य प्रकाशित। डॉ. सूर्य प्रसाद दीक्षित लिखित हिंदी पत्रकारिता कोश के पृष्ठ ३८६ पर अंकित सूचना अनुसार।

मनोरमा—'मनोरमा' नामक एक त्रैमासिक पत्रिका के प्रकाशन की सूचना डॉ. रामकृष्ण राजपूत लिखित पुस्तक 'हिंदी पत्रिकाएँ—इतिहास और विश्लेषण' से प्राप्त होती है, जिसका प्रकाशन काल सन् १९१५ है, जो कि मुरादाबाद के मंडी धनौरा से प्रकाशित होती थी। जिसके संपादक द्वय प्यारेलाल दीक्षित एवं रामकिशोर गुप्त थे। पत्रिका का स्वरूप साहित्यिक था। पत्रिका का मूल्य प्रति पत्रिका बारह आना तथा वार्षिक मूल्य तीन रुपए था।

मनोरमा—मासिक पत्रिका का इलाहाबाद से प्रकाशन सन् १९२४ में आरंभ हुआ। इसके संपादन का कार्यभार वैद्य महावीर प्रसाद मालवीय ने सँभाला। इसके अन्य संपादकों में भक्त शिरोमणि ज्योति प्रसाद 'निर्मल', परामर्श संपादक श्रीमती हीरादेवी चतुर्वेदी, भक्त शरण, प्रधान संपादक वीरेंद्र नाथ घोष थे। सन् १९२९ में क्षितिमोहन मित्र ने इलाहाबाद से 'माया' मासिक पत्रिका का प्रकाशन आरंभ किया। वे ही इसके संपादक एवं प्रकाशक मुद्रक थे। पत्रिका इलाहाबाद के वेलबेडियर प्रेस से प्रकाशित होती थी। सन् १९४८-१९५० के आस-पास हीरा देवी चतुर्वेदी उसकी संपादक हुईं। उनके प्रयास से ही 'मनोरमा' ने काफी प्रगति की। कुछ समय बाद क्षितिमोहन मित्र ने 'मनोरमा' मासिक पत्र को खरीद लिया। उस समय 'मनोरमा' एक सामान्य मासिक पत्र था, उसमें चित्र आदि प्रकाशित नहीं होते थे, प्रत्येक प्रति का मूल्य बारह आना था एवं वार्षिक शुल्क छह रुपए हुआ करता था। उस समय 'मनोरमा' एक गृहस्थ पत्रिका थी और उसमें अधिकांश लेख पुरुषों के होते थे। कालांतर में 'मनोरमा' का रूप आकर्षक होता गया और वह एक संपूर्ण महिला मासिक पत्रिका के रूप में चर्चित हो गई और प्रकाशन स्थगित होने तक बनी रही। मित्र प्रकाशन प्रा. लि. इलाहाबाद से श्रीमती सुचरिता मित्र के संपादन में 'मनोरमा' (पाक्षिक) प्रकाशित

हो रही है। यह पत्रिका महिलापयोगी है। व्यंजन विशेषांक तथा कढ़ाई विशेषांक महिलाओं से संबद्ध अन्य विषयों को लेकर विशेषांक प्रकाशित करना इसकी अपनी विशेषता है। कैमरे की दृष्टि, दर्पण, श्रीमतीजी, आपकी समस्या, छींटे और बौछार, डॉक्टर सुनिए, फिल्म समीक्षा इसके स्थायी स्तंभ हैं। यह विविध विषय विभूषित 'सचित्र मासिक' पत्रिका थी। इस पत्रिका में लेखों के विषय अत्यंत गंभीर होते थे। शिक्षाप्रद कविताएँ, सुंदर तिरंगे, भावपूर्ण चित्र, कार्टून तथा पहेलियाँ, मनोरंजक कहानियाँ, वैज्ञानिक विचार और प्रहसन इत्यादि अधिक सुंदर और मनोरंजक निकलते थे। महिलाओं और बालकों के मनोरंजन हेतु इसमें विशेष सामग्री प्रकाशित होती थी। पत्रिका में प्रकाशित होनेवाले स्तंभों के नाम हैं—बालवाटिका, कुसुमकुंज, वनिता विनोद, संगीत आदि। सन् १९८१ में 'मनोरमा' के प्रधान संपादक का भार आलोक मित्र ने सँभाला और संपादन का पदभार श्रीमती सुचरिता मित्र ने। 'मनोरमा' अपने समय की चर्चित महिला पत्रिका बनी। अनेक महिला लेखिकाओं और महिला पत्रकारों ने अपने जीवन का आरंभ 'मनोरमा' से किया। अनेक नामी साहित्यकार लेखक भी समय-समय पर पत्रिका से जुड़ते रहे, जिनमें अमरकांत का नाम उल्लेखनीय है, जो पत्रिका का प्रकाशन बंद होने तक उसके संपादक रहे। महिला लेखिकाओं में आशा रानी व्होरा, ममता कालिया, मीनू रानी दूबे, कुमकुम शर्मा, गजाल जैगम, डॉ. कृष्णा चक्रवर्ती आदि प्रमुख हैं।

हालाँकि 'मनोरमा' के मुखपृष्ठ पर छपता था 'महिलाओं की एकमात्र संपूर्ण पत्रिका', किंतु सुचरिता मित्र के अलावा इसकी कोई भी महिला संपादक नहीं हुई। ममता कालिया मात्र कुछ सप्ताह के लिए संयुक्त संपादक हुई थीं। प्रारंभ में मासिक पत्रिका के रूप में आरंभ हुई मनोरमा बाद में पाक्षिक हो गई। मासिक के रूप में प्रत्येक प्रति का मूल्य बारह आना से बढ़कर पाक्षिक पत्रिका के रूप में सोलह रुपए तक पहुँचा। 'मनोरमा' पत्रिका की विशेषता है उसके उपयोगी विशेषांक, जिनके कुछ नाम निम्नलिखित हैं—इनमें सिलाई-कढ़ाई अंक, दीपावली अंक, बुनाई अंक, व्यंजन अंक, फलाहारी व्यंजन अंक, सास-बहू, गृहसज्जा आदि। कार्यालय का पता मित्र प्रकाशन, २५७ मुट्ठीगंज, इलाहाबाद-२११००३ है। अस्सी के दशक में पत्रिका का प्रकाशन बंद हो गया। इसके साथ ही उत्तर प्रदेश से प्रकाशित होनेवाली महिला पत्रिकाओं का भी अवसान हो गया। संप्रति भले ही अनेक महिलाएँ पत्रिकाओं का प्रकाशन-संपादन कर रही हैं, लेकिन हिंदी भाषा में महिला पत्रिका का प्रकाशन उत्तर प्रदेश से नहीं हो रहा है, इससे बड़ी विडंबना हिंदी भाषा और प्रदेश के महिला जगत् के लिए नहीं हो सकती है। ज्योति प्रसाद निर्मल, श्रीमती हीरादेवी चतुर्वेदी, आलोक मित्र, वीरेंद्रनाथ घोष तथा अमरकांत आदि का संपादन सहयोग इसे प्राप्त हुआ है।

आर्य महिला— सन् १९१८ में बनारस से 'आर्य महिला' मासिक पत्र का

प्रकाशन आरंभ हुआ। संपादक लीलाधर शर्मा, सुरथ कुमारी, आत्मा प्रसाद, नारायणी देवी, सुंदरी देवी, रमेश दत्त पांडेय, गोविंद शास्त्री आदि रहे। प्रेमनाथ चतुर्वेदी की पुस्तक महिला पत्रकार, डॉ. रामकृष्ण राजपूत बृहत् हिंदी पत्रकारिता कोश में भी सुंदरी देवी एम.ए., बी.टी. को ही 'आर्य महिला' का संपादक होने की सूचना दी है, जोकि तार्किक नहीं है।

हिंदी साहित्य सम्मेलन संग्रहालय के पुस्तकालय में सन् १९२९ के जून के अंक में नारायणी देवी का नाम संपादक के स्थान पर दिया गया था। अंक के मुखपृष्ठ पर पूजा की थाली लिये एक स्त्री और मंदिर के सामने खड़े हुए एक बच्चे का चित्र था। पत्रिका-अंक ९४ पृष्ठ का है, जिसमें १९ से अधिक विज्ञापन प्रकाशित हैं, जिसमें वेदनाहीन प्रसव, वीर्य दोष, स्त्रियों के सौंदर्य, ज्वर संहार वैद्य का विज्ञापन के साथ-साथ दस रुपए रोज कमाएँ। परदे की प्रथा पर संपादकीय है। स्त्री शिक्षा पर रामेश्वरी देवी, प्रतीक्षा (गद्यकाव्य) श्रीमती धर्मपत्नी गुप्तेश्वर प्रसाद। सभ्यता सौंदर्य एवं कला की नाशक है, लेखक श्रीयुत बाबू शुकोव सिंह, बी.ए. द्वारा लिखित आलेख है। रामेश्वरी देवी द्वारा लिखे गए आलेख में भारतीय सनारी को सर्वगुण संपन्न बनाने का प्रयास किया गया है। स्त्रियों के लिए शिक्षा इसलिए आवश्यक है कि वे अपनी संतान को शिक्षित कर सकें। दरजीगीरी कार्य इसलिए आवश्यक है कि बच्चों के कपड़े सी सकें। यहाँ तक कि स्त्रियों को औषधियों का ज्ञान और डॉक्टरी शिक्षा का होना भी बहुत आवश्यक है, जिससे परिवार में आवश्यकतानुसार रोगी की परिचर्चा और इलाज कर सकें। यानी गृहिणी न होकर भानमती का पिटारा होना चाहिए, जिसमें परिवार के हर मर्ज का इलाज उसके पास होना ही चाहिए या फिर कोई परी हो, जो जादू की छड़ी हिलाकर हर समस्या का समाधान कर सके।

'प्रतीक्षा' नामक गद्य काव्य भी इस अंक में शामिल है, जिसकी लेखिका का अपना कोई नाम या पहचान नहीं है जिसमें सृजनात्मकता का गुण होने के बावजूद उसकी पहचान श्रीमती धर्मपत्नी गुप्तेश्वर प्रसाद के नाम से ही है। किसी पुरुष के नाम के भी क्या कभी श्रीमान धर्मपति लखपति हो जाएगा, ऐसा कोई प्रश्न किसी भी पाठक या संपादकीय विभाग के साथी के मन में नहीं उठा यह शोचनीय है।

जून १९२९ के अंक में कुल बारह आलेख हैं, लेकिन आर्य महिला का दुर्भाग्य था या भारतीय स्त्री का, यह सभी आलेख पुरुषों द्वारा लिखे गए हैं। मुखपृष्ठ पर 'श्री जगन्मात्रे नमः' का घोष है। राष्ट्रकवि मैथिलीशरण गुप्त की कविता 'विश्वास' भी इस अंक में प्रकाशित है।

'आर्य महिला' के नवंबर १९६२ के अंक के प्रथम पृष्ठ पर एक स्त्री तुलसी के पौधे की पूजा कर रही है, उसके साथ एक बालक है और सामने एक बालिका खड़ी

है। सूत्र वाक्य के रूप में अर्द्धभार्या मनुष्यस्य भार्या श्रेष्ठतम् सखा। भार्या मूलं त्रिवर्गस्य भार्या मूल तरिष्यत: दिया गया है। इस अंक से चार कविताएँ प्रकाशित हैं, जिसमें 'नीरव तारे कुछ तो बोलो' शीर्षक कविता कवयित्री श्रीमती स्नेहलता प्रसाद एम.ए. की हैं। छह आलेख ज्ञानवर्द्धक लेख की श्रेणी में प्रकाशित किए गए हैं, जिनमें दीपावली उत्सव एवं अक्षय नवमी धर्मकर्म संबंधी हैं तो अमरत्व की प्राप्ति के लिए अंत:करण खो जिए—अखंड आनंद का सरल मार्ग सत्संग—पूजनीय श्रीमती विद्यादेवीजी महोदया, 'विनाश के वर्तमान दस पथ में' लेखक का नाम नहीं दिया गया है। 'महिला संसार' शीर्षक से तीन आलेख दिए गए हैं—एक सामाजिक समस्या दहेज, महिलाएँ क्या नहीं कर सकती हैं—श्रीमती कृष्ण कुमारी और तीसरा 'गृहलक्ष्मी' और 'दीवाली'—श्रीमती आशा रानी व्होरा। 'कहानी' स्तंभ के अंतर्गत मालती जोशी की कहानी अनब्याही पीर और बालिका, सुश्री वर्षा कुमारी सिंह 'किरण' द्वारा लिखित—'रानी शिखावती'। 'स्वास्थ्य' स्तंभ में चिकित्सक की सूझबूझ आचार्य डॉ. गया प्रसाद शास्त्री तथा 'आधे सिर की पीड़ा' आधी सीसी। श्रीमती डॉ. इंदिरा देवी शास्त्रिणी 'विविध स्तंभ' के अंतर्गत भाखड़ा नंगल बाँध की विशेषता एवं कुमारी शैल बाला कांसलीवाल का आलेख अनाथ बच्चों का लालन-पालन कैसे होगा। 'सामयिक चर्चा' के स्तंभ में महिलाओं की प्रसन्नता का पर्व दीपावली—श्रीमती उर्मिला वार्ष्णेय और अपनी बात यानी संपादकीय में संपादक द्वारा उत्तरी-पूर्वी उत्तर प्रदेश साहित्यकार-सम्मेलन की चर्चा की गई थी।

पत्रिका में भाषा की आलंकारिता की छाप लेखकों के नाम से ही झलकती है, यथा—पूजनीया श्रीमती विद्या देवीजी महोदया, बालिका सुश्री वर्षाकुमारी सिंह 'किरण', वही सुश्री और कुमारी आशा सक्सेना लिखने में दोहराव का दोष परिलक्षित होता है। आलेख के विषय सीमित हैं। ज्ञानवर्द्धक लेख हों, महिला संसार या सामयिक? तीनों में ही दीपावली पर्व की चर्चा की गई है, यानी लेखों के विषयों में भी दोहराव देखने को मिलता है।

'आर्य महिला' का अप्रैल १९६० में गृहस्थांक प्रकाशित हुआ। कुल साठ आलेखों में से कुल तेरह आलेख महिला लेखिकाओं द्वारा लिखे गए हैं, जिनमें सरला मिश्रा द्वारा लिखित 'गृहस्थाश्रम का और उसकी महिमा' श्रीमती विद्यादेवी द्वारा लिखित 'गृहस्थाश्रम' का दैनिक समाचार, श्रीमती सुंदरी देवी एम.ए.बी.टी का लिखा 'एकादशी व्रत', लीला प्रेमनारायण अग्रवाल का 'मीठी निंदिया आ जारी'। डॉ. चंपावती देवी का लिखा 'पितृगण मुक्ति में बाधक बंध्यत्व', निर्मला देवी-गृहस्थाश्रमी राजा रंतिदेव की आतिथ्य प्रियता, गृहस्थाश्रम में भगवान् कृष्ण द्वारा अलौकिक अतिथि-सत्कार-मंजुला देवी, श्रीमती रजनी पनिकर 'गृहिणी का उत्तरदायित्व घरेलू शांति बनाए रखना', 'किस हद तक स्वतंत्रता दी जाए' श्रीमती सत्यभामा रावत।

पुरुषों द्वारा लिखे कुछ लेखों के शीर्षक—गृहदेवी सहधर्म चरतम् मातृ-पितृ पूजा, पार्वती और परमेश्वर, गृहस्थाश्रम में द्वितीय विवाह, गृहस्थाश्रम में पुत्रवधू के प्रति सास का व्यवहार (संवाद) दुखने साहनी लमते सुखेन गृहस्थ पत्नी, घर की रानी, स्त्रियों की महत्ता, आदि। लगभग बारह आलेखों के लेखक के स्थान पर एक महात्मा का प्रसाद लिखा गया। श्रीमती कल्याण कुमारी गुप्ता द्वारा लिखित स्त्रियों के अधिकार और कर्तव्य नामक आलेख में स्त्री-पुरुष समानता की चर्चा करते हुए लेखिका सलाह देती हैं कि आप व्यर्थ में समानता के पचड़े में न पड़ें, योग्य माता और योग्य पत्नी बनें। आपका कर्तव्य है देवी को पैदा करने का, न कि दानवों को। स्त्री समानता के अधिकार पर ऐसी उथली और आलंकारिक चर्चा का मतलब क्या हो सकता है?

विज्ञापनों में खटाऊ वॉयल साड़ी का विज्ञापन है—श्वेत-श्याम चित्र में एक स्त्री सीढ़ियों से नीचे उतर रही है। दूसरा विज्ञापन 'यूज मोबिल फ्लेम' का है, जो द नेचुरल गैस कंपनी प्राइवेट लिमिटेड ५३/५७ लक्ष्मी इंश्योरेंस बिल्डिंग की ओर से जारी किया गया है। तीसरा सिंधिया स्टीम नेवीगेशन कंपनी लिमिटेड की ओर से जारी किया गया है, जिसमें ओवरसीज यात्राओं के लिए विज्ञापन दिया गया है। स्त्रियों और बालकों के वस्त्रों की सेल, सिंह छाप दाद की नामी दवा के विज्ञापन द्वारा मुफ्त में जेबघड़ी देने की योजना का प्रकाशन है। आर्य समाज द्वारा प्रकाशित पत्रिका से आर्यधर्म और भारतीय संस्कारों के थोथे नाम के अलावा अन्य कुछ उम्मीद भी नहीं की जा सकती थी, विशेषकर जब राष्ट्र और भाषा दोनों के निर्माण का प्राथमिक चरण चल रहा हो, फिर भी नारायणी देवी संपादन काल से चलती भाषा एवं आलेख चयन में शनैः-शनै परिवर्तन आता गया, जो सुंदरी देवी के संपादन काल में धीरे-धीरे दृष्टिगोचर होने लगा था। हम शोधकर्ताओं को इस सत्य से सहमत होना ही पड़ेगा कि मात्र पाँच दशकों में हिंदी भाषा और भारतीय समाज में अनेक सार्थक परिवर्तन हुए हैं, जिसमें स्त्री-पुरुष के व्यक्तित्व, उसके संबंध और आचरण, सबमें परिवर्तन हुआ है। बहुत सारे परिवर्तनों के बावजूद अभी भी कुछ मूलभूत समस्याएँ पूरी तरह से दूर नहीं हुई हैं। फिर भी राष्ट्र की दासता, परंपराओं की जकड़न और अज्ञानता तथा अंधविश्वास के अंधकार से निकलने का प्रयास जिन महिला लेखिकाओं ने किया, उनका प्रयास स्तुत्य कहा जाएगा।

चाँद—सामाजिक महिला साप्ताहिक पत्रिका का आरंभ सन् १९२० में हुआ था। सन् १९२२ में यह साप्ताहिक से मासिक हो गई। इलाहाबाद के संचालक रामरिख सहगल तथा श्रीमती विद्यावती सहगल चाँद का प्रकाशन नारी जागरण के उद्देश्य से किया गया था, किंतु पत्रिका कालांतर में अपने आपको मात्र नारी जागरण तक ही सीमित नहीं रख सकी। राष्ट्रीय चेतना, कला, साहित्य और संस्कृति की प्रतिष्ठा एवं सुधारपरक दृष्टि ही इसका उद्देश्य था। 'चाँद' का प्रकाशन प्रारंभ में चाँद कार्यालय

चंद्रलोक इलाहाबाद के नाम से लॉ जर्नल प्रेस से होता था। बाद में पत्रिका का प्रकाशन फाइन आर्ट प्रिंटिंग कॉटेज, इलाहाबाद से छपने लगी। कानपुर में क्रांतिकारियों के मध्य जो स्थान गणेश शंकर विद्यार्थी के 'प्रताप' का था, वही स्थान इलाहाबाद में 'चाँद कार्यालय' का था। चंद्रशेखर आजाद, दुर्गाभाभी आदि अनके क्रांतिकारियों का शरणस्थल चाँद कार्यालय ही था। इस पत्रिका के संपादकों में सहगल का सहयोग देने वालों में भुवनेश्वर माधव, चंडीप्रसाद, नंद किशोर तिवारी, किशोरी दास वाजपेयी, त्रिवेणी प्रसाद, नंदगोपाल सहगल, महादेवी वर्मा (१९३५), धनीराम मुंशी, निरंजन लाल वर्मा, 'चाँद' प्रेस चंद्रलोक, इलाहाबाद से प्रकाशित होनेवाले इस साप्ताहिक का वार्षिक मूल्य ४ रुपए, मासिक हो जाने पर छह रुपए पचास पैसे, प्रति संस्करण आठ आना था।

इस पत्रिका की विशेषता इसके रंगीन चित्र और विशेषांक हुआ करते थे। हर विशेषांक की पृष्ठ संख्या ४०० से ५०० पृष्ठ तक होती थी। 'चाँद' पत्रिका का फाँसी अंक जो एक विशेषांक नवंबर १९२८ में प्रकाशित हुआ था, जिसे बिरतानिया सरकार ने जब्त कर लिया था, जिसके अनेक संस्करण आज तक छप रहे हैं। इसके अलावा दिसंबर १९२२ में गल्पांक निकला, जिसके संपादक प्रेमचंद थे।

'चाँद' पत्रिका पर समसामयिक घटनाओं और विचारधाराओं का प्रभाव स्पष्ट परिलक्षित होता है, जो पत्रिका के कलेवर और सोच में परिवर्तनीयता की झलक दिखलाता है। १९२३ के एक अंक में 'विवाह या पिशाच' शीर्षक चित्र प्रकाशित हुआ है, जिसमें एक पुरुष का अस्थिपंजर महिला को प्रताड़ित कर रहा है और बाल बिखेरे हुए महिला रो रही है। चित्र के साथ अनूप शर्मा बी.ए. लिखित पंक्तियाँ दर्शनीय हैं—

'कामिनी ये अस्वामिनी होकर भारती चित्त मारकर ढाढ़ें। भस्म सारा समाज हो जाए, चित्त से आह-आह! जो काढ़े॥'

स्त्री-दैन्य के प्रति इतनी द्रावक अभिव्यक्ति और समाज की इतनी कठोर भर्त्सना तो आज प्रतिदिन स्त्री उत्पीड़न होने के बाद भी पत्र-पत्रिका से गायब है। उलटे ऐसी बातों और चित्रों के स्थान पर साबुन, तेल या पुरुष सामग्री बेचती अर्धनग्न नारी का कामुक चित्र छपा होता है, और विडंबना है कि न छापनेवाले को लज्जा आती है, न पढ़नेवाले को शर्म। दोनों एक-दूसरे पर इस बीभत्सता के प्रदर्शन का आरोप मढ़ते रहते हैं। प्रकाशक का दावा होता है कि ग्राहक जो माँगता है, जो बिकता है वो ही हम बेचते हैं, जबकि खरीददार को बेचारगी है कि उसके पास विकल्प ही नहीं है। उसका चुनाव साँपनाथ और नागनाथ के मध्य है, वह फिर क्या करे? क्रांतिकारी सिद्धांतवादी हिंदी पत्रकारिता के विकृत रूप का उत्तरदायी क्या हम सभी नहीं हैं?

'चाँद' के १९२३ के ही एक अंक के पृष्ठ ४३८ पर श्रीमती पद्माबाई संजीव राय एम.ए. का एक आलेख प्रकाशित है, जो कि विशेष रूप से 'चाँद' के लिए ही लिखा

गया है। 'विधवाओं के कार्य' शीर्षक से छपे इस आलेख में विधवा स्त्रियों के प्रति समाज के व्यवहार के परिवर्तन की बात उठाते हुए विधवा स्त्रियों को आर्थिक रूप से आत्मनिर्भर बनाने की बात कही गई है। विशेष उल्लेखनीय बात यह है कि लेख के नीचे 'चाँद' के संपादक का चार पंक्तियों का अनुरोध भी छपा है, जिसमें कन्या विद्यालयों के लिए शिक्षिकाओं की आवश्यकता को बताते हुए योग्य अभ्यर्थियों की माँग रखी गई है। यही है उत्तरदायी पत्रकारिता का सहज रूप, जो केवल समाज को स्पृहणीय राह पर चलने की सलाह ही नहीं देती है, बल्कि उसके लिए उचित अवसर और मार्ग भी तलाशती है। धन्य हैं हमारे वे पत्रकार, जिनके कारण हिंदी पत्रकारिता गौरवमयी रूप को प्राप्त कर सकी। इसी अंक के ४४३ पृष्ठ पर विधवा विवाह नियोग और सती प्रथा की भी चर्चा की गई है। विधवा विवाह के साथ-साथ विवाह संस्था पर भी आक्षेप किए गए हैं, जिसे एक चित्र द्वारा प्रदर्शित किया गया है, जिसका शीर्षक है, सीमित संकुचित विचारों के साथ घिरे पंख। चित्रों में एक रोता हुआ बालक दिखाया गया है, जिसके दोनों पंखों पर प्रांतीयता-जातीयता की कील ठुकी हुई है और बच्चे के सीने पर विवाह लिखा हुआ है। कलाकार ने विषय के साथ पूरा न्याय करते हुए अपना आक्रोश पूरी तौर पर प्रदर्शित किया है, जिससे आलेख का प्रभाव कई गुना बढ़ गया है।

जनवरी सन् १९४१ के पृष्ठ १११ पर अंग्रेजी पढ़ाई पर व्यंग्य करता कार्टून चित्र छपा है, जिसमें इंग्लिश लिखी दो किताबों के बीच दबा हुआ बच्चा प्रदर्शित है। चित्र के साथ की पंक्तियाँ चित्र के प्रभाव को दोगुना कर देती हैं—

'असर होता नहीं कुछ भी वहाँ मेरी दोहाई से।
दबा जाता हूँ मैं दिन-रात अँगरेजी की पढ़ाई से॥

'चाँद' के १८वें वर्ष के खंड दो और संख्या १ पर भारतीय समाज में बालिकाओं और स्त्रियों के साथ होनेवाले भेदभाव को प्रभावशाली ढंग से दरशाया गया है। चित्र के दो भाग हैं—एक तरफ सीसौ के यंत्र पर स्वास्थ्य लिखा हुआ है, जिसपर एक स्वस्थ शिक्षित स्त्री बैठी है और सीसौ का पटरा जमीन को छू रहा है, जबकि घूँघट काढ़े कई स्त्रियाँ दूसरे सिरे पर बैठी हैं और वह सिरा हवा में उठा हुआ है। बिस्मिल इलाहाबादी की दो पंक्तिया इसके साथ चस्पाँ हैं—

'रहे परदे में जो वह तंदुरुस्ती अपनी खो बैठे।
यही सूरत है तो फिर जिंदगी से हाथ धो बैठे॥'

दूसरे भाग में एक बालक और बालिका का चित्र बना है। एक हाथ बालक के मुँह में दूध की बोतल लगाए हुए है और दूसरा हाथ बालिका के मुँह में अँगूठा दिए हुए है। दोनों हाथों के बीच वृत्त में शिक्षा व्यय लिखा हुआ है। इस रेखाचित्र के साथ भी बिस्मिल इलाहाबादी की दो पंक्तियाँ छपी हैं—

'घर की दौलत भी लुटा देते हैं लड़कों के लिए।
लड़कियों के वास्ते तालीम में पाई नहीं॥'

सन् १९२३ के अप्रैल अंक के ४३६वें पृष्ठ पर 'भारतीय विधवाओं का जीवन' नामक लेख प्रकाशित है, जिसकी लेखिका कुमारी सुचालता एम.ए.बी.टी. हैं। जिसमें लेखिका ने लिखा है कि अब ऐसा समय आ गया है कि हिंदू समाज सामाजिक नियमों पर उदारता के साथ विचार करना शुरू कर दे। विशेषकर विवाह के नियमों में परिवर्तन की आवश्यकता है। हिंदू धर्म के अनुसार, विवाह में स्त्री पुरुष को दे दी जाती है। इस संप्रदाय के कारण ही विधवा हो जाने पर भी स्त्री उस कुटुंब को या उस पुरुष के संबंध को छोड़ नहीं सकती है और न पुनर्विवाह करने की अधिकारी समझी जा सकती है।

'चाँद' के प्रमुख विशेषांक हैं—'मारवाड़ी विशेषांक', 'विदुषी अंक' और 'भारतवर्ष अंक' आदि। 'चाँद' ने साहित्यिकता के आवरण में राजनीतिक, स्त्री-शिक्षा, सामाजिक सुधार आदि विषयों पर उत्कृष्ट सामग्रियों का प्रकाशन कर प्रदेश की हिंदी पत्रकारिता में एक नए कीर्ति-स्तंभ की स्थापना की। प्रारंभ में पत्र का स्वर राजनीतिक कम, सामाजिक सुधार का अधिक था, परंतु बाद में स्वतंत्रता संग्राम के उग्र प्रवाह में यह क्रांतिकारी विचारों की प्रमुख पत्रिका हो गई। पत्र के 'फाँसी अंक' का प्रकाशन एक ऐतिहासिक घटना थी।

सामाजिक महिला साप्ताहिक (१९२०), मासिक (१९२२) रामरख सहगल, भुवनेश्वर माधव, चंडीप्रसाद 'हृदयेश', नंद किशोर तिवारी, किशोरीदास वाजपेयी, त्रिवेणी प्रसाद, नंद गोपाल सहगल, महादेवी वर्मा (१९३५), धनीराम, मुंशी नवजादिक लाल श्रीवास्तव, सत्यभक्त, निरंजनलाल वर्मा चाँद प्रेस लि. चंद्रलोक, इलाहाबाद १९२२-२३-३८ साप्ताहिक रु. ६ वार्षिक मूल्य मासिक रु. ६.५०, वार्षिक राज संस्करण-११ प्रति। विशिष्ट उपलब्धि सचित्र विशेषांक प्रत्येक की पृष्ठ संख्या ४००-५००, विशेषांक गल्पांक (दिसंबर १९२२) संपादक प्रेमचंद, महिलांक (दिसंबर १९२३), संपादक महादेवी वर्मा शिशु अंक (१९२४), गृह-संरक्षण संबंधी विशेषांक , विधवा अंक (अप्रैल १९२३), प्रवासी अंक (जनवरी १९२६), संपादक बनारसी दास चतुर्वेदी प्रवेशांक (१९३६), सती अंक (सितंबर १९२६), चंडीप्रसाद कनौजिया अंक (मई १९३०), संपादन विशंभर नाथ कौशिक, मारवाड़ी विशेषांक (नवंबर १९२९), संपादन चतुरसेन शास्त्री नववर्षांक (नवंबर १९३६), भारत वर्षांक (दिसंबर १९२९), वेश्यांक (१९२५), अछूतांक (मई १९२७), पत्रांक (मई १९२८-१९२९), फाँसी अंक (नवंबर १९२८) ४०० पृष्ठ संपादन चतुरसेन। समाज अंक (१९३७), गांधी अंक, राजपूतानांक (१९३२), स्वातंत्र्य अंक, नारी आंदोलन अंक (१९३७), विदुषी अंक (नवंबर १९३५) संपादक महादेवी वर्मा एवं डॉ. मथुरालाल शर्मा लगभग ५६ स्तंभ जैसे विनोद वाटिका लतखोरी लाल, गृह

विज्ञान, स्मृति कुंज, चंद्रसर रंगभूमि विविध विषय-विश्ववीणा, शिल्पकुंज, साहित्य संसार आदि। प्रत्येक अंक में भावपूर्ण काव्योक्तिमय सुंदर चित्र। समग्रतः अपने युग का उत्कृष्ट पत्र।[१]

दीदी—यह पत्रिका इलाहाबाद से सन् १९४० से प्रकाशित होना आरंभ हुई। पत्रिका का प्रकाशन श्रीनाथ सिंह ने आरंभ किया। प्रत्येक प्रति का मूल्य तीन आना तथा वार्षिक मूल्य २ रुपए था। इस पत्रिका की संपादिका समिति में श्रीमती विद्यावती बी.ए. सी.टी. (सार्टिफिकेट), श्रीमती सत्यवती एम.एल.ए. स्नातिका, कुमारी हरदेवी मलकानी एम.ए., श्रीमती रतनकुमारी एम.ए, श्रीमती रानी साहिबा भदरी सन् उन्नीस सौ इकतालीस के मार्च के अंक में मोहन लाल नेहरू व्यथित तथा प्रियंवदा देवी के आलेख हैं। इस पत्रिका की प्रिंट लाइन में मुद्रक का नाम के.बी. अग्रवाल तथा प्रकाशक का नाम श्रीनाथ सिंह छपा हुआ है।

सन् १९५३ में इसकी प्रिंटलाइन में परिवर्तन मिलता है। प्रधान संपादिका श्रीमती यक्षोवती तिवारी दिया गया है। संपादिका समिति में श्रीमती विजयलक्ष्मी पंडित, रानी लक्ष्मीकुमारी रावतसर, श्रीमती रत्नकुमारी एम.ए., श्रीमती कमला शिवपुरी बी.ए. बी.टी., श्रीमती चंद्रकांता नरेथ बी.ए., श्रीमती रजनी पणिक्कर एम.ए., कुमारी विद्यावती विशारद प्रबंध संपादक श्रीनाथ सिंह तथा प्रकाशक प्रेमलता देवी प्रकाशित है। सन् उन्नीस सौ पचपन में भी संपादन की यही व्यवस्था कायम रही।

सन् १९५६ के एक अंक का मूल्य आठ आना हो गया और बाकी व्यवस्था १९५५ के अनुसार ही रही, किंतु पत्रिका के मूल स्वर और विचारधारा में धीर-धीरे परिवर्तन आने लगा था। १९५५ के अंकों में नियमित स्तंभ, रसोई, आपको कुछ पूछना है, पाठिकाओं की टिप्पणी है, अपने विचार हुआ करते थे। अंक में दो कहानियाँ, दो लेख एवं तीन कविताओं के साथ फुटकर स्तंभ के अंतर्गत कुछ सामग्री प्रकाशित है।

सन् १९५६ के सितंबर माह के अंक का मूल्य आठ आना छपा है। श्रीमती कृष्णा देवी सिंह (नेहरूजी की छोटी बहन) द्वारा लिखित संस्मरण 'नेहरूजी और पीला गुलाब' पृष्ठ ४७६-४७७ पर प्रकाशित है। रानी शकुंतला देवी का लेख 'प्रेमपत्र लेखन कला' पृष्ठ संख्या ४८०-४८१ पर छपा है। अक्तूबर के अंक श्रीमती इंदिरा गांधी द्वारा लिखित लेख-'बाल कल्याण के विविध पहलू' शीर्षक से पृष्ठ ५२१ पर छपा है। 'दीदी' पत्रिका भारतीय स्त्रियों तथा कन्याओं की सचित्र मासिक पत्रिका रही है। सन् १९४८ में गांधी अंक का प्रकाशन किया गया। स्तंभ अपनी बात के अंतर्गत कई शीर्षकों से टिप्पणियाँ की गई थी।

---

१. वृहद् हिंदी पत्रकारिता कोष, डॉ. प्रताप नारायण टंडन, पृ. ५४

पहला शीर्षक 'असंभव संभव हो गया' के अंतर्गत लेखक ने लिखा है—'हमारे प्यारे बापू पर कोई हाथ उठा सकता है, इसको हम असंभव मानते थे। इस संसार में उनका भी कोई शत्रु है, इसकी हम कल्पना तक नहीं कर सकते थे, परंतु असंभव संभव हो गया।'

'दीदी का संकल्प' शीर्षक से टिप्पणी थी—'बापू के अभूतपूर्व बलिदान की इस दुःखद वेला में दीदी यह संकल्प करती है कि वह भारत की महिलाओं के उन सिद्धांतों और विचारों के प्रचार का सतत प्रयत्न करती रहेगी, जो बापू को अत्यंत प्रिय थे। दीदी का गांधी अंक बिना विज्ञापन के प्रकाशित किया गया था। उसमें केवल कुछ ऐसी पुस्तकों के विज्ञापन दिए गए, जिन्हें बापू बहनों के हाथ में देखना चाहते थे। इस अंक में सुमित्रानंदन पंत की कविता 'बापू के प्रति', बच्चन की कविता 'शहीदों के शहीद', रामचंद्र शुक्ल सरस की 'बापू के निधन पर', श्रीमती शकुंतला जेथ की 'ओ बापू तू अमर प्रधान', मैथिली शरण गुप्त की 'गांधी के प्रति', श्रीमती शांति नलिनी 'मनु हा, बापू', स्वर्णलता अग्रवाल एम.ए. 'बापू को श्रद्धांजलि', चाँदमल अग्रवाल चंद्र का 'बापू अष्टक' प्रकाशित किए गए थे। अन्य लेखों के लेखकों में पं. वेंकटेश नारायण तिवारी, पत्रकार संत निहाल सिंह, श्रीमनारायण अग्रवाल, श्रीनाथ सिंह, श्रीमती चंद्रकांता जेरथ, डॉ. सुशीला नायर, सरदार वल्लभ भाई पटेल, पं. जवाहर लाल नेहरू तथा सत्यभक्त थे।'

इस अंक के मुखपृष्ठ पर गांधीजी का हाथ जोड़े चित्र था तथा पत्रिका के भीतर भी कुल मिलाकर तेरह चित्र प्रकाशित थे। गांधी के प्रिय गान 'रघुपति राघव राजा राम' पर लिखित 'रघुपति राघव पर राजा राम' की चार पंक्तियों में से एक-एक सभी पृष्ठों पर दुहराई गई थी।

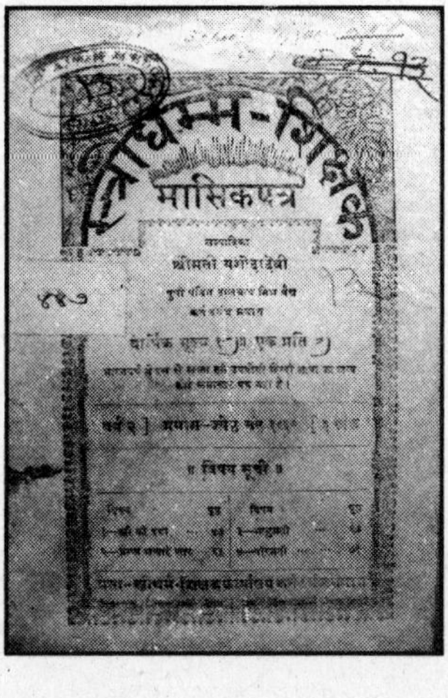
मासिकपत्र

स्त्री धर्म शिक्षक—मासिक पत्रिका का प्रकाशन अगस्त सन् १९०९ में दातागंज बदायूँ से आरंभ हुआ। इसकी संपादिका यशोदा देवी थी, इसका वार्षिक मूल्य एक रुपए, छः पैसे में नमूने की प्रति निःशुल्क भेजी जाती थी। मोटे टाइप में प्रकाशित प्रत्येक अंक में लगभग तीस पृष्ठ हैं। दूसरे वर्ष से स्त्री धर्म शिक्षक के ग्राहकों को केवल छह आना दो पैसा अतिरिक्त देकर चार सौ पृष्ठों की छह पुस्तकें उपहार में दी गईं। उपहार में दी गई पुस्तकों का मूल्य दो रुपए था। 'स्त्री धर्म शिक्षक' का दूसरे वर्ष के प्रथम अंक के ऊपर प्रकाशन स्थल के ऊपर रामनारायण

चौबेपुर कानपुर लिखा हुआ है, जिसकी प्रति प्रेमनाथ चतुर्वेदी लेखक महिला पत्रकार के पास सुरक्षित थी।

इस मासिक पत्र के मुखपृष्ठ पर छपा रहता था—'भारतवर्ष में इससे सस्ता स्त्री उपयोगी हिंदी भाषा का अन्य कोई समाचार-पत्र नहीं है'। इस मासिक पत्रिका के प्रथम वर्ष के प्रथम अंक के लेखों के विषय में नारी शिक्षा, हमारा कर्तव्य, विद्या, शिक्षा रत्न, पहेली, श्रीमती जयदेवी और श्रीमती चंद्रदेवी द्वारा लिखित कविताएँ और यशोदा देवी द्वारा लिखित कहानी, पृथ्वीराज की रानी, पतिव्रता धर्म महिमा, स्वास्थ्य रक्षा और चतुर रानी आदि थे। प्रथम वर्ष में पत्रिका के कुल नौ अंक प्रकाशित हुए थे। द्वितीय वर्ष के प्रथम अंक में कुल दस विषयों पर आलेख संकलित हैं, जिसमें नवीन वर्ष आरंभ, धर्म, बालिकाविलाप, धर्मशास्त्र, नीतिशास्त्र, राजबाला, स्वतंत्रता, स्त्रीजाति की विशेषता, शिक्षारत्न आदि थे।

बापू राज पत्रिका—'बापूराज' का प्रकाशन पशुलोक ऋषिकेश से सन् १९५२ के मई माह में आरंभ हुआ, इसकी संपादिका मीरा बहन थीं। इस मासिक पत्रिका का प्रथम अंक पशुलोक ऋषिकेश से प्रारंभ हुआ। बाद के गोपाल आश्रम डाकखाना पिलखी जिला टिहरी-गढ़वाल से प्रकाशित हुए। पत्रिका फुलस्केप आकार के छह पृष्ठों में छपती थी। प्रत्येक अंक का मूल्य तीन आना और छमाही का शुल्क एक रुपए मासिक था। 'बापू राज' पत्रिका की संपादिका और प्रकाशिका मीरा बहन पत्रिका के अंतिम पृष्ठ पर बापू राज के स्वरूप का प्रकाशन करती थी—

१. मजबूत गाँव जहाँ खुराक, कपड़ा और घर बनते रहेंगे।
२. सीधी-साधी सरकार हुकूमत का ज्यादा काम ग्राम पंचायत करेगी।
३. सरल कानून वकील नहीं।
४. ईमानदार पुलिसवाले जनरक्षक फौज को विदा।
५. न पूँजीपति न जमींदार।
६. अच्छे स्कूल।
७. सब शारीरिक काम करेंगे। सबको शुद्ध खुराक।
८. बाहरी मुल्क से कर्जा नहीं।

मीरा बहन ने पत्रिका में संपादक की चिट्ठी में लिखा है—हमारे नेता लोग बापू राज के लिए तैयार नहीं हैं और अब आप किसानों को अपनी माँग को एक स्वर से आगे बढ़ाकर उन्हीं को तैयार करना होगा। तब दुनिया देखेगी कि कौन तैयार है और कौन नहीं! शर्म के मारे नेताओं को या तो बापू राज स्वीकारना पड़ेगा या संन्यास लेना पड़ेगा। पत्रिका के अन्य पृष्ठों पर मवेशियों का सुधार, सफाई, ग्रामीणों और शहरियों से मीरा बहन के विचार प्रकाशित हैं। 'बापू राज' पत्रिका के प्रकाशक हैं धर्मपाल और मुद्रक

हैं—देवेंद्र विशारद, विज्ञान प्रेस ऋषिकेष, देहरादून।

मीरा बहन ब्रिटेन के नौसेना अध्यक्ष एडमंस स्लैंड की पुत्री थीं, जिनका वास्तविक नाम मैडेलिन स्लैंड था। महात्मा गांधी के संपर्क में आने पर उन्होंने चरखा कातने और हिंदी में दक्षता प्राप्त की। महात्मा गांधी की मृत्यु के बाद उनकी प्रिय सेविका मीरा बहन को 'बापू राज' के सिद्धांत जीवित रखने के लिए घोड़े की सवारी कर पहाड़ी गाँव का अकेले दौरा करते रहना पड़ता था। अंत में उन्होंने ऋषिकेष के निकट पशुलोक आश्रम को छोड़कर भिलंगना घाटी के गवली गाँव के एक छोर पर गोपाल आश्रम की स्थापना १९५२ में की। यह एक बहुत छोटा सा आश्रम था, जिसमें मीरा बहन की कुटिया, एक गोशाला, रसोईघर और दो कमरे थे। उन्होंने पत्रिका के प्रकाशन के अलावा गायों की नस्ल सुधार और कंपोस्ट खाद पर अनेक प्रयोग किए। साथ ही उन्होंने चीड़ के वनों और बाँझ के वनों को पुनर्जीवित करने के महती प्रयास भी किए।

सरस्वती—सामाजिक मासिक, २५ वर्षों तक १० करोड़ हिंदुस्तानियों का नेतृत्व करनेवाली मासिक पत्रिका। संस्थापक मंडल—जगन्नाथ दास 'रत्नाकर', डॉ. श्याम सुंदर दास, राधाकृष्ण दास, कार्तिक प्रसाद खत्री, किशोरी लाल गोस्वामी (जनवरी १९००-०१), डॉ. श्यामसुंदर दास (दिसंबर १९०२), आचार्य महावीर प्रसाद द्विवेदी (जनवरी १९०३-१९२१), कामता प्रसाद गुप्त (१९१८), पदुमलाल पुन्नालाल बख्शी (१९२१-२५ जुलाई १९२७ तथा जनवरी १९५२), देवीदत्त शुक्ल (जनवरी १९२५-२९), हरिकेशव घोष व्यवसंस्थापक इंडियन प्रेस (१९२६), श्रीनाथ सिंह (१९३४-३४), उदयनारायण वाजपेयी (सहायक), गणेश शंकर विद्यार्थी-देवी दया चतुर्वेदी 'भरत', हरिभाऊ उपाध्याय-देवी प्रसाद शुक्ल, शंभुनाथ शुक्ल, ठाकुर प्रसाद मिश्र (१९२८-३३), लल्लीप्रसाद, उमेश चंद्र मिश्र (संयुक्त संपादक १९३५-४५) एवं पं. श्री नारायण चतुर्वेदी (१९५५-५६)। प्रवर्तक बाबू चिंतामणि घोष, इंडियन प्रेस, इलाहाबाद १ जनवरी, १९००; फरवरी १९७६ पुनः मई ७६ तक मूल्य २५ पैसे प्रति अंक, ३ रु. वार्षिक। हिंदी जगत् का मूर्धन्य साहित्यिक पत्र। आरंभ में नागरी प्रचारिणी सभा काशी के अनुमोदन से प्रकाशित। १९०५ तक इसके मुखपृष्ठ पर सभा का नाम। कालांतर में यह 'अनुमोदन' निरस्त। द्विवेदीजी के संपादन काल में यह पत्र चरम उत्कर्ष पर। वे १५०रु. मासिक की नौकरी छोड़कर बीस या पच्चीस रु. मासिक वृत्ति स्वीकार करके इसमें नियुक्त हुए थे। आरंभ के १५ अंकों में ५ संपादकों के अतिरिक्त १० लेखकों ने लिखा। कलेवर १६ से २१ पृष्ठों तक। जनवरी १९१० के संपादकीय में उन्होंने स्वीकार किया कि इस पत्र के ५०-६० पृष्ठों के प्रति अंक ४०-५० पेज जुहू (कानपुर) के मैदान में बैठकर लिखे हैं। उनके छद्म नाम थे—कल्लू, अल्हैत, गजानन गणेश गर्वखंडे, पर्यालोचक, कमल किशोर त्रिपाठी आदि। प्रमुख स्तंभ-सामयिक प्रसंग, विचार प्रवाह, मातृ मंडल, विज्ञान की

करामात, चारू चयन, आलोचक चित्रण, बालक विनोद, कामिनी कौतूहल (१९०३) पुस्तक परीक्षा, हास्य-विनोद, जाग्रत् महिलाएँ, नाविक के तीर, चिट्ठी-पत्री आदि। द्विवेदीजी ने इसे परिपूर्ण बनाया। उनके द्वारा संपादित सरस्वती की मूल प्राचीन प्रतियाँ भारत कला भवन, वाराणसी में संगृहीत ७ प्रवेशांक का ४ आने मूल्य। इकरंग आवरण। मंडल की ओर से श्यामसुंदर का संपादन। मुखपृष्ठ पर तुलसी, सूर, भारतेंदु, सितारे हिंद तथा वीणापाणि के चित्र आकार १० गुणा ७। प्रथम संस्करण की ७०० प्रतियाँ प्रकाशित। घोषणा 'परम कारुणिक सर्वशक्तिमान जगदीश्वर की अशेष अनुकंपा ही से ऐसा अनुपम अवसर आकर प्राप्त हुआ है कि आज हम लोक हिंदी भाषा के रसिक जनों की सेवा में नए उत्साह से उत्साहित हुए हैं, जिसका नाम 'सरस्वती' है।' इस अंक में भूमिका के साथ 'भारतेंदु चरित्र' शेक्सपियर नाटिका, आलोक चित्रण आदि रचना प्रकाशित। प्रथम वर्ष में ज्ञान-विज्ञान, इतिहास-भूगोल, भाषा-जीवन, चरित्र आदि से संबंधित ५६ लेख। हिंदी की प्रथम कहानी 'इंदुमति' 'सरस्वती' में ही छपी थी। श्रीधर पाठक की कविताएँ, किशोरी लाल गोस्वामी कृत पहली खड़ी बोली कविता और महावीर प्रसाद द्विवेदी रचित कविता महत्त्वपूर्ण हैं। प्रथम वैज्ञानिक कहानी 'चंद्रलोक की यात्रा' इसी में छपी। पत्रिका के आर्थिक स्तर से खिन्न संपादक डॉ. श्यामसुंदर ने १९०१ में मुक्ति ली।

इसी बीच इंडियन प्रेस द्वारा शिक्षा विभाग की एक पाठ्यपुस्तक की खरी आलोचना करने के कारण बाबू चिंतामणि घोष आचार्य द्विवेदी के प्रति आकृष्ट हुए। जनवरी १९०३ से द्विवेदीजी सक्रिय हुए। उन्होंने २ वर्षों में ५५ लेख और ४ कविताएँ स्वयं लिखीं।

ब्रजभाषा की शृंगार-हास्यपरक रचनाओं को हतोत्साहित कर परिष्कृत खड़ी बोली की विविध विषयक रचनाएँ प्रस्तुत कीं। १९१६ से साढ़े चार रु. वार्षिक मूल्य पर ७२ पृष्ठों के अंक प्रकाशित लेखकों को पारिश्रमिक भी दिया जाने लगा। मुख्य लेखक प्रसाद, पंत, बच्चन, महादेवी, दिनकर, नरेंद्र शर्मा, नाथूराम शंकर सनेही, मैथिलीशरण गुप्त, देवी प्रसाद 'पूर्ण' हितैषी, माखनलाल, रामकुमार वर्मा, सुभद्राकुमारी, बालकृष्ण शर्मा नवीन, वियोगी, मिलिंद, प्रेमचंद, वृंदावनलाल वर्मा आदि। बहिष्कृत लेखक बालमुकुंद गुप्त, जगन्नाथ प्रसाद चतुर्वेदी, गोविंद नारायण मिश्र, माधव प्रसाद मिश्र आदि। कई विवाद महत्त्वपूर्ण अंक—कहानी अंक, स्वराज्य अंक, श्रद्धांक, द्विवेदी स्मृति अंक आदि।

'सरस्वती' ने कहानी विधा को मान्यता दी, बंग महिला की 'इंदुमती', गुलेरीजी की 'उसने कहा था', रामचंद्र शुक्ल 'ग्यारह वर्ष का समय', प्रेमचंद एवं वृंदावनलाल वर्मा की पहली-पहली कहानी प्रकाशित की 'कामायनी' के कई सर्ग मधुशाला, पंत, महादेवी आदि की अनेक छायावादी कविताएँ भी प्रकाशित हुईं।

इसके अतिरिक्त राजपूत शैली, काँगड़ा शैली, मुगल शैली, रवि वर्मा के दुर्लभ चित्र प्रकाशित। उद्देश्य 'सरस्वती श्रुति महंती न हीयताम्'। वस्तुतः 'सरस्वती' द्विवेदी

युग की प्रवर्तक नवीन भाव-भाषा की प्रेरक संपादकीय निष्ठा (तपस्या) की प्रतीक हिंदी की सर्वाधिक महिमामयी पत्रिका थी।

इंदु—सामाजिक मासिक अंबिका प्रसाद गुप्त, रूपनारायण पांडेय पुनर्मुद्रण रत्नशंकर प्रसाद द्वारा विक्रमी १९६० में गोवर्धन सराय वाराणसी से सितंबर १९०९ में प्रकाशित। वार्षिक मूल्य २ रु.। १९१५ तक नियमित प्रकाशन फिर १० वर्ष बंद। पुनः १९२७ में आरंभ। प्रसिद्ध साहित्यिक पत्र प्रसाद साहित्य और छायावादी काव्य आंदोलन का वाहक सूक्ति काव्य 'महोदधि ते प्रगट्यो रस, रीति, कला युत पूरन इंदु' अपने युग का प्रतिनिधि पत्र, इसके आवरण पृष्ठ पर इंदुशेखराय नमः; उसके नीचे उच्च कोटि का साहित्यिक मासिक पत्र। रस-रीतिकाल युक्त और प्रसाद रचित यह छंद प्रकाशित।

सज्जन चित्तचकोरन को हुलवासन भावन पूरो अभिंदुहनै मोहन काव्य के प्रेमिन के हित साँच सुधारस को बलिबिंदु है ज्ञान प्रकाश प्रसारि हिय बीच ऐसो जो मूर्खता तक बिंदु है। काव्य महोदधि ते प्रगट्यो रस रीति कला युग पूरन इंदु है। आरंभ में प्रसादजी की कृतियाँ इसमें 'साहू' उपनाम से प्रकाशित होती थी। अश्विन १९६६ विक्रमी के अंक से नई सूक्ति प्रकाशित—

'सुखद शीतल राशि बरसि सुधाशिवभालते।
चहुँ दिशिकला प्रकाश 'इंदु' सकल मंगल करें।'

इसे बाबू जयशंकर प्रसाद साहब रईस (सुँघनी साहू) के अतिरिक्त ९ साहब बहादुर महाराजाओं का संरक्षण प्राप्त। मुख्य स्तंभ विविध प्रसंग, पुस्तक परिचय, मस्तराम के मंतव्य, कसौटी, मिस्टर लतखीरी लालू, मासिक संवाद, जीव विज्ञान, मकरंद बिंदु चित्रचर्चा, आलोचना, प्रत्यालोचना, मोती के होने पुष्प चयन, सामयिक प्रसंग आदि। आरंभ में सचित्र।

प्रभा—सामाजिक साहित्यिक मासिक कालूराम गंगरीडे, कृष्णदत्त पालीवाल, गणेश शंकर विद्यार्थी, देवदत्त शर्मा, माखनलाल चतुर्वेदी (१९१३-२५), शिवनारायण मिश्र, शिवदान सिंह, बालकृष्ण शर्मा नवीन अक्तूबर १९२३-२५, खंडवा प्रताप प्रेस, कानपुर अप्रैल १९१३ रु. ३ वार्षिक राष्ट्रीय भावधारा का प्रेरक पत्र सूक्ति—या निशा सर्वभूतानां—उठो भाइयो नींद को छोड़ दो, जगो जाता आलस्य का छोड़ दो मिटे सर्वदा को अविद्या निशा, प्रभापूर्ण हो जाए प्राची दिशा, आरंभ में आकार १० गुणे ६ मूल्य ३ रु. वार्षिक। आरंभिक घोषणानुसार 'विविध विषय संपन्न सचित्र राजनीतिक

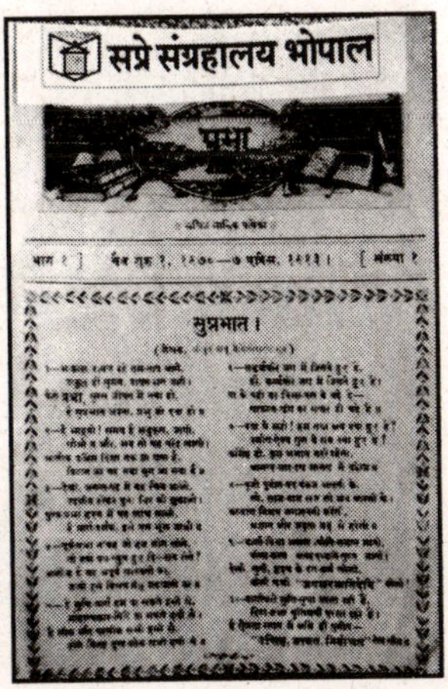
सप्रे संग्रहालय भोपाल

प्रभा

सुप्रभात।

मासिक पत्रिका' थी। प्रमुख विशेषांक—पंजाब हत्याकांड, रायबरेली हत्याकांड, अकाली सत्याग्रह, लोकमान्य तिलक की स्मृति, राष्ट्रीय अंक, झंडा अंक, बेलगाम कांग्रेस अंक आदि। झंडा विशेषांक एवं स्वाधीनता संग्राम का बायस्कोप। निर्भीक—निष्पक्ष, गवेषणा पूर्ण सामग्री, प्रभा द्वारा गीत काव्य और राष्ट्रीय काव्य को प्रश्रय। स्वतंत्रता संग्राम में इसका विशिष्ट योगदान। राष्ट्रीय अंतरराष्ट्रीय गतिविधियों पर लेख और सचित्र लेखमालाएँ प्रकाशित। १९१७ पूर्व साहित्यिक पश्चात् राजनीतिक पत्र 'प्रभा' में 'भावों की भिड़ंत' लेख द्वारा निराला पर टैगोर के प्रभाव का ऐतिहासिक प्रवाद।

माधुरी—सामाजिक मासिक, प्रबंधक विष्णुनारायण भार्गव, अध्यक्ष नवलकिशोर, तेज कुमार, शिवपूजन (१९२५), पं. कृष्ण बिहारी मिश्र (१९२७), मुंशी प्रेमचंद (१९२७-३३), दुलारेलाल भार्गव, रामसेवक त्रिपाठी (१९३१), पं. मातादीन सुकुल (१९३३), रूपनारायण पांडेय, बाँकेबिहारी भटनागर (१९३७), चंद्रकिशोर तिवारी, रामेश्वर शुक्ल 'अंचल', भगवती प्रसाद वाजपेयी, नवल किशोर प्रेस, लखनऊ श्रावण शुक्ला सप्तमी तुलसी सं. २९९/३० जुलाई १९२२ आरंभिक शुल्क साढ़े छह रुपए वार्षिक, प्रति अंक आठ आने। छायावाद युग का प्रतिनिधि पत्र सूक्ति 'सिता मधुर मधु तिय अधर सुधा माधुरी धन्य। पै यह साहित माधुरी नव रसमयी अनन्या'। मुख्य स्तंभ—साहित्य-समीर (रिव्यू) निकुंज त्रिधारा, सुमन संचयन, महिला मनोरंजन, पुस्तक-परिचय विविध-विषय, साहित्य सूचना, चित्रचर्चा संगीत सुधा, अंतःज्योति कुसुमकुंज बाल-वाटिका, बाल विनोद, मधुवन विज्ञान वाटिका, स्वरलहरी, मसि बिंदु मुसकान, कृषि कौशल, जीवन ज्योति, आलोक प्रवाह, दिव्य ज्योति, कविचर्चा आदि। मुखपृष्ठ पर मुद्रित, 'विविध विषय विभूषित साहित्य संबंधी सचित्र मासिक ३-४ सुंदर चित्र प्रति अंक में प्रकाशित।

उत्तरा—उत्तर प्रदेश के पर्वतीय अंचल और अब उत्तराखंड से प्रकाशित होनेवाली प्रतिष्ठित महिला पत्रिका है। पिछले दो दशकों से नैनीताल से डॉ. शीला रजवार, उमा भट्ट, कमला पंत एवं बसंती पाठक के अनवरत लगन और निष्ठा से निकलनेवाली 'उत्तरा' निश्चित रूप से उत्तर-आधुनिक नारी की पत्रिका है। जिसे संपादक मंडल ने व्यावसायिकता के इस घनघोर काल में भी विज्ञापन रूपी काली छाया से बचाकर रखा है, जिसके लिए इन पहाड़ी महिलाओं के जुझारूपन को साधुवाद दिया जाना चाहिए। कुल पचास पृष्ठों की इस महिला पत्रिका में संपादकीय उत्तरा का कहना है और हमारी आपकी चिट्ठियाँ ही दो स्थायी सतंभ हैं। दुनिया इसके अलावा राजनैतिक, सामाजिक और महिला समस्याओं, महिलाओं की उपलब्धियों तथा महिलाओं के विचारों के अलावा कहानियाँ और कविताएँ भी शामिल की जाती हैं। जिसमें हिमांशु जोशी और महाश्वेता देवी जैसे नामी साहित्यकारों के उपन्यासों के अंश हैं तो चित्रा मुद्गल, विभा देवसरे जैसी रचनाकारों की महिला स्वर वाली रचनाएँ भी रहती हैं। 'उत्तरा' महिला पत्रिका होने के

बावजूद अनेक पुरुषों का लगातार सहयोग मिलता रहता है, जिनमें गिर्दा जैसे समाजसेवी के अलावा अन्य लोगों के समसामयिक लेख भी 'उत्तरा' की पहचान में जुड़ते रहे हैं। सन् २००५ के अक्तूबर-दिसंबर अंक में गोविंद सिंह असिवाल का सानिया मिर्जा के नाम खुला खत 'सानिया बुर्का ओढ़ के खेला।' रात की पाली में महिलाओं के काम का अधिकार पर उजाला घड़ी से साभार ली गई प्रतिक्रिया 'मैं हँसू या रोऊँ' कारा प्रथा: एक विश्लेषण, सपने नैतिकता और संवेदना, पंचायत शीर्षक स्तंभ में पुरुष दुर्ग पर महिलाओं की दस्तक।

सन् २००५ के अप्रैल-जून अंक में महिला आंदोलन के सम्मेलन इतिहास और परिप्रेक्ष्य, राजधानी या लोकधानी विचार महिलाएँ उत्पीड़ित होनेवाली पहली और मुक्त होनेवाली आखिरी है (बातचीत)। पैतृक संपत्ति में लड़कियों का अधिकार कानून समान नागरिक अधिकारों से वंचित विधवा राजनीति के कुचक्र में अपनी अस्मिता खोने वाली नारियाँ, डायरी शीर्षक से सात समुंदर पार इतिहास का सबसे बड़ा कलंक में दासप्रथा के बारे में चर्चा की गई थी, हमारी दुनिया में कुवैती महिलाओं को वोट का अधिकार, मीडिया किसके लिए, समान उत्तराधिकार कानून, सुनामी का प्रभाव, मुसलिम वुमन पर्सनल लॉ बोर्ड, तलाक के बढ़ते मामले, एक नई पहल की ओर, शराब के खिलाफ शांति रंगनाथन का संघर्ष के समाचार शामिल हैं।

आईना—लखनऊ से २० रुपए मूल्य की इस पत्रिका का प्रकाशन सन् १९९९ के दिसंबर माह से आरंभ हुआ। इस त्रैमासिक पत्रिका की प्रतिबद्धिता महिला आंदोलन और महिलाओं को स्थिति समस्या के प्रति थी। पत्रिका के प्रथम अंक के मुखपृष्ठ पर काले रंग के पार्श्व में श्वेत रंग से पृथ्वी को हाथ में उठाए राष्ट्रकवि स्वर्गीय दिनकर की चार पंक्तियाँ भी छपी हुई थीं, 'दुनिया केवल उन्हीं को न पूजे, जिन्होंने जीत हासिल की है, वह उन्हें भी जरा हमदर्दी से देखे, जिन्होंने जिंदगी की बाजी हारी है।' पत्रिका के प्रधान संपादक सुमित औजमंड शॉ संपादक डॉ. मंजु शुक्ला हैं। पत्रिका में कुल २० आलेख संकलित हैं। पत्रिका हिंदी और अंग्रेजी दो भागों में है। बीस में से चार आलेख अंग्रेजी में है। संपादकीय 'क्या कहता है आईना' काव्य के अंतर्गत पत्रिका का उद्‌देश्य 'हर स्त्री को उसके अधिकार पूर्ण सम्मानित अस्तित्व का अहसास कराने की एक पहल है।' 'आईना' को अधिसंख्य स्त्री समाज को आवाज देने की कोशिश बतलाया है। पहले पृष्ठ पर डॉ. विद्या बिंदु सिंह की कविता 'माँ' छपी है। इतिहास स्तंभ के अंतर्गत स्व. महादेवी वर्मा के आलेख 'नारीत्व का अभिशाप' आलेख को संयोजित किया गया है। 'दृष्टिकोण' स्तंभ में राजेंद्र यादव का आलेख 'आदमी की निगाह में औरत' को संकलित किया गया है जो अरविंद जैन की पुस्तक 'औरत होने की सजा' से लिया गया है। 'रू-ब-रू' स्तंभ में लखनऊ विश्वविद्यालय की प्रथम महिला कुलपति प्रोफेसर रूपरेखा

वर्मा से डॉ. मंजु शुक्ला द्वारा लिया गया साक्षात्कार छपा है। महिलाओं की बेहतरी के लिए समर्पित कार्यकर्ता अरविंद जैन का आलेख 'होइहें सोई जो पुरुष राचें राखा' को 'हकीकत' स्तंभ के अंतर्गत स्थान दिया गया है। लखनऊ मनोविज्ञान विभाग पूर्व विभागाध्यक्ष डॉ. विमला अग्रवाल ने आत्मकथा में 'बचपन की अल्हड़ता से वृद्धावस्था की संजीदगी का सफर', 'बलात्कार पौरुष नहीं पाशविकता है' में एक भुक्तभोगी का दर्द बाँटने का प्रयास है। बांग्लादेशी लेखिका तस्लीमा नसरीन कृत 'नष्ट लड़की नष्ट गद्य' से एक अंश 'मैगलोमेनिया माई नेम इज मैन' भी संकलित है।

दिनेंद्र कुमार सरकार द्वारा 'नारी-भोज' नामक आलेख 'हैवानी प्रथाएँ' स्तंभ में तथा 'कुछ सुझाव' स्तंभ में डॉ. नीलम सिंह के आलेख 'सामाजिक परिवेश में महिलाओं के प्रजनन स्वास्थ्य के प्रति पुरुषों की जिम्मेदारियाँ' भी सम्मिलित हैं। प्रधान संपादक सुमित औजमंड शॉ द्वारा 'मेरा पुरुष मन' में समाज को आईना दिखाने का प्रयास किया है। 'सड़कों पर उधड़ता सच, स्त्री को चरित्रहीन बनाने में समाज का योगदान' 'आईना' डेस्क के द्वारा 'सृजन' स्तंभ के अंतर्गत कलाकृतियों 'स्त्री देह' की पड़ताल करने का सुधी प्रयास किया है। स्त्री देह और मन को लेकर रची गई कुछ कविताओं के अलावा वुमेन ऐंड क्राइम, वुमेन वर्सेस क्राइम, प्राब्लम्स ऑफ वुमेन आदि आलेख हैं। संपादकीय कार्यालय २०, गोपाल नगर, आलमबाग, २२६०२३।

जागरण सखी—जागरण समाचार-पत्र द्वारा महिलाओं के लिए 'जागरण सखी' नामक मासिक पत्रिका का प्रकाशन पिछले दशक से किया जा रहा है। रंगीन ग्लोसी कागज पर लुभावनी छपाईवाली दर्शनीय पत्रिका में अन्य घरेलू पत्रिकाओं या महिला पत्रिका से अलग कुछ भी नहीं देखने में आता है। डिजाइनर वस्त्रों और जेवरों से सजी-धजी महिला के चित्र के साथ 'जागरण सखी' मेरी असीमित दुनिया के साथ मुख्य आलेखों के शीर्षक रंगीन अक्षरों में सजे रहते हैं। कवर स्टोरी, विशेष रचनाएँ, व्यक्तित्व, फैशन, सौंदर्य, पर्यटन, लेख/फीचर, रेसिपी, साहित्य में तथा साथ नियमित स्तंभ हैं। साथ में स्तंभ में सखी के पत्र सखी का सौंदर्य, मुसकाता बचपन, उलझनें सखी की, व्यक्तिगत समस्याएँ, बोलते सितारे तथा हाजिरजवाब आदि उपशीर्षक संकलित होते हैं। साहित्य में प्रत्येक अंक में एक कहानी और व्यंग्य स्तंभ होता है। रेसिपी के अंतर्गत एक रेसिपी किसी महत्त्वपूर्ण व्यक्ति की

विशेष रेसिपी होती और एक अन्य व्यंजन भी शामिल होता है। व्यक्तित्व स्तंभ दिल से, आईना खूबसूरती का राज में अधिकतर फिल्मी तारिकाओं या स्टारों से साक्षात्कार या उनपर लेख होते हैं। कभी-कभार अन्य क्षेत्रों में उपलब्धि अर्जित करनेवाली महिलाओं को भी स्थान दिया जाता है। कवर स्टोरी अधिकांश तौर पर लाइफ स्टाइल के विभिन्न पक्षों को लेकर होती है। कभी-कभार बुनाई, कढाई, पर्यटन, पर्व पर फलाहारी व्यंजन अंक त्योहारों पर विशेष व्यंजनों को लेकर व्यंजन अंक या फिर पर्यटन, बागवानी आदि विषयों को लेकर ही चलते हैं। महिला मुद्दों, समस्याओं पर सतही किस्म के फीचर देखने को मिलते हैं। कुल तीस रुपए मूल्य की इस पत्रिका की संपादक प्रगति गुप्ता हैं। वरिष्ठ उपसंपादक बिनीता कुमार, मुख्य उपसंपादक इला श्रीवास्तव, इष्टदेव सांकृत्यायन सहायक संपादक आलोक कुमार हैं। पत्रिका के प्रकाशक-मुद्रक निशिकांत ठाकुर द्वारा जागरण प्रकाशन के ५०१ (पाँच सौ एक) आई.एम.एस. बिल्डिंग, रफी मार्ग, नई दिल्ली से प्रकाशित की जा रही है।

नक्षत्र वाणी—ज्योतिष विज्ञान से संबंधित हिंदी मासिक पत्रिका भारतीय 'नक्षत्र वाणी' का प्रकाशन सन् १९९६ के मई माह से आरंभ हुआ, जिसकी प्रबंध संपादक श्रीमती गायत्री देवी हैं। इस पत्रिका के मुद्रक-प्रकाशक पं. राधेश्याम शास्त्री हैं; २११ प्रिंस कॉम्प्लेक्स, हजरतगंज, लखनऊ से मुद्रित होकर २/१०६ विवेक खंड गोमती नगर से प्रकाशित। पत्रिका के स्थायी स्तंभों में चिकित्सा, वास्तुशास्त्र, मनोविज्ञान एवं ज्योतिष शास्त्र हैं। कुल चालीस पृष्ठों की पत्रिका की कीमत दस रुपए है। सन् १९९६ के जून माह की पत्रिका लेखिका के पास संगृहीत है, जिसमें अन्य स्थायी स्तंभों के अलावा संपादक की लेखनी से, आपके पत्र, ग्रहों द्वारा प्राप्त सूचना, राहु कॉलम विचार, मुँहासा, एक ज्योतिष शास्त्रीय विश्लेषण, संस्थान समाचार, राष्ट्रीय ज्योतिष समाचार, पंचांग एवं ग्रह स्थितियाँ, महत्त्वपूर्ण मुहूर्त, चंद्र से सभी ग्रहों की दृष्टियाँ एवं सभी ग्रहों की परस्पर दृष्टियाँ, जून माह आपके लिए कैसा रहेगा, मेष संक्रांति, विशेष रेडियो वार्त्ता आदि। पत्रिका 'भारतीय ज्योतिष विद्यापीठ' की सहयोगी संस्था है। संपूर्ण पत्रिका में मात्र एक हृदय संबंधी व्याधियाँ एवं गृह आलेख मृदुला त्रिवेदी द्वारा लिखित हैं, इसके अलावा सभी पुरुषों के हैं। अधिकांश लेख संपादक पं. राधेश्याम शास्त्री के ही हैं।

ग्रामवासी—समाचार-पत्र १९२३ में बनारस से आरंभ हुआ। साल भर में ही पाक्षिक से साप्ताहिक समाचार-पत्र हो गया। १९४० में जिलाधिकारी भदोही के नोटिस द्वारा 'ग्रामवासी' निरस्त किया, तब प्रेस काशी राज्य सीमा से बाहर चेतगंज ले जाया गया। सन् १९४० में 'ग्रामवासी' पर प्रतिबंध। लखनऊ जनपद से स्वतंत्रता सेनानी पत्रकार पं. ग्रामवासी द्वारा १९२३ में स्थापित 'अवध ग्रामवासी साप्ताहिक' का प्रकाशन पिछले दो दशकों से उनकी पुत्री शुभाशा मिश्रा द्वारा किया जा रहा है। चार पन्ने के

टेबलायड आकार के समाचार पत्र में चुनिंदा राष्ट्रीय और प्रादेशिक समाचारों का संकलन रहता है। दो रुपए मूल्य का यह साप्ताहिक समाचारों के साथ धार्मिक सांस्कृतिक महत्त्व की कुछ जानकारी भी हर अंक में लेकर आता है। मुखपृष्ठ पर एक समाचार राष्ट्रीय स्तर का श्वेत-श्याम चित्र के साथ और चार से पाँच खबरें राजधानी लखनऊ और पास का होता है। दूसरे पृष्ठ पर संपादकीय के साथ राजनैतिक आलेख और एक समाचार वैज्ञानिक खोज का रहता है। तीसरा पृष्ठ धार्मिक-सांस्कृतिक आलेख के साथ किसी नई फिल्म की समीक्षा के साथ मौसम या आस-पास से संबंधित होता है। अंतिम पृष्ठों पर एक बड़ी खबर के अलावा तीन से पाँच छोटी खबरें संकलित रहती हैं। छोटे कलेवर के इस समाचार 'मास्टहेड' के नीचे—'बतलाइए नटनाथ ऐसे सुमन पंथ सुहावने ये ग्रामवासी बंधु दुखनाशी बने;' सूत्रवाक्य छपा रहता है।

आरोग्य—'आरोग्य' आजादी के पूर्व से गोरखपुर से निकलनेवाली मासिक स्वास्थ्य पत्रिका है, जिसकी संपादिका स्मिता मोदी हैं। प्राकृतिक चिकित्सा और आयुर्वेद पद्धति के प्रचार को लेकर चलनेवाली पत्रिका में स्त्रियों के स्वास्थ्य पर निरंतर आलेखों का प्रकाशन होता रहा है। सन् १९४७ की नवंबर माह के संपादकीय स्तंभ में महात्मा गांधी के विचार संकलित थे, जिसमें स्त्रियों को व्यायाम करने की सलाह दी गई थी। 'स्वास्थ्य और कोमलता' विषय पर चर्चा करते हुए बापू लिखते हैं—अगर व्यायाम और स्वास्थ्य पुरुषों के लिए आवश्यक है और स्वस्थ पुरुष सुंदर कहलाता है तो स्त्री के लिए भी स्वास्थ्य और व्यायाम उतना ही आवश्यक माना जाना चाहिए। कोमलता को स्त्रियों का गुण मानना रूढ़िवादी साजिश, जो स्त्री को सक्षम होने की राह में बाधक है। कोमलता कमजोरी का प्रतीक है तो वह सौंदर्य का वर्धक नहीं हो सकता है। इसी अंक के 'पिताजी की सेवा' स्तंभ में 'पुत्रियों के पत्र पिता के नाम' पार्वती द्वारा लिखा गया है। 'इंफाल दो जून' नामक आलेख श्रीमती शांति जैन द्वारा लिखा गया है।

सितंबर सन् १९४९ के अंक में श्रीमती प्रभादेवी का लेख 'शिशुओं के पेट का दर्द' और आनंद वर्द्धन का लेख 'मोटापा में लड़कियाँ' तथा मोटापा की चर्चा की गई है। लेख आज चालीस साल बाद भी उतना ही उपयोगी है, जो इसकी सार्वकालिकता को उद्धृत करता है। लेख में स्त्रियों की लंबाई और वर्णन का चार्ट भी दिया गया है। 'सौंदर्य किसका' नाम में स्त्रियों के गुणों की चर्चा की गई है। गुणों को ही सही मायने में सौंदर्य माना गया है।

सन् १९४९ के नवंबर के अंक में पत्रिका में श्रीमती प्रभा देवी का लेख 'श्रेष्ठ भोजन मेव' और श्रीमती सरोजनी देवी विशारदा का लेख 'प्रसन्नता और उसकी प्राप्ति के उपाय' एक मनोवैज्ञानिक लेख है।

सन् १९५० के फरवरी अंक में पुनः एक बार संपादकीय में 'सौंदर्य स्वास्थ्य' का

अनुगामी विषय का चयन किया गया है, जिसमें स्त्रियों को व्यायाम की आवश्यकता पर बल दिया गया है। इसी पत्रिका के मार्च अंक में प्रभावती देवी का लेख 'पैरों की उपेक्षा न करें' प्रकाशित हुआ है।

सितंबर सन् १९८३ में सुश्री महाश्वेता पांड्या का लेख 'विदेश की वह दादी', डॉ. स्मिता मोदी का 'गर्भवती का आहार' तथा ललिता ईश्वरन का लेख 'विटामिनों की सनक' में विटामिनों के अनावश्यक सेवन से बचने की सलाह दी गई थी। सन् १९८६ में प्रसिद्ध पंजाबी लेखिका अमृता प्रीतम का लेख 'मानस की जात एकहि पहिचान्यो' तथा डॉ. प्रीतम अग्रवाल का लेख 'इकहरा बदन सौंदर्य का प्रतीक' में दुबले रहने के लाभ बताए गए हैं। डॉ. स्मिता मोदी 'आरोग्य' मासिक की स्थायी लेखिका रही हैं, जो हर अंक में स्वास्थ्य के लिए चिकित्सकीय सलाह लेकर लेख लिखती रही हैं। सन् १९९० के नवंबर माह में इनका आलेख 'सुगम प्रसव' सन् १९९१ के जुलाई अंक में इनका चर्चित लेख गर्भवती स्त्री के लिए शांतिकाल तथा १९९९ के दिसंबर के अंक में 'गर्भवती का कैसा आहार' आदि लेख आते रहे हैं। सन् १९९१ के दिसंबर के अंक में कमला देवी कमला का लेख 'बच्चे हमारी नकल करते हैं' और विख्यात सौंदर्य विशेषज्ञ शहनाज हुसैन का लेख 'तनाव त्वचा की कांति को क्षीण करता है' आदि शामिल हैं।

सन् १९५० के अप्रैल अंक में श्रीमती प्रभावती देवी का मनोचिकित्सकीय लेख 'बच्चों को कारण बतलाइए'। सन् १९७० के जुलाई अंक में कौशल्या देवी का अनुभव आधारित लेख 'शाकाहार के मेरे प्रयोग' छपा है। सन् १९७३ के मई अंक में रमा सहारिया का आलेख 'ज़ी भर के सोइए' जहाँ नींद की आवश्यकता को रेखांकित करता है, वहीं जुलाई के अंक 'दांपत्य सेक्स रोमांस' विषय को लेकर विमला मेहता का साहसिक लेख प्रकाशित है। वहीं इसी अंक में गीता वर्मा का अपने अनुभवों का संस्मरण लेख 'मुझे नवीन उल्लासमय जीवन मिला' प्रकाशित है। सन् १९७३ के आरोग्य नवंबर के अंक में निर्मला जैन का लेख 'बिना चीरफाड़ के अपेंडिसाइट्स गया' ध्यान आकर्षित करता है। सन् १९७५ के मार्च अंक में वीणा चंद्र का लेख 'जामुन' के गुणों पर आधारित है, वहीं सीमा का लेख 'बच्चों को शक्ति देने वाली वस्तुएँ', श्रीमती नारायणी प्रसाद का संस्मरण 'मेरा मोटापा घटा' प्रकाशित हैं। सन् १९७७ में अप्रैल-मई संयुक्तांक में सुधा चौहान ने 'प्राकृतिक चिकित्सा के प्रयोगों की जानकारी' दी तो सरोज श्रीवास्तव ने 'खूनी बवासीर से मुक्ति' और अंजदी देवी ने 'दमे से मुक्ति' के उपाय बतलाए।

सन् १९८१ के सितंबर अंक में नंदिनी थापन का लेख 'मोटापा मृत्यु को आमंत्रण', सुश्री मेरिया फई का लेख 'कनाडा और भारत', डॉ. सुशीला पनता का लेख 'धूप विटामिन डी का स्रोत' एवं सुश्री कैरोल एल लीड्स का अनुभवपरक लेख 'मैं भूमि पर

सोती हूँ' प्रकाशित हैं। जनवरी सन् १९८२ का अंक 'नारियों के लिए योग व्यायाम' का उपहार लेकर आया, जिसे डॉ. गीता आयंगर ने लिखा। डॉ. रमा देसाई ने 'बच्चों के लिए हितकर' योगासन बताए। सुश्री पौमी ले 'स्काउट का योग और नृत्य'।

अप्रैल सन् १९८२ के अंक में सुश्री रंभा का 'त्वचा स्वास्थ्य का दर्पण है'। इसी अंक में वसुधा चक्रवर्ती का लेख 'चावल सर्वोत्तम आहार है लेकिन', सन् १९८३ जनवरी अंक में डी.वी. विजयलक्ष्मी का आलेख 'परंपरागत चिकित्सा प्रणाली, प्राकृतिक चिकित्सा मेल असंभव' जैसे उपयोगी आलेख लगातार महिला लेखिकाओं और स्त्री चिकित्सकों के प्रकाशित किए जाते रहे हैं। स्वास्थ्य और चिकित्सा जैसे क्षेत्र में स्त्रियों ने अपनी उपस्थिति लगातार दर्ज कराई है।

एल्फिन—सन् २००२ में रेखा तनवीर ने बच्चों के लिए द्विभाषी समाचार साप्ताहिक का प्रकाशन आरंभ किया। ४० पन्नों के साप्ताहिक पत्र में बच्चों के लिए विभिन्न क्षेत्रों से जुड़ी हुई जानकारियाँ संकलित की गई हैं। अनेक लेख और साक्षात्कार बच्चों द्वारा ही लिये गए और लिखे गए। इसके अगस्त अंक का संपादन डॉ. लक्ष्मी सहगल ने किया है। अंक के छठे पृष्ठ पर फ्यूजन स्तंभ में 'विदेशों में भी धूम मचा रही है रामकथा'। पृष्ठ आठ पर एक्स्पेशन में बारह बाल जेबकतरों की खबर को लेकर आभा भूषन का लेख है। 'इट्स नॉट रेनिन मैन' शीर्षक से सिटी राउंडअप के अंतर्गत श्वेता पंत का लेख है। चौदहवें पृष्ठ पर बहस में आखिर कब तक, 'आ से अशिक्षित, ग से गरीबी' शीर्षक से सारगर्भित लेख दिया गया है, जिसमें विश्व के सबसे गरीब देशों और भारत की साक्षरता दर के आँकड़े भी प्रस्तुत किए गए हैं। पंद्रहवें पन्ने पर इन 'लाइम लाइट' स्तंभ में क्रिकेट देव और शरारती कपिल और अनार शीर्षक दो छोटे लेख दिए हैं। सोलहवें पन्ने पर 'बर्निंग इश्यू' में परवेज मुशर्रफ, अटल बिहारी वाजपेयी और जार्ज बुश के कथन के साथ अनेक बच्चों के विचार भी प्रस्तुत किए गए हैं। 'स्ट्रोक्स' स्तंभ में अनेक बच्चों की रेखाचित्र प्रकाशित हैं। पृष्ठ ३० और ३१ में 'ब्लैकबोर्ड' स्तंभ में बच्चों की कविताएँ, कहानियाँ और कुछ रोचक जानकारियाँ बच्चों द्वारा दी गई हैं। पृष्ठ ३२ पर 'ओपिनियन' स्तंभ के अंतर्गत एक परिचर्चा प्रकाशित है। माता-पिता को बच्चों के कैरियर में हस्तक्षेप करना चाहिए। शुड पैरेंट इंटरफियर विद द कॅरियर ऑफ द चाईल्ड। ३६-३७वाँ पन्ना खेल का है। दु:ख की बात है कि यह पत्रिका लगभग २ वर्ष चलकर बंद हो गई।

स्पुतनिक—लखनऊ संस्करण २० जनवरी, १९८९ से प्रकाशित 'स्पुतनिक' एक साप्ताहिक समाचार-पत्र है। २० जनवरी के मुखपृष्ठ पर केंद्रीय संचार मंत्री वीर बहादुर सिंह से डॉ. गीता की चर्चा, 'उत्तर प्रदेश में कांग्रेस का भविष्य उज्ज्वल' शीर्षक से छपी है। टेबलायद्र साइज के इस पत्र के प्रत्येक अंक में लगभग १२ पृष्ठ होते हैं, पत्र का मूल्य १ रुपए २५ पैसे से बढ़ते हुए संप्रति तीन रुपए तक पहुँच गया है। 'स्पुतनिक'

इंदौर के प्रसिद्ध साप्ताहिक स्पुतनिक का लखनऊ संस्करण है, जिसकी संपादक, प्रकाशक और मुद्रक डॉ. गीता हैं। स्पुतनिक पत्र के मास्टहेड के ऊपर संथापक दिनेश अवस्थी छपा हुआ है। राष्ट्रीय साप्ताहिक 'स्पुतनिक' का मास्टहेड अंग्रेजी में छपता है, उसके नीचे हिंदी में 'स्पुतनिक' मोटे अक्षरों में और उसके नीचे थोड़े कम मोटे अक्षरों में नेशनल वीकली छपा रहता है। साप्ताहिक पत्र मुख्य रूप से राजनैतिक, सामाजिक है, जिसके मुखपृष्ठ पर छपनेवाली बड़ी खबर संपादक डॉ. गीता की ही होती है। ३० मार्च, १९९२ के अंक के मुखपृष्ठ पर 'कल्याण बनाम मुलायम' सहकारी बैंक की बेनामी लड़ाई में शीर्षक समाचार डॉ. गीता की कलम से है। १९९८ के १२ जनवरी के अंक में सुनील मिश्रा के नाम से एक खबर है, भ्रष्ट आई.ए.एस. का मुद्दा मुख्यमंत्री ने ठंडा किया। २००५ के ३१ जनवरी के अंक में प्रमुख संवाददाता अरविंद शुक्ला की खबर 'व्यभिचारी बाप की करतूत' प्रकाशित है, जिसके मध्य एक बॉक्स खबर छपी है, जिसका शीर्षक है 'बची है इनसानियत'। इस खबर में संवाददाता ने बताया है कि सफिया के वकील ने उसकी व्यथा जानने के बाद उसका मुकदमा निःशुल्क लड़ने का मन बनाया है, वहीं उसके आरोपी पिता हकीम हाशिम के वकील मुहम्मद असलम ने डी.एन.ए. की रिपोर्ट 'पॉजिटिव' आने पर हाशिम का मुकदमा लड़ने से इनकार कर दिया।

नागरिक उत्तर प्रदेश—सन २००२ के जून माह से 'नागरिक उत्तर प्रदेश' का प्रकाशन लखनऊ से आरंभ हुआ। पत्र के मास्टहेड के नीचे प्रगतिशील विचारों एवं सामाजिक सरोकारों का त्रैमासिक दस्तावेज लिखा हुआ है। इस त्रैमासिक पत्र की संपादक अनीता श्रीवास्तव हैं। पत्र का मूल्य मात्र दस रुपए तथा वार्षिक मूल्य तीस रुपए है। पत्र की स्वामी, प्रकाशक तथा मुद्रक भी संपादक है। पत्र का प्रकाशन मोहिनी आफसेट, एल.जी. ५ ६ पालिका बाजार, कपूरथला से किया जा रहा है। पत्रिका का जून अगस्त माह का अंक लेखिका के पास सुरक्षित है। पत्र में कुल पचपन पन्ने हैं, जिसमें सभी प्रकार की सामग्री संकलित है। संपादकीय के अलावा सामयिकी विश्लेषण, कहानी, कविता, व्यंग्य, स्वास्थ्य चचा, पर्यटन, चुटकुले, ज्योतिष चर्चा आदि। सामयिकी में 'सपा की उलटी गिनती शुरू' मिथिलेश सागर पार के फरेब, ममता कालिया दस्तक, अनीता श्रीवास्तव मानवीय संरचना के साथ हुआ देह व्यापार का उदय, अँधेरी सुरंग के बाहर का अँधेरा, गजाल जैगम शब्दचित्र लकड़िया पापिया हालदार द्वारा लिखे गए हैं।

ब्रह्म पीयूष—संपूर्ण समसामयिक मासिक पत्रिका 'ब्रह्म पीयूष' का प्रकाशन सन् २००० से लखनऊ से किया जा रहा है। पत्रिका के अंदर के पन्ने पर पत्रिका के नाम के बाद सत्यं ज्ञानमनन्तं ब्रह्म तथा मानवीय एवं नैतिक पुनरुत्थान का समसामयिक मासिक लिखा है। पत्र की संपादक रुचि त्रिपाठी एवं उपसंपादक मनोरमा त्रिपाठी हैं। मुद्रक-प्रकाशक एवं स्वामी रुचि त्रिपाठी द्वारा परमात्मा आटो प्रिंटिंग प्रेस मोती नगर

लखनऊ से प्रकाशित पत्रिका का मूल्य मात्र दस रुपए है। दिसंबर २००५ का अंक लेखिका के पास सुरक्षित है।

पर्यावरण चेतना—पर्यावरण की राष्टीय हिंदी मासिक पत्रिका सन १९९३ से प्रकाशित होने की सूचना मिलती है। अक्तूबर सन् २००३ का अंक लेखिका के पास सुरक्षित है, जिसमें पत्रिका के दस वर्षों से निकलने की सूचना दी गई है। जबकि पत्रिका का अंक ६ दिया गया है। पत्रिका की प्रधान संपादक डॉ. मीता सिह, सह संपादक डॉ. वी. कुमार तथा सह प्रबंधक शाहीन फातिमा हैं। प्रधान कार्यालय सी ५ दिलकुशा कॉलोनी लखनऊ दिया गया है। मूल्य २५ रु. प्रति अंक है। इस अंक मे भूजल प्रदूषण से संचारी रोग और उनसे मुक्ति के अलावा मधुमेह और आँखें, दृष्टिहीनता एक गंभीर समस्या, खाद्य पदार्थों में मिलावट के प्रति जागरूक कैसे हों तथा जानलेवा लेड ने मनुष्य के खाद्य पदार्थों में पैठ जमाई आदि मुख्य लेखों के अलावा कुल चौदह लेख हैं। कुल पृष्ठों की संख्या छत्तीस हैं।

साहित्य भारती—जुलाई-सितंबर सन् १९९७ का अंक लेखिका के पास सुरक्षित है। कुल १८६ पृष्ठों की त्रैमासिकी पत्रिका में कुल चौवालीस आलेख और कविताएँ संकलित हैं। इस अंक में डॉ. कंचनलता सब्बरवाल, रानी लीला, रामकुमार भार्गव, श्रीमती प्रकाशवती पाल, निर्मला सिंह, मालती शर्मा, डॉ. ह. सुवदनी देवी की रचनाएँ सम्मिलित हैं। इस अंक में संस्कृत कालिदास के ऋतु संहार काव्य से ऋतु मंगल नामक श्लोकों को उद्धृरित किया गया है। संस्कृत, वाग्धारा, साहित्यिक अवदान, कलम आज उनकी जय बोल, वतन पर मिटनेवालों का, संघर्ष के साक्षी, साक्षात्कार, संस्मरण तथा हिमालय से कन्याकुमारी तक, जागृति की हिलोर आदि स्तंभों में अंक को बाँटा गया है। अंतिम स्तंभ के अंतर्गत असमिया, कन्नड़, तमिल, तेलुगू, पंजाबी, बांग्ला, मराठी, मणिपुरी, मलयालम, हिंदी, अवधी, ब्रजभाषा की कविताएँ और आलेख हैं। एक प्रति का मूल्य ४० रुपए है।

'अतएव' हिंदी संस्थान की मासिक पत्रिका का सन् १९९० से प्रकाशन आरंभ होने की सूचना है। लेखिका के पास संगृहीत अगस्त-सितंबर १९९४ का अंक है, जिसमें वर्ष ४ तथा अंक १-२ लिखा हुआ है। अंक में कुल एक सौ सत्तानबे पृष्ठ हैं और अंक का मूल्य बीस रुपए है, जबकि प्रत्येक अंक का मूल्य दस रुपए, वार्षिक १०० रुपए तथा आजीवन सदस्यता एक हजार है। अंक में कुल चौवन रचनाएँ सम्मिलित की गई हैं, जिनमें नौ रचनाकार महिलाएँ हैं। इसमें सुमित्रा कुमारी सिन्हा, ज्योर्तिमयी, स्नेहलता पाठक, सुरैया रहमान की कविताएँ संकलित हैं। गायत्री माहेश्वरी द्वारा किया गया रामविलास शर्मा का साक्षात्कार, अमिता का आलेख 'अब सिद्ध हिंदी ही यहाँ की राष्ट्रभाषा हो रही है'। प्रो. रमा सिंह का आलेख डॉ. एन.के. देवराज का रचना-संसार,

डॉ. प्रीति श्रीवास्तव का आलेख 'बहुआयामी रचनाधर्मी आ. क्षेमचंद्र सुमन', सुमित्रा पांडेय का आलेख 'भारतीय स्वतंत्रता संग्राम एवं राष्ट्रकवि पं. सोहनलाल द्विवेदी की कविताएँ' आदि हैं। संपादकीय के अलावा स्थायी स्तंभ 'पुस्तक समीक्षा' और 'साहित्यिक गतिविधि' हैं।

बाल वाणी—उत्तर प्रदेश हिंदी संस्थान द्वारा बच्चों के लिए एक पत्रिका 'बाल वाणी' का प्रकाशन सन् १९९४ से आरंभ किया गया, जिसकी संपादक डॉ. मंजुलता तिवारी हैं। इस मासिक पत्रिका का अगस्त-सितंबर १९९५ का अंक लेखिका के पास संगृहीत है। पत्रिका में कुल ३६ रचनाएँ शामिल हैं। संपादकीय और आपके पत्र संपादक के अलावा लेखकों में श्याम कुमारी द्वारा लिखा 'मेरा भारत', मनोरमा श्रीवास्तव का 'बोल-बोल मैना रानी', मधु सक्सेना की कहानी 'परिश्रम का फल', मुकुल मिश्र द्वारा संकलित 'अनमोल बोल', मधु अग्निहोत्री का आलेख 'दर्शनीय स्थल—ओरछा', यशा रावत की कविता 'माँ', वीरधर्म डॉ. प्रीति श्रीवास्तव कुट-कुट कुटां-गजाल, ममता के बोल, मीनाक्षी सक्सेना, शिक्षक अंशु शुक्ला, मेरा गाँव पूनम मिश्रा आदि। पत्रिका में कुल पचास पृष्ठ हैं, पत्रिका की प्रत्येक प्रति का मूल्य १० रुपए एवं वार्षिक शुल्क १०० रुपए था। पत्रिका कुछ समय तक निरंतर प्रकाशित होने के पश्चात् संयुक्तांक प्रकाशित हुआ और लंबी अवधि से इस पत्रिका के प्रकाशन की कोई सूचना नहीं है।

भाषा भारती—इसका जनवरी-मार्च सन् १९९५ का अंक लेखिका के पास संगृहीत है। अंक तमिल के महाकवि सुब्रह्मण्यम भारती को समर्पित है। यह त्रैमासिकी के प्रथम वर्ष का द्वितीय अंक है। कुल एक सौ नब्बे पृष्ठों के इस अंक का मूल्य पचहत्तर रुपए है।

अतएव—उत्तर प्रदेश हिंदी संस्थान द्वारा मासिक पत्रिका 'अतएव' का प्रकाशन सन् १९९० से आरंभ हुआ, जिसमें सहायक संपादक के रूप में सितंबर सन् १९९४ तक अमिता दुबे का नाम देखने को मिलता है। संस्थान की त्रैमासिकी भाषा-भारती का प्रकाशन सन् १९९४ अक्तूबर से आरंभ हुआ, जिसकी मुख्य संपादक डॉ. विद्याबिंदु सिंह हैं। समस्त भारतीय भाषाओं के प्रतिनिधि त्रैमासिकी साहित्य भारती का प्रकाशन सन् १९९६ से आरंभ हुआ। इस पत्रिका के मुख्य संपादक के रूप में भी डॉ. विद्याबिंदु सिंह का ही नाम अंकित है। प्रधान संपादक के रूप में दोनों पत्रिकाओं में विनोद चंद्र पांडेय का नाम अंकित है।

युगपथ—इस महिला मासिक पत्रिका का प्रकाशन बंसल प्रेस, बरेली से 'युगपथ' मंदिर, गुलाब नगर, बरेली के लिए प्रकाशित किया जाता रहा है। सन् १९५४ के जनवरी माह से प्रकाशित होनेवाली मासिक पत्रिका के संपादक मंडल में राजेंद्र बहादुर सेठ, शांति सेठ, उमारानी पंवार, भगवंत शरण गुप्त, गोविंद हरी शर्मा और अविनाश चंद्र

निर्मल आदि थे। इस पत्रिका का नौवाँ अंक १९५४ विशेषांक के रूप में प्रकाशित हुआ था। पत्रिका की एक प्रति का मूल्य दो आना तथा वार्षिक शुल्क एक रुपए दो आना था।

मुरलिका—इस महिला मासिक पत्रिका का प्रकाशन सितंबर १९५६ से आरंभ हुआ। इस पत्रिका का प्रकाशन साहित्य सदन, ४२ पंजाबी मार्केट, बरेली से किया गया। संपादक मंडल में हरीश, असीम कुमार मैत्र, कमला शंकर शुक्ल, सुश्री सुमंगला हैं। इस पत्रिका की एक प्रति का मूल्य आठ आना तथा वार्षिक शुल्क छह रुपए था। बरेली की इन दोनों पत्रिकाओं के संपादन में डॉ. शांति सेठ और सुमंगला का सहयोग रहता है।

वामा—'वामा' नामक पत्रिका महिला पत्रिकाओं में एक सुखद बयार लेकर आई थी। अस्सी के दशक के पूर्वार्द्ध में 'टाइम्स ऑफ इंडिया समूह' द्वारा आरंभ की गई पत्रिका की संपादक मृणाल पांडे थीं। संपूर्ण महिला पत्रिका अचार-चटनी बनाने के नए तरीकों के साथ-साथ पत्रिका में महिला मुद्दे, कहानी, कविता, धारावाहिक, उपन्यास सभी कुछ एक साथ देने का प्रयास किया जाता था। चार-पाँच साल चलकर पत्रिका बंद हो गई, लेकिन जिस किसी ने इस पत्रिका को पढ़ा है, वह आज भी उसकी याद करता है।

गुर्जर वीर—इस पाक्षिक का प्रकाशन सन् १९९० में वीरसिंहपुर, गाजियाबाद से आरंभ हुआ। इस पत्रिका के संपादक सत्यवीर सिंह थे और श्रीमती सुरेश गुर्जर इसके संपादक मंडल में थीं। एक प्रति का मूल्य दो रुपया और वार्षिक मूल्य पचास रुपए था।

कुंदनशील—मासिक पत्रिका का प्रकाशन सन् १९७८ में मेरठ से आरंभ हुआ। पत्रिका के संस्थापक शील चंद्र जैन शास्त्री हैं। संपादक मंडल में सुरेश चंद्र जैन, नीना जैन, ठाकुरदास चंचल, वेद अग्रवाल, रणवीर सिंह सेंगर, राजेश भारती 'राजेंद्र' हैं। पत्रिका की एक प्रति का मूल्य एक रुपए पच्चीस पैसे है और वार्षिक शुल्क बारह रुपया। पत्रिका का १९८४ के दिसंबर माह के अंक में दुष्यंत कुमार स्मृति परिशिष्ट कुल १५ पृष्ठों का था मुखपृष्ठ पर इंदिरा गांधी का चित्र दिया गया था।

सुपर ब्लेज जागृत—यह एक विचार प्रधान मासिक पत्रिका है, जिसका प्रकाशन जनवरी १९७८ में आरंभ हुआ। पत्रिका की एक प्रति का मूल्य २ रुपए और वार्षिक मूल्य बीस रुपए है। संपादक मंडल में प्रभा, आशा, हेमंत मेहता, प्रेमा सिंह, कमलेश भारतीय, आनंद रस्तोगी, सजल और मनमोहन गुप्त मोनी हैं। पत्रिका के स्थायी स्तंभों में युवा चिंतन, वैचारिकी, संस्कृति, साहित्य, फिल्म कृषि आदि हैं। पत्रिका को रेखाचित्रों से सजाने का यथासंभव प्रयास किया जाता रहा है। इसका मुख्य कार्यालय सी-१३१४, इंदिरा नगर, लखनऊ तथा मुद्रण प्रभा कपूर द्वारा प्राची प्रिंटर्स, अलीगंज आवास योजना, लखनऊ द्वारा किया जाता है।

कला—'कला' पाक्षिक पत्रिका का प्रकाशन लखनऊ से सन् १९३६ के अगस्त से आरंभ हुआ। पत्रिका की संपादिका धनराजवती बख्शी थीं। पत्रिका के प्रकाशन की सूचना महादेवी वर्मा द्वारा संपादित 'चाँद' पत्रिका के विदुषी अंक में मिलती है। महिलाओं के लिए विशेष रूप से पतले कागज पर बेलबूटों के जो डिजाइन छापे जाते थे, वे महिलाओं की कशीदाकारी और कला के लिए सहायक सिद्ध हो सकते थे। पत्रिका के एक अंक का मूल्य चार आना तथा वार्षिक मूल्य छह रुपए था।

अट्टहास—हास्य-व्यंग्य को अनूठी मासिक पत्रिका 'अट्टहास' का प्रकाशन लगभग एक दशक से लखनऊ से किया जा रहा है। पत्रिका की संपादक शिल्पा श्रीवास्तव हैं। प्रकाशन एवं मुद्रक भी शिल्पा श्रीवास्तव हैं। प्रत्येक प्रति का मूल्य १० रु. है। 'अट्टहास' माध्यम साहित्यिक संस्थान का वार्षिक आयोजन है, जो पिछले दो दशकों से किया जा रहा है। वरिष्ठ साहित्यकार स्व. ठाकुर प्रसाद सिंह द्वारा स्थापित माध्यम संस्थान की सहयोगी संस्था 'अट्टहास' हास्य-व्यंग्य की प्रतिष्ठित पत्रिका है। अपनी कम उम्र और कम अनुभव के बावजूद संपादिका पत्रिका का स्तर बनाए रखने में सक्षम रहती आई हैं। पत्रिका के स्थायी स्तंभों में सवाल आपके जवाब नाप के, मेरी मजबूरी, साक्षात्कार अपने आप से, बैठे-ठाले अट्टहास टाइम्स, दस्तावेज छटी हुई पत्रिका की छटी हुई समीक्षा, पत्र-प्रपंच और टैक्स फ्री मुसकान है। पत्रिका का वार्षिक शुल्क १४४ रुपए है। पत्रिका के अतिथि संपादकों में प्रसिद्ध व्यंग्यकार के.पी. सक्सेना, सुरेंद्र शर्मा, प्रेम जनमेजय, डॉ. शेरजंग गर्ग आदि हैं। पत्रिका हास्य-व्यंग्य के गद्य एवं व्याख्या दोनों विधाओं का सम्यक् समायोजन करती है। फरवरी २००५ के अंक में व्यंग्यकार के.पी. सक्सेना का चुपावे लैंप खड़े हैं। 'दस्तावेज' में रवींद्रनाथ त्यागी का आलेख 'सखिवंत आया' समायोजित है। 'मेरी मजबूरी' और 'साक्षात्कार अपने आप से' दोनों आलेख प्रसिद्ध व्यंग्यकार और क्षणिका विधा की जनक डॉ. सरोजनी प्रीतम के हैं। डॉ. सरोजनी प्रीतम की हँसिकाएँ पाँच पृष्ठों में संयोजित हैं। कृपा खुराना का रवींद्रनाथ त्यागी की स्मृति में आलेख रवींद्रनाथ त्यागी 'बसंत उड़ गया' पंख लगा, डॉ. ज्ञान चतुर्वेदी का 'एक के अंदर कई आदमी', के. कांत अस्थाना का अध्याय ४ गीता रिमिक्स, साहित्य शेरो की उपस्थिति में 'शहर का शेर विमोचित', तपन त्रिपाठी के अलावा डॉ. गोपाल शर्मा द्वारा समीक्षा संकलित है।

समर शिखर—लखनऊ से सन् २००५ में 'समर शिखर' नामक पत्रिका का प्रकाशन आरंभ हुआ। पत्रिका की प्रधान संपादक श्रीमती शिखा बैनर्जी एवं समाचार संपादक प्रतिभा कटियार हैं। पत्रिका का प्रकाशन स्वास्तिक प्रिंटर्स, कैंट रोड से डॉ. एस. बैनर्जी के लिए किए जाने की सूचना है। 'समय शिखर' सिर्फ सच का दावा करनेवाली पत्रिका के समाचार संपादकों का आना-जाना लगा रहता है। एक रुपए

मूल्य की इस पत्रिका का मूल स्वर राजनैतिक एवं मसाला पत्रिका सा ही है। सन् २००५ के सितंबर माह की 'समर शिखर' के मुखपृष्ठ पर प्रदेश सरकार के उत्तम प्रदेश के नारे को लेकर व्यंग्य चित्र प्रकाशित किया है। खंबे पर यह उत्तम प्रदेश लिखते मुलायम के नेपथ्य में दिल्ली और मंदिर, मायावती और जगदंबिका पाल दिखाए गए हैं। आवरण कथा 'अर्थ का बवंडर' में 'उधारी बेमिसाल विधायक मालामाल' शीर्षक आलेख प्रमुख संवाददाता प्रदीप उपाध्याय की कांग्रेसी नेता जगदंबिका पाल से बातचीत के आधार पर लिखित आलेख में बिजली की कमी, सौ करोड़ की दलाली की सी.बी.आई. जाँच हो जैसे बॉक्स समाचार हैं। मुख्य संवाददाता का आलेख 'सूखे तारों में आश्वासनों का करेंट' संदर्भ शीर्षक आलेख में सन् ८४ के दंगों के इक्कीस साल बाद माफी, नौ कमीशन इक्कीस साल कुछ साम्य। अब मोदी का उपशीर्षक से आलेख गया है। 'पड़ताल' में टीकाकरण अभियान आखिर हुआ नाकाम, अन्य प्रदेशों झारखंड, बिहार, राजस्थान के सामयिक समाचार की चर्चा के साथ ही 'जिंदगी' शीर्षक के अंतर्गत पटरी दुकानदारों की व्यथा मुख्य संवाददाता के द्वारा लिखी गई है। 'मुद्दा' के अंतर्गत 'आयोडीन का कहर यों बरपा बदली तासीर' नमक की अच्छा आलेख है। 'गतिविधि' के अंतर्गत इस बार प्रेमचंद थे, ताकि भूल न जाए नई पीढ़ी भटकते चिंतन में भटकी धरोहरों की चिंता, खेल में बरबादी के कगार पर हॉकी पर आलेख है। कुछ अलग शीर्षक से 'समर शिखर' डेस्क का लेख है स्टालिन का लाल सलाम हिटलर बोले जय श्रीराम, सुध-बुध के अंतर्गत राजकीय दृष्टि बाधित बालकों के इंटर कॉलेज 'स्पर्श' की पड़ताल हरनीत मथारूने की है। 'बेरुखी का सबब' के अंतर्गत सरकारी सोच और प्रक्रिया के ताने-बाने जोड़ने का प्रयास है। 'शख्सियत' में नोबेल शांति पुरस्कार के लिए नामित कोल आदिवासियों के बीच अपने हक और समग्र उत्थान की लड़ाई लड़नेवाली दुईजी की चर्चा है। 'विज्ञान में डिस्कवरी ने खोले अंतरिक्ष के द्वार' नामक आलेख वरिष्ठ पत्रकार निरंकार सिंह का है तो डॉ. परमानंद श्रीवास्तव से वंदना मिश्र का साक्षात्कार 'आलोचना भी रचना है' छपा है। समाचार संपादक प्रतिभा कटियार का लेख सामयिक के अंतर्गत 'सितंबर ११ के बहाने' और भी कहर; रियाज कहानी छपी है, तीखे तेवर व्यंग्य कार्टून है, जिन्हें रामबाबू ने बनाया है। फिल्म में दो पन्ने में कुल छह खबरों को समेटा गया है। फीचर में फीचर फील्म 'मंगल पांडे' की समीक्षा है। 'जेल डायरी' के अंतर्गत अनुज अवस्थी द्वारा वरिष्ठ फिल्म स्टार देवानंद पर एक पन्ने का मुख्तलिफ सा आलेख है, जिसका शीर्षक है 'बुलंदियों पर ठहरा देवानंद'। सुर्कीति की व्यंग्य रचना नेता की देह रचना और दलाली पठनीय है। व्यंग्य रचना के साथ ही बॉक्स में एक खबर छपी है, जिसमें मेरठ की किसी शिक्षिका ने स्कूल पत्रिका में हिंदी स्कूलों में पढ़नेवाले बच्चों की तुलना सड़क के कुत्तों से की है। 'प्रोडक्ट' के अंतर्गत

खेतान, टाटा और हीरोहोंडा के उत्पादों की जानकारी है। 'स्वास्थ्य' में आस्टियोपोरेसिस तथा दिमागी बुखार पर लेख हैं। 'आस्था' के अंतर्गत 'बुलाती है कान्हा की बाँसुरी' शीर्षक लेख हरनीत मथारू का है। अनुज अवस्थी के बोलते छायाचित्र बिना बोले बहुत सारी खबरें दे जाते हैं, किसका है पंद्रह अगस्त, किसका है छब्बीस अगस्त ये मेरी लाइफ है, प्राण जाए पर सवारी ना जाए, भांडा ऊँचा रहे हमारा आदि चित्र दर्शनीय हैं। नई पत्रिका होने के कारण विज्ञापन केवल बनर्जी डायग्नोस्टिक सेंटर और 'समर शिखर मैरिज ब्यूरो' का है।

संचार श्री—लखनऊ विश्वविद्यालय के पत्रकारिता एवं जनसंचार विभाग की शोध पत्रिका 'संचार श्री' का प्रकाशन विभाग द्वारा किया जाता है। संपादक विभागाध्यक्ष डॉ. रमेश चंद्र त्रिपाठी तथा श्रीमती उषा सक्सेना हैं। हिंदी, अंग्रेजी में पत्रकारिता एवं जनसंचार से संबंधित लेख संकलित किए जाते हैं। त्रैमासिक पत्रिका की एक प्रति का मूल्य २५ रुपए है तथा वार्षिक मूल्य १२५ रुपए है। सन् २००५ के जुलाई-सितंबर माह में पूर्व विभागाध्यक्ष प्रोफेसर सूर्य प्रसाद दीक्षित का आलेख 'धनात्मक संचार ऋणत्मक समाचार', डॉ. ओमप्रकाश सिंह का आलेख 'वैश्वीकरण के प्रेतजाल में मनुष्य' और 'मीडियाई शासन आवश्यकता एवं भविष्य', डॉ. अनिल कुमार उपाध्याय एवं राघवेंदु मिश्रा।

भाषाई प्रेस अधिनियम १८७८ डॉ. धीरेंद्र पाठक, धारावाहिक-कुमुद नागर, सुषमा गांधी का अंग्रेजी निबंध 'इंपैक्ट ऑफ टेलीवाइज्ड वॉयलेंस ऑन चिलड्रन' (टी.वी. पर दिखाई जानेवाली हिंसा का बालकों पर प्रभाव) तथा डी.टी.एच. 'ए न्यू ईरा ऑफ इंडियन टेलीविजन ब्रॉडकॉस्टिंग' (डी.टी.एच. भारतीय टेलीविजन प्रसारण का एक नया युग) का लेखन डॉ. सत्यनाराण पटनायक तथा सत्यव्रत मिर्जा द्वारा किया गया था।

मेरी सहेली—शरद मधुकर चिलप द्वारा मुद्रित एवं प्रकाशित पायोनियर बुक के प्राइवेट लिमिटेड के लिए रिप्रो इंडिया द्वारा मुद्रित की जाती है। पत्रिका की संपादक फिल्म तारिका हेमामालिनी हैं। पत्रिका का मूल्य २० रुपए प्रति अंक है। प्रत्येक अंक में आवरण कथा के अलावा रेसिपी, फिल्म, कहानी, ब्यूटी, ज्वलंत और रोचक लेख, कहानी एवं फैशन शीर्षक के अंतर्गत पत्रिका को बाँटा जाता है। पत्रिका के स्थायी स्तंभ शीर्षक के अंतर्गत पहला अफेयर, राशिफल, सौंदर्य समस्या, नारी स्वास्थ्य, दादी माँ का खजाना, आपकी नजर, न्यू प्रोडक्टस और आखिरी पृष्ठ रहते हैं। संपादक के तौर पर हेमामालिनी का नाम जाता है, जिसमें चंद लाइनें उनके हस्ताक्षर से संपादकीय में छपती हैं। कार्यकारी संपादक प्रतिभा तिवारी, सहायक कार्यकारी संपादक कमला अंथवाल, फीचर एडीटर ऊषा संतोष मिश्रा, उपसंपादक सुमन शर्मा हैं।

महिलाओं की पत्रिका में इतने नाम अच्छे दिखते हैं, लेकिन प्रबंध संपादन वेद

प्रकाश पाहवा का है। पत्रिका की भाषा चलताऊ हिंदी है। अंग्रेजी शब्दों का प्रयोग खुलकर किया जाता है, जो शीर्षक स्तंभों से ही जाहिर होता है—अफेयर, ब्यूटी टिप्स, रेसिपी आदि। लेखों के विषय की भाषा भी चलताऊ किस्म की होती, जिसे थोड़ा पढ़े-लिखे लोग भी पढ़ सकें। विचारोत्तेजक लेखों के लिए कोई जगह नहीं होती है। ग्लैमर-फिल्म, फैशन के अलावा लेखों के विषय—कहीं बहक न जाए पति, हर पल नजर आएँ खूबसूरत, नए से नए सौंदर्य उत्पादों के प्रयोग के तरीके आवश्यकता और गुणों की चर्चा रहती है। 'स्टाइलिश' के अंतर्गत सौंदर्य को दुगना करनेवाले उत्पाद, गहने, चप्पल, सैंडिल, पर्स इत्यादि के खूबसूरत चित्र होते हैं न्यू ट्रेंड में।

गृहलक्ष्मी—महिलाओं की यह मासिक पत्रिका भी दिल्ली से ही प्रकाशित की जा रही है। पत्रिका की संपादक पिछले जमाने की सिने तारिका तबस्सुम हैं। डायमंड मैगजीन प्राइवेट लिमिटेड द्वारा ओखला इंडस्ट्रियल एरिया फेज-२, नई दिल्ली से प्रकाशित की जा रही है। कार्यकारी संपादक वंदना वर्मा तथा उपसंपादकों के मंडल में अनीता मिश्रा, प्रीतांभरा प्रकाश, दामिनी आदि शामिल हैं। पत्रिका के स्थायी स्तंभों में सरोकार, खास मुलाकात, सुनहरे पल, पहचान, गृहलक्ष्मी केयर्स, परिचिर्चा, आयुर्वैदिक प्रश्नोत्तरी, हम किसी से कम नहीं, तबस्सुम के चुटकुले तथा 'नारी के सवाल अनाड़ी के जवाब।' इसके अलावा युवा मंच, कुकरी, दांपत्य। पैरैंटिंग ब्यूटी, व्यंग्य साहित्य, फिल्म, टी.वी., विविध के अंतर्गत बालमन, सेलिब्रिटी, पैरैंट, फैशन और मार्केट, मैजिक, सिलाई, कढ़ाई, बुनाई या गृहसज्जा, पर्यटन के अलावा विशेषांकों में आवरण कथा से संबंधित अनेक आलेख संकलित किए जाते हैं। पत्रिका का मूल्य २० रु. है। अकसर 'विशेष' के साथ विशेष विषयों पर अकसर छोटी बुकें साथ में दी जाती हैं। कई बार सौंदर्य प्रसाधन व नए या प्रचार पानेवाले उत्पाद का विशेष प्रकार 'सैश' पैक भी पत्रिका के साथ संयुक्त रहते हैं। माँ, प्रेम उषा द्वारा टैरो कार्ड से बताया गया राशि, म्यूजिक लॉञ्च आदि की सूचनाएँ रहती हैं।

अकसर विभिन्न कंपनियों द्वारा रेसिपी प्रतियोगिता सिलाई, कढ़ाई प्रतियोगिता के अलावा कभी-कभी कहानी प्रतियोगिताएँ भी कराई जाती हैं। विज्ञापनों में स्त्रियों के इस्तेमाल के उत्पादों के विज्ञापन प्रमुख होते हैं, लेकिन स्त्री देह की प्रस्तुति आकर्षक एवं संयमित रहती है।

वनिता—एक और महिला मासिक 'वनिता' दिल्ली से ही प्रकाशित हो रही है। नब्बे के दशक में इस पत्रिका का प्रकाशन आरंभ हुआ। बीस रुपए मूल्य की यह पत्रिका पाठकों तक पहुँचने के लिए सतत तत्पर रहती है। पत्रिका की मुख्य संपादक प्रेमा माम्मन हैं। समन्वयक संपादक जयंती तथा वरिष्ठ उपसंपादकों में शुचिता मीतल तथा उपसंपादकों में नीलम सिकंद तथा मीना पांडेय हैं। के.आई. जार्ज द्वारा एम.एम. पब्लिकेशंस द्वारा मलयाला मनोरमा प्रेस से मुद्रण एवं प्रकाशन किया जाता है। पत्रिका के स्थायी स्तंभों में—तेरी मेरी बात, नटखट दुनिया, दिल तो पागल है, ब्यूटी कॉलम, कविता, कार्टून कोना, उफ। मेरी बीवी, जिंदगी हारना नहीं, उलझन, डॉक्टरी सलाह, सृजन के गलियारे, अधूरी कहानी, सुर्खियों में बाजार, भविष्यफल एवं कार्टून कथा हैं। हर अंक में खास शीर्षक के अंतर्गत चार मुख्य आलेख होते हैं। कहानियाँ, परिवार, व्यंजन, फिल्म, टी.वी., स्वास्थ्य, लालन-पालन जुलाई २००१ की प्रति लेखिका के पास संगृहीत हैं। मास्टरहेड पर महिलाओं के लिए 'वनिता' के आपके हमदम, आपकी दोस्त, कढ़ाई विशेषांक हैं, जिसमें किशोरी हरे रंग की कढ़ाई की गई पोशाक में दिखाई दे रही है। बाली उमर की खूबसूरती का सलाम तथा आपके हाथ में है पति की स्टाइलिंग दो हाई लाइटर हैं। विशेषांक के साथ ही छह लेखों का उत्तर प्रदेश संस्करण भी पत्रिका में शामिल है, जिसमें गृहस्थी से कैनवस तक, तीर्थाटन और पर्यटन का संगम चित्रकूट, देश का पहला महिला, आपकी रसोई कागज बने श्रृंगार का जरिया तथा आत्मनिर्भरता की ओर एक कदम है। खास शीर्षक के अंतर्गत 'ढल गया दिल हो गई' शाम के अंतर्गत कथक नृत्यांगना शोभना नारायण एवं टी.वी. ऐंकर एवं ओडिसी नृत्यांगना शिवानी वजीर पसरीचा से 'शाम' के समय की गतिविधियाँ की पड़ताल है, जुड़वाँ बच्चों की अजब दुनिया बीच बहाने में परिचर्चा दी गई है, शीर्षक है 'पुरुषों को उँगलियों पर नचा रही हैं औरतें', 'बोलो जी तुम क्या-क्या खरीदोगे' के अंतर्गत टेली शॉपिंग के बारे में प्रसून भार्गव का लेख है। परिवार शीर्षक के अंतर्गत 'दोस्ती खटकने न दें' शुचित मीतल का लेख है। मीना का आलेख 'बहू जो सास मन ना भाए', जयंती का लेख है 'शादी की ऐसी भी क्या जल्दी है?' व्यंजन में हैप्पी बर्थ डे टू यू के अंतर्गत अनेक प्रकार के केक की रेसिपी दी गई हैं। 'फिल्म' के अंतर्गत 'ये दिलदार सितारे' शीर्षक लेख में लेखिका सपना ने सलमान खान, फरदीन खान, सुष्मिता सेन, रवीना गोविंदा द्वारा किए जानेवाले

सामाजिक कार्यों का लेखा-जोखा दिया है। 'टी.वी. इंटेलीजेंट हो चला बुद्धू बॉक्स' नामक लेख में वंदना अग्रवाल ने 'कौन बनेगा करोड़पति' नामक कार्यक्रम के बारे में चर्चा की है। 'स्वास्थ्य' के अंतर्गत पुरुषों को भी होता है मोनोपाज तथा स्वास्थ्य को प्रभावित करती हैं राशियाँ। 'लालन-पालन' स्तंभ के अंतर्गत नन्हे मियाँ चले स्कूल, एंग्रीकिड, जंगल वाटर वर्ल्ड तथा औघड़नाथ शिवमंदिर शीर्षक लेख हैं। हिना अग्रवाल ने मेरठ के ऐतिहासिक एवं पौराणिक मंदिर के बारे में लिखा है।

मधुरिमा—साइकिल मार्केट झंडेवाला स्टेट नई दिल्ली से प्रकाशित आधुनिक महिलाओं की हमसफर 'मधुरिमा' मासिक पत्रिका है, जिसका मूल्य १५ रुपए है। इस पत्रिका के स्थायी स्तंभों में घर आँगन, पर्सनल टाक में पाठकों की समस्या-समाधान का स्तंभ, रिश्ते-नाते, वास्तु, ब्यूटी केयर, दांपत्य, लाइफ स्टाइल, सौंदर्य समस्याएँ, सौंदर्य विशेषज्ञा द्वारा पाठकों की समस्या का समाधान, मुसकान स्तंभ में चुटकुले और गुदगुदी शीर्षक कार्टून शृंखला, अंतर्द्वंद्व, विदाई की बेला, मुधरिमा टिप्स, मौसम के फल, लालन-पालन, स्वास्थ्य, यादें, बदलाव, कॅरियर, विचार मंच, लुक स्टाइल इत्यादि। मई २००५ का समर ब्यूटी केयर स्पेशल अंक लेखिका के पास सुरक्षित है, कुल ७६ पृष्ठ की पत्रिका के दो पृष्ठ गायब हैं, जिससे संपादक एवं प्रबंधक का पता ज्ञात नहीं हो सका। समय, ब्यूटी केयर स्पेशल के कुल चौदह पृष्ठों में स्पेशल अंक के अलावा भी पत्रिका में अधिकांश लेख लाल गुलाब के दो फूल-लेखिका अखंय, भाभी दिलदार बने ननद समझदार बने—लेखिका गरिमा, प्रेमिका बनकर रोके पति का भटकाव—लेखिका शशि। रहें कूल नैचुरल रिलैक्स—लेखिका नीति; बीते हुए लम्हों की कसक—मीनाक्षी, घाव भरे थे वे शब्द विदाई की वेला में।

अशरफ—स्वतंत्रता के पूर्व सन् १९४० से 'अशरफ' का प्रकाशन सुल्तानपुर से आरंभ हुआ। इस साप्ताहिक पत्र के संपादक, प्रकाशक एवं मुद्रक वसीउद्दीन हनफी थे। पत्र का प्रकाशन लीथो प्रणाली द्वारा किया जाता था। सन् १९४७ तक केवल उर्दू में ही साप्ताहिक का प्रकाशन होता था। सन् १९४७ में स्वतंत्रता के पश्चात् पत्र का प्रकाशन हिंदी और उर्दू दोनों ही भाषाओं में होने लगा। पत्र का संपादन, प्रकाशन एवं मुदण इस समय जैबुन्निसा के हाथ आ चुका था। पत्र कुल दो पन्नों का होता था। विशेषांक चार पन्नों का होता था। विशेष अवसरों पर १६ सोलह पन्नों का निकाला गया। सन् १९९२ के बाद पत्र बंद हो गया। पत्र का दाम एक प्रति एक आना से आरंभ होकर एक रुपए तक पहुँचा। विशेष बात ध्यान देने की यह है कि पत्र की संपादक ने कभी एक लेख भी पत्र में नहीं लिखा।

महालक्ष्मी—'महालक्ष्मी' मासिक पत्रिका शरद कुमार जैन द्वारा मानतुंग प्रकाशन प्रा.लि. के लिए ९६/१ रशीद मार्केट, दिल्ली से प्रकाशित की जा रही है। मात्र दस रुपए

मूल्य की पत्रिका का नवंबर २००१ का अंक ५५वाँ अंक है। घर-घर की लक्ष्मी महालक्ष्मी का यह दीपावली अंक है। पत्रिका की कार्यकारी संपादक हेमबाला जैन हैं। पत्रिका के स्थायी स्तंभ में दुनिया भर से खबरनामा और छोटी खबरें रोचक-रोमांचक के अंतर्गत दो पृष्ठों पर प्रकाशित होता है। इसमें मेरी समस्या में समस्या-समाधान, काम की बातें, हीरोइनों जैसी आप भी, प्यार तो होना ही था; छोटी-छोटी बातें, सुंदर स्वभाव, शीर्षक बताओ प्रतियोगिता आदि प्रकाशित हैं।

स्वयंसेवी संस्थाओं द्वारा प्रकाशित समाचार पत्रक

पिछले पाँचों दशकों में बड़े-बड़े औद्योगिक घरानों से जुड़े दर्जनों पृष्ठोंवाले रंगीन चमकदार तसवीरोंवाले समाचार पत्र-पत्रिकाओं का समाज को उन्नति, प्रगति, जागरूकता से कुछ भी लेना-देना नहीं रहा है। धीरे-धीरे करके सब समाचार-पत्रों, विज्ञापनों की गलाकाट प्रतियोगिता में शामिल होते गए और आज अखबार एक उत्पाद भर बनकर रह गए हैं। बड़े से बड़ा हादसा एक विज्ञापन की तरह सजा-सँवारकर प्रस्तुत कर दिया जाता है। उसमें चटखारेदार शब्दजाल के द्वारा घटनाओं को रोमांचक बनाकर सजाकर दिया जाता है। समाचार-पत्र में न तो आचार बचा है न विचार, न ही भाषा, बस रंगीन चमकदार रंगों की सजावट बारहों महीने होली के हुडदंग जैसे रंगे-पुते दिखाई पड़ते हैं। कभी-कभार विशेष अवसरों पर कभी ध्यानाकर्षांक विषयों को उठाया जाता भी है तो उसके साथ ऐसे विषयों की घालमेल प्रस्तुत कर दी जाती है, जिससे उसका सारा प्रभाव ही नष्ट हो जाता है। उदाहरण, हिंदुस्तान के इस अंक 'कोख से कब्र तक कहीं भी सुरक्षित नहीं है स्त्री'।

महिला जागरूकता, महिलाओं की समस्या, उनकी शिक्षा, स्वास्थ्य और आर्थिक उन्नति आदि के सारे प्रयत्न जो उन्हें समाज की मुख्यधारा से जोड़ते हैं, उनके लिए स्वयंसेवी संस्थाओं को अपने समाचार पत्रों का प्रकाशन प्रसारित करना पड़ रहा है।

राष्ट्रमहिला—राष्ट्रीय महिला आयोग द्वारा मासिक पत्र 'राष्ट्रमहिला' का प्रकाशन किया जा रहा है। कुल चार पृष्ठों के इस पत्र में राष्ट्रीय महिला आयोग की गतिविधियों की जानकारी दी जाती है और स्त्रियों से जुड़े नए-नए कानून अध्यादेशों की जानकारी तथा पूरी दुनिया में महिलाओं की स्थिति के बारे में जानकारी लेकर आती है। पत्रिका का प्रकाशन राष्ट्रीय महिला आयोग, ४ दीनदयाल उपाध्याय मार्ग, नई दिल्ली के द्वारा आकांक्षा इंप्रेशन, न्यू रोहतक रोड, सराय रोहिल्ला से मुद्रित किया जाता है। पत्र की संपादक गौरी सेन हैं।

उत्तर प्रदेश में राज्य परियोजना द्वारा चलाए जा रहे कार्यक्रम 'महिला समाख्या' के विभिन्न जिलों के केंद्रों द्वारा अपने समाचार पत्रकों का प्रकाशन लगातार किया जा रहा है।

अंजोरिया—मऊ जनपद से 'अंजोरिया' नामक पत्रक का प्रकाशन सन् २००४ से किया जा रहा है, इसके पूर्व 'भायेली' नामक पत्रक का प्रकाशन सन् २००३ तक किया गया, जिसका सातवाँ अंक हस्तलिखित है। जौनपुर जनपद से हस्तलिखित समाचार पत्रक 'गुनागर' दिसंबर २००३ से निकल रहा है। प्रतापगढ़ जनपद से भिनसार नामक पत्रक निकल रहा है। जुलाई २००५ तक इसके नौ अंक प्रकाशित हो चुके हैं।

पुरवाई—वाराणसी जनपद की महिला समाख्या की सदस्य पत्रकों के प्रकाशन में सबसे आगे रही हैं। सन् १९९९ से उन्होंने समाचार पत्रकों का प्रकाशन आरंभ किया। पहले 'गुल्लक', फिर 'कही-सुनी' और अब 'पुरवाई' नामक त्रैमासिक पत्रिका भी आरंभ हो गई है। अक्तूबर सन् २००५ कुल ४८ अंक प्रकाशित हो चुके हैं। गुल्लक के ३६ अंक और नवसाक्षरों का अखबार 'कही-सुनी' जून २००० से ३२ अंक में प्रकाशित हो चुका है।

साथन—मुजफ्फर नगर के केंद्र ने सन् २००० अप्रैल से जून तक 'बोब्बो की कुठली' नाम से समाचार पत्रक का प्रकाशन आरंभ किया, जो बाद में बदलकर 'साथन' नाम से निकल रहा है।

महिला डाकिया—'महिला डाकिया' नामक पत्र का प्रकाशन बाँदा में सन् १९९३ में मानव संसाधन विकास मंत्रालय के विकास कार्यक्रम के अंतर्गत शुरू किया गया था। कार्यक्रम के अंतर्गत शुरू में कुछ निरक्षर महिलाओं को चुना गया और गाँव में पानी की किल्लत को देखते हुए उन्हें हैंडपंप की मरम्मत के बारे में प्रशिक्षण दिया गया। जिससे गाँव में पानी की किल्लत काफी हद तक दूर हो गई। इस सफलता से उत्साहित होकर बाद में महिलाओं को साक्षर बनाने का अभियान शुरू किया गया। साक्षरता अभियान के तहत ही इस पत्र की रूपरेखा तैयार हुई। उन्हीं नवसाक्षर महिलाओं की मदद से यह पत्र निकाला गया। हिंदी और बुंदेली भाषा में निकलनेवाला यह पत्र बाँदा जिले के तीन भागों में मुफ्त वितरित होता है। मीडिया के क्षेत्र में महिलाओं के उत्कृष्ट योगदान के लिए साल १९९५ का चमेली देवी जैन पुरस्कार बाँदा जिले के नवसाक्षर महिलाओं के हाथ से लिखे महिला डाकिया पत्र को ही दिया गया। यह पुरस्कार 'मीडिया फाउंडेशन' की तरफ से दिया जाता है। दिल्ली में हुए एक समारोह में न्यायाधीश सावंत ने नवसाक्षर महिलाओं को पत्रकारिता के क्षेत्र का उत्कृष्ट पुरस्कार देकर सम्मानित किया। सितंबर २००० के अंक में बात-बात में बढ़कर आपन हक लेब, ये विकास किसके लिए, चिंता को दूर भगाओ, अपना शरीर स्वस्थ बनाओ, भूल न जाना ड्रॉप पिलाना, फोड डारिस खपरी रचेगी, वो अपना इतिहास, हमार जीत, बूझो तो जानें, मेरी चिट्ठी, चुटुक बैदिया आदि स्तंभ रहे । २००३ के नवंबर के अंक में 'बात-बात मा आबा विधान परिषद् चुनाव' आदि रहे। 'महिला डाकिया' का पता महिला समाख्या चित्रकूट-४२७ ३८०, २ रामपुरी पुरानी बाजार कर्वी चित्रकूट है।

डेहरिया—जनपद सीतापुर से सन् १९९६ के अक्तूबर माह से मासिक समाचार पत्रक 'डेहरिया' का प्रकाशन आरंभ हुआ। महिला सामाख्या गोमती नगर लखनऊ में डेहरिया मासिक के कुल ६९ अंक उपलब्ध हैं। टेबलायड साइज के इस मासिक पत्र में अलग-अलग अंकों में कभी नीली रोशनाई का प्रयोग किया जाता रहा है तो कभी काली का।

सखी-सखुन—'सखी-सखुन' नामक पत्रिका का प्रकाशन जनपद गोरखपुर से सन् २००२ के मई माह से आरंभ हुआ। नवंबर २००५ तक इसके अनवरत प्रकाशन की सूचना है।

हिंडोला और मुँहबोली—जनपद सहारनपुर से 'हिंडोला' और 'मुँहबोली' नामक दो पत्रिकाओं के प्रकाशन की सूचना है। सन् १९९५ के अगस्त से हस्तलिखित 'हिंडोला' का प्रसारण हुआ। सन् २००० में इसका नाम 'मुँह-बोली' कर दिया गया और छह अंकों का प्रकाशन इसी नाम से हुआ। सन् २००५ के मई माह से पुनः 'हिंडोला' नाम से पत्रक के प्रकाशन की सूचना है।

रंत-रैबार—नई टिहरी (गढ़वाल) सन् १९९५ मई से त्रैमासिक पत्रिका 'रंत-रैबार' का प्रकाशन आरंभ हुआ। सन् २००५ के दिसंबर माह तक उसके कुल २७ अंकों का प्रकाशन हो चुका है।

अक्षर—'अक्षर' चुन ले बिटिया महिला समाख्या नैनीताल द्वारा सन् २००५ में 'अक्षर-अक्षर चुन ले बिटिया' नामक स्मारिका का प्रकाशन किया, जिसमें नैनीताल की किशोरियों सहयोगिनियों के विचारों के साथ-साथ लखनऊ में आयोजित 'किशोरी उत्सव' के संस्मरण भी समाहित हैं। महिला समाख्या की सहयोगिनियों के अलावा इस स्मारिका के संपादन में ॠचा सिंह ने सहयोग दिया था। २००५ के अक्तूबर माह तक कुल ७३ अंक निकलने की सूचना है।

झरोखा—जनपद औरैया से 'झरोखा' नामक त्रैमासिक पत्रिका का प्रकाशन वर्ष २००२ से आरंभ हुआ। इसका प्रकाशन अनियमित है और सन् २००४ मार्च तक ५वाँ अंक निकलने की सूचना है। इसके अलावा सन् १९९९ से 'मित्रा' नामक पत्रिका महिला समाख्या के मुख्य कार्यालय लखनऊ से प्रकाशित होना आरंभ हुई। संप्रति तीन पत्रिकाओं का प्रकाशन किया जा रहा है।

धान्या—सन् २००२ के अक्तूबर से त्रैमासिक 'धान्या' का लखनऊ से प्रकाशन आरंभ हुआ। भूमिजा, अस्मिता दोनों पत्रिकाओं के संपादन का भार डॉ. मंजु शुक्ला पर है। सहयोगिनियों में डॉ. कुमकुम त्रिपाठी, रेखा, गंगा, ममता, स्मृति के अलावा डॉ. अलका पांडेय, शालिनी रमण आदि रहती आई हैं। प्रधान संपादक समाख्या निदेशक होती है। इसके अलावा भूमिजा और अस्मिता का प्रकाशन मार्च सन् २००१ से त्रैमासिक रूप से किया जा रहा है। कभी-कभी किन्हीं अड़चनों के कारण संयुक्तांक भी निकले

हैं। इन सभी पत्रिकाओं का प्रकाशन संपादक मंडल द्वारा किया जाता रहा है, जिसमें महिला समाख्या से जुड़ी अधिकारी सहयोगिनियों के अलावा महिला सदस्य भी होती हैं। अधिकांश सदस्यों द्वारा आप बीती, संस्मरण आदि लिखे जाते हैं तो महिला समाख्या के द्वारा चलाए जा रहे कार्यक्रमों का लेखा-जोखा रिपोर्ट तथा सदस्यों की उपलब्धियों की चर्चा रहती है। साथ ही सदस्यों और समाख्या केंद्र के कर्मचारियों की कविताओं और कहानियों को भी स्थान दिया जाता रहा है।

गूँज—महिला समाख्या उत्तर प्रदेश द्वारा किशोरी उत्सव १६ से १८ मार्च, २००४ के अवसर पर प्रकाशित पत्रिका है; जिसकी परिकल्पना एवं निर्देशन निदेशक महिला समाख्या डॉ. मंजु अग्रवाल का तथा प्रभारी स्मारिका डॉ. कुमकुम त्रिपाठी हैं। कुल ४८ पन्नों की पत्रिका में २९ रचनाएँ संकलित हैं—जिनमें मनोहर श्याम जोशी की 'बेटी अब सचमुच बन रही है बेटा', 'बेहाल बेटियाँ'—डॉ. अमरनाथ दत्त गिरी, 'दोहरी नैतिकता दोहरे कानून और नारी मुक्ति आंदोलन' भारतीय टेकचंदानी, 'मदद चाहती हैं ये हव्वा की बेटी'—पूनम बेदी, 'सुनो खदीजा! सुनो द्रौपदी'—अमृता प्रीतम, 'किशोरी और पारिवारिक हिंसा'—सुधा शुक्ला, 'नए कानूनों का निर्माण'—रानी जेठमलानी, सुरक्षा का मिथ—डॉ. अलका पांडे आदि लेख सम्मिलित हैं, जो समाज में किशोरियों की स्थिति और उनकी दशा को दरशाते हैं।

गाँव की ओर—अखिल भारतीय समाज सेवा संस्थान, भारत जननी परिसर, रानीपुर भट्ट, पोस्ट सीतापुर, चित्रकूट से 'गाँव की ओर' नामक त्रैमासिक पत्रिका का प्रकाशन लंबे समय से किया जा रहा है, जिसमें महोबा, नरैनी, मानिकपुर, हमीरपुर, कर्वी, अतरा, बाँदा, ललितपुर आदि ब्लॉक में कार्य कर रहे समाज संस्थान के पर्यवेक्षक, सामुदायिक कार्यकर्ताओं द्वारा अपने क्षेत्र की मुख्य घटनाओं को संकलित किया जाता है। कभी-कभी ग्रामीण अंचल में कार्यरत अधिकारियों के आलेख भी समन्वित कर लिये जाते हैं। सन् २००५ के जुलाई से अब तक पत्रिका के ९५ अंकों के प्रकाशन की सूचना मिलती है। यह अंक लेखिका के पास सुरक्षित है।

पहरुआ—अखिल भारतीय समाज सेवा संस्थान, भारत जननी परिसर, रानीपुर भट्ट, पोस्ट सीतापुर, चित्रकूट द्वारा सन् २००५ के जनवरी माह से 'पहरुआ' नामक त्रैमासिक पत्रिका का प्रकाशन आरंभ हुआ है। जिसका दूसरा अंक अप्रैल-सितंबर संयुक्तांक है। पत्रिका संस्थान द्वारा चलाई जा रही 'पहरुआ पहल' योजना के अंतर्गत प्रकाशित की जा रही है। इस पत्रिका में सभी समसामयिक समस्याओं पर आलेख हैं। क्षेत्रीय समस्याओं के सूचनापरक आलेख भी हैं तो लब्धप्रतिष्ठित पत्रकारों, व्यक्तियों के आलेख और पुनर्पाठ को भी संयोजित किया जाता है।

खबर लहरिया—'वनांगना' समाजसेवी संस्थान द्वारा बुंदेली बोली में इस पाक्षिक

समाचार-पत्र का प्रकाशन सन् २००२ से लगातार किया जा रहा है, जिसे महिला समाख्या भारत सेवा संस्थान और 'वनांगना' द्वारा साक्षर बनाई गई महिलाएँ निकाल रही हैं। संप्रति इस अखबार के संपादक मंडल में कविता, कृष्णा, मंजु, मीरा और शांति शामिल हैं। इसके पूर्व इसके संपादक मंडल में सोनिया नामक समाजसेवी महिला भी जुड़ी हुई थीं। आदिवासी मूल की इस महिला अपने क्षेत्र की जुझारू समाजसेवी के रूप में जानी जाती हैं। समाज-सेवा, पत्रकारिता के साथ-साथ राजनीतिक क्षेत्र में भी इनका दखल रहा है। दस्युग्रस्त क्षेत्र में दबंगों के खिलाफ चुनाव लड़कर ग्राम प्रधान बनकर क्षेत्र के विकास में भी सहयोग कर चुकी हैं। गत वर्ष नोबेल शांति पुरस्कार के लिए नामित बीस भारतीय महिलाओं में से एक नाम सोनिया का भी था। 'खबर लहरिया' टेबलायड शैली में मोटे टाइप में छपनेवाला आठ पन्ने का अखबार है, जिसकी एक प्रति का मूल्य इस समय दो रुपए है। समाचार-पत्र में नियमित स्तंभों में पहले पन्ने में चित्रकूट और बाँदा जनपद देश-विदेश के अंतर्गत अन्य प्रदेशों के ज्वलंत समाचार होते हैं। तीसरा पन्ना विकास शीर्षक क्षेत्र के विकास से संबंधित सकारात्मक और नकारात्मक दोनों प्रकार की खबरों के लिए है। चौथा पन्ना महिला मुद्दा शीर्षक से महिलाओं से संबंधित खबरों के लिए है। पाँचवाँ पन्ना 'पंचायत' शीर्षक से पंचायतों के कार्यकलापों का लेखा-जोखा देने के लिए नियत है। छठा पन्ना 'सरकारी' शीर्षक से सरकारी अधिकारियों के कार्यकलापों की सूचनाओं के लिए जाना जाता है। सातवाँ पन्ना 'इधर-उधर' के अंतर्गत एक बार पुनः देश-विदेश के समाचार के साथ ही शिक्षाप्रद लघु कहानियाँ भी संकलित रहती हैं। आठवें पन्ने के शीर्षक 'सबहिन की बातें' के अंतर्गत 'हमार डाक' के अलावा संपादकीय 'हमार संदेश' और पाठकों द्वारा भेजे गए समाचार प्रकाशित होते हैं। समाचार-पत्र की प्रकाशक-मुद्रक शालिनी जोशी स्वामित्व निरंतर ट्रस्ट, संपादक मीरा देवी भार्गव प्रेस, बाई का बाग, इलाहाबाद, प्रकाशन का स्थान मकान नं. २६२, वार्ड नं. १३, द्वारिका पुरी कर्वी जिला चित्रकूट, पत्रकार समूह मीरा, कविता, शांति, मंजू और मीरा संवाददाता मिथिलेश और दुर्गा आफिस व्यवस्था कृष्णा चित्रांकन मिथिलेश। १-१५ मार्च फागुन २००६ के अंक १० के पहले पन्ने पर दो समाचार हैं—पहला 'नोटिस भेजिन हवै' तथा दूसरा 'अधिकारी नहीं मानै आपन गलती' देश-विदेश के अंतर्गत फिलीपींस में जमीन धँसने का समाचार 'जमीन घांसै से मरै मड़ई' जो 'दैनिक जागरण' से लिया गया था; दूसरा समाचार अखबार से साभार 'बर्ड फ्लू से बीमारी' शीर्षक से बर्ड फ्लू के बारे में है। तीसरा समाचार प्रदेश के पिछड़ा वर्ग कल्याण मंत्री महबूब अली के बारे में १७ फरवरी की खबर है, जिसमें स्टिंग ऑपरेशन की सूचना 'मंत्रिन के खुले लाग पोल'। तीसरा पन्ना विकास में 'नहर टूटे से भा नुकसान', 'बिजली बिना परेशानी' और 'भटकट पेंशन खातिर' के अंतर्गत विकलांगों को मिलनेवाली

पेंशन न मिल पाने की सूचना है। सबसे महत्त्वपूर्ण बात यह है कि खबरों में शिकायतकर्ता का नाम, पता और संबंधित अधिकारी-कर्मचारी के नाम के साथ ही समाचार प्रकाशित किया जाता है। 'सरकारी' शीर्षक समाचारों में जल संस्थान में चतुर्थ श्रेणी की वैकल्पिक कर्मचारी की व्यथा 'दर-दर भटकत हवै', दूसरा समाचार समाज कल्याण विभाग द्वारा पिछड़ी जातियों के बच्चों को दिए जानेवाले वजीफे के विलंब के बारे में 'देर सबेर होत रहै', तीसरा समाचार शिक्षा मित्र की नियुक्ति में धाँधली का है 'तीन महीना से परेशान हौं'। महिला मुद्दा में 'नहीं मिले नियाव', 'चार महीना से भटकित हन', 'कत्तौ नहीं होत सुनवाई'। पंचायत' में 'गरमी मा का होई हाल', ' सड़क न होय से मड़इ परेशान', 'समय से नहीं मिले गल्ला तेल', 'मिली-जुली' में 'मनावा गा दलित महिला सम्मेलन', 'रोकिन बाल विवाह' में राजनांदगाँव का समाचार है। 'सबहिन की बात' में 'होशियारी से करिस काम', 'भरै लाग रोजगार गारंटी फार्म' के अलावा संपादकीय हमारे संदेश और हमार डाक समाचार है।

मुसकान—उत्तर प्रदेश राज्य महिला आयोग द्वारा 'मुसकान' नामक पत्रिका का प्रकाशन सन २००५ से आरंभ की है। दिसंबर २००५ का अंक लेखिका के पास सुरक्षित है, जो दूसरा अंक है। पत्र के संपादक राजेंद्र वर्मा हैं। पत्रिका निःशुल्क वितरण के लिए है। कुल ५२ बावन पन्नों की इस पत्रिका में विभाग द्वारा चलाई जा रही विभिन्न योजनाओं की जानकारी के साथ-साथ आयोग की गतिविधियों की जानकारी एवं उपलब्धियों की सूचना दी गई है।

महिला पत्रकारिता का इतिहास

वर्ष १९१४ में एनी बेसेंट के 'कॉमन वेल्थ' नामक साप्ताहिक पत्र निकालने का उल्लेख मिलता है। इसके कुछ दिनों बाद ही दैनिक पत्र 'मद्रास स्टैंडर्ड' खरीदकर एनी बेसेंट ने उसका नाम 'न्यू इंडिया' रख दिया। अखिल भारतीय महिला सम्मेलन तथा 'इंडियन वुमेंस एसोसिएशन' की संस्थापिका मार्गरेट कजिंस थीं, जिन्होंने संस्था की अध्यक्षा होने के साथ-साथ संस्था की पत्रिका 'स्त्रीधर्म' और 'रोशनी' का संपादन भी किया। पत्रिका 'रोशनी' के द्वारा उन्होंने भारतीय स्त्रियों के नेतृत्व प्रशिक्षण के लिए जीवनपर्यंत संघर्ष किया। 'असहयोग आंदोलन' के दौरान श्यामकुमारी नेहरू जब्त किए गए समाचार-पत्र 'स्वराज' की हस्तलिखित प्रतियाँ तैयार करके गुप्त रूप से उनका वितरण करती रहीं।[१]

उषा मेहता—हिंदुस्तान की पहली महिला रेडियो संचालिका थीं, जो सन् १९४२ के 'भारत छोड़ो आंदोलन' में बंबई में गुप्त रेडियो स्टेशन कायम करके देशवासियों को

१. महिलाएँ और स्वराज, आशारानी व्होरा

लगातार आंदोलन की खबरें पहुँचाती रहीं।

सुभद्रा जोशी—'हमारा संग्राम' (दिल्ली) भूमिगत अखबार 'सेक्यूलर डेमोक्रेसी' की संपादिका सुभद्रा जोशी थीं। **मेनका देवी** ने क्रांति संदेश बिगुल नामक पत्र निकाला, जिसे पहले उनके पति कुमार यमुना सिंह निकाल रहे थे। श्री कुमार के गिरफ्तार होने पर समाचार पत्रिका के संपादन-प्रकाशन का कार्य उनकी पत्नी मेनका देवी ने सँभाला। सन् १९२२ के पूर्व देशबंधु चित्तरंजन दास की पत्नी **वासंती देवी** 'बंगालेर कथा' का संपादन कर रही थीं। प्रोफेसर धमेंद्र देव शास्त्री की पत्नी **उर्मिला देवी** शास्त्री ने लाहौर से 'जन्मभूमि' नामक दैनिक पत्र निकालना आरंभ किया। पत्र में छपी उनके संपादकीय छपी उनके संपादकीय के कारण उन्हें वर्ष १९३० एवं १९४२ में जेल भी गईं। १९३० में 'हंस' के संपादकों में **शिवरानी देवी** का भी नाम आता है, जो प्रेमचंद की पत्नी थीं। सक्रिय पत्रकारिता में **सरला देवी चौधरी** का नाम प्रमुखता से लिया जाता है। बंगाल की स्वतंत्रता संग्राम से जुड़ी 'भारती' पत्रिका में उनके जोशीले लेख छपते थे। उनके लेखों ने बंगाल में धूम मचा रखी थी। वे महात्मा गांधी के विचारों को बांग्ला में अनूदित कर 'भारती' द्वारा पाठकों तक पहुँचा रही थीं। सन् १९०५ में कांग्रेस के बनारस अधिवेशन में पहली बार 'वंदे मातरम्' गानेवाली सरला देवी ही थीं। गोपालकृष्ण गोखले के आग्रह पर इस गीत की दो पंक्तियों की धुन गुरुदेव रवींद्रनाथ टैगोर ने बनाई थी और बाकी की सरला देवी ने। 'भारती' के संपादन के अतिरिक्त सरला देवी ने 'बंगेर वीर' पुस्तक लिखीं तथा अनेक अनुवाद भी किए।

पंडिता रमाबाई (१८५८-१९२२)—महाराष्ट्र के पश्चिम प्रांत में समाज सुधारक अनंत शास्त्री की पुत्री के रूप में जन्म लिया। अनंत शास्त्री द्वारा अपनी पत्नी को शिक्षित करने के कारण ब्राह्मण समाज द्वारा उन्हें बहिष्कृत कर दिया गया था। स्त्री-शिक्षा के प्रचारक पिता की मृत्यु के बाद रमाबाई और उनके भाई ने पिता के छोड़े हुए काम को आगे बढ़ाया। उनकी विद्वत्ता का यश सुनकर कलकत्ता के ब्राह्मण समाज ने उन्हें 'सरस्वती सम्मान' से सम्मानित किया। भाई की मृत्यु के पश्चात् रमाबाई ने बंगाल के एक शूद्र वकील विपिन बिहारी मेधावी से विवाह किया। एक पुत्री होने के पश्चात् रमाबाई के पति की मृत्यु हो गई और रमाबाई पुन: लौट आईं। रमाबाई ने 'आर्य महिला समाज' की स्थापना की। १८८२ में जब सरकार ने भारतीयों की शिक्षा के लिए एक कमीशन की नियुक्ति की तब पंडिता रमाबाई ने शिक्षकों के प्रशिक्षण और महिला इंस्पेक्टरों की नियुक्ति की बात जोर-शोर से उठाई। उन्होंने स्त्रियों के लिए मेडिकल चिकित्सक की आवश्यकता पर भी बल दिया। साथ ही चिकित्सा विद्यालयों में स्त्रियों के प्रवेश का जोर-शोर से समर्थन किया। रमाबाई के विचारों और तर्कों की गूँज लंदन में सम्राज्ञी विक्टोरिया तक पहुँची और उनके प्रयासों का ही परिणाम था कि लेडी डफरिन ने

महिलाओं के लिए चिकित्सा आंदोलन आरंभ किया।

१८८३ में रमाबाई इपिस्कपोलियन चर्च से जुड़कर शिक्षक प्रशिक्षण हेतु इंग्लैंड पहुँचीं, जहाँ से वे अमेरिका गईं। वहाँ उन्होंने भारत की बाल विधवाओं के स्कूल खोलने के लिए एक संस्था की स्थापना की। १८८९ अप्रैल में उन्होंने बंबई में बाल विधवाओं के लिए 'शारदा सदन' नामक स्कूल आरंभ किया, जिसमें छात्राओं के रहने की भी व्यवस्था थी। धर्मांतरित ईसाई होने के कारण प्रारंभ में रमाबाई के शारदा सदन को लोग शक की निगाह से देखते रहे; हालाँकि सदन की स्थापना के आरंभ में ही उन्होंने निर्धारित कर दिया था कि इस विद्यालय में ईसाई धर्म की शिक्षा नहीं दी जाएगी। हिंदू प्रचारकों के दबाव के कारण डॉ. भंडारकर और जस्टिस रानाडे ने सदन से अपना नाता तोड़ लिया और ईसाई धर्म के प्रचारकों को बंद करने के लिए दबाव गहराने लगा। अमेरिकन दानदाताओं के विरोध के कारण रमाबाई पुन: चली गईं, जहाँ उन्होंने ट्रस्ट बनाकर धन एकत्र कर सदन को आत्मनिर्भर बनाने का प्रयास आरंभ कर दिया। नई शती के आरंभ के साथ ही उन्होंने 'मुक्ति सदन' संस्था आरंभ कर दी। मनमोहन कौर ने लिखा है कि 'सन् १९०० में पड़े अकाल के दौरान सदन के कार्यकर्ताओं ने सैकड़ों महिलाओं के प्राण बचाए।'

मनमोहन कौर लिखती हैं कि सदी की शुरुआत के साथ १९९० लोग सदन से जुड़ चुके थे। चार सौ बच्चों के लिए किंडरगार्टन शिक्षिकाओं के प्रशिक्षण के लिए एक औद्योगिक संस्थान भी खोला गया, जहाँ उद्यान, खेत, तेल मिल, डेयरी, लॉण्ड्री, ओवन भी थे। इस विद्यालय में स्त्रियों को सिलाई, कटाई और कढ़ाई भी सिखाई जाती थी।[१]

अरुणा आसफ अली—१९४२ की अगस्त क्रांति के दौरान ये बंबई पहुँचीं। कांग्रेस के सभी गण्यमान्य नेताओं के गिरफ्तार हो जाने के कारण अरुणा ने ग्वालिया टैंक मैदान की ऐतिहासिक रैली का नेतृत्व किया। भारी संख्या में एकत्र जनसमूह को तितर-बितर करने के लिए पुलिस द्वारा आँसू गैस और लाठी चार्ज किया गया। इसी समय अरुणा का सक्रिय राजनीतिक जीवन आरंभ हुआ। गिरफ्तारी से बचने के लिए वे भूमिगत हो गईं तो सरकार ने उनकी सारी जायदाद नीलाम कर दी। डॉ. राममनोहर लोहिया के द्वारा निकाले गए 'इनकलाब' अखबार की वे संपादिका बनीं। १९४४ में उन्होंने स्वाधीनता के आंदोलन को भड़काने के लिए अपने संपादकीय

१. राधा कुमार द्वारा लिखित (हिस्ट्री ऑफ डूइंग) History of doing कार्य का इतिहास भारतीय महिलाओं के अधिकारों एवं स्त्रीवाद की एक रूपरेखा, सन् १८००-१९००

में लिखा कि हिंसा या अहिंसा के रास्तों के सही या गलत होने के तर्क-कुतर्क में समय व्यर्थ गँवा हमें आज की वास्तविकता से आँखें चुरानी होगी। मेरी इच्छा है कि हर छात्र और युवा अपने को आजादी की लड़ाई का सिपाही मानकर आनेवाली क्रांति में शामिल हो।

अरुणा आसफ अली के ऊपर सरकार ने पाँच हजार रुपए का इनाम घोषित किया था। गांधीजी ने पत्र लिखकर उन्हें आत्मसर्मपण करने की सलाह दी और अपने इनाम को हरिजनों के लिए देने को कहा। भूमिगत रहते हुए बीमारी के कारण कंकाल हो जाने के बावजूद भी उन्होंने २६ जनवरी, १९४६ को ही आत्मसर्मपण किया, जब उनके खिलाफ वारंट कैंसिल कर दिया गया। वे 'ग्रैंड ओल्ड लेडी ऑफ द इंडिपेंडेंस मूवमेंट' और १९४२ के आंदोलन की नायिका बनकर उभरीं। उन्होंने कम्युनिस्ट पार्टी की सहयोगी संस्था 'नेशलन फेडरेशन ऑफ इंडियन वुमेन' की स्थापना करने में सहयोग दिया। वे ऑल 'इंडिया वुमेन कॉन्फ्रेंस' की भी संस्थापक सदस्य थीं।

उर्वशी बुटालिया—प्रकाशक लेखिका, स्त्रीवादी इतिहासज्ञ उर्वशी बुटालिया भारतीय स्त्री लेखन जगत् में स्वर्णाक्षरों में लिखा जाने वाला नाम है। दिल्ली विश्वविद्यालय से साहित्य में स्नातक तथा स्नातकोत्तर उपाधि प्राप्त करने के पश्चात् दक्षिण एशियाई विषय में स्नातकोत्तर उपाधि के लिए लंदन गईं। दिल्ली के ऑक्सफोर्ड यूनिवर्सिटी प्रेस से जुड़कर उन्होंने प्रकाशन कैरियर का आरंभ किया। 'जेड बुक' लंदन के साथ स्त्रीवादी आंदोलन से जुड़कर 'काली फार वुमेन' नामक प्रकाशन आरंभ किया। काली के कैटलॉग में सैंद्धातिक और व्यावहारिक दोनों पक्षों का अनोखा सम्मिश्रण देखने को मिलता है। काली के बहुत सारे प्रकाशन आर्थिक रूप में एक से नहीं होने के बावजूद स्त्री अधिकार, स्त्री सोच और सरोकारों को पुन: परिभाषित करने में सहायक हो रहे थे। तीसरी दुनिया की स्त्रियों की आवाज बनकर उभरा यह प्रकाशन स्त्रियों में ज्ञान-विचार फैलाने के साथ-साथ विभिन्न भारतीय भाषाओं में स्त्रियों द्वारा लिखे साहित्य को अंग्रेजी एवं अन्य विदेशी भाषाओं में अनुवादित करता रहा है। 'काली मीडिया' प्रकाशन स्त्रियों की विकृत छवि को लेकर प्रतिरोध करती रही है।[१]

□

1. Govt. of India edited by Ministry of Information & Broadcasting Research Reference Division Mass Media in India १९८०-८१, पृ. ३३-३७

वर्तमान महिला पत्रकारिता

अस्सी के दशक में पत्रकारिता में अनेक परिवर्तन हुए। पहला परिवर्तन पत्रकारिता क्षेत्र का व्यावसायिक और आधुनिकीकरण है। इन दोनों रुझानों के कारण जहाँ समाचार-पत्र, पत्रिकाओं में प्रबंधकों की पकड़ बढ़ी, वहीं संपादक पत्रकारिता के साथ-साथ पत्रों की बिक्री, विज्ञापन और सत्ता की नजदीकी तथा विरोध के लिए भी जिम्मेदार होने लगे। कंपोजिंग, लेआउट आदि जैसे निर्णयों में प्रबंध क्षेत्र के कर्मचारियों का दखल बढ़ने लगा। महत्त्वपूर्ण खबरें रातोरात छोटी हो जातीं, गायब हो जातीं या फिर पहले पन्ने से तीसरे-चौथे पन्ने पर फेंक दी जाती। और यह सब अकसर पत्रकार तथा कभी-कभी संपादक की सहमति, सूचना के बिना ही होता रहा। इसी समय सभी व्यावसायिक क्षेत्रों में तकनीकी कौशल से सुसज्जित व्यक्तियों की आमद ने पत्रकारिता क्षेत्र में तकनीकी कौशल को बढ़ावा देना आरंभ किया। अब अखबारों में केवल कार्टूनिस्ट जैसे 'फ्री लांसर' के बजाय ग्राफिक्स आर्टिस्ट ने पैठ बनाई। विश्वविद्यालय और अन्य तकनीकी संस्थानों में पत्रकारिता के विभिन्न पाठ्यक्रम आरंभ किए गए। सोच-विचार और समाचार की समझ का स्थान डिग्री, डिप्लोमा और प्रशिक्षणों ने लेना आरंभ कर दिया। 'टाइम्स ऑफ इंडिया' ग्रुप ने 'अप्रेंटिस' पत्रकारों की शुरुआत पहले ही कर दी। अन्य समाचार-पत्र समूहों ने भी ऐसी प्रथा आरंभ की। पत्रकारों का चयन लिखित परीक्षाओं और साक्षात्कारों से होने लगा था।

इस परंपरा के चलते अनेक प्रतिष्ठित पत्र-पत्रिकाएँ धड़ाधड़ बंद होने लगी थीं। उनका रंग-रूप परिवर्तित कर चूहा दौड़ में शामिल हो गईं। धर्मयुग, साप्ताहिक हिंदुस्तान, सारिका, माधुरी, माया, मनोरमा आदि अनेक पत्रिकाएँ बंद हो गईं। अनेक औद्योगिक घरानों ने पत्रकारिता में पाँव पसारे और चमक-दमक के साथ ग्लासी पेपरवाली अंग्रेजी लाइफ स्टाइलवाली अंग्रेजी और फिल्मी पत्रिकाओं की बाढ़ सी आ गई। हालाँकि उनमें से अधिकांश बहुत दिनों तक प्रतिस्पर्धा में टिक नहीं सकीं। जे.वी.जी. टाइम्स, राष्ट्रीय

सहारा आदि इसी काल में आरंभ हुए। व्यावसायिक पाठ्यक्रमों से पढ़कर आनेवाले पत्रकारों में खबर लिखने का सलीका भी कभी-कभी अधिक देखने को मिलता है, लेकिन खबर की पकड़ और भाषा का दारिद्रय सर्वत्र देखने को मिल रहा है। जिन समाचार पन्ने को पढ़कर लोग भाषा परिवर्धन करते थे, वे स्वयं भाषा त्रुटि के उदाहरण बनते जा रहे हैं। ऐसे में पत्रकारिता और विचारधारा के प्रति प्रतिबद्ध अनेक पत्र-पत्रिकाएँ भी प्रतिस्पर्धा में आगे आई हैं, जिनमें पत्रकारिता, राजनीति, साहित्य किसी एक क्षेत्र को लेकर अपनी प्रतिबद्धता को बरकरार रखने का प्रयास किया जाता रहा है। इस तरह की कई समाचार पत्रों और पत्रिकाओं ने सीमित प्रकाशन सदस्यों तक कर अपनी निरंतरता बनाए रखी है। उत्तरा, हंस, तेवर, तद्‌भव, कथाक्रम आदि अनेक पत्रिकाएँ कुछ बुक स्टालों तक भी पहुँचती हैं, लेकिन कुछ नहीं पहुँच पाती हैं। इस प्रकार की पत्रिकाएँ बड़ी संख्या में संस्थानों, स्वयंसेवी संस्थाओं द्वारा प्रकाशित पत्रिकाएँ हैं—'उत्तर प्रदेश संदेश', 'भाषा भारती', अतएव 'छायानट' आदि अनेक पत्रिकाएँ हैं।

कविता सरकार ने अपने आलेख में लिखा है ब्रिटेन में महिलाओं के लिए 'मिल्स और बून्स' नामक एक पूरा पब्लिशिंग हाउस है, जिसके प्रकाशन पूरी दुनिया में पढ़े-बेचे जाते हैं। महिला पाठकों की बदौलत ही उसकी पहचान है। आजादी के पहले भी आभिजात्य वर्ग की महिलाएँ आयातित पत्रिकाओं में इश्क के सच्चे किस्से (True Romance) बहुतायत में पढ़ती थीं, जिनमें सिलाई, बिनाई, कढ़ाई, घर की देख-रेख के अलावा संपादक के नाम पत्रों में विभिन्न प्रकार की समस्याओं के समाधान भी पूछे जाते थे।[१] अभी भी अंग्रेजी की पत्रिकाएँ 'ईव्ज वीकली' और 'फैमिना' औरतों की जिंदगी को बच्चों के पालन-पोषण और कॉकरोचों को मारने के तरीकों के साथ-साथ नए आयाम भी जोड़ती रहीं। वे अपनी स्थिति को मजबूत बनाएँ हुए हैं। स्व. फेने टेले आरखन द्वारा शुरू की गई 'ट्रेंड' नामक मैगजीन की श्रृंखला की अंतिम पत्रिका है, जो पचास के दशक में आरंभ की गई थी। तथ्य है कि इस पत्रिका ने अपने क्षेत्र को बहुत व्यापक कर लिया है, जबकि 'ईव्ज वीकली' अभी भी अपनी शुरुआती दौर पर जमी हुई है। महिलाओं के लिए सर्वाधिक जर्नल हिंदी में प्रकाशित होते हैं, जो २१ हैं, अंग्रेजी और गुजराती का नंबर उनके बाद आता है। प्रकाशन में अधिक संख्या में होने के बावजूद हिंदी पत्रिकाओं की प्रसार संख्या अंग्रेजी की पत्रिकाओं से बहुत कम है। क्षेत्रीय भाषाओं की पत्रिकाएँ अपने प्रकाशन में अधिक स्थिर रही हैं। अंग्रेजी की भाँति गुजराती पत्रिका 'संदेश', 'जन्म भूमि' और 'गुजरात समाचार' में महिलाओं के लिए विशेष पन्नों की व्यवस्था अधिक सुचारु रूप से चली।

---

१. ब्रिटेन में महिलाओं के लिए मिल्स एंड बून्स, प्रकाशन विभाग सूचना एवं प्रसारण मंत्रालय, भारत सरकार

जबकि संपूर्ण महिलाओं के लिए निकलनेवाली पत्रिकाएँ ज्यादा दिन तक नहीं जीवित रह सकीं। 'मनोरमा', 'गृहशोभा' और 'एम.आई.सी.' महिलाओं की सर्वाधिक चर्चित महिला पत्रिकाएँ हैं। बुक स्टॉल और दुकानों पर देखने पर पता लगता है कि अंग्रेजी की पत्रिकाओं ने हिंदी और क्षेत्रीय भाषाओं की पत्रिकाओं को पछाड़ दिया है। अस्सी के दशक में विदेशी पत्रिकाओं से होड़ लेने में सभी पत्रिकाओं ने अपने रंग-रूप में परिवर्तन करने के साथ पत्रिका की गुणवत्ता को नजरअंदाज किया है। आकर्षक कवर और ग्लॉसी पेपर का प्रयोग बढ़ने के साथ-साथ सभी प्रकार की पत्रिकाओं में जहाँ महिला संबंधी सामग्री बढ़ी, वहीं महिला के देह के प्रति आग्रह भी बढ़ा है और शारीरिक सौंदर्य को दरशानेवाले चित्रों और सामग्री की भी भरमार हो चली है। प्रकाशन सामग्री में समाचार को महत्ता के बजाय ग्लैमरस व्यक्तियों की प्रमुखता बढ़ी है, विशेष रूप से महिलाओं की पत्रिका में यह परंपरा चल पड़ी है। वॉल्ट विटमैन ने एक बार कहा था कि जब किसी पुरुष को शिक्षित किया जाता है तब केवल एक व्यक्ति शिक्षित होता है, लेकिन जब एक स्त्री को शिक्षित किया जाता है तब पूरा परिवार शिक्षित होता है। यह सर्वमान्य तथ्य है। महिला पत्रिकाओं की पकड़ बहुत धीमी किंतु स्थायी और अचेतन होती है और महिलाओं के परिवारों को प्रशिक्षित करने में बूँद-बूँद का यह ज्ञान सागर सिद्ध होता है। आज के युग में हर महिला का अपना दृष्टिकोण होता है, चाहे वह उसे प्रकट करे या न करे, समय आने पर यह संभव भी होता है। खाली समय में पढ़ी जानेवाली सामग्री बहुत विचारोत्तेजक भले ही न दिखाई पड़े, क्योंकि कई बार सामग्री पाठक को एक स्वप्निल संसार में ले जाती है और सुखद अंत तक पहुँचाती है। कुछ पत्रिकाएँ सभी समस्याओं के बड़े सहज समाधान प्रस्तुत कर देने लगती हैं। लेकिन समस्या और परिस्थितयाँ और समाधान पाठिका के मन में रहते हैं और समय आने पर प्रस्फुटित भी होते हैं, जिनके कई बार आश्चर्यजनक परिणाम देखने को मिलते हैं। सत्य है यह कि आज पाठकों का एक बड़ा वर्ग पैदा हो चुका है, जो पत्रिकाओं की बढ़ती कीमतों को भुगतान करने के साथ उस सामग्री का भरपूर उपयोग-उपभोग करने की इच्छा भी रखता है।

अच्छी गंभीर सामग्रीवाली महिला पत्रिकाओं की भारी कमी है और जो आरंभ होती हैं, उनके जीवन की संभावना बहुत क्षीण रहती है; क्योंकि उनका मुकाबला ग्लैमर और सिनेमावाली पत्रिकाओं से होने लगता है, जो हर फुटपाथ, सड़क पर बिखरी हुई हैं। महिला संबंधी गंभीर पाठ्य सामग्री के साथ-साथ सामान्य विषयों पर गंभीर पाठ्य सामग्री की घनीभूत आवश्यकता है, लेकिन व्यावहारिक आवश्यकता और आदर्श-सिद्धांतों के बीच संतुलन बनाना कठिन है।

हिंदी पत्रकारिता में स्वतंत्रता-प्राप्ति के बाद रेखांकित करने लायक बदलाव आया।

पत्र-पत्रिकाओं ने राष्ट्र के नवनिर्माण के अभियान में अपना महत्त्वपूर्ण योगदान दिया, लेकिन इसके साथ-साथ भ्रष्टाचारी नेताओं और नौकरशाही के भी कान उमेठे। पत्रकारों ने किसी भी घटना या मुद्दे की तह में जाकर खोज-बीन कर तथ्य को उजागर किया। उन्होंने जनता की हँसी-खुशी, उल्लास-उमंग के साथ-साथ उसकी व्यथा, वेदना और पीड़ा-कसक को भी जुबान दी तथा उसके दर्द को सामने लाकर सरकार और जनता के बीच सेतु बनने की अपनी भूमिका का ईमानदारी से निर्वाह किया। हिंदी-पत्रकारिता ने दलितों पर होनेवाले जुल्म-अत्याचार की दास्तान भी सुनाई और महिलाओं के चूड़ियों वाले हाथ लहराने की स्थिति बनाई। हिंदी पत्रकारिता की विश्वसनीयता और जनता की सहयात्री बनने का नतीजा यह हुआ कि वह न केवल अंग्रेजी पत्रकारिता के समकक्ष खड़ी हुई, बल्कि जनपक्षधरता मामले में हिंदी पत्रकारिता कहीं आगे निकल गई। आज आजादी के अट्ठावन वर्षों बाद भी अंग्रेजी पत्रकारिता आभिजात्य वर्ग और सत्ता के गलियारों की ही भाषा बनकर रह गई है।

हिंदी पत्रकारिता केवल भारत में ही आम आदमी तक नहीं पहुँची बल्कि विदेशो में भी इसने अपना सिक्का जमाया। मॉरीशस, अमेरिका, लंदन, त्रिनिनाद और डेनमार्क तक से हिंदी के पत्र-पत्रिकाएँ निकाली गईं। नामचीन विश्वविद्यालयों में हिंदी भाषा पढ़ाई जाने लगी और अनेक विदेशी छात्रों ने हिंदी पढ़कर निपुणता प्राप्त की। विज्ञान के वरदान का यह परिणाम है कि अब संचार उपग्रह द्वारा एक ही अखबार के विभिन्न स्थानों से संस्करण निकल रहे हैं। दैनिक अखबार इसके प्रमाण हैं, जिनके संस्करणों और पाठकों की संख्या निरंतर बढ़ रही है। आजादी के बाद हिंदी पत्रकारिता के सफर में उसकी झोली में कई शालिग्राम आए तो कंकड़-पत्थर भी भरे। 'धर्मयुग', 'साप्ताहिक हिंदुस्तान', 'दिनमान', 'वामा', 'मनोरमा' जैसी स्थापित पत्रिकाओं का प्रकाशन बंद हो गया, जिन्होंने हिंदी पत्रकारिता को नई पहचान देकर एक उदाहरण प्रस्तुत किया। दूसरी ओर छिछली मानसिकता को उफान देनेवाली पत्रिकाएँ दिनोदिन फलती-फूलती रहीं। इससे बड़ी विडंबना क्या होगी कि हिंदी भाषा के घर उत्तर प्रदेश से इक्का-दुक्का पत्रिकाएँ ही निकल रही हैं, जो अपनी सीमित सदस्य संख्या के कारण किसी प्रकार चलाई जा रही हैं। 'मनोरमा' के प्रकाशन बंद होने के बाद उत्तर प्रदेश से कोई संपूर्ण महिला पत्रिका हिंदी में प्रकाशित नहीं हो रही है। 'सरिता', 'मुक्ता', 'गृहलक्ष्मी', 'गृहशोभा', 'वनिता', 'मेरी सहेली' जैसी लगभग सभी पत्रिकाएँ दिल्ली और बंबई से छप रही हैं। घटिया फिल्मी पत्रिकाएँ और तथाकथित पाठकों की माँग पर चलनेवाली इन पत्रिकाओं के रंगीले-चमकीले दामी पृष्ठ के अंदर फीके पकवान ही परोसे जा रहे हैं। 'सरिता', 'मुक्ता' को छोड़कर अधिकांश पत्रिकाएँ 'मेरा पहला प्यार', 'मेरी सुहागरात', 'हाय मैं शरम से मर गई' जैसे अंतरंग व्यक्तिगत क्षणों को उजागर करनेवाले

स्तंभों से भरी हैं ये पत्रिकाएँ न तो स्त्री को व्यक्ति के रूप में पहचान बनाने में सहायक होती हैं न तो गृहिणी ही। पति को कैसे रिझाएँ, विवाहेत्तर प्लेटोनिक लव, विवाहेतर यौन संबंध, बिना विवाह लिव इन परंपरा को बढ़ावा देती ये पत्रिकाएँ भारतीय महिलाओं को रूढ़ियों-कुरीतियों से दूर कर सुशिक्षित करने का जो दावा करती हैं, वह बिलकुल खोखला है। अंग्रेजी की 'फेमिना', 'ईव्स वीकली', 'सोसाइटी' जैसी पत्रिकाओं की भोंडी नकल करती ये पत्रिकाएँ भारतीय स्त्रियों भारतीय सन्नारी छवि से भले ही मुक्त कर लें, लेकिन उसे व्यक्ति या आधुनिक स्त्री बनाने में कोई सहायता नहीं करती हैं। सच कहा जाए, जिस तरह से सज-सँवरकर पति-प्रेमी को रिझाने के तरीके सिखाए जाते हैं, वह उन्हें गृहिणी के बजाय वेश्याएँ बनाने में ज्यादा सहायक होने लगती हैं। रूढ़ियों-कुरीतियों को दूर करने के नाम पर भारतीय पारिवारिक परंपराओं की तो खिल्ली खूब उड़ाई जाती है, लेकिन वास्तुशास्त्र, फेंगशुई, रेकी और तथाकथित भगवानों के प्रवचनों का प्रचार अभी-अभी अपने खोल से आजाद होकर बाहर निकली भारतीय स्त्री को भरमाने का कार्य अधिक कर रही हैं। हिंदी पत्रकारिता में विकास और समृद्धि की स्वत:स्फूर्त क्षमता है और वह इक्कीसवीं सदी में और प्रगति करेगी।

महिला पत्र-पत्रिकाओं का जो वर्तमान रंग-रूप है, वह भ्रमित करनेवाला है। सही मायनों में स्त्री मुक्ति आंदोलन या स्त्रीत्व की लड़ाई लड़नेवाली इक्का-दुक्की महिला पत्रकार मधु किश्वर जैसी 'मानुषी' पत्रिका ही निकाल पा रही हैं, जिसकी पहुँच सीमित और पहले से ही विकसित महिला समाज तक ही है। जबकि हर जगह पत्र-पत्रिकाओं के स्थलों पर रंग-बिरंगे चमकीले कागजों से लुभानेवाली पत्रिकाओं के प्रकाशक, संपादक और लेखक केवल बाजार में उत्पाद उतार रहे हैं। महिला उन्नति, महिला मुक्ति, महिला शोषण या उसके व्यक्तित्व की पहचान बनाने की न तो इन पत्रिकाओं में सामग्री ही होती है, न ही इनके मालिकों की इच्छा ही है। 'गृहलक्ष्मी', 'मेरी सहेली' जैसी पत्रिकाओं में संपादक के नाम पर हर अंक में हेमामालिनी और तबस्सुम के चित्र के साथ चंद पंक्तियाँ संपादकीय के रूप में छापी जाती हैं, जो निश्चित रूप से किसी डेस्ककर्मी या कर्मचारी के कलम की ही कमाल होती हैं। पत्रिकाओं के कलेवर, उसकी सामग्री से इन तथाकथित संपादकों का कुछ भी लेना-देना नहीं होता है।

महिलाएँ और मीडिया—में लेखक ने बताया है कि 'मास कम्युनिकेशन' रिसर्च के इंटरनेशलन एसोसिएशन ने एक अलग कार्य समूह बनाया था। 'सेक्स रोल्स ऐंड मास मीडिया' नामक इन समूह की प्रथम मीटिंग पेरिस में १९८२ में हुई। इस मीडिया से संबंधित इस कार्य समूह के दो मुख्य उद्देश्य थे, जिनमें पहला उद्देश्य मीडिया में महिलाओं की अति सूक्ष्म उपस्थिति, यानी बहुत कम महिलाओं को रोजगार मिलने से संबंधित था तो दूसरे का उद्देश्य मीडिया द्वारा स्त्री की छवि को जिस प्रकार प्रस्तुत

किया जा रहा था, उसकी पड़ताल करना था।[1]

दुनिया भर के स्त्रीवादी समूहों द्वारा निरंतर किए जा रहे शोधों से यह निष्कर्ष निकाला जा रहा था कि मीडिया में स्त्रियों की कम संख्या में भागीदारी के कारण ही समाज के मुख्य निर्णयों में स्त्री की भागीदारी न्यूनतम है। पूरे विश्व को मीडिया जगत् पुरुषों द्वारा संचालित एवं प्रभावित है, क्योंकि रिपोर्टिंग के क्षेत्र में ही नहीं, मैनेजमेंट एवं संपादकीय के उच्च स्तरों पर भी पुरुषों का ही कब्जा है। इस संदर्भ में विकसित और विकासशील देश एक ही स्थान पर खड़े हैं और सच्चाई यही है कि मीडिया के आरंभिक दिनों से आधुनिक काल तक मीडिया के निर्णायक पदों पर पुरुषों का ही कब्जा रहा है। पुरुषों का यह वर्चस्व विकसित और विकासशील देशों के मीडिया जगत् में समान रूप से व्याप्त है।

इस संदर्भ में मैकब्रिज कमीशन की टिप्पणी ध्यान देने योग्य है कि मीडिया में सभी गंभीर विषयों और राजनैतिक घटनाओं की कवरेज सामान्यतः पुरुष पत्रकारों द्वारा ही की जाती है। कुछ मुट्ठी भर महिला पत्रकार ही इन महत्त्वपूर्ण क्षेत्र में अपनी उपस्थित दर्ज करा सकी हैं। इन में बहुत कम महिलाएँ ही निर्देशकीय या नीति-नियामक कुर्सियों तक पहुँच सकी हैं। अमेरिका जैसे सर्वाधिक विकसित और महिलाओं के मित्र छवि रखने वाले यूनाइटेड स्टेटस ऑफ अमेरिका में तीन हजार फिल्म निर्देशकों में स्त्री निर्देशकों की संख्या मात्र तेईस है। फिल्म निर्माण कंटीन्यूटी सहायकों में भारी संख्या स्त्री कर्मियों की होने के बावजूद उन्हें जिम्मेदारीवाले निर्णायक पदों पर कभी-कभार ही देखा जा सकता है। संयुक्त राज्य अमेरिका में इस समय ३००० फिल्म निर्देशकों में से मात्र २३ महिला निर्देशक हैं। यह आँकड़ा अपने आप ही पुरुषात्मक समाज का महिलाओं के प्रति दृष्टिकोण को व्यख्यायित करता है। अमेरिका जैसे सर्वाधिक विकसित राष्ट्र में रोजगार के आँकड़े इस दृष्टिकोण की पुष्टि करते हैं कि निजी मीडिया संस्थानों में सामान्य प्रक्रिया के तहत पुरुष अभ्यर्थियों को स्त्री अभ्यर्थियों के मुकाबले वरीयता दी जाती है, विशेषकर उच्चस्थ पदों पर जो निर्णायक पद समझे जाते हैं, वहाँ स्त्रियों की भागीदारी नाममात्र की भी नहीं होती है। नीति-निर्णायक पदों पर भारी संख्या में पुरुषों के होने के कारण ही मीडिया में स्त्री की विकृत छवि का प्रस्तुतीकरण और मीडिया क्षेत्र में गिनी-चुनी महिलाओं की नियुक्ति पुरुषों की सत्ता और नियुक्तियों स्त्री-पुरुषों के साथ लैंगिक भेदभाव को स्पष्ट रूप से प्रकट करते हैं। स्त्री पुरुषों के नीति निर्णायक पदों पर भारी उपस्थिति और स्त्रियों की अनदेखी का कारण नीति नियंताओं का मानना है, उच्चतम पदों पर नियुक्ति के लिए जिस शैक्षिक, तकनीकी और व्यावसायिक श्रेष्ठता की आवश्यकता

1. Media issues (Y.K.M. Srivastava), P. 60-63—Women & Media

होती है, सामान्य तौर पर स्त्रियाँ इस क्षेत्र में कमजोर प्रतिभागी सिद्ध होती हैं। हंसढ़ल का कहना है—'मीडिया में स्त्रियों के साथ किया जानेवाला भेदभाव केवल मीडिया तक ही सीमित नहीं है, यह सामान्य तौर पर अन्य व्यवसायों और 'हस्तशिल्प' के क्षेत्र में भी सरलता से द्रष्टव्य है।'

प्रिंट मीडिया और टी.वी. चैनलों पर स्त्री की विकृत छवि प्रस्तुत करने के संबंध में यही भेदभाव, पुरुष का अहंकार ही जिम्मेदार है। इस संबंध में शोधकर्ताओं ने पुष्टि की है कि स्त्री को सेक्स ऑब्जेक्ट बनाकर एक उत्पाद की तरह प्रस्तुत करना या फिर स्त्री की नकारात्मक छवि और एक (स्टीरियोटाइप्ड) बँधी-बँधाई लीक पर स्त्री को मीडिया के परिप्रेक्ष्य में प्रस्तुत करने के अपराधी नीति निर्धारक पदों पर बैठे पुरुषों की यही सोच है, इसमें भी अगर मुख्य अपराधियों की खोज की जाए तो विज्ञापन जगत् से जुड़े व्यावसायिक गुरु सही मायनों में सबसे बड़े अपराधी हैं, जो स्त्री को या तो सदियों से चले आ रहे पुरुष सत्ता तक समाज द्वारा नियत छवि में बाँधकर प्रस्तुत करते हैं या फिर एक सेक्स उत्पाद बनाकर उसकी नकारात्मक छवि प्रस्तुत करते हैं। 'मैकब्रिज कमीशन' ने अपने शोध के तथ्यों की पुष्टि करते हुए कहा कि विकसित देश हों या विकासशील देश, स्त्री की छवि के निर्णायक तंतु सामाजिक सोच पर निर्भर करते हैं और मीडिया इस क्षेत्र में एक बड़ा जिम्मेदार कारक माना जाता है, जो समाज में स्त्री विषयक सोच को गंभीर तथा (कैजुअल) छिछले सतहों, दोनों स्तरों पर अधिकाधिक रूप से प्रभावित करता है।

कुछ विशिष्ट महिला पत्रकार

मीनू रानी दूबे—मीनू महिला पत्रकारों की पहली पीढ़ी की पत्रकारों में से हैं। सत्तर के दशक में जब पत्रकारिता का क्षेत्र महिलाओं के लिए वर्जित माना जाता था। सन् १९७८ से माया प्रेस इलाहाबाद से निकलनेवाली पत्रिका 'गंगा जमना' में रवींद्र कालिया के साथ काम करना आरंभ किया। पूरे पाँच साल तक महिला पन्ना निकालने के बाद सन १९८४ में मीनू माया प्रेस की नौकरी में आ गईं और सन् २००५ तक पत्रकारिता में निरंतर सक्रिय रहीं। 'माया' साप्ताहिक, 'मनोरमा' मासिक के अलावा दैनिक 'आज', दैनिक 'स्वतंत्र भारत', 'नवभारत टाइम्स' आदि समाचार-पत्रों में उनके अनेक लेख समय-समय पर प्रकाशित होते रहे हैं। कलकत्ता से प्रकाशित 'नारी वर्ष' तथा 'अपूर्वा' की इलाहाबाद प्रतिनिधि रहीं, जिसकी संपादक इंदु जोशी हुआ करती थीं। बरेली से निकलनेवाली पत्रिका 'मंदाकिनी' से भी जुड़ी रहीं, जिसकी संपादक साधना उपाध्याय हुआ करती थीं। 'नवभारत पत्र' के जबलपुर में सन् १९९१ के विशेषांक में महिला पन्ने का संपादन किया। साक्षात्कार में सर्वेक्षण, फीचर, कहानी, कविता, लेखन के अलावा

मीनू रेडियो, दूरदर्शन तथा मंच संचालन में भी निपुण हैं। समय-समय पर प्रदेश एवं राष्ट्रीय स्तर पर सम्मानित भी की जा चुकी हैं।

वंदना मिश्र—हिंदी पत्रकारिता में अपना स्थान मजबूती से बनानेवाली गिनी-चुनी महिला पत्रकारों में हैं। सत्तर के दशक में लखनऊ से निकलनेवाली पत्रिका 'अंतरराष्ट्रीय कहानी' की संपादक के रूप में वंदना मिश्र का नाम जाता रहा है, जिसके प्रधान संपादक तत्कालीन विधान सभा उपाध्यक्ष (उत्तर प्रदेश) रामनारायण त्रिपाठी थे। कुछ समय तक पत्रिका चली। 'सांध्य समाचार' के प्रकाशन आरंभ होने के साथ ही एक बार फिर उत्तर प्रदेश की हिंदी पत्रकारिता के क्षेत्र में वंदना मिश्र का आगमन हुआ। सांध्य समाचार के लिए प्रमुख हस्तियों के साक्षात्कार सांस्कृतिक आयोजन की रिपोर्टिंग एवं राजनैतिक गतिविधियों की खबरें उन्होंने पूरी बेबाकी से लिखीं। 'सांध्य समाचार' बंद होने के बाद वे 'नवभारत टाइम्स' में कार्य करने लगीं। वहाँ पर भी उन्होंने सांस्कृतिक पत्रकारिता के अलावा अन्य क्षेत्रों में भी रिपोर्टिंग की। 'नवभारत टाइम्स' के लखनऊ संस्करण के बंद होने के बाद वे लंबे समय तक स्वतंत्र पत्रकारिता करती रहीं। नब्बे के दशक के उत्तरार्ध में उन्होंने दैनिक जागरण समाचार पत्र में कार्य करना आरंभ किया, वहाँ पर वे मूलत: डेस्क पर ही कार्य करती रहीं। वर्तमान में वे दैनिक जागरण से मुक्त होकर स्वतंत्र पत्रकारिता कर रही हैं। पिछले चार-पाँच सालों में उन्होंने अपने पिता स्व. अखिलेश मिश्र द्वारा लिखित लगभग आधा दर्जन पुस्तकों का संपादन कर चुकी हैं। इस समय वे 'दैनिक जागरण' के लिए एक साप्ताहिक स्तंभ का लेखन करने के साथ स्वतंत्र पत्रकारिता भी कर रही हैं।

मुकुल मिश्र—नब्बे के दशक में आनेवाली महिला पत्रकारों में मुकुल का नाम भी जाना-पहचाना है। सच्चाई तो यह है कि लखनऊ और आसपास से निकलने वाले पत्र-पत्रिकाओं में शायद ही कोई ऐसा हो, जिसमें मुकुल के लेख न छपे हों। सांध्य दैनिक प्रतिदिन से अपना पत्रकारिता जीवन आरंभ करनेवाली मुकुल ने स्वतंत्र चेतना, दैनिक जागरण, स्वतंत्र भारत के लिए काफी समय तक लेख लिखे। स्वतंत्र चेतना के पश्चात् कुबेर टाइम्स, राष्ट्रीय स्वरूप के पश्चात् वर्तमान में वे जनसत्ता एक्सप्रेस के ब्यूरो में कार्य कर रही हैं। सांस्कृतिक पत्रकारिता से पत्रकारिता आरंभ करनेवाली मुकुल ने सामाजिक, साहित्यिक, फिल्मी, अपराध तथा राजनैतिक सभी क्षेत्रों की रिपोर्टिंग लंबे समय तक की। प्रदेश की महिला पत्रकारों में सरिता सिंह और मुकुल मिश्र दो ही पत्रकार

हैं, जिन्होंने अपराध संवाददाता के रूप में कार्य किया है। नियमित नौकरी के साथ अनेक पत्र-पत्रिकाओं में छद्म नामों से मुकुल के लेख आज भी छपते रहते हैं।

नलिनी भारती—उत्तर प्रदेश की पहली महिला छायाकार-पत्रकार (फोटोजर्नलिस्ट)। नब्बे का दशक हिंदी की पत्रकारिता के लिए नई रोशनी लेकर आया। इस दौरान महिलाओं ने हिंदी पत्रकारिता में अपना स्थान बनाना शुरू कर दिया और महिला मुद्दे, सांस्कृतिक पत्रकारिता के अलावा उन्होंने मनचाहे क्षेत्रों में काम करके अपनी उपस्थिति दर्ज कराई। ऐसी ही एक पत्रकार नलिनी भारती हैं। सन् १९९३ में 'स्वतंत्र भारत' में नलिनी एक प्रशिक्षु पत्रकार के रूप में जुड़ीं। आरंभ में नलिनी ने अपनी पत्रकारिता खेल पत्रकार के रूप में आरंभ की और अनेक खेल संबंधी लेख स्वतंत्र भारत के खेल पन्ने पर प्रकाशित हुए, जिनमें 'क्यों पिछड़ रही है भारतीय महिला हॉकी', 'दिग्गजों की नजर में हॉकी के पतन के कारण' जैसे लेख और परिचर्चाएँ नलिनी की कलम से संकलित किए गए। प्रशिक्षण पूरा होने के बाद नलिनी ने सन् १९९६ में 'डेटलाइन' सांध्य समाचार-पत्र में कार्य आरंभ किया, जहाँ उनकी नियुक्ति अपराध पत्रकार के रूप में हुई। इस दौरान उसने बबलू श्रीवास्तव (नवजीवन शनिवार, १९९५) जैसे वी.आई.वी. अपराधी के अलावा अनेक अपराध समाचारों का बेबाकी से लेखन किया। 'डेटलाइन' में अपराध पत्रकार के रूप में कार्य करते समय ही नलिनी ने कैमरा भी सँभालना शुरू कर दिया और उसके खींचे चित्र उसके समाचारों के साथ लगने लगे। यहाँ तक कि साल भर के भीतर ही नलिनी ने अपराध पत्रकार के बजाय छायाकार-पत्रकार के रूप मे कार्य सँभाल लिया। सन् १९९७ में नलिनी ने दैनिक स्वतंत्र भारत में छायाकार-पत्रकार के रूप में कार्य आरंभ किया और साल भर बाद ही नलिनी ने राष्ट्रीय दैनिक समाचार पत्र 'कुबेर टाइम्स' में छायाकार के रूप में नियुक्ति पा ली। और सन् २००० के दिसंबर तक उसी पत्र के साथ जुड़ी रहीं। सन् २००० के पश्चात् अपने पारिवारिक दायित्वों के चलते नलिनी ने 'फील्ड' में कार्य करना बंद कर दिया। वर्तमान में नलिनी एक स्वतंत्र पत्रकार के रूप में कार्य कर रही हैं। दैनिक स्वतंत्र भारत, सांध्य दैनिक 'डेटलाइन' के अलावा नलिनी भारती ने अनेक पत्र-पत्रिकाओं तथा समाचार एजेंसियों के लिए भी समय-समय पर लेखन किया, जिसमें 'राष्ट्रीय समाचार फीचर एजेंसी' तथा 'उत्सव फीचर्स' प्रमुख हैं।

नलिनी भारती द्वारा खींचे गए कुछ चित्र, जो समय-समय पर विभिन्न समाचार पत्रों में प्रकाशित हुए।

मीता राय—नब्बे के दशक में आनेवाली कुछ महिला पत्रकारों में एक मीता राय ने अपना क्षेत्र ग्राफिक्स चित्रांकन को चुना। सन् १९९१ से उन्होंने 'स्वतंत्र भारत' में कार्य करना आरंभ किया और १९९४ तक करती रहीं। पारिवारिक दायित्वों के कारण उन्होंने थोड़े समय के लिए पत्रकारिता से विश्राम लिया। सन् १९९८ में उन्होंने 'कुबेर टाइम्स' में कार्य करना आरंभ किया। मीता राय से पहले ग्राफिक्स चित्रांकन या कार्टून बनाने का कार्य पुरुषों का ही क्षेत्र माना जाता था। मीता राय पहली महिला थीं, जिन्होंने इस क्षेत्र में हस्तक्षेप कर अपना एक मुकाम बनाया।

कुलसुम मुस्तफा—उत्तर प्रदेश की उन महिला पत्रकारों में से हैं, जो हिंदी-अंग्रेजी दोनों भाषाओं में पत्रकारिता करती रही हैं। सन् १९८३ में 'नॉर्दन इंडिया' पत्रिका से अपने पत्रकारिता जीवन का आरंभ करनेवाली कुलसुम ने कालांतर में 'टाइम्स ऑफ इंडिया' में कार्य आरंभ किया। उत्तर प्रदेश में रात्रि की पाली में काम करनेवाली पहली महिला पत्रकार बनीं। २००४ में 'इंडियन एक्सप्रेस' में प्रमुख संवाददाता के पद पर कार्य आरंभ किया। आकाशवाणी, दूरदर्शन के साथ ही वॉयस ऑफ अमेरिका, बी.बी.सी. तथा जर्मन रेडियो डेबॉस वेले के लिए कार्य किया। संप्रति में वे रिलांयस के साथ जुड़ी हैं। 'दैनिक जागरण' के २३ मार्च, २००६ के अंक में 'उत्तर प्रदेश के एक गाँव की नई सुबह' तथा 'खामोश वादियों में सिसकती बेबस जिंदगी' शीर्षक समाचारों में उनकी संवेदना समाचार की पकड़ के साथ ही उनका पत्रकारिता का दायित्व-बोध भी झलकता है।

डॉ. मंजु शुक्ला—उत्तर प्रदेश की हिंदी पत्रकारिता में एक जाना-पहचाना नाम है, जो बिना किसी पक्ष को चुने सभी समाचार पत्रों में समान रूप से लिखती रही हैं। 'आईना' नामक पत्रिका के संपादन के अलावा महिला समाख्या की 'भूमिजा', 'अस्मिता' तथा 'धान्या' नामक पत्रिकाओं के संपादन का अनुभव भी मंजु के पास है। 'स्वतंत्र भारत', दैनिक जागरण, हिंदुस्तान तथा कुबेर टाइम्स आदि में उनके विचारोत्तेजक लेख समय-समय पर प्रकाशित होते रहे हैं। महिला शोषण, महिला उत्पीड़न और महिला जागरूकता उनके लेखन का मूल स्वर है; लेकिन राजनीति और साहित्यिक विषयों पर भी उनकी कलम उतनी ही संवेदना और गंभीरता से चलती है। पायनियर साप्ताहिक में डॉ. अरविंद जैन का साक्षात्कार 'औरत के पास न अधिकार है न हथियार' तथा पुलिस परिषद् की पत्रिका में 'बलात्कार का दंश झेलती' उनके लेखन के कुछ

उदाहरण हैं। 'हर कोई सलीब नहीं चुन सकता' दैनिक जागरण नई जमीन तलाशती औरत, पायनियर।

रूमा सिन्हा—नब्बे के दशक में जब महिलाओं ने हिंदी पत्रकारिता में एक धमाके के साथ प्रवेश कर नए-नए क्षेत्रों की खोज की। जिन विषयों को इसके पहले अखबार के कोने में भी जगह नहीं मिलती थी, वे सुर्खियों में चढ़े और नियमित स्तंभ के विषय बन गए। रूमा सिन्हा एक ऐसी ही पत्रकार हैं, जिनका नाम हिंदी पत्रिकारिता में विज्ञान, बागबानी, पर्यावरण, जल संरक्षण जैसे विषयों को हिंदी अखबारों में स्थान दिलाने के लिए सदैव लिया जाता रहेगा। 'दैनिक जागरण' से लंबे समय तक जुड़ी रहने के बाद विगत वर्ष से वे 'राष्ट्रीय सहारा' से जुड़ी हुई हैं। भूकंप के लिए जिम्मेदार है सूर्य से निकली गैस, गंगा प्रदूषण पर वाजिब है संतो का गुस्सा, गोमुख की बरफीली चादर के पिघलने की रफ्तार में कमी, गोमती को प्रदूषण मुक्त करने की योजना खटाई में, फाइलों में बंद है रेन हार्वेस्टिंग का सच आदि 'दैनिक जागरण' की सुर्खियों में थे। वहीं सारस के घर पर सरकार का हमला, समुद्र से निकली मधुमेह की प्रभावी दवा, हलकी-फुलकी पन्नियाँ झोला भर कानूनों पर भारी, क्या हमारा गुग्गुल भी ले उड़ेगा अमेरिका आदि 'राष्ट्रीय सहारा' की पहचान बना रहे हैं।

नूतन मिश्र—नूतन मिश्र को हिंदी पत्रकारिता के क्षेत्र में लखनऊ और उ.प्र. की पहली महिला पत्रकार कहा जाता है (देखें, गुरुदेव नारायण का साक्षात्कार)। नूतन ने अपने पत्रकारिता जीवन का आरंभ स्वतंत्र भारत समाचार-पत्र से किया था। सामान्य तौर पर सांस्कृतिक पत्रकारिता करनेवाली नूतन ने साक्षात्कार और अन्य विषयों पर भी लेख लिखे। उनमें जीवंत रुक्मिणी कल्याणम्, पं. भीमसेन जोशी के गायन के साथ तानसेन, त्यागराज संगीत समारोह का शुभारंभ, कौन गली गयो श्याम, दूसरों के घर बनाने के लिए अपने घर से दूर आदि प्रमुख हैं।

अनुजा शुक्ला—नब्बे के दशक में उ.प्र. में आनेवाली गंभीर पत्रकार हैं। साहित्य-संस्कृति के साथ-साथ महिला मुद्दों पर लिखना उनकी पत्रकारिता का मूल स्वर है।

'स्वतंत्र भारत' के चार पृष्ठीय परिशिष्ट में अनेक पत्रकारों को अपनी प्रतिभा को इतिहास में दर्ज कराने का अवसर दिया, उनमें अनुजा भी एक हैं। डेस्क पर अधिकांश समय कार्य करने के बावजूद उनकी लेखनी मुद्दों की पकड़ में लगी रही और मौका मिलते ही कोई नया आलेख अपनी संवेदना के साथ सामने होता था। 'स्वतंत्र भारत', हिंदुस्तान और 'कुबेर टाइम्स' के अलावा देश की अनेक नामचीन साहित्यिक-सांस्कृतिक पत्रिकाओं में उनके लेख निरंतर प्रकाशित होते रहे हैं। सन् १९९७ से २००२ तक 'कुबेर टाइम्स' में नियमित कार्य करने के अलावा वे अधिकांश समय स्वतंत्र पत्रकारिता ही करती रही हैं। भारतेंदु नाट्य अकादमी, संगीत नाटक अकादमी के अलावा अनेक स्वयंसेवी संस्थाओं के लिए समय-समय पर निकलनेवाली स्मारिकाएँ और पत्रिकाओं में संपादन व लेखन का भार अनुजा उठा चुकी हैं। पिछले तीन वर्षों से दिल्ली में स्वतंत्र पत्रकारिता करने के पश्चात् संप्रति 'चरखा' स्वयंसेवी संस्था के साथ काम करने के साथ दूरदर्शन भारती के लिए शोधपरक कार्य, इंडिया टुडे और आउटलुक के हिंदी संस्करण के लिए अनेक लेख लिखे हैं।

'स्वतंत्र भारत' में उनका विचारोत्तेजक लेख 'अपने मत की रक्षा का द्वंद्व' बारहवीं लोक सभा के चुनाव में नकारात्मक वोटिंग के मुद्दे पर लिखती हैं कि मत में एक खाना कोई काबिल भी होना चाहिए।

'राष्ट्रीय सहारा' में वे वरिष्ठ चित्रकार बद्रीनाथ आर्य से लुप्तप्राय वाश शैली पर चर्चा 'जिंदा है वाश पेंटिग', 'स्वतंत्र भारत' में 'सुप्रीम कोर्ट के दिशा-निर्देशों की रोशनी' में 'दफ्तर में छेड़छाड़' पर वृहद् लेख हैं। 'दैनिक जागरण' में १९९६ के पहले स्तंभ में 'सोच से जुड़े हैं औरतों के अधिकार' में लिखती हैं—औरतों के अधिकारों के सवाल पर अकसर बहस होती है। नारी अधिकार आंदोलन, 'राष्ट्रीय सहारा', 'दैनिक जागरण' से जुड़े महिला संगठनों और अन्य सामाजिक संगठनों के काम भी इस दिशा में लोगों के सही मायने रखते हैं, लेकिन सच यही है कि आज के आधुनिक दौर में भी औरतों की हालत में कोई खास बदलाव आया हो, ऐसा नहीं लगता। अब भी दिमागी स्तर पर काफी पीछे है, क्या मानसिकता में परिवर्तन लाए बिना नए समाज की रचना संभव है? आखिर क्यों सोच में बदलाव की सशक्त पहल नहीं की जाती। हिंदुस्तान के संपादकीय पृष्ठ पर 'प्राकृतिक संसाधनों की लूट से 'विकास' में वे प्राकृतिक संसाधनों के अंधाधुंध दोहन से पर्यावरण पर पड़ते दुष्प्रभाव के साथ-साथ स्थानीय निवासियों की आजीविका को और आवासों की परेशानी से भी अवगत कराते हुए आभार व्यक्त करती हैं, यदि तथाकथित विकास और भूमंडलीकरण के खिलाफ लड़ाई अब जरूरी है।

सुधा शुक्ला—अस्सी के दशक के उत्तरार्ध में सुधा हिंदी पत्रकारिता के क्षेत्र में एक नई सोच और शैली लेकर आईं। प्रसिद्ध मीडियाविद् विजया नरेश के शब्दों में कहें तो गँवई गाँव का खाँटी सोंधापन और बेबाक टिप्पणी ही सुधा के लेखन की पहचान रही है। संस्कृति फिल्म और उस समय नया-नया इंट्रोड्यूस हुआ इलेक्ट्रॉनिक मीडिया को सुधा ने अपना क्षेत्र बनाया। स्वतंत्र पत्रकार के रूप में 'स्वतंत्र भारत' दैनिक समाचार-पत्र में सांस्कृतिक संवाददाता के रूप में कार्य करने के साथ ही सुधा ने इलेक्ट्रॉनिक मीडिया पर एक स्तंभ 'दूर से दर्शन' लिखना शुरू किया और सन् १९९० से आरंभ होकर सन् १९९६ तक निरंतर चला। जो अपने आप में एक कीर्तिमान है। इस स्तंभ के साथ कई बातें जुड़ी हुई हैं। किसी स्तंभ का निरंतर लगभग सात वर्षों तक एक समाचार-पत्र में चलना वह भी एक महिला द्वारा लिखे स्तंभ का और एक बिलकुल नए क्षेत्र इलेक्ट्रॉनिक मीडिया पर, जो हिंदी पत्रकारिता में एक कीर्तिमान के रूप में दर्ज हो चुका है। आज के समय में जब नए-नए पत्रकार भी जल्दी-से-जल्दी राजनैतिक पत्रकारिता में जाना चाहते हैं, ऐसे में सांस्कतिक क्षेत्र को ही अपनाए रखने के लिए वाजिद रहना पत्रकार को भीड़ से अलग करता है। अन्य क्षेत्रों पर अपनी पकड़ का प्रदर्शन उन्होंने समय-समय पर समाज के अन्य संवेदनशील मुद्दों पर लिखकर साबित भी किया है। सन् १९९० से १९९६ तक 'दैनिक स्वतंत्र भारत' से जुड़े रहने के बाद उन्होंने पत्र से नाता तोड़ लिया। इस बीच वे अनेक पत्र-पत्रिकाओं तथा फीचर एजेंसी के लिए बराबर लिख रही थीं। सन् १९९७ में जब 'कुबेर टाइम्स' दैनिक समाचार-पत्र आरंभ हुआ तो एक बार फिर सुधा फील्ड में थीं। जहाँ वे सन् २००० के दिसंबर माह तक सांस्कृतिक संवाददाता के पद पर कार्य करती रहीं। संस्थान की आर्थिक स्थिति खराब होने के कारण जब तीन-तीन माह तक वेतन नहीं मिल पा रहा था, तब विवश होकर नौकरी छोड़ दी। भले ही वे आज किसी संस्थान में कार्य नहीं कर रही हैं, लेकिन सक्रिय पत्रकारिता से उनका नाता बना हुआ है। गुड़िया कांड हो, इमराना कांड या फिर मनमाने फैसले देती पंचायतें, ऐसे सभी मुददों पर उनकी कलम की आग जाहिर होती रहती है। 'स्वतंत्र भारत' और 'कुबेर टाइम्स' के अलावा समय-समय पर उनके लेख 'हिंदुस्तान', 'राष्ट्रीय सहारा', 'समता लहर', 'आइडियल एक्सप्रेस', 'नीतिगत खबरें', 'पवित्रता' आदि पत्र-पत्रिकाओं के अलावा राष्ट्रीय फीचर्स एजेंसी, उत्सव फीचर्स, हिंदुस्तान फीर्चस आदि एजेंसियों के बुलेटिनों में प्रमुखता से छपते रहे हैं।

शिल्पा श्रीवास्तव—नब्बे के दशक के उत्तरार्ध में आनेवाली पत्रकार पीढ़ी से हैं, जो पत्रकारिता को व्यवसाय और नौकरी की तरह लेती हैं। साथ ही अंग्रेजी-हिंदी रेडियो, टी.वी. सभी माध्यमों में समान रूप से कार्य करने की क्षमता रखती है। हास्य-व्यंग्य पत्रिका की संपादक शिल्पा श्रीवास्तव ने अपना पत्रकारिता जीवन नेशनल हेरल्ड पत्र से आरंभ किया। पायनियर, बंबई की पत्रिका इंडियन रीडर के अलावा 'जी न्यूज' के 'न्यूज प्लस' के लिए भी कार्य किया। 'मदर टेरेसा के मिशन पर धब्बा करुण दशा में है करुणालय', मनोज पांडेय पर फेयरवेल टू द टाइगर ऑफ डी.एस.ओ.आर.के. तिवारी कंट्रोवर्सियल लेडी स्पीक्स कुसुम राय।

नीलम महाजन सिंह हिंदी की वरिष्ठ पत्रकार हैं, जो लंबे समय से हिंदी पत्र-पत्रिकाओं में स्वतंत्र रूप से लेखन कर रही हैं। उनकी कलम की पैनी धार हमेशा ऐसे विषयों को चुनती हैं, जिन्हें पुरुष पत्रकारों द्वारा दरकिनार करने का प्रयास किया जाता है। 'दैनिक जागरण' में चलने वाले अपने स्तंभ यर्थाथ में उन्होंने लगातार ऐसे विषयों पर अपनी कलम चलाई है। मुजफ्फरनगर कांड पर पुलिस द्वारा दी गई लचर और भौंडी दलील पुलिस अधीक्षक का कहना कि जंगल में अकेली औरत का जाना बलात्कारियों को न्योता है, को लेकर उन्होंने समाज पुरुषों और प्रशासन की अच्छी खबर ली थी। बुधवार १२ जुलाई, १९९५ के अंक में खुशवंत सिह का 'शर्म आनी चाहिए' शीर्षक लेख इसी स्तंभ में प्रकाशित हुआ, जिसमें नीलम ने उनके बड़बोलेपन की अच्छी खबर ली है, जो सामान्य तौर पर महिला क्या, पुरुष पत्रकार भी खुशवंत के कद के कारण ऐसी हिम्मत नहीं जुटा पाते हैं। ऐसे अनेक लेख उनकी प्रतिबद्धता और संवेदना के साक्षी हैं।

शिखा श्रीवास्तव दस सालों से पत्रकारिता के क्षेत्र मे कार्य कर रही हैं। कई वर्षां तक स्वतंत्र पत्रकारिता करने के पश्चात् संप्रति दैनिक समाचार पत्र 'हिंदुस्तान' में कार्यरत हैं। पत्रकारिता को अपने विचारों एवं संवेदनाओं को समाज के सामने लाने तथा अपने पक्ष में करने का बड़ा हथियार है। यहाँ हर दिन एक नया दिन होता है। पत्रकारिता के क्षेत्र में अपने मन और रुचि के अनुसार किया जा सकता है। इस कार्य में पत्रकार को सदा समाज के प्रति उत्तरदायी रहना पड़ता है। लाइफ स्टाइल लेखन हो या महिला मुद्दे, शिखा सभी को एक सी गंभीरता के साथ उठाती हैं।

अरुणिमा सोनी और अनीता तिवारी 'दैनिक हिंदुस्तान' की अन्य दो पत्रकार हैं, जिन्होंने कम समय में पत्रकारिता में अपना स्थान बना चुकी हैं। फैशन लाइफ स्टाइल हो या महिला स्वास्थ्य से जुडे अन्य मुद्दे, सभी पर इन दोनों ने अपनी कलम पूरी प्रखरता से चलाई है। वह महिला कंडोम और बलात्कार के महत्त्वपूर्ण केस व पारिवारिक संबंधों पर पूरी संवेदना से लिख रही हैं।

व्याख्या

बीसवीं शताब्दी के उतरार्ध में अंतरराष्ट्रीय स्तर पर दो अत्यंत उपेक्षित वर्गों पर गंभीर और वचनबद्ध रूप में ध्यान दिया गया—

१. रंगभेद २. महिलाएँ।

केवल चमड़ी के रंग के कारण पशुओं से बदतर जीवन बिताने को विवश शोषण सहते जातीगत भेदभाव के शिकार अश्वेत और दूसरी ओर केवल शारीरिक रचना के भेद के कारण कमजोर प्राणी मानी जानेवाली स्त्रियाँ, जो सदियों से वीकर सेक्स जैसी विशेषणों से अभिहित होकर गुलाम जैसा जीवन बिताती रही हैं। मुसलिम देशों एवं भारतीय समाज में स्त्री की विवशता कुछ अधिक ही थी, क्योंकि पाश्चात्य या अन्य देशों में स्त्री को वीकर सेक्स मानने के बावजूद एक व्यक्ति के रूप में उसकी पहचान बनी हुई थी, जबकि मुसलिम देशों में उसकी स्थिति अंतरंग महल में रहनेवाली गुलाम या वेश्या जैसी थी। भारतीय समाज में उसकी स्थिति और भी दयनीय रहती आई है, जहाँ उसकी स्थिति थाली के बैंगन जैसी है, जिसे पुरुष सत्तात्मक समाज अपनी जरूरत और मतलब के हिसाब से अलग-अलग रूप में ढलने को विवश करता रहा है। कभी उसे देवी कहकर आसमान पर चढ़ाकर त्याग की देवी बनने को विवश करता है तो कभी पैर की जूती कहकर। ग्रामीण हो या शहरी समाज घर में स्त्री की स्थिति एक बेगार करनेवाले गुलाम की तरह ही होती है, जिसके ऊपर घर के हर काम का उत्तरदायित्व होता है, लेकिन घर में किसी प्रकार का अधिकार उसे प्राप्त नहीं होता है। स्वतंत्रता संग्राम के दौरान गांधीजी के असहयोग आंदोलन रहे हो या क्रांतिकारी गतिविधियाँ, उन सभी की सफलता तभी सुनिश्चित हो पाई जब स्त्रियों ने सक्रिय रूप से भागीदारी करनी शुरू की। स्वतंत्रता संग्राम के साथ-साथ जातीय भेदभाव, अस्पृश्यता, स्त्रियों के अस्तित्व, उनकी समाज में हिस्सेदारी और भागीदारी को लेकर कई आंदोलन आरंभ हुए, जिनमें अन्य धाराओं के साथ-साथ हिंदी पत्रकारिता भी शामिल रही। हिंदी पत्रकारिता के आरंभिक काल में विभिन्न पत्र-पत्रिकाओं में स्त्री परिवार और बच्चों के लिए पहले कुछ पंक्तियों के लेखों की स्वीकृति हुई, फिर पन्ने पर एक कोना और अंतरराष्ट्रीय महिला दशक आते-आते लगभग हर पत्र-पत्रिका में महिलाओं के लिए

अलग परिशिष्ट या पन्ने निकलने लगे।

आरंभ में स्त्रियों के लिए करणीय, श्लाघनीय विषयों पर अकसर पुरुषों द्वारा लेख ही लिखे जाते थे या पुरुष मानसिकतावाली स्त्रियों के द्वारा। धीरे-धीरे स्त्रियों की सहभागिता भी होने लगी, लेकिन लिखे जानेवाले विषयों का स्वर वही रहा; हाँ, उनके शीर्षकों में वैविध्य लाने का प्रयास जरूर दिखने लगा। भारतीय आर्य सन्नारी के कर्तव्यों की व्याख्या करनेवाले लेखों के साथ सिलाई, कढ़ाई, बिनाई और शिष्टाचार की सीखे देते इन लेखों का उद्देश्य त्यागमयी भारतीय गृहिणी की उपयोगिता बढ़ाने का प्रयास भर था। स्त्री के अस्तित्व को साबित करने और समाज में उसे एक व्यक्ति के रूप में उसकी उपस्थिति दर्ज कराने की इच्छा नहीं दिखाई पड़ती थी। स्त्री के मानसिक, शारीरिक, सामाजिक परिवेश के परिवर्धन की आकांक्षा कहीं दिखाई नहीं पड़ती उसकी योग्यता, क्षमता और रुचियों के प्रदर्शन के बारे में कहीं कोई सोच नहीं थी।

सामाजिक दायित्व निभाने की महती अपेक्षाओं के बावजूद जनसंचार माध्यम कभी-कभी ऋणात्मक भूमिकाएँ भी निभाते हैं और स्त्री की छवि के संदर्भ में यह कटु सत्य पूरी तरह से दृष्टिगत होता है। दुनिया भर के जनसंचार माध्यमों में प्राय: एक स्त्री ऋणात्मक भूमिका में दृष्टिगत होती है, जो स्त्रियों के प्रति होनेवाले लिंग आधारित भेद-भाव को दूर करने में एक बहुत बड़ी बाधा बन रही है, क्योंकि जनसंचार माध्यमों ने स्त्री की प्राचीन रूढ़िवादी छवि को सँजोए रखने का सायास प्रयास किया है। हिंदी पत्रकारिता का उद्भव और विकास देश की स्वतंत्रता आंदोलन के साथ ही हुआ। वस्तुत: हिंदी पत्रकारिता आजादी की पहली करवट थी। यह हमारी जातीय अस्मिता की एक अभिव्यक्ति थी। वरिष्ठ पत्रकार बी.जी. वर्गीज ने अपने एक परचे 'वुमेन ऐंड मीडिया' में लिखा है कि इस युग की पत्रकारिता में स्त्री की एक पृष्ठपोषित छवि प्रस्तुत की गई है, जिसके तहत विकास में उसकी भूमिका गौण रही है।

स्वतंत्रता आंदोलन के साथ-साथ स्त्रियों का संघर्ष लगातार प्रतिबिंबित होता रहा। स्वतंत्रता के पश्चात् सड़कों, जेलों, विद्यालयों और संगठनों तक पहुँची स्त्री जिस प्रकार घर की ओर वापस लौटी, उसी प्रकार हिंदी पत्रकारिता भी पश्चगामी प्रवृत्तियों की शिकार हो गई, उसे दुबारा रूढ़ियों ने आ घेरा। नए युग के नए सच जरूर सामने आए, पर उसी परंपरागत पिटी-पिटाई लीक का दामन थामे हुए। समाज ने अब स्त्री की उपयोगिता का दायरा तो बढ़ा दिया, लेकिन उसकी उपस्थिति से इनकार करता रहा। उदाहरणतया हिंदी पत्रकारिता ने स्वतंत्र भारत के इस बदलाव को जरूर स्वर दिया कि स्त्री का नाता अब रोजगार से जुड़ गया है, परंतु उस स्त्री को व्यक्ति के रूप में नहीं, बल्कि दोहरा बोझ उठाती, दोहरा जीवन जीती एक ऐसी स्त्री के रूप में दिखाया, जिसके जीवन का प्राथमिक उद्देश्य घर ही था। यानी कि स्त्री की आर्थिक उद्यमिता का लाभ उठाने को तो समाज

तैयार था, लेकिन समाज की मुख्यधारा में स्त्री का स्थान देने से उसे लगातार इनकार रहता रहा। इसीलिए पत्र-पत्रिकाओं में लंबे समय तक स्त्रियों के लिए अनेक ऐसे रोजगार सुझाए जाते थे, जिनसे परिवार का स्तर तो बढ़े आर्थिक आधार भी मिले। स्त्री के लिए परिवार के समय का उपयोग धनार्जन के लिए नहीं था। अधिकतर रोजगार खाली समय का उपयोग करनेवाले या घर बैठे करनेवाले हुआ करते थे, जिससे समाज में बाहर उसका अपना अलग अस्तित्व न बने और परिवार की सेवा-टहल में भी कमी न आने पाए। स्त्रियों के लिए जो व्यवसाय चुने गए, वे शिक्षिका, नर्स या घर पर बैठकर ट्यूशन करना, कपड़ा सिलना, अचार-पापड़, बड़ियाँ बनाना आदि ही रहे, कुछ संभ्रांत परिवारों की पहुँचवाली स्त्रियों के लिए समाचार-पत्रों में यदाकदा लेख-कहानी छपने और नए-नए रेडियो स्टेशनों पर कभी-कभार वार्त्ता, गायन या नाटकों में अभिनय के अवसर भी उपलब्ध हुए, लेकिन समाज के बड़े वर्ग में स्त्रियों के कार्य की स्वीकारिता बहुत दिनों तक नहीं आई। अधिकांश पत्र-पत्रिकाओं ने स्त्री को एक स्वतंत्र व्यक्तित्व के रूप में प्रस्तुत करने में बड़ी झिझक महसूस की। समरस युग के वातावरण में विवादी स्वर छेड़ने की पहल करने का जोखिम कोई भी नहीं उठाना चाहता था। इस युग में गृहिणी हो या नौकरी-पेशा स्त्री, उन्हें पारिवारिक इकाई के रूप में ही नागरिकता मिली, स्वाधीन नागरिक के रूप में नहीं। **श्रीमती कमला भसीन** ने अपने लेख **वुमेन डेवलपमेंट ऐंड मीडिया** में लिखा है कि हिंदी पत्रकारिता में एक नव रूढ़िवाद का जन्म हुआ, जिसके प्रमुख दो कारण थे—नारी मुक्ति आंदोलन की प्रेरणा, जो स्वाधीनता संग्राम में अपनी लक्ष्य सिद्धि के बाद पृष्ठभूमि में चला गया था; दूसरा स्वतंत्र भारत के उभरते उद्योगों ने अपने व्यावसायिक हित के लिए नारी की परंपरागत छवि को ही सहेजा और उभारा। स्त्री पत्रिका की सहायक संपादक **विद्या बल** ने अपने लेख **वुमेन मैगजीन, ए पॉजिटिव रोल ? वाई आर दे अलाइक ?** यानी महिला पत्रिकाओं का सार्थक रूप सबमें एक सा क्यों ? में उन्होंने बताया कि स्त्री की छवि को इस दायरे में कैद रखने में प्रकाशन समूह के स्वामियों के दृष्टिकोण और आम पाठकों की रुचि भी शामिल थी, क्योंकि इस छवि में किसी भी प्रकार के परिवर्तन का अर्थ था विज्ञापन से होनेवाली आय पर प्रतिकूल प्रभाव पड़ना और इस आर्थिक नुकसान को उठाने के लिए कोई भी तैयार नहीं था। द्वितीय प्रेस आयोग ने भी इस प्रवृत्ति को रेखांकित किया था। प्रेस आयोग की सर्वेक्षण की रपट में बताया गया था महिला पत्रिकाएँ अधिकतर इस बात का ध्यान रखती हैं कि महिलाओं की ऊर्जा को एक संकीर्ण सारिणी की ओर मोड़ा जाए और उनके सरोकारों, व्यस्तताओं व आकांक्षाओं को एक मनमाने स्त्रीत्व के ढाँचे में आबद्ध किया जाए। इन पत्रिकाओं के मुखपृष्ठ पर छपनेवाली महिलाओं के चित्रों में स्त्री को एक सजी-धजी गुड़िया के रूप में प्रस्तुत किया जाता रहा है। इसके अतिरिक्त स्त्रियों की बौद्धिक क्षमता और व्यवहार को कुछ इस तरह ढाला जाता है कि वह पुरुष प्रधान समाज के मानव संबंधों

में खप सके। कुछ इस तरह की भ्रांतियाँ फैलाई जाती हैं कि घर के बाहर की दुनिया पुरुषों के लिए है और वहाँ के मामलों से स्त्रियों का कोई सीधा सरोकार नहीं है। इस आरोपित समय-सारिणी का प्रकाशन लगातार महिला पत्रिकाओं में किया जाता रहा है। इससे घर बच्चों, पति और परिवार के विभिन्न कार्यों के सुचारु संपादन की कला सिखाने के नाम पर स्त्रियों को समाज से काटने का विकृत प्रयास लगातार किया जाता रहा है—जैसे कि पड़ोसिनों के साथ दुपहरिया वेस्ट न करें, उसे घर को सुचारु रूप से सजाने में लगाएँ, बच्चों को स्कूल लेने-छोड़नें जाएँ, बाजार की खरीददारी का काम करें, यानी कि दिन भर का समय परिवार के उपयोग के लिए निर्धारित हो, स्त्री के लिए स्वयं के लिए समय नहीं होना चाहिए। सच्चाई यह है कि स्त्रियों को एकाकी करने का यह एक सोचा-समझा षड्यंत्र है। परिवार में अपने से तीन दशक बड़े सास, ससुर और तीन दशक छोटे बच्चों के साथ समय गुजारनेवाली महिलाओं में चालीस-पचास तक आते-आते अनियंत्रित रक्तचाप, अवसाद आदि जैसी बीमारियाँ उसे भारतीय सन्नारी बनने की राह में मिलती हैं। स्त्री को अपने लिए समय गुजारने के नाम पर कुछ हॉबीज यानी शौक को पूरा करने की ढेरों सलाहें होती हैं, जिनमें उसे घर से बाहर निकलने की आवश्यकता न पड़े, मसलन पेंटिंग, कढ़ाई, गाडेनिंग यानी कि शौक के नाम पर घर की आवश्यकताओं की पूर्ति हो, घर से बाहर निकले तो उसकी मंजिल परिवार द्वारा तय हो, यानी कि बच्चों के स्कूल, बैंक, टेलीफोन के बिल या घर की रोजमर्रा की साग-सब्जी खरीदना। सहेलियाँ बनाना, सहेलियों के यहाँ जाना, बौद्धिक समाजिक चर्चा या गोष्ठियों में जाकर सामाजिक परिवर्तनों से अवगत होने के अवसर के बारे में कहीं कोई चर्चा नहीं होती है। जहाँ तक स्त्री के दरजे का प्रश्न है, इस संदर्भ में निस्संकोच कहा जा सकता है कि समाज के अनेक दमित वर्गों के साथ स्त्री को भी अनेक देशों में अनेक स्तरों पर निचले दरजे का नागरिक होने का दुर्भाग्य झेलना पड़ा है। सभ्यता के विकास के साथ समानता और समतावादी समाज की परिकल्पना जरूर की गई है, किंतु वह आजतक एक आदर्शवादी सपना ही बना रहा है। यह आश्चर्य की बात नहीं है कि एक अवसर पर भारत में महिलाओं ने पिछड़ा वर्ग आयोग से अनुरोध किया था कि महिलाओं को कमजोर वर्गों की सूची में सम्मिलित कर लिया जाए।

जनसंचार माध्यम के रूप में पत्रकारिता समाज की मानसिकता का निर्माण करती है। इसका प्रभाव कभी प्रत्यक्ष होता है, कभी परोक्ष। पत्रकारिता के माध्यम से जो मूल्य मिल रहे होते हैं, वे अनजाने में समाज में कहीं गहरे पैठते रहते हैं। हिंदी पत्रकारिता और प्रांतीय भाषा का अपना एक विशेष महत्त्व है, जो आज की पत्रकारिता को देखने से प्रमाणित होता है। कई दशकों तक अंग्रेजी पत्र-पत्रिकाओं का ही बोलबाला रहा और उनका दायरा महानगरों तक ही सीमित रहा, जहाँ मुट्ठी भर लोगों तक ही उनकी पहुँच रही। देश की तीन चौथाई ग्रामीण और छोटे शहरों की जनसंख्यावाले हमारे देश में हिंदी

और प्रांतीय भाषाओं की पत्र-पत्रिकाओं से पाठक स्वयं को संबद्ध पाता रहा है। जिसके कारण हिंदी पत्रकारिता का महत्त्व कहीं अधिक हो जाता है; क्योंकि देश की बड़ी जनसंख्या वाले प्रदेशों की भाषा हिंदी है और तमाम राजनैतिक, सांप्रदायिक दावों के बावजूद हिंदी की स्वीकार्यता देश के बड़े भूभाग में है। हिंदी पत्रकारिता का क्षेत्र हिंदी प्रदेशों से कहीं अधिक बढ़ा है, अनेक अहिंदी भाषी प्रदेशों के लोग हिंदी में लिखते-पढ़ते रहे हैं। शताब्दी के आखिरी तीन दशकों में परिस्थितियाँ बदलने लगीं और दुर्भाग्य से अधिकतर पत्र-पत्रिकाओं के स्वामी मुट्ठी भर उद्योगपति घराने रहते आए हैं, जिस कारण से इन प्रकाशनों की नीतियाँ स्वामियों के हित साधने का जरिया बनकर रह गई हैं। ऐसे में पत्रकारिता समाज में एक ऐसी रूढ़िवादी शक्ति के रूप में सक्रिय रही, जो यथास्थिति की पक्षधर रही है। वर्गभेद हो या लिंगभेद, व्यावसायिक पत्रकारिता किसी भी प्रकार के परिवर्तन से बचकर रहना ही श्रेयस्कर समझती रही है, लेकिन परिवर्तन कामी प्रवृत्तियाँ चाहे-अनचाहे संघर्ष से अपने लिए स्थान बना ही लेती हैं। यही हिंदी पत्रकारिता के साथ भी हुआ कि हिंदी पत्रकारिता के कर्ता-धर्ता बहुत संयम के बावजूद भी तत्कालीन प्रधानमंत्री इंदिरा गांधी द्वारा सत्तर के दशक में लगाए गए आपातकाल से अछूते नहीं रह पाए, उन्हें विवश होकर पक्ष या विपक्ष को ग्रहण करना ही पड़ा और परिणाम भी भुगतने पड़े। विपक्ष में खड़े पत्र-पत्रिकाओं को जहाँ प्रशासन और पुलिस का विरोध झेलना पड़ा, वहीं पक्ष में रहनेवाले पत्र-पत्रिकाओं को पाठकों की विश्वसनीयता खोनी पड़ी।

स्वतंत्रता आंदोलन के समय में जिन गिनी-चुनी महिलाओं ने पत्रकारिता के क्षेत्र में थोड़ा-बहुत काम किया, वे अधिकांशतः राजनीतिज्ञ या समाजसेवी थीं। मैडम भीकाजी कामा, विजयलक्ष्मी पंडित, राजकुमारी अमृत कौर, डॉ. सरोजनी नायडू, अरुणा आसफ अली, कृष्णाहठी सिंह, रामवती नेहरू, सुंदरी देवी, हेमंत कुमारी, स्वर्ण कुमारी देवी आदि महिलाओं ने समय-समय पर सामाजिक, राजनैतिक घटनाओं पर अपनी टिप्पणियाँ दीं। महिला, बाल एवं स्वास्थ्य से जुड़ी समस्याओं पर भी इन्होंने लेखनी चलाई। यहाँ तक कि पूर्व प्रधानमंत्री इंदिरा गांधी ने भी समय-समय पर कांग्रेस की पत्रिका 'महिला प्रगति' के पथ पर तथा अनेक समाचार पत्र-पत्रिकाओं में लेख लिखे। उनके बाद की पीढ़ी में हिंदी की महिला लेखिकाएँ आती हैं, जिन्होंने पत्रकारिता तो नहीं की, लेकिन फिर भी समय-समय पर अनेक सामाजिक समस्याओं, रूढ़ियों पर अपनी लेखनी चलाई है, जिनमें ममता कालिया, मन्नू भंडारी, गौरा पंत, शिवानी, चित्रा मुद्गल आदि प्रमुख हैं। अगली पीढ़ी पत्रकारिता और लेखन के बीच लकीर खींच चुकी थीं और पहली पीढ़ी की महिला पत्रकारों ने समाज से जुड़ी सभी समस्याओं, चाहे वह महिलाओं की हों, बच्चों की हों, स्वास्थ्य की हों या समाज में फैली कुरीतियों की बात हो, सभी पर सोचे-

समझे तरीके से लेखन किया, जिनमें नवभारत टाइम्स समूह से जुड़ी शुक्ला रुद्र, रामी छाबड़ा, अलका सक्सेना, नंदिता हक्सर, शकुंतला वोहरा, आशारानी व्होरा, मनुहरि पाठक, मृणाल पांडेय आदि रही हैं। इनके अलावा बहुत सारी महिलाओं तथा पुरुषों ने अनेक पत्र-पत्रिकाओं में विचारोत्तेजक लेख लिखकर आंदोलन को गति दी। लगभग इसी समय उत्तर प्रदेश में महिलाओं ने लिखना आरंभ कर दिया था। पत्र-पत्रिकाओं में उनके लेख गाहे-बगाहे मिलते थे। जिनमें पत्रकार लेखिकाओं के साथ-साथ समाजसेवी डॉ. कंचनलता सब्बरवाल, डॉ. रमा सिंह, चंद्रकिरण सोनरेक्सा जैसे अनेक नाम बार-बार दिखाई पड़ने लगे। यही समय था जब महिला पत्रकारों की पहली पीढ़ी समाचार पत्रों के कार्यालयों में दाखिल हो चुकी थी। इस समय मेहरू जाफर, सीमा मुस्तफा, सुनीता ऐरन जैसी पत्रकार अंग्रेजी में थीं तो वंदना मिश्र, सरिता सिंह, मुकुल मिश्र, कुलसुम मुस्तफा, सुधा, संगीता बकाया, स्वर्गीय वंदना गुप्ता, रश्मि अस्थाना, नलिनी भारती आदि हिंदी क्षेत्र में आ चुकी थीं।

महिला पत्रकारिता का जो रूप वर्तमान में दिखाई देता है, वह विचित्र है। एक तरफ बड़े-बड़े औद्योगिक घरानों द्वारा चलाए जा रहे समाचार-पत्र संस्थान, जो राजनैतिक-आर्थिक सत्ता को अपने हथियार के रूप में इस्तेमाल कर रहे हैं या दूसरी तरफ कस्बाई या छोटे शहरों से निकलने वाले छोटे अखबार हैं, जिनकी पहुँच शहर के प्रशासन तथा राजनीतिज्ञों तक ही है। बड़े घरानों द्वारा चलाए जा रहे समाचार-पत्रों में हाई-फाई वेतन लेने वाली पेज-३ के लिए लिखने और छपने वाली महिला पत्रकार हैं, जिनका स्त्री समस्याओं से कुछ लेना-देना नहीं है। जो पत्रकारिता के क्षेत्र में केवल फैशन या नौकरी करने आई हैं और विशुद्ध रूप से नौकरी कर रहीं हैं। दिए गए विषयों और लाइफ स्टाइल के बेतुके विषयों पर जोड़-बटोरकर जुटाई गई सामग्री परोसने में माहिर हैं तो दूसरी ओर वे महिला पत्रकार हैं, जो महिला समस्याओं के लिए जूझने वाली महिला एक्टविस्ट हैं, जो हर विषय को अपने ही चश्मे से देखने के लिए मजबूर हैं। दूसरे के दृष्टिकोण से उनका कुछ लेना-देना नहीं है, बल्कि अपने इस एकाकी नजरिए के कारण अकसर वे बहुत जरूरी बातों को भी इग्नोर कर जाती हैं। तीसरी ओर ग्रामीण पिछड़े क्षेत्रों की कम पढ़ी-लिखी महिलाएँ हैं, जो महिलाओं के जीवन में आनेवाली दैनंदिन की समस्याओं से सही मायनों में जूझती हुई समाज की मुख्यधारा से जुड़ने के लिए तत्पर हैं। वे हर तरह की समस्याओं को अपनी बोली, अपनी बानी में अपने जैसे लोगों के साथ बाँटने के लिए संघर्षरत हैं और उनके लिए इतना ही काफी है कि वे संघर्ष कर रही हैं। सत्तर के दशक के उत्तरार्ध में वैश्विक और राष्ट्रीय दोनों स्तरों पर बढ़ती हलचलों में समाज के हर क्षेत्र में बदलाव को बढ़ावा दिया है। परिवर्तन की लहर ने हिंदी पत्रकारिता को भी विश्व की इन हलचलों से जुड़ने को विवश किया। भूमंडलीकरण और बाजारवाद ने जहाँ हिंदी

पत्रकारिता को नई तकनीक से जोड़ा, वहीं पत्रकारिता के मूल्यों, सिद्धांतों और सोच को भी बदलने पर विवश किया। हिंदी पत्रकारिता में जहाँ स्त्रियाँ इस दौर में लेखन के क्षेत्र से जुड़ी वहीं पत्र-पत्रिकाओं के पृष्ठों पर भी उनका कब्जा दिखाई पड़ने लगा। महिला मुद्दों, महिला संवेदनशीलता, रुचियाँ, सोच सभी कुछ परत-दर-परत सजा-सँवारकर समाचार पत्र-पत्रिकाओं के पृष्ठों पर था। कभी पति-पत्नी के संबंधों को जाँचने-परखने के लिए प्रश्नावलियाँ होती थीं तो कभी महिलाओं के कैरियर और घर के बीच चुनाव को लेकर परिचर्चाएँ आयोजित की जाती थीं। महिलाओं की उपलब्धियों को भी पत्र-पत्रिकाओं के पृष्ठों पर गाहे-बगाहे स्थान मिलने लगा। दूसरी ओर उनके उत्पीड़न, शोषण और उनके साथ होनेवाले अपराधों के समाचारों को भी पूरा-पूरा स्थान दिया जाने लगा। केवल ऐसी घटनाओं की रपट ही नहीं प्रकाशित की जाती थी, बल्कि इनके संदर्भों को लेकर समाज में पूरा आंदोलन खड़ा करने का प्रयास भी हिंदी पत्रकारिता ने समय-समय पर किया।

इस समय तक पत्र-पत्रिकाओं के भाषा में भी पर्याप्त परिवर्तन आ चुका था। संस्कृतनिष्ठ क्लिष्ट हिंदी का समय जा चुका था, अब भाषा को सहज-सरल बनाने के प्रयास चल रहे थे। दैनंदिनी में उपयोग होनेवाले अंग्रेजी, उर्दू के शब्दों को भाषा में अपनाया जाने लगा था। तकनीकी विकास के चलते कंप्यूटर का प्रयोग पत्र-पत्रिकाओं की आवश्यकता बन चुका था। कंप्यूटर की भाषा के चलते मात्रिक एवं वर्तनी दोष लगातार सामने आने लगे। हिंदी वर्णमाला के अनेक अक्षरों एवं संयुक्ताक्षरों और चिह्नों का प्रयोग नहीं के बराबर रह गया। कई बार तो वर्तनी दोष इतना बड़ा होने लगा कि आँखों को खटकता है, लेकिन परिवर्तन की लहर में कुछ पाना कुछ छूटना ही था। कई शब्दों के प्रयोग करने के तरीके भी पत्रकारों को ज्ञात नहीं हैं—कारवाई-कार्यवाही, गये-गए, आये-आए जैसे अनेक शब्दों का प्रयोग भ्रामक रूप से होने लगा। समाचार व लेखों में ही नहीं, शीर्षकों और उपशीर्षकों में भी। अंग्रेजी के शब्दों के साथ-साथ पूरे-पूरे मुहावरों का प्रयोग भी होने लगा। स्तंभों के नाम भी अंग्रेजी में होने लगे, जैसे कैंपर, सिटी, हेल्थ वॉच, जॉब वॉच जैसे अनेक स्तंभ धीरे-धीरे पत्र-पत्रिकाओं की पहचान बन चुके हैं।

समाचारों की प्रस्तुति में बाजार, सरकार और प्रशासन का दबाव साफ-साफ नजर आता है। स्त्रियों और बच्चों से जुड़े समाचार केवल बड़े अपराध या बड़ी घटनाओं के ही परिप्रेक्ष्य में मुखपृष्ठ पर आते हैं, वरना तीसरे, चौथे, पंद्रहवें किसी भी पन्ने पर समाचार चिपका दिए जाते हैं। यही हाल साहित्यिक, सांस्कृतिक समाचारों का भी होता है। समाचार-पत्रों में उनके लिए स्थान की समस्या लगातार बनी रहती है। समाचार कभी भी कहीं से भी काट दिए जाते हैं। कई बार तो समाचार के शीर्षक में दी हुई सूचना समाचार

में होती ही नहीं है। फिल्म और फिल्मी कलाकारों से जुड़ी घटनाएँ चाहे कितनी ही छोटी, व्यक्तिगत ही क्यों न हों, अकसर वे पहले या आखिरी पन्ने पर सजा-सँवारकर परोसी जाती हैं। समाचार-पत्रों के साथ आनेवाले चार पृष्ठों के प्रतिदिनी परिशिष्टों ने चित्रों की माँग बढ़ा दी है। बड़े-बड़े रंगीन ग्लैमरस चित्र हर समाचार-पत्रों की आवश्यकता बन चुके हैं। हर आलेख और स्तंभ के साथ स्त्रियों के रंगीन ग्लैमरस चित्र प्रकाशित किए जाते हैं, भले ही वे उन लेखों की आवश्यकता में हों या न हों। अर्द्धनग्न स्त्रियों के चित्र विज्ञापनों में तो होते ही हैं। लेखों के साथ भी उनकी आवश्यकता बनाई जा रही है। लाइफस्टाल के लेख बहुतायत से प्रकाशित हो रहे हैं। जूते, कपड़े, घर, ड्राइंगरूम के साथ-साथ डिजाइनर दूल्हा, दुल्हन, शादियाँ भी आजकल पत्र-पत्रिकाओं में बड़ा स्पेस पाने लगे हैं। महिलाओं की उपलब्धियों और उनकी गतिविधियाँ अंदरूनी पृष्ठों तथा निचले कॉलमों में छोटे, पतले अक्षरों में दिए जाते हैं, जबकि पुरुषों की उपलब्धियों को बढ़ा-चढ़ाकर अगले पृष्ठों और मोटे अक्षरों, चित्रों के साथ प्रकाशित किया जाता है। पुरुषों के क्रिकेट, हॉकी या अन्य कोई भी खेल बड़े, छोटे टूर्नामेंटों के समाचार अकसर चित्र के साथ छापे जाते हैं। पुरुष क्रिकेट टीम हारकर भी आती है तो चित्र जाते हैं, जबकि महिला टीम अगर जीतकर भी आती है तो दो-तीन कॉलम का समाचार पंद्रहवें पन्ने पर सामान्य अक्षरों में भी आ जाए तो बड़ी बात है। एकल खेलों के खिलाड़ियों पर अवश्य ही मीडिया की मेहरबानी रहती है, तथा उनके चित्र और समाचार समाचार-पत्र और पत्रिकाओं में स्थान पा ही जाते हैं। विशेष तौर पर अगर खिलाड़ी सानिया जैसी ग्लैमरस हो तो क्या कहना!

सांस्कृतिक गतिविधियों की समीक्षा, जो पिछले दशक में तीन-चार कॉलम में छपा करती थी अब एक कॉलम या कुछ पंक्तियों में ही निपटा दी जाती है। वे ही समाचार प्रमुखता से छापे जाते हैं, जिनसे बाजार का कुछ लेना-देना हो। फिल्मी कलाकार का शहर में आगमन हो या किसी बड़े नेता द्वारा समारोह का उद्घाटन, उनकी उपस्थिति के कारण ही वे समाचार-पत्रों में प्रमुखता पा जाते हैं। कार्यक्रम के रूप-रंग प्रस्तुति पर सतही किस्म की रपट दी जाती है। महिला संगठनों के समाचारों में स्पष्ट भेदभाव परिलक्षित होता है। कुछ संगठनों तथा उनसे जुड़ी समाजसेवियों के समाचार लगातार समाचार-पत्रों में अच्छी कवरेज पाते हैं। अन्य कितने ही संगठनों के बड़े और महत्त्वपूर्ण कार्यक्रम दो-चार पंक्तियों में ही निपटा दिए जाते हैं। समाचारों में महिलाओं से जुड़े समाचारों में कला, संस्कृति या राजनीति से जुड़ी उन्हीं महिलाओं की चर्चा की जाती है, जो शीर्ष में बैठी हैं। शीर्ष में बैठी इन महिलाओं के लिए समाचार-पत्र-पत्रिकाओं में सदा स्थान बना रहता है। खाली समाचार ही नहीं, चित्र भी उनके साथ छापे जाते हैं, लेकिन प्रदेश स्तर या नगर स्तर की जुझारू महिलाओं के बारे में पत्र-पत्रिकाएँ अकसर

मौन साधे रहती हैं। केवल नाम छापने के लिए भी चिरौरी करती महिलाएँ ऐसे अवसरों पर आसानी से दिख जा सकती हैं। महिलाओं के साथ होनेवाले अपराधों के समाचारों में अपराध की गंभीरता, अपराधी मनोवृत्ति और अपराधी के बारे में चर्चा न करके अपराध का शिकार हुई महिला उसके चरित्र, उसके रहन-सहन की चर्चा समाचार पत्रों में जोर-शोर से की जाती है। जबकि स्त्री घटना की शिकार होती है, लेकिन उसके साथ किसी की सहानुभूति न होकर समाचार बेचने की इच्छा ज्यादा दिखाई पड़ती है। जेसिका लाल हत्याकांड, नैना साहनी हत्याकांड, शिवानी भटनागर हत्याकांड हों या मधुमिता शुक्ला हत्याकांड, इन सब घटनाओं के बारे में छपनेवाले समाचारों में घटना का वर्णन एक सीमित दायरे में किया गया; लेकिन इन पीड़ित महिलाओं के चरित्र, उनके किन-किन राजनैतिक, प्रशासनिक व्यक्तियों से संबंध थे, वे शराब पीती थीं, जुआ खेलती थीं, कैसे कपड़े पहनती थीं—इन सबकी चर्चा मोटे-मोटे अक्षरों में लिखे समाचारों में बहुत दिनों तक होती रही। मधुमिता हत्याकांड को ही ले तो अनेक अखबारों ने मधुमिता के साथ मंचों पर दिखाई देनेवाले अनेक कवियों के विचार मधुमिता के बारे में प्रकाशित किए, मानो मधुमिता ने जैसा जीवन चुना था, वह इसी दंड की भागी थी। किसी भी समाचार-पत्र में अमरमणि त्रिपाठी के अवैध संबंधों, उनके गिरे हुए चरित्र और उनके संबंध में उनके जानने वालों की राय प्रकाशित नहीं की, जबकि दबी जुबान में ये सारे चरचे समाज में आम थे, लेकिन अपराधी के सत्ता से संबंध होने के कारण उसके बारे में कोई बोलने-लिखने को तैयार नहीं था। यहाँ तक कि तत्कालीन सत्ता में उसे मंत्री पद भी दे दिया गया। यही पुरुष सत्तात्मक समाज की पत्रकारिता पर पकड़ है, जो अपने घनीभूत रूप में उसकी सोच को जकड़े हुए है और हमें उसकी पकड़ का अंदाजा भी नहीं होने दिया जाता है।

परिवर्तन की इस लहर में पत्रकारिता में अच्छी-बुरी दोनों तरह की खूबियाँ आई हैं। अब संपादकीय पृष्ठ पर भी सप्ताह में एक-दो दिन महिलाओं के लिखे लेखों को स्थान मिलने लगा है। राजनीतिक-सामाजिक लेखों के साथ-साथ स्त्री मुद्दों पर लिखे लेख भी अब संपादकीय पृष्ठों पर स्थान पाने लगे हैं। इनकी लेखिकाओं में राजनीतिक वरिष्ठ लेखिका, पत्रकारों के अलावा विषय विशेषज्ञ महिलाएँ भी रहती हैं।

सदी के अंतिम दशक में पत्र-पत्रिकाओं में महिलाएँ बड़ी संख्या में कार्य कर अपनी पहचान बनाने का प्रयास कर रही हैं। डेस्क और फीचर डेस्क महिला पत्रकारों के पसंदीदा क्षेत्र माने जाते हैं, जहाँ वह पत्रकारिता को एक नौकरी की तरह निभा सके। इसके दो फायदे हैं, एक तरफ महिला पत्रकार पत्रकारिता जैसी संवेदनशील एवं संघर्षपूर्ण क्षेत्र से अपना जुड़ाव भी बनाए रखती हैं और पत्रकारिता के संघर्षशील क्षेत्र यानी फील्ड रिपोर्टिंग के प्रतिदिन के संकटों से जूझने से भी बची रहती हैं। मान भी लिया जाए कि

फील्ड रिपोर्टिंग कोई युद्ध नहीं है तो भी फील्ड में काम करना हर दिन नया कुआँ खोदकर पानी निकालने जैसा कार्य तो है ही। सच्चाई तो यह है ही, समाचार आसानी से थाली में परोसे हुए नहीं मिलते हैं। उनके लिए अकसर काफी जद्दोजहद करनी पड़ती है। डेस्क के अपने दबाव होते हैं, लेकिन वहाँ के वातावरण में एक घरेलू अपनापन समाया रहता है, जो महिलाओं को बहुत रास आता है। लाइफस्टाइल लेख और साक्षात्कार का काफी हिस्सा अब इंटरनेट की सहायता से भी प्राप्त हो जाता है। बस पत्रकार को अपनी कलम से रंगीन चित्र उकेरने में महारत दिखानी होती है। समय के साथ-साथ समाचार पत्रों के परिशिष्ट की पत्रकारिता मुख्यधारा की पत्रकारिता से अलग होती जा रही है। हर बार हर लेख पर मिलनेवाली 'बाइलाइन', जहाँ पत्रकार का दिमाग सातवें आसमान पर चढ़ा देती है, वहीं पेज ३ की बढ़ती माँग के चलते समाचार-पत्रों के इन परिशिष्टों में काम करनेवाली महिला पत्रकारों के काम करने के समय में भी इजाफा होने लगा है। बात यह नहीं है कि परिशिष्टों में काम करनेवाली पत्रकार दोयम दरजे की पत्रकार हैं, बल्कि असली दिक्कत यह है कि आगामी समय में पत्रकारिता में आनेवाली महिला पत्रकारों को इन्हीं रंगीन पन्नों तक केंद्रित कर दिया जाएगा। फिर एक बार महिलाएँ समाज की मुख्यधारा से कटकर इन बनावटी रंगीनियों में सिमटकर रह जाएँगी। इन परिशिष्टों के पाठक बड़ी संख्या में हो सकते हैं, लेकिन जीवन की कड़वी सच्चाइयों, संवेदनाओं और समस्याओं से इन ग्लैमरस पन्नों का कुछ लेना-देना नहीं है। कई बार जब इन परिशिष्टों में संवेदनशील समस्याओं को उठाने का प्रयास भी किया जाता है तो अपनी प्रस्तुत शैली के कारण वह प्रयास भी सतही बनकर रह जाता है।

वर्तमान समय में हिंदी पत्रकारिता में महिला पत्रकारों की लंबी श्रृंखला है, जो विभिन्न पत्र-पत्रिकाओं के माध्यम से अपनी क्षमता, योग्यता एवं प्रतिभा को प्रमाणित करने का प्रयास कर रही हैं, जिनमें हिंदुस्तान में ब्यूरो में रचना सरन और परिशिष्ट में शिखा श्रीवास्तव, अनिता तिवारी, अरुणिमा सोनी, दीक्षा गुप्ता, अरशाना अजमत आदि अनेक महिला पत्रकार बेहतर लेखन कर रही हैं। लाइफस्टाइल लेखों के साथ-साथ वे महिलाओं से जुड़े मुद्दे पूरी सजगता से उठा रही हैं। चाहे वह महिलाओं की सुरक्षा का सवाल हो या फिर उनके स्वास्थ्य का। महिला की सुरक्षा को लेकर 'कोख से कब्र तक कहाँ सुरक्षित है स्त्री' जैसे लेख आते हैं तो महिला कंडोम पर भी चर्चा की जाती है। दूरदराज की महिलाओं की उपलब्धियों की चर्चा का प्रयास सैलिब्रिटीज की सुबह-सबेरे और पंचतारा होटलों के रसोइयों के विशेष व्यंजनों के बीच होती रहती है। 'दैनिक जागरण' उत्तर प्रदेश ही नहीं, राष्ट्रीय स्तर का सबसे बड़ा दैनिक हिंदी समाचार-पत्र माना जाता है, जिसमें महिलाएँ बड़ी संख्या में कार्य कर रही हैं। यह अलग बात है कि इनमें अधिकांश डेस्क पर ही हैं। लखनऊ डेस्क में डॉ. इंदु रस्तोगी, चंद्र लेखा गर्ग आदि

वरिष्ठ पत्रकार हैं, वहीं फील्ड रिपोर्टिंग में डॉ. सीमा जावेद जैसी वरिष्ठ विज्ञान पत्रकार हैं। प्रांजलि शुक्ल, शिल्पी यादव भी अपने लेखन से पत्र को समृद्ध करने का प्रयास कर रही हैं। स्वतंत्र भारत दैनिक समाचार-पत्र में सुप्रिया योगी तिवारी, भावना पांडेय, शोभा मिश्रा आदि महिला पत्रकार कार्य कर रही हैं। दैनिक समाचार-पत्र 'राष्ट्रीय सहारा' में सुनंदा डे लंबे समय से स्वास्थ्य एवं महिला मुद्दों पर लेखन कर रही हैं और उनकी यह पहचान अपने क्षेत्र में बनी हुई है। डेस्क पर रेखा कुशवाहा सिन्हा, पूनम नेगी, किरन अवस्थी हैं तो विज्ञान पत्रकारिता का क्षेत्र रूमा सिन्हा ने सँभाल रखा है। दैनिक 'आज' और 'अमर उजाला' ऐसे दैनिक समाचार-पत्र हैं, जिनके लखनऊ कार्यालय में कोई भी महिला पत्रकार कार्य नहीं कर रही है। दैनिक समाचार पत्र 'जनसत्ता एक्सप्रेस' के ब्यूरो में मुकुल मिश्र कार्य कर रही हैं तथा रिधी गौड़ ट्रेनी रिपोर्टर के रूप में कार्य कर रही हैं तो डेस्क पर 'इला भटनागर', जेबा हसन और चंद्र एम. पांडेय काम कर रही हैं। दैनिक समाचार-पत्र राष्ट्रीय स्वरूप में विनीता रानी विन्नी लंबे समय से कार्य कर रही हैं।

अन्य समाचार-पत्रों में भी कुछ महिलाओं के नाम देखने को मिलते हैं, जिसमें ममता त्रिपाठी संपादक—समाजवाद का उदय, मोना चावला संपादक—न्यू हेरंब टाइम्स, सुषमा कुकरेती—संडे पोस्ट, स्वाति द्विवेदी—सांध्य विचार सूचक, मिथलेश सिंह संवाददाता—समाचार-पत्र राकेश, रेनू निगम संवाददाता—समाचार-पत्र विश्वमानव, क्रांति त्रिवेदी संवाददाता—महाकौशल, स्वाती द्विवेदी-विचारसूचक, मिथलेश संपादक—महिलावॉयस, रीता झिंगरन संवाददाता—दैनिक गांडीव, डॉ. प्रेम कुमारी, संवाददाता—लखनऊ, 'युग विचार दर्पण' में कार्य कर रही हैं।

अन्य जनपदों में कार्य करनेवाली महिला पत्रकारों में जनपद आगरा में ज्योत्स्ना शर्मा—राष्ट्रीय स्वरूप, सुमन बग्गा—दृश्य भारती और अंशु पारिख, प्रभजोत कौर तथा ममता त्रिपाठी 'दैनिक जागरण' के लिए कार्य कर रही हैं। अलीगढ़ जनपद में नीरू वार्ष्णेय—हरि गढ़ की आवाज, रश्मि सुहृद—दैनिक 'प्रावदा' के लिए कार्य कर रही हैं। फिरोजाबाद में छितरिया शर्मा—'सच क्या है', के लिए तथा नीलम उपाध्याय 'सुहाग टाइम्स' के लिए, सुशीला शर्मा दाता संदेश के लिए कार्यरत हैं। मथुरा जनपद में प्रभा लखवानी—नियो न्यूज की संवाददाता हैं। जनपद फतेहपुर में कमलेश कुमारी—'नारी मुक्त आंदोलन समाचार-पत्र' तथा मृदुला द्विवेदी—'साप्ताहिक स्वर्ण जयंती' में कार्य कर रही हैं। जनपद कानपुर में दैनिक जागरण के लिए अंजनी निगम कार्यरत हैं। जनपद फर्रूखाबाद में इंदु अवस्थी पंजाब केसरी के लिए कार्य कर रही हैं। गोरखपुर जनपद से श्रीमती चंदा गुप्ता साप्ताहिक 'स्वतंत्र जनभारती', जनपद देवरिया रीनामणि त्रिपाठी दैनिक 'आकाशमार्ग' में कार्य कर रही हैं। जनपद झाँसी में श्रीमती सरोज वर्मा साप्ताहिक 'स्वर्ण दर्पण' तथा श्रीमती आशा लिखारिया 'भारत अपराध समाचार', सुश्री अनवार

राईन 'साप्ताहिक परख' के लिए कार्य रही हैं। जनपद फैजाबाद में सुमन गुप्ता 'जनमोर्चा' दैनिक समाचार-पत्र की मुख्य संवाददाता हैं। मीनू अरोरा दैनिक गांडीव की संवाददाता हैं। अंबेडकर नगर में आशा जायसवाल साप्ताहिक टांडा दर्पण निकाल रही हैं। जनपद बरेली से शगुफ्ता यासमीन साप्ताहिक 'अदल की आवाज' के लिए कार्य कर रही हैं। जनपद सिद्धार्थनगर में 'अमर उजाला' की संवाददाता यशोदा श्रीवास्तव हैं। जनपद मिर्जापुर डॉ. मीना सिंह 'स्वतंत्र भारत' की संवाददाता हैं। शशि गुप्ता 'दैनिक गांडीव' की प्रतिनिधि हैं व रेनू शर्मा स्वतंत्र पत्रकारिता कर रही हैं। सोनभद्र में 'स्वतंत्र भारत' की संवाददाता निरंजना श्रीवास्तव हैं। दैनिक 'हिंदुस्तान' की संवाददाता विभा दुबे हैं। अन्य पत्रकारों में श्रीमती गोपा दास, मिथलेश सिंह के नाम भी देखने को मिलते हैं। मेरठ में शकुंतला सोम, बुलंदशहर में सुमन चौधरी, गाजियाबाद में प्रभा सिंह, सरोज चौधरी, कुसुम भाटी, प्राची जैन, अर्चना शर्मा, मीनाक्षी गोस्वामी, डॉ. अंजना खुराना, मोनिका शर्मा तथा माधुरी शर्मा के नाम का उल्लेख किया जा सकता है। जनपद उन्नाव में शकुंतला शुक्ला—'उन्नाव टाइम्स' तथा मीनाक्षी शुक्ला—साप्ताहिक 'विध्वंस' की प्रतिनिधि हैं। वाराणसी के 'आज' दैनिक समाचार पत्र में प्रमिला तिवारी और कल्पना पारीख के कार्य करने की सूचना मिलती है। 'जनवार्त्ता' में उषा सिंह, 'जनमुख' में सरोज सिन्हा, 'राष्ट्रीय सहारा' के लिए नीलिमा दीक्षित, 'हिंदुस्तान' के लिए डॉ. प्रभा रानी, श्रीमती विनयपुरी पांडेय और डॉ. कविता सिंह के अलावा ममता पांडेय का नाम भी देखने को मिलता है। इनके अलावा भी अनेक पत्र-पत्रिकाओं में महिलाएँ लेखन कर रही हैं और कई महिलाएँ पत्र-पत्रिकाएँ निकाल भी रही हैं, जिनकी सूचना एवं प्रामाणिकता संभव नहीं थी, इसलिए उनके नाम नहीं दिए जा रहे हैं।

साक्षात्कार

नवीन जोशी—संपादक

दैनिक हिंदुस्तान, लखनऊ संस्करण

प्र. : जब आप पत्रकारिता में आए, उस समय पत्र-पत्रिकाओं में महिलाओं के बारे में क्या लिखा जा रहा था?

उ. : जब मैं पत्रकारिता के क्षेत्र में आया, उस समय दैनिक समाचार-पत्रों में महिला परिशिष्ट न के बराबर निकलते थे। 'रविवारीय परिशिष्ट' में एक पन्ने या आधे पन्ने की सामग्री महिलाओं के विषय में होती थी। जिसमें नए-नए व्यंजन बनाने के तरीके, पति को कैसे खुश रखें, मायके और ससुराल में कैसे सामंजस्य बिठाएँ। इस आधे पन्ने में भी अधिकांश लेख बच्चों से संबंधित होते थे। उनके स्वास्थ्य के बारे में, शिक्षा

के बारे में महिलाओं के मुद्दे नदारद रहते थे। अधिकांश लेख भी पुरुषों द्वारा लिखे जाते थे या पुरुष नजरिए को लेकर लिखे जाते थे।

प्र. : महिला परिशिष्टों और महिला मुद्दों की चर्चा पत्रकारिता में कब से बढ़ी?

उ. : पिछले तीस वर्षों में परिस्थितियाँ बदल गई हैं, लेकिन अखबार की नजर नहीं बदली है। आपातकाल के बाद यूँ तो तकनीकी विकास के कारण हिंदी पत्रकारिता का बाजार बहुत बढ़ गया है। शहरों में शिक्षा के प्रचार-प्रसार के कारण शिक्षित लड़कियों का प्रतिशत बढ़ा है, जिसके कारण उन्होंने उन क्षेत्रों में भी दस्तक देनी शुरू कर दी है, जो केवल पुरुषों के ही माने जाते थे। शुरू में अधिकांश महिलाएँ स्वतंत्र पत्रकारिता के क्षेत्र में ही आगे आईं, परंतु धीरे-धीरे उन्होंने डेस्क पर भी कार्य करना आरंभ कर दिया। नवभारत टाइम्स के सांध्य समाचार में तृप्ति रिजवी, उर्मिला लाहौटी जैसी कई महिला पत्रकारों ने बहुत अच्छा काम किया, इसी समय 'स्वतंत्र भारत' में इंदु बाला अग्रवाल बहुत अच्छा लिख रही थीं।

प्र. : आज की पत्रकारिता में महिला मुद्दों के प्रति कितनी संवेदनशीलता आई है?

उ. : आज भी पत्रकारिता में महिलाओं का प्रतिशत भले ही बढ़ गया है, लेकिन महिला मुद्दों के प्रति महिला संवेदना की बहुत कमी है। अधिकांश महिलाएँ पुरुष मानसिकता से भरी हुई हैं और ऐसी महिलाओं के संवेदना का स्तर अधिक जागरूक नहीं है। जो महिला मुद्दों के नकारात्मक पक्ष पर अधिक जोर देती हैं। यूँ तो महिला मुद्दों को व्यक्तिगत तौर पर न लेकर सामाजिक नजरिए से देखने की जरूरत है, यह केवल उनका मुद्दा नहीं, पूरे समाज का मुद्दा है।

प्र. : क्या कारण था कि आजादी के आंदोलन में महिलाएँ बहुतायत में शामिल थीं, लेकिन आजादी के बाद स्थिति बिलकुल बदल गई?

उ. : आजादी के समय महिलाएँ बहुतायत से हर क्षेत्र में आगे आईं, चाहे पत्रकारिता का क्षेत्र हो या समाजसेवा का या शिक्षा का, लेकिन आजादी के बाद परिदृश्य बिलकुल बदल गया। आजादी के समय सभी में एक जुनून सा था, जिसके कारण महिला और पुरुष सभी ने बढ़-चढ़कर हिस्सा लिया। आजादी के बाद से आपातकाल तक यही स्थिति बनी रही। इसी बीच बाजार विकसित हो रहा था, भूमंडलीकरण तथा बाजारवाद ने पत्रकारिता का पूरा परिदृश्य ही बदल दिया था। आपातकाल के बाद हर वस्तु को

देखने का नजरिया अब बदल चुका था। अब स्वास्थ्य, फिटनेस जैसे विषय सबके लिए जरूरी हैं, अब महिला परिशिष्टों में महिलाओं के लिए अपना खयाल रखना, अपना विकास, आत्मनिर्भरता जैसी सोच बढ़ रही थी।

प्र. : कुछ समकालीन महिला पत्रकारों के बारे में आप क्या कहेंगे?

उ. : महिला पत्रकारों में पहला नाम मृणाल पांडे का आता है, जो 'दैनिक हिंदुस्तान' की प्रधान संपादक हैं। उत्तर प्रदेश में महिला पत्रकारों में सबसे पहला नाम नूतन मिश्रा का है, जिन्होंने 'स्वतंत्र भारत' में काम शुरू किया। सरिता सिंह ने बहुत अच्छा काम किया, उन्होंने हर क्षेत्र में रिपोर्टिंग का कार्य किया। राजनैतिक, सामाजिक तथा अपराध और सभी क्षेत्रों में स्तरीय कार्य किया था। इस समय तक महिलाएँ पत्रकारिता के हर क्षेत्र में काम करने लगी थीं, जिनमें एक आप हैं सुधा, रचना शरण 'हिंदुस्तान' में हैं, मुकुल मिश्रा हैं। उत्तर प्रदेश की हिंदी पत्रकारिता की मुख्यधारा में इन महिला पत्रकारों की पहली पीढ़ी ने बेहतर काम किया। पर्वतीय क्षेत्रों में, जो अब उत्तराखंड कहलाता है, डॉ. शीला राजवार और उमा भट्ट जैसी प्रतिबद्ध महिला पत्रकार हैं, जो कई दशकों से 'उत्तरा' नाम की महिला पत्रिका निकाल रही हैं और बाजार की ताकतों का मुकाबला करते हुए उन्होंने आज तक कभी समझौता नहीं किया।

प्र. : समाचार-पत्रों के स्वर अब उतने प्रखर क्यों नहीं हैं?

उ. : समाचार-पत्रों के स्वर मंद होने के एक से अधिक कारण हैं, पहला तो यह है कि नए दौर के समाचार-पत्रों में आंदोलनात्मक और आलोचनात्मक समाचारों के अलावा खान-पान, रहन-सहन और विविध जीवन शैलियों पर भी समाचार फीचर परिशिष्ट देना समाचार-पत्रों की आर्थिक विवशता है। पत्रकारिता अब एक शुद्ध मिशन के रूप में नहीं अपनाई जा रही है। सामाजिक सरोकारों के मुद्दे व्यावसायिकता की इस दौड़ में कहीं पीछे छूटते जा रहे हैं। अधिक-से-अधिक बिक्री और विज्ञापन जुटाकर समाचार-पत्रों को लाभ में लाने की प्रतिद्वंद्विता ने आम जनता के दर्द, शोषण और राजनैतिक तथा प्रशासन की संवेदनहीनता से जुड़े हुए समाचारों का स्थान कम कर दिया है, यही कारण है कि समाचार-पत्रों में अब पहले के मुकाबले वह उग्रता और प्रखरता नहीं दिखाई पड़ती है।

प्र. : संवेदनशील मुद्दे अब पत्रकारों की पसंद क्यों नहीं रह गए हैं?

उ. : संवेदनशील मुद्दों से अब पत्रकारों ने पूरी तरह से मुँह नहीं मोड़ा है, इतना अवश्य है कि व्यावसायिकता और प्रतिद्वंद्विता के दबाव में पत्रकारों और समाचार-पत्रों ने

मानवीय मुद्दों की अनदेखी की है। मानवीय मुद्दों के प्रति संवेदनशील संपादकों और पत्रकारों की संख्या भी कम होती जा रही है। स्वतंत्रता के पश्चात् संपादकों की जो पकड़ समाचार-पत्रों पर थी, वह आज कहीं नहीं दिखाई पड़ती है। स्वतंत्रता के पश्चात् हिंदी पत्रकारिता में सबसे ज्यादा क्षरण संपादक नामक संस्था का ही हुआ है, जिसने पूरे समाचार-पत्र के रंग-रूप और स्वाद को बदल दिया है। प्रबंधन तंत्र हावी होता जा रहा है। संवेदनशील मुद्दों की कवरेज से पत्रकारों के योगदान को आँका नहीं जा सकता, बल्कि इस बात से आँका जाता है कि वह प्रसार और व्यवसाय बढ़ाने में कितने सहायक रहे हैं। पत्रकार भी अब लेखन से ज्यादा प्रबंधन और प्रशासन तंत्र के आस-पास रहने का प्रयास कहीं अधिक करते हैं, जिससे उनका मूल कार्य प्रभावित होता जा रहा है। सत्ता प्रतिष्ठान भी अब आम जन के प्रति संवेदनशील हो गया है। आम जनता भी पोल खोलने वाली खबरों को दु:ख के बजाय चटखारे लेकर पढ़ती है, जिससे उनका असर कम हो जाता है। यही कारण है कि समाचार-पत्रों ने अपनी साख गँवाई है और इसके अलावा अन्य भी कई कारण हैं, जिससे समाचार-पत्रों की धाक में वैसा पैनापन नहीं रह गया है।

ज्ञानेंद्र शर्मा—सूचना आयुक्त,
उत्तर प्रदेश, पूर्व स्थानीय संपादक स्वतंत्र भारत

प्र. : स्वतंत्रता आंदोलन के समय की महिला जागरूकता और महिला जागरण के मुद्दे पत्रकारिता में प्रमुखता से उठाए जा रहे थे। आजादी के बाद उनका स्वर वैसा मुखर नहीं रहा?

उ. : स्वतंत्रता आंदोलन के समय समाज के सामने एक निश्चित लक्ष्य था, जिसके लिए समग्र जागरूकता की जरूरत थी, उसमें महिलाओं की शिक्षा, महिलाओं में जागरूकता सभी पर काम हो रहा था। स्वतंत्रता के बाद हमारा लक्ष्य पूरा हो गया और हमारी आवश्यकताएँ बदल गईं। यह कोई गलत बात नहीं है ऐसा हमेशा होता रहा है, जब किसी बड़े लक्ष्य को लेकर आंदोलन चलता है तो समग्र प्रतिबद्धता उस आंदोलन की पूर्णता के लिए होती है, एक बार लक्ष्य जब पूरा हो जाता है तब वे मुद्दे अपने आप समाप्त हो जाते हैं। इतिहास में देखिए—राम-रावण की कहानी रावण-वध तक ही प्रमुखता से रही। रावण-वध के पश्चात् रामचंद्रजी ने क्या किया है या उनका जीवन कैसा था, यह आज कितने लोगों को मालूम है और इसका जिक्र कितना आता है? यही बात स्वतंत्रता आंदोलन के साथ थी, जो मुखर स्वर स्त्री शिक्षा, जागरूकता को लेकर था, वह बाद में नहीं रहा।

प्र. : आज की पत्रकारिता और पहले की पत्रकारिता में क्या अंतर है? बाजारवाद, भूमंडलीकरण ने इसको कितना बदला है?

उ. : पत्रकारिता आज का इतिहास है और पत्रकार आज के इतिहासकार, जो भी आज समाचार-पत्र में लिखा जाता है, वह किसी-न-किसी संदर्भ में इतिहास से जुड़ता है। पत्रकारिता में समसामायिक विषय पर ही लिखना होता है, उसमें संपादक के निर्देश पर विषय आज की घटनाओं पर मूल्यों के लिए लिखा जाता है, यही पत्रकारिता का उद्देश्य है, लेकिन भूमंडलीकरण और बाजारवाद के चलते आजकल समाचार-पत्रों और पत्रकारों पर बहुत दबाव है, केवल राजनीतिक नेताओं के बयान अखबारों में छपते हैं और उन्हें छापना अखबारों की विवशता है। रोज एक झूठ छपता है, जिससे वह आगे जाकर मुकर भी जाते हैं, लेकिन सच्चाई तो यही है कि समाचार की परिभाषा हर काल में वही रहती है, समय के अनुसार वह बदल नहीं सकती। समाचार की परिभाषा आज के संदर्भ से हटकर नहीं हो सकती।

मीडिया आज मंडी बनता जा रहा है। समाचार पत्र और पत्रिकाओं तथा टी.वी. चैनलों की भरमार से पत्रकारिता के मूल सिद्धांत कहीं दबकर दम तोड़ रहे हैं। मीडिया अपनी धार और आधार दोनों खोता जा रहा है। बाजारीकरण की इस अंधी दौड़ और प्रतिस्पर्धा की प्यास ने समाचार को एक बिकाऊ उत्पाद बना दिया है, जिसे बेचने के लिए सभी बेचैन हैं। पाठक के अधिकार और पसंद इस दौड़ में बहुत पीछे रह गए हैं, हालाँकि बेचने वालों का जुमला पाठक की पसंद पर ही आकर रुकता है। अखबार आज जाने-अनजाने बाहुबलियों का डर और आतंक की कुख्याती के रंगीन विवरण छाप-छापकर अप्रत्क्ष रूप से उनकी सहायता कर रहे हैं। पाठक को पकड़ने के लिए समाचार-पत्र कुछ भी, कैसा भी देने को तैयार हैं। कुछ अखबारों ने पेज-३ नाम की नई संस्कृति को पूरी तरह उभारा है, बड़े लोगों की पार्टियाँ, नाच-गाना और हो-हल्ले के लिए अखबारों में खासी जगह दी जा रही है। अगर अखबार की बिक्री बढ़ाने के लिए इस तरह की सामग्री जुटाने की जरूरत है तो यह चिंता का विषय है। युवाओं के लिए समाचार पत्र-पत्रिकाओं में विशेष स्तंभ आरक्षित हैं, जिनमें सेक्स के समाचार सनसनीखेज तरीकों से परोसे जाते हैं, मानो यही सबसे बड़ी समस्या हो! एक विशेष स्तंभ अपने प्रेमी-प्रेमिकाओं के लिए अपने मोहब्बत भरे संदेश भेजने के लिए छापे जाते हैं। जो केवल समाचार-पत्र की बिक्री बढ़ाने के लिए ही होते हैं। ऐसे घटिया स्तंभों से पत्रकारिता या समाचार-पत्रों का क्या लेना-देना है। आज समाचार पत्रों में न्यूज ब्रेक होते कहीं नहीं दिखाई पड़ती हैं, बड़ी-बड़ी घटनाओं के फालोअप नहीं किए जाते हैं। कितनी ही बड़ी घटना हो, दो-चार दिन समाचार-पत्रों के पन्नों पर सजकर समाचार-पत्र से ही नहीं, समाज के मनोमस्तिष्क से भी गायब हो जाती है।

रेखा तनवीर, संपादक एलफिन

प्र. : जब आप पत्रकारिता में आईं, उस समय महिला पत्रिकाएँ और महिला परिशिष्ट किस प्रकार के निकल रहे थे?

उ. : महिला परिशिष्टों का तो स्मरण नहीं है, पर कुछ पत्रिकाएँ निकलती थीं— 'मनोरमा', 'सरिता', 'कादंबिनी', 'वामा', जिनमें कादंबिनी को छोड़कर सभी सिलाई, कढ़ाई, बुनाई व व्यंजन बनाने के तरीके ही बताती थीं। कोई विशेष त्योहार आ जाता था तो थोड़ा सा अलग से संस्करण निकलता था। बहुत कम ऐसा होता था कि कोई ज्वलंत मुद्दा स्त्रियों के पक्ष में उठाया जाता था।

प्र. : जब आप पत्रकारिता में आईं, उस समय कौन-कौन सी महिला पत्रकार काम कर रहीं थीं?

उ. : उस समय 'पायनियर' की ताविशी, तृप्ति रिजवी और वंदना मिश्र अच्छा काम कर रही थीं। सबसे ज्यादा पसंद मणिमाला थीं। इसका बहुत बड़ा कारण यह भी है कि हिंदी पत्रकारिता में महिला पत्रकारों के नाम तेजी से उभरकर नहीं आते हैं, जिस तेजी से अंग्रेजी पत्रकारिता में आते हैं। हिंदी में पत्रकारिता करने की बहुत सी सीमाएँ होती हैं और काम करने की स्वतंत्रता भी कम होती है। समाचार-पत्र कार्यालयों का वातावरण भी अनुकूल नहीं होता, जबकि अंग्रेजी पत्रकारिता में महिला पत्रकारों के नाम एकदम से उभरकर आ जाते हैं। उनपर ज्यादा विश्वास किया जाता है और काम करने की स्वतंत्रता भी मिलती है।

प्र. : पहले की पत्रकारिता में और आज की पत्रकारिता में स्त्री की छवि में क्या अंतर आया?

उ. : आज औरत का ग्लैमरस हिस्सा बहुत बढ़-चढ़ाकर प्रस्तुत किया जा रहा है, जबकि पहले उसका गृहिणी रूप ही प्रस्तुत किया जाता था, पहले ऐसा नहीं था। आज भी हमारे देश में अशिक्षा बहुत है, सारा देश केवल पाँच या छह मेट्रो शहरों में सीमित नहीं है। स्त्री की जो छवि आज प्रस्तुत की जा रही है, वह भारतीय संस्कृति से बहुत दूर है और केवल विदेशी नकल ही है, पहले जो स्त्री की छवि पत्र-पत्रिकाओं में प्रस्तुत की जाती थी, एक गरिमामय देवी की और आज जो ग्लैमरस रूप औरत का प्रस्तुत किया जा रहा है, दोनों की पराकाष्ठा है और दोनों ही गलत हैं। वह भी औरत का असली रूप नहीं था और यह भी औरत का असली रूप नहीं है। औरत को असली रूप में प्रस्तुत करना अभी बाकी है, जिससे उसकी पहचान बने।

प्र. : आज स्त्रियों के प्रति हिंसा और अपराध बहुत ज्यादा बढ़े दिखते हैं, आपका क्या कहना है?

उ. : औरतों के प्रति अपराध पहले भी होते थे और आज भी हो रहे हैं। आज मीडिया की पकड़ बहुत दूर तक हो गई है, इससे महिलाओं के प्रति अपराध बिलकुल सामने आ जाते हैं। स्त्रियों में भी हिम्मत बढ़ी है, वे अपराध का विरोध करती हैं और उसे दर्ज भी कराती हैं। पहले सभी चीजें ढकी-छुपी थीं। स्त्रियों के प्रति होनेवाले अपराध, विशेषकर बलात्कार को परिवार वाले ही इज्जत जाने के डर से छुपा लेते थे और लड़कियाँ भी संकोच की वजह से मुँह नहीं खोल पाती थीं। लेकिन अब समय बदल गया है और मीडिया भी इन सब चीजों को बढ़ा-चढ़ाकर दिखा रहा है। ये स्त्री जागरूकता की निशानी तो है, लेकिन आज की पत्रिकाएँ महिलाओं के असली मुद्दों को छोड़कर गॉसिप और ग्लैमर के सहारे ही चल रही हैं।

प्र. : आज की महिला पत्रिकाओं और महिला पत्रकारों के बारे में क्या कहेंगी?

उ. : उत्तर प्रदेश से कोई महिला पत्रिका इस समय नहीं निकल रही है और यह बहुत बड़ी कमी है, यही कारण है कि समाज की सोच बदल नहीं पा रही है। दिल्ली से निकलनेवाली पत्रिकाओं ने बाजार का रूप बदल रखा है। विज्ञापनों ने स्त्रियों को काफी महत्त्व दिया है। स्त्री का ग्लैमरस, भड़काऊ और घरेलू सभी रूप उभरकर आ रहे हैं। एक स्त्री का विज्ञापन में होना ही उसकी खूबसूरती और ग्लैमर को बढ़ा देता है। पत्रकारिता के क्षेत्र में आनेवाली महिलाओं को सबसे ज्यादा लाभ इलेक्ट्रॉनिक्स मीडिया के विस्तार ने दिया है। आज हर न्यूज चैनल पर महिला पत्रकारों की भारी संख्या उपस्थित है, चाहे उसके लिए मीडिया की अपनी मजबूरियाँ हों, लेकिन सच्चाई यही है कि महिलाएँ आगे आ रही हैं, जो आनेवाली पीढ़ी के लिए अच्छे संकेत दे रही हैं। विज्ञापन और ग्लैमर की वजह से भले ही अगली पीढ़ी को कुछ नुकसान हो।

प्र. : आपने बच्चों की मैगजीन ही निकालने का क्यों सोचा?

उ. : मैंने बहुत पहले से ही बाल पत्रिका निकालने का मन बना रखा था, क्योंकि प्रदेश स्तर पर बच्चों की कोई अच्छी पत्रिका नहीं निकल रही थी। हिंदी-अंग्रेजी दोनों भाषाओं में निकालने का इसका कॉन्सेप्ट अपने आप में बहुत अच्छा था। टेबलायड रूप में निकाली गई यह मैगजीन लगभग दो साल तक चली और काफी बड़े क्षेत्र में इसकी प्रशंसा भी हुई।

घनश्याम पंकज–पूर्व संपादक दिनमान, सांध्य समाचार स्वतंत्र भारत, कुबेर टाइम्स एवं जनसत्ता एक्सप्रेस।

प्र. : आजादी के बाद पत्रकारिता में वह जुझारूपन क्यों नहीं देखने को मिलता जो स्वतंत्रता आंदोलन के समय था?

प्र. : ऐसा नहीं है कि आजादी के बाद भी पत्रकारिता में स्वतंत्रता आंदोलन के जुझारूपन की खनक बाकी थी। समाचार-पत्रों की भाषा में एक तरह की प्राचीनता थी। कार्यशैली में एक तरह की कट्टरता थी। संपादक ही समाचार-पत्र का सर्वेसर्वा होता था। प्रबंधन और विज्ञापन विभाग (मैनेजमेंट ऐंड मार्केटिंग) विभाग का समाचार-पत्रों में कोई दखल नहीं था। 'नो नॉनसेंस' टाइप की सोच समाचार-पत्रों में बनी हुई थी। आजादी की जिद समाचार-पत्रों और संपादकों में बाकी थी, पत्रकारों को प्रेरणा देने की एक निश्चित शैली थी। स्कूल मास्टरीवाला 'एटिट्यूड' (सोच) संपादकों में ज्यादा पाया जाता था। आजादी के बाद भी समाचार-पत्रों में यही विचारधारा हावी रही कि अपराध, खेल, मनोरंजन जैसे विषयों से अधिक देश, समाज के विकास से ही समाचार पत्रों का सरोकार था। यहाँ तक कि वेशभूषा में भी गांधी का एक प्रभाव दिखाई पड़ता था। अंबिका प्रसाद वाजपेयी जैसे स्वनामधन्य संपादक अपने त्याग के कारण ही समाज में जाने-पहचाने जाते थे।

आजादी के बाद धीर-धीरे मालिकों की दृष्टि बदलने लगी और संपादकों के चयन में शिथिलता आने लगी। पहले समाचार की सामग्री महत्त्वपूर्ण होती थी, उसकी प्रस्तुति पर जोर नहीं दिया जाता था, बाद में समाचार परोसने की शैली में परिवर्तन आ गया; समाचार सजा-सँवारकर प्रस्तुत किए जाने लगे, लेकिन जो खुलापन (एक्सपोजर) आज है, वैसा तब नहीं था।

गुरुदेव नारायण, वरिष्ठ पत्रकार

प्र. : आजादी के बाद उत्तर प्रदेश की हिंदी पत्रकारिता में महिला पत्रकार कब से आईं?

उ. : जब सन् उन्नीस सौ अड़सठ में स्वतंत्र भारत में आया, तब तक हिंदी पत्रकारिता में कोई महिला पत्रकार प्रदेश में नहीं थी। इसकी वजह थी अखबारों में देर रात तक काम होना। इसीलिए उस समय महिलाओं को समाचार-पत्र में नौकरी नहीं दी जाती थी। इसके बाद में पत्रकारिता में आनेवाली महिला पत्रकारों में शर्मिष्ठा और ताविषी अंग्रेजी समाचार पत्र पायनियर में आईं। उसके पहले जितनी महिलाओं की रचनाएँ अखबारों में छपती थीं या तो साहित्यकार होती थीं या फिर कवयित्री। धीरे-धीरे कुछ अखबारों ने

महिलाओं से काम लेना शुरू किया, लेकिन वह काम भी अधिकतर साप्ताहिक परिशिष्ट का होता था। जिसे वह दिन में ही करके चली जाती थीं। रिपोर्टिंग का काम तब भी उनको नहीं दिया जाता था। हालाँकि यह काम भी अंग्रेजी के समाचार-पत्रों ने ही पहले शुरू किया।

प्र. : आजादी के दौरान महिलाओं में जागरूकता अधिक थी, लेकिन उसके बाद के वर्षों में कम होने की आप क्या वजह मानते हैं?

उ. : लखनऊ और अवध चूँकि नवाबी शासन में रहा था, इसलिए यहाँ पर परदेदारी बहुत ज्यादा थी। मुसलमान ही नहीं हिंदू औरतें भी घर से बाहर बहुत कम ही निकलती थीं। उनमें शिक्षा की कमी नहीं थी। करामत कॉलेज, आई.टी. कॉलेज और विश्वविद्यालय में लड़कियाँ पढ़ने जाती थीं। लखनऊ और प्रदेश में महिला जागरण का श्रेय मैं पंजाबियों को दूँगा, जो बँटवारे के बाद यहाँ आकर बसे और शहर की संस्कृति में परिवर्तन लाए। उनके परिवार की महिलाओं को जागरूकता को लेकर हमारे यहाँ की महिलाएँ भी आगे आने लगीं। हालाँकि शुरू में इन शरणार्थियों की पोशाक को लेकर इनका काफी मजाक भी उड़ाया गया। उसी समय शलवार चली-शलवार चली जैसी रचनाएँ भी सामने आईं। शुरू-शुरू में स्वतंत्र भारत में जिन महिलाओं की कविताएँ और लेख छपते थे, उनमें स्नेहलता स्नेह, डॉ. सुमित्रा कुमारी सिन्हा आदि प्रमुख थीं। धीरे-धीरे महिलाओं के मुद्दे और सांस्कृतिक रिपोर्टिंग में महिलाएँ आने लगीं। मेरा मानना है कि महिलाओं की प्रगति का सबसे बड़ा श्रेय तकनीकी बदलाव को जाता है। चाहे वह पोशाक हो या फिर यातायात के साधन। सुविधाजनक पोशाक और दुपहिया वाहनों की प्रगति से महिलाओं को बहुत लाभ मिला। इससे महिलाओं का प्रतिशत भी बाहरी जगत् में बढ़ा और उनके जीवन में भी बदलाव आया। इस समय तक काफी अंतर आ चुका है, लेकिन आज भी महिलाओं को पत्रकारिता में जितने प्रतिशत में होना चाहिए, वह नही है। इसका एक कारण अंग्रेजी की स्वीकार्यता भी है। महिलाओं ने शिक्षा तो ग्रहण की। उन्होंने हिंदी, संस्कृत, इतिहास, समाज शास्त्र जैसे विषय तो पढ़े, लेकिन अंग्रेजी को बहुत देर में अपनाया। इसका कारण शहर की संस्कृति भी थी; क्योंकि दिल्ली, बंबई जैसे शहरों में महिलाएँ पत्रकारिता में बहुत पहले आ चुकी थीं। यहाँ पर भी अंग्रेजी अखबारों में महिलाएँ अपनी उपस्थिति दर्ज कराने लगी थीं। परिवारों में भी लड़कियों को पढ़ाने के लिए स्वीकृति तो थी, लेकिन उनके नौकरी करने और वह भी पत्रकारिता जैसे व्यवसाय में जाने की स्वीकार्यता समाज में नहीं थी।

हिंदी पत्रकारिता की रिपोर्टिंग में पहली पीढ़ी में आनेवाली पत्रकारों में पहला नाम नूतन मिश्र वशिष्ठ का है, जो स्वतंत्र भारत में सांस्कृतिक क्षेत्र की रिपोर्टिंग के लिए रखी

गई थीं। उसके बाद में सुधा शुक्ला, मुकुल मिश्र, सरिता सिंह, वंदना मिश्र और स्व वंदना गुप्ता आईं।

प्र. : क्या कारण है कि आज भी महिलाएँ सांस्कृतिक रिपोर्टिंग और साप्ताहिक परिशिष्टों तक ही सीमित हैं, वे अग्रिम पंक्ति में नहीं दिखई देती हैं?

उ. : शुरुआत में महिलाओं को सांस्कृतिक रिपोर्टिंग दी जाती है। इसका एक कारण यह भी रहा कि कई बार तो ऐसा लगा है कि महिला पत्रकार स्वयं ही आसान काम करना पसंद करती हैं और वह ज्यादा मेहनत करके अग्रिम पंक्ति में नहीं आना चाहती हैं। या फिर उनकी रुचि ही फैशन या लाइफ स्टाइल की रिपोर्टिंग में होती है। यहाँ कुछ अपवाद भी हैं और कई बार इसके बाद हिंदी अखबार का माहौल भी जिम्मेदार हो सकता है।

प्र. : लोग कहते हैं कि लखनऊ की पहली महिला पत्रकार स्व. गौरा पंत शिवानी थीं?

उ. : नहीं, ऐसा नहीं था। स्वतंत्र भारत में शिवानीजी का एक साप्ताहिक स्तंभ 'वातायन' नाम से छपता था, जो काफी लोकप्रिय भी था और उसमें तत्कालीन संपादक अशोकजी ने उन्हें पूरी छूट दे रखी थी कि वे अपने स्तंभ में किसी भी विषय का चयन कर सकती थीं। यह सही बात है कि वह उसमें अधिकांश सांस्कृतिक क्षेत्र की घटनाओं पर ही चर्चा करती थीं। शिवानीजी ने कभी भी रिपोर्टिंग नहीं की।

प्र. : आजकल जो महिलाएँ हिंदी पत्रकारिता में अच्छा काम कर रही हैं, उनमें से आप किसका नाम लेना चाहेंगे?

उ. : अधिकतर लड़कियाँ साप्ताहिक परिशिष्टों में ही अच्छा लिख रहीं हैं। सच्ची बात तो है कि हिंदी में लाइफ स्टाइल की रिपोर्टिंग महिलाओं ने ही मशहूर की है और बहुत सी लड़कियाँ इसमें अच्छा काम कर रही हैं।

प्र. : क्या कारण है कि आप जब भी पत्रकारिता की बात करते हैं, तो उसमें राजनीतिक क्षेत्र की रिपोर्टिंग करनेवालों की ही बात करते हैं। क्या सामाजिक एवं सांस्कृतिक मुद्दे पत्रकारिता का क्षेत्र नहीं हैं?

उ. : समाज की धारा का निर्धारण करनेवाले दो ही स्तंभ हैं—पहला राजनीति और दूसरा वित्त व आर्थिक। यही दो क्षेत्र हैं जो पूरे समाज पर नियंत्रण करते हैं व इन्हीं में परिवर्तन का असर पूरे समाज पर पड़ता है। इसीलिए इनकी महत्ता अधिक है।

प्र. : आजादी के बाद जिस तरह के महिला परिशिष्ट छपते थे और आज जो महिला परिशिष्ट छप रहे हैं, उनमें क्या अंतर पाते हैं?

उ. : आज के महिला परिशिष्टों में लेखन सामग्री में तो परिवर्तन हुआ ही है, साथ ही चित्रों का उपयोग आज ज्यादा होने लगा है। चित्र ज्यादा ग्लैमरस हैं।

प्र. : पहले के महिला परिशिष्टों के विषय क्या होते थे?

उ. : आमतौर पर घरेलू विषयों का ही चयन ज्यादा किया जाता था। समस्याओं में दहेज प्रथा, शिक्षा जैसे विषय ज्यादा लिये जाते थे।

प्र. : क्या कारण है कि आजादी के बाद समाचार-पत्रों में महिला जागरण की जो प्रखरता थी, वह बाद में नहीं रही?

उ. : इसका कारण है कि उस समय महिलाओं के लिए आजादी एक निश्चित ध्येय था। उस समय आजादी का आंदोलन बहुत प्रखरता से चल रहा था, जिसमें शिक्षा, स्त्री स्वतंत्रता समेत सारे मुद्दे साथ में जुड़े हुए थे। बाद के वर्षों में ऐसे आंदोलन नहीं रह गए, जिनका राष्ट्रीय स्तर पर पहचान हो। बहुत थोड़े से, छिटपुट तौर पर बिखरे हुए से आंदोलन चल रहे हैं, जिनका प्रभाव समाज में समग्रता पर नहीं पड़ रहा है। सुभाषिनी अली, मेधा पाटकर, अरुंधती राय के आंदोलन क्षेत्र विशेष तक ही सीमित हैं। महिलाओं ने अपने मुद्दों को आंदोलन जैसा बनाया ही नहीं। महिलाओं की भागीदारी में तैंतीस प्रतिशत आरक्षण के मुद्दे को भी आंदोलन के रूप में नहीं चलाया गया; जिससे राजनीतिक सोच में परिवर्तन नहीं दिखाई पड़ रहा है। इसी प्रकार के अनेक मुद्दे समय-समय पर महिलाओं के हाथ आए, लेकिन वह इन पर आंदोलन नहीं चला सकीं।

प्र. : आजकल हिंदी की कुछ महिला पत्रिकाओं के नाम बताएँ?

उ. : इस क्षेत्र में मेरी बहुत जानकारी नहीं है। 'वामा', 'सरिता' और 'मनोरमा' रही हैं। वैसे इस समय उत्तर प्रदेश से हिंदी में कोई महिला पत्रिका नहीं निकल रही है। जो पत्रिकाएँ निकल भी रही हैं, वे दिल्ली या मुंबई से निकल रही हैं।

नूतन मिश्र वशिष्ठ, उत्तर प्रदेश की पहली महिला पत्रकार

प्र. : आपने पत्रकारिता का ही क्षेत्र क्यों चुना?

उ. : जब हम छोटे थे और उस समय जब हाई स्कूल का परीक्षा परिणाम निकलना

एक बड़ी घटना होती थी और समाचार-पत्रों के कार्यालय के सामने बहुत भीड़ जमा हुआ करती थी, उसे देखकर मेरे मन में इच्छा होती थी कि काश! कभी ऐसा हो कि हम कार्यालय के अंदर हों और बाहर भीड़ से कोई मुझसे परीक्षा का परिणाम पूछे और मैं बता सकूँ! फिर सन १९७८-७९ के दौरान प्रमोद जोशीजी से मुलाकात हुई और उन्होंने मेरा उत्साह बढ़ाया। तब 'स्वतंत्र भारत' समाचार-पत्र की एक पत्रिका निकलती थी—'स्वतंत्र भारत सुमन'। उस पत्रिका में मेरा पहला लेख प्रमोद जोशीजी ने छापा। उसके बाद लखनऊ से ही प्रकाशित 'अमृत प्रभात' समाचार पत्र विनोद श्रीवास्तवजी ने मेरे द्वारा कथक नृत्यांगना कुमकुम श्रीवास्तव से की गई एक भेंटवार्त्ता प्रकाशित की। उसके बाद सन् १९८१ में 'स्वतंत्र भारत' में प्रशिक्षु के तौर पर मेरी नियुक्ति हुई।

प्र. : उस समय पत्रकारिता के क्षेत्र में आने पर आपके परिवार की क्या प्रतिक्रिया रही?

उ. : विरोध तो नहीं हुआ, क्योंकि परिवार में मेरी माँ और बहन दोनों ही नौकरी करती थीं। मेरी माँ भारतीय बालिका विद्यालय में प्रधानाचार्य थीं। मेरे पिता यही चाहते थे कि मैं भी पत्रकारिता की जगह अध्यापन क्षेत्र में ही जाऊँ, लेकिन मेरी रुचि सृजनात्मक और कलात्मक क्षेत्र में अधिक थी। अपनी माँ को ढेरों-ढेर कॉपियाँ जाँचते देख मुझे कभी अच्छा नहीं लगता था, और मैंने तय कर लिया था कि मैं शिक्षण के क्षेत्र में नहीं जाऊँगी। आज मुझे बहुत खुशी है कि मैं इस क्षेत्र में आई व बहुत विद्वान् लोगों की संगत में मुझे बहुत सीखने को मिला। यह खुशी तब और बढ़ जाती है जब आज मुझे यह पता लगा कि मैं उत्तर प्रदेश की हिंदी पत्रकारिता में नौकरी करनेवाली पहली महिला पत्रकार हूँ। जब अनूप श्रीवास्तव और गुरुदेव नारायणजी ने मेरे पति रजनीकांत वशिष्ठ को 'स्वतंत्र भारत' समाचार-पत्र पर शोध करते समय यह बताया कि मैं पहली महिला पत्रकार हूँ।

प्र. : जिस समय आप आईं और आज पत्रकारिता के क्षेत्र में क्या अंतर पाती हैं?

उ. : जिस समय मैं इस क्षेत्र में आई, वह जमाना आज के समय से बहुत ज्यादा सुरक्षित था। मैं सांस्कृतिक क्षेत्र में होनेवाले कार्यक्रमों की समीक्षा किया करती थी। उस समय दीदी विजय नरेश अकसर संगीत के कार्यक्रमों में जाती थीं और मुझे बताया करती थीं। कई बार तो अपनी समीक्षा लिखकर उन्हें दिखाती थी, जिसमें वह मेरा दिशा-निर्देशन करती थीं। धीरे-धीरे मुझे संगीत और समीक्षा की समझ आने लगी।

प्र. : जिस समय आप पत्रकारिता के क्षेत्र में आईं, उस समय महिला पत्रकारों में और कौन-कौन काम कर रही थीं?

उ. : लेखन ऐसा कार्यक्षेत्र नहीं है, जिसमें नाम याद रह जाए। किसी भी खबर पर नाम मिलना भी बहुत बड़ी बात समझी जाती थी। उस समय हिंदी पत्रकारिता में कोई महिला पत्रकार नहीं थी। अंग्रेजी समाचार-पत्र 'नेशनल हेराल्ड' में सुनीता ऐरन काम कर रही थीं। इसके साथ ही कुछ महिलाएँ जो सामाचार पत्रों में काम कर रही थीं, वह डेस्क पर थीं, जिनमें 'नॉर्दन इंडिया' पत्रिका में शिखा, 'स्वतंत्र भारत' में इंदु अग्रवाल और उमा तथा 'पायनियर' में ललिता सुब्रह्मण्यम थीं। सुश्री सुब्रह्मण्यम की जींस-टॉप व पोनी बनाकर आने की स्टाइल मुझे बहुत आकर्षित करती थी। मुझे कुछ-कुछ याद पड़ता है कि उसी दौरान सांध्य समाचार में वंदना मिश्राजी आई थीं, जो सांस्कृतिक कार्यक्रमों में दिखती थीं।

प्र. : आपकी स्मृति में महिला पत्रिकाएँ और महिला परिशिष्ट किस प्रकार के थे और आज के महिला परिशिष्ट व पत्रिकाओं को किस प्रकार अलग पाती हैं?

उ. : उस समय महिला पत्रिकाओं और परिशिष्टों में मुख्य विषय पारिवारिक संबंध हुआ करते थे। घर-परिवार, सास-ससुर और पति के साथ संबंध, शिक्षा और नारी जागरण की बातें हुआ करती थीं। आज के समय में भी परिवारिक संबंध व पति-पत्नी के संबंधों आदि के विषय उतने ही समीचीन हैं, जितने तब हुआ करते थे। आज भी इन्हीं संबंधों पर लिखा जा रहा है, बस आज के जमाने में एक्सपोजर, खुलापन, ज्यादा आ गया है। उठना-बैठना, खान-पान, मेकअप, कपडों आदि पर ज्यादा लिखा जा रहा है।

प्र. : महिलाओं की स्थिति में समय के बदलाव के साथ क्या अंतर महसूस करती हैं?

उ. : महिलाओं को आज भी बहुत स्वतंत्रता नहीं मिली है। सीमित क्षेत्र की महिलाएँ ही अपनी ताकत का प्रयोग कर पाती हैं। थोड़ी बहुत जो वित्तीय स्वतंत्रता प्राप्त हुई है, वही इनकी स्थिति को बेहतर बना रही है।

प्र. : कार्यशील महिलाओं को अपने क्षेत्र और परिवार में उतना ही सम्मान मिलने लगा है जितना पुरुषों को मिलता है?

उ. : ऐसा नहीं है, घरवाले अब समझने जरूर लगे हैं, लेकिन घर में जितना आदर एक कमाऊ पुरुष को मिलता है, उतना कार्यशील महिला को नहीं मिलता है। स्त्री के अंदर कुछ कर पाने की छटपटाहट ही उसे बाहर काम करने पर मजबूर करती है, केवल

पैसा ही कारण नहीं होता है, लेकिन उसे लगातार घर में भी अपने आप को साबित करते रहना पड़ता है और बाहर भी साबित करते रहना पड़ता है। चाहे सिर काटकर दे दो, तब भी कहेंगे कि इसमें खून लगा हुआ है।

प्र. : आजकल की महिला पत्रकारों में कुछ नाम अगर आपको याद हों तो?

उ. : अनीता तिवारी, शिखा, तरन्नुम, मंजुल।

प्र. : उस समय की पत्रकारिता में और आज की पत्रकारिता में क्या अंतर है?

उ. : उस समय के संपादक लगातार पत्रकारों का उत्साहवर्धन किया करते थे। खबर देखते थे कि पत्रकार ने क्या लिखा है और कई बार स्वयं कार्यक्रमों में भी जाते थे, देखते थे कि पत्रकार उपस्थित है या नहीं। साथ ही दिशा-निर्देशन भी करते थे।

अविनाश उप संपादक

लखनऊ संस्करण दैनिक हिंदुस्तान।

प्र. : आजादी के पहले पत्रकारिता में स्त्री जागरण को लेकर जो प्रखर स्वर था, वह बाद में क्यों नहीं देखने को मिला?

उ. : आजादी के बाद नारी की स्थिति में बहुत परिवर्तन आ चुका है। आजादी के बाद भी नारी के लिए बहुत लिखा जाता रहा है, लेकिन उस अनुपात में दिखाई नहीं पड़ता है। इसका कारण लेखों का तथ्यपरक होना भी हो सकता है। पहले के मुकाबले सजेस्टिव यानी निर्देशित करनेवाले लेखों की संख्या में जरूर कमी आई है। पहले के लेखों में महिलाओं को घर की चाहरदीवारी के अंदर के बारे में ही सुझाव दिए जाते थे। घर में रहकर महिलाएँ क्या-क्या कर सकती हैं, सारा जोर इसी बात पर रहता था। आजादी के बाद महिलाओं से जुड़े विषय बदल चुके हैं, अब बाहर की दुनिया के दरवाजे उसके लिए खुल चुके थे। अब महिलाओं से जुड़े विषय बिलकुल बदल चुके थे। अब उन्हें घर के बाहर की दुनिया के बारे में जानना था। अब उनकी जरूरतें अलग थीं, अब उनकी चाहते अलग है। हालाँकि अब भी हिंदी की पाठिकाओं के लिए घर-गृहस्थी प्राथमिकताओं में शामिल थी।

प्र. : आजकल महिला पत्रिकाओं और परिशिष्टों में स्त्री संबंधी लेखन का जो रूप है, उसके विषय में क्या कहेंगे?

उ. : धीरे-धीरे विषयों में परिवर्तन आने लगा और विचारों में खुलापन आने लगा,

शैली में परिवर्तन से चीजों के नए मतलब दिखने लगे। समाज में शिक्षा, तकनीक और पत्रकारिता में बदलाव दिखाई पड़ने लगा। अस्सी के दशक में नई तकनीक के वजह से बहुत बड़ा परिवर्तन आया। एकदम से चीजें बदली हुई नजर आने लगीं। भूमंडलीकरण और उपभोक्तावाद ने स्त्री को उसकी पुरानी छवि से निकालकर उसे एक बिलकुल नई पहचान दी है। यह परिवर्तन सापेक्ष है। अभी यह नहीं कहा जा सकता है कि यह परिवर्तन सकारात्मक है या नकारात्मक, न ही अभी यहीं कहा जा सकता है कि यह परिवर्तन स्त्री को कहाँ लेकर जाएगा? हाँ, यह तय है कि अब निर्णय एक्स फैक्टर पुरुष सत्ता से हटकर वाई फैक्टर यानी स्त्री के पक्ष में आ चुकी है। आज स्त्री की पहचान व्यक्ति के रूप में बनने लगी है।

प्र. : हिंदी पत्रकारिता में स्त्री सहभागिता कितनी है?

उ. : महिला पत्रकारों की पहली पीढ़ी में अभी स्त्रियाँ पुरुषों की संख्या में बराबरी भले ही नहीं कर पा रही हों, लेकिन प्रतिभा में कोई कमी नहीं है। अगर स्त्री मीडियाकर और बुद्धू है तो पुरुष भी उसी अनुपात में मीडियाकर और बुद्धू है। हाँ, आजकल स्वतंत्रता पर अधिक जोर होने के कारण पत्रकारिता के मिशन के पक्ष को वे भले ही न अपना पा रही हों, लेकिन उन्हें सौंपे जानेवाले कार्य को पूरी जिम्मेदारी और मुस्तैदी से अंजाम देती हैं, बल्कि यह कहा जाए कि पुरुषों के मुकाबले ज्यादा जिम्मेदारी, ज्यादा तत्परता से लगातार काम करती रहती हैं। कुछ महिला पत्रकार बड़ी तेजी से उभरती हैं, लेकिन टिकती नहीं हैं, इसका कारण उनकी अपनी पसंद होती है। वे अपने पारिवारिक दायित्व को अधिक महत्त्व देती हैं, उसमें पत्रकारिता क्षेत्र का कुछ लेना-देना नहीं है। समय के साथ अब यह तय हो गया कि स्त्री पुरुष से अलग प्राणी है। आज के समय में हिंदी में महिला पत्रिकाएँ अच्छी नहीं निकल रही हैं, लेकिन 'हिंदुस्तान', 'जागरण', 'अमर उजाला' सभी दैनिक समाचार-पत्रों के 'महिला परिशिष्ट' बहुत अच्छे निकल रहे हैं।

प्र. : आजकल की पत्र-पत्रिकाओं में शृंगारिकता का प्रतिशत कितना है?

उ. : शृंगारिकता पहले के मुकाबले बहुत बढ़ गई है। लेकिन जब तक फूहड़ता, नग्नता या चरित्र हनन नहीं किया जाता, तब तक इसमें कोई हर्ज भी नहीं है। संप्रेषण अभिव्यक्ति और यथार्थ तीनों के बीच कहीं विरोध है। कुछ लोग इसे पत्रकारिता की परिपवक्ता मानते हैं। अखबार एक मास मीडिया की चीज है, केवल स्त्री-पुरुष, बच्चों और परिवार की चीज नहीं है। नंगई और ग्लैमर के बीच एक बहुत पतली रेखा है, जिस रास्ते पर हम जाने की कोशिश कर रहे हैं। पुरुष के अंडरवियर बेचने के लिए अगर नंगी औरत की जरूरत है तो इसमें उस रास्ते की कोई गड़बड़ी नहीं है, जिस रास्ते से अच्छी

चीज ले जा सकते हैं, उस रास्ते से बुरी चीज भी ले जा सकते हैं। अब ये ले जाने वाले को तय करना है कि वह क्या ले जा सकता है। अप्रतिभावान के खिलाफ एक सामूहिक नकार का भाव अभी भी बना हुआ है और ऐसी अप्रतिभावान् लड़कियाँ बहुत दूर तक नहीं जा सकती हैं। व्यावसायिकता का तकाजा इतना बढ़ चुका है कि ऐसे अप्रतिभावान व्यक्ति बहुत दूर तक नहीं जा सकते हैं। महिलाओं की बड़ी संख्या इसे पसंद भी करती है। विज्ञापनों में महिला के प्रदर्शन को उत्पाद से जुड़ा मान लिया जाता है, यह एक अलग मुद्दा है। समकालीन महिला पत्रकारों में हमारी संपादक मृणाल पांडे, मणिमाला, लखनऊ की पत्रकारों में आपका नाम है सुधा, सरिता सिंह, रचना सरन, स्व. वंदना गुप्ता, जो अब हमारे बीच नहीं हैं; मुकुल मिश्र, किरन, सरिता चंद्रा आदि। आजकल की पत्रकारों में अनीता तिवारी, शिखा निगम, अरुणिमा सोनी, दीक्षा गुप्ता, अरशाना अजमत आदि।

कवि नरेश सक्सेना से साक्षात्कार

प्र. : स्वतंत्रता के पूर्व हिंदी पत्रकारिता में नारी जागरण, नारी शिक्षा के मुद्दे ज्यादा मुखर थे। स्वतंत्रता के पश्चात् वह मुखरता नहीं रही, क्या कारण हैं, उस समय केवल स्त्री ही नहीं, सभी मानवीय मूल्यों, आदर्शों के प्रति पत्रकारिता में संवेदनशीलता थी?

उ. : आजादी के बाद भी कुछ दिनों तक वे सभी आदर्श रहे, लेकिन धीरे-धीरे वे समाप्त हो गए। हम सब सोचते थे कि जिन मानवीय मूल्यों को लेकर हमने आजादी की लड़ाई लड़ी थी, उन्हें लेकर हमें आजादी के बाद सभी रूढ़ियों से मुक्ति मिल जाएगी। उस समय 'दीदी' और 'चाँद' जैसी पत्रिकाएँ निकलती थीं, जिनमें नारी जागरण के साथ-साथ सभी मानवीय मूल्यों को लेकर अंक निकलते थे। शुरू-शुरू में आदर्श स्थापित करने के चर्चे और प्रतीक भी चले। कुछ समय तक सत्ता भी उन लोगों के पास रही, जिन्होंने आदर्श स्थापित करने का प्रयास किया। लेकिन धीरे-धीरे दूसरी तरह की ताकतें सत्ता पर हावी होने लगीं। यह बदलाव केवल भारत में ही नहीं, बल्कि पूरी दुनिया में हुए। हम जिन देशों अमेरिका, कनाडा को बहुत प्रगतिवादी जानते हैं, वहाँ भी स्त्रियों की दशा भारत से अलग नहीं है। सन् १९८० के दौरान मुझे अमेरिका, कनाडा आदि देशों में जाने और काफी दिनों तक रहने का अवसर मिला। मैंने वहाँ लाइब्रेरी एयरपोर्ट पर पोस्टर और चेतावनी लगी देखी, जिसमें स्त्रियों को सलाह दी गई थी कि पुस्तकालयों में वे एकांत होने पर न रुकें, सुनसान रास्तों से न जाएँ आदि। यहाँ तक कि एयरपोर्ट पर एक पोस्टर लगा था, जिसमें यह बताया गया था कि हर तीस मिनट पर कहीं कोई स्त्री शोषण का शिकार हो रही है।

प्र. : आज की हिंदी पत्रकारिता में स्त्री की जो छवि प्रस्तुत की जा रही है, आप उसका क्या कारण समझते हैं?

उ. : एक बहुत बड़ा तंत्र इस सब के पीछे लगा हुआ है। पहले स्त्री के साथ घर-परिवार, बच्चों की चर्चा होती थी। माँ बच्चे की पहली शिक्षिका होती है, आज ये सब बातें भुला दी गई हैं। विज्ञापनों की दुनिया बड़ी आक्रामक, व्यापारिक और व्यक्तिवादी है। इन बाजारी शक्तियों का उपयोग किए बिना स्त्री का गुजारा नहीं है। इस उपयोग में उसका बिगड़ना निश्चित है। आज हिंदी पत्रकारिता मे स्त्री को एक व्यक्ति के रूप में क्या चाहिए, यह किसी की चिंता का विषय नहीं है। पहले स्त्री की आलोचना इसलिए होती थी कि वह अनुत्पादक है और आज उसके शोषण का सबसे बड़ा कारण उसका उत्पादक होना है। स्त्री के व्यक्तित्व उसकी प्रतिभा क्षमता का आकलन कोई करने को तैयार नहीं है। टी.वी. पर एक धारावाहिक आता था 'जस्सी जैसी कोई नहीं', जिसमें एक लड़की जस्सी थी, जो बहुत सुंदर नहीं थी, लेकिन अपनी बुद्धि-विवेक के कारण उसकी पहचान बन रही थी और धारावाहिक की टी.आर.पी. भी काफी बढ़ गई थी, लेकिन बाजारवाद के चलते धारावाहिक की हीरोइन जस्सी को सुंदर बनाने के लिए प्रयास किए जाने लगे और इन प्रयासों को पूरी तौर पर हर प्रक्रिया का प्रदर्शन धारावाहिक में किया जा रहा था कि उसे किस तरह से खुबसूरत बनाया जा रहा है, क्योंकि इनके पीछे सौंदर्य प्रसाधन सामग्रियों के निर्माताओं का पूरा दबाव था कि कहीं ऐसा न हो कि कल को लड़कियों की ऐसी जमात पैदा हो जाए, जिनकी रुचि सुंदरता बढ़ाने में नहीं हो, तब उनके उद्योगों का क्या होगा। इस पूरी सोच ने एक बहुत अच्छी सोचवाले धारावाहिक का अंत एक हादसे की तरह से कर दिया।

प्र. : कुछ महिला पत्रकारों के नाम बताएँ, जिन्होंने आपको प्रभावित किया हो।

उ. : स्त्रियाँ आज हर क्षेत्र में अपना स्थान बना रही हैं और ऊँचाइयों तक भी पहुँच रही हैं। उनके योगदान को नकारना अब कठिन है। हिंदी पत्रकारिता में जो भी महिलाएँ आती हैं, वे बहुत दिन तक टिकती नहीं हैं। एकआध लेख से जब उनकी पहचान बनने लगती है तब वे अचानक नेपथ्य में चली जाती हैं। कई बार वे ऐसी पत्र-पत्रिकाओं में लेखन करती हैं, जहाँ पर उनकी पहचान और आवाज दबकर रह जाती है। बहुत नाम तो मुझे याद नहीं हैं, लेकिन 'स्वतंत्र भारत' समाचार पत्र में गौरा पंत, शिवानीजी का स्तंभ 'वातायन' छपता था। आजकल 'दैनिक जागरण' में वंदना मिश्र का स्तंभ चल रहा है। वे विविध विषयों पर बहुत अच्छा लिख रही हैं, लेकिन वे जिस अखबार में लिख रही हैं, उस स्तंभ के पाठक उस समाचार-पत्र के पाठक नहीं हैं।

प्रभु झिंगरन : मीडियाविद् एवं पूर्व निदेशक, दूरदर्शन केंद्र, लखनऊ

प्र. : आप जब पत्रकारिता के क्षेत्र में आए, उस समय पत्रकारिता में महिलाओं की स्थिति कैसी थी?

उ. : सन् १९७५ में जब मैं पत्रकारिता के क्षेत्र में आया, उस समय पत्रकारिता में महिलाओं का नाम सुनाई नहीं पड़ता था। एकआध लेख चंद्रकिरण सोनरेक्सा के याद पड़ते हैं। जब मैं बनारस यूनिवर्सिटी में पत्रकारिता की शिक्षा ले रहा था, तब मेरी कक्षा में दो लड़कियाँ भी थीं, जिसमें एक आभा जैन थी, जो सन् १९७७ तक लिखती रहीं, उसके बाद उनकी सूचना नहीं है। सन् १९८० में मैं लखनऊ आया और 'नवभारत टाइम्स' के लिए काम करता था, उस समय तक कुछ गिनी-चुनी स्त्रियाँ पत्रकारिता के क्षेत्र में आ चुकी थीं, जिसमें मेहरू जाफर, राधिका सुब्रह्मण्यम और सीमा मुस्तफा प्रमुख थीं। उस समय तक इलेक्ट्रॉनिक मीडिया भी शुरू हो चुका था और कुछ महिलाएँ इस क्षेत्र में भी आ रही थीं, जिनमें सबा जैदी का नाम लिया जा सकता है। उस समय सारी लड़कियों ने काफी मेहनत और समर्पण के साथ कार्य किया, लेकिन बाद में उनके नाम अखबारों में देखने को नहीं मिले। आज तो ढेरों महिलाओं के नाम पत्रकारिता में मिल जाएँगे, जो बड़ी मेहनत के साथ काम करके अपना नाम और पहचान इस क्षेत्र में बना रही हैं। लेकिन यह कहना कठिन है कि वे कितने दिन तक इस क्षेत्र में रुकी रहेंगी। महिला पत्रकारिता की सबसे बड़ी कमी यही है।

प्र. : पहले के पत्र-पत्रिकाओं और आज के पत्र-पत्रिकाओं में क्यों अंतर देखने को मिलता है?

उ. : पहले पत्रकारिता एक सामाजिक जागरण का हथियार थी, अब ऐसा नहीं रह गया है। आज अखबार अपना हित साधने का जरिया बनते जा रहे हैं। विज्ञापन और धन दो ही चीजें प्रमुख रह गई हैं, बाकी वे सभी चीजें जिनसे समाज का कुछ लेना-देना है, पीछे छूट गई हैं। किसी भी अखबार को निकालने के लिए विज्ञापन और धन जरूरी होते हैं, लेकिन आज के अखबारों के नियंत्रणकर्ताओं की सोच में पत्रकारिता के लिए कोई जगह नहीं है। आज पूरा का पूरा पहला पृष्ठ विज्ञापन को दे दिया जाता है, जबकि ऐसा कभी सोचा भी नहीं जा सकता था। यही कारण है कि अनेक लोकप्रिय पत्रिकाएँ, जो कभी घर-घर में पढ़ी जाती थीं, वे सब बंद हो चुकी हैं। पत्रकारिता की प्राथमिकताएँ अब तेजी से बदल रही हैं। बड़ा सतही तौर पर काम किया जा रहा है। पत्रकारिता की सही जानकारी न है और न करने की कोशिश की जा रही है। सही मायनों में अखबार धीरे-धीरे उद्योग बन गए हैं।

सरिता सिंह, पूर्व प्रमुख संवाददाता, 'हिंदुस्तान'

प्र. : क्या कारण था कि आजादी की लड़ाई में महिलाएँ भारी संख्या में शामिल थीं, लेकिन बाद के दिनों में समाज के मुख्यधारा में उनकी भागीदारी दिखाई नहीं पड़ी?

उ. : आजादी की लड़ाई के समय के आंदोलन में बड़ी भारी संख्या में महिलाएँ घर से बाहर आईं और स्वतंत्रता आंदोलन में भाग लिया। आगे की पूरी एक पीढ़ी महिलाओं की ऐसी रही, जिस पूरी पीढ़ी ने औरत की तरह घर में रहने की सोची, उसे परिवार और बच्चों की चिंता अधिक थी। उसे परिवार और बच्चों के विकास की चिंता अपनी उन्नति से अधिक थी। नए भारत के निर्माण में महिलाओं को घर से बाहर लाने वाला कोई नहीं बचा था। इसलिए भारत के विकास में एक बहुत लंबा समय ऐसा है, जिसमें स्त्रियों की भागीदारी नहीं दिखाई पड़ती है। बीस साल पहले जब तक इंदिरा गांधी सत्ता में नहीं आईं तब तक यही स्थिति बनी हुई थी। जनता आंदोलन के समय एक बार फिर से महिलाएँ घरों से निकलकर समाज की मुख्यधारा में शामिल हुईं।

प्र. : आजादी के समय में स्त्री जागरण को लेकर पत्र-पत्रिकाएँ जितना मुखर थीं, बाद में उनके स्वर में वह तेजी नहीं रही?

उ. : आजादी के पहले, आजादी के बाद और आज तीनों समय में अखबारों और पत्रिकाओं में जो भी लिखा जा रहा है, उसमें और उस समय के विषयों में केवल पाँच प्रतिशत का अंतर देखने को मिलता है। स्वतंत्रता के समय एक आंदोलन को ध्येय बनाकर महिलाएँ घर से बाहर निकल आई थीं और अपना योगदान दिया। समग्रता में स्त्रियाँ समाज की मुख्यधारा में शामिल नहीं हुई थीं, क्योंकि केवल ५ प्रतिशत से भी कम औरतें पढ़ी-लिखी थीं। समाज की सारी नीतियाँ पुरुषों की जिम्मेदारी थी और औरतों ने भी अपने लिए कोई समय नहीं निकाला। इसके लिए पुरुषों के साथ-साथ स्त्रियाँ भी बहुत दोषी हैं।

प्र. : पहले के पत्र-पत्रिकाओं में महिलाओं के लिए जो स्तंभ लिखे जाते थे और आज जो लिखे जा रहे हैं, उनमें क्या अंत है?

उ. : आज के अखबारों में जो कुछ लिखा जा रहा है, उसमें मेकअप, शादी, लहँगा, चोली, पुरुष समाज को कैसे कैटर करें—इसी पर सारी पत्रकारिता केंद्रित है। सच्चाई यह है कि आजादी के पहले जो स्त्रियों के लिए लिखा जा रहा था वह भी पुरुष की पसंद था, और आज जो लिखा जा रहा है, वह भी पुरुष की ही पसंद है। आजादी के पहले पुरुषों की इच्छा थी कि स्त्रियाँ घरों में रहकर घर परिवार की सेवा करें, अगर शिक्षित हैं तो

उसका प्रयोग घर-गृहस्थी और परिवार की देखभाल के लिए करें, अपने विकास और अपने व्यक्तित्व की पहचान के लिए नहीं। आज भी वही छपता है जो पुरुषों की इच्छा है। स्त्रियाँ घर और बाहर सँभालें, परिवार में सुघढ़ गृहिणी बनकर रहें और परिवार के बाहर पार्टियों की शान बनकर चलें। यह पुरुष की ही इच्छा है, जो स्त्री को समग्रता में चाहता है कि उसमें हर रूप उपस्थित होना चाहिए। जिस समय औरतें घर से बाहर नहीं निकली थी, तब भी उन्होंने समाज का विकास निरंतर किया है, भले ही वह अपने लिए कुछ न कर पाई हो। आज की पीढ़ी के बच्चे जो एक से एक नए क्षेत्रों की ईजाद कर रहे हैं—शहर, देश ही नहीं अंतरराष्ट्रीय स्तर पर अपनी पहचान बना रहे हैं, इसके पीछे केवल घर की स्त्रियों का ही योगदान है। खासकर उन पढ़ी-लिखी औरतों का, जिन्होंने अपनी सारी क्षमता, प्रतिभा और परिश्रम को एक पीढ़ी को आगे बढ़ाने के लिए लगा दिया। आज गृहिणियों का बहुत निरादर किया जाता है कि वे कुछ नहीं करती हैं, जबकि उसी स्त्री के बलिदान और परिश्रम की वजह से सारा परिवार सुखी, संतुष्ट और विकासशील है। समाज को देश को ऐसी औरतों के प्रति आभारी होना चाहिए। समाज को ऐसी परिस्थितियों का निर्माण करना चाहिए कि घर में जो औरत रह रही है, वह गर्व से कहे कि मैं अगली पीढ़ी को विकास के पथ पर ले जा रही हूँ। लेकिन दुःख की बात है कि ऐसा नहीं हो रहा है, जिसकी वजह से स्त्रियाँ बहुत जरूरत न होने पर भी कार्यशील हो रही हैं और बच्चों पर आवश्यक ध्यान नहीं दे पा रही हैं। परिवारों में बिखराव हो रहा है। अनेक नए प्रकार की मानसिक बीमारियाँ समाज में आ रही हैं।

आज की महिला पत्रिकाओं ने अपना लक्ष्य भुला दिया है, वे ये भूल चुकी हैं कि पत्रिका का लक्ष्य बाजार है या महिलाएँ। ये पत्रिकाएँ महिलाओं के लिए निकल रही हैं या उत्पाद के लिए। पत्रकारिता सामाजिक बदलाव का एक बहुत बढ़िया औजार है और यह बहुत जरूरी है कि उसकी क्षमता उसका दृष्टिकोण क्या है। वह इनसान को क्या दे रहा है? लंबे समय तक अनिश्चित निरर्थक वस्तुएँ मनुष्य को नहीं दी जा सकती हैं। आदर्श ही एक ऐसी चीज है, जिसके मूल्य हमेशा एक से रहते हैं, बाकी सबकी कीमत समय के साथ बदलती रहती है। पत्रकारिता में आगे बढ़ने के लिए सबसे जरूरी है नेतृत्व का सहयोग। अगर नेतृत्व आपको सहयोग और बढ़ावा देता है तब आप कुछ भी कर सकते हैं। पत्रकारिता समग्र विकास का हथियार है, अकेले कोई कुछ भी नहीं कर सकता है। मैं अपने साथ घटी एक घटना बताती हूँ कि बाबरी मसजिद ढहने के समय जब पूरी दुनिया के ढाई सौ पत्रकार, जिनमें कुल आधा दर्जन महिलाएँ थीं, उस समय बाबरी मसजिद ढहने की जो खबरें लिखी गईं, उसके अलावा वे तीन दिन जो हमने अयोध्या में गुजारे, उनपर मैं एक व्यक्तिगत सोच को लेकर कुछ लिखना चाह रही थी। उस समय हमारे प्रधान संपादक घनश्याम पंकजजी से मैंने केवल इतना कहा कि मैं कुछ

और लिखना चाहती हूँ कि उस समय क्या महसूस हो रहा था उससे जुड़ा हुआ। उन्होंने बिना एक मिनट गँवाए मुझे लिख लाने को कहा। मैं ऐसा मानती हूँ कि वे रिपोर्टिंग, जिसे मैं डायरी कहना पसंद करूँगी, मेरी पत्रकारिता जीवन के सबसे अच्छी खबर थी, जिसे पंकजजी ने केवल हेडिंग लगाकर छपने भेज दिया था। आज मुझे बहुत गर्व होता है कि हिंदी पत्रकारिता ही नहीं, संपूर्ण भारतीय पत्रकारिता में उसके बाद घटनाओं से जुड़ी डायरियाँ लिखने की परंपरा चली।

प्र. : जिस समय आप पत्रकारिता में आईं, उस समय की महिला पत्रकारों के बारे में कुछ बताएँ?

उ. : जिस समय मैं पत्रकारिता में आई, उस समय नलिनी सिंह इलेक्ट्रॉनिक मीडिया पर छाई हुई थीं। उनका बेबाक नजरिया, मुद्दों की पकड़ और मुद्दों की संवेदना मुझे बहुत लुभाती थी। इसके अलावा मणिमाला, नासिरा शर्मा के नाम मेरी स्मृति में हैं। मेरी साथियों में सुधा, मुकुल, रोमा सिन्हा, डॉ. सीमा जावेद, रचना सरन, अनिता तिवारी, अरुणिमा सोनी आदि पत्रकार अच्छा लिख रही हैं और सराही भी जा रही हैं।

गजाल जैगम (फिल्म अधिकारी सूचना विभाग, उत्तर प्रदेश)

प्र. : आपने पत्रकारिता का क्षेत्र ही क्यों चुना?

उ. : मैं सुल्तानपुर के गाँव से आती हूँ। मेरे परिवार में पढ़ने-लिखने का बहुत अच्छा माहौल हुआ करता था। उस जमाने में हिंदी, अंग्रेजी और उर्दू की सभी अच्छी पत्रिकाएँ मेरे घर में आती थीं, जिनमें इलेस्ट्रेटेड वीकली, शमा, धर्मयुग, मनोरमा, चंदा मामा, खिलौना आदि थीं। पत्रकारिता का आरंभ कहानी लेखन से किया। कुर्तुलुन हैदर और अमरकांत को पढ़ा और उन्हीं से जानकारी प्राप्त की। इलाहाबाद में शिक्षा के दौरान महिला पत्रिका मनोरमा में लिखने लगी और वहीं से पत्रकारिता आरंभ हुई।

प्र. : जिस समय आप पत्रकारिता के क्षेत्र में आईं, उस समय स्त्री संबंधी लेखन किस प्रकार का था, उसकी प्राथमिकताएँ क्या-क्या थीं और आज की प्राथमिकताओं से कितना अलग थीं?

उ. : जिस समय मैंने 'मनोरमा' में लिखना शुरू किया, उस समय प्रधान संपादक अमरकांतजी और संपादक ममता कालिया हुआ करती थीं। उस समय मनोरमा ही नहीं, सभी महिला पत्रिकाओं में स्त्री की छवि को सारी दुनिया की अच्छी बातों से जोड़ने की कोशिश की जाती थी। आजकल की पत्रकारिता में महिलाएँ पुरुषों के कदम-से-कदम,

कंधे से कंधा मिलाकर चल रही हैं, लेकिन आज बाजार ने उनकी भावनाओं की सुंदरता को छीन लिया है। हिंदुस्तानी महिला की अंदर की जो खूबसूरती कही जाती थी, उसको खो दिया है। आज घर-परिवार की प्राथमिकता छोड़कर सारी दुनिया की चीजें महिला पत्रिकाओं में मिलती है। महिला जागरण के काल में पत्रिकाओं में लेखन का केंद्र घर-परिवार, पति को वश में रखना हुआ करता था, लेकिन अब उसकी व्यक्तिगत पहचान पर सबसे ज्यादा जोर दिया जा रहा है, जिसके लिए घर-परिवार, पति, बच्चे सबको छोड़कर केवल उसकी अपनी बात ही की जाती है। केवल एक बात आज की पत्रकारिता में बेहतर दिखाई पड़ती है कि अब स्त्री को मनुष्य की तरह समझा जा रहा है, उसे एक कमतर प्राणी नहीं माना जा रहा है। सभी भाषाएँ चाहे हिंदी, अंग्रेजी हो, सभी खराब हुई हैं, उनके उपयोग का तरीका बदल गया है। बातचीत का लहजा और जबान का कचूमर निकाल दिया गया है। पहले बड़े घरों की महिलाएँ नाम के लिए पत्रकारिता में आया करती थीं और उसका लाभ उठाया करती थीं। आज भी आई.ए.एस., आई.पी.एस. परिवारों की पत्नियाँ, बेटियाँ पत्रकारिता में आ रही हैं और यह दोनों स्थितियाँ पत्रकारिता के लिए हानिकर हैं। ऐसा नहीं है कि स्वतंत्रता के पूर्व डॉ. रशीद जहाँ और इस्मत चुगताई जैसी लेखिकाएँ बहुत 'बोल्ड' विषयों पर लिख रही थीं। वे जो कुछ भी लिख रही थीं, वे उसी विचारधारा को मानती भी थीं। उस समय प्रतिबद्ध लेखन होता था, जिसकी सोच फौजियों की तरह केवल अपने लक्ष्य पर होती थी।

प्र. : आज की महिला पत्रिकाओं में शृंगारिकता का कितना महत्त्व है?

उ. : आज की महिला पत्रिकाओं में शृंगारिकता बहुत ज्यादा बढ़ गई है। ग्लैमर और मॉडर्निज्म के नाम पर जाने क्या-क्या परोसा जा रहा है। स्त्री के व्यक्तित्व को बेहतर बनाने के लिए इनमें लगभग कुछ नहीं होता, बस उसके शरीर की त्वचा, बाल कैसे खूबसूरत बनें और दिखें इस पर ज्यादा जोर होता है। सच्चाई यह है कि पहले की पत्रिकाओं में स्त्री शिक्षा स्त्री के विकास की जो बातें होती थीं, वे उसके व्यक्तित्व को उठाने वाली होती थीं और आज केवल उसको सुंदर दिखाने और परोसनेवाली बातें ही ज्यादा होती हैं। सही मायनों में कहें तो पहले कपड़े पहने रहती थीं, लेकिन खयाल-रौशन हुआ करते थे। अब जहनियत में अँधेरा है और बाहर चमक-दमक दिखाई पड़ती है।

प्र. : आज की महिला पत्रिकाओं एवं महिला परिशिष्टों के विषयों के चयन कैसे रहते हैं?

उ. : आज की महिला पत्रिकाओं और परिशिष्टों में विषयों की पुनरावृत्ति ज्यादा की जाती है। नए विषय कम दिखाई पड़ते हैं, बल्कि कई बार तो सभी पत्रिकाएँ एक ही

जैसे विषयों पर लिखी दिखाई पड़ती हैं। मनोरमा उस समय घरेलू पत्रिका मानी जाती थी, लेकिन उसकी भाषा बहुत साहित्यिक हुआ करती थी। स्त्री घर-बच्चों, पति की कैसे देखभाल करे, बच्चों, पति और अपने स्वास्थ्य की देखभाल कैसे करें—ऐसे विषय आया करते थे। आज के विषय ऐसे होते हैं कि अपने को कैसे सुंदर दिखाए, पति को कैसे रिझाएँ। ४० साल की उम्र के बाद पुरुष दूसरी महिलाओं की तरफ आकर्षित होते हैं, ऐसे विश्लेषण स्त्री की मानसिकता और यौनिकता दोनों को ही नुकसान पहुचाते हैं।

प्र. : पहले के विज्ञापन और चित्र आज के विज्ञापन और चित्रों से कैसे अलग हैं?

उ. : पहले के विज्ञापन और चित्र विषय प्रधान हुआ करते थे, उनके विज्ञापन प्रमुख हुआ करते थे। अब चाहे पत्रिकाएँ हों या समाचार-पत्र, उनके चित्रों और विज्ञापनों में स्त्रीदेह ही प्रधान होती है, उसी से सारा विज्ञापन चलाया जा रहा है। उत्पाद की कोई विशेष पहचान विज्ञापनों में नहीं रहती है।

कुमकुम शर्मा
(संपादक, उत्तर प्रदेश)

प्र. : जब आप पत्रकारिता के क्षेत्र में आईं, उस समय महिला पत्रिकाओं की क्या स्थिति थी?

उ. : पत्रकारिता का आरंभ इलाहाबाद से शिक्षा के दौरान किया। सबसे पहले 'मनोरमा' मासिक पत्रिका से जुड़ी। उस समय ममता कालिया, अमृता प्रीतम जैसी महिलाएँ हमारी आदर्श हुआ करती थीं। 'धर्मयुग', 'साप्ताहिक हिंदुस्तान', 'सारिका', 'हंस' और 'मनोरमा' जैसी पत्रिकाएँ ही बहुतायत से पढ़ी जाती थीं।

प्र. : पूर्व के महिला परिशिष्ट और महिला पत्रिकाओं के विषय तथा आज के महिला परिशिष्ट और महिला पत्रिकाओं में क्या अंतर है?

उ. : महिला परिशिष्ट और महिला पत्रिकाओं के विषय आज से २० साल पहले जो थे, वही आज भी हैं। उस समय विषयों में सामाजिक भावना प्रधान हुआ करती थी। स्त्री को आगे बढ़ने की प्रेरणा देनेवाले लेख लिखे जाते थे, आगे बढ़नेवाले अवसरों की जानकारी दी जाती थी। आजकल सेक्स, ग्लैमर जैसे विषयों पर अधिक लिखा जा रहा है। समाज की जरूरत के विषय पीछे छूट गए हैं। दहेज, महिला उत्पीड़न जैसे विषयों पर कम लिखा जा रहा है। यह सही है कि उस समय पत्रकारिता में महिलाएँ ज्यादा नहीं आ रही थी, आजकल उनकी संख्या बढ़ी है। महिला परिशिष्ट और आज के महिला विशेषांक

में उनके नाम ज्यादा हैं, लेकिन दुःख की बात यह है कि आज सजे-सँवरें, रंगीन, चमकदार महिला परिशिष्ट हों या महिला पत्रिकाएँ देखने में भले ही वे सुंदर और लुभावने लगते हों, लेकिन उनका असर समाज में नहीं के बराबर पड़ रहा है। आज पत्रिकाएँ और अखबार पढ़े नहीं, बल्कि देखे जाते हैं, उसका कारण यह है कि लेखकों की प्रतिबद्धता अपनी विचारधारा के साथ नहीं है, वे लिखते कुछ हैं, बोलते कुछ हैं। हम लोगों के समय में यशपाल जैसे कम्युनिस्ट लेखक थे, जो अपनी विचारधारा को लेकर ही लेखन करते थे। उनकी सोच, उनका लेखन, उनकी विचारधारा को परिलक्षित करता था, जिसका समाज में असर भी पड़ता था।

प्र. : आज मीडिया में स्त्री की छवि जो परोसी जा रही है, उसके बारे में क्या कहेंगी?

उ. : मीडिया आज स्त्री की छवि को बहुत विकृत करके परोस रहा है। विज्ञापन बहुत भद्दे आ रहे हैं। उसकी पहचान स्त्री देह के कारण ही बन रही है। औरतें लगातार समझौते कर रही हैं और अपने आप को पहचान नहीं पा रही हैं। आज मीडिया में ऐसी ही स्त्रियों की आवश्यकता है जो मीडिया का इस्तेमाल करना जानती हों। स्वतंत्रता के पश्चात् स्त्री का एक आदर्श सन्नारी का रूप प्रस्तुत किया जाता था, परंतु आज उसके उलट रूप प्रस्तुत किया जा रहा है, जो उसकी असली पहचान नहीं है। यह एक षड्यंत्र सा लगता है कि कभी उसे देवी बना दिया जाता है और कभी वेश्या! इलेक्ट्रॉनिक मीडिया ने तो स्त्री की छवि की और दुर्दशा कर रखी है। हर धारावाहिक में औरतें केवल षड्यंत्र करती हुई दिखाई पड़ रही हैं। ये धारावाहिक औरत को 'प्रमोट' कम करते हैं, उसकी छवि को विकृत अधिक करते हैं। हिंदी पत्रिकाओं में 'गृहशोभा', वनिता आदि अनेक पत्रिकाएँ निकल रही हैं, लेकिन उनमें से एक भी पढ़ने जैसी नहीं लगती हैं।

प्र. : आजादी के पश्चात् की हिंदी भाषा और आज की पत्रकारिता की भाषा में क्या अंतर है?

उ. : हिंदी पत्रकारिता की भाषा में भी बहुत परिवर्तन आए हैं। पहले पत्रकारिता की भाषा साहित्यिक, संस्कृतनिष्ठ हुआ करती थी। आज हिंदी-अंग्रेजी की मिली हुई एक सहज भाषा है।

रूमा सिन्हा, विज्ञान पत्रकार, राष्ट्रीय सहारा

प्र. : स्वतंत्रता के पश्चात् पत्र-पत्रिकाओं में स्त्री की जो छवि थी और आज की पत्र-पत्रिकाओं में जो छवि है, उसमें क्या अंतर है?

उ. : आज स्त्री की जो छवि पत्र-पत्रिकाओं में छप रही है, वो बहुत रंगीन और मसालेदार है। उससे समाज को क्या लाभ मिल रहा है यह तो पता नहीं, लेकिन उसकी छवि विकृत हो रही है यह तो तय है। महिला जागरण और महिला सशक्तीकरण की बात करें तो महिला एक वस्तु के रूप में अखबार-पत्रिकाओं में इस्तेमाल की जा रही हैं। उसका यह रूप एक खास वर्ग को बहुत लुभाता भी है। आज एक बड़ी संख्या में महिलाएँ अपनी देह की कीमत को समझने लगी हैं और वे उसे कैश भी करा रही हैं। इसमें उन्हें कोई आपत्ति भी नहीं है। विज्ञापनों की स्थिति और भी बुरी है, आदमियों के लिए दिए जाने वाले वस्तुओं के विज्ञापन में न तो आदमी दिखाई पड़ता है और न वस्तु। केवल औरत ही कम कपड़ों में दिखाई पड़ती है। यह एक पुरुष वर्ग की बहुत बड़ी साजिश है, जो औरत की प्रतिभा, योग्यता को खत्म कर रहा है और उसकी प्रगति को यहीं पर रोक रहा है; क्योंकि औरत की प्रगति से कहीं-न-कहीं पुरुषों का एक बहुत बड़ा वर्ग कुंठित है।

प्र. : हिंदी पत्रकारिता के लिए विज्ञान एक नया विषय था, आपने इसे क्यों चुना?

उ. : विज्ञान समाज के विकास और जागरूकता के लिए बहुत जरूरी चीज है। समाज के विकास और प्रगति की राह में उसकी क्षमता को बढ़ाने में विज्ञान कहीं-न-कहीं बहुत उपयोगी भूमिका निभाता रहा है। एक आम आदमी की भाषा में विज्ञान के जनोपयोगी रूप और शोध अध्ययनों को पत्रकारिता के माध्यम से समाज के सामने रखने का मेरा एक प्रयास था, जिसमें मैं काफी सफल भी मानी जाती हूँ। हालाँकि इसके लिए काफी जद्दोजहद भी करनी पड़ी। जब मैं पत्रकारिता के क्षेत्र में आई, उस समय पर्यावरण प्रदूषण, जल संरक्षण और विज्ञान सभी पत्रकारिता के हाशिए पर थे। इन सब विषयों के लिए समाचार-पत्रों में कोई जगह नहीं थी। इन समाचारों को प्राथमिकता भी नहीं दी जाती थी, जगह खाली होने पर ही विज्ञान संबंधी लेख छप पाते थे। इसका बहुत बड़ा कारण था कि हिंदी के समाचार-पत्र साइंस से जुड़े समाज में जाते ही नहीं थे, जिसकी वजह से दोनों तरफ से एक-दूसरे के प्रति अनदेखा व्यवहार बना था। जब मैंने 'दैनिक जागरण' में इन विषयों को लेकर स्तंभ आरंभ किया तब शुरू में तो काफी मुश्किलें आईं। इतने सारे विज्ञान से जुड़े संस्थान लखनऊ में होने के बावजूद उनके बारे में समाज को कोई जानकारी नहीं हुआ करती थी। मैंने सहज, सरल भाषा में उन संस्थानों के बारे में उनके शोध, अध्ययनों के बारे में लिखना शुरू किया तो धीरे-धीरे पाठकों में इसकी पहचान बनने लगी और विज्ञान जगत् से जुड़े संस्थानों में भी हिंदी अखबारों की पहचान बनी। दस-पंद्रह साल की जद्दोजहद के बाद सी.डी.आर.आई. जैसे संस्थानों में हिंदी

दिवस मनाए जाने लगे। सूचनाएँ, प्रेस विज्ञप्तियाँ हिंदी में मिलने लगीं और आज हर समाचार-पत्र में विज्ञान को एक बीट के रूप में लिया जा रहा है। एक विज्ञान पत्रकार के लिए विशेष जगह बनी हुई है। जब मैंने शुरू-शुरू में लिखना शुरू किया तो बहुत छोटे-छोटे विषयों, जैसे बागबानी, किस मौसम में कौन से पौधे लगाएँ, कौन से फूल खिलते हैं, पर्यावरण की सुरक्षा के लिए व्यक्तिगत स्तर पर क्या किया जा सकता है, पशुओं के साथ कैसा व्यवहार रखें और काफी सारी उनसे जुड़ी रोचक जानकारियाँ देनी शुरू की और उसकी पठनीयता भी बनी। एक बार मैंने गरमियों के मौसम में लिखा कि पेड़ों पर या घरों में मिट्टी के सकोरों में परिंदो के लिए पानी, जिससे परिंदे पानी पी सके और इस समाचार के बाद इतने फोन और इतने पत्र आए कि हमने इसको अपनाया है और बहुत सारी रंगीन चिड़ियाँ देखने को मिलती हैं।

प्र. : आज की महिला पत्रिकाओं एवं महिला परिशिष्टों के विषयों के बारे में क्या विचार हैं?

उ. : आज के महिला परिशिष्टों में डायटिंग, जिम, मोटापा कम करें—ऐसे विषयों पर लिखा जा रहा है। रूप को कैसे सँवारें, त्वचा और बालों को कैसे सुदंर बनाएँ? इन विषयों पर ज्यादा जोर है। समसमायिक मुद्दे, पर्यावरण विज्ञान के बारे में महिलाओं को जानकारी देने के विषय में कोई नहीं सोच रहा है, जबकि संपूर्ण मानव विकास के लिए ये बहुत जरूरी मुद्दे हैं। महिला पत्रिकाओं में भी यही मुद्दे छाए हुए हैं। महिला के व्यक्तित्व के विकास के बजाय मेरा पहला प्यार, सुहागरात में क्या हुआ, विवाहेतर संबंध, सेक्स क्या हो और कितना ऐसे मुद्दे उठाए जा रहे हैं और उनपर भरपूर सामग्री भी लिखी जा रही है। हो सकता है कि ऐसी सामग्री की पठनीयता एक खास पाठक वर्ग में हो, लेकिन इससे व्यक्तित्व में कोई जुड़ाव नहीं आता है। यह सारे विषय केवल सनसनी फैलाने के लिए ही लिये जा रहे हैं। महिला के स्वास्थ्य, व्यक्तिगत लाभ आज महिला पत्रिकाओं में हाशिए पर हैं। प्रसाधन, कॉस्मेटिक सौंदर्य ट्रीटमेंट जैसे विषयों पर जोर है।

रेखा कुशवाहा सिन्हा, उपसंपादक, राष्ट्रीय सहारा दैनिक

प्र. : आप जब पत्रकारिता के क्षेत्र में आईं, उस समय महिला पत्रकारों की कैसी स्थिति थी?

उ. : जब मैं पत्रकारिता के क्षेत्र में आई, उस समय मंजरी सिन्हा सांस्कृतिक

समीक्षाएँ लिखा करती थीं। उनकी शैली बिलकुल अलग थी, जिसने मुझे बहुत प्रभावित किया।

प्र. : महिला पत्रिकाओं और महिला परिशिष्टों के विषयों के चयन के बारे में क्या विचार हैं?

उ. : सत्तर के दशक में आमतौर पर समाचार-पत्रों में महिला परिशिष्ट नहीं हुआ करते थे। 'स्वतंत्र भारत' ने उपहार नाम का एक साप्ताहिक परिशिष्ट निकाला, तब से महिलाओं से जुड़े लेखों की संख्या में बढ़ोतरी होने लगी। 'राष्ट्रीय सहारा' ने हर दिन चार पन्ने का परिशिष्ट देना शुरू किया। तब चार पन्नों में से एक पन्ना महिलाओं के लिए आरक्षित हो गया। हालाँकि उस पन्ने में भी महिलाओं को सिखाने, पढ़ाने, निर्देशित करनेवाले लेख ज्यादा होते थे। स्त्रियों की सोच तथा चाहतों के लिए जगह कम होती थी। आज लगभग सभी समाचार-पत्र—'दैनिक जागरण', 'हिंदुस्तान', 'अमर उजाला 'महिला परिशिष्ट निकाल रहे हैं, जिनमें दैनिक जागरण की 'संगिनी' और हिंदुस्तान के 'अँगना' महिला परिशिष्ट काफी अच्छे निकल रहे हैं। उसमें महिला समस्याओं पर सोच और चाहतों के बारे में भी चर्चा होने लगी है। उसके साथ ही घरेलू कार्य कैसे करें, क्या करें, इसके लिए भी लेख हमेशा परिशिष्टों में रहते आए हैं। महिला परिशिष्टों की सबसे बड़ी उपलब्धि महिला उत्पीड़न, महिला शोषण के क्षेत्र में रही है, जिसे मीडिया ने पूरे जोर-शोर से उठाया। कितने ही केस ऐसे थे, जिन्हें मीडिया ने न उठाया होता तो वे आज कहीं सत्ता के गलियारों में दफन हो गए होते। आशियाना कांड हो या इमराना कांड, इन कांडों की प्रस्तुति में मीडिया ने जो तेजी दिखाई, उसके बाद ही वे समाज की नजरों में आ सके।

□

संदर्भ ग्रंथ

1. Nari Facts Of Indian Womenhood By Dr. C.M. Agarwal, 2000, Indian Publishers-Distribution Delhi, Chapter 5 Women and Media By Sarita Roy Chapter 6 Media Policy Women's Issues By Nandini Prasad
2. Mass Media In India1989-90 pages 173-176, Women Education In Ancient and Medieval India pages 76-78 chapter 10 Literary Achievements of Indian Women By Hansa Mehta, Pages 101-106, Chapter17 Education Of Women In India : A Historical Survey (1800-1947) Pages 273-275
3. Mass Media In India1980-81, Edited By Ministry Information And Broadcasting Research And Reference Divison, Govt. Of India, Women Movement In India, Writer Kamla Devi Chattopadhaya
4. The Awakening Of Indian Women, Writer Kamla Devi Chattopadhaya
5. Role of Women In Freedom Movement, Writer Dr Manmohan Kaur
6. Indian Womenhood Today, Writer Margret Cujjins
7. Indian Women, Writer V.R. Nanda
8. Women India, Writer Taraali Beg
9. Media Issues, Writer K.M. Srivastva

10. Freedom Movement and the Press—The Role Of Hindi News Papers, Writer Madan Gopal
11. The Scope of Happiness, Writer Vijay Lakshimi Pandit
12. Rise and Growth Of Hindi Journalism By Ramratan Bhatnagar
13. Great Women In Sanskrit Classis By Shiv Prasad Bhattacharya
१४. वृहद् हिंदी पत्र-पत्रकारिता कोश, डॉ. सूर्य प्रकाश दीक्षित
१५. वृहद् हिंदी पत्रकारिता कोश, डॉ. प्रताप नारायण टंडन, विश्वविद्यालय प्रकाशन, लखनऊ विश्वविद्यालय, पृष्ठ ५२२ से ५६०, ५८८, ५८९, ६०२, ६०९, ६२२, ६२३, ६२७, ६३८-६४२, ६४३-६४८, ६८२, ७१६-८३२
१६. हिंदी पत्रिकाएँ—इतिहास और विश्लेषण, डॉ. रामकृष्ण राजपूत, महिलाएँ एवं स्वराज, आशा रानी वोहरा
१७. संस्कृत साहित्य का इतिहास, डॉ. शिवबालक द्विवेदी, डॉ. सुशीला पांडेय
१८. पराड़कर और हिंदी पत्रकारिता की चुनौतियाँ, लेखक अच्युतानंद मिश्र, बच्चन सिंह विश्वविद्यालय प्रकाशन, वाराणसी
१९. भारत में हिंदी पत्रकारिता, संपादक रमेश जैन
२०. उत्तर प्रदेश की हिंदी पत्रकारिता, संपादक वेद प्रताप वैदिक
२१. उत्तर प्रदेश पत्रकारिता, अंक मार्च-अप्रैल १९७९
२२. हिंदी पत्रकारिता के प्रतिमान, डॉ. हरदान हर्ष
२३. कांग्रेस का इतिहास, खंड-१, डॉ. पट्टाभि सीतारमैया
२४. महिला पत्रकार और पत्रिकाएँ, प्रेमनाथ चतुर्वेदी
२५. समकालीन पत्रकारिता मूल्यांकन और मुद्दे, संपादक राजकिशोर, पृष्ठ १४२, १४३, १४६, १४७, १४८, १५१, १५२, १५३, १५८, १५९, १६६, १६७, १८४, १८५, १८६, १८९
२६. अंतरराष्ट्रीय महिला दशक और हिंदी पत्रकारिता, लेखिका मीराकांत
२७. हिंदी पत्रकारिता और राष्ट्रीय जागरण, सुजाता राय
२८. उत्तर प्रदेश २००५ राज्य सूचना एवं जनसंपर्क विभाग द्वारा प्रकाशित

२९. राजमाता दियरा जीवन–चरित्र, रामनरेश त्रिपाठी

३०. सेतु प्रथम विश्व भोजपुरी सम्मेलन देवरिया की स्मारिका

३१. गगनांचल विश्व हिंदी सम्मेलन, सन् १९९६ के अवसर पर भारतीय सांस्कृतिक सम्मेलन पर प्रकाशित स्मारिका

३२. कल्याण नारी अंक, पृष्ठ ३७९, ३९०, ३९२, ३९३, ३९६, ३९७, ४००, ६०१

३३. हिंदी पत्रकारिता के सिद्धांत, डॉ. रमेश त्रिपाठी, श्रमजीवी मीडिया निर्देशिका।

□□□